文艺
新实力

NEW FORCES
OF LITERATURE

茶洲记

人在草木间 是为『茶』字

阳羡古城文脉 蕴含千年茶香

朱璟秋 著

浙江工商大学出版社·杭州

图书在版编目(CIP)数据

茶洲记 / 朱璟秋著. —杭州：浙江工商大学出版社，2022.5

ISBN 978-7-5178-4914-8

Ⅰ.①茶… Ⅱ.①朱… Ⅲ.①长篇小说－中国－当代 Ⅳ.①I247.5

中国版本图书馆 CIP 数据核字(2022)第 062634 号

茶洲记
CHA ZHOU JI
朱璟秋 著

出 品 人	鲍观明
策划编辑	沈　娴
责任编辑	费一琛
责任校对	刘　颖
封面设计	王妤驰
责任印制	包建辉
出版发行	浙江工商大学出版社
	（杭州市教工路 198 号　邮政编码 310012）
	（e-mail:zjgsupress@163.com）
	（网址:http://www.zjgsupress.com）
	电话:0571－88904980,88831806(传真)
排　　版	杭州朝曦图文设计有限公司
印　　刷	浙江海虹彩色印务有限公司
开　　本	710mm×1000mm　1/16
印　　张	29
字　　数	444 千
版 印 次	2022 年 5 月第 1 版　2022 年 5 月第 1 次印刷
书　　号	ISBN 978-7-5178-4914-8
定　　价	88.00 元

目 录

/第一章/

春华无梦

　　若非父亲来信，之晴或许不会那么快回国。

　　"林家无后，要金山银山也不顶用，这片茶山可惜喽……"时至今朝，触景生情，之晴仍会想起十多年前乡邻的议论。江南乡间民风淳朴，思想不甚开化。这样的话语总在耳边回响，仿若前朝先人的怅叹。还未抵达故园，欸乃之声愈发清晰。

　　弃船登车而行，路旁尽是荫翳密林。坐在骒车上眺望，漫山苍翠。此处的山虽不巍峨，却灵秀非常。坐落于此间的竹海玉女峰，有"太湖第一源"之誉。永不枯竭的山泉在此间流淌，柔风拂过山涧，四时皆有好风景，让湖汶这块土地活色生香。

　　每到春日，湖汶的热闹与他处不同，笋市的高潮未过，又迎来春茶的抢收。绿荫下最动人的篇章，乃万物复苏的韵律。花开满树，雀鸟在此间筑巢为乐。晨露未尽、雾霭轻拢时分，采茶人次第入茶园。在这片生机盎然的原野、丘陵上，一双双巧手上下翻飞于茶树间，撷取枝头新芽。明前茶讲求鲜嫩匀净,以独芽或一旗一枪为佳。在雨季到来前,采茶人须珍惜这一个半月的时光,以这一抔抔新绿,换取一家人半年的嚼用。

从阳羡城到湖汶, 一般人家只得从东氿水路坐船,经过蠡河、画溪河,最终到达湖汶埠头。若择陆路出行,须乘坐骡车、马车翻山越岭颠簸一日方能抵达。林家庄园位于扶风岕畔,在湖汶埠头换乘骡马悠悠走去,也须半个钟头。

约莫百余年前,镇上来了一个堪舆师,他驻足于林家庄园前喟叹,两边山丘,恰似元宝两翼,将庄园以拱月之势托起,在此居住,上上大吉……林家先祖深以为然,置下产业,长居于此,果然家业兴旺,子孙满堂。

站在一片茂密的竹林外,远远地望着那条通往庄园门口的小路,之晴不知该欢喜还是忧愁。那么多年了,说不想家,定是骗人的话。

回国前,她去发廊烫了个顶时髦的卷发,意在告别过往。穿着乔其纱制的衬衫和一条金丝绒百褶裙,在回阳羡的路上,无数人朝她行"注目礼"。诚然,这样摩登的女孩子,即便在上海也少有。可在归国的船上,她与陆穆远偶遇,他为何能做到熟视无睹? 她何时这般令人生厌? 可惜,这样的话她连问出口的机会都没有。

事实证明,在感情中之晴是一个彻头彻尾的失败者。错付的那两年,只能当作一缕烟尘,任其消散在那片茫茫的海域中。

从此,做回一山人。故土湖汶一直在等着她这个远方的游子归来……

湖汶这个小镇从唐代起便是山中大市,山货每日须三四百头骡马驮运。林家数百年前由做牙行起家,代客买卖。后又置办地产,打造出林家茶业盛世。林家茶叶最重品质,茶树种在哪个坡、用什么水灌溉都有讲究。再加之对采功、发酵的极高要求,林家茶号"润元居"的金字招牌日渐深入人心。

这次回来,不外乎要接手家业,才能保住林家百年美誉。往后若想自由,怕不能够了。

"大小姐,你终于回来了!"马车上跃下一个人。他皮肤晒得黝黑,浓眉大眼,粗布衣裤,乍一看就是一个庄稼人。

之晴怔了片刻,认出这个壮硕魁梧的汉子是小时的玩伴阿兴,不禁有三分欣喜,挥手微笑道:"阿兴哥哥!"

阿兴满头大汗,忙用搭在肩上的毛巾去抹:"大小姐,我若知道你回来就该去接的。刚去方家送趟货,耽搁了时辰……"

"方家吗?"在之晴的记忆中,方家一直是当地的望族。除了阳羡城中产业,方家在湖㳇镇上还有一家最大的竹器行永信升,以及一家规模颇巨的柴木行和德盛。此外,方家先祖早于丁山镇上买下一座龙窑。前些年,方老爷又置下一片窑场,方鼎兴陶器店在蜀山一带声名赫赫。

阿兴笑道:"他们家订的头批春茶今朝由我亲自送去交付给黄管事。方家少爷说,还要之岚妹妹新植的兰花五十盆。为了这个订单,之岚妹妹忙了整整两个月呢。"

之晴微微一笑:"她这般爱兰花,想必忙这两个月也高兴。"

阿兴"嗯"了一声,应道:"老爷本让之岚妹妹不要那么辛苦,之岚妹妹定不让老爷管她。老爷拗不过,就由着她去了。"阿兴一面说着,一面将之晴的行李箱放上马车,陪着之晴沿着曲径走向庄园。

阿兴是林家老管事丁叔的孩子。他出生后,丁叔央了林老爷,为阿兴取了"丁智兴"这样一个大名,叫着响亮,寓意也好。但到后来,庄园里老一辈的人还是叫他阿兴,显得彼此更亲厚些。

阿兴比之晴年长五岁,笑起来颊上便有两个酒窝。他从小鞍前马后地照顾之晴,宛若之晴的伴读。但凡之晴想要什么,他都会拼尽全力为她办到。在十三岁的时候,之晴曾逃课乘船去数十里外的画溪河畔看向日葵。学堂的先生托人到林家传了口讯,林老爷闻言,大有恨铁不成钢的意思,本要请家法给之晴上上规矩,阿兴却挺身而出,扬言是他怂恿了之晴逃学。林老爷岂是不辨真伪之人?眼见着鞭子就要落到之晴身上,阿兴不理旁事,挣开丁叔的束缚,一把护住了之晴。从那以后,之晴与阿兴的情分更与旁人不同,与之岚一道以"哥哥"称之。

之晴外出求学后,林老爷命阿兴去上海历练一段时日。忽有一天林老爷卧床不起,丁叔疾书一封托严大掌柜到沪上转致阿兴,让他速速归乡照应。

弹指间,光阴过。

之晴长大了,阿兴也不再是当年那个懵懂少年。

坐在熟悉又陌生的玫瑰圈椅上，喝着新沏的雀舌，之晴才真真切切地觉察到"家"的滋味。"芬芳冠世"的金字匾额悬于厅堂梁上，那是百年来林家的底气——此四字乃前朝乾隆皇帝所赐。之晴幼时曾听父亲说，乾隆皇帝乃孝子，当年侍母下江南，船过湖汊，见画溪河畔紫藤依依，入水逐浪，此景甚美，便驻船于此。当地官员进献润元居所制春茶，皇帝、太后饮之，大喜过望，询问左右此茶产于何地。知州回禀此乃阳羡当地润元居所制，早年茶圣陆羽亦在此处写下《茶经》，为后人所赏。乾隆皇帝最爱风雅，闻之正中心事，挥毫泼墨，将"芬芳冠世"四字赐予林家。此后百年间，润元居茶鲜花着锦，四时生意从未断绝。

如今，天子下野，风云变幻。不用旁人说，之晴也知润元居的辉煌亦如明日黄花。林家庄园尚可维持，不过是丈着旧时残存的荣光罢了。

博古架上的摆件和几年前并无什么差别——风卷葵紫砂壶、青釉堆塑楼阁飞鸟罐、白玉鼻烟壶、缠枝青花对瓶……敦厚的色泽，令人心静。

之晴轻轻放下茶盅，观赏着廊上摆的花，忽闻一阵细碎的脚步声渐近。

之岚着一身水绿的旗袍，及腰的长发只用一个水晶卡子别住，亭亭立在门边。不待说话，眼泪便滚落下来。之晴心头一酸，上前抚着她瘦削的肩，柔声宽慰："以后我有大把的时间陪你了，只怕常见倒令你心烦。"

之晴替妹妹拭了泪，方拉她一道坐下。丫鬟小蕙替之岚斟了一杯玫瑰红糖茶。

之岚用小勺搅着甜腻腻的茶，淡淡道："吃了那么多中药，虽见好了些，日日仍只能食粥，官燕银耳纵然难得，可一点滋味都没有。"

之岚确然生得惹人怜爱。她肤白如雪，下颌微尖，秋水澄澄，薄薄的唇若初绽的杏花。

"老爷来了！"阿兴扶着林老爷，远远地就招呼着两位还在交谈中的小姐。

"父亲！"之晴看着林老爷走路竟有些颤颤巍巍的样子，显然有些不可置信。她不过出国三年，父亲如何会衰老成这般？ 连年来，那些"平安信"都是瞒骗她的吗？ 她忙上前几步一把搀住，向阿兴问道："父亲到底患了什么病？"

林老爷摆摆手，笑道："去年年底下了一场大雪，我正巧要出门办点事，骡车、马车又都不在家。思量着路途远，雪又深，只怕误了约……不过略略行得快了些，便摔了一跤，挣扎不起，只得在床上躺了三个多月。上个月还拄着拐呢！总要卧床，难免精神不济。"

"伤筋动骨一百天。老爷也是怕大小姐担心，才一直没有说。"阿兴道。

之岚也道："医生说，父亲腿伤倒没什么，但或因摔了一跤，心律不齐。后来又查出肺上有阴影……"

"肺炎？"之晴望向父亲，又望向之岚。他们都没有说话，却见阿兴微微地摇了摇头。

之晴心中一紧，喉头有些凝噎，转而笑道："现在我回来了，父亲且歇着。该放手的就不要操心了，一切有我呢。"

"是啊，我们家生意上的事情，往后就要托付给你了。"林老爷见之晴双眉微蹙，知她并不情愿，但又无可奈何，只好摇了摇她的手道，"你是林家长女，终究要担起你应尽之责……"

正当父女叙说离别之情时，崔嫂子来回道："老爷，外头有一对婆媳抱着小孩，说要请老爷恩典，赏几块大洋。"

"哪里来的人？"林老爷向着之晴道，"你去看看。"

上门讨口饭吃的人常有，开口只管要大洋的罕见。之晴问明原委，才得知是林家佃户中一户姓姚的人家，男人在外头欠了赌债，被收押着，需十块银圆去赎。

之晴道："各家佃户、茶农的工钱自有定数，不轻易开先例借款。你家并非遭了天灾，今朝轻易替他还了，改日又去滥赌，不如让他吃些苦头长个记性。"

"都是人生父母养的，十块银圆对林家庄园算什么？我们好歹为林家做工那么些年，没有功劳也有苦劳。往年人家都说林老爷最慈悲，怎么女儿这样苛待人呢……"姚氏哀求的话没说几句，便哭出声来。

"你们回去商量好，把房契交来，再签下身契，我这里收着。待你们卖力做工，还清这十块银圆，立时可把契文拿走。若非如此，我这里一个角子也不会借给你们。"之晴并未因妇人啼哭而心软。

眼见那家人依旧抱着孩子走了，崔嫂子有些疑惑。之晴道："真心过不下去，自然同意押了身契。她们抱了孩子来，显然想博得同情，不劳而获。如此,往后佃户多有效仿,我们又怎会有安生日子?"

崔嫂子恍然大悟,忙跟着之晴入内复命。

林老爷听完回话,知她已料理妥当,方道:"这些年来,我们的家业在阳羡城里可算排得上号。但今时不同往昔,还需更加用心经营才是。林家的茶叶曾担了'贡茶'之名,朝廷没了,这虚名往后恐怕反而成了累赘。"

之晴道:"茶为国饮,虽不能上贡天家,亦可惠泽百姓。"

林老爷微微一笑:"泱泱中华,并非只有我们林家一户产茶。放眼全国,武夷、雅安、杭州、临沧等地的茶叶都有其妙处,我们如何在失去贡茶的光环后,再在茶叶市场上占据一席之地呢?"

"各地的茶因水土不同,滋味也不同。我们保证茶叶品质,维护好往年的客户,稳步向前。另则,还可借助商会的力量,拓展我们的市场。"

林老爷知女儿心思单纯,少不得提点道:"你要拓展市场,必须知道我们阳羡茶与其他茶产区的茶叶有何共性、有何不同。扬长避短,去粗取精,才可重振阳羡茶之美誉。"

之晴抿了抿唇,口红的颜色已然浅淡了些。她对阳羡茶的认知尚浅,无论是为茶人还是为茶商,均不够格。

"近年来,国货对外贸易正处于低谷期,英国差别化征收高额茶叶税,使得茶行业举步维艰。我们林氏百年来为了这片茶园,经历过无数风霜雨雪,到我手里总算不负先人之志。如今——交付与你,你定要珍惜珍重。"

既然回乡,就只好打定主意背水一战。之晴慨然允诺:"女儿定尽力不负父亲所托。"

让女儿回国打理家业,原本就是不得已。她若能打定主意,自然百折不回。如此,林老爷也能稍稍安心。

午餐摆在了偏厅倚翠阁。此处极为僻静,窗外便是一片修篁。一丛芭蕉长得旺盛,撑起大片阴凉。这个小厅犹如一座凉亭立在林家庄园的西首。里头约莫能围坐六人,是林老爷夏日里用餐的地方。倚翠阁离花厅、正房皆不远,由曲廊连着。曲廊十步一景,春夏秋冬各有风情。

桌上摆了一笠碗红烧鲢鱼块、一盘糖醋排骨、一碟青菜、一碟香干拌马兰头、一屉蒸南瓜,另有一盆粳米饭、一砂锅小米粥。围着圆桌有四把苏作紫檀灯挂椅,临窗靠着一扇三屏风独板围子罗汉床。

三人吃了片刻,厨房送来一碗红糖卧鸡蛋。林老爷向之晴笑道:"你外出多年才归家,吃下这蛋应应景。"

之晴含笑点头,拿起调羹勺了蛋,小口吃着。

恰在这时,崔嫂子拿了一封信进来禀道:"扰了老爷、小姐用餐。方家少爷说,这趟送去的兰花很好,想面谢二小姐,特遣人递了信来。"

"把书信放下,晚些我和之晴看一看。"林老爷道。

崔嫂子躬身应了,将帖子递给小蕙,又候片刻,见林老爷并无旁的吩咐,这才退了出去。

阿兴正给林老爷盛汤,听了适才的话颇有顾虑:"之岚妹妹待字闺中,不便与方少爷轻易相见吧?"

"现在早已是民国了。"之晴笑道,"阿兴哥哥这样小气,担心妹妹被别人拐走了不成?"

之岚用小银勺盛起一勺小米粥,放入口中细细嚼着,也不搭话,仿若适才大家的言语和她并不相干。

"方家大少爷整日与那些纨绔子弟厮混在一处,范家少爷有样学样,嚷嚷着要范老爷出资为他开一家澡堂,范老爷近日正为此头疼呢。"阿兴显然对方衡颇有微词。

林老爷道:"方衡总算有个行当认真经营着。范奇峰如今这样,范洪明何尝没有责任呢?"

"是了,上回范老爷还想请老爷带一带他儿子。老爷为难,未置可否。"阿兴应道。

"易子而教,未见得是美差。"林老爷持箸一笑,"不说闲话了,吃饭吧。"

之岚勉强吃了几口粥、几绺菜蔬,终放下碗筷,道:"我用好了,就和小蕙先回房了。"

小蕙闻言忙递上毛巾给之岚擦手。

饭后,阿兴自去忙碌,倚翠阁只剩之晴、林老爷父女二人。罗汉床上置了一张小几,上头摆着一盘昂珠和一盘桑葚,十分水灵。

林老爷道:"崔嫂子见你回家特意寻来的,这样的时鲜货平素可吃不到。"

之晴应道："崔嫂子心细，这几年也帮衬着您同阿兴哥哥，把这庄园拾掇得井井有条。"

诚然，崔嫂子十年如一日辛勤侍奉林氏父女，里外周至，十分可靠。

之晴拿着帖子细看，忽而问道："父亲与方家大少爷见过吗？"

林老爷摩挲着一块古玉，思量了半晌："方衡年幼时我倒见过几面，后来他出去念书，就不再见了。听说他今年也入了阳羡商会，我前些日子身体欠佳，倒未曾一晤。方老爷乃持重之人，岂能放任他自由，不用心管教？"

之晴放下帖子，拿过一只水盂盛果核、果柄："依父亲看，方家少爷有家教管束，那么和妹妹见一见也无妨了？"

林老爷道："你同方衡往后均要执掌家业，知己知彼，更好发展。"

从倚翠阁出来，阿兴已备好马车遣人来请之晴。

甫上马车坐定，之晴显得兴致盎然："我们学校只有教骑马的课程，驾马车不知是否异曲同工？往后我要务农，学会驾车可是当务之急。"

两人并肩引缰，之晴变戏法似的将一只怀表递给阿兴，笑靥如花："回国前，我在商场挑了好久，觉得这个最适合你。"

"这……"阿兴诧异于这突如其来的礼物，知道怀表贵重，推辞不受，"大小姐，我不能收。"

"我们本以兄妹相称。你叫之岚妹妹，却唤我大小姐，难道存心生分了？何况你经常在外头跑，哪能不知道时间？"

阿兴不知如何再分说，只好笑道："多谢。"

"还这样客气，以后我怎么好意思托你办事？"之晴假作气恼。

"只要我能够办到的，就一定为你办到。"阿兴忙剖明心迹。

这句话是那样熟悉。之晴一时怔怔，宛若回到年少时，爱闯祸的自己背后总有一个阿兴替自己挨打挨罚，为自己遮风挡雨。她掀开车帘，看着一望无际的茶园，心头略略舒展。过了午后，仍有许多采茶人在茶园中摘取鲜叶。她们戴着草帽，腰间系着小茶篓。她们挥汗如雨，却未曾停下采摘鲜叶的手。

正待下车上茶山，之晴和阿兴却听见不远处一间茅草棚里哭骂之声越来越大。

"去看看，别有什么事情才好。"之晴道。

阿兴道:"那家姓吴,吴家细丫头同你差不多年纪。她在我们上学那会儿还拖着鼻涕,又瘦又黑,还和家里人讲想同我们一道上学堂呢。后来只在学堂里描了一年红,又稍稍认了些字就辍学了。"

之晴对往事似乎记起一星半点:"终归乡里乡亲,可帮衬的就帮一把。"

阿兴拗不过之晴,只得陪她一道前去。眼见一个小姑娘叉了腰在骂人,两条长长的麻花辫过了腰,宛若两条略失光泽的黑绸。一个农妇模样的人蹲在地头哭。

小姑娘不知有人走近,只向那农妇道:"姆妈,你怎么能让范家收茶的欺负成这样!"

农妇不作声,脸上布满了凄凉。道理谁都明白,可她有什么法子呢?

阿兴劝道:"毕竟是母女,有话好好说……"

小姑娘冷着脸道:"昨晚范家收茶的管事故意不来收鲜叶。今早天未亮我去卖草鞋,姆妈就被范家来的人哄了。他们说'鲜叶隔夜后,他们大多不要的',又说我家鲜叶比别家采的粗,作不得几个钱。我姆妈这憨头竟真将两天采的鲜叶作了半价卖了! 天知道我们娘儿俩花了多少工夫才采得这些? 还要好言好语再三求告他们来收……每日只吃两顿馊泡饭,什么时候是个头!"

见丹露向外人大倒苦水,农妇收了泪,说道:"鲜叶不卖掉,明朝价更低。我们又不大会制茶,更没销路,再放两日鲜叶烂了,你连这一毛钱都赚不到! 能吃口泡饭还说什么? 多少人家连米星子都吃不上!"

"不采了,不卖了,随他要不要!"丹露的脸被晒得黧黑,鼻尖上冒出一层薄薄的汗。她气急败坏,脸上透出一阵潮红。

"不卖茶叶,喝西北风去? 再过一个多月黄梅雨来,这屋顶还修不修? 春上才下几天雨,你看家里头还有一块干的地方吗?"

丹露语塞。家里茅草棚年久失修,外头下大雨,屋内下小雨,到刮风天时,家中四壁漏风,一床破棉被总是潮乎乎的,也没钱买新棉絮。到了秋天也只能抢收几捆稻草铺在床上,权当垫被。恍若从出生起,她就没有过过一天舒心的日子。略略长大些,念了一年书,又辍学回家务农。想到这里,她不禁自怨自艾,不再同姆妈顶嘴。

"既然范家老爷不肯开高价,为何不卖与别家?"之晴见农妇有些戚戚然,心下不忍。

丹露轻轻踢着脚畔的石子，一双破布鞋上沾满了黄土。她听之晴这样问，倒觉新鲜："我们湖汶茶叶最多，有人愿意收也不容易。出了这片山，其他山头照样也长茶叶。我家这样小门小户的，还敢同大老板讨价还价不成？"

农妇也道："茶叶大户都有自家的茶园，多的人家有千亩，少些的也有上百亩。我们家不过几亩地，哪有人放在眼里？"

阿兴见她们这样懊恼，也知这些茶人的苦处："她们说得不错。湖汶处处是茶山、茶园，散户捞不到几个钱，反受挤兑。要是再碰上采茶季多几天刮风下雨，这一季的指望都没了。"

丹露听阿兴这般说，似乎遇上了同道中人："泰利丰这样，其他茶叶大户定也如此。总之，茶农出力挣命罢了。"

"依你所想，还有什么营生能挣钱呢？"之晴道。

丹露想了想："即便采茶叶赚不上钱，还能卖草鞋呢，或者去茶厂学制茶。吃苦我不怕。饿不死就成。"山风猎猎，她的碎发在阳光下像一把细细的毛刷，在她颈边轻轻扑扫着。

"丹露她爹去了外地做工，半年也不见回来一次，也全为了这家着想。亏得只生了丹露一个，否则还不知道活着有什么劲。"

丹露把竹篓中的茶叶倒在竹匾里，听她姆妈这样讲，"哧"地一笑，道："姆妈，你不如同姨娘一样把女儿卖了，让家里宽裕些，我爹也能回来找份活儿。"

"你姨娘家里孩子多，还有两个儿子呢，不能不为他们想！"农妇坐回草鞋耙头边，穿上四股连在一起的草绳编织着。

丹露冷笑一声："你还帮着说话！她两个儿子有手有脚，长那么大了做不得苦力吗？又或是到大户老爷跟前当听差，也好见见世面。只替人家养猪放鸭，混张嘴，有什么出息！玉枝姊姊亏得离了那个家，不然可有苦日子呢。"

之晴见她们母女虽有拌嘴，却也和乐，心中不由羡慕，有心帮她们一把，便道："你家这几日采的鲜叶都送去林家庄园吧。"

"他们茶园大得很，哪里会要我们的茶呢？"丹露半信半疑。

阿兴笑道："明前独芽三斤一角钱，一旗一枪五斤一角钱。雨前一芽两叶八斤一角钱，雨后鲜叶十二斤一角钱。"

丹露听了这话，也算合意："如今已过了一旗一枪的时气，只好多采一芽两叶的。我明朝晚饭前把鲜叶送过去，你可不准食言。"

阿兴看她分明心中着急，却还要装作不饶人的模样，不觉有几分好笑："你先送来与我看，若采得粗糙自然要折价。"

丹露闻言将篓子里的鲜叶递与阿兴："你细看看，采得粗糙吗？我姆妈总说采茶如做人，可得凭良心！"

之晴倒觉丹露有说不出的可爱："你们母女先忙，我同哥哥还有事，就不叨扰了，明朝见吧。"

谷
雨
煎
茶

从茶山下来,已近傍晚。经过青龙湾到薛家码头,多家纳了帖的竹行生意兴隆。林家的茶行润元居在镇上只有一家,如今之晴接了林老爷的班,阿兴少不得要带她去认认掌柜。

刚从镇上坐上马车准备回庄园,便有伙计火急火燎地跑来拦住马车:"大东家、丁爷,出事了。"

一船茶叶,全部浸了水。船老大向着之晴连连磕头:"大小姐,饶了我吧!"

"一船能装多少担茶叶,怎会倾翻?"之晴问道。

船老大跪在地上,不敢答话。

阿兴冷声喝道:"到了这个地步,还不照实说!"

船老大颤声道:"本来该有两个小子帮着……可我又接了泰利丰的几担茶叶,怕被他们察觉,便诓了两个小子下船。我也不知道怎的这次会出事……按道理,茶叶多几担,船只反而吃水深,不碍的……"

"不碍?我们润元居的茶怎能同泰利丰的一道运?你只管两头拿工钱,

就不管货品周全？往日倒是我们纵容了。"

"运十几二十担茶，遇上天阴风浪，一天就只跑得一趟，这点子工钱，三个船工分，只怕糊口也难，家里老娘孩子都要养活……"船老大见之晴是个小姐，想来心活面软，便求告自家难处。

掌柜的禀道："大东家，夜深天黑，茶叶几乎都没有打捞上来。这一船损失，非同小可。"

"谁签发的这船茶叶，找管事的来。另则，这些船工是谁招来的，一并过来问话。"之晴目光一灼，掌柜的忙打发伙计套车去将管事的寻来。

阿兴在侧，瞧着船老大有些畏惧，遂道："你们做下这样的事，可见非一两日。你以为自己经验老到，却不知身上担着怎样的干系！"

掌柜的匆匆核算了账目，递给之晴和阿兴看。此时，两个负责此事的管事也到了。

他们在路上已问了伙计原因，心里早打起了鼓。进门之时便比着手，到得之晴跟前，忙弯腰暗话。

"不出这档子事，恐怕你们要瞒一世吧？"之晴冷笑着向那两个管事的和船老大道，"我也不知你们姓王姓张，但今日之事若不讲个分明，润元居的损失，我就向你们三个讨！"她手指轻轻一点，掌柜的忙将账目往两个管事面前放下。

阿兴道："这趟茶叶售价三千块银圆。你们管事的有几个胆敢坐在家中定心吃晚饭？"

孙管事腿一软，叩头道："大东家、丁爷，我跟着船的，可今朝不知怎的船翻了……我从河里爬起，怕得很，只得先回家将衣衫换了。"

"船上船工少了两个，遇到些事怎么处置？"之晴道，"只怕你同船老大也有些钱货往来吧？"

孙管事悔恨交织，如实回道："一趟多两块银圆……"

之晴目视船老大，船老大遂道："我赔不起，一死罢了。"

"倒也不忙寻死。"之晴转头问着掌柜的和朝奉道，"他们的言语，可一字不差地记下来了？"

掌柜的和朝奉均道："如实记下，不敢有误。"

阿兴又向一旁的徐管事道:"船工能不能运送润元居茶叶,多半要问着你。你可有起到监察之责?"

徐管事冷汗津津,只低头告饶。

"未起监察之责,革半年薪水,年底分红也蠲了。"之晴顿了顿,续道,"徐管事,工人择用经你之手,你心头自然活络,我暂且不追究往日之事。再有下回,林氏这边没有你的饭吃,阳羡虽大,也不会有你的好日子了。"

徐管事明白,若将此事声张开来,阳羡商会的黑名册上必会有他的名字,往后阳羡更没有商户敢雇用他做管事。他打拼几十年才到今时今朝的地位,再让他去做苦力等同要了他的性命。徐管事得了处置也不敢不服气,忙给之晴和阿兴叩头:"多谢大东家、丁管事宽容,我再也不敢了。"

阿兴道:"孙管事和船老大怎么处置?"

"明知故犯是大罪。"之晴道,"他们家里现有的钱全部抵债,剩下的只问着警察该坐多少时候监牢吧!"

"大东家!"孙管事没料到之晴心狠意狠,会将他送入监狱,又惊又怒,"不过是一时疏失,我为林家做了二十几年工,怎的不给一点脸面……"

"那你照着三千块银圆赔补,我放你自由,如何?"此语一出,孙管事张口结舌。之晴冷然续道:"这两个人替我看住了,其余事项等着警察来问询处置。"

阿兴倏而想到什么,招来两个伙计吩咐道:"你们去庄园传大小姐和我的话,选几个靠得住的家丁,看住孙管事和船老大一家,不要让他们寻了短见,更不要让其他陌生人接近。"

之晴听闻此言,顿时领悟阿兴的意思——此事恐怕有人主使,想要林家狠狠栽一跟头。若看住了肇事者家人,始作俑者或能露出马脚。伙计们见之晴再无二话,忙出门办妥此事。

第二日傍晚六点钟光景,门房老王便来找阿兴:"门口有个姑娘说她叫吴丹露,送茶叶来,背了两个篓子呢!"

丹露穿着一身灰不啦唧的粗布衣,面带菜色,见到阿兴与之晴过来,脸上顿时添了几分喜悦之意:"这些鲜叶都是今早到下午我和姆妈采的,你们看看。"

阿兴抄起箩内的茶叶看了看,朝之晴略点了点头。

之晴一笑,向着一把官帽椅上坐了,招呼道:"姑娘也坐吧。"

不过半刻,阿兴上前道:"茶我已经称了。看来,你们娘儿俩起了个大早。我们茶园的采茶工早上六点上山入园采摘,晚上六点我们在茶园外收茶,他们各人不过一天采上两斤鲜叶呢。"

丹露笑道:"这怎么可比呢?我家茶园统共两人料理。茶芽隔天说不定就蹿了出来,若一茬不立时采完了,茶树便不及爆出新芽。我们家就指着这几垄茶树过活,自然要比旁人勤快些。"

之晴闻言,心中颇有些触动:"把钱给了丹露让她早些回去,别耽搁她晚上做工。"

丹露接过阿兴递来的一角钱正要离开,倏而想到什么似的向之晴跪下:"林大小姐,往后我家的茶叶不知道你还愿意收吗?今朝采茶钱我不该得那么多,又没带找头。若你不弃,明朝我再用茶叶补上。"

"明朝晚上六点钟前把茶叶送到林家茶园外交给管事的就罢了,也省得你多跑这几里路。"之晴忙起身将她扶起。

乡间收茶的管事均眼高于顶,采茶人常常受气。见润元居大小姐竟如此好性,丹露眼圈一红:"我没念过几天书,也说不来什么奉承的话,我和姆妈定用心采茶,不以次充好!"

之晴点头安慰:"鲜叶质量好,胜过千言万语。但凡勤劳些,过了采茶季你家屋子也能修一修了。"

阿兴将丹露送出门,折回后才向之晴道:"如今茶叶商号遍地开花,这些小茶农的日子更没法过了。时局所迫,顾客减少购买,茶商一味压价,再加上我们阳羡贡茶之名到今朝已成了虚架子,出口不畅,利润愈发微薄。如此往复,茶农如何还肯用心采茶,用心制茶呢?"

"我们阳羡茶商会各家掌事自当勠力同心,才能重新撑起阳羡贡茶之名。"之晴道。

之晴太过乐观,阿兴不便一下子泼她冷水,只缓缓道:"阳羡贡茶在前朝是林家的招牌,他们依附着也好销售。现今没了实名,他们倒可趁势并进,何苦替我们扛旗?林家想号召众茶商齐心,可谓艰难。"

之晴默然:"再这样下去,恶性循环,阳羡茶定会没落。湖汶人大都指着茶叶吃饭,茶商难道不该居安思危吗?路再难走,也要走下去……"她眉头微蹙,轻轻咬着唇不发一言,显然想着要紧的事。阿兴不去扰她,却见小蕙跑来,便问:"之岚呢?"

小蕙见是阿兴,忙站定笑道:"二小姐刚陪老爷用过晚饭,依旧回房歇着。我到前头来取些墨,二小姐要画兰花图。"

阿兴道:"这批墨不知好不好,若觉着不佳,我再找买办去歙县重新购一批。"

小蕙含笑道:"墨倒是好,这宣纸却有些短少。前些日子我与丁叔说过,丁叔许是忘了。"

"他上了年纪,难免精神不济。以后若要采办什么,尽可告诉我。"阿兴道,"要生宣还是熟宣?"

"不拘生熟,各要些罢了,陈年的更好。只问制纸的人,檀皮比例放多少。先各拿几张来试试,若好便多买些,若不好,送来也是浪费。我看连日来督促收茶之事十分忙碌,我们后院这丁点小事也不便太劳烦你。"

之晴远远听着他们说话,不禁微笑:"之岚这样安静,丫鬟倒鬼灵精。"

正想着,小蕙已看到了之晴,忙来请安:"大小姐好!"

之晴含笑道:"我房里还有些生宣。若之岚画工笔呢,且别拿去,若画水墨,你不妨就给她。"

"二小姐正是想画些水墨呢。这几日天渐渐热起来了,兰花总要护理,不免分心。画工笔最要紧的就是耐心,非两三个星期不能完成一幅。画水墨,几笔写意也算消遣。"小蕙双颊肉乎乎的,嗓音极好,这样脆生生地讲来,让之晴也不禁笑了。

"戏班子来了你就跟着去吧,在我们家里伺候人可误了你的前程。"阿兴笑道。

"哎哟,你自己爱听戏,却拿这话堵我。"小蕙随手取了一颗昂珠嗑在口中,半晌吐出核来方说,"我走了二小姐怎么办,谁能伺候周全呢?"

阿兴打趣道:"再去买个极能干的,千万不可像你这般是个话匣子!"

之晴牵了小蕙的手向阿兴挤眼道:"别说之岚舍不得,我也喜欢小蕙。凡事细致，又生得这般好模样，我们总该好好疼惜些。"

见之晴向着她，小蕙喜不自胜，一路跟着之晴到潇碧苑中。

潇碧苑乃之晴的住所，书房与卧室相连，书房外间设有一处玲珑的茶室。打开书房窗格子，便能看见漫山的翠竹，到了夏秋之日，这里是林家最阴凉的住所。之晴不在家的日子，每到夏日，林老爷晚饭后总要唤阿兴一道来之晴的茶室里坐一坐。是以，之晴这间茶室里好茶从未间断。潇碧苑的院子很大，东首种了一架紫藤，西首植了忍冬。此时紫藤花开得正好，院子边篱笆上的蔷薇含苞待放。若到了白露前后，院中秋海棠开了，又有另一番美景。

之岚的古香斋不同，小院院墙上尽是爬山虎，门外两株桂子亭亭如盖。三秋之际时闻天香，冬日又有山茶缀雪，美则美矣。一望便知此中乃闺阁女儿最妙的住所。缓步巡景，院中兰圃占据了古香斋的二分之一。一面镶了可以开启的玻璃，缀了几扇竹帘，以保持兰圃中适宜兰花生长的温度。

因总要陪着之岚，小蕙很少到潇碧苑。一进书房，小蕙便道："大小姐，我们二小姐的卧室还没你的书房大呢，我几乎没地儿睡。"

之晴笑道："你来我这睡吧。之岚把自己的地方都腾给兰花了，累得你也受委屈。"

小蕙抱了纸，只道："二小姐喜欢兰花我求之不得，就怕她太操心了些。"

之晴心知小蕙跟了之岚十多年，两人情分自比他人不同，心里倒生出一丝羡慕："你与之岚好，我知道的。很多事情之岚不肯与我说，只盼着你多为她费心。我如今虽为当家人，你也不要与我外道，有什么需要的、不便办的，只管与我提。"

小蕙一一应了。

之晴爱屋及乌，从梳妆台上拿了一瓶双妹牌粉嫩膏递给小蕙："这个送给你，晚上睡觉前抹一些能养颜。"

小蕙道谢着接过了。

到了晚间，之晴又到父亲的书房中，听他讲述阳羡茶的故事。崔嫂子本在替林老爷收拾书籍，见之晴来了，暂且退去，又命小厮送了一盏掺了金银花的绿茶给林老爷饮用。

林老爷啜了一口茶才道："我们林家在前朝做贡茶，用的都是野山茶。茶树并非如今这般种植,却要茶人平素用心寻访,做好记录标识,到了采茶季便可采摘——离墨山红筋茶便是阳羡真种。太平天国后期,长毛退去,温州平阳的一些百姓逃难到这里,开荒种地,也带来了一批茶叶种子。此后,茶叶成垄,无形中提高了产量……那么多年过去了,这些茶树适应了阳羡的气候,成就了今朝的阳羡茶。"

"原来如此。曾经的龙团、凤团、急程茶均是当年湖㳇、张渚等山地上的野山茶。到了近代,因地制宜,其他茶种在阳羡落地生根,才有了当前之景……"之晴若有所思。父亲在茶学上颇有所得,自己唯有多讨教才可获得意想不到的收获。

为着之岚,林老爷又让之晴隔日去与方家大少爷方衡应酬。之晴在阿兴口中听说过方衡的逸事,这次见面也谈不上特别意外。

阳羡城里一家名唤"精菜馆"的饭店即是方衡的产业。方家老爷方正谷名望甚高,兼任阳羡商会会长。

第三章

平林新月

小城的寂静似乎从夜幕降临时便开始了。白日里人声鼎沸的街市,此时行人渐稀。

甫进门便可见一块一人高的太湖石。曲水流觞,弹筝之声夹杂着食客们的笑谈,倒也并不显得十分突兀。梁上错落挂着十几盏灯笼,将堂中映照得一片辉煌。转过屏风,一条丈余的几案上两盆兰花左右相对。之晴认出了,这便是之岚数月前培育出的新品。

穿过一条僻静的游廊,便到了一个精致雅间,门额上题着"兰轩"二字。据侍者说,兰轩是精菜馆最小的包间,只接待茶客。稍稍推门,可见方衡正坐在一张楠木桌前泡茶。里头静悄悄的,侍者在兰轩之外站定:"林小姐,那位就是我们少东家。"

之晴含笑道谢,叩门三声后才走了进去。

"林大小姐?"方衡放下手中的紫砂壶,缓缓站起身。

"你好,我是林之晴。"初见方衡,之晴讶异于他的风流无俦、潇洒偶悦。

方衡眉眼间噙着笑意："晚餐还未齐备，听闻林小姐久居法国，自然惯用西餐，先来杯咖啡如何？"他走到之晴面前微微欠身。

"我回乡是为务农，不如入乡随俗。"之晴客气地笑道。

"只要林小姐喜欢，中式餐馆照样可以做西餐。"方衡说着，将之晴带到"荷居"。荷居的陈设十分简单，连清供都不曾有。三面窗户推开，一阵晚风拂过，夹杂着些许清芬。想必到了夏日，此处接天莲叶布满池塘，风露之气清新绝伦，又与他处不同。

"请坐吧。"方衡替之晴拉开座椅，低声问询，"喝咖啡吗？"

"谢谢。"方衡霎时间与她距离拉近，之晴脸上不觉一红。

"失陪片刻，待我亲自去磨咖啡豆，务必让林小姐满意。"方衡眼中满是笑意。

方衡待客如此特别，之晴不免有些意外。

"如果林小姐觉得无聊，可以四处逛逛。天虽然黑了，但我们精菜馆几个大处都有电灯，亦可让侍者打上灯笼陪同走一走。"

之晴颔首相谢："多谢费心。"枯坐半晌，百无聊赖，之晴便依着方衡所言到各处一观。

荷居北面是用竹子搭成的小戏台，仿佛水中汀洲。若夏日在此间乘凉听戏，定然极好。到了秋日，荷叶伶仃，又颇有意趣。想来及至冬日，白雪纷纷，将此处做围炉之所，观赏周遭雪景，更有一番风情……

精菜馆格局极好，设计之人定费了莫大的心思。之晴暗自赞叹，将中式之简美发挥到极致，实非寻常。此中妙趣，足以令人流连忘返。

精菜馆不过几间房，除兰轩、荷居，便是菊庐、竹舍、梅林、槿园。菊庐和竹舍相邻，有个小隔间将其断开。竹舍房间精巧，客人可至小隔间小憩。菊庐宽敞几分，人在其中更觉安逸。梅林在竹舍近旁，却靠着精菜馆后门。到了冬日，万千清梅齐放，一片香雪海。人游其中，与梅相映，情致又非他处可比。两亩见方的精菜馆将大半置景，与寻常菜馆不同，尤显得可爱。

之晴正一路赏景，不料有两个小厮的声音传来。之晴往月洞那一看，只听一个小厮叫道："让你喂个鸟都不会，怎么拿了井水倒入水槽？没听着大少爷嘱咐过要用龙池山泉水的？"

另一个小厮低了声气:"我可没见到什么山泉水。为着大少爷要烹茶,里头伺候的都骂了我两回。送水工不来,能怪着我?"

"水不来得去催,哪里能亏了大少爷和他的这几只雀?在精菜馆执事,还做算盘珠子,拨一拨,动一动,生了脑子有什么用……"

之晴听了几句,自觉不便久留,又别处逛了逛,这才回到荷居。此时,方衡已在那等候。他在炉子前烤着一块用海盐腌过的生牛排,在炭火的烤炙下,牛排"嗞嗞"作响,咖啡的香气早已扑鼻而来。

方衡如此专注,之晴不免心驰:"他家大业大,双亲在堂。生来便是蜜罐儿里的人,有时放纵些也难免。无怪乎旁人都说他玩世不恭……"

用罢晚餐,侍者撤去餐碟,两人才回到兰轩谈事。

之晴不免客套道:"舍妹的兰花,方大少爷青睐有加,我们深感荣幸。"

"大小姐客气了。二小姐种植的兰花的确出彩,本人倾心已久。何况,我们精菜馆里恰好有一间房叫作兰轩。买几盆兰花装饰,再正常不过。"

"纵然这样,也要谢谢方大少爷的盛情。还有东北几家茶行与我家有生意往来,也多承贵府的情……"

方衡一笑:"林大小姐已是润元居的大东家,往后我们见面常有。往后还是照常互相学习、互相照应便是。"

"我初涉商场,难免事有不周。大少爷不必顾忌长辈,多多指教才好。"之晴听方衡满口谦辞,也故意放低姿态。

方衡捻起一片脆梨,微微一笑:"指点谈不上,我也不大爱做生意。这精菜馆嘛,亲手打理了几年不舍得放弃。平日里我又爱看戏,就顺带搭了个戏台,偶尔请北平或沪上的角儿过来唱几出,倒有几位好朋友捧场。若林大小姐对戏曲也感兴趣,逢年过节便请赏光来坐坐。"

之晴知晓此时方衡多半是在敷衍了,遂站起身来向他告辞:"烦请大少爷替家严问候令尊、令堂,我就不再叨扰了。"

方衡笑道:"天色已晚,我也不虚留你。"

之晴领首一笑,告辞了出来,却见方衡匆匆往后庭去。那里灯火辉煌一如白昼,她心下好奇,廊下侍者悄悄道:"一个小厮不知犯了什么浑,一言不合放走了大少爷两只百灵、一只芙蓉和一只画眉,大家都忙着找呢。只怕那小厮今朝要被打死了!"

之晴对此事不便置喙,只应道:"你们忙吧。"

侍者闻言,将之晴送了出来便即向后庭而去。

此时将近九点钟,精菜馆其他的宴席几乎都散了。

望着"精菜馆"三字在灯光的照耀下反射出光辉,之晴总会想起方衡令人舒怀的笑意。她向驾驶员吩咐道:"太晚了回镇上不便,且到行园宿一夜。"

驾驶员正待开车,有两个着装考究的人从精菜馆步出。之晴不免奇道:"这两个人的穿衣打扮与我们本地人不大相同。"

驾驶员顺着之晴注视的方向一看,不以为意:"自方顺豫老太爷那辈起,方家就和日本人做生意。永信升的竹木细货、方鼎兴的紫砂小品在南洋均大有市场,方家要出口这些商品,眼下都要委托日本客商呢!"

"噢……"之晴眉间堆叠起一丝忧虑。原来这小城里的商人们也各有经营的门道,自己以往浑然不知。往后自己该怎样做呢?她陷入沉思。窗外的风景似乎也不那么重要了。

"行园",取"体以行和"之意,原是乾隆年间阳羡大户谢氏的旧宅,后辗转被林家先祖买下。此处庭园规制虽小,然疏池叠石间颇有意趣。

之晴回到卧房,拉亮台灯,静夜里的灯光中依稀能听到电流声。之晴心中有万千事萌出,终究难以安枕,只得歪在沙发上拿了张几天前的报纸消磨精神:大连油厂车间失火,工人死伤者众。前后几个版面浏览一遍,并没有什么鼓舞人心的消息。合上报纸,总觉"工人死伤者众"这句话有些刺心。泱泱大国,受苦受难最多的往往是最底层的那一群人。他们拿着最少的钱,却要做最受累的事情,有时候连生死都顾不上……长夜难寐,之晴只得静待拂晓。

为了不扰杨婆婆夫妇二人,清晨天未亮时,之晴便让驾驶员来接自己回林家庄园。城中道路尚且用石块垒成,铺得平整。甫出城,尽是坑坑洼洼的泥路。车行其上,颠簸不已。说是道路,却也勉强。一辆车行去,对面的马车、骡车断不能并排而过。一经转山头,路又窄了一半,少不得要往田地里偏一偏,颇为考验驾驶技术。若碰到人畜,也只好停车,让行人、牲畜先行。

驾驶员见之晴坐车有些心焦,不由笑道:"往年进出湖汊的路还未有这样宽敞呢,林小姐可知道这里原本叫作'骡埠'？镇上物产丰富,进出却只得靠骡马驮运或走水路。不过,听说政府要造'宜湖官路',于民而言可算好事。"

之晴笑道:"少年时坐船进城也不觉得如何,但凡在大城市里乘过了汽车,便觉得骡车、马车行进得慢了些,恨不能插翅到了才好,可见浮躁了……"之晴虽如此说,却也十分喜欢这山林间的风景。阳羡溪山之美从来不止于精致。这里水木明瑟,鸟语花香。山上除了绿意,还点缀着盛放的映山红。"来往一虚舟,聊随物外游。"千百年前,苏东坡买田阳羡,拟于此地终老,想来这位文学家富有意趣的一生中,阳羡之名最不能忘怀。

制茶时节,茶叶氤氲的香气在整个小镇中飘散。这样的气息不同于花香之馥郁、蜜香之甜腻,却沁人心脾。沏一盏阳羡茶,雪芽如玉叶,金茗似琥珀,甘醇滋味实非他处茶叶可比。在本地茶业界中,头春茶称为"寿眉",其次以"蜂翅"代之,再次则名为"先片""元片""春白茶"……

之晴心道:"阳羡茶乃上天恩赐,天选的好茶决不能在我们这一代没落。"

正想着,见有几个人往丹露家的方向去,行色匆匆,像是出了什么大事。到家后听阿兴说起,才知是丹露的父亲突然殁了。之晴闻言,心生恻然,嘱托阿兴备下吊唁金代她致意。

入夜,吴家燃起一盏煤油灯。三炷香插在一只盛了大半碗糙米的旧瓷碗里,香灰烧落,渐渐将米覆住。吴大娘在一旁折着纸锭,神魂似乎被抽离了大半。丹露姨夫、姨娘得了妹夫亡故的消息,带着两个儿子过来探视。

昏暗的煤油灯下,他们向长凳上坐了,且不道恼,反倒唉声叹气起来:"妹子,这事儿怎么办呢？往后你们娘儿俩,就指着茶园了？我望着你们茶叶上也捞不到几个钱,倒不如推了茶树种庄稼。又或者只将地卖了,手里抓些现钱才好。"

姨夫也道:"我在路上也替你们打算了——妹夫既然无福死了,你们也该寻个由头去那工厂里闹一回,说不定能要到一笔抚恤金。到时候我们两家并一家,也热闹许多!"

丹露坐在灶台边的小凳子上听着,心里仿佛被刺了一下,她站起来冷笑道:"请你们过来是为了商量我爹的后事该怎么办,你们如果方便就搭把手。且算计抚恤金做什么？若拿不到钱,你们头一缩,定不会再上我家门了吧!"

"外甥女，姨夫也是为了你好。这会子你不趁势去讨笔钱，时日一长，鸡飞蛋打，有你们哭的时候。"丹露姨夫恨不能代替丹露去讨钱。

"先顾着眼前吧，人还在这里没安顿呢……"吴大娘心乱如麻，望着躺在床板上死去多时的男人，不由悲从中来。

姨娘家小儿子早已坐不住，见大人们住了口，捂着鼻子叫道："丹露姊姊，你爹死了多少天了？你没闻见臭味吗？"

大儿子力成也开腔劝道："等明朝天一亮，赶紧去镇上棺材铺子买一口棺材来盛着，懊糟成这样不像话……要能得了那工厂的钱，我们一道把家里草棚子修一修，住得也安稳些。"

丹露没等他说完，板起脸道："谁和你是我们？你们的意思我清楚，若得了钱，只怕得先替你们把自个儿家的棚子修一修罢？"

丹露姨娘面上有几分尴尬："我们家丫头自打去了方家做用人，也没拿回来几个钱，不然大可以先支应过去。你这孩子要守孝三年，与我家力成的婚事也得往后拖了。你一个姑娘家，年纪一日大似一日，外头总归会有人嚼舌。我们要修房子，以后家产也是你的。退一万步说，你总也要带些陪嫁来的……"

吴大娘拉住姐姐的手道："阿姊，本就这一两年的事，突然这样……实在对不住。"

丹露将纸锭往火盆里一丢，眼睛朝姨娘一瞪："我们家破败，姨娘一家子待不住的。这外头天擦黑，路难行，就不留你们了。"

丹露姨夫听出丹露话里头的意思，不免悻悻然："外甥女这样说，我们就先回了。什么时候来吊唁可要同我们说一声，别弄得我们亲戚不懂道理似的。"

茅棚里烧起纸锭，不过多时便烟雾缭绕，熏得人头晕脑涨。

姨娘一家正待出门，却听门外有人嚷："吴耕大家可在这里？"

"谁呀？"丹露心头正烦，并没有好声气。

姨娘倏而转身抓住她的手，眉眼间多了几分喜意："你听，是不是外乡口音？只怕是送钱来了！"

丹露瞪了她姨娘一眼，甩开她的手，大步向门外走去。

来者是两个块头粗壮的男人，见到丹露倒收了几分凶相："你是吴耕大闺女？"

"有什么事?"丹露拦在门前。

"要账!"其中一个脸上有刀疤的男人啐了一口,"不为着要账,老子从山东跑到这?坐船坐得头昏!连个烧刀子都没喝上一口!"

"我家从不欠账。"丹露道。

"你老子借了钱没还,我们这有借据!"

"我爹死了,怎么还会欠账?"丹露听大汉这样说,心中一慌。

"人死账不能销。否则天下谁敢借钱?你要想好,不还钱,我们不让出殡。还有,老子做的可不止是要账的买卖!"

来人分明是打手的模样,吴大娘胆战心惊,又怕女儿吃亏,忙上前问道:"我男人欠你们多少钱?"

"也不算太多,一百块银圆!"

"什么?"吴大娘倒吸了一口凉气,丹露姨娘一家也面面相觑。

"你们一家人凑凑了账,我们回头也能向东家交代。"另一个男人脸皮漆黑,眉心仿佛印了个"川"字。他将借据凑近煤油灯给他们看清楚了:"白纸黑字,逃不掉的。"

丹露咬了咬唇,脸色煞白:"一百块银圆……我们家穷成这样……"

刀疤脸冷声道:"要不是他拖欠了一个多月,我们也不会来找他!谁知道他死了,累得我们跑这么老远来要债!若再要叠加两分的利息,还不止这个数!"

吴大娘看着字据就是自己男人的手笔,她虽不识字,心下倒已认了这桩事,霎时间六神无主,只好向姊姊求告:"你们家好歹宽裕些,求你们帮我们一把,往后我同丹露任凭你们怎样……"

"妹子你昏头了?我们一家挣钱,四个人花,以前还指着丹露嫁过来帮着修一修草棚呢。你男人借了那么多银圆,平日总归没有亏待你们母女,听说一年也寄回一二十块银圆的,这会你哭什么穷……"丹露姨娘忙从口袋里掏摸了一阵,抓出几角钱来放在桌上,"这里头也有吊唁的钱,本来准备明朝给你的,现在就拿去,省得让村里人说我们一分钱也不帮你。你男人的事,你自己料理停当吧!"

吴大娘闻言,知道姊姊在撇清干系,她顿时没了指望,不由涕泪滂沱:"这可怎么好，你们勒死我算了！"

"你死了，你男人的账，我们只向你闺女讨！讨不着，将她带到山东去，卖与烟客。你要死要活，我们管不着……"要债的都是打手出身，出来要账，早已习惯了苦瓢子们的一举一动，心如铁石，哪里会轻易转圜。

"我家丹露定了亲，你们不能卖了她。"吴大娘眼泪涌出，勉力将丹露拉到身后。腿上一软，便向要债的跪了下来。

"姑爷家有钱，也可替你们还债。"

听到这话，丹露觑着力成道："赵力成，你能借我多少银圆？"

听丹露这样问，赵力成早低下头去："我……我又没钱，你问我爹……"

"一百块银圆，老子这半辈子都没见过呢！那么大笔钱，我就不信吴耕大能一个人昧下了！"姨夫见此形势，横了丹露一眼，带了家人便向屋外走去。到了院中，他停步冲着吴大娘道："妹子，照我说，两个孩子的婚事就不作数了吧！"

丹露忙挽住她姆妈，扭头冲着门外道："你们快滚！我可不认得谁是亲戚！"

要债的早已听得不耐烦："啰唆什么？一百块银圆怎么还？"

丹露将吴大娘扶到桌边坐下，这才道："你们且到镇上住着，等出了殡，你们再来讨账。若到时候我家还不起，烧了房子也好，把我卖了也罢，只求给我姆妈留个清净。"

听丹露如此说，吴大娘的眼泪止不住地往下流。连日来，桩桩件件的事令她心痛欲裂又无可奈何："丫头啊，姆妈不中用，连累你了……"

要债的鼻子里"哼"了一声："住宿的钱也记你们账上，别让我们贴了路费，住也住不踏实！等要拿人抵债，只怕你娘这张老脸也要拿出去卖！"

吴大娘脸色煞白，哆哆嗦嗦地将还没焐热的几角钱拿出来，递到刀疤脸的手中："你们拿去喝酒，我们这几天想办法把钱凑凑……"

丹露眼见那两个要债的拂袖而去，心中倒有一丝松快，她再也不用见到姨娘那一家人了！她抹了一把泪，打了井水洗了脸："姆妈，我们家现在还有多少钱？"

"连带林家赏的，不到十块银圆……姆妈还得给你存嫁妆啊！"

"嫁妆？让我嫁谁去！这年头，乡下几个女子有嫁妆？"丹露心头痛楚，半晌才道，"我们先紧着给爹买寿材、衣帽，还要搭棚子做豆腐饭，请人做糕……"丹露何曾经历过这些，说着说着止不住大放悲声。

母女两个千头万绪，一个打定主意若实在抗不过去，便是个死，好歹得让女儿逃出去；另一个却想着再不可让姆妈受此苦楚……终于熬到天蒙蒙亮。恰是茶农们出工时，他们背着茶篓，往茶山上走，一路说说笑笑。阿兴赶着马车经过，见丹露在路上走着，便招呼道："吴姑娘，我捎你一程吧。"

"不必麻烦了。"丹露闷声道。

"昨儿制了新茶，我拉去镇上，可顺带送你。"

丹露摇头道："做生意的最讲究吉利，你既带了货物，就别沾了我的晦气。"

阿兴勒住缰绳，跳下马车："你多心了。乡里乡亲，我顺带帮一下忙不过是举手之劳。"

丹露和阿兴僵持在路中间许久，眼见后头又有骡车经过，只得上车让路。阿兴打马前行，两人相对无言。不一会儿，丹露竟靠着马车壁浅浅地睡着了。她腮边犹挂着一滴泪珠，不知过了多久，才被山风吹得了无痕迹。

到了晚间，死者终于入殓。白布幔中，丹露麻衣重孝跪在灵前。炭盆中烈焰烘烤着她的面颊，她心中有万千心事，一声也哭不出来。

送殡前一夜，丹露跪在林家庄园门前。老王见这样一个头上簪着白花的姑娘跪着，忙出来问道："你有什么委屈？怎么跪在这里？"

丹露摇摇头："老伯，我没有什么委屈。家里碰到了些难处，想求见你家大小姐。我爹刚过背，还未脱缟，不好登门。如果林大小姐在家中，能不能请她出来同我见一面？实在为难的话，就烦劳告诉丁管事一声吧。"说着，又捧起一只小竹篮递到老王手里，"这里头有几方糕，请交给他们。"

老王知道她前几日来过庄园送茶叶，见她家逢巨变也守着人情规矩，心中也有几分顾惜："别跪着了，地上小石子多，怪硌人的。我去叫人传一声，问问大小姐是否有空，这篮子糕你亲自交给她吧。"

丹露苍白着脸，唇上亦无一丝血色。不知等了多久，之晴才到了她的面前。

"丹露姑娘，请节哀！"之晴见她额上一片青紫，心中有些不忍。

丹露向之晴见礼："今朝我来有事想求大小姐。"

"不知道我能否帮得上忙？"

"我爹在外头欠了债，我和姆妈决定了要替他还上。讨债的说，不算额外利息且要一百块银圆,我同姆妈想过了,爹虽死了,欠人家的债总归要还。可我家实在没钱,只有祖上留下来的三亩多茶园。要是林大小姐不嫌弃,我情愿低价卖出,只求凑足了钱将债主打发走。"

之晴接过地契一看:"三亩茶园你准备卖什么价?"

"五十块银圆。"丹露小心翼翼地讲了一个数。

之晴微微一笑:"我给你六十块银圆。"

"林大小姐……"丹露万分意外,"我家的地哪里能值六十块银圆?"

"你在这个时候找我,我合该救急。且你家茶园就在我家茶园边上,往后管理起来更便宜。"之晴让老王叫了崔嫂子来,往账房去支钱。

之晴见她仍旧忐忑难安,又道:"契约手续什么时候办看你方便。这些银圆你拿回去使用,我再借你四十块银圆,你同你姆妈往后赚了钱再慢慢还,我不收你利息。"

听到这样的话,感动之情顿时盖过了兴奋之意,丹露愣神片刻便以头抢地:"大小姐,我就是死了也不忘这份恩德!"

"茶园虽抵给我了,往后还有几日辰光可以采摘,还是交由你打理。"之晴挽她起身,再命车夫赶了一辆马车出来,"你一个姑娘家拿了钱不便,我让老胡送你一趟。等债主来交割完毕,老胡再回来,以免让外人欺负你们孤儿寡母。"

丹露一愣,千恩万谢的话哽在喉头怎么也说不出口,只好点点头上车去了。

此前,她满心委屈,她再怎样刚强,究竟只是个女子,哪里犟得过有财有势的人?

她曾去寻范家的管事,跪在他跟前磕破了头,范家管事的只道她家茶山离范家的茶园太远,来往不便。若定要转卖,只许她三十块银圆。一听丹露家欠下一百块银圆,知道她被逼得没了办法。心中生了一计,他的意思要让丹露委身于他,做一房外室。再许她家二十块银圆,且打发讨债的离开。到时候,丹露改名换姓,烧了现在的破茅草棚,谁还能找到?他平素一本正经,谁知道竟起了这样的心思?丹露顿觉受到了侮辱,站起身来道:"我虽穷,但也没到给人去做小老婆的地步。"

范家管事的冷笑着拦在门前,凑到她耳旁:"如今几块银圆就能买一个乡下黄毛丫头,还不带杂的,就算年纪尚小,亲自养几年也更放心。你跟人家定过亲,撕破脸面退了婚,还不知道平素是不是检点。做小老婆,都算抬举你。说得不好听些,你这种人家出身又死了老子,就是做妍妇的相道!走出这个门,看你什么时候能还清这笔款子!"

丹露无语凝噎,在这个时节,人们大多吃不饱、穿不暖,恨不能卖儿卖女。哪有几户人家会有余钱买?即便卖了地,她也无法凑够钱去还清一百块银圆的巨债……可她怎会忍得给一个半老头子侮辱!她拼尽力气推开了范家管事的,又恨恨地刮了他一眼。范家管事的也发了狠——他第一次受到一个乡下丫头片子的轻慢,随即拽住丹露甩手给了她一巴掌。脸上的痛在脑子里"嗡嗡"作响,丹露好半天才回过神来。

她没做过任何不要脸的事,依旧会被更有"权势"的人扇巴掌,甚至不能反抗。眼泪流在颊上,热辣辣的。她捂住脸直往外头跑,不知跑了多久才被一块石头绊倒。膝盖上血红汪出,令她清醒了几分:"自己是否太心急了?若范家管事的以后报复姆妈该怎么办?自己死了又有什么关系,只要姆妈能平安过下半世就够了。要债的人苦苦相逼,再过一天筹不出钱,就要被那两个要债的带去山东,死生不知,只怕比给人当小老婆还要污糟……"她心乱如麻,一时间一阵气短胸闷。

湖汊镇上,唯有林家富庶。她认识的商贾不多,待她和气的也只有林家大小姐和丁管事。

万般无奈下,丹露只好强撑着去找之晴。她万万没有想到,之晴没有给她半分为难。"从今往后,自己这一条命,都豁出去给林家大小姐了……"丹露捧着这一大笔钱,泪如雨下。连日思虑,她疲惫不堪,几近昏死过去。好歹母女两个相伴支应着,渡过了最难挨的辰光。

过了"断七",丹露提前脱了孝,忧思劬劳亦让她脱了相。不承想,她姨娘一家又上门来:"既然外甥女脱孝了,我们提前办了事也好。"她听到了些许风声,知道丹露家还上了债,以为丹露母女瞒下了钱。她暗悔当日自己夫妻两个急着撇清干系,让妹妹和外甥女起了疑心。

吴大娘是个没脚蟹,听了姊姊的话无所适从:"这……我说了不算数。"

见姨娘涎着脸讨好,丹露心头有说不出的厌恶。她坐在灶膛前把柴拗得

"啪啪"作响:"下聘的礼我家从未见到,只听过你们说要退亲。"

姨娘堆了笑:"当时那两个男人块头那么大,声势吓人,我们强出头,他们向力成兄弟两个逼债怎么办?现在事情都了了,你往后嫁来,有的是好日子!"

丹露"哧——"的一声冷笑起来,走到门边上跐着门槛道:"我们债虽清了,可这茶园也卖给了别人,还写了几十块银圆的欠条在人家那里。如今更穷了,只怕要为奴为仆才能抵债。你儿子我高攀不上,你男人那日也说得明白,我们两家从此不必来往!"

姨娘笑了笑:"这话不像一个姑娘家能说出口的。你铁了心不与力成续婚约,总要给我几个退婚钱去去晦气!"

丹露脸色一变:"退婚钱?"

"二十块银圆。"姨娘依旧笑着。

"只怕你以为我家的钱都是大风刮来的呢,也亏你开得了这口!问问你家几口人,一年能不能攒下二十块银圆罢!几天前,范家管事的同我明白地说了,我们这些粗人命贱,这个时节几块银圆就能在乡下买个人,你家儿子金子做的?肩不能扛,手不能提,还指着天上掉下馅饼来?回家照照镜子,别让人发笑吧!"丹露见阿兴正赶了马车路过,忙招呼道,"丁管事,你来替我做个见证,这户人家上门敲诈,还请你让警察来查问个明白!"

姨娘见丹露丝毫未留情面,吴大娘又只顾着伤心,自知叫嚷开来虽丢了丹露的人,最终自己也占不到半毛钱便宜,只好偃旗息鼓,带着儿子往外头去。终归心有不甘,遂不住念叨:"这黄毛丫头倒同人牙子一样算起了这本账,可见也是个厉害的。口口声声范家、林家,只怕同那些人家的管事早就勾搭上了手,谁敢娶她做现成的王八?做姑娘时克父,出嫁后必克夫,亏得力成不要她……这死丫头,没什么好下场!"

丹露分明听见了这话,"砰——"的一声摔了门,拉过一只破竹筐就往她姨娘背后砸去。她姨娘吓了一跳,知道是丹露,哪里敢回头,直骂骂咧咧地往大路上走。

见丹露兀自气闷,阿兴从马车上拿下一包蚕豆递给她:"这时鲜货晚上炒了与你姆妈同吃。"

吴大娘脸上十分过不去:"这时景里的蚕豆有钱也买不来,哪里轮得到我们吃？丁管事太客气了。"

丹露平复心绪，奉茶恳求道："采茶季过了，我又听不得那些人隔三岔五地聒噪，如果林家庄园缺人手，请丁爷将我领去干些粗活可好？我并不要工钱，只求尽一尽心，能还大小姐的情。"

这些日子丹露受的煎熬非比寻常，阿兴又知晓之晴对丹露的实诚颇为赞许，于是道："你想来庄园，我可以做主。可往后没了自由，又撇下你姆妈一人在家，你能放心吗？"

丹露道："我爹的后事办完，再修一修这破草棚子，家里一分钱也不剩了。今年一季茶，我家也误了大半。何况，还欠着大小姐那么多钱。再不寻份事情，日日坐在草鞋耙头前也难让我姆妈过得舒心。"

阿兴又问着吴大娘，吴大娘堆笑道："你们这样的人家肯收下她，给她饭吃，是她上辈子修来的福分。我年岁又不算大，可以料理自己。她去了，家里能少些嚼用，也算帮我了。"

第四章 长愿相随

到了立夏前几日，槐花开得正好，丹露果真往林家庄园来了。庄园外漫山的翠竹将林家庄园环绕其间，庄园里生活着的人多得了一份闲适、安宁。庄园外牌楼上的字，丹露恰好都认得——江南第一春。

丹露心道："林家庄园做了百年贡茶，到今朝名头仍在阳羡城里排得上号。我家虽没了茶园，若往后能在林家安安稳稳做事，总有口饱饭吃。但凡有了工钱，就慢慢偿还给大小姐……"

一路走到庄园，风尘仆仆。丹露向门房老王道："老伯，我来庄园做工，找丁管事。"

老王认出了她，遂请家丁将丹露带往崔嫂子处。

走过青柳曳地的水池边，再从一大片满地都是开败了的泡桐花的树底穿过，连廊尽头便是崔嫂子的住所。崔嫂子房里陈设整洁大方，搁着一张四仙桌、一张条案。条案正中摆着一只小钟，"嘀嗒嘀嗒"地走着，丹露瞩目了半响，觉得有几分新奇。见丹露进来，崔嫂子未语先笑："我头先还与丁管事说，你办事爽利，留在我们庄园才好呢！没承想你果真来了，我让人带你去梳洗吧。"

丹露与崔嫂子初见，只觉她眉梢带俏，又知道她是园内管事的，于是对她存了几分敬重。但见庄园内外的人均穿着整洁，丹露从包袱里头拿出一件浆洗干净的花布衫道："我带来的衣裤还合用吗？"

这件衣服用了数块碎布拼凑而成，着实花了工夫，却实在不太像样。崔嫂子替她收起，软语道："到我们庄园做工，自会给你裁四时衣裳，你这衣服不如回家再穿吧。"庄园里头丫鬟和小厮们的衣服，统一用花洋布和蓝土林布量身裁制。一望衣衫便知哪些人是内宅伺候的，哪些人是专跑外头的。崔嫂子打起帘子拿出一身半新的衣裳来，笑道："这是我女儿宁儿素日里穿的。她和你身量差不多，你先将就几日，待裕隆昌送了新衣服来，你再把旧的还给我。家里丫头、婆子的衣服只得一换一洗，没有多的，可要爱惜些……"丹露往里间一张望，帘子那面是一张木床，白铜帐钩钩着纱帐，床上铺着两床半新不旧的棉花被，靠墙立着一扇杉木打的衣柜。这样的家具、铺盖，令丹露心头好生羡慕。

崔嫂子正给丹露比着衣裳，阿兴来了，见着丹露笑道："既来了，只盼姑娘不要想家。"

丹露含笑着与阿兴见礼："多谢丁管事。"

阿兴道："可别如此了，这家里上下都叫我阿兴。"

崔嫂子也笑道："你不如同宁儿一样，叫一声'阿兴哥哥'就罢了。"

丹露一笑，仍不敢逾矩。

再见到丹露时，她宛若换了副头面，周身散发着好闻的肥皂香。原本两条麻花瓣，现用红头绳好好地系成一股，一身蓝布衫剪裁齐整，十分合身。她皮肤虽不甚白，但因常在地里劳作，身材甚是匀称，眸子里依旧流露着一丝慧黠之色。

阿兴向崔嫂子道："我带她先去见老爷和之晴。"

崔嫂子一面送她出来，一面嘱咐道："内苑是老爷和小姐们的住所，哪些人当值伺候都有定数，不可乱走乱逛。"

丹露会意，将包裹递给崔嫂子："请先替我收着，等我见过大小姐再来取。"

崔嫂子答应着去了，丹露一路跟着阿兴穿过前厅、廊桥、草坪，到了内苑兰圃。

小蕙正在给兰花浇水，见阿兴领了个姑娘进来，不由笑道："哟，丁管事，这是你新媳妇吧？"

"这位丹露姑娘往后跟着大小姐做事，你们认一认也好。"阿兴并不理小蕙的打趣。

小蕙放下喷壶，向阿兴道："既要找大小姐，待我去通报一声。这里地方小，不如还是回潇碧苑见吧。"

阿兴听了这话，软语道："就这见一见罢了，还能给之岚请个安，省得跑两趟。"

小蕙抿嘴一笑："原是为了这个。你们且等等，我去回一声。"

不一会儿，便见之晴出来。之晴还未走到近前，丹露忙要跪下行礼。之晴挽住她道："虚礼就免了。如今是民国了，不必动不动就跪下。"

之岚坐在一边喝着银耳羹，向之晴道："这位姑娘不大肯说话。"

之晴道："我初见丹露时，她颇有些气概，令人眼前一亮呢。"

丹露忙行礼道："但凡我做得不好，还请两位小姐、小蕙姊姊教导。"

之晴道："我家从不苛待用人，但有两点，你务必记牢。第一，尽心做好分内事，不拜高踩低；第二，无论何时何地，做人自律，不损我林家名声。"

丹露一一答应："大小姐怎么说，我便怎么做，请大小姐放心。一切行动，老天看着呢。"

这一席话说出，倒让之岚暗中感叹姊姊终于也收了一个明事理的丫鬟，心中亦为姊姊高兴。

之晴看了看架上的钟，这才道："今朝让父亲久等了，我们先去用早饭。丹露，你晚些也跟着来向老爷请个安。"

丹露听之晴这般说，心知已能留下做事，不免脸上添了喜色。她跟着阿兴走出来，听得阿兴道："大小姐是管家的，你跟着她往后可有得忙。"

丹露粲然一笑，露出编贝似的牙齿："忙怕什么？ 在家采茶时还不是起得比鸡早，睡得比狗晚？"

阿兴听她口中满是乡间的俗话，好气又好笑："猫啊狗的，让老爷、小姐们听了不雅。"

"猫狗都不许说?"丹露吐了吐舌,打量着四下并无旁人,这才放下心。

阿兴知她一时半会儿自然是改不过来的。好在丹露一扫前些日子丧父的低落,振作了起来。他心想,这个姑娘若能一直跟着之晴,性情自然会较往日不同。难得她有几分正气,这也是之晴看重她的地方。想到这里,阿兴不免提醒丹露:"林家对下人很好,却也不是没有要求。你在家自由惯了,难免不习惯拘束的日子。现在趁没有见过老爷,还有反悔的余地。"

丹露停下步子,正色道:"你说的我知道。可姆妈年纪一年比一年大,总不能一直指望她坐在草鞋耙头前编织。就算采茶,再过几年精力、眼神够不上,也采不得多少了。小时候,我曾想过念书,大了能过上不用看人脸色的日子。可也得认命不是? 生在穷苦人家,做什么想着不是自己该想的事? 我欠林家的债总要还清。"

阿兴绝没有想到丹露心中竟藏着这些事。说话间,小蕙已陪了之晴、之岚到倚翠阁用饭。阿兴带着丹露在林家庄园略逛了逛,度量着林氏父女将要用完饭了,才带着丹露往倚翠阁去。

路过前厅时,宁儿听闻之晴留下丹露,便过来道喜:"你的东西我都放妥了,若大小姐令你同住潇碧苑,我再让小丫头们把东西送去。"

丹露道了谢,跟着阿兴穿过游廊到倚翠阁来见林老爷。此时,崔嫂子正在跟前。林老爷只道:"伺候用饭让小丫头们上来,你是庄园的老人了,不必这样辛苦。"

之岚淡淡地笑着附和:"若觉小丫头们毛躁,可让宁儿到我们跟前,她办事也极为妥当。"

崔嫂子脸一红,忙答应着下去。阿兴恰好领着丹露进来。

"丹露给老爷请安,给大小姐、二小姐请安。"

林老爷放下碗箸,问道:"你是哪里人,怎么会想到来我们家做事?"

"我也是湖汊人,须做工替亡父还债。"

"家里还有什么亲戚?"

"就我同姆妈两人。"丹露想起姨娘一家,几次寒心,终究说不出口。

"你母亲可还康健? 是否需要时常照应?"

丹露规矩地答道:"回老爷的话,我姆妈身体好,平常料理门前几分地糊口。"

林老爷道："既如此，好好地跟着之晴，定不亏待你。往后内宅有事只管问崔嫂子或宁儿，外头有事可找阿兴。"

丹露应了，方准备与阿兴一道出去。

之晴叫住二人："丹露既跟着我，便与我住一道。我卧室外有个小隔间，收拾一张床出来再添一个衣橱，晚上我和她也好有个伴。"

阿兴听见之晴这样安排，便嘱托宁儿拿了丹露的物品，先往后头去了。

林老爷见之晴又要出门，不由道："每日不知你忙些什么？"

"过一阵子您就知道了，且放心吧。"之晴说着，命丹露在自己身边坐下，"老王说你一早就来了，早餐也未认真吃吧？这里几块酥饼我们未动过，你要是不嫌就吃些。紫砂锅里还有绿豆汤，你盛一碗喝。"

丹露受宠若惊，连连摇手道："大小姐，我不过是下人，你们的吃食我怎么好……"

"我们今朝要出门，不知何时回来，总不能挨饿。"

之晴这样说，丹露才放下心。她只在桌边站着，喝了两碗绿豆汤，吃了一块酥饼，觉着已有十分饱，才小心翼翼地放下碗勺。

之晴向阿兴道："你陪父亲坐一坐，我要出门逛去了。"

"大小姐，我们这是去哪里？"两人出了门，丹露才大着胆子问之晴。

之晴含笑道："茶商的经营仰赖天时，也仰赖茶农。若不关心茶农心中所思所想，将来也谈不上发展阳羡茶产业。"

丹露闻言，不觉想到曾经自家艰难："大小姐，湖㳇这些小茶农压根就没什么路可走。坐了船出去卖一趟茶，有的连船钱都挣不回来。"

"哦？"之晴从来不知道那些小茶农的事情，央着丹露多讲一些。丹露便打开了话匣子："其他茶农有像我家一样卖鲜叶的，也有采了鲜叶粗加工后卖给大茶行的。大茶行精加工后的茶叶成色比我们自制的要好许多——就像范家老爷的茶号泰利丰，既收鲜叶也收粗加工的茶叶。他家的茶园不大，但经营得挺好，我听说有些茶农想学着他的法子做呢……"

过了春日，茶园内外少了些人气，却引来无数蝴蝶、蜜蜂在此间寻觅花蜜。最终大多无功而返，只好向着蔷薇、槐花怒放处飞去。

前些日子，之晴随阿兴在茶市上考察良久，了解了情况：本地茶商各自为政,恨不得你吃了我、我吃了你。但凡有客商来,一个个争先恐后,生怕脚下慢了一步,客商被他人抢去。各家掌柜、朝奉都乌压压地挤在码头上,无不眼疾手快,只盼着绊住客商。客商每至别户,掌柜们便想着法子派遣伙计去探听虚实。"同行必妒"这个词,在他们身上体现得淋漓尽致。

此后,之晴走访了湖汶许多户茶农,没有人不抱怨大东家给的工钱少的。

"若多给工钱,你们肯多花工夫做事吗?"之晴问。

茶农诉苦道:"采茶叶费力气也费眼睛,我们生在这里也是没法子。但凡想开点,丢下老小去外地工厂做活,也能多赚些钱。这里的茶号老板,大多坐在家里等人伺候,哪里知道我们的苦? 我们采茶人哪怕能拿到他们赚头里的几分几厘,也不至于日日吃不上饱饭了。"

丹露大有同感:"我们采茶叶,都为了换口粮食吃。粮食吃不饱,倒不如将茶园改成田地。"

之晴也曾听父亲说,湖汶茶园、竹行最多,可常年缺粮,粮油多从无锡等地运入。镇上南货店一年四季生意兴隆,且与牙行联系紧密。方家上代经营南货,牢牢把控着湖汶地区的南货市场,从大米、面粉、菜油到白糖、食盐、烟酒,应有尽有。曲尺形柜台尽头,青龙牌当街而立,在那个年代,五开间的门面显得格外气派。

如今,方家在湖汶主营竹货,兼营柴行,几乎将湖汶整个竹器市场垄断。方家城里商号则专造细货出口,大路货都往东北运,镇上的南货因此依然供应不足。之晴想,若能给茶农多派些福利,逢年过节自家茶农能领到些白糖、烟酒,施些小惠也能聚拢人心……

走访过茶农,之晴携丹露往湖汶老街上去。老街路面全由青条石和黄石铺成,两边均是明清二层式建筑,颇有几分兴旺之景。脚夫推着独轮车在横街上来来往往,运载着木柴、煤炭等物。有一架独轮车运载沉重,将石板洼隙的泥水溅了出来,正巧落在之晴裤脚上。之晴微微蹙眉,但心知往后此事常有,寻常农人哪能如此爱洁净,也就不论了。两人走到万胜茶楼坐下,小二提了声招呼:"小姐喝头春红茶还是雀舌? 吃些什么小食呢?"

"我尝尝你家雀舌吧。"

掌柜的笑道:"好嘞! 女客两位,楼上就座!"

小二早已得了信儿,从老虎灶中勺了开水冲到洋桶壶中:"雀舌一壶——"他揽了两只碗,提着洋桶壶小跑着上楼。

之晴接了茶碗喝茶,看着窗外河埠头的热闹景象,赞了一句:"这竹货买卖不输我们茶市啊!"

小二笑道:"只方家一户,每日就能收三千担竹货,都从这画溪河上运呢。再加上同源裕、江永泰几家,这画溪河上每日都有好光景!"

丹露听小二如此说,也道:"牙行生意兴隆,你们万胜楼也一块儿发财!"

小二眉开眼笑:"承姑娘吉言,我们做伙计的不过跑跑腿罢了。"

"你在万胜楼多久了?"之晴问。

小二老实答道:"我做伙计五年了。"

"这五年里,南来北往的客商自然不少,可有品评你家茶叶的?"

小二低头想了片刻:"有哇。我们茶楼的茶多来自于本地,做红茶多,做绿茶少。有些客商若考究些,想喝绿茶,他们能选择的余地就不多了。"

"有什么说法?"

"我们万胜楼的茶不比横街西口的顺和楼与头庄、二庄的龙泉、一品香,不过是个小店,茶叶自然不如那些茶楼齐备。来我们这边的虽有客商,但大多是做苦力的粗人,来喝碗茶水恨不能茶汁浓得如墨水般,否则便不叫吃茶,讨一碗开水吃更杀渴。工人爱喝我们当地滋味浓重的雨后红茶;绿茶清透甘爽,更合士绅老爷们的口味。"

之晴恍然。小二在楼上抹了桌子,听见掌柜的喊他,忙下楼招呼其他茶客去了。

放眼望去,画溪河几个埠头旁,被火轮、竹筏挤得水泄不通。丹露道:"听人说,正式纳了帖的竹行也有二十家呢,永信升的规模最大。但近年来方家放了永信升的生意,另开了一家柴木行叫作和德盛,主营松枝、茅柴、木炭,还日日运往蜀山烧窑用。"

之晴放下茶碗笑道:"你竟知道这些?"

丹露点头道:"我和姆妈打的草鞋往日就是运去蜀山卖的。有时候,碰上运茅柴的船,便央船老大捎我一道去。等到他们卸完货装上了新货,我的草鞋还没卖完,少不得折价贱卖,只求变几个现钱使。另则也不能亏了船家,每趟总要送他们两双草鞋穿。好几次遇上大雨,浇得我浑身湿透,得了风寒还没钱抓药吃,只能烧两壶热水灌下去,那时以为要送命了,还好阎王不愿收!"

丹露将这些话当成玩笑讲,之晴却起了恻然之意:他们这些农家孩子所受的苦,自己哪里能体会到呢?

回到庄园,之晴找来阿兴询问自家茶叶的销售渠道。阿兴道:"我们润元居的茶叶,一部分通过上海的洋行出口。但近年来,印度、锡兰等地的茶叶兴起,阳羡茶已不如往年畅销。各大茶行各自为政,只求高产,却无法真正管控品质。我们的茶叶也受此影响,长此以往只怕难以为继。"

"往年你同父亲商讨过对策吗?"

"茶行越大,受制约越多。譬如采茶一项:采茶工人不可能全拣芽头采,掺些叶片可压秤。收鲜叶的管事也不见得会一一查看,如果真严格起来,往后也难有人替我们采茶了。他们茶农本就拿不了几个钱,我们心知肚明,也不好再多为难他们。若一言不合,茶农闹起事来,我们并无道理可讲。假使耽搁一季茶叶,我们更得不偿失。"

之晴道:"大茶商们不肯多出钱,茶农自然心灰意冷。且让他们有口饱饭吃,才可以再谈提高茶叶品质。另则,茶号的伙计们也是跑销路的主力,我们也要为他们多思虑一番。做东家的少赚些,也没什么大不了的。"

"投鼠忌器,怕只怕我们一家开了先例,让其他商号没法辖制下面的人,坏了商号之间的和气。另则,茶农岂是好相与的?你施了恩,有人未必领情。饱暖思淫欲,往年我们借田给人耕种,也有赖账不交租的呢。我们讲道理,可有些人是讲不成道理的。"阿兴犹豫了半日,说出隐忧。

"你的顾忌我知道。一直以来,大家无不为自身利益考量,是以没有茶农肯全力以赴为主家干事,主家也顾忌茶农得寸进尺,一直弹压着不许他们出头。事到如今,如果还没有人站出来为阳羡茶的发展做一点事,我们岂非空担了'芬芳冠世'的名头?贡茶盛世确然不会再有,可延续阳羡茶之美名、疏通茶路已然是当务之急!"之晴自有她的期待。

晚饭后,之晴送林老爷回房。说起午后与阿兴谈过的事,林老爷沉吟了半晌:"你一个姑娘家,刚掌家业,不宜树敌太多。约束茶农不可仅施恩惠,适时敲打更为重要。有些人穷极了也不怕什么，反倒闹得我们这些主家没脸。阿兴与茶农打了多年交道，深知他们的脾性和品行。他的话，你要多放在心上。改革须循序渐进，才能真正深入人心。"

夜已深沉，林家庄园中草木散发着幽香。崔嫂子带着上夜的家丁经过，见之晴站在一株海棠花树下，忙上来见礼："大小姐，夜里风大，还请回屋歇着吧。"

之晴见她殷切，遂道："崔嫂子，你受累了。明朝一早还要烦你请账房先生到茶室说话。"

崔嫂子答应着，又带着家丁们到处查看不提。

回到潇碧苑，丹露正在之晴房里铺床。之晴坐在桌前，将钢笔汲了墨水，把林家田地、茶园的分布一一绘在纸上。

之晴久久不睡，丹露亲自在外间炖了莲子羹，用文火温着等之晴想起时吃。她歪在茶室外头的一张小榻上，不知不觉就睡着了。

之晴熬了半宿，将图纸画好。等到清晨便吩咐账房先生拿来账簿，核对家里的银钱。一看之下，才知林家银钱虽不少，但有大部分要先紧着流动，自己可支配的钱不过千余银圆。

首先要扩大茶园，其次要改革茶业管理模式。近年来，政局不稳，外商加税，导致茶叶滞销。许多小茶商和散户均毁茶种粮，全国茶产业其实已在走下坡路……

"若不向银行借贷，不如卖掉一些田地更便宜。"之晴搁下钢笔，若有所思。

"大小姐才回国，可能不大知道土地的价格。如今地不值钱，每年倒要给政府缴税。我们这旱地十来块银圆一亩也没人要呢！我不敢瞒大小姐，我本就打算这辈子卖身给林家，慢慢抵债。"丹露怯怯地说道。

之晴在窗前来来回回地踱步，转头见丹露局促，忙宽她的心："你家的茶园是我要买的，往后由林家自负盈亏，与你无关。图纸上我用红色墨标出的地是水田，总能卖个好价。"之晴思量了片刻，做出决定，"再找些急着出手的茶园压价买入。在此节上你懂得比我多，十里八乡路径又熟，这事就交给你去办。"

"是。"丹露答应道。

第二日午后，阿兴匆匆来到潇碧苑中。丹露上前拦道："大小姐在午睡呢。"她有些纳罕,阿兴从来和颜悦色,不知今朝为何这样焦急。

"卖地的事情,是否与之晴有关?"

之晴早已听到阿兴的声音,推开窗格道:"阿兴哥哥,你且坐一坐,我换身衣服就来。"

丹露见他来回踱步,眉头深锁,不免轻声道:"丁管事,你别急。"

"如今让老爷知道卖地这件事了!你是跟着之晴的人,怎么不劝劝?若牵连起来,只怕你会受委屈。"丹露闻言垂下头,阿兴眼见着又有几分叹息。

两人正说着,之晴已换了便服出来:"既然父亲找我,一道去吧。"

三人还未到书房门口,已见着之岚站在廊上,显然在等着他们。

"阿兴哥哥,你也来了?"之岚微微讶异,"姊姊,到底发生了什么事?"

之晴说道:"之岚,我独断了一桩要紧事,你定要觑着空哄父亲开心……"

"在门外站着做什么,还不都进来!"林老爷这般疾言厉色,之岚不禁攥住了小蕙的手。之晴一咬牙,第一个跨进门槛。

"父亲安好。"之晴垂头请安。

"安好?林之晴,你眼里还有我这个父亲吗?!卖地这么大的事情,竟独断专行!"林老爷怫然之色顿现,阿兴忙上去扶他坐下,亲自沏茶上来。

之晴道:"父亲是守成之人。若我将卖地之事提出,父亲定然不允,此事就只得作罢。如今我虽拂逆了父亲的意思,但我自会和父亲一一解释为何如此。"

"既如此,你倒是说说看。"林老爷怒气未平,之岚在一旁站着,也不敢坐下。

之晴缓缓言道:"我们湖㳇是阳羡最大的茶叶产区,阳羡则是江苏最大的茶叶产区。简而言之,湖㳇茶自当为江苏茶业界的表率。从唐朝起,湖㳇就出产贡茶,官营督造。谁知到了今朝,栽培技术成熟了,我们所产的茶倒不比往日好销了。现今说到好茶,或推滇地,或论徽州。阳羡茶的美誉,一落千丈。我们各家的伙计们也不动心思到底如何销售才能胜人一筹,只顾着去码头招徕客商,吹捧自家,贬低别家。近年,多少散户或出手茶园,或将茶园推平种粮。长此以往,阳羡茶岂非成了笑话?女儿想改革,从我们的茶园、商号起,由小及大,推己及人,让大家明白,提高茶人和伙计的信心,往后才能更好地与客商合作。因此,我要卖掉一部分田产作为资金。"

"你问账房要了账本去看,可见你需要的不只是这几千块银圆。这些大事的决策可能关系林家根本,你总要与大家议一议才好。"

"是。如果改革顺利,我们还要扩大茶园规模。这些并非能一蹴而就,因此我需要慢慢筹谋,一些好的地我着人暗中买下,免得明面上与其他茶行有争持。"

林老爷听了之晴的话,终有踟蹰:"我们林家好不容易有今朝这样的局面,你这样大动干戈,怕经受不起啊。时势逼人,如今做东家,守业比创业更重要。"

之晴跪倒在林老爷面前:"女儿所思所想,并非一时冲动。谁家的百年基业不是曾经的放手一搏?"

见之晴跪了,丹露也一声不吭地跪在一边。之岚在一旁听着,从不多言的她忽向林老爷道:"父亲,姊姊所言有理。现在茶市行情走低,茶园茶田多以低价售卖,正好买入。假使往后不能走高,也可退步再种庄稼。说句不中听的话,我这个样子,终究帮不上姊姊什么……"

听之岚这样说,小蕙喉头一哽,早已落下泪来。林老爷亦长叹一声,想起夫人临终之言,再难苛责女儿。

之晴道:"女儿违反家规,理应重罚,还请父亲处置。"

"一着不慎满盘皆输。你担负着上百口人的身家性命,资金一旦无法流转,你想想每日会有多少人饥寒交迫,贫病至死!你虽名为润元居大东家,但根本只是一个山中茶人。若不懂茶,茶农便只当你是进钱的铜商,商号上下也会失了敬畏心,日后的路只会愈发难行!你如今是大东家,我不便命人打骂,自己去跪祠堂,抄《茶经》,想明白了再出来!"

之晴心头一凛:"父亲教训得是。"

"身在其位,必要谋事。对待润元居、阳羡茶的心,就该同珍视你自己的性命一般不容有失!"

"父亲放心。"之晴心中一阵感慨又一阵难过。她终于完全明白了父亲的顾忌和牵绊,她必要努力让父亲和妹妹喜乐。

丹露一路跟着出来,见之晴沉默不语,不免关切道:"大小姐,你还好吗?"

之晴摇摇头："我只道自己回国从商是做出了牺牲，父亲对我们又何尝没有牺牲成全？之岚平日虽不多言，我知她一向敬我。今朝我才明白，若非家人支持，我要行事必定步履艰难。"

门房老王见之晴出来，上前回道："大小姐，有人找！"

等在门房里的人约莫四十岁，蓄着小胡子，戴了一副厚厚的眼镜，颇有几分老学究的模样。他见到之晴，忙拱手道："林大小姐，我们少东家听说您要卖田地，特遣我来问一声。果然大小姐要出售，不如命人带我去那地上走一走，我看着好呢，少东家再亲自来和大小姐商议如何买卖，您看如何？"

"尊主是哪位？"

"少东家姓方，林大小姐应该见过的。"

之晴了然于心，遂微微笑道："我们先去看看地再做打算。"

路上，之晴得知来者乃方家的黄管事。镇上竹货收成、房舍买办乃至方府管理都由他来操办，是方家老爷跟前第一得力的人。

"方家再置田产必有新的打算，产业如此多样，着实让人艳羡。"之晴笑道。

黄管事不置可否："林府声名赫赫，敝上对贵府的经营也景仰得很。"

之晴听他满口谦辞，不肯稍稍透露半点口风，自知尚不便与他深聊。

黄管事各处看了看，心中有了几分打算，便即告辞回去了。

林家卖地的事，黄管事如实回了方正谷父子。

方衡在一旁听说如此情形，不由失笑："林家大小姐还真有点意思。回国的第一件事，便是把她祖父置下的地卖掉。"

方老爷盘着一串崖柏珠子，听黄管事和方衡说了半日，才道："林南璋把家业交给他大女儿，自然有他的道理。林家大小姐从前上女中时连跳两级，必是个有智慧的……"

"父亲！"方衡听他如此说，知道父亲接下来必要讲到希望他与林之晴好好交往，争取能结个亲。

黄管事知道这对父子在娶妻之事上已争执过数次，遂道："那块地我看着倒好，来往运输也便利。若大少爷还有其他想法呢，也可抽空去看看。前头还有事，我先告退了。"

"你去吧。"方老爷见黄管事知趣，不免顺水推舟道，"若你看着那片地确实可用,买下来也无妨。"

方衡淡然道:"她着急把地出手,就说明她等着钱使。不让价三成,我还未必买她的!"

方老爷知他其实在与自己赌气。但儿子既然已经有了打算,自己亦不能强求。方衡看似不羁,却胸有丘壑。近年来,方家很多决议,也是方衡制订下的计划,不过对外一向宣称是方老爷在指点江山。这个儿子的心思,方老爷也难摸准。

左右无事,方衡拿了一盒馒头碎屑走到前厅边的小池畔喂鱼,忽见一个人影从游廊边闪过,料定是谁,便提了声音道:"鬼头鬼脑的,又上哪去啊?"

方老爷听见方衡这样叫,便知是自己二房芸娘的胞弟贾士平意图溜出门。芸娘父母俱亡,原在阳羡城茶馆里唱滩簧,为供养这个弟弟做小伏低,被方老爷纳入府中。因多年无所出,更不敢与方府里的人一争高低。她为人柔顺,对弟弟难免娇宠,倒纵得他无法无天,横竖也管束不住。

方衡比贾士平小了几岁,却只把他当下人看。又为着贾士平曾偷了家里的一对元青花盘子去典当,不承想当铺的老板识得这是自己送给方老爷的寿礼,过几日巴巴地送了来,分文不取,这让方老爷丢了面子,大为光火。芸娘听了这事,心中又气又急,却奈何不得弟弟。方衡外出归来听闻此事,立时叫了几个小厮将他押来吊在梁上,当着一众下人打了二十鞭子,直至皮开肉绽才罢。

看着弟弟如此,芸娘也没脸求老爷,独自躲在屋里哭了半日。贾士平哀嚎着回屋,嘴里不住乱骂,慌得芸娘忙捂住他的嘴:"小祖宗,姊姊这半世都是为了你,你怎可一心闯祸!你记住这次打,往后不可再犯!"

没隔半月,贾士平把伤养了七八成,再度流连戏院酒馆。夜里大门落锁,他竟翻墙而入,被护院当成贼,扭住又是一顿棍子。

"停手!停手!我是你舅老爷!"贾士平旧伤未愈,又添新伤,龇牙咧嘴痛骂护院,终究惊动了方太太。方太太披衣而起,带着丫鬟玉枝和上夜的几个男人一起来看。见是贾士平,忙命人叫来芸娘。芸娘只得跪求:"太太慈悲,饶恕他这次,士平再也不敢了!"

这事有过几回,方家大院的丫鬟仆人都已经见怪不怪。贾士平如今将至三十岁,还像没笼头的马。本给他寻了一门亲,贾士平嫌姑娘样貌不好回绝了。从此,方家上下再也不提为他娶妻之事。

在这个家中,贾士平所惧之人唯有方衡。听见方衡喊他,贾士平只好垂手走来,低头叫了一声:"大少爷!"方老爷从前厅步出,面孔上终究现出一丝厌恶之色:"你又要去哪里?"

贾士平笑嘻嘻地回道:"在家里闷得慌,出去逛逛,也免得大家厌烦。"

"有本事滚出去别再回来。芸娘这点月钱,十有八九都是你撺弄没的!"芸娘虽是方老爷的侍妾,但那么多年来甚为安分,方家上下向来对她也有几分客气。一见到贾士平,方衡只觉世间可恶之人不过如此。

"你叫我怎么弄钱来用呢?姊姊好歹是这家里的姨娘,有月钱,一应开销都是官中的,用不着那几个子儿。我一月得的还不如玉枝姑娘的多,哪里够开支?挪用姊姊的,也省得她惦记如何存着,又不必来求你们,岂不方便……"

方老爷不耐烦听他言语:"你出门玩,费几个小钱也有限,只是不许给我惹祸,否则休怪我不顾芸娘的情面,非打断你的腿不可!"

"老爷教训得是。我这就走,不碍着你们的眼。"贾士平小心地答应着,一溜烟跑了。出门后,他心中甚为不平:"方衡凭什么就高贵些?票戏吃酒,倒没人说他。到底还是会投胎,偏生姊姊肚子不争气,否则我这个小少爷的娘舅也做得,谁见了我不得恭恭敬敬……"这样的想头这些年在他脑子中过了千百遍,但依旧无可奈何。将姊姊的钱尽数拿来用了,也不过是有个好位子听几场戏罢了。人家同座的少爷公子常去清吟小班,他却只能偶尔到三等的下处去开盘子,费几角小洋住上一晚。他暗暗赌咒发誓,总有一天要去北平真正的清吟小馆和茶室好好地厮混一个月,也享一享打茶围的乐处。

第五章

拟歌先敛

听闻方衡有意买下林家的地,之晴并不惊讶。她同丹露一道去方家大院议事,黄管事早早地在门口迎着:"林大小姐终于来了,敝上昨天还说起您呢。"

"是吗?"之晴似是不信。

黄管事笑道:"我们东家和令尊是旧交,昨天说起林大小姐人品贵重,还望我们两家常来常往……"

之晴听黄管事忽然万分客气起来,赔笑道:"我从未拜会过贵上,方老爷谬赞怎敢当呢?"

"黄管事与林家大小姐热络得很,不知道的却当是旧识了!"方衡不知何时从他们背后走了过来,手上托着一只编织精细的鸟笼。之晴一看之下便知这鸟笼乃方家竹货店所出,要价甚高。笼里一只金丝雀上蹿下跳,听方衡说话,它也叽叽喳喳起来。

"大少爷……"黄管事忙躬身见礼,心中也自悔适才有些僭越。

"没你的事了,下去忙吧。"方衡说着,又向之晴笑道,"林大小姐果然是信人,来的时间与我们所约分毫不差。"

之晴一笑,却听丹露道:"我们大小姐一向守时,不愿让他人久候。"

待之晴、方衡坐定,早有丫鬟呈上茶来。

"这五十多亩地,价格上让我三成。头回交易,我额外送你十亩茶园。"方衡笑意不减,"这笔买卖怎么算都是你赚了。"他将鸟笼慢慢地放在桌上,生怕颠簸了雀儿。

"方家茶园多少年没人料理,又地处北坡,我看着荒了大半还多。大小姐,我们再考虑一下。"丹露听方衡这样说,正中下怀。但见之晴神色坦然,忙收起喜色,假意劝说之晴。

方衡喂着笼中的金丝雀,似乎并未见着之晴与丹露互递眼风:"我那十亩茶园,离你们林家庄园不远,往后管理起来也方便。退一万步讲,阳羡城内要卖地的,可不止你们林家。"

"贵府十亩茶园无人打理,荒废在山边也是浪费。若能和我家买卖田地时做交换,你求之不得。"之晴含笑道,"半卖半送的事情,不是非做不可。"

"林大小姐不如提提要求,就当交个朋友。如果不能商量,不妨就此打住,免得伤了和气。"方衡笑着放下鸟食罐子,走到盆前沐净了双手,下人忙递来毛巾给他擦拭。

之晴拨着茶沫儿,思量了半晌才道:"十亩茶园外加一千块银圆便可成交。"

方衡笑道:"林大小姐如今当了润元居大东家,我与家父理应贺一贺。现正巧有了机缘,我凑足这吉利数就当敬了礼金,田契下午再行清点。"

"好,我同丹露先回行园午歇,午后再来拜访吧。"之晴微笑道。

方衡起身相送,笑言:"听说行园风景绝好,未曾有幸一览全貌。不如下午我带着地契登门拜访,顺道将银圆抬去,也省却你来回奔波。"

"恭候大驾。"之晴语笑嫣然。

出了方家大院,丹露忍不住抱怨道:"方家少爷也不问小姐愿不愿意,就不请自来。"

之晴道:"以后同他见面常有,来往坐坐,总不好推诿。"

正说着,一个黑脸汉子扭着身子捻着兰花指,一步三摇,哼着小曲撞了上来。丹露忙护住之晴,扬声斥道:"怎么不好好走路,可别碰上人!"

"敢管你舅老爷的闲事?"那人抬眼见是个丫鬟打扮的女子,也丝毫不客气,重重地推搡了丹露一把,作势要发难。

之晴看准此人定是喝醉了酒,扶住丹露轻声道:"我们走吧,别理他。"

偏生那人听见了,借着酒胆大声喝道:"你站着的这块青石板砖都是你舅老爷家的,还不赶紧站住给你舅老爷好好地赔个不是……"

这样喧哗,早引来了门房。门房里两个小子见到此景,即刻上前给之晴赔礼:"林大小姐莫怪,这人不省事,总喝醉酒撒野。这里交给我们,您安心请吧。"

门房既这样说,自己更不便理论。之晴一笑置之,携丹露坐车去了。一路上,丹露仍愤愤不平:"大小姐,刚才那人也是方家的吗?门房对他也不大客气,但又不敢得罪,真是奇了。"

"方大少爷下午要来家里,我们帮着杨婆婆打扫一下。"之晴心中虽有疑影,但不愿多谈别人家的是非,故而岔开话头。

"大小姐用过午饭便歇着吧,我来打扫。"这是丹露头一遭去行园,心中不知行园到底是怎样的光景,倒有了十分的期待。

守宅的老夫妇是林夫人的奶妈杨婆婆和她的丈夫。林夫人故去后,他们不愿跟着林老爷下乡,便揽了守宅的活计,日日清扫,同林夫人在世时并无分别。门楣上依旧嵌着"行园"的篆书石刻,梁上悬下两盏灯笼,上书"林宅"二字。

初进园子,便觉栏杆玲珑,水木明瑟。正厅窗格以步步锦为饰,廊墙迤逦二十丈有余,墙面多缀什锦窗,月洞外是一大丛郁郁葱葱的绿竹。转过回廊,后头屋子窗棂格又是另一番光景——因那居所不大,墙上镶的十字海棠窗子占了墙面三分之二,令前后通透。屋檐下多植芭蕉,从支摘窗内便能见院内风景。行园占地不过数亩,比不得镇上庄园的十分之一大。当初设计此屋舍的人也颇为讲究,布局间多借鉴苏州园林的气象。长廊联结房舍,花木巧做点缀,各处隔而不断,雅致非常。

行园东北面上,有一处小楼,仅三层,通体以彩色镶嵌琉璃八角窗为饰,成了宅内最跳脱的色彩。此处是园子的最高点,站在小楼第三层的窗前,就能看到院外最热闹的市集上日日车水马龙的盛景。

进了宅院,杨婆婆闻声而至,见着之晴忍不住唤她小名。

"小晴,你终于得空来啦?"杨婆婆笑着,却忍不住擦拭泪水,"我年纪大了,没什么盼头,你有空便回来住两日。"

之晴揽着杨婆婆笑着答应:"我得空必定常回来看看。"说着,又将丹露指给杨婆婆看。

丹露忙给杨婆婆见礼:"婆婆好!"

之晴笑着同丹露道:"我没有福气见我外祖母,杨婆婆就同我嫡亲外祖母一样。"

杨婆婆的丈夫远远地在院里打扫着,似乎无暇理会之晴和丹露。

杨婆婆歉然道:"我家那口子上了年纪,耳朵聋了大半,吃饭时我再让他来吧。"

之晴点头笑道:"午饭就要扰婆婆一顿了。"

"说什么外道话,我只怕你嫌我年纪大,做出来的饭菜不可口。"杨婆婆心中欢喜无限,忙去择菜。

丹露见之晴和杨婆婆亲热万分,自己便揽了打扫的活计。

"往后你有事来城里时,可在此处歇脚。"之晴也拿了水壶到院里浇花。

听之晴这样说,丹露欣喜无限:"真的吗?"

之晴笑道:"你来此处坐坐,小住几日,杨婆婆也觉着热闹些。这里又没有外人,你不必太拘束。"

丹露听了这话也放心下来,遂倚着柱子问道:"大小姐与杨婆婆那样亲厚,怎么不接杨婆婆去庄园?"

杨婆婆正巧来喊之晴、丹露两人吃饭,听了这话笑道:"住惯了这里,让我去庄园做什么?何况这里是小姐出嫁后一直住的地方,我和老头子在这里替小姐守着。"

杨婆婆是最爱清净之人,从不倚老卖老折腾主人家,之晴一直感佩不已。杨婆婆夫妻一生没有子女陪伴,口中念叨的"小姐"便是之晴和之岚的母亲。他们在二十余年前随林夫人陪嫁至此,几乎把半辈子心血都倾注在行园了。

"一会方家少爷来,我们还要准备什么?"吃罢午饭,丹露一面洗碗,一面与之晴说话。

之晴还未答言，杨婆婆便问："你们说的方家少爷是方家大院的那位吗？怎么，小晴和他谈朋友了？"

丹露抿嘴笑道："婆婆真是时髦，连谈朋友这样的话都晓得，我还说不出来呢。"

之晴脸上一红，随即道："我要同方衡做笔生意。他不得空常去乡下，少不得要我来城里候着。"

"原来如此。"杨婆婆笑道，"你也二十多岁了，照我们那个年代啊，娃娃都满地跑了。现在社会进步，家里人也开明多了。但若是遇到合心合意的人啊，也就嫁了吧。一晃眼，日子就过去了。"

之晴听了这话，心头忽而一酸，随即答应着："再过几年吧，我还小呢。若嫁了人，有了孩子，更不得空来看你了。"

杨婆婆续道："等你有了孩子，我也有事情做——打些毛衫，纳些鞋子。你们年轻人都时髦，孩子不一样，穿不得丝绸、尼龙的，还是穿百家衣容易养大……"

丹露洗好碗擦了手出来，听杨婆婆这样说，顿觉得自己开了眼界："怪不得人人都要到城里来住呢，婆婆说的话可让人长了不少见识！"

之晴看丹露一脸兴高采烈，便道："你就在此处陪婆婆，我去院子里走走。若方少爷来了，你再告诉我。"

那么多年没有回来，走廊房舍还是一如往年，院子却少了些生气。幼年时光仿佛都在这里度过——她曾经觉得游廊好长，现在不过走几分钟就到了尽头。曾经觉得院子好大，同阿兴哥哥玩一整天都不会觉得腻烦，现在看来，也不过五六块太湖石、两三丛芭蕉树，辟得几处景罢了……怪不得常言道，人大心大，小时候父亲买一串冰糖葫芦，自己就能高兴很久，后来呢？

信步而行，不觉走到了小楼旁。这是母亲在世时，平日里待得最久的地方。

空院无人，小楼紧锁，十几年来都未再开过。

只有之晴知道，小楼某个隐秘处存着她们姊妹两个的嫁妆，那是林夫人的遗物。从古画古籍到珠宝首饰，无一不全。

阳光在玻璃上折射出十分绚丽的光彩，今朝独自在此方能细细体味。之晴不由叹息："母亲离开不觉已有十八年了。"十八年，可以让人忘记很多事情。母亲的相貌在她脑海中甚至也不那么明晰了。她只知道母亲出身名门，最擅书画。但母亲总是很忙碌，在香港和广州待的时间都比在阳羡的时日长，除了舅舅一家，不知道那里还有什么羁绊着母亲……

"方大少爷来了。"丹露寻了一路才看见之晴。

"知道了。"之晴收回飘远的思绪。

沿着游廊行去，东南角水榭名"竹荫轩"，乃前朝行园主人为纪念子弟三人同榜中举又中进士所建。穿过花厅，西边有一处"逸兴遄飞阁"。绕过水池往行和厅去，果然见方衡候在那里。他倚在下首的一张南官帽椅上，正看着梁上发呆。

"方大少爷，梁上有什么可看的呢？"

"燕子在此筑巢，你竟不知，可见是很少住在这里了。"方衡笑着收回目光，拿出田契，"林大小姐且看看，若是无误，可把你家田契与我了。"

丹露接过方衡家的田契递与之晴，之晴仔细看了，旋即将自家的田契拿出："方大少爷再核实一遍吧，一旦出了这门，任何问题概不负责。"

方衡不以为意地笑起来："若你诓骗我，难不成我不认得林家庄园，不会去找令尊说理吗？"

两人签下田地买卖清单，丹露附好买契，待得墨干，便交付方衡。这样一件本该叫人公证的事情，倒让这两个年轻人大事化小，也省了他人奔波。

两人闲话了几句，不料屋外天色一暗，一阵大雨忽而洒落下来，颇有倾盆之势，令人猝不及防。

方衡低低地说："今天南北货栈有一千斤海参和干贝到，精菜馆那还未认真嘱咐……"

丹露殷勤地笑道："江南春上多雨，我去找找伞。"

"林大小姐，我第一次来你们宅院，难道不带我参观一下？"方衡道。

"方大少爷适才说有急事要忙，岂能耽搁？"之晴眸中含笑。

"既如此，我先告辞了。"方衡以为之晴在下逐客令，遂向之晴一欠身。

丹露从里间找来青花布伞，却见方衡冒雨而行，忙举起伞叫道："方少爷，伞找着了。"

方衡停下步子，只摆了摆手，并未回头，消失在雨帘中。

"真是个怪人。"丹露嘟囔了一句。

眼见檐上的雨滴滴而落,之晴顿时生出一丝歉意,若他淋湿着了凉,认真是自己使性子的缘故。她曾在西洋留学多年,总认为玩笑无伤大雅,殊不知国人大多认真……之晴懊悔难当,遂拿过青花布伞撑起,向着门外快步而去,待跨出门槛再看时,方衡的车已消失在街口。那一瞬,她不免怪自己执拗。心中想着若下次见面,定要做一次东赔礼。

雨停后,之晴和丹露一道往茶局巷润元居总号找严大掌柜,但见泰利丰门口跪着一个衣饰华贵、面庞精瘦的年轻人,来往行人无不驻足指指点点。

严大掌柜出来接了之晴,方悄声道:"那是泰利丰的大少爷范奇峰,问他老子要钱来了。"

"这样要钱?"之晴讶异。

"范老爷在阳羡商会也算得上人物,可这儿子却学着方家少爷票戏玩乐。方家少爷开了一家精菜馆,他就要范老爷出资为他开一家全城最豪华的澡堂。范老爷不答应,他便天天在这干号,要下他老子的脸面。"

之晴闻言,嘴角微微一扬:"这倒有趣。"

缓步进门后,早有伙计奉上茶来。之晴饮了半刻茶,提出要提高工人月钱的建议,严大掌柜自然称好。

之晴笑了笑:"我们在阳羡城里对外只有这一家店铺。父亲说,你与诸位多年来也尽心尽力。我今朝班门弄斧,说错了的,你也别见怪。"

严大掌柜谦逊道:"东家尽管开口。"

之晴正色道:"既然往后我掌管林家上下,润元居茶叶的产出和销量我势必要严格把关。你们掌柜的做得好有分红,下面的账房、朝奉、伙计也都应该有奖励机制。伙计一年销货量高过朝奉,年底拿双份红利。连续三年销货量领先,可直接留用做朝奉。现二掌柜的位置悬着,朝奉做得好,可升任二掌柜,但凡执事的行差踏错,违了林家的条令,就要退位让贤。"

严大掌柜、孔朝奉和伙计们听了,面面相觑。

严大掌柜与孔朝奉相视片刻,没奈何,孔朝奉只得出头说话:"伙计领一份红利这一条,祖上没这个规矩。"

之晴道:"规矩是人定的。伙计们办不好事,往日可说是东家苛待。但我既管了这润元居,自不能亏待了替润元居鞍前马后忙不停的人。若我这个东家做好了本分,买卖还没有起色,你们做掌柜、做朝奉的脸上也没光。严大掌柜祖祖辈辈为我们林家鞍前马后,挣下了一份家业,拿红利是应当的。我听说,孔朝奉虽来商号几年,好歹一家老小也有一楼一底的房子住。可其他伙计在歇业后没有去处,只得将铺盖铺在柜台上睡觉。阳羡冬天湿冷,着实难熬,我须得给年轻人一个盼头。"

话已至此,孔朝奉无可辩驳,只得堆笑道:"东家说得是。"

伙计们听了这个消息心下雀跃,当着严大掌柜的面只好敛起几分喜色。

严大掌柜不敢再言,之晴笑道:"若柜上做得好,我们年底庄园整体利润中会拿出一个点来分给大掌柜。"

严大掌柜"噢"了一声,心下略略松快,忙拱手为礼:"东家想得周全。"

"我今朝来主要是为了与大家见一见。未来该怎么办,我改日同丁管事一道来定下。"之晴饮了一口茶,搁下茶盅,"不扰你们做生意了。"

见之晴起身,严大掌柜忙将之晴送了出去。

此时,长街头有乡人叫卖乌饭草头。将至目连节,湖汊目连场上定会搭上草台班子,从四月初八晚上开始连上几日好戏。之晴知道丹露归心似箭,遂笑道:"今朝来不及回去了,且在行园住一夜吧。"

丹露颇有些择席的毛病,好不容易在林家庄园适应了,到行园来住,又好半天睡不着,翻来覆去,直到东方露出鱼肚白,才睡去近三个时辰。之晴虽知事情安排妥当,但还未彻底办好,自然不能放心,当夜睡得也不甚沉稳。

难得之晴在行园留宿,杨婆婆心里高兴,早晨四点就起来磨了嫩豆腐,买了开洋为之晴做清汤豆腐花和小馄饨,另又炸了几块萝卜丝饼给丹露。

"这是你小时候爱吃的,不知现在可还吃得惯?"杨婆婆见丹露和之晴吃得香,顿觉惬意。

"清汤豆腐花我念了多少年,在国外总是吃不到。法国哪里有这样鲜嫩的萝卜干、这样鲜的虾米?"

丹露笑道:"我可比大小姐有口福,往后常来还可以多吃上几顿。只怕婆婆嫌我,没得要多花钱买菜买米。"

这一席话,倒让杨婆婆笑了。有人盛赞她的手艺,她再忙碌都值得。

之晴和丹露乘船到了湖汊码头，又换了轿子回庄园，蒸乌米饭的香气已飘满了街头巷尾。

崔嫂子迎上来道："老爷早上还念叨大小姐何时回来呢！"

之晴笑着沐了手："今年的乌米饭我来拌给父亲吃。"

崔嫂子答应着，忙送上猪油、白糖、蜜桂花："百善孝为先。这乌米饭啊，也叫孝子饭。大小姐拌给老爷吃，老爷定然甜在心头。"

之晴闻言微微一笑，见丹露立在一旁怔怔地，早料到她的心意："你回家去吧，今晚同你姆妈去看台戏，明朝再来。"

崔嫂子忙推丹露："姑娘，大小姐让你回家去看戏呢。我这就打发老胡驾车，你接了你姆妈去目连场也方便。"

丹露喜出望外："多谢大小姐，多谢崔嫂子，我陪姆妈看了戏就回来，绝不会误事。"

当晚的头场戏依旧是《目连救母》，三本连演。还未到天黑，家家户户都搬来长凳、方凳围坐在戏台前，生怕难得"地利"之便。小孩们通常在戏台上下乱跑，直到被家长抓住一阵训斥才稍稍收敛。卖梨膏糖的小贩早早翻山过来在戏台左近用白粉洒画出表演圈，站在圈中敲着锣唱"小热昏"。待丹露同吴大娘到目连场时，前头几排早已乌压压坐满了人。身量高的且站着，身量矮的立在凳上看戏。老胡见状道："不要与他们挤了，你们站在车上看一会戏，累了或坐或躺，倒比他们舒服。"

吴大娘笑道："劳烦你费心了！"

老胡抽着水烟伫立一旁："要不是跟了丹露姑娘出来，我也听不上这台戏呢！"

只见戏台前挂了一排红灯笼，铿锵之声不绝于耳。一阵慢板后，台上人唱道："儿本是阳世人相隔甚厚，却缘何你来至在这酆都城楼……"

台下人静默地听着，嗑瓜子的人也停住了手，与台上扮着的人同喜同悲。有些老婆子听到"等何日我才得出头？儿求佛尊将娘搭救……"不禁触景生情，痛上心头，眼眶泛红几近垂泪。

人的一生大喜大悲，大起大落，恍若就在一台戏间。想到姆妈中年守寡，丹露心中一阵难过。她爹的事情虽然早已料理停当，但她心中仍旧搁着疑团。要说他是在工场爆炸中身亡，身上却没什么外伤。她看那借据是真，却不知爹为什么要借那么多钱，做什么使用……此事还得央求大小姐请人有空去查证一番，否则怎能心安呢？

回到潇碧苑，已将近晚上十点。之晴向丹露道："你快睡吧。"

丹露心里有事搁着，只道："我不怎么困，听说明朝唱《杜十娘》呢。"

"每到这个节气，唱的尽是苦大仇深的《杜十娘》《六月雪》。女儿家应当争取自由，若刚开始便委曲求全，往后谁还在意她们的感受呢？"之晴翻了翻书，在还未看完那页折了一个角，放在了案几上。

第六章

日淡绿芜

湖汊的春日,似乎在春茶采尽之日就告一段落了。

缺月挂疏桐,细风吹散纤云。之晴走出潇碧苑散步,恰好碰上了阿兴。

"还没睡吗?"阿兴见之晴还未安歇,有些意外。

"陪我走走吧。"之晴道。

沿着荷花池行出半里路,之晴方开口说道:"阿兴哥哥,我细想了想,没有规矩不成方圆。往后无论是茶园采摘还是茶号售卖,都要各自立下详细条文,查问起来也有例可循。"

阿兴道:"找一日我邀管事们聚一聚。"

"再过五个月左右我们要采一批秋茶,有些事情必须预先讲明。"之晴道,"茶农那头还请管事们花些脚力,一一沟通。若再有不愿意的,我们也不强求他们仍为我们采摘。至于内外之事,也要有个体统。整个庄园男女老少均登记在册,外头的更要如此,但凡与我们家有一丝瓜葛的,都不要疏漏。我们想着人家好,人家也会对咱们尽心尽力。"

"你所思所做不仅是为了林家,也是为了整个湖泫的茶业,我没有道理不全力支持。可茶农不会想得那么长远,只怕管事们也难理解。"阿兴有他的担忧。

"召集管事的来喝茶,我会让他们心服口服。"之晴并没有驳回阿兴的话,却已然愈行愈远。

阿兴打着灯笼立在原地,内心深处似有不安。之晴这样做,或许会让湖泫整个茶叶市场掀起惊天波澜!"罢了⋯⋯"他仰天看了看星辰,长长出了口气,"她既心有所执,我为她牵马坠镫又如何?"

第二日一早,小丫鬟们在厨房边的空地上架了两个大匾。

"都做什么呢?"宁儿问。

"管山货的老虞从山上运下来好几筐子紫藤花,崔嫂子吩咐趁日光好摊晾出来晒晒。"

宁儿一笑:"中午炒一盘紫藤花鸡蛋吃个新鲜,多下来的蜜渍罢。"

几人正说着,却见阿兴带了管事们往茶房去。小丫鬟们有些纳罕:"这些管事的除了过年,也不曾一道来庄园,今儿有什么要紧事?"

宁儿道:"不该你问的,少知道为好。"

小丫鬟们撇撇嘴,自去晾晒紫藤。她们细细地用井水冲去紫藤上的灰土,又褪下藤蔓上的花朵。这些活计虽小,却颇费工夫。阳光下,她们额头上已渗出细密的汗水。

茶房中,之晴早就坐在窗边等候,见管事们进门,上前一一见礼。

管事们答礼不迭:"东家少礼!折杀我们了。"

次第落座后,各个管事跟前已摆上数只茶杯。丹露倒茶,之晴请他们逐一品评。

阿兴道:"这些茶样是东家从各家茶行购得,不知各位觉得如何?通过比对,我们取长补短。"

管事们闻言,各自拿起杯子呷茶,判断滋味。

之晴笑道:"诸位管事的跟前都有纸笔,可写下自己的猜测,并依照你们自己所感写下优、可、劣。晚一些,我会公布它们所属商号。"

管事们面面相觑，隔了半晌才落笔。

等管事们搁下笔，之晴道："雪芽分别是润元居和鸿顺记产的，碧螺春第一品出自润元居，二三品乃泰利丰和正昌茶行今年的最尖货。雨后红茶和云片出自同春茶行，雀舌出自德元隆，还有一种是从横街西口我们湖汶最大的茶楼顺和楼买来的隔年雨前红茶。不知道各位写的，和我讲的是否大体相符呢？"

管事们一一比对，不禁汗颜："东家，我们润元居以做红茶为主，绿茶为辅。往日只知品评自家茶叶优劣，鲜有去看人家做得如何，想来我们润元居已是阳羡第一春，何必去俯就别家？今朝一品，虽见高下，亦能知他人用心。"

"做人做事万不能坐井观天、故步自封。我们眼下连阳羡茶产区各家的茶叶情况都不知底里，何谈走出阳羡、走出江苏，去与其他茶产区的茶叶竞争呢？我听说数十年前每个茶季阳羡都有斗茶会，若再兴办起来，可增进各茶行之间的情谊。唯有良性竞争方能致远。"

"东家的意思我们知道了。"管事们个个若有所思。

之晴笑道："还有两件事，我请丁管事同大家讲。"

阿兴依言道："我们一来要提高采茶工人的工钱，二来要提高茶号内伙计的工钱。"

收茶的管事道："采茶人都习惯了掺些叶片来压秤，各茶号的伙计也只顾吃喝。提高他们的工钱，只怕没有这个必要，反会让他们变得更加油滑。"

"按现在的工钱，他们尚且食不果腹，哪能全心全意为润元居做事？东家的意思是每年年底按照效益，他们亦能均摊两个点的分成。"阿兴道。

管事的听闻之晴和阿兴如此安排，虽挑不出什么大错，却觉得匪夷所思——茶农们若也可获得庄园的红利，只怕会引起其他茶号的不满。

之晴道："茶农知道年底能多拿钱，采茶也会格外用心，茶叶质量就可稳步提升，我们的口碑亦可重新建树。再滞步不前，恐怕茶商与茶农离心。采茶人越来越少，茶商们也朝不保夕。大家照我说的执行便可。"

阿兴又嘱咐道："最重要的是要花心思笼络制茶大师傅，不可被其他茶行的人挖了去。必要时，也许给红利。细则过几日我同大东家商议后正式颁布。"

管事们一一答应，这才各自出了庄园。

　　眼见夏日将至,之晴到阳羡城里最大的锦货店裕隆昌为父亲和之岚做绸衣。裕隆昌门口的彩牌楼用五颜六色的绸布扎制,四下挂满彩灯,所售货品大多从上海、无锡、常州进来。之晴逛过那么多家锦货店,才知为何陆家锦货店与别家不同。听人说,陆家老爷续弦的夫人是上海小囡,常在江浙沪一带交际,比陆家老爷年轻十来岁,锦货店去哪里进货,都要看夫人爱哪些料子。

　　尚未走进店里,便可见一张硕大的朱红漆面柜台。柜外另设十余张方桌,摆的都是白洋大布和蓝士林布,里头货架上绸缎、呢绒、皮袍、皮袄摆在最显眼的地方。伙计身后,陈列着各种花样的棉布,墙壁上书有"真不二价"的漆字。

　　之晴走进门,掌柜只觉眼生,但看她打扮不俗,遂移步亲自招呼:"小姐,您看看有什么合意的,我让伙计拿出来。"

　　之晴扫了一眼货架,却听两个伙计在一旁悄声议论着:"你听说没? 昨天范家老爷来,向我们老爷说林家小姐刚接了管家大权,就想垄断湖氵父的茶叶生意呢!"

　　"你见过林家小姐?"

　　"我可没福气见到。范家老爷也做了几十年茶,岂能被一个姑娘家辖制了?"

　　之晴恍若未闻伙计们的话,掌柜的却走上前去低声呵斥道:"东家们的事岂是你们可议论的? 有客在,不管招呼客人吗?"

　　他人论长短说到了自己头上,又不便辩驳。之晴故意走得远了些,指着柜台里间一匹织锦灰的绸缎道:"这个颜色不错,给我摸一摸料子。"

　　掌柜的忙将料子取来递到之晴手边。之晴含笑道:"这个料子我要一匹,靛蓝色那款也要一匹。"

　　伙计们见到掌柜的眼色,上前接过绸缎料子笑道:"小姐若现裁衣裳,我们便叫老师傅出来替您量尺寸,定好式样。若小姐不必裁衣,我们替您包好了送货上门。"

　　"不必送去我家。送到茶局巷泰利丰,只说请范老板多多指教吧。"

　　掌柜的闻言,霎时间变了颜色。在之晴出门的当口,他将竹尺向着那两个伙计的头上招呼去:"你们尽给我惹事!"

　　听到掌柜的斥责,伙计们畏缩了半晌,他们哪知自己的无心之言会惹到真神。良久,掌柜的叹气道:"适才那位多半是林家大小姐。林家常介绍锦货生意给我们老爷,你们这样议论,她一女子终归小性,岂能不放在心上? 你们仔细了,往后再议论是非给我滚出号去!"

之晴哪里能想到自己有意的玩笑会令裕隆昌上下不安。她心中倒是记挂着丹露要上城,便开着租来的汽车去东氿边码头接人。江南常有东边日出西边雨之事,才至氿边,一场大雨倾盆而下。

轮船上的客人才下了一半,见到雨大,客人大多又跑回轮船上,唯有一位戴着帽子的男士,向之晴的车快步而来。

之晴不知何故,自然不会轻易让他上车。那位男士约莫三十出头的年纪,提着公文包,笔挺的西装已被雨水洇湿。他朝着之晴看了两眼:"这是方少爷家派来的车吗?"

之晴颇觉意外:"你对过车牌吗?"

那位男士一怔,忙退后两步,仔细看了看:"啊——真是抱歉! 你们的车牌上确然有数字不同。"他全身湿透,却无颓唐之色,似乎丝毫未被这场突如其来的大雨影响。

"先生,不如且上我的车避避雨吧。"之晴开口道。

那位男士笑了笑,并未拒绝,随即上了车。不过多时,丹露所乘的小火轮也到了码头,泊在大轮船左近。

"我姓刘,很荣幸有这个机会认识小姐。"

之晴道:"我姓林,林之晴。"

"小姐也是生意人?"

"何以见得?"

刘先生道:"小姐的装束非比寻常,又深谙驾驶技术,自然家里有产业。"

丹露跑到车边,听闻车中笑谈,收落雨伞出言称赞:"这位先生真厉害!"

刘先生笑了笑:"我做过买办,过眼的人到底是什么身份大多能猜出一二。却不知小姐是做什么生意呢?"

之晴含笑道:"我家做茶叶生意。"

"我祖父嗜茶,曾在宝善街开了个看戏喝茶的馆子,一晃也许多年了。"

"刘先生喜欢喝茶吗?"之晴见机问了一句。

"招待客人总要沏茶,中国人开门七件事,怎能少得了'茶'?"

"我们家茶行在业界小有名气,也是因为主顾们抬爱,刘先生得空可来一品。"

刘先生见到方家的汽车来了,遂道:"林小姐,今朝相逢,实属缘分。我要先行一步了,往后若得空再一道品茶吧,我也好请教一二。"

"刘先生客气了。"在做生意这件事上,之晴不怎么强求,颇有些"愿者上钩"的意思。

丹露将伞递给刘先生:"您未带伞,先撑过去吧。"

之晴也道:"待刘先生得空来品茶时,顺带将伞送回即可。"

刘先生接过雨伞,微微笑道:"这是曹廷标雨伞,售价不菲,明朝自然须物归原主。"

眼见刘先生乘着方家的车走了,丹露脸上现出得意之色。之晴赞许道:"你的话倒让那位刘先生无可回避。看来你有经商之才,倒不如把你送到商号里给掌柜的做帮手,过两年也能做个二掌柜了。"

丹露"哎呀"了一声:"大小姐饶了我吧,我只是面皮厚些,正经连算盘都不会打,商号里的学徒们都要笑我的。我去了,还不是被当成煮饭擦地的婆子吗……"

两人一路说笑着,汽车向着茶局巷内的茶号驶去。

短短几日内,方衡不禁对之晴刮目相看——她竟有这等远见,为了在茶叶市场更进一步,和他换地,希图占据更大的份额。她售卖田地,去粗取精,只留有用的茶园经营……他一度以为自己占了她的便宜,殊不知她有她的打算。方衡正想着自己往后行事该更加慎重,却听刘先生笑道:"我偶遇的那位林小姐,方老弟认识吧?"

"家父说,林家大小姐留洋多年,为了接掌家里的茶产业回国,我与她并不熟稔。"方衡说着,命侍者将刘先生换下的衣裳拿去烘干。

刘先生端正地坐下,这才问道:"贤弟以为林家茶叶如何?"

"据我尝到的算是上品。"

"你家也有茶园,倒推崇她家的茶叶?"

"我家茶园小,也未花心思打理,如今已转卖殆尽。她家茶园百年来都有经营,茶叶品种又齐全,润元居的茶,算得阳羡茶的第一块招牌。"

这位刘先生名雁起,祖籍浙江定海,以经营煤炭起家,常向方家订购竹货供自家码头使用。刘先生年少做买办时,方正谷便与其交好,近年来,方正谷将生意慢慢转交给方衡,刘先生又与方衡时常见面。刘先生正直守信,方老爷亦放心让方衡跟他学习一些生意经。一来二去,方衡与刘先生的关系亦师亦友,生意倒成了第二位。

从精菜馆到行园本就不远,不过十多分钟的车程便即抵达。途中,刘先生见路边小吃摊上飘来阵阵咸香,便同路人一道立在摊旁吃了一块烧饼和一碗泥蟹糊。热腾腾的泥蟹糊下肚,鲜香嫩滑,赛过珍馐美馔。刘先生对这街头小吃留恋不已,问明了制法,这才尽兴离去。

殊不知,丹露得了刘先生要来的话,一早便在门口相候。刘先生快步上前,致意道:"不好意思,让姑娘久等了。"

跟随丹露沿着游廊一路行去,眼见林家的园子屋舍玲珑精巧,亭台错落有致,疏池叠石相映,处处巧思尤为难得,可见当年设计此园之人胸壑非比寻常。

"我不常住在这里,只有我杨婆婆和她丈夫照看院落。招呼不周的地方,还请见谅。"之晴早就听到了丹露与刘先生谈笑的声音,放下手中乐谱,从锡韵堂中走出来向刘先生问好。

茶室不大,架子上各色茶具却齐全。除了泡茶用的紫砂壶,条案上还摆放了一对刻绘花鸟的紫砂花瓶。左首墙上悬着一幅娟秀的行草,乃刘禹锡的《陋室铭》。

刘先生见了这幅书法,仿佛对了脾性:"梦得先生与我是本家,录此文者又出身世族,先人与我祖辈交好,真是有缘。"

之晴谦和地笑:"书者是家慈,谢世日久,徒留书画为念。"

刘先生听了不觉一叹:"如此,真是遗憾。"

两人说了一回字画古籍,深觉性情相投。

丹露取了茶样来,将几个紫砂壶、几只甜白釉小杯一一对应,之晴才道:"我冲泡茶叶,刘先生可尝尝茶汤。"

说着，她取出一个茶荷，将其中一份茶样打开倒在茶荷中，呈予刘先生看：“雀舌茶。”

刘先生看了看茶叶的色泽、条索，点头道：“烦请林小姐试泡。”

之晴提起陶壶，将水先注入紫砂壶内，才将茶叶投入，旋即倾出茶汤。

待水第二次沸腾，之晴便依次冲泡明前、雨前红茶及去岁秋日的红茶。

刘先生放下甜白釉小杯，再三看了看剩下的茶样，方笑道：“不知这些茶叶要价几何？”

“若先生要订明年的茶，须待明年春日看茶山上雨水、日照如何及制作状况才有定论。”

“原来如此。”刘先生笑言，“若想知道明年茶品如何，只能等到明年春季了？”

“今年的茶价只做明年茶价的参考，价格来去不大。待明年春茶出来，我请伙计送几份茶样给刘先生品尝，若刘先生觉得妥当再订货也未尝不可。”

转眼将至午饭时间，方衡派人将刘先生接走。

那厢，杨婆婆烧了黄芽笋煨老鸭、地衣炒韭菜、雁来蕈炖鸡蛋这三样菜，唤之晴、丹露来吃，得知她们下午要走，不舍得的话终究没说出口。饭桌上，杨婆婆只将菜夹给自己的老伴，含笑道：“你们年轻人，不需要我让的，想吃什么多吃几口，不合口味的就不要下筷，没什么不好意思的。”

之晴笑着又搛起一筷地衣炒韭菜，赞道：“别人家的大厨还不如婆婆烧得好呢！”

丹露也道：“拣地衣最费工夫，平常人家哪里吃得到？ 在自己家过年，能吃上一块猪头肉已算不得了了。三五个菜摆上桌，从大年夜一直放到正月十五，几个狮子头蒸来蒸去只等客人吃，我们做小辈的哪里敢下筷？”

杨婆婆做的菜颇合她们的口味，她们又存心想让杨婆婆开心，特意多吃，一桌子菜竟被一扫而空。

回庄园的路上，之晴向丹露道：“江南春日多雨，采摘茶叶的时间有限，下雨时我见大家多数不采茶的。”

丹露道：“雨天泥泞，茶山上不好走，茶叶采摘不方便。且听制茶的师傅说，雨天采的鲜叶如果制作绿茶，在杀青这道工序中极容易出毛病，还不如不费这个时间和精力。"

"我看到茶书上记载过雨天采的茶可'走水还阳',不知是否可行?"之晴道,"具体如何操作,不如回去后和制茶师傅们、管事们一道议一议。春茶金贵,若连下几天雨,产量也上不去。"

丹露闻言笑道:"茶农们巴不得天天白日采茶,晚上下雨才好。这样茶叶既得了雨水滋养,又不耽搁采茶的时间。可老天也不能常如人愿,采茶耽搁一日,大家就少一日工钱。"

之晴道:"雨天即便只能采到晴天一半的茶,我们也能少置些茶园。若有工艺方便推行,倒可增收。"

"我们回去后同丁管事商议吧。"丹露听说制红茶,心中倒有几分把握。但未得制茶大师傅们的话,也未敢笃定。

回到潇碧苑,之晴换过衣服,沐了手,取来点心吃。阿兴早得了信儿,在茶室候着。

小茶室内春意融融,之晴泡了一壶雪芽,向阿兴表示想要让丹露去上海学习驾驶汽车。

言已及此,见丹露忽而露怯。之晴出言宽慰道:"去上海生活一段日子,定能增长不少见识,平日我会让阿兴哥哥派人去照应吴大娘。待你学成归来,给你十块银圆的月例贴补家用。"

"十块银圆!"丹露从来没想过做丫鬟也能得那么多薪水,不免又惊又喜。姆妈做了大半辈子农民,也吃了大半辈子苦。如今眼睛患了见风流泪的毛病,却没法医治。即便这样,她仍旧不肯停下歇息。白天垦地,晚上枯坐打草鞋,又不肯把煤油灯点亮些,生怕浪费钱……若自己能多挣些钱,早日还清债务,也能让姆妈少操些心。

之晴拉着丹露的手开解道:"我深知驾驶的重要,在欧洲早已学了。外国会驾驶汽车的女士有很多,以后我们国家也会有很多女士学驾车的。过一段辰光,阿兴哥哥或许也要去学习呢。"

阿兴见机引逗她:"你想想,有一天你驾车回来把你姆妈捎上去城里逛逛,多有意思啊!"

丹露被他们一撺掇,颇有些心动。

"上海四马路上店家很多,裕丰泰、言茂源的菜品都好,去时要让阿兴哥哥陪着,由他会账。你自己的月钱且存着,往后做嫁妆罢。"之晴玩笑起来。

自打出生以来,丹露从未去过小城以外的地方,却听人家说过上海是怎样意想不到的繁华,有高楼,有霓虹灯,有天下最时兴的东西,她早想去看看,只苦于没有机会。这次去暂住,刚好开一开眼界,再多学一门技术,且不用自己花销。这是有百利而无一害的事情,丹露不再犹疑,满口答应道:"大小姐,我一定好好学。"

之晴指着葵口盘里的绿豆糕道:"你且把这盘糕送去给小蕙,再问问古香斋里有什么短少的,趁我们在家时补齐了吧。"

丹露闻言,忙起身去了。她心中有了万分憧憬,十分快活,走路也带着一阵风。

阿兴见她走远,才说道:"之晴,让丹露学驾驶是不是难为她了?"

"让她待在上海一段时日,她会见到许多新事物,学到许多新东西。见惯了大场面,往后行事也不会畏首畏尾。往后她天天与沪上那些培训员一道,总会习惯于摩登生活的。"

阿兴联想到丹露用刀叉吃西餐的样子,不由笑了起来:"只怕强扭的瓜不甜……"

丹露平日里再怎么风风火火,到底是个女孩子。到了外地,总需要人照拂。想毕,之晴将壶中的茶倾倒在阿兴跟前的影青釉铃铛杯中:"你陪她住上三五日,有你教导,她学得也安心些。"

傍晚,之晴跟着之岚到古香斋坐了坐。小蕙泡了一壶茶上来,笑道:"就这些普洱了,大小姐赶上了最末这遭。"

之晴微微一笑,看着汤色闻着茶香才道:"这可是多年的班章普洱茶,你们哪里来的?"

不待之岚回答,小蕙笑道:"老爷赏的。"

"我的茶室都没有呢!"之晴故意说笑。

"姊姊若喜欢,都拿去便是,我这左右也放不下这些东西。父亲哪里是真心给我好茶?为的是三年五载我也喝不上几回,安心把我这当茶仓罢了。我这小室不如你那干爽,茶也搁不住,自然便宜了小蕙,养得她嘴刁。"

小蕙敛着笑递上一盅牛乳炖的雪蛤给之岚,之岚接过却不吃。

"这些年你种的兰花有口皆碑,现在城市里的人都爱极了有野趣的东西。"

"兰花本该生于山野,若去了高楼富贵处,它们会不自在的。真是爱花人,清供于书房茶室倒好,毕竟那才是与兰花脾性相投的地方。"之岚幽幽道。

"我希望可以尽己所能,让你不必烦忧他事。"之晴陪之岚坐着,觉得此刻万分自在。

"姊姊,我所求有限,但若你有事我可以相帮,我总会支持的。"

此时,小蕙已经拎着煤油灯在古香斋各处巡查了一番,这才又提了一壶热水来给之晴续上。

"这品普洱,须两三开才能出色呢。"之晴笑道,"最好配些茶点。"

小蕙答应了一声:"我房里的红豆糕是今早厨房熬了红豆沙制的,不知大小姐是否用得?"

"拿来我尝尝。"之晴替小蕙熄了煤油灯,只道,"我来了总问你们要东西吃,可别嫌我。"

见小蕙走了,之晴续道:"听说你这几日都睡不好,便是睡下了有时也要起来去兰圃看花,这般费神总归伤身。"

"方家又定了二十盆兰花,我总不能让人家失望。"之岚叹了一口气,"别看小蕙平日里有说有笑的,跟了我倒也受累。兰花常常要搬到山涧边,平素为了保持兰圃中湿度一如山谷,一日要挑两趟山泉水……"

"这挑山泉水的事,往后我安排一个小厮,清晨便去挑,只叫小蕙跟着,也好省些力气。再多拨两个洒扫的婆子,让小蕙少做些杂事。"

"这样最好。"之晴这样安排,能让小蕙省却不少力气。因是特例,之岚着实感激。

恰在此时,小蕙捧了红豆糕进来,奉与之晴。

夜深沉,之岚弹奏古筝一曲,清音袅袅,久久未歇。山林之中本就寂寥,筝音淙淙,悠然清新,令人不由神醉。

漏夜,林老爷正在窗前侍弄一盆菖蒲,之晴蹑手蹑脚地走上前去,将喷壶里的水倾洒在菖蒲盆中。林老爷心知是谁,忙道:"收了你的神通吧,这样浇灌，菖蒲根都要烂了！"之晴一吐舌，放下喷壶道："父亲，我想去广州走走。"

林老爷道："再过一个多月就是西湖博览会。我们既接了帖子，就须认真对待，若没有什么要紧事，先搁一阵子再去外头。"

"左右还有一个多月，如何料理阿兴哥哥定有打算。我去广州亦是为了寻求阳羡茶产业的出路。遥想当年，北方开辟丝绸之路，迎来汉唐盛世；西南方有茶马古道盛于明清。女儿心愿不大，只求疏通茶路，让我们阳羡的茶人也过上不愁吃穿的日子。"

"不愁吃穿谈何容易？纵然我们林氏一脉祖上承蒙皇上恩宠，也不过是多分几碗饭给伙计们吃。"林老爷道，"身为大东家要有远见，更要有托底的能耐。凡事须做最坏的打算，并有收拾烂摊子的决心，才能成为一个合格的东家。"

之晴原本兴高采烈，听父亲如此说，深以为然，一时沉默不语。

此前，她一心想着早日到广东去，学习当地的茶文化，希求寻到法门，让阳羡茶再度兴盛。在国人眼中，广东是中国茶楼最多的地方之一，岭南人天性嗜茶，茶市兴旺更胜别处。

阿兴也曾说过，广东人虽爱绿茶、红茶，亦钟爱水仙、普洱。之晴心中闪过一念，自家的茶叶虽不急于在广东市场占据份额，也需了解当地人的口味、喜好，以期获得广东这个茶叶消费大省的客户青睐，今后若能互通有无就更好了。

正自顾自地想着，却听门上云板叩了四声。之晴眼眸闪了一下，林老爷提着喷壶的手突然也定住了。

阿兴快步走进门来，低低地说道："老爷，有电报递来，舅爷在香港病逝了。"

之晴一愣神。自她出生后，只见过舅舅两回。此番舅舅猝然长逝，与她有血亲之人从此又少了一个。

"舅家太太的意思是山高路远，老爷应善自珍摄，不必特意致祭。"阿兴缓缓道。

林老爷望着深青色的天幕，似乎想起什么："之晴，你说想去广州。既如此，再去香港探望一下你舅母。她从此孀居，终归落寞。"

是啊，春去秋来，这无休止的寂寥旁人如何想象得到……之晴心中亦长长叹息了一声,却不知这声叹息是为了谁。

临行前,之晴亲自将雨前、雨后红茶及明前绿茶分别用紫砂茶叶罐装了,这才安心出发。

广州的溽热与他处不同,饮茶文化在此地扎根应与当地气候条件有莫大的关联。

走进一家茶馆,只见掌柜、朝奉、伙计忙得不可开交,几乎没有空位。每个茶客面前除了一盅茶外,多有两道点心。

"饮咗茶未?"

"大只佬,返工啊?"

之晴只听得茶友们互相招呼。

"六堡茶一盅!"又有茶客前来。

之晴在门口观望,直到大掌柜瞥见,上前来迎:"小姐,本店茶靓,保证称心。"

之晴略略点头:"我来饮茶,也带来了些自己的茶。"

大掌柜听出些许话锋,顺着之晴的意思问:"敝店茶难道不合小姐口味?"

"我姓林,乃江苏润元居茶行东家,想与掌柜的谈一谈。"之晴谦和地笑道。

大掌柜会意,忙让二掌柜上前招呼其他客人,请之晴入了一处清幽的小室。楼上雅室内外家私多用酸枝,壁上悬着一幅溥儒的立轴,着实有几分清雅。

之晴含笑道:"这里左近有码头,贵铺生意很是兴隆。"

大掌柜也笑:"承蒙主顾们日日来饮茶,我们茶馆蓬荜生辉!"

雅室正中置了一张越南黄花梨茶桌,上头紫砂壶、茶盘、茶杯、茶垫、茶罐、水瓶、龙缸、水钵、红泥火炉等一应俱全。

突然看见水平壶,之晴不由添了一丝思乡之意:"茶壶、茶罐,正是我家乡阳羡所出。"

大掌柜道:"天下好风水让阳羡一城占全了。既有侍茶最好的壶,又有天下鲜有的好茶。"

"大掌柜去过阳羡?"

"我们从前去过的地方多了,那时候茶路远比现在闭塞。再往前几十年,我们收茶叶可不是站在码头上等着人家运来看。大多时候,我们还要牵着骡马翻过崇山峻岭去茶农家里收茶呢!"大掌柜一面说,一面熟稔地试泡之晴带来的茶叶,"绿茶清爽,红茶馥郁,确然不错。"

之晴道:"我看着贵铺茶水以普洱、六堡茶、滇地红茶为多,何不试试我们阳羡茶呢?"

大掌柜不置可否:"广东潮湿,茶叶保存殊为不易。你们运输茶叶,多用船运,旷日持久,若包装不妥帖,茶叶霉变也属常事。不瞒你说,做这样的生意往往让卖家吃了亏。滇红、普洱这条线早已成熟,不需我们买家太操心,更方便些。"

"既有了茶叶,怎会被这茶叶存储难倒呢? 江南亦多雨,我们自有储存良策。"之晴是越挫越勇的心性,哪里肯放过这样的良机。

"锡罐、铁罐日久难免生锈,紫砂罐、紫陶罐发茶性好,却容易损坏。我们每日茶客消耗的茶叶均有定数,但我们东家也开了茶行,对外贸易才算真正大宗。"掌柜的无意间提到这样一句话,令之晴印象极为深刻。

方家有竹器行,若有机会做这样的茶叶罐,广东这一带应该会有很大的市场。竹筒用盐水煮过晾干,再用大漆刷在竹筒外壁,杜绝潮气涸入,能保证茶叶不与空气接触。竹筒茶叶罐,较之紫砂罐、紫陶罐重量减轻了许多,又容易携带,不易破损,不论运输还是生产,都更便捷……

"大掌柜若需要便携又不容易损坏的茶叶罐,或许我可以想到法子。"

"此话当真?"

"不知贵茶行一年外销多少上等茶叶呢? 普货尚且可用牛皮纸包装,上品则要多花费些心思了。"之晴试探道。

"我们出口的上品茶叶,光我们一家茶行便逾千担。"大掌柜道。

"一百五十斤为一担,千担至少十五万斤……"之晴心头默默一算,"假使一个竹筒装一两茶叶,一斤为十六两,需要十六个茶叶筒。仅一家茶行,就至少需要二百四十万个竹筒。这样的生意,想来方衡没有理由拒绝。"

之晴略略筹谋,遂向大掌柜答言:"回乡后,我同我的合作人商议一下,相信会做出令你们满意的茶叶罐。"

大掌柜笑道:"我等着林小姐的好消息。"

"十三行附近的茶庄出口茶叶,多经过香港运往南洋,茶叶罐防潮防水最为要紧。牛皮纸虽防水,包装后茶叶却极易被碾碎,因而上佳的茶叶用竹筒装运更好。即便此间掌柜的不需要这样的茶叶筒,我们林家自己的茶叶也可如此装运,倒比其他商号更别致……"从茶馆出来,之晴思路开阔起来,想了好几个方案。

到广州后的第二日,之晴又前往茶居、茶楼喝茶。坐了半日,之晴冷眼看着这些往来茶居、茶楼的士绅与茶馆的客人不同,他们爱喝工夫茶,且有更多闲情雅致在茶居久坐,或谈生意,或谈政治,要求"水滚茶靓",亦要有景可观。楼下柜台前,各地茶叶几乎都占全了。君山银针、雅安藏茶、蒙顶黄芽、云南普洱、太平猴魁、祁门红茶、峨眉竹叶青、冻顶乌龙茶、太湖碧螺春、阳羡雀舌、安溪铁观音、武夷大红袍、梅家坞龙井、政和白茶……"有钱楼上楼,无钱地下痞"乃广州茶楼最真实的写照。人分三六九,茶叶亦如此。

中国茶文化真是博大精深。之晴喟叹,少年时只顾着学业,自己虽在茶叶世家长大,却对茶叶所知有限。她听阿兴说,父亲喝到一种茶叶,很快就能分辨出是在哪个节气、从哪片茶树上采摘的,甚至能分辨出是茶厂里哪位老师傅制的……每念及此,之晴决意要更珍惜光阴,多思、多看、多问,才能读懂茶,往后自己经营也才能更加游刃有余。

"阳羡从唐朝起即做贡茶,那时候的茶叶为野山茶。如果润元居能多花些心思收罗这些野山茶的鲜叶,制出的茶叶滋味定与众不同。有朝一日,这样的茶叶成为润元居的招牌也未可知……"在去香港的船上,之晴思绪万千。来广东一趟,确然开了眼界。

船到香港靠岸,舅母早已在码头上等她。从甲板上望去,香港一幢幢高楼整齐地排列在山上,显得分外明朗——这里的山不同于阳羡,阳羡的山上有铺天盖地的绿树翠竹,这里的山上大片黄森森的泥土裸露着。

正想着,船已泊住,人潮从船舱中一涌而出,向着码头铺散而去。一片积雨云卷过,天际更显得阴沉。

舅母长发绾起,额前留着一片碎碎的刘海,薄薄的眼皮上已有细纹。她年近五旬,穿着一袭素色的旗袍,见之晴到来,心中倒有几分宽慰。

巴士、小汽车在街上川流不息。拖着长辫子的妇女,挑着担的农人,驮着货物的马队,偶尔路过的印度巡捕……这一幕幕似曾相识,却也有些陌生。到了一地,车辆不再行进。舅母付了车资,带她步行。香港寸土寸金,不知走了多少石阶，才抵达舅母的居所。楼下商铺林立，喧哗非常，楼上乃民众居所，也算闹中取静。给之晴留下深刻印象的，并非中环的繁华，而是此处整洁有序远胜于他处。

之晴到了香港才知道，舅舅家在此处开了一间当铺。他一贯好于此道，也不为赚了多少钱，却同之晴母亲一般，爱极了古物，日夜盼着有人送来的好东西能经手把玩，即便在柜中不能留存多时，只求一饱眼福。

祭过舅舅，舅母沐了手，端上来几盘小食。听闻之晴去广州是为了了解茶叶销售市场，舅母沉吟半晌方道："茶叶买卖是林家百年来的根，不能丢。可除此之外你也要想一想，在全国茶叶市场如何更好地占据一席之地。"

之晴正尝着马蹄糕，闻言便放下糕点恭敬地答道："阳羡秋茶产量极为有限，为的是让茶树休养生息，来年才可孕出更好的茶叶。我们阳羡湖㳇茶叶生产以红茶为主，张渚则以绿茶为最。若阳羡茶产业能出几位有远见的茶商并肩做事、齐心协力，终可恢复阳羡茶美名。"

舅母神色怡然，细细听之晴叙完，才道："凡事你要细思，缓缓图之。"

之晴道："天下攘攘，皆为利往。给茶农补贴，给小茶商最切实的好处，对大茶商则晓以利害，才可在茶业界立言立行。"

舅母点头认同，又点拨之晴道："拓宽眼界，不必只想茶叶，还可在'茶业'二字上做文章。你晓得广东地区百姓爱饮茶，用的茶具是什么？"

之晴脑海中灵光乍现："这里的人喜欢泡工夫茶，用的大多是朱泥水平壶！"

"是啊。若阳羡茶配着阳羡壶卖到此处，自然有不同寻常的收益。他处虽有好茶，却没有紫砂器皿。阳羡得天独厚，有茶也有壶，这样的生意，也只有你能做得！"舅母善意提点道。

"舅母点拨，实为金玉良言。舅舅过世，表哥们都不在身边，您也要多保重啊！若得空，来阳羡散散心，也好让我和之岚尽一尽孝心。"

舅母一笑："我一直记挂着你们姊妹。我的儿子们，自要做他们的事业。至于我，我要替你舅舅完成他未了的心愿。"

"什么心愿？"

"为商不忘报国，保家不忘卫民。"舅母语带坚定。

在回乡的船上，之晴脑海中不断浮现着舅母的话，不觉天际一片大亮。

第七章

碧玉深瓯

回到庄园,已近梅雨季。随处可见的野杨梅树上缀满紫红的果子,让人望而生津。

除了门房老王,阿兴第一个见到之晴。他满面笑意:"可把你盼回来了!你不在的时候,家中事忙,老爷少不得也要应酬些宾客。"

"谁来了,有这么要紧?"之晴将行李放下,阿兴忙命宁儿将行李拿去之晴屋里。

"李双柏李老爷来了几次。"阿兴道,"虽说李老爷是我们林家的老主顾,可惯会拿大。老爷说,如今主事的是大小姐,若有生意呢,往后可问你。你猜李老爷怎么说?"

之晴接过丫鬟递来的毛巾擦了手,方笑道:"他能怎么说? 左不过是问父亲为何将生意交付给一个小丫头片子。"

"到底是李老爷,没有说得十分直白,却问大小姐为何不在家中。老爷只道你去了广东,出差访友。那李老爷又叹息道,一个姑娘家出国念书就算了,何苦老是往外头跑呢。"阿兴学着李双柏的腔调,捏着嗓子。

之晴笑道:"他是个守旧之人,虽不大坏,可迂腐了些。"

"李夫人缠绵病榻,前两年去世了。李老爷一直没续弦,若有内人辖制,只怕好些。"

之晴莞尔一笑,与阿兴一道去后院同父亲和之岚相见。

才至父亲的书房,便见众人围在一起说话。之晴忙向父亲请安,又同之岚见礼:"既到了广东,我便去了趟陈李济,将你的脉案给了两位老中医看。老中医配了几丸药让我拿回来,另还送了些陈皮。后来听舅母说,陈李济香港也有分号。若这药吃得好,让舅母再寄些来也使得。"

之岚闻言,让小蕙接过了药:"姊姊和舅母费心了。"

大家提起在上海学车的丹露,阿兴便道:"她也算十分用功,拿到执照指日可待。"

林老爷点头笑道:"住这儿比不得在城里方便,一来出行时效不高,二来也没有电话机,往后有了汽车就便利多了。"

之晴一笑:"接下来要做的事情可烦琐百倍。阿兴哥哥,凡事还要你多帮衬。"

"听你吩咐。"

阿兴一向实诚,林老爷正色道:"她有什么不对的,你大可以指出来。她从小就固执得很,现今大了,果真还这样,你尽管告诉我,你舍不得说她,我来给她立规矩!"

众人正说笑,崔嫂子进来回道:"老爷,大小姐既然回来了,您生辰如何安排宴席,要请哪些人,还要拿个主意。"

阿兴沉吟未决,之晴也没操办过。

林老爷缓颊道:"生辰之事暂且不用议,头一宗事须想着西湖博览会。尽快落实带什么茶,安排哪些人去。展会并非数日就结束,不若趁早租两间房子,也比住旅馆省却不少费用。"

阿兴应道:"展会为期约两个月,方家的商号也在受邀之列。听说方家由黄管事领人同去,不知是否可住一道,彼此也有照应。"

林老爷听阿兴如此说,便道:"若两家都情愿,倒也好。"

之晴坐在一旁接过下人递上来的账本，又问道："这些账目可曾对过？"

阿兴道："账房先生核查过了，但还须你再审校。账目务必要清楚。"

林老爷指着账本向之晴道："看看，东家可不好做。管账的事虽繁杂，也不过十之一二。你还要挑战祖宗规矩，头上可悬着一把剑呢！"

之晴小心地答应着，着人将账本送到潇碧苑。本地"做九不做十"，林老爷恰逢四十九岁生辰，合该大办。阿兴心里有数，知道该有的场面自不能少，请崔嫂子将往日宴请人的名单找来，方便林老爷添减宾客。

回到潇碧苑，丹露不在，顿觉冷清了许多。之晴念及自己在外漂泊数年，未能在父亲膝下尽孝，如今父亲寿诞将至，也应当尽一尽心。直到深夜，她才将账目对完，只觉有些昏沉，不及洗漱便在湘妃榻上睡了。

春夏之交夜里凉意袭人，白天窗格掀着透气，不曾放下。山野间风露浓重，之晴歇下时又未曾盖被子，第二日醒来，便觉得头晕喉塞、四肢乏力。

林老爷见之晴一早未去请安，又错过了早饭的时辰，便亲自来探视。见女儿这般，忙让阿兴去请大夫来看。

之晴兀自支撑着起来交代道："账本我都对好了，阿兴哥哥且送去账房收着。我不过微感风寒，煮一服板蓝根配着金银花、甘草喝上两天便好了。"

听之晴的声音都已大变，想是咽喉也有了炎症，林老爷便同阿兴道："柴胡和淡竹叶药房里应该还有，配好了去煎药。再到圃里采些紫苏叶子煮水给之晴泡澡。这几日送来的饮食清淡些，不可油腻。"嘱咐完阿兴，林老爷又向着之晴道："你虽年轻，到底也不能苦撑着。就安心歇上两三日，我让宁儿来伺候你，只等丹露回来。"

之晴想着自己如今身边没个使唤的人，的确不便，宁儿在身边有什么事情好歹能差了她跑腿，也就不再推辞。林老爷只坐了一会，就被之晴请走："我们年轻，尚能支撑。若您有个伤风头痛，我于心何安？"

见之晴执意如此，林老爷便道："若想吃什么，打发宁儿去厨房要。"

之晴支撑着起来喝了几口茶，淡淡地笑了笑："我头痛得很，让我睡一睡吧。"

宁儿听了，忙接了杯子搁在一旁，又扶之晴躺下来，替她盖上被子。林老爷见状，略略安心，离开潇碧苑，往古香斋去了。

一筐筐的杨梅摆在院中，小丫头们捧着一个个钧釉罐子，一面闹，一面笑。厨下婆子见了,敲着锅铲道:"你们就只知疯吧! 这杨梅最不禁搁,一到黄梅雨季都要坏了。还不赶紧料理停当!"

满院酸甜的杨梅,满地山泉水,阳光洒在院落中,安静祥和。在这果香四溢的一方天地里,隐隐掺了一丝药香。

"你煎什么药啊? 这费时费心的事情,让小丫头看着便是了。"崔嫂子捧着一件林老爷常穿的长衫路过,见阿兴坐在一旁的小杌子上看着药罐子,不禁停下来问了一句。

"之晴的药,可得仔细。"阿兴手中握着一柄小芭蕉扇,听见崔嫂子问,才略略分神。

"放心吧,大小姐的事谁敢误了? 你如今管的事情多,底下小厮、丫鬟有什么办不得的还得找你。"崔嫂子又道,"昨儿镇上商号的掌柜传话来,说要支钱。"

阿兴应道:"春上运输茶叶时,我们问骡马行借了几头骡子运了几趟货,定为着这笔钱。之晴还在病中,结算工钱的事少不得我来办了。掌柜的可曾将账目拿来? 我再细看看。"

崔嫂子听了,答应道:"我去请账房先生送来,不必劳动你跑一趟。"

阿兴道了声"好",随即又坐在一旁认真地看着火炉上的药罐子。

林家庄园的景致一年四季都有不同。初春的玉兰,仲春的海棠,春末的映山红,夏至的蔷薇……芬芳的气息始终在这片山谷里缭绕。

阿兴煎好药,亲自给之晴端去。

之晴并未久卧,早已披衣而起,斜靠在一张贵妃榻上饮着一碗温开水。

之晴仔细看着工人的名单,见阿兴进来,遂问道:"这些人每日都出工修剪茶树吗? 凡有请了假、躲了懒的,都不能搪塞过去。按劳取酬,多劳多得。"

阿兴道:"但凡工人们有请假,必有记录。"

"既然如此,你照着单子,尽快把工钱发放给他们。人家挣的辛苦钱,日日盼着呢。"之晴一面说着,一面将药尽数喝了下去。幸而药方里配了甘草,倒也不甚苦涩。宁儿又递了碗清水给之晴漱口。

阿兴接过药碗,忙嘱咐宁儿晚间要警醒些,若之晴要什么只管来回。

宁儿笑道:"我知道了,断不会有一丝疏漏。"

为了让之晴安心养病，庄园里大小事情阿兴更为留意。后一日，林老爷屏退众人，同崔嫂子讲明，从此不必近前伺候，免了她辛劳。崔嫂子听了，心头已有几分明白，倒自伤感了好些时日。

不过两三日，之晴已然病愈，向林老爷请安后又到商号中巡查了一番。丹露日前已顺利拿到汽车驾驶人执照回乡，阿兴亲自去码头接她回来。

才到家坐下，之晴便见一张帖子搁在小儿上，遂问了一句。阿兴道："每个季度阳羡商会都要召集理事议事。如今老爷把家业交付给你，往后出席商会由你出面才妥当。"

"帖子父亲看过了？"之晴沐了手，接过帖子细看。

"老爷说，一切由你做主。"阿兴道。

"从前商会聚会，都是你陪着父亲去的，想必你对里头关窍都熟悉。"

"以后这差使可轮不上我了。"阿兴微微一笑。

"我和丹露都未经过这样的事，恐有疏漏。你就带我们去一次，也好给我壮胆。"之晴请求道。

阿兴哪里拧得过之晴，遂答应下来。

丹露回到庄园后就听闻这桩事，不由打起退堂鼓："大小姐，我什么都不懂，怕到时候出洋相。"

"我也不大懂。"之晴笑叹道，"晚饭后，你跟我去父亲那听一听，往年开会要说哪些内容，务必记下来，有什么难处便看阿兴哥哥的眼色行事。"

三人商议定了，阿兴自去前头处理事务。

丹露放下盛着果脯的葵口盘，沏了一盏热茶给之晴。之晴问道："你回来我还未有工夫问你，在上海这么些日子过得如何？见你性子收敛了许多。"

丹露有些羞赧："跟着那些人不光学驾驶，还要学许多规矩。既然学了规矩，说话做事难免会拘谨些。好在也开了眼界，吃到许多我做梦也没吃上的东西。"

之晴微微一笑："这样馋嘴，可见存不下钱了。"

丹露脸上有些发红："大多时候丁管事会账。我还吃到了两回'美女牌'冰精，有香草和巧克力口味，阳羡城里我从来未见过呢。等有机会我带姆妈去上海，也请她吃一根紫雪糕！"

"说到吃的东西,你依旧最起劲。可别去同小蕙讲,否则她又要缠你了。"之晴又拉拢一把椅子让丹露挨着她坐下,这才续道,"明年还要安排阿兴哥哥去学车。他常年跟着父亲进出,总不好遇到驾驶问题都由我们出马。"

丹露悄声道:"大小姐,我看着丁管事多半会驾驶汽车,只是我们不知道罢了。"

"是吗?"之晴一阵诧异,"他何时学的?"

丹露迟疑了半晌:"也许是我听岔了。有一日仿佛听见老爷嘱咐他开车须仔细。"

之晴捻了一片果脯含在口中:"真真假假的事不许往外头说。"

丹露点点头,又道:"我听小蕙讲,方家少爷追订了五十盆兰花,二小姐又要辛劳一阵子了。"

之晴喟叹:"之岚虽足不出户,却切切实实地在为庄园挣钱。到如今,我却认真没挣过一分钱……"

丹露道:"大小姐现在支出银钱也是为了林家庄园未来挣更多的钱。"

之晴仿若被引出了心事:"现在时局不好,大家只管眼前事,哪里管得了身后路?"她将剩下的半块果脯搁在骨碟上,才续道,"我虽留过洋,看到了其他国家如何发展、生意如何经营,但实践起来终究是另一回事。若只要管家还好,不过恩威并施。但如今,我要打理父亲打下的基业,又要留心这瞬息万变的时局,还有那么多茶农、商号都等着指派……我历事毕竟太少,还不能如父亲一般处理得圆满。"

"大小姐,我只知道你自从管事以来,和丁管事内外皆顾,现在庄园上下谁不服气?那些茶农不过想混口饭吃,全家上下不要挨饿便是。要能再积攒些小钱,他们做什么都甘愿。"

之晴听丹露如此讲,愁绪稍解,却仍思量着润元居接下来的经营。

商会集会当日,阿兴和丹露陪着之晴一道前往。之晴此前并不知晓,三年一次的商会选举恰在此时召开。初次与众人会面,少不得一一鞠躬问好,之晴趁着这个当口记下了所有商会委员的名姓。

"今朝邀请县里的知事过来,为的是见证一下我们如何开展换届选举,以求公平、公正。推选会长后还要选出数位执行委员、监察委员及候补委员。往后各司其职，不容有失。"

商会会员开除、入选之事尽有，为体现得更为正式，在座之人逐一对自家往日的生意做了介绍，又谈了日后的规划和对商会未来的期许。在众人的投票下，很快地确立了本届商会的会长——方正谷。方正谷已连任了两届会长，此次再任乃是第三届。众人毫无异议地推选他，一来方正谷的确在业界声名赫赫，二来他行事果敢，决断从来令人敬服，他人未有这样的胆略敢接手这一职位。

"我们既然成立了商会就要办实事，有钱出钱，有力出力，不可推卸责任，不可见利忘义。"方老爷道。

"方老爷担任会长是我们大家的心愿。大少爷跟在方老爷身边，应当也有所成就，不如做个执行委员吧。"

"是啊，方家产业大，方少爷这几年也历练了不少，往后接管生意，又能有所作为。"众人顺水推舟不过想做个人情，只看方正谷能不能"笑纳"。

方衡如何不知众人的心意，忙敷衍道："各位叔伯的美意，方衡心领了。家父正值当年，我也好闲散几日，将精菜馆打理妥当，等各位叔伯得空了来吃酒，岂不美哉？待过几年我收了心，那时再帮衬父亲也未尝不可。这执行委员不做也罢。若真心抬爱小侄，不如就让我做个监察委员，但凡得空，倒可以'监察'一下，若我事忙，两位执行委员自行处置事情也便宜些。"

"犬子虽跟在我身边多年，但商业上的事情，委实不如诸位通达，还请诸位多与他几年时间吧。"方老爷拱手一礼，接着便挥手让大家坐下慢慢商谈。

林老爷往年在时，在商会中便是执行委员。大家原本以为林老爷到这次选举时，论资历定能出任副会长，好补了这空悬已久的缺。不承想，林老爷毫无征兆地退出商会，令大女儿林之晴加入。众人见她是个年轻女子，不免对她所任职务有些异议。

"林大小姐，你尚年轻，说到底不过是个初出茅庐的大学生。商会里事务繁杂，你初来乍到，须慢慢学起。何况，你在国外多年，对于国内的商场也不大了解。不如从头开始，先从候补委员做起……"

有心人给她的下马威也是一种试探。之晴认出他就是泰利丰大东家范洪明。若真应了他的话，退了下来，往后林家在商会中要立言、立行便难上加难了。

阿兴站在之晴身后，俯身在她耳畔轻声道："论资历，这位范老爷今年或可升任监察委员。"

之晴微微点头，朝着那个坐在椅子上喝茶的人笑道："范委员，你的话固然有几分道理。但这执行委员一职，乃是因着我林家这十数年来为城里乡间百姓做出的贡献而得。难道有谁比林家人更能胜任执行委员的吗？"

之晴话中有话，引得范洪明面色大变。他怔了半晌，方冷哼了一声："一个黄毛丫头，不知上下尊卑，竟敢这样与我说话！小小年纪，就同长辈们摆脸子，往后翅膀硬了，岂不是要爬到我们这些老家伙的头上？前阵子让裕隆昌送来两匹绸子无非想向我示威罢了！"

"这话从何说起？我才接了家里生意，总想着邻里间和气方能生财，备下些薄礼致意，不料令范委员见怪了。"之晴笑意不减。

李双柏笑着劝解："林大小姐，你这范叔叔比我还要老顽固。商会里初来一个大闺女，终归要适应些时日……"

之晴看着在座大多数会员都不发一言，显然还在等她的下文，她淡然一笑："请诸位给之晴一个机会，也是给林家一点薄面。我会向各位前辈叔伯学习，不至于辱没了阳羡茶的声名。自我回国以来，修桥铺路、贴补乡邻，一桩桩实事想必大家也有所耳闻。何况，商会中上有会长，下有诸位监察，若之晴日后行事不当，自然另有论处。若只因为之晴年轻，就要被他人仗势夺权，这对日后要进商会的年轻人来说，可谓不利，恐怕也要寒了他人的心呢！"

听之晴如此说，在座众人不免想到自己年迈后，子女继承家业，若入商会，也被人百般刁难，实非长远之计。对之晴的态度，不免顿时宽容了许多。

"林家大小姐说得有理。我有个儿子，性子别扭，外出数年不归。再过上十年八年，我老了，自然也要慢慢把家业交托给女儿，届时还需诸位帮衬呢。"裕隆昌老板陆维年头一个出言支持之晴。

"哼，你们说得轻巧。"范洪明冷冷道，"林大小姐刚回国，就将茶叶行业搅个天翻地覆，是存心让我们这些茶行活不下去吗？且不说你们湖汶一地尚有十数家茶行，单说张渚、太华亦有大小茶行二三十家，你可有去问过他们东家的意思？"

之晴朗声道："范委员原来是为着自家生意问罪于我？各行各业，优胜劣汰，我要管好林家，自不必随了大潮。茶商有盈利的同时，也要为茶农思虑，好让他们能多赚些钱，总不能一年到头辛苦劳作，还要被东家剥削到要卖儿卖女吧？我们阳羡茶如何恢复到往年做贡茶时的盛景，这才是你我须思虑的问题！至于本地其他茶行，我正在一家家跑，本人对茶行的处置态度也取得了一些东家的认同。"

"说得冠冕堂皇！你为茶农加工钱，原本只让茶商们吃了亏。可我听说，你还要给商会里的伙计分红，难道是想借机让其他商号的伙计身在曹营心在汉吗？这可不单单是我们茶业界的事情了。"范洪明咄咄逼人，正想一鼓作气灭了之晴的气焰。

之晴目光一灼："范委员，我们虽同在阳羡商会，但不能认定各家管理机制同出一辙，求同存异未为不可。眼见近年商业不兴盛，我们总要寻求出路，走到最艰难时，也只能断臂求生。我林家想从自家改革一番，从无与别家争抢之心。但凡有这个念头的，不如想想到底该如何对待自家伙计。若伙计中有可用之材，为何不笼络？若那伙计不过是好高骛远之辈，总想拣高枝，不如趁早打发了要紧。"

范洪明怔了怔，他怎会料到之晴会说出这样的言语。在座委员听之晴如此讲来，倒无可辩驳，有的甚至微微点头以示认同。

"之晴啊，你虽年轻，但既然坐上了这个位置，就要做得'执行委员'之事，万万不要辜负了你父亲的栽培和在座叔伯们的苦心！"方老爷此语一出，便打破了僵局，坐实了让之晴做"执行委员"这项决定。

之晴小心地答应着，李双柏亦道："世侄女，凡事要量力而为。我虽只是监察委员，却也有提点你的权力。我们商会有很大的自主权，只要照着《商会法》便可办事。既然同为商会的成员，我们就应该守望相助，互相扶持，不可只论一时长短。"李双柏身形瘦削，站起身来只比之晴高了几寸。戴着一顶瓜皮帽，面色蜡黄，像一个十分吝啬的财主。他从不铺张，但阳羡城中人人都知，溇上李家上千亩田地种稻种麦，乃一等一的富庶。

"李委员提点，之晴牢记于心。"之晴道，"家父既然将林家上下交托予我，我也该担负起应尽的责任，在商会中出一份力。不如大家议一议，这个季度要办什么要紧的事情，也好让我向诸位前辈学习。"

"今岁日本政府对均陶进口采取关税限制政策。关税率原本是百分之五到百分之七，如今竟提高到百分之五十……"葛委员叹息道，"这样下去，我们均陶产业恐将受到重创。"

陆维年甚为讶异："虽然我家做锦货生意，却也知晓葛委员家产业在丁山白宕窑场的盛景——均陶花盆样式新颖，釉色红若胭脂，青若葱翠，紫若墨黑，在日本被称作'海参釉'，一向受到热捧，怎的眼下……"

葛委员叹道："我们出产的花盆虽也销往欧洲、美洲，但最大的客户还是日商。眼见着关税一涨再涨，又要认购政府关税库券，我们葛记均陶不知还能撑到几时。"

方正谷道："自昭和金融危机后，日方对我们国家各大商埠虎视眈眈。此次葛委员的产业首当其冲，被日方如此对待又难以转圜，不如把销售方向转向国内市场。"

李双柏赞同道："做生意总有年成不好的时候，葛委员太忧心了。日本市场份额虽大，总也要留点后手吧。你只管将你们产出的均陶销往东南亚其他国家，若库存还无法消耗，我们几个老兄弟终归还要替你拉几车走。大不了，我用米面跟你换均陶，够意思了吧？"

葛委员此前虽告艰难，但众人均答应帮衬，心下稍安，亦不再多言。

"我们先前在各乡镇成立了几支消防队，置下水龙，为百姓服务，受到颇多赞誉。各商户也情愿每月出资，大店四角，小店两角，均按时缴款，以保万安。"陆维年道。

方老爷点头道："我听说现在又出了半机械化的洋龙，上置机器水泵，灭火更便捷，射程可达三五十米。不妨先购置几台洋火龙，除了城区，各镇贸易繁华处最先增置使用。"

陆维年道："如此，镇上各商会会长应兼任救火会会长，其余救火会仍由乡长兼任此职。各商户收缴上来的钱款，均用于绞龙（修理救火工具）和救火会员年终吃散福饭。"

众人皆道理该如此。救火会员每年义务救火，一年吃一次散福饭也是应当。

方老爷又道："女孩子读书，毕竟不如男孩子方便。眼下城里只有女子中等学堂，不若再小一所女子高等学堂。现在讲求男女平等，如果女孩子们也能如男子一般获得更多学习机会，社会会进步得更快。"

此话正中之晴心意：办学堂是长远的事情。一旦女子高等学堂落成开班，可进一步开阔女孩子的眼界。不求闻达，不谋富贵，只愿她们懂得更多道理，以后也能多条路走。阳羡自古人才辈出，乃教授之乡。教育自当从孩童抓起，但凡有余力，都该支持。

"我们阳羡在光绪年间就办有女校，如今更该高瞻远瞩，让女子更好地成长、成材。"豫丰烟店大东家在苏南烟商中素有"一只鼎"之称，在阳羡商会中话语分量亦不同凡响。

"既然会长提议，我们投票表决吧！"李双柏私心并不赞成开办女子高中，骨子里还是"女子无才便是德"这套，但不至于明面上反对方正谷，因此这般说。

阳羡千年崇文，尊师重教，几十个委员都表示赞成方老爷的想法，也愿意出一笔钱支持。

众人最终议定办学堂之事交付给之晴具体执行。这是对林之晴新官上任的考验——执行人并不好当，就算多花一块银圆也要列出明细。但凡其中有一位委员质疑之晴，之晴便要提交解决方案，做到人人满意才行。

商会中气氛虽然热烈，各人却有各人的算计。为民谋福祉是真，互相摸底试探也不假。之晴在国外多年，哪能体会到身在商场的辛苦。如今应付了半日，总算结束，也好舒一口气。回到家中，又看了一回账目，这才安排下了行程往苏州去。

第八章 三吴风景

"这次定做的丝绸旗袍颜色倒好,湖绿、月白,云淡风轻,绣花只做点缀,穿出去也不显张扬。"之晴对此甚为满意。

丹露笑道:"大小姐要亲自来苏州定做,我也跟着沾光,白得了一身衣裳。乾泰祥的绣花红裙,我们阳羡城里定找不出第二件!"

之晴坐在窗边的沙发上随手翻着报纸,见丹露还在整理衣服,遂道:"乾泰祥的新式衣服与你也般配。"果然,丹露自从跟了之晴,原本瘦削的身材渐渐变得丰满起来,脸颊日渐饱满,气色显然比在农家时要好得多了。

丹露口中念念有词:"旗袍料子金贵着呢,裁缝特意嘱咐,切不能压坏了。"

"已和绣工说好,要订五十把苏绣扇子,花样图纸明朝一早我们送去。除了分送客商,商会中委员们的夫人、老太太也需用这样的礼物结识。"之晴有所计划,"我记得舅母也爱苏绣,帕子、扇子都挑最好的寄送去为念。"

"这些事只一天便可落实了。"

"我们还需找本地女子高中实地参观一下,照着它们的建校模式和办学模式写一份详细的计划书。"之晴早已查过苏州城的地图,知晓女子高中的方位。

苏州建城日久,舟影波光、寻常巷陌中,折射着吴文化千年沧桑。路过一座修女楼时,有鸽群飞过,在天空中画出一道优美的弧线。它们又盘旋着飞了回来,如此往复,仿佛流连于这里的一草一木。之晴的目光被这处建筑吸引,她在路边停了车,向教堂走去。

一路繁花似锦,在此间行走确然心旷神怡。之晴和丹露听着身边路过的女孩子们在热烈地交谈,仿若世间所有美好的事情都即将在她们身上发生。多听了两句才知道,这些女孩子均是桃坞中学的学生。

曾几何时,自己也是女学生呢——年少烂漫,不需掩藏任何锋芒。爱做什么便大胆去做,爱交什么朋友也由着自己的心来。在外国数年,她性子被熏陶得犹如红玫瑰般热烈。殊不知回国不久,才知玫瑰之刺往往伤人伤己,不得不忍痛拔除。之晴在车边站了一会儿,细细观察那些女学生的一举一动,只见苏州女学生的装束与阳羡的不同:那些女学生着一身短袖米色旗袍,并无多余绣饰。大家三五成群走到了教堂中或草坪上。有的女学生捧着《圣经》坐在庭院里的秋千上和同学攀谈,有的女学生约莫是应邀来弹奏钢琴或演奏小提琴的,她们轻声地讨论着琴谱,兴致盎然。此间气氛颇为安宁舒适,令人心生亲近之意。丹露打起一把洋伞,为之晴遮蔽刺眼的阳光。

"喂,何先生要来了……"不远处几名侍者窃窃私语。

"何先生是谁?"丹露见侍者们严阵以待,偷偷问之晴。

之晴悄声道:"或许是个大人物呢。"

远处有一方极美的池塘,池边植了数株芍药,玫瑰色、玉粉色的花骨朵儿次第开放,浓淡相宜。

水池的另一头,一个女学生独自一人手弹琵琶、诵唱评弹。她背影极美,宛若青柳与一池绿水相映,令人忍不住生出亲近之意。

"琵琶弹好极难,非下数年苦功才得如此。"之晴渐渐走近,驻足喟叹。曾经,她的母亲也在小院中独自弹着琵琶,那一瞬,似乎未觉光阴流转……

池塘边颇为清冷,丹露对音律之事也并不热衷,颇觉百无聊赖。

之晴看出她的心思,遂道:"我有些乏了,不如回去歇歇。"

"听小蕙说,苏州采芝斋松子糖、粽子糖极好,要不然我们也买些回去给老爷和二小姐尝尝。"丹露巴不得之晴如此说,也好早些回宾馆睡一觉。

两人正一道迈步向园子外头去,忽见一条狼狗箭似的从远处狂奔而来,口中舌头拖出半尺长,令人心悸的吠声由远及近,仿若挟裹着惊天之势的闷雷即将炸开。之晴心生惧意,喃喃道:"谁家的狗不拴好,可要吓到人!"

丹露虽然害怕,但仍硬撑道:"大小姐,我挡住,你快走!"

之晴攥住丹露的手:"别慌……它若扑过来,我们立马分开,这样未必就会咬到我们。"

殊不知,那个弹琵琶的女学生本沉浸在韵律中,听闻狗吠忙站了起来,眼见那条大狼狗转瞬即至,不禁一声惊呼。她想奔逃,却似被骇住,不知该往何处去。

就这样,那女学生慌不择路,还未跑出几步便失足掉进了水里,霎时间水花四溅。狼狗呼啸而至,到了池塘边才猛然立住了。它朝着水里扑腾的女学生狂吠连连,大有不达目的不罢休之意。两个驯狗男子终于跑到跟前,一面拘住了狼狗,一面喊着救人。其中一个男子纵身跃入水中,托住女学生的手臂,奋力将她往岸边推。之晴和丹露惊魂初定,忙飞步上前,合力把那女学生从水中拉了上来。肇事狼狗虽被约束住,但仍凶相毕露,几次跃跃欲试,想上前将眼前的女学生掀翻。驯狗男子再三喝止,才拉住狼狗。

"你也是桃坞中学的学生吧?"之晴揽过浑身湿透的女学生,莫名有一丝心疼。她身上的香味似兰似麝,经水不消。

女学生全身湿透,站在池塘边不住战栗。之晴忙半蹲下替她挤出旗袍上的积水。女学生牙关直打战,但着实感激之晴和丹露,勉强答道:"我叫顾婷袅,去年刚从桃坞中学毕业。"

"裙衫湿成这样怎么了得?你先带她去车里换上我的衣服。"之晴向丹露道。

丹露答应下来,带着顾婷袅去了。不一会儿,婷袅换了之晴的旗袍盈盈走来道谢。那件月白色旗袍着于顾婷袅身上,不仅合身,更显娉婷。

何先生是一位四十岁开外的男子,喜怒不形于色。听闻之晴救起了落水的女子,何先生出言褒奖了她并命人送上一份礼物。之晴含笑谢过,倒也不忙着打开看到底是什么。

此时,狼狗已经被拴上绳索,两个驯狗的男子低头立在一边。

"畜生也看不好吗?"何先生把眼睛溜到他们身上,淡然道,"要是伤到人,你们打算怎么办?"

"属下知错,甘愿领罚。"

"不必杵在这里了。"

之晴在一旁看着何先生的行事,心知不多言尚可免于是非。

"这位小姐的琵琶你们照价赔偿,不得有误。"何先生吩咐身边的秘书。

顾婷袅噤若寒蝉,她粉颈低垂,怯怯不敢说话。何先生的秘书见到何先生的眼色,立时取来一件宽大的男士披风盖在顾婷袅身上。

之晴眼见此景,心里一跳,面上却不敢露出半分惊愕,只关切道:"顾小姐回去后不妨让家人煮些红糖姜汤喝两回,再取来紫苏叶用滚水浸出汁液泡澡,可驱寒。"

顾婷袅点点头,心中的无所适从难以言说。

"小赵,改天你带顾小姐去立孙那拜访一下。我瞧她有些天赋,就跟着立孙学几个月吧。"何先生见顾婷袅生得柔弱,顿起怜惜之意,嘱咐秘书办妥此事。

之晴心道:"何先生真是神通广大。立孙先生通晓古调琵琶曲,师从大家肇州先生。这位姑娘若能得到他指点,可真是意外之喜。"

果不其然,顾婷袅听到这话,眼前一亮,忙站起来向何先生致谢。

何先生道:"我管教手下不严,让你受惊。往后有什么要求,你大可以与我秘书小赵联系。"说着,何先生便要小赵送顾婷袅,"务必把顾小姐平安送到家中,并代我与她家人致歉。"

小赵答应了一声,遂请顾婷袅动身离开。之晴察觉何先生定有要事至此,自己也不便多留,遂向何先生笑道:"何先生,我还有些事须到观前街汪瑞裕,先告辞了。"

何先生点点头,并不挽留,之晴便携丹露往外头走去。

"大小姐,这个何先生太过威严,做派与旁人不同。"走出几丈路,丹露忽而笑道。

"你听侍者叫他何先生,却没有留心秘书喊他司令吗? 那个赵秘书,下头的人称他赵副官呢……"之晴悄悄道,"不要议论他了,小心隔墙有耳。"

两人上车后,之晴才道:"我们是误打误撞同他见了面,与他交谈愈自然愈好。若被枪杆子疑心,那可不是一件小事。"

在这样晴朗的天气里,榴花开得正好。一树碧色间,万点橘红绽放在枝头,似要与日渐灼热的骄阳比艳丽。

还未到晚餐时分,丹露却已饿了。之晴在陆稿荐买了几味卤菜给丹露垫肚子:"我们得先找个地方住下,明朝要去绣坊,住处可不能离那边太远。"

车往观前街去,路过苏州火车站,车站广场正在修建,许多工人推着板车往来运输石料。想来,待火车站修成,又有一番新气象。

入住宾馆后,丹露替之晴将旗袍全部挂了起来,又可惜道:"定做的旗袍自己倒没穿上一回,却给了那位顾小姐。"

之晴含笑道:"顾小姐温柔娴静,送她一条旗袍也没什么。"

"她与二小姐倒真有几分相像。"丹露回忆了一番顾婷袅的模样,亦心生亲近。

两人散步出门,到松鹤楼用餐。之晴特意挑了一个临窗的位置,好领略一番苏州的夜景。此时还未过饭点,在等待上菜时,听见邻座有个老先生和同座的人谈到政府上半年财政困难,合并了吴县和苏州,在叶省长的"紧缩政策"下,市政有些吃力的问题。与老先生同座的人闻言连连附和,亦大吐苦水:"政府既要发展公用设施,又要扩大教育和卫生事业。这些都是好事,可哪项不需要资金呢? 税收着实有限,政府很多时候有心无力却操之过急。我看倒不如从长计议,总不好一口气吃成个胖子……"

正听着邻座人说话,清炒虾仁、松鼠鳜鱼、地三鲜便陆续端了上来,丹露无心听他人攀谈,只笑道:"和大小姐出来,最切实的好处就是在吃上不亏了我!"

"林小姐!"听见丹露说话,一个人从楼梯上来。之晴仔细一看,原来真遇上了熟人,连忙起身笑道:"刘先生,不承想在这里遇见。"

刘先生道:"人生何处不相逢。还没有谢谢你费心,特意遣人送来的兰花,拙荆非常喜欢,以后还想向林小姐求几盆呢。"

"这个容易,待我回了湖汊就让舍妹择几盆最出色的。"之晴又招呼道,"若刘先生没有约人,不妨与我们一道随意吃一些吧。"

堂倌闻言,忙上来加了一副碗筷。

刘先生也不外道,答应着坐下来。之晴心知刘先生见地非常,思量再三,决意向刘先生讨教,以解心中疑团。

"刘先生经营的生意多在工业上,可有想过一再发展工业,污染无法有效控制。一如阳羡的丁山、蜀山,那里生产陶瓷产品须经窑烧,几乎日日烟尘漫天。我上学时曾去过英国伦敦,这个国家算得上工业发展的先驱。但我注意到伦敦空气污染十分严重,河水臭不可闻。我们国家若要照此发展,未来光景只怕与之相似,是时候未雨绸缪了吧?"

"天下间的事哪能十全十美呢。既然要发展工业,污染一时间的确难以控制。若不发展工业,工人们都要饿肚子,国家发展亦会滞步难前。国际上多数发达国家均在工业上有所建树,如果我们裹足不前,必会被其他国家轻视。即便在当下,也有无数人家穷困潦倒、卖儿卖女,弄得骨肉分离。"刘先生正色道,"你看现在的汇率一天一个变化。或许前日可买十斤白糖的钱,明朝连一小篮鸡蛋都买不到。"

"土地、河水被污染,十年、百年后又当如何?"之晴问。

"也不尽然。城市经济带动农村经济有序增长,给百姓带来了实实在在的财富。现在的人,若不顾着眼前,或许就挨不到明朝了。试想,鱼和熊掌如何兼得呢?"

之晴心知刘先生所言句句属实,目前也无第二个法子能做得更好,心中却仍然忍不住担忧——江南三大发电厂多以燃煤发电为主,对煤炭需求量很大。正如英国伦敦一般,城市的人口密度越大,对电的需求量也越大。有电毕竟是好事,造成的污染依照目前的科技来说无法避免,未来不知是否还能补救。

刘先生恍若能洞察之晴的心思:"林小姐,你说的这一切,我们兴办煤炭公司、火柴厂的岂能不知。如何治理污染,苦无良策。或许按照目前的技术,处理这些污染的成本,远远高于我们公司的盈利。这一来一去,企业总不能不办吧?工人总不见得让他们下岗吧?其他国家都在发展,我们一再落后,就免不了被欺侮。我们只能尽己所能，多出钱支持政府，再兴办一些学校，让更多的孩子接受更好的教育。孩子们才是国家的希望，可能在二十年、五十年后，国家发展到一定程度，会有两全其美的法子……"

刘先生的话在情在理，之晴心下钦服："我这次来这里，主要目的就是考察女子高中如何兴办。女子求学难举世皆知，但只有学到更多知识，才有机会改变一生。"

"原来如此。"刘先生笑道，"我们企业曾资助办了不少学校，案例都有专人归纳，若林小姐不弃可拿去做参考。"

"这可帮了我的大忙！"之晴粲然一笑，以茶代酒举杯相谢，"刘先生，情谊都在心中！"

"我可想着你家的茶叶呢。"

之晴莞尔："学校落成，于民后福无尽。茶叶之事，何足挂齿？"两人谈着，不觉已到了七点多钟。丹露早已受了之晴指示，拿了之晴的钱包去会账。

恰在此时，从楼下抢上来十几个人，气势汹汹，将楼上的食客吓了一跳。

"林小姐，这些人是冲我来的。你不必管我，别让他们伤着了。"刘先生似乎早有预感。

"他们人多势众……"之晴替他担心。

"你一女子，在外乡势单力薄，置身事外就好。"

之晴不再多言，却难真正放下心来。眼见丹露上楼，之晴忙使了个眼色同她到一边说话："想办法请些记者和警察来。夜间采新闻不易，给记者三倍车马费。"

丹露明白之晴的意思，立即下楼去打听。

转眼再看，来人已解下披风，脱了帽子交到侍从手上。刘先生含笑道："何先生那么晚了才过来吃饭吗？"

"见不到刘先生，何某食下不咽，哪里能安心用餐？听说刘先生这几日到苏州是为了办火柴厂的事，何某总要向你贺一贺。"

刘先生淡然置之："何先生玩笑了。"

"不妨同你直说。我这趟来苏州，不为别的，只为着你一直不肯引见寒云先生与我一晤。如今，我拿出我的诚意——闻说寒云先生近年手头有些拮据，我愿出钱买他的字画、帖子,且不论他要价几何,我均如数奉上,绝不二话。"

"寒云先生不会见你的。"

何先生脸色微微一变,正待说话。之晴见机,上前见礼:"何先生,我们又见面了。"

"哦?林小姐怎么在这?"何先生有些意外,却不得不答言。

"出来吃饭,可巧碰见刘先生。我难得与刘先生见面,希望他可以考虑照顾我家茶叶生意,便诚邀刘先生赏脸同我一道用餐。"

"缘分使然。"何先生的语调稍稍趋于平和,"既然大家都相识,林小姐不如替我劝劝刘先生,请他为我促成这件事。届时,自然也少不了林小姐的好处。"

"我只知道愈难办的事愈要心平气和、捋清头绪。不如两位坐下来好好谈谈,假使有更好的法子,也可免了两家为难。我毕竟是局外人,不知底里,不便置喙。"之晴微微摇头。

"要不是为了寒云先生,我也不会数次来往于蜀地、苏州,再三造访刘先生沪上宅第,也算有诚心了。"何先生目光灼灼,有几分逼迫的意思。

"寒云先生近年来不大愿意同人交际,还请何先生谅解。"刘先生依旧和颜悦色,做足了周旋到底的准备。

赵副官察言观色,一挥手,后面几柄手枪均对准了刘先生。

见到这样的架势,之晴反倒生出几分胆魄:"诸位,枪支不小心走火事小,带累了苏州地方官受到上峰指责可就不大好了。万事以和为贵,日后还可相见。"

何先生哈哈一笑,显然不将苏州地方官的权威放在心上。却见楼下早已围了几层群众,有几个记者蹲在一旁拍摄,他心中大觉不妥。赵副官见到他的眼色,只好让手下收起枪支,退到楼下待命。

"这点事情,还要劳动记者朋友?"何先生目视刘先生。

刘先生讶然:"刘某同苏州记者都不大相熟,恐怕何先生误会了。我来此地只为着兴办火柴厂,不相干的事体恐怕没有工夫去办。"

何先生干笑两声:"若纵了你离开,改日又拒我于千里之外。"

"除了那位老先生之事不可为,若有其他事体,但凡何先生开口,我必命人尽心去办。"刘先生拱手为礼,竟无视众人的围观,坦然下楼。

之晴盈盈一礼:"适才不曾吃得尽兴,听闻黄天源糖油龙头山芋做得极好。何先生宽坐,我先行一步了。"

"林小姐,你这样不友好,往后我们怎么交朋友呢?"何先生最终将疑心落在了之晴身上。

之晴嫣然一笑:"何先生的话我不大明白。在商言商,何先生若亦是爱茶之人,我自当尽心以待。"她姗姗而去,刘先生正在饭店门口等她。三人一路行去,四周店铺依旧灯火通明。到了玄妙观左近,因住处不一,之晴便与刘先生告别,相约有空再聚。

当晚,丹露依旧睡得不安宁。之晴心想,往后还是少让她跟出来吧。若她在家中,倒好帮着崔嫂子多料理家务。遂道:"我们过两日回去,阿兴哥哥大约也能到家了。"

"他这就回来了?"丹露扭转身子朝向之晴,蓦然一阵兴奋。

之晴一怔,靠着枕头应道:"我还以为你蒙眬睡去了,怎么接话这样快,倒把我吓了一跳。"

丹露"哧——"地一笑,揉了揉眼睛,又翻了个身:"今朝真险啊,吓得我像个慌脚鸡。"

之晴侧过身去将床头的灯熄了,轻声道:"快睡吧,明朝带你去看桃花坞的木版年画。"虽命丹露睡了,自己却仍旧睡不着。之晴想了一会儿刘先生说的话,深以为然。中国的国情毕竟与西方国家不同,要发展事业终归无法一蹴而就。至于办学之事,她已有了考量,再加上刘先生允诺尽力襄助,想必交出一份合理的计划书不成问题。出来这么两日,不知父亲和妹妹如何了。尽管家中一应仆妇都是妥帖之人,但今时不同往昔,有些事务终究还需自己料理……之晴想了一桩又一桩事,直到厘清所有要她经办的事项,终于安心睡去。

晨起梳妆后,之晴先带丹露坐了人力车去桃花坞、报恩寺一带看年画。一路可见花娘挎着竹篮沿街叫卖,篮中茉莉、珠兰馥郁之气扑鼻,更有那芙蓉花露、金银花露用玻璃瓶装着,横斜在篮子里,在阳光的映射下煞是好看。

丹露对花草向来不大上心,却见一幅"三娃图"憨态可掬,流连许久也不肯挪步。

丹露指着"娃"道："这个字还是丁管事教我认的呢。他说，当年岳飞在阳羡娶了一个叫李娃的打鱼女子为妻。李娃颇有谋略，协助岳飞布置军事，后来被皇帝封为楚国夫人。"

"从那时到今朝，也有八百多年了吧……"之晴听丹露说起岳飞和李娃的故事，倒有几分怅然，"贫贱不移，威武不屈，心中只此一人，亦念念不忘匡国济民，即便不能共白首，又有何憾呢？"

两人在报恩寺外头小摊子上吃了碗素面，又另雇了一辆人力车去绣坊。五十把团扇中，二十把绣折枝花卉，十把采用劈丝工艺绣金鱼或波斯猫。另有二十把团扇，绣百福、百寿或清供，乃孝敬上了年纪的太太们。绸面指定由震泽蚕丝所制，必要绣娘多用心思，达到"平、齐、和、光、顺、匀"的效果。

第九章 / 空翠湿衣

回到阳羡,之晴未先归家,却带着丹露往精菜馆去。

此时,荷居外的莲池中,亦是一池碧叶,有零星花苞藏于叶下蓄势待放。精菜馆正有一场堂会戏,只听得《天官赐福》已然开场。

方衡正在装扮,见之晴忽然造访,不觉讶异:"今朝我们有约?"

"不请自来,方少爷勿怪。"之晴堆笑。

"林大小姐若非有事,断不会上门找我。"方衡笑言。

"我正有一桩生意要与方大少爷谈一谈。"之晴道。

方衡微微挑眉,脸上的油彩和白须也随之跳动:"不巧得很,我将要登台了……我们方家的生意,黄管事也能做主的。"

"找正主岂不便宜?我等你。"

方衡听见后台有人喊他,忙答应着,又道:"林大小姐和丹露姑娘在台下坐一坐,我请人给你们上茶。"说着,匆匆而去。

"这……"丹露瞠目结舌,见之晴一脸坦然,倒不便多言。

之晴一努嘴，丹露只好向边上那张紫檀方凳上坐了。方衡的长随春生忙用矾红彩瓷碗沏了两盏茶来。

"林大小姐，这是从您家采买的雨前红茶。"春生将茶盏奉上。

之晴一笑，接过茶盏："难为你费心。"

桌上玫瑰紫釉的盘子里盛着白玉枇杷果，着实可爱。之晴向丹露道："别说方大少爷爱玩，收藏老物什倒有些眼光。"

两人说着，眼见周遭的座位陆续坐满了人，侍者提着洋桶壶前前后后地斟茶，便止了话头。台上已上了一出折子戏《徐策跑城》。

这出戏颇为热闹，高拨子倒板、垛板精彩绝伦，台下气氛亦是热烈。待戏唱完，之晴耳边犹自回响着方衡口中所唱之词："湛湛青天不可欺，是非善恶人尽知……"实乃字字铿锵，辞藻排场均妙，令人回味无穷。

待方衡卸妆完毕，早已过了晚餐时分。之晴朝着春生道："你家大少爷今朝要是不请我吃晚饭，我可不饶他！"

"我正要请大小姐共进晚餐，听了这话倒有些寒心呢！"方衡脸上满是笑意，"不如我们边吃边谈吧。"

席间，之晴与方衡商议，以竹筒做茶叶罐是否可行。

方衡闻言已知其意，微微一笑道："多谢林大小姐惠顾。"

"作为交换，方家在东北的商号，可否代销润元居茶叶呢？"之晴见机问道。

"原来还须讲条件……"方衡思忖片刻，便即举杯，"我会试着在东北的一些商号里摆上你们润元居的茶叶。不过，利润上我七你三。"

"方大少爷太贪心了。"之晴不置可否。

"这话错了。你们不用在东北租铺子、招聘掌柜伙计，可省下一大笔钱。三成的利润，你几乎坐享其成。"

"也有道理。"之晴微微一笑，默认了方衡的要求。

方衡撷了一块鱼，慢慢地除却鱼肉中的尖刺："每斤茶叶，你须多给二两。运输中，即便再小心，也难免造成茶叶条索破碎。这二两茶叶，我一分不多贪。若他们买一斤绿茶，我会赠送他们一两红茶，反之亦然。我希望买过我商号中茶叶的人，会做回头生意。"

之晴不得不佩服他的精明："方少爷，你一再压榨我的利润，真让人无路可退。"

"我们的合作会很愉快的。"方衡示意道，"你看，我们家每年都要买润元居的茶叶待客呢！"

"深谢方少爷盛情。再过几个月秋茶上市，茶叶罐之事还请盯紧些才好。"之晴莞尔。

"收到定金，我便立刻吩咐下去，令工人开工打样。"方衡道。

"不如我将茶叶作为定金吧。"之晴寸步不让，"茶叶罐定样制造后，我们立刻出货到东北。"

"好！"之晴这般笃定，方衡不禁失笑。

长随春生敲门入内："大少爷，小林君来了。我望着他脸色不妙，只得回说大少爷尚有客人相酬。他言道等大少爷此处事毕，不论多晚，定要与你见一面。"

之晴闻言，放下碗箸："你有要事，我们就先散了……"

方衡轻笑道："不可。难得林小姐肯赏脸，我们必要好好谈谈。"

春生会意，笑道："林大小姐同大少爷慢慢吃，小林君那头我自会应付。"说着，回身掩了门。

"看来，我成了你的挡箭牌。"之晴窥出些许门道。

方衡端了一碗厨房刚送来的面条递与之晴："我们精菜馆的鸭浇面只用养在涌湖芦苇荡里的小麻鸭，鸭肉酥鲜，你尝尝。"

之晴接过这只特意烧造的紫砂斗笠面碗，面上卧着一只鸭腿。她踟蹰未决："你家厨子太好，我此前吃得已有七分饱了。想着还有糖芋苗吃，这碗鸭浇面倒是意外之喜。"

"林小姐见多识广，若菜品口味不佳，可要告诉我，我让厨师尽早改过。"方衡说着，却听得门外一阵低低的争辩之声。再看时，一个男子推门而入。

方衡同之晴几乎同时站起身来。

"打扰了，真是抱歉。"来人笑道。

长随春生低头道："小林君饮了茶，只说没有千家流派合心意，心中又有事情搁着……"

"不怪春生，是我唐突了。"来人唇边胡茬积得很厚，目光凌厉非常。

"小林君,怠慢了。"方衡道。

"千家流派的茶道乃我国宋朝之时点茶方式的延伸,不外乎从规矩到心的外现,需要司茶人由心造境。若小林君想品饮一盏美茶,我愿意为你效劳。"之晴一笑,以目示意,春生忙命侍者将餐盘收走。

"这位小姐是?"

方衡含笑道:"林小姐乃我们阳羡第一茶号润元居的大东家。她家的茶曾为贡品,乾隆皇帝曾为林家赐匾'芬芳冠世'。"

小林君笑道:"竹下先生曾言道'阳羡春茶瑶草碧',我们也想在阳羡茶商之中择一两位合作呢。"

"两位请入座。"方衡将之晴和小林君引入荷居。

荷居之景正含"清芬"二字,之晴遂用一只宋瓶插一枝缺了花瓣的荷花。点炭毕,茶铫子中已注入龙池山泉水烹煮。

擦拭茶盒、茶杓,温碗,过管,投茶。小林君望着之晴点茶时茶汤表层泛起的汤花,心中暗暗赞叹。茶沫细而白,堆起来形似茶碗中一座小山丘。

"好茶,好茶!"小林君品茶赏碗,向之晴请教,"不知林小姐何处学来点茶手艺?"

之晴含笑道:"点茶之风自我国宋朝而始。此手法,乃家父教授。"

"代我向令尊致意!"小林君口气已软和了不少。

之晴颔首一笑,又向春生道:"此前那碗鸭浇面还未吃两口,现在又有些饿了,不知能否再用一碗?另烦替我准备一份糖芋苗,我带回去,家里有个丫头想吃得紧。"

春生忙答道:"好啊,林大小姐请移步到槿园。"

"我用完鸭浇面就不扰你们了。"之晴向方衡道,"小林君似乎有事同你商谈呢。"

方衡笑道:"小林君少待,我送林小姐至槿园,片刻就回。"

"请便,我在竹舍相候。"说着,小林君起身,跟着侍者从游廊往竹舍行去。

之晴则在方衡的陪同下,缓缓走向槿园。

"今日之事,多谢你。"

"何必言谢?"

方衡微微一叹："你也望见了，很多时候，生意场上，风刀霜剑相逼。恰好有你一盏茶，让他能平心静气一些，无形中减少了我的烦扰。"

"清寂二字，造境所得。入此境，小林君也不好太过咄咄逼人。何况，我想他只是借茶发挥心中不满，如何了局主要看你的本事了。"之晴不以为意地一笑，"我们两家往来生意求个日久，求个安稳。你心情畅快，只消抬抬手，我们也可互惠互利。"

方衡慨然一笑："原来如此。无非利益，一切都好谈。"

夜黑如墨，星辰未见，转瞬间便下起了雨。几日里，雨势如豆。之晴见着路途泥泞，东汜之中船舶停航，只得在林宅里住下。

清早，阿兴给之晴递来消息："前几日下雨，为着找到合意的青苔铺兰花盆，之岚同小蕙往后山去。没承想，之岚脚下一滑，登时撞上了石阶，头上流了好多血，生怕伤了颅脑，老爷便命送去医院。小蕙亏得抱住了栏杆，才未受重伤，只磕破了些皮肉……"

"医生怎么说？"之晴忧心顿生。

"只怕会有脑震荡的后遗症。"

"父亲也在医院陪着？"

"老爷和小蕙都在医院，我适才去时看到之岚已苏醒了。"

"既如此，我也去医院看看之岚，替换父亲歇息。另则，还可请杨婆婆为父亲和之岚准备汤膳。"

阿兴见之晴要出门，便陪着她步出庭院："这几日我也悄悄查访了。后廊依例每日着人清扫，两个洒扫的老妈子声称离去前已仔细检查过了，不知青苔从何而来……"

"有人故意为之？"

"后山也仅有之岚、小蕙两人常去。平素除了洒扫的两个老妈子，一般无人会走到那。"

之晴沉吟了片刻："如果不是两个老妈子推卸责任，倒似有人暗中行此不轨之事……之岚一向性子柔顺，怎会在庄园里得罪了人而不自知？"事关妹妹的安危，又不可打草惊蛇，之晴不得不深思熟虑。可大张旗鼓未必真的能将做此恶事之人寻出，反倒会闹得庄园之中人心惶惶。如此，倒让外头有二心之人得了可乘之机。

阿兴道:"庄园内伺候的人有限,角门也几乎不开,能到后廊去的也不过十二三人。老妈子和小丫头们长日无聊,斗口拌嘴难免。有时候使个绊子,倒未必真的想要主子受伤。"

"也有这种可能性。"之晴道,"阿兴哥哥,你比我更了解这些人的脾性。回头让她们集合到一处,你申斥弹压一番,教她们只尽心做事,不可惹是生非。若还张狂,有身契的发卖,无身契的遣她们回家。"

阿兴领命而去。

待之岚康复出院,应林老爷嘱托,六月六日,之晴、阿兴带着阳羡几品绿茶、红茶参加西湖博览会。

这次大会展设置在杭州平湖秋月、西泠桥一带,时任民国政府工商部部长孔祥熙、教育部部长蒋梦麟、监察院院长蔡元培等党政要员均出席了开幕式,场面甚是宏大。为此盛会,孤山和北山路之间临时架了木桥,蔚为壮观。

待政府要员致辞、升旗,各场馆鸣炮五分钟后,博览馆正式启门。十万余人,摩肩接踵,鱼贯入场,竞相观摩。十四万七千余件参展物品囊括了全国各地的特产,九十八个陈列区内,棉纺、机械、手工、电子、矿冶、食品、水产品、烟酒、粮油……商品琳琅,令人目不暇接。更有四架水陆两栖飞机环飞浙江各市县发放宣传单,给日渐萧条的工商业打了一剂强心针。

"这是振兴民族工商业的契机,我不求我们的茶叶获得嘉奖,但求你们二人能多看、多学、多思,能真切地站在顾客的角度去思考我们林家茶叶该如何更好地发展下去……"父亲的话,犹在之晴耳畔回响。趁阿兴和伙计们看顾展示摊的时候,之晴一个人往那博物馆、艺术馆、农业馆、教育馆逛去了。从白堤到北山路,人潮汹涌,铿锵的锣鼓声经久不绝。处处有穿着长衫戴着帽子的商人和金发碧眼的外国代表团参观、交易。

几十个学生朗朗唱着展览会会歌:"熏风吹暖水云乡,货殖尽登场。南金东箭西湖宝,齐点缀锦绣钱塘。喧动六桥车马,欣看万里梯航。明湖此夕发华光。人物果丰穰。吴山还我中原地,同消受桂子荷香,奏遍鱼龙曼衍,原来根本农桑……"

站在西湖边,凭栏而望,耳边传来这样的歌声,不觉触动心事。"根本农桑,这才是中华水云乡!"时人都追捧洋货,喜欢舶来品,却不知我们国家也有无数奇珍异宝养在深闺。

博览会上的一句话之晴最为钟爱:"移爱慕西湖之心以爱慕国产,则国产之发达,正未可限量。"诚然,中华儿女都有希望祖国繁荣昌盛的使命感。中国地大物博,丰富的自然资源是其他国家可望而不可即的。在西湖博览会上参观过的人,无不将国货与洋货相较,品评优劣。商家则广开思路,在发展民族工业的路上更上一层楼。

一日,之晴在自家展位前接待来宾,却见一人挂杖而来,驻足于润元居展摊前道:"天子未尝阳羡茶,百草不敢先开花。这名冠天下的阳羡茶,并非此品。"

之晴心知遇上了此中行家,不由谦逊道:"但请先生赐教。"

"唐肃宗年间,'茶圣'陆羽品尝了阳羡紫笋茶后,认定此可上贡天子。由于朝廷对紫笋茶尤为喜爱,阳羡地区茶产量有限,才分予长兴顾渚同造。"

"紫笋茶真正的制作工艺不复流传,现今各方声称自家有'紫笋',不过是想借这个名头多招徕些生意罢了。阳羡其他茶品亦有妙处,想来风采并不逊于当年紫笋。"之晴在此节上不做隐瞒,却也希望茶客不被一些茶叶的名头蒙蔽。

"闻说阳羡茶事三绝——紫砂壶、金沙泉、紫笋茶。如今金沙泉不知踪迹何在,紫笋茶已无往日风采,唯有紫砂壶独树一帜,想来还是有几分可惜可叹。"那人续道,"当年乾隆皇帝下江南时,正是煮金沙泉,以紫砂壶,泡阳羡茶。'芬芳冠世'赐予你们林氏一族,不知又是推崇哪品佳茗? 若此中又有故事,岂不妙哉? 有典可循终归比杜撰文章令人信服。"

之晴大受触动:"先生金玉良言令人耳目一新,晚辈受教了。敢问先生尊姓大名? 日后有幸也好请教一二。"

"鄙人姓张,字人杰。"

"您就是筹办博览会的张主席!"之晴见他谦和如许,敬慕之情溢于言表。听闻张静江虽为政府要员,却时刻以国民经济发展为己任,对农商之事颇为重视。因出身湖州大户,亦曾到过阳羡,对阳羡发展十分牵念。他的话,点醒了之晴——发展阳羡茶产业,须寻根。什么是根呢? 阳羡茶深厚的历史文化底蕴才是支撑它稳步前行的动力！在杭州的半个多月里，之晴日日揣摩张静江的话，废寝忘食。

在清河坊走访时，之晴了解到此处毛尖每市斤约三块银圆，狮峰龙井则售价十二块银圆每市斤。品质不同，价格亦是天差地别。在翁隆盛茶号，之晴得知，他家往销于广州、香港及东南亚各国的茶叶业务统称"广庄业务"。实际上，如果不靠洋行打通东南亚市场，邮寄茶叶，那么外销业务可做得更长远。

杭州春夏多雨。已近晚上十一点钟，之晴被雨滴敲窗声扰得辗转难眠，只好起来重新点灯。不承想火柴用尽，无法点燃灯芯。之晴敲了敲板壁："阿兴哥哥，你在吗？"

半晌，无人应答。

之晴深觉寥落："夜已深，我何苦扰人好梦……"身在异乡，到了晚间，她不敢轻易开门走动。此处房舍虽只有林家、方家两家租赁，却也有两家数十个伙计住着，她一个单身女子，到底不便出去寻人。她站在窗前，眼见着方家院子里两盏篾丝灯笼亮了起来，不禁有三分疑惑——"咦？阿兴哥哥怎的同黄管事在一起？"

第二日林家众伙计一道用早饭时，之晴问起夜间之事。阿兴道："昨晚黄管事与客商应酬，喝多了酒，倒在环湖旅馆里跌坏了眼镜。我看着不妥，将他带了回来。大家既然住在一道，又有乡亲的情分，总不能甩手不管。"

之晴点点头，不疑有他。直到一日晨间，之晴本与方衡有约，要去梅家坞考察茶园。走近方家租赁的屋舍时，却听黄管事同阿兴在谈话："老爷也有老爷的难处，这些年，也心知对不住你。你母亲的事，总要找准时机。否则，太太那头倒可说，大少爷只怕不依。"

"给我母亲一个公道，同你家大少爷又有什么干系？"

"你也知道，名不正则言不顺……"黄管事压低了声音，分明也有些叹息。

"我天天对着嫡亲舅舅喊爹，林老爷又每每让我喊他义父，我怎么叫得出口？人人以为我是林家的大管事，我看自己就是最大的笑话！"

字字句句落在之晴耳中，她心中掀起了波澜："阿兴哥哥不是丁叔的儿子……黄管事知道这一切？可这言下之意，分明是阿兴哥哥与方家有莫大的渊源……怎么会这样?"她正胡思乱想着,却瞥见方衡过来,心知不妥,忙上前招呼方衡道:"我们这就去梅家坞吧?"

两人坐车而行,到得梅家坞近处方弃车走上步道。但见梅家坞在群山环抱间,茶树被溪涧滋养,古木森森,令人忍不住想前往探幽。在这深山间,又有一处名唤朱家里,传言当年乾隆皇帝微服出巡,在此地喝过龙井。狮子峰上百亩茶园如今成了"高义泰"布庄大东家的私产,所产茶叶均有"茂记"标识,包装上的文字中英对照,大大方便了外商比对购买。

一路上,方衡有心同之晴说几句话,但见之晴兴趣索然,不由纳罕:"乘兴而来,败兴而归。若林小姐心系他事,不必勉强游览。"

之晴恍然间察觉到自己的冷淡,怀着歉意道:"我心里有些事情绊住了,十分抱歉。"

方衡同她并肩而行,余光可见她神色间仍有一丝怅然,遂出言宽慰道:"人生不如意之事十有八九。置身山水间,举目望远,心头总会开阔些。"

之晴浅浅一笑:"你看这漫山农舍炊烟袅袅,一家大小其乐融融。大宅院中虽有富贵,却也藏着多少不为人知的心酸故事。谁也说不清,贫穷和富裕哪个才是幸事。"

"每个人生来肩负的责任不同,得到的越多,付出的也越多,更要承受他人不能承受之重。须知骑虎难下,没有十足把握前,谨慎些总没有错……"

从梅家坞返回,两人均饥肠辘辘,之晴提出想吃些往常没吃过的饭菜。西湖醋鱼、木郎砂锅豆腐、龙井虾仁、皮儿荤素、虾黄鱼面、糯米酥藕,这些名菜名点,前些天之晴吃了个遍。方衡思量片刻,陡然想到什么,问道:"去尝尝'门板饭'如何?"

"门板饭"实为一张一丈有余的桌板,支在店门口。长凳同桌板一样长,众人可在此比肩而食。门板板边上,店家支了一口大锅,锅里汤菜俱全——青菜、豆腐、粉丝合在一起用鸡鸭的下脚熬汤,滋味鲜美。

与做苦力的人一道吃饭合该"张狂"些。边上几个拉车的如风卷残云般吃下两碗"门板饭",又拿了一碟千张包子和一碟猪头肉炒油豆腐大嚼。他们身上的汗在衣上结了好几层白盐花,脸被晒得黧黑,手上的筷子只管在碗里找着残存的油渣。只见对面的车夫吃得已有十分饱,会账时付了一大把铜圆。之晴同方衡各吃了一大碗"门板饭",已觉撑破了肚皮。两个角子能饱腹,似乎匪夷所思。之晴掏出钱包正要会账,不料斜刺里一个身影一闪而过,已抢走了之晴的钱包。之晴才"哎哟"一声,方衡早已追了上去。之晴忙拔足跟上,不住嚷道:"快抓住那人!"

小偷对街巷胡同万分熟悉,左拐右绕,方衡尚能跟上,之晴却落了单。她回到店家门前,颓然道:"实在对不住了。等我同伴回来,这两个角子肯定少不了你的。"

店主一挥手:"没什么要紧的。下次万不能露富,总有坏心思的人盯着你们这样的小姐。"

之晴心生歉意,又为方衡一去不回担忧。她坐在长凳一角,瞧着不远处一株桂树,暗自发呆。

夕阳西下,晚风渐起,方衡终于将之晴的钱包拿了回来。他的身影在日光下拉得愈来愈长。之晴见他走近,顿时欢喜地站起身,朝他快步而去。

"小偷呢?"之晴诧异。

"他于暗处打了我一棍……"方衡微微皱眉。

"要紧吗?"之晴闻言,忙打量着方衡哪里负了伤。

方衡见她一脸紧张,淡淡笑道:"不要紧。我已将他送去警察局,告诉警察务必将这蟊贼好好处置,决不能轻纵。"

之晴这才释怀,将角子付给店主,与方衡一同往西泠桥悠悠走去。

入夜后,西湖上正逢灯会,方衡租赁了一条小船与之晴共乘。灯光与湖水相映,时有其他游船经过,说笑声、唱戏声此起彼伏,倒添了十分的热闹。之晴与方衡驻船湖心,将船舱中纸糊的荷花灯用火柴点亮,轻轻搁在水面上。夜风轻拂,将那一盏盏河灯推向远方。方衡见她眉间已有喜色,可见心头阴云散去多半,也替她高兴。两人相对而坐,不发一言,逍遥自在。

第十章

满堂花醉

回到林家庄园后，之晴心有所感。连日来，她翻阅典籍，又同父亲讨论从古到今的茶事，深入了解每个时期的茶客的饮茶习惯，由此多了几分心得。唐代阳羡贡茶乃紧压茶，制法有蒸、捣、拍、焙、穿、封等工序；宋代阳羡茶业规模空前，有了即冲即饮的散茶；元代因风俗不同，喜饮末茶，当年朝廷还置磨茶院，专制金字末茶；明代阳羡茶派创制了蒸青绿茶，名为"齐繁"……这贡茶之风，直到清末乃止。杭州茶叶有"狮、龙、云、虎"之别，绿茶又以龙井、旗枪、大方等为主。阳羡之茶，若亦能多费心思加以甄别，佐以润元居过去的故事，多做广告宣传，行销自然不会不畅。

掩卷细思，阳羡茶清芬袅袅，每一次揣摩，都有不同的韵味。

赤日炎炎似火烧，好在湖汊山林有万亩翠竹做屏障，将酷暑之气解了三分。

之晴正将张静江的言语原原本本地告诉父亲，门房有人来回说：沪上刘先生来了。

刘先生造访，之晴喜出望外，恭恭敬敬地接过他递来的资料文书，诚心诚意道:"我该登门去取的。"

刘先生笑道:"不过顺路来一趟罢了。我本就要与方家谈谈往后的竹木细货生意,可惜这次没有谈拢。"

之晴以为刘先生开玩笑,不禁多问了一句:"不应该啊,方家与您合作多年,怎会贸然如此?"

"方家生意往来一向以东洋贸易为重,他家老爷向岭南扩展商号的事,让日本的合作方不太高兴。再这样下去,货品无法顺利出口,东北几个商号的生意恐怕难以为继。"

"即便如此,也不该失信。"

"方家暂断了与我的生意往来怕也是不得已而为之。在中国的远洋货船原以英商为首,如今日本货运日渐独大,审时度势也不能轻易得罪了他们。"

"买卖岂能强求?若方家执意与您来往,货运转与英商合作,也不见得生意就此落败吧?"之晴不解。

刘先生笑道:"方家在东北有那么多产业,若日商存心为难,只怕方正谷鞭长莫及。眼下,唯有大量出口,才能最大化地打开市场,不拘泥于一方天地,实现利润最大化。方家很早就走出了这一步棋,而这步棋的关键在于竹下先生。"

之晴此时才明白生意并非只因情面所拘,还要细察时局变幻。见刘先生无意久留,之晴知道他一向事忙,便让丹露拿来十瓶雁来蕈酱:"这是春日里我家厨下的小丫头们去竹林里捡回的蕈菇熬成的酱,请您带回去尝尝鲜,就当我的一点点心意吧。"

雁来蕈是季节性蕈菇,只生长在江南气候环境良好的松林与竹林间。虽不甚美观,却野趣十足,滋味非寻常蘑菇、香菇可比。若将其熬成酱汁作为面食的浇头,可谓锦上添花;淋上蚝油用其蒸蛋或烹饪盐卤豆腐,又另有一番风味。同行的秘书小梁将雁来蕈酱收下了。刘先生道:"我们彼此一见如故,不必客套。改日你到上海,若得空到我家里,我再请你吧。"

之晴答应了下来,将他们送至庄园门口,这才与之挥手作别。

商会例会之日,方正谷提出由方家出资建造一所育婴堂,专门接收被遗弃的婴幼儿,首次拨款一千块银圆,监事由县长夫人和方太太共任。众人一致通过此事后，之晴说道："女子高中如何建设、如何办学，我写了一份计划书，还要请各位看一看，查漏补缺。若实在写得不好，那之晴只得领罚了。"

李双柏呷了一口盖碗中的茶，皱眉道："你们林家茶叶做得好，我们商会里的茶叶却平常得紧，不知从何处购来，简直不能入口。难不成，还要我让人挑几担米同你家换茶吗？"

之晴闻言客气道："是我疏忽了。明朝就让润元居的伙计送十斤茶叶到商会里，让各位委员尝尝。"

李双柏这样讲，似乎忘记了座中还有泰利丰等茶号经营茶叶。范洪明神色怫然，仿佛被评断不佳的茶叶正是出自泰利丰一般。

方正谷看了一遍之晴写的方案，又传与其他人看。传到李双柏时，李双柏推辞道："我不懂这些，你们其他人看了觉得好，我便赞成。"

方衡笑了笑，接过方案细细地看了，忽而露出一丝钦服之色："林大小姐一向很有见地，我上次便说过，她能力超卓，不需要我这个闲散之人帮衬。"

"方大少爷贵人事忙，若肯帮我，真是求之不得。"之晴谦让道。

"不知诸位有什么高见？"方正谷目视其他委员。

其余的执行委员、监察委员及候补委员见之晴的方案做得妥当，也没有提出异议。唯有范洪明冷笑道："诸位纵然家财万贯，也容不得这般花用吧！"

见众人诧异，范洪明指着方案上头"钱款"中的一项道："这个无底洞，每年都须投进去一笔，名为扩大学校规模，奖励老师，实则变着法子搂走我们的钱。这样的心思，着实可恶！"

"办学本就是一件长期的事情，若开办得好，自然要扩大规模。如果不见成效，也不会强求各位掏钱。"之晴见他翻脸斥责，半是错愕，半是气愤。

范洪明冷声道："你算盘打得好，不知准备委任谁来监察财务？"

之晴道："孩子是国家的未来，我们为他们投资几个钱也算大家的善心，动摇不了谁家根本。何况，兴建的校舍并非消耗品，学生们可用上十年甚至二十年，造福的是这个城镇的百姓……至于谁来监察，在座诸公均可行此责。退一步说，范委员大可以推举一个你信得过的人，大家议一议，若是妥当，我自无二话。"

"林委员念过书，很好。可我们这些老家伙有几个念过高等学堂，不照样掌事赚钱吗?"范洪明意有所指,显然憎恶林氏已久。

之晴道:"既然大家入了商会,合该勠力同心。我听闻有一个词叫'知书达理'。若不念书,恐怕一些人连为人的道理也不懂……"她觑见范洪明神色大变,又微微一笑,"懂不懂做人的道理,有时候也不一定在于念了多少书,但多念些书,总归不坏。否则士农工商这四字可要倒过来说了。"

葛委员接口道:"在百姓眼中,商人重利。可重利之外,也要想着如何做些于民有益的事。办学兴邦,也是大势所趋。"

在座的其他人都点头赞同,范洪明闷哼了一声,不再答言。

"范兄,若你不支持,也可以不拿这笔钱出来。商会中没有强求委员们每一个项目都要支持的道理。"李双柏笑了笑,"我也要考虑一下——毕竟办女子高等学堂之事,非我所愿。这丫头片子多读了书,往后还不眼高于顶,如同林委员一般,要爬到头上去呀!"

李双柏的话,着实令许多人笑了。之晴也不反驳:"到底如何行事,还要请诸位委员商议,我不敢擅专。"

"钱到位了就好办事。若愿意出一份力的,就把银圆拿出来,不愿意支持这次办女校的,那等到下次有其他的活动再支持也可。"方衡道,"我和会长算两份,先出五十块银圆,再额外支持五十块银圆。"

之晴道:"我不敢同会长一家比肩。与家父共出六十块银圆,襄助这次善举。"

众人见会长如此重视,自然不肯怠慢,有出三十块银圆的,也有按例出二十五块银圆的,不过多时,便凑了一千余块银圆。

"后续每一个季度,我们每人再出二十块银圆,循序渐进,若进行不下去,也好及时止损。同时,我们可以争取到政府更多的支持,大家肩上的担子也会轻很多,到时候也能腾出手来做其他事情。"方正谷如此说道。

众人正议事,不料范洪明府中管事的急急过来,在他耳边说了一席话。范洪明顿时变了脸色,匆匆告辞。众人见他如此失态,定是家中或商号里出了要紧事,便也住了话头,各自散去。

出了商会的大门,之晴见天色尚早,便携丹露坐了船一道前往蜀山。"闽中茶品天下高,倾身事茶不知劳。"想到广州随处可见的茶馆,便即忆起苏辙的这句诗。壶必孟臣,杯必若深。弃船登岸,走上蜀山南街的石板路,之晴打定主意要向蜀山南街的制壶能手定下一百把孟臣朱泥水平壶。这批壶将在今岁秋日随阳羡红茶一起寄送到香港,由舅母在闽粤地区代为销售。

蜀山南街、北厂沿蠡河而建,沿岸多有陶器店、南货店、土烟店。家家户户的锤泥声,一年四季从未停歇。即使夏日炎热,壶坯干燥过快易坏,紫砂艺人也未停止抟泥造壶的手,他们每日的口粮须用这一把把紫砂壶换来。蠡河上来来往往着许多火轮,运载着茅柴、松枝,也运载着新的一天里紫砂艺人抟制而成的生坯。只有入龙窑经过火的洗礼,这些陶坯才能涅槃重生,成为世间最佳的侍茶利器。

蜀山大桥边的码头上,时有紫砂艺人挑了担歇在桥边:"一担米,十只壶,随你挑……"南来北往的船家,大多是粗人,怎会对这些盈盈一捧的紫砂小壶动心呢?

"还是做洋桶壶吧,你筐里头的小壶能装两口还是三口茶?不杀渴,鬼都覅!"摇橹的汉子面庞黝黑,咧了嘴笑话他。

"不识货,摔掉也覅卖给你!"卖壶人光着膀子,脖子上围了条毛巾拭汗。

码头上熙熙攘攘,挑柴的,装卸陶器的,只一会儿就将他们的对话湮没在鼎沸的人声之中了。

见识到蜀山陶业的盛景,之晴颇有感慨。丹露笑道:"金张渚,银湖㳇,铜丁山,铁汤渡,日子覅好上戴埠……"

之晴听见丹露且说且唱,一脸天真烂漫,不禁笑了起来:"这乡间俗话,倒有趣得紧。"

丹露拍手道:"这歌有根据,并不是我胡诌的。过去张渚埠头大,乃交通南北的货运要道,日进斗金;再次是湖㳇,物产丰饶,日进斗银。听说外乡人买卖赔本了,就上戴埠,砍些茅柴倒卖,好歹也能有口饭吃。现在看来,蜀山这里比丁山还要繁华几分,与我们湖㳇老街可一较高下。"

之晴一笑,踏着石板路,向着南街深处走去。

"大小姐,那个最气派的商号就是方鼎兴了。"丹露指着不远处的一个门头道,"它前面一进是铺面,后头几进连同跨院都是作坊。如果有客商乘船过来,上了埠头就可直接到方鼎兴作坊看看,生意往往很快就谈成了。"

两人说笑着,只见方衡的长随春生正送一个客商出来。他见到之晴,忙站住笑道:"林大小姐和丹露姊姊路过吗?"

之晴含笑道:"正巧到这里,不知是否欢迎我们进去看看?"

春生闻言,拱手笑道:"求之不得。"

"素日听家父说,方鼎兴有上百名工人。无论制壶还是做杂件,在丁山数一数二,我们自然要向贵号多学习。"

"林大小姐太客气了。"春生笑道,"我带您和丹露姊姊往里头逛逛。坊内逼仄,您多担待。"

春生在前头带路,之晴和丹露在后面跟着。过了明堂,后一进便是大作坊。东跨院的工人光着膀子在炼泥,西跨院里堆着摞成塔般的坯件。时有工人进进出出,将晾干的坯件抬出,送到龙窑烧成。

最后一进院落靠着山脚,十分阴凉,二十几个制壶师傅、制杂件师傅埋头苦做,作坊内一股咸湿的气味久久不散。之晴站在门外看着里头的师傅们或锤泥片,或围身筒,所制作的品种大多是仿古、石瓢、西施、鱼化龙、供春等品种;做杂件的师傅们以做笔筒、百果盘、蝈蝈盒、鸟食罐为主。一抔紫砂泥,经过手工竟能抟制出万千气象,令人不得不叹服。

之晴同丹露在作坊里停留了大约半个钟头,春生将她们两个送到扁担巷畔才转回作坊。

蜀山风光与湖㳇风光不同,几乎家家户户都在制陶,屋舍墙壁也多用缸瓮垒砌。龙窑中熊熊之火日夜不歇,煅烧出令人称奇的紫砂器皿;赤膊搬运的工人挥汗如雨,接应着靠岸的火轮。知了在岸边的柳树和泡桐树上伏着,仿若耐受不住炎热,嘶叫至力竭。

之晴用帕子拭着汗道:"附近可有什么地方能歇一歇脚?"

丹露含笑道:"西面有个民乐茶社,可都挤满了人。若不走回头路,过了书院浜就到东坡草堂了。"

东坡草堂现下做了东坡高等小学堂。门前一泓清泉,名为泮池。水深不见底,几尾锦鲤游弋着,或沉或浮。学堂外,有一处石牛池,似以"汗牛充栋"勉励幼童勤奋博学。迈过门槛的第一进,举目可见"东坡买田处"的匾额。有记载,咸丰年间书院被山火付之一炬。阳羡自古崇文尚义,光绪八年(1882),

当地二十四家望族合资重建东坡书院,而后此地成了阳羡东南八乡幼龄孩童进学之处。往前复行数丈,才过屏风步入中庭便有两株桂花树一左一右地植在院中,现今时节虽无花香,却绿意葱茏。再往内走数十步可见似蜀堂巍然,堂内课桌、座椅一应俱全,当为学堂日常讲课处。此时恰逢暑假,学堂内失了琅琅书声,颇有几分清冷。学堂第四进为望湖楼,尚在修缮,想来登临后就能望见太湖波光浩渺。学堂守门人的老婆子跐着小脚从前院东坡井中担了水往后院走,之晴同丹露跟了上去,替她将水搬到圃中。圃中仰首俯首皆被葱茏的绿意围绕,那是一亩有余的橘园。此情此景,倒真应了苏东坡《楚颂帖》中的意境——

> 吾来阳羡,船入荆溪,意思豁然,如惬平生之欲。逝将归老,殆是前缘。王逸少云:"我卒当以乐死。"殆非虚言。吾性好种植,能手自接果木,尤好栽橘。阳羡在洞庭上,柑橘栽至易得。眼当买一小园,种柑橘三百本。屈原作《橘颂》,吾园若成,当作一亭,名之曰"楚颂"。

"苏东坡这样的文豪,终其一生心愿,只愿买田阳羡种橘为乐。我生于斯,长于斯,自当额手称庆。此生能寄情于这一方山水中,有机会将这芬芳冠世的阳羡茶令更多人知晓……"瞻仰古迹,之晴坚定了当日所思。

/ 第十一章 /　西池露华

　　林老爷的寿宴拟定席开二十桌，一应菜品、果品都交由崔嫂子安排，席间陈设、宾客歇息处交给宁儿打点，如何迎宾、内外周至指给阿兴去办。

　　说起要送兰花到沪上刘先生处，阿兴向之晴进言："若往后与方鼎兴长期合作，大可用二小姐的兰花去换紫砂器，只要账目上算清楚便好。"

　　"父亲曾言道，便是自己不在，阿兴也能有条不紊地处理好大小事务，在经营和人际方面着实周到。往后自己办事必要同阿兴一般考虑得更细致、深远。若非如此，管家之职定不能做得长久……"之晴思忖着，阿兴的办事能力可堪倚仗，但自从在杭州窥知他与黄管事的交际，总归生了疑窦。该去问问父亲或是丁叔吗？她满是踌躇。经过荷花池，沿着游廊行去，之晴心中千头万绪，不觉已至古香斋门口。

　　"姊姊，今朝怎么得空？"

　　"你整日就在这里，心总是静的。"之晴见之岚在挑选植料，也蹲下身来看。

　　"兰花需要人陪呀。"之岚微微笑道，"我的时间顶不值钱，陪陪兰花最好。

前一阵子跌了一跤，至今还有些后怕呢。"

山间水、林中风，将这兰圃滋养得欣欣向荣。许多兰花开了，水仙瓣、如意圆舌，美则美矣。

"刘先生订下六盆兰花，这两日便要请阿兴哥哥带去上海。"

之岚答应下来，沐净手，在兰圃间穿梭，待选妥了便命小蕙将兰花搬了出来给之晴观赏。

其中两盆大叶红花素心，名为大叶寒兰，另有柳叶白墨、直剑香墨各两盆，也是极佳的品种。种植大叶寒兰的紫砂盆上刻的是张九龄的诗"紫兰秀空蹊，皓露夺幽色。馨香岁欲晚，感叹情何极"。柳叶白墨的盆上刻着"清风脱然至，见别萧艾中"。那直剑香墨的盆上无诗，造型却与其他不同，圆中蕴方，用青灰泥和紫泥拼配，盆沿一圈铺砂，更显高雅万分。

又有六盆兰花从此迁居他处，之岚玩笑道："姊姊，我的花儿连盆都被你要去，改日你须替我寻几十只好花盆来。"

之晴笑道："这不是什么难事，你交给阿兴哥哥，他定能办妥。"

之岚摇头道："若要寻常的盆子，我随便遣个人去窑上，管保能拉几车来。可每个品种的兰花风姿各不相同，就要配不一样的紫砂盆栽种。我画了几个图样，姊姊得空帮我看看改改，这才好烦请制盆的匠人照着样子做出来。"

"原来如此。"之晴叹服妹妹的用心，遂命小蕙去拿图纸来看。之岚要的紫砂盆并非大路货，要下一番功夫才可得。方衡爱兰，此事若真能交予方鼎兴制作，倒比托付他人来得更好。

"还有一项，父亲寿辰将至，丹桂飘香虽好，却不能做成盆景供于厅廊。我想，不若错落着摆上一二十盆兰花，既清雅又别致。"之岚缓缓说来，令之晴心悦诚服。

"你出的主意不俗。"之晴捧着一盏毛尖，倚窗细品。小蕙搬了一张斑竹椅给之晴坐下，才把图纸递上来："我们小姐把每一盆兰花的形态都摹了下来。《芥子园画谱》上头的兰花，不知画了多少遍才有今朝的光景呢……明朝搬走兰花时，大可将每盆花所配的兰花图一并送出去，也算个不寻常的礼物。"

"只有你能教出这样伶俐的丫头来。"之晴赞叹了一声，又看了一会儿图纸，方才应允道："我单找几个专做花盆的匠人，务必让你满意。"

之岚嫣然一笑："如此再好不过了。等盆烧制好了,我认真谢你。"

两人又说了一回书画,谈了如何用墨、用什么笔,直到晚饭时有人来催请,才相携到了木樨馆中。

木樨馆坐北朝南,离古香斋最近。从游廊过去,两面扇形灯窗的玻璃上绘了兰花,灯窗外植了几丛翠竹。到了夜间,行走在游廊上不需另用灯笼、油灯,却有兰花影子做伴,别有情趣。晚饭后在这条长廊上散步,可谓"水窗临修竹,皎月动人心"。

过了子夜,之晴还未安歇,丹露在一旁陪着。之晴看着账本,她却打着扇子在小杌子上坐着发呆。

"兰花盆的事,还须找方衡议一下才好。这些盆不比其他,我倒希望他能亲手打理。但凡他尽心,这场合作才能更顺利。"

丹露已有几分困意,勉强撑着眼帘道:"方大少爷昨儿递信来,竹筒茶叶罐的样式已经得了,请大小姐去镇上他们竹器行里找掌柜的要来看看。"

"我知道了。你困成这样,干脆睡去吧。"之晴放下账本,将她送到床边,替她盖上被子,这才放心而去。

第二天清早,丹露刚捧了水盆进来,却见之晴早已坐在梳妆台前看书。丹露放下盆笑吟吟地说:"大小姐,一晚都未睡吗?"

之晴接过毛巾净面,又漱了口,才道:"我还想着一件事——两个月前在西湖博览会上,张主席同我讲起金沙泉。我问了父亲,他语焉不详,只说湖泛之泉,同出一源,唤作'金沙'者甚多。我想着金沙寺附近或有迹可循,不如亲自探访一遭。"

丹露换了一盆水进来,重新绞了毛巾,抹干了手上的水珠:"大小姐打算什么时候去?"

"择日不如撞日,就现在吧。"之晴嫣然一笑,拉着丹露的手就往前厅走。前厅桌子上摆着一个小食盒,之晴命丹露拿了。

两人上了马车,之晴才道:"食盒中有韭里蒜鸡蛋饼,你尝尝。"丹露掀开盒盖,果然香气扑鼻。翠的韭里蒜配上金黄的鸡蛋,甚是诱人。平素庄园的下人们早晚两餐均食粳米粥,配萝卜干或青菜。能够吃上鸡蛋饼,多半是厨下看着之晴的面子。

金沙寺离林家庄园并不太远，奈何山路崎岖难行，驾马车前往也须半个多钟头。这座古寺几遭兵祸，如今只留存三进屋舍、一个后院。寺院门前一株银杏，历经百年，乃合抱之木，至今仍枝繁叶茂、郁郁苍苍。

据记载，"茶圣"陆羽对阳羡茶的推崇，使得金沙寺声名鹊起。宋朝熙宁三年(1070)，宋神宗赐匾"寿圣金沙"。

金沙泉，真的就在金沙寺后吗？之晴不敢笃定。

丹露道："以前听老人们说过，除了金沙寺边上的那个岳飞饮马的水潭，还有镇上市集东面现下被称作'金宫潭'的泉水，那是被苏东坡推崇过的，在古时候也叫金沙泉。第三处泉眼在镇西，与画溪河同源，我们现在叫它'下水头泉'，也有说它是金沙泉的。"

之晴笑道："你倒似湖汶的活地图。既已来了金沙寺，先到岳飞饮马处看看吧。"丹露在路旁勒停了马车，两人一道往金沙寺去。

步入金沙寺内，顿觉一片清凉。大殿甚高，里头所塑的佛祖、菩萨趺坐于莲台，看不清面容。殿内香烛还未完全燃起，一片昏暗，只有一个清瘦的僧人在佛前打坐。面前烧着两支还剩两三寸的红烛，光亮笼罩着约莫三尺的香案。听到有人进来，僧人便即起身打了个问讯。

之晴双手合十："扰了师傅清修。听闻旧时湖汶有金沙泉，不知是否就在左近？"

或许这座寺庙很久没有访客，僧人闻有人言，精神为之一振。他微微点头，带着之晴和丹露向正殿西面走去。

寺山南坡脚下，草丛之中，一汪绿水波澜不惊。

"这泉水倒与玉女潭之水色泽相近。"之晴道。

僧人点头："玉潭凝碧，清凉甘甜，金沙泉水大抵同玉女潭水同出一源。旧书上有云，岳飞抗金之时，在金沙寺畔驻扎了几万大军。这金沙泉水不过几尺见方，供几万军马饮用，倒也未曾枯竭，可谓奇闻。遇上大雨天，泉水由此喷涌而出，漫过沟渠，流向窑潭河，一并向东注入画溪河、蠡河，直至归流到太湖……"

这样的逸事，之晴闻所未闻，她捐了些香火钱便与寺僧道别。从大殿边走出，抬眼可见寺畔银杏树上已结了无数青色的果子。

丹露指着银杏树上一圈勒痕,笑道:"这就是僧人所说,岳飞在此勒马留下的痕迹吧?"

之晴道:"县志记载岳飞曾在阳羡与金兀术人战上百回合,因此阳羡城郊新街还有一处地名叫作百合场。小时候听父亲说,岳家军曾在周铁为当地百姓剿灭太湖湖匪,实实在在地为民众解了后顾之忧。如今阳羡城外的岳堤,乃旧时百姓为岳家军渡河所筑……"两人说着上了马车,又往镇上去。一来为着去寻那金宫潭泉,二来要往方家竹器行与那里掌柜的议定竹筒样式。

当日,正逢方衡得空到湖㳇,两人兴致又起,说了一回兰花盆之事。

之晴道:"兰花盆交付与爱兰之人督造,才不负兰花娉婷之态、清雅之意。"

"令妹才情卓绝,我们承制的兰花盆也未必能入二小姐法眼。"方衡谦让道。

之晴微微一笑:"方鼎兴紫砂器盛名在外,方大少爷若推脱,那其他商号我也不必去求了。"

"既要做这兰花盆,我势必要请工人师傅打样,再批量制造。这兰花盆工艺难度不小,工人师傅们也未必愿意为两三只盆而翻手。"方衡接过图纸细看后,不置可否。

之晴明白了方衡的意思。他即便愿意接手这笔生意,却也想多做一批这样的盆,好另行销售谋取更多利益。

"方大少爷若批量制作这些兰花盆投入市场,只怕不过几日,仿品便盛行于市了。"之晴亦有顾虑。

"方鼎兴出产的紫砂器,多是我们自家窑上烧,外头那些人不准去的。另则,他仿他的,终究不过大路货罢了。我们方鼎兴制作出的紫砂盆神韵别家岂能及?既然受众人群不同,也不会让他人真切地抢了生意去。退一万步说,你出的图样被外人仿制买卖,让他们能多挣几个买米钱,也是你们姊妹的功德。图纸上的式样,我会尽快同工手商议,若可投产,每个样你均可免费拿二十个去。"

之晴知道方衡的算计,沉吟片刻才道:"这样吧,每个品种我只拿五个盆,多的我照价支付或以舍妹所植兰花抵扣钱款,年底另找你们方鼎兴分红,盈利你七成,我三成。"

这分明是之晴还记着当日代销茶叶的分红之事。方衡心中有数："你愈发精明了。改日商会募款，可要多捐助些银圆，别让那些倚老卖老的人抓住话柄。"

之晴见好就收："方大少爷金口一开，岂敢不遵？只要买卖兴旺，捐款我定不吝啬。"

两人又议了一回装茶叶的竹筒该如何改进，探讨了许多方案，好歹定下了最终的式样。方衡因有他事，与之晴分别后立时与春生两个从东汍回城。不料天公不作美，登船未久便下起雨来。汍上水汽蒸腾，一片白茫茫。行到汍心，春生忽见几艘快船从不远处的芦荡里冲出，向一艘大火轮包抄而去。

"方大少爷，那多半是湖匪，我们还是避开他们绕路走吧。"开火轮的把式当下就要转舵。

"几个月前抢了蜀山银行的多半也是他们吧？好好的营生不做，也不怕以后横死在这汍水中！"春生倒比开火轮的镇静。

方衡冷声道："这帮人整日横行无忌，政府也不用心围缴，枉顾百姓的期盼。这样下去，不知道何时到头。他们一再得逞，恐怕来日杀人越货，更增祸患……"

"大少爷，他们在抢人！"春生低低地叫了一声。

"快开过去。"方衡从口袋里拿出两块银圆塞在开火轮的手中。开火轮的哪里敢接，两声沉闷的"叮叮"过后，银圆滚落在地上。

"开去近前，事后再给你三块银圆。若不去，你也知道我方衡向来是有些脾气的。"方衡不知从何处拿出一把手枪，在开火轮的面前一晃。

见方衡忽然不客气起来，开火轮的亦不敢就此得罪，只好硬着头皮往大船开去。这样一来，明摆着方衡要管这桩"闲事"。开火轮的心中忐忑，生怕今朝不得命回家。

"速战速决。"方衡与春生相视一眼，确定了如何营救。

左轮手枪换弹慢。在此刻，有的放矢最为关键。方衡不待靠近小舟，便开枪射伤了正在抢人的湖匪手臂。春生见机连开两枪，击退要攀上大火轮的湖匪。

"你们是哪条道上的？"湖匪头目扬声叫道。

"都是旧相识了。前阵子是你们抢了蜀山银行吧？总要留口饭给其他道上的兄弟！"

湖匪们闻言引颈长笑："你们两个人，想占我们十几个兄弟的便宜，不能够吧？"

方衡面不改色，缓缓走上船头，抬手间一枚子弹正中湖匪头目的腹部："多说无益，不要惹急了爷，让警察来端了你们的老巢！"

头目腹部的血汨汨流出，其他湖匪纵有余勇，也不敢贸然上前。

春生冷笑道："怎么，都嫌命长？有不怕死的尽管来！"说着又向湖匪头目的座船开了一枪。霎时间，船舷上木屑横飞。

方衡命春生拿出钱袋子，从里头倒出七八枚银圆，向快船上一掷："这单买卖，爷要定了。酒钱拿去，还能剩下几个请跌打医生给你们头儿看伤。"

湖匪中有人要举枪还击，头目已然腹痛难忍，忙阻住其他人的发难。"爪子挺硬，且让你一回！下次别让老子碰上，饶不了你！"他又命人搀了先前受伤的弟兄，歪在船舱里。很快，那几艘快船消失在汜面上。

被湖匪拉扯的原是一女子。她惊魂初定，眼中含了一点泪光，却娉婷地上前来，怯怯地说道："多谢英雄搭救。"

"英雄？那也谈不上。"方衡一哂，"别多礼，大家无恙最好。"说着，便同春生招呼了开火轮的，驾船离去。

风过无痕，船已行远。半晌，春生才轻声赞道："大少爷，那位小姐长得真好看。"

"举手投足间有一丝伶人的味道。不知是唱花旦，还是青衣？"方衡亦露出一丝不易察觉的笑容。

第十二章

桂花载酒

八月十六转瞬即至,当晚宾客盈门。月至柳梢,菊英芳华。二十桌席面摆在轿厅后、花厅内外。冰糖玫瑰藕、桂花糕糯、张公豆腐、咸肉煨笋、黄雀塞肉、八宝野鸭、雪菜爆竹鸡、漏湖鱼头……这一道道菜肴流水似的送上来。开席后,戏班子便装扮上依次登场,第一出戏目即为《百花亭》。

之晴陪着林老爷挨桌敬酒,谈笑风生。之岚素来不喜热闹,又不善应酬,只用了些桂花糕糯,趁众人不理论便悄悄走了。

小蕙道:"老爷的好日子阖宅忙碌,唯独我能陪着小姐躲懒。亏得早些时候与丹露说了,让她得空给我装两三个碟子的菜让人送来。"

之岚知晓小蕙的性子,也不见怪,只道:"今晚风大,兰圃玻璃房一面的窗子倒要关拢些。庄园里大伙事忙,这些兰花被搬到东搬到西的,也折腾坏了,等席散了还须好好料理……"

兰花是之岚的挚爱,今朝席散,怕要到二更天。等她料理好所有的兰花,自然到三更之后了。虽然医生嘱咐之岚应当少思虑多休息,但遇上兰花,医生的嘱咐必被忘到九霄云外。想到这里,小蕙更对丹露的允诺抱有期待——丹露答应她得空时便去厨房弄一盘白斩鸡、一碟芝麻饼送到古香斋,给她垫饥。

夜黑如漆,古香斋内外寂静无声,前头隐约已在唱《凤还巢》。之岚命一个婆子提了一桶清水到兰圃中擦拭搁置兰花的木架,仿佛古香斋以外的热闹自始至终与她无关。

丹露晚宴前后又被指派查点寿礼,直至宴席过半,才想起小蕙白天嘱托的事。她亲自去厨房拿了几样菜,往古香斋走去。

方衡见丹露行色匆匆,本有几句话要问,于是跟上了她,却不料丹露从游廊一侧拾级而上,穿过一个小院,推开一扇门进去了。这个院子灯光昏暗,隐隐有兰草之香,在暗夜里亦令人心旷神怡。

不远处山涧流水潺潺,依稀有些光亮。不承想那里正是兰圃。昏黄的灯光下,一个面容尚好的女子向花房里轻轻喷洒着水珠,握着水管的双手玉雪可爱。

"小心啊,喷水要均匀,不要让水积在叶心……"一个声音空灵绝伦,恍若天籁。

这时,方衡才看见,原来还有一个女子亭亭立在涧水边。她恰若远山芙蓉,又似章台春柳,蛾眉婉转,我见犹怜。

"方大少爷!"丹露发觉方衡来到后苑,顿觉诧异,"您不在前面听戏,怎么到兰圃来了?"

"不好意思,我跟着你过来的……"方衡一愣,随即答道。

之岚抬眼见到了方衡,倒有几分局促。

"我买过二小姐手植的兰花。"方衡向之岚施了一礼。

"这就是方家大少爷?"小蕙早已放下水管,偷偷地问丹露。

"前面太喧杂,我随处走走,又不识路径,打扰你了。"方衡不知该说些什么。他只觉之岚周身散发着兰草的幽香。

只听之岚道:"你是父亲寿宴的贵宾,又何须这样客气呢? 若要回前头去,我让人给你带路。"

"我家的兰花都是你植的,我很喜欢,想要当面相谢,但未得大小姐首肯。"

之岚望了丹露一眼,浅浅笑道:"你别怪我姊姊,我素来很少见客,她不过爱护我罢了。"她慢慢走着,将方衡引进了自己的茶室。

方衡道:"今朝偶然相遇却比刻意相见要好。我姓方,单名一个衡字,不知二小姐闺名是哪几个字?"

"林之岚。"

"芝兰清芬吗?"方衡饶有兴致。

"'之'是王羲之的'之',我名字中的岚,意为山间缭绕的雾气。风一吹,就散啦……"之岚淡淡道。

"晴光转树,晓气分岚,何人野渡横舟……"方衡道,"每个人的名字都有它的造化。你的名字婉约清丽,令人神往。"

"我终究是个无趣的人。"之岚出神地望着兰花,"你们总会说些宽慰我的话。"

方衡不承想,巧手植兰之人,竟安静得如一幅古画。她并不像仕女图里的女子那样或娇俏,或浓艳,她恰若三国曹子建笔下的洛神,延颈秀项,皓质呈露,芳泽无加,铅华弗御,其灵秀之色,任何美好的词语都不足以形容。她的话似乎没有一丝波澜,却仿若天下最好的灵丹,令人身心完全放松下来。

"除了这片兰花陪着我,愿意耐心陪我的便只有这架筝。那么多年啦,我没有什么好快乐的,也没有什么值得生气的。"

"是啊,我们若能像你一般倒也好。遇到什么难办的事情,不必生气,若生活顺遂,也不必得意……只可惜,世上的人大多争名逐利,忘记了怎样放下,忘记了什么是舍得。"

"舍去,何尝不是另一种得到。"之岚莞尔,"我虽不能去看满世繁华,却能在这一方天地里栽花莳草,普天下又有多少人能有这样的自由呢?"

方衡笑道:"我真羡慕你。"

"羡慕我?"之岚有些疑惑,"你是方家的少爷,不必拘于一方天地,难道过得不好吗?"

方衡想了想,认真道:"若说衣食无忧便算过上了好日子,那我过得不错。但日日思虑,总不是真正的快活。"

之岚浅浅一笑:"照你说来,我过的日子的确让你羡慕。"

"当然。"方衡看着她温柔和煦的样子,心中不禁一动。她说话那样轻婉,又不矫饰自己的态度。她的旗袍外罩了一件浅绛色坎肩,月光下,她宛若天上的素娥仙子,肤白胜雪,吐气若兰,仿佛一首最婉约不过的诗,可让人不住吟哦。即便闭上双眼,念念不忘的都是她的一颦一笑。

之岚含着笑:"方少爷,前头还未散席,左右无事,我弹筝一曲以酬谢你的爱兰之心。"

方衡点头默允,复又坐到一侧的玫瑰椅上。斗彩瓷盘里盛着几瓣黑籽红瓤的西瓜,瓷盘下,压着几张薄如蝉翼的宣纸,上头绘着一些紫砂兰花盆的图样,着实别出心裁——有些需用着泥绘,有些需采用调砂手法。方衡心中也颇为称赏,一盆一兰皆用心良苦,才能让这天香存世日久。

茶室里融融暖意,冲淡了中秋薄薄的凉意。斗彩杯里新沏了秋日红茶,茶汤橙红,入口绵滑。之岚奏曲,方衡聆听,两人不发一言,相对静坐了一个多钟头。直到前头席散,方家老爷要离开,才想起方衡不知去向。丹露曾与之晴说了见过方衡一节,之晴忙让丹露到古香斋去寻。林老爷又挽留住方老爷,两人说了一会话,直到方衡前来赔罪告辞,林老爷将他们父子二人送出庄园,这才返回歇下。

席面需要收拾,碗筷杯碟需要清洗,戏班子的钱需要结清,远来亲朋又需要安顿歇下……崔嫂子带着一众女佣整理拾掇,阿兴则忙着开发赏钱。众人送来的贺礼,丹露虽已登记造册,但未有空闲收进库房,阿兴少不得又吩咐小厮们将东西收起来,送到丁叔管着的库房里,先堆作一堆,接下来几日得空了再照着登记下的一一核对。

"大小姐,戏班子班主讨额外的喜钱,我们给多少合适?"宁儿上来求主意。

"按着说定的价,给班主封十六块银圆。今朝天色已晚,路难行,先让他们在外头枇杷院住下,明朝天亮了再走吧。小旦、老生唱得不错,额外各赏两块银圆。"

丹露刚回庄园便忙得不可开交。眼见她面上早已露出倦色,却不肯躲懒,之晴便叫住她道:"我乏了,你跟着我一道回去歇着吧。"

丹露听闻之晴这样说,才跟着之晴一道返回潇碧苑。"你不必管我,安心睡下。"之晴推着丹露让她去歇。丹露着实累了,也就不再坚持,草草洗漱便靠着枕头睡着了。

　　之晴安顿了丹露，又唤了守夜的大娘去前头告诉阿兴，各处巡视的人必不可少，今朝大家忙乱了一天，到了后半夜定各自沉睡，少不得要多注意些。

　　守夜的大娘领了之晴的话去了。阿兴听了，遂多分派了几个小厮，内外轮番巡视。

　　夜凉如水，草虫鸣叫声着实扰人清梦。之晴披衣而起，冲了咖啡，用骨瓷杯盛了端到院子里。

　　潇碧苑外的荷塘中，荷花伶仃，荷叶破碎，水面撑起剩下无数莲蓬，暗夜里徒留些许清芬。

　　饮着杯中的咖啡，心头渐生暖意。之晴正打算回房，忽而听到围墙外有声响。她一个激灵，总觉不妥，转身便走，想要喊来上夜的大娘和小厮们。

　　只见一个男子从围墙上跳下来，跌落到草坪上，发出一声闷哼。

　　之晴以为自己眼花，不料又见一个人从围墙那头爬上来，随即跃下。后跃下的是个女子，男子伸臂接住她，两人相扶相携，就要往荷塘外走去。

　　"你们是谁？不站住我就叫人了！"之晴见这两人相互扶持，身形瘦削，似乎在哪里见过，依稀觉得面熟。加之深夜灯火黯淡，实在看不清他们两个真实的面容。之晴心知上夜的家丁就在左近，也不怎么害怕。

　　那一男一女本要走开，听见有人叫住他们，心知行踪暴露。两人到得近前，见到之晴反而松了口气，随即跪倒。

　　"求林大小姐不要声张。我们是戏班子里的人，她唱小旦，我是武生。班主素来严苛，从学戏起，我们被朝打暮骂……身上的伤数不胜数，实在挨不过去了。再唱下去，嗓子倒了不说，身子也要垮了……"男子将胳膊上的衣服拉起，一条条伤疤触目惊心，"这是能给大小姐看到的，霏玉身上还有被烙铁烫的印记呢！"

　　跪在一旁的女子不过十八九岁的样子，只怯怯地抽泣着。

　　"今朝是他们喝了酒，都醉倒睡了。平时，我们都有人看着，哪里跑得了？我们从小被他拐卖了来，并没过上一天舒心的日子。虽说学戏该吃苦，可总不能把人当牲口使唤……"男子露出惨然之色，牵住霏玉的手，"若非今朝被大小姐发现，我拼了命也要把她带出这苦海。"

　　"明朝班主寻不见你们，可要找我们庄园的麻烦……"之晴思量了半晌，虽生了恻隐之心,倒也怕班主啰唣,将林家庄园闹个天翻地覆。

"大小姐,求您开恩,救救我们,我们定不忘您的大恩大德。"男子重重地叩下三个响头。女子咬着唇褪下衣衫,肩膀上两处正是烙铁的印记!那雪白的皮肉上赫然两块焦红,触目惊心。之晴心中大为不忍,忙上前将她的衣衫拢起:"你们快起来吧,还得想个两全其美的法子才好。"

男子将女子搀起。之晴仔细一看,两人面呈菜色,却不减秀气。他们年纪虽轻,可到底两情相悦,即便受苦受难亦不离不弃,自己又岂能坐视不理?

"若不担些干系,也救不得你们……"之晴正色道,"我不求你们报答,也可以放你们走,但有一项,不知你们可否应承?"

"大小姐但说无妨。"

"我放你们走,明朝声张起来只说宅内少了东西,要到班主那里搜查。一旦吵嚷起来,班主自然慌了手脚,不敢再追究,这样两下平安无事。我们也不会真去告发你们,不过虚张声势罢了。"

"听凭大小姐吩咐!"两人一时间也想不出更好的主意,之晴怎么说他们都答应。

"这里有二十块银圆,你们拿去找个落脚处,也可做些小买卖,千万别胡乱使了。我看着这位姑娘和我身段差不多,我有几件衣服,若你不嫌就一并拿去,路上也好有个替换。到了山穷水尽时,去当铺当了,也能换几个铜钿……"之晴怕被旁人看见,亲自收拾了交付给霏玉。见桌上碟子里还有几块玉带糕和蜜糕,一并包了递给男子收好,又亲自带着他们出了角门并催着他们快走。

两人千恩万谢,之晴又将一枚戒指递给青年,悄悄道:"这枚红宝石戒指我还未戴过,你若爱重她,等安定下来便与她成婚吧。"

两人泪眼婆娑,再多感激的话,都哽在喉头。在之晴一再催促下,两人忙向着小路去了。

回到房里,之晴看着床头钟的指针已经指向了两点,但困意似乎在那一刻就飞逝无踪。她想起他们上半夜还在戏台上唱着清平盛世,在台下不过是盼望有一方安稳的田地能收容他们,免遭身心摧残……有多少爱能善始善终?由人及己,之晴心中不禁一酸。

第二日一早,天刚蒙蒙亮,之晴便让阿兴带了十几个小厮去枇杷院拍门叫醒班主:"我们庄园昨夜遭了贼,盗走了不少财物。请班主找一找,会不会是你们戏班内有人喝多了酒,拿了不该拿的东西?若真拿了,只需退还给我们,我们老爷也不追究了!"一行人声势浩大地冲进枇杷院,阿兴早已指了两个身强力壮的家丁守住了门口。

"红口白舌怎可随意说人是贼!"班主在睡梦中被人惊醒,已然不悦。听阿兴这样说,不由怒从心头起,不管来者人多势众,一下子揪住了阿兴的领口。阿兴微微一哂,也不动怒。

后头的小厮们见班主无礼,把班主往后一推,亏得两个武生把班主扶住。两边的人个个怒目相向,颇有剑拔弩张之势。

"你们昨天统共来了多少人,现全部出来对质。如果冤枉了你们,我们自然向你们赔礼。只是我们庄园真的少了好多件要紧的东西,还请班主行个方便吧!"阿兴软硬兼施,倒让班主无可推却。

小厮们将各房里的人请了出来数了两遍,嚷道:"比昨天来时少了两个人。"

"少了人? 谁?"这显然也在班主的意料之外。

"小蒙和霏玉……他们不见了……"扮老生的男子支吾道。

阿兴见机带人入内搜查,一看之下更知有了十足的把柄:"班主,我们林家庄园从不冤枉好人,但也不能轻纵了贼,说不得要去报知警察局,让能做主的来看看到底是怎么回事!"阿兴命人将那两间房翻个底朝天,又问与他们同住的人,"昨天他们没回来,你们也不与班主说吗?"

"大家都累了,又吃了酒。今朝还要赶路,谁管谁呢,三更前各自便睡下了。"戏班子里拉二胡的回道,"他们两个原本就比旁人亲厚些,只怕是私奔,若顺走你们的财物,也不能说与我们有干系啊!"

"即便如此,班主还是跟我们去警局一趟吧。毕竟贼是班主带来的,我们虽不能咬定班主窝藏了贼,但好歹去说清楚那两人到底姓甚名谁、家住何处,立了案也好去搜查。再者,亦可洗清了你们的嫌疑。"

班主听闻阿兴这样说,不禁短了气,央道:"这两个人也是家里穷硬要跟了来的,签了死契,到底哪里人我也不知道。我们走江湖的,就靠着各家老爷捧场。一旦去了局子里怎么好呢? 只求小爷开恩,回了林老爷,昨天求的额外赏钱我们也不要了。"

小蒙和霏玉原本是他十年前拐骗来的孩子,如今逃走了,他自然也不敢大张旗鼓去见官。万一牵扯到陈年旧案,说不定就有了牢狱之灾。他们眼下还在林家庄园的地盘上,真和林家的人硬杠起来,也占不到丝毫便宜。

"明明是你们戏班子里的人畏罪潜逃,让我怎么遮掩? 你既说有他们的身契,何不拿出来给大家看看? 事情已出,你们总要给个说法。"

"昨天你们庄园人来人往,只怕被外头的贼瞄上了也未可知……"班主堆笑道,"我们跑江湖赚些辛苦钱,更不知你们庄园少了哪些财物,我们也不好描赔。还请小爷发发慈悲,放过我们吧。"

阿兴扬声冷笑道:"让你们顶缸替贼描赔倒显得我家太仗势欺人。可财物失盗总是冤有头,债有主。等警察来了,自能论断是否你们管教不善,又或是串通了贼人做戏给我们看……"

"那不能够……"班主涎着脸奉承道,"往后若林老爷还想听戏,我们就算隔了百里路,也赶来给林老爷唱几出!"

正说着,听得一阵脚步响,原来是宁儿跑了过来。她向阿兴道:"大小姐说,送去的礼单上少了齐家老爷的东西,这是要紧的事,还请丁管事速速去库房对了来。"

"我这走不开,宁儿姑娘,麻烦你替我去看看可好?"阿兴故意推却。

"昨天又不是我对的礼单。这一样样只经过你和丹露的手。我不敢去惹她,你是管事的,大小姐只问你的话。"宁儿嘴巴一鼓,扭了身子赌气走了。

阿兴眉头微皱,向那班主道:"我们大小姐还有事情吩咐,我回头再找你们谈。你们可得想仔细了!"说着,小厮们也跟着走了,只留下两人守门。

班主见此情形,怎能不知走为上策。忙卷了自己的物事,命人抬了箱笼就冲出林家庄园。枇杷院门口的两个家丁饶是体魄壮硕,也拦不住那么多人夺门而逃,不过虚张声势一番也就罢了。

这里阿兴跟着宁儿到了之晴面前,之晴知道他办妥了事情,笑着称赞道:"你将他们唬住了,该记一件大功!"

阿兴笑道:"这回可以放心了吧?"

"放心什么?"林老爷在门外听到之晴他们的谈话,顺口问道。

"父亲怎么来了?"之晴忙站起来让座。

"你和阿兴都不去用早饭,我想着必有缘故。"林老爷道。

之晴就将昨晚、今早的情形说了一遍给林老爷听。林老爷微微点头,露出一丝笑意:"没想到,你小小年纪也能做个红娘!"

"日行一善,不负父亲教导!"之晴笑着给林老爷揉肩。阿兴忙叫厨房新做一碗鳝丝面端到潇碧苑与之晴吃。

之晴道:"你也未用早饭吧? 不如让厨房多做一碗面,在这一道吃完也便宜。"

阿兴不大好意思,正待推却,林老爷指着窗外道:"之晴这里风景好,我难得来,你先陪我到院子里逛逛,等鳝丝面送来吧。"

林老爷既如此说,阿兴且陪着林老爷到院子里散步。

见跟前再无旁人,丹露才向之晴悄悄道:"大小姐,我昨儿晚上睡迷了,竟不知道发生了这样的事情。"

之晴笑道："现在知道也是一样的。你从沪上回来，还未曾去家里见见你母亲，今朝放你半天假，我开车送你去。"

丹露听之晴这样说，不由喜出望外，笑问道："我们什么时候出发？"

之晴见她如此开怀，遂道："总要等我吃饱了吧？你去忙你的，出发前我再唤你。"

正说着，只见宁儿端了鳝丝面来。丹露接过面，向宁儿道："我不在的时候，多亏了你替我照顾大小姐。我没什么好酬谢你，前些日子在上海买了些梨膏糖，你跟我来拿些去，也给你姆妈尝尝。"

放下鳝丝面，宁儿给之晴见了礼，就跟着丹露到了她房中。

丹露解开包袱，拿出几种布来给宁儿参详："你先替我看看，哪两样给我姆妈裁衣服好？"

宁儿抿嘴一笑："这我怎么说？我又没见过你姆妈，非得见到人才知道配什么花样好看。"

"你就照着你姆妈喜欢的说。"丹露道，"我姆妈和崔嫂子身量差不多，只论面盘子，我姆妈更瘦些，皮肤也没有崔嫂子白净。"

"如此，那黛青色不必选了。杏色与你姆妈穿，既素净又不显脏。"宁儿看着这布料，笑道，"这也值得从上海买回来？"

"你看，这料子底里还印了花样，我们镇上哪能得呢！"丹露一面说着，一面又换了一条裙。她牵了牵裙摆，对着镜子照了照。

宁儿"哧"的一声笑了，伸手去拧丹露的腮帮子："偏偏你最懂事，去了上海不过那么些天，人也洋派了呢。回趟家罢了，还扮得这样时髦。"

丹露忙笑着告饶躲开了，又从罐子里抓了一大把梨膏糖，顺手拿了一张纸包了："去吃吧，便是糖也糊不住你要挖苦我的嘴。"

宁儿笑着接过糖，只道："凭你是哪位小姐的丫鬟呢。我年纪不大，可府里的主子我个个都伺候过，林家上下也没有谁敢和我拿大。"

丹露知道宁儿与她玩笑，也不生气，只道："宁儿姑娘说得是，我只求菩萨保佑你一生无灾无难，来日八抬大轿把你送出门做官太太呢！"

宁儿一笑收住："什么官太太，我可不稀罕。若逼急了，我去广东下南洋做自梳女去，可得一生清白自在！"

"什么,你疯了?崔嫂子头一个不答应呀!"丹露以为宁儿胡乱玩笑,心下不免有些震惊。

宁儿一蹙眉,转了话头:"还有件事,我跟我姆妈说了,以后但凡大小姐在家,我让小丫头炖一碗银耳枸杞羹或核桃芝麻糊,下午三点钟时你来厨房一趟,端了给大小姐送去。"

"你费心啦。"宁儿为之晴想得周全,丹露忙谢了她。又见宁儿染的指甲甚是好看,便问她用什么染的。

宁儿含笑答道:"凤仙也得选好颜色。有人爱佛顶珠,我偏选了双头凤,采了一大捧洗净了加入明矾捣碎。晚间不做事时叠在指甲上,用布条扎好,染上两三回便成了。你看,多少日了还这样鲜艳呢!"

两人正兴兴头头地谈着,却听之晴支了人来问:"丹露姊姊,大小姐早饭用好了,问你这收拾妥当了没有,说半个钟头后便出发。"

丹露忙忙地答应着,宁儿便告辞了出来。

秋日的后院里摆放着百十个南瓜、千余只茄子,一侧架子上摞着七八个竹匾,里头晾晒着鲜剥的百合片。两个小丫鬟从井里打了水,清洗着小厮们拉进来的几篓野柿子。野柿子虽小,酿酒极好,柿子酒来年能饮,润肺清热,林老爷最喜用来待客。

出了庄园大门,汽车一路奔驰,很快就到了丹露家门口。秋风送爽,此刻茶园里又迎来了新一轮采摘。

吴大娘听见敲门声,放下活计迎了出来,见丹露和之晴都来了,心中欢喜无限,立时将她们往屋里让。丹露将衣料捧了出来:"姆妈,这些料子是我从上海买回来的,给您做衣服穿。"

丹露与吴大娘数月未见,着实有几分想念。三人谈笑了半日,丹露又将一食盒点心推到吴大娘跟前:"这是大小姐特意嘱咐厨房做了带给你吃的,往后一个人在家可别太苦了自己。"

吴大娘谢了之晴,三人同上茶山,与采茶工一道采摘。丹露为之晴戴上斗笠,道:"虽说已入秋,站在日头下晒几个钟头,大小姐定受不住,能遮蔽些阳光也好。"

丹露与吴大娘采惯了茶,均能双手不停采摘,眼到手到。之晴却要看着芽头,一一采撷。她好不容易采了小半筐,却见丹露和吴大娘已开始采第二筐了。

丹露将采满的筐子放在茶垄边,再到茶园深处时,适才晴好的天忽然转阴,一场大雨顷刻将至。

黑云翻墨,大风席卷。之晴唯恐淋湿了茶芽,忙道:"我们快下山吧。"

丹露和吴大娘接了之晴的茶叶筐,雨滴已如刀戟般直戳到地上。土地和茶树似乎都敞开怀抱迎接着这场狂风大雨,采茶工们护住茶筐向山下快步奔逃。

"大小姐!"丹露一声惊呼。

原来,之晴踩中了瓦片上的烂泥,在山坡上滑了一跤。斗笠歪在一旁,裙子污损,腿上更是被碎石擦伤了一大片。

吴大娘见状,立时放下茶叶筐来扶,三人雨水满面,甚是狼狈。

丹露将茶筐尽数挎在身后,同吴大娘一左一右地扶起之晴。此时,茶山上一片烟雨朦胧,茶农们对周遭地形极为熟悉,大雨落下片刻,已护着茶筐下山,不见了踪影。

一辆车在路边停了下来,车上的人撑了一把伞走到近前:"你们没事吧?"

"大小姐滑了一跤……"丹露见是方衡,仿佛看到了救星。

方衡将伞交给吴大娘,拦腰将之晴抱起:"我送你们回庄园。"

之晴从未被人这样抱过,左颊甫贴上方衡的肩头,双颊即飞起红晕。

车厢中,三人均默默无言,气氛颇有几分尴尬。许久,之晴才向丹露低声道:"如今抢收秋茶,茶农们最为忙碌。家里幼儿没人照看,十分不便。不如在每个村庄找一户人家,茶农们每日出工前将孩子寄放在那家,再分派几个妇女看护,这样茶农们都能放心出力。"

丹露道:"我明朝便与丁管事说,尽快安排下去,找两三个老实可靠的妇女,许她们些钱,负责看护孩子。"

之晴淋雨受寒,还不忘为茶农筹谋,方衡虽未插言,心里却对她多了一分敬重。

回到家中,之晴更衣沐浴又上了伤药,不觉已到了晚餐时分。说起商会中范洪明等人对她的为难,林老爷倒看得开:"范洪明等人对你接任执行委员颇有微词也属情理之中。你靠着林家庄园的名声初担大任,人家多半会因此生了成见。论理他们是长辈,你受些教导也不为过。可如今商会之中只论才干,不论年纪。你要做好自己,有个大当家的样子!"

之晴挑了几只野柿子装在青花釉里红的小碟子中递给父亲:"有父亲在,女儿自然底气十足。"

林老爷笑了笑,女儿毕竟还年轻,需要历练的地方还有很多。在阳羡商会中受到些挫折只是一个开始,好歹众人还要顾全同乡之谊。若是往后她孤身一人在商场上搏杀,再遇险境能否全身而退? 自己该放手时且放手,她受些困顿磨难,才知道该走怎样的路……想毕,林老爷又问:"今年的碎茶如何安排?"

之晴笑道:"碎茶掺在茶叶中不好,单卖更不值钱。不如加工成茶包或研制成更细的茶末,卖给一些商户作为饮品。实在卖不完,我们也只好用它煮茶叶蛋了。"

林老爷点点头:"制成茶包的想法不错,实施起来或要费些心力,你和阿兴多斟酌吧。"

听父亲提到阿兴,之晴遂问道:"阿兴哥哥的母亲是怎么去世的? 是否与方家还有些牵连?"

林老爷面色微变,半晌才道:"阿兴的母亲在生他时难产血崩而亡,方正谷同他亡母幼时略有青梅竹马的情分,但时过境迁,你在阿兴面前也休提往事,免生口舌是非。"

"若仅如此,有什么不能说的?"之晴心中虽仍有疑虑,但碍于父亲威严,始终不敢多问。

晚间,之晴歪在床上看书,翻了几页,想起方衡,又想到阿兴之事,再看书时顿觉索然无味。小几上放着的一壶滚开水也凉了,入口冰冷。之晴知晓丹露已睡下,便自己提了水壶到外头炉子上加热。阳羡商场上的事可谓应接不暇。她近来才得知,那日商会集会,范洪明匆匆而去,是为着家中的姨太太吊死在了自家后门的梁柱上,想来又是一桩秘辛。范奇峰作为范家大少爷,动不动就跪祠堂或在泰利丰门口大闹,时日一长亦有碍观瞻。自己身为林家长女,更应自律,以免若范奇峰一般被乡间邻里传作笑谈……

墙外时有隐约的犬吠之声，想必是上夜的人在巡逻。更深露重，秋衣是否给家丁们裁了呢？之晴怕一时忘了，随即回屋记在笔记本上。再回到炉子前头，水早已沸腾，之晴拿了块布包了水壶的把手处，提回房间斟了半盏。不知不觉，天由热转凉，日子飞逝若白驹过隙。之晴轻轻吁了一口气，想到白天的几桩事情，不觉将笔记本翻到最末一页。开源节流根本于事无补，得尽快寻出个生财之道，让林家庄园安稳地度过这段险象环生的时日。

想起丹露曾十分艳羡上海的冷饮，之晴心中蓦然闪过一念——除了上海、广州，其他地方的人鲜有机会吃到冷饮。若南京这样的城市出现冰砖、棒冰售卖，或许会得到追捧。"美女牌"冷饮，正是海宁洋行从美国引进冷饮生产设备做出来的产品。城市愈大，市场也愈大，时髦肯花钱的人也多。若在南京的各个电影院门口设立冷饮摊位，收益一定很好。届时，再用茶叶碎末冲泡出红茶、绿茶，加入冰块，制成的饮品不仅健康，而且令人耳目一新，或许能和冷饮平分秋色。自家与南京政界商界名流都有往来，不如与他们沟通，直接与影院负责人谈定条件。夫子庙贡院街上一向热闹，首都大戏院又即将开业，这一块的市场应该潜力无限……那日，从上海回来时，她正巧看到了《中央日报》上的广告语："首都最堂皇的剧场，东方最富丽的天国。"既然如此，若将冷饮设备安放在戏院检票处，更能为戏院增添氛围，想必戏院也十分乐意。不如尽快去一趟南京，一旦将事情谈妥，便要从美国订购冷饮设备。这一来一去，又要几个月。此事宜早不宜迟，万不能被他人占了先机。

想罢，之晴便将此事放在了心上。第二日便到行园亲自联系南京方面的戏院、影院负责人，希望能见上一面。

眼见之晴整理计划书、收拾出门的衣物，丹露忙说要跟着。之晴拗不过她，只得答应同行。

南京不若上海繁华如梦，但古旧的气息仿佛烙印在这座城市的骨子里。如今南京又是政治中心，若往后国内交通更为便利，发展工业、兴办企业的前景自然更好。阳羡离南京不算太远，她的这项举措，也是一次"试水"。若获得好的成效，往后可考虑在此地多做投资。

出乎预料的是，首都大戏院的负责人见到之晴，听她说明来意后，只说了"抱歉"二字。

"您难道不认为这个举措很好吗?"之晴再次试探,"请再考虑一下。"

"林小姐,在你来之前,阳羡方老爷府上的少东家来过了。他给出的计划书十分详尽,和你提出的方案大致相同,我已经初步答应他了。如果没有其他更好的理由,我想我无法拒绝。除此之外,方大少爷还请了一位重要人士做担保人,他们的面子我们终究要给足的。"

"如果您有什么要求,我也可以做出适当的让步。"之晴有些失望,却仍然将自己的计划书放在负责人的办公桌上,诚恳地说道,"您可以随时联系我。"

生意之事,总要双方情愿,万万勉强不得。

走出首都大戏院的门,阳光炫目,梧桐叶随风飘了一地。大戏院尚未装修完毕,入口延伸到人行道的巨大雨棚最引人注目。往后,这里的繁华自己无法染指了。失去这个机会,难免有些可惜……她一顾之下,竟发现方衡在不远处观望着车水马龙。

之晴虽有些灰心,却仍缓步上前,与方衡打招呼:"方大少爷,恭喜你。"

"承让了。"方衡客气道,"你晚了一步,下次赶早吧!"

之晴戴上尼龙手套,笑得坦然:"若我向戏院做让步,提出一些优厚的条件,方家也未必会有十足的把握拿下这桩生意。"

方衡闻言驻足微笑:"赚钱的方法很多,何必与我过不去? 鹬蚌相争,大家都难顺遂。这样吧,若你放弃首都大戏院进场的冷饮设施,我可以答应你一个合理的条件。"方衡似乎对首都大戏院的这笔生意势在必得。

"让我先考虑一下。"之晴看了一下手表,"三天后,同样是十点钟,在精菜馆我给你答复。"

之晴扑闪着睫毛甚是可爱,赌气的神态娇俏万分。他想起当年初涉商场的自己,心头不禁稍稍软和。

"好啊,再见。"之晴也未料到方衡竟如此爽快地答应了。他的心思,着实难测。

首都大戏院的合作虽未谈成,但之晴并未想过就此放弃。于她而言,她比方衡更需要占据戏院的便利来销售碎茶茶包,同时提升自家茶行的知名度。

第一个计划落空,之晴退而求其次,立即驱车前往刚落成不久的国民大戏院。这所大戏院虽不如首都大戏院建筑宏伟,里头电扇、水汀、衣帽室却一应俱全,秉持"服务第一"的理念已久,是以在南京有口皆碑。之晴四顾之下,心中闪过一念——这所戏院基础设施齐全,却少了些小资情调。之晴见机与戏院经理恳谈,提出由林家出资,建一个冷饮设施和小食柜。她不收冷饮设施的钱,并愿意按照售卖的数量与戏院分成。

这样的理念闻所未闻,国民大戏院的负责人面对如此优厚的条件,亦十分心动。与戏院分成这个念头,也是在与首都大戏院商谈失败后,她急中生智所得。若只是免费提供冷饮设备,或许对戏院来说吸引力并不是很大。但若提出"分成制度",势必会让戏院增加额外的收入,并且还能督促营业员卖力售货。这样一来,才谈得上真正的互惠互利。要合作,必须知己知彼,有的放矢。

在合约书上签下字的那一刻,之晴宛若受到了鼓舞。与戏院的负责人告别后,之晴又前往大光明影院,大有乘胜追击的意思。那时已临近午餐时间,影院的经理告诉之晴,适才影院的总负责人已经和方衡一道去三山街吃午饭了。

"又被他占了先机。"之晴一怔,面上却不露出丝毫痕迹。

"大小姐,难道这几日我们都要在南京和方大少爷抢生意不成?"丹露拉着脸,仿佛被迫吃了黄连。

之晴笑道:"我们如今争的不是一口气,而是要打开局面。这个道理,我和方衡都明白。将冷饮设施引入,里头有很多潜在商机。能花上那么多钱来影院看电影的人都是哪些人呢? 你细想想吧。"

丹露一想之下不由咋舌:"乡下人大多饭都吃不好呢,看一场电影,若要选好的位置,所费的钱能让全家吃上一顿红烧肉,谁会想着这样的新鲜呢?"

之晴笑道:"在大城市里的一部分人,他们看场电影,或许就像你吃一碗白饭这般容易。一般的农人,衣服裤子都穿不全,家里能搭个茅草棚藏身便足够,而这些能常看电影的人家早买了大瓦房甚至别墅住着,所思所求怎会和旁人一般?"

丹露饥肠辘辘却隐忍不言,之晴眼见到了饭点,便找了一家餐馆与丹露一道用餐。南京菜大抵与宜帮菜相似,之晴点了盐水鸭、江浦老豆腐、菊花脑蛋汤这三色菜。丹露食指大动,盛了饭便吃起来。之晴心中有事搁着,只喝了半碗汤,吃了两片鸭肉便放下筷子。

她看着窗外的景色,思绪翩飞。这里曾是六朝古都,传说中此处须"埋金以镇王气",如今做了政府的所在地,自然更加非同凡响。此地不如上海繁华,但正因如此,商人才大有可为。若因冷饮柜在南京获得知名度,再趁势在南京开一两家商号,买卖茶叶、销售陶器或许也有市场。到那时,南京的民众可以直接到商号来购买所需新茶和侍茶器皿,不必辗转他处了。

"大小姐,想什么呢?"丹露吃饱喝足,才留意到之晴的举动。

"我在想如何双赢。"之晴一手支颔,嘴角噙着笑意。

渚
寒
烟
淡

　　这一日,丹露来回道:"严大掌柜打发伙计来送了几篓螃蟹,说是给老爷、小姐们都尝尝。伙计说,掌柜的老家在滆湖边,螃蟹个头大,蟹黄也足,特意多拣了团脐的来。我按照家里的常例,赏了伙计车马钱,伙计就辞去了。"

　　之晴正在对账,听了这话便停下打算盘的手:"你母亲那打发人送几只大螃蟹去,请她吃个新鲜。再叫厨房晚上蒸上五六十个,不论是谁,但凡爱吃的,每人领两只去,再配上黄酒,也让他们松快松快。只是守夜的不许吃醉。让厨房煮上姜汁红糖汤分给众人,驱驱寒气。多下来的蟹,让厨下拆了熬蟹粉吧。"

　　丹露听了,便向宁儿说了大小姐如何嘱咐的话。这时节螃蟹虽不是稀罕物,但下人们能得一两个钟头空闲,吃口小酒,岂有不称愿的?宁儿自去库里取蟹八件,又命两个老妈子去菜园子中拔了香菜,合着老姜一起剁成末,再浇上镇江香醋,吃螃蟹的最佳佐料便制成了。小丫鬟们选了几十张紫苏叶,铺在蒸笼上,将洗刷好的螃蟹用稻草绑实了搁在上头,灶膛里的茅柴早已噼噼啪啪地燃起了大火。

之晴正将账目递与丹露送去账房，忽而想起什么，便叫住她："你送了账目便到大门口候着，我送你回家。晚些时候也不必着急回来，你们母女且叙话。我还要去趟方家大宅送两篓螃蟹，回头再接你。"

丹露听之晴如此说，虽欢喜又能和姆妈相聚，但不解之晴为何突然厚待方衡："他对我们可不大客气，大小姐何必理他？"

"方家同我们有密切合作，我们总要好好相处吧？"

丹露心领神会，抱起账本，忙忙地去了。

见之晴亲自送了螃蟹来，黄管事忙出来回话："大小姐这趟来可是要见我们少东家？"

"正是有事寻他。"之晴含笑道。

黄管事命人收了两篓子蟹，又亲自带她往方衡的书房去。

此时，方衡正在挑拣蟋蟀罐，眼见着黄管事同之晴过来，遂命小厮将那几只腰鼓形紫砂罐子好生收起。小丫鬟沏了茶来，又奉上茶点。方衡心知之晴难得上门，此番定为着上回南京的事，便挥手让陪侍的人都退到屋外。

"方大少爷，首都大戏院的冷饮设备进场归你了。"茶香在之晴鼻尖缭绕，之晴且不饮茶，却先讲这桩要紧事。

"你提要求吧。"这一切似乎都在方衡的意料之中。

"希望你准许我家茶饮在你的冷饮点销售。"

这个要求令方衡有些意外："林大小姐，若你家茶饮在我家冷饮点销售，我岂非为他人做嫁衣？"

"方少爷是怕我家茶饮抢了你家冷饮的商机？"之晴含着笑，以退为进，"我不是不讲理的人，但凡我们合作愉快，茶饮利润我再分你三成。"

"她涉足商场未久却颇有进益，日后发展未可限量……"想罢，方衡才道："你家的红茶我已陆续派人送往东北的各大商号，反响尚可。因此，茶饮这点小事林大小姐既提了出来，我也没有不答应的道理。"

之晴颔首一笑："方少爷爽快，我以茶代酒，感谢方大少爷照拂我家生意。"

方衡也略略举杯，饮了杯中清茶。

议完事，之晴正要出府登车，忽见一个丫鬟样子的姑娘急急地走来，略提了声气道："林大小姐且等一等。"

黄管事见是夫人身边的大丫鬟，便也客气道："玉枝姑娘想必有要事同您说，我就不扰了。"

玉枝身形瘦削，大眼玲珑，鼻翼两侧有些浅浅的雀斑。她耳上戴着一对金环，手腕上戴着一只绿汪汪的镯子，想来在方府中甚为得宠。

"姑娘找我有何事？"之晴只觉她面生。

"林大小姐，您不认得我。我和丹露是表姊妹，幼时一块儿长大。我十来岁时，就到了方家太太身边伺候，与丹露妹妹也有好多时候没有见了。刚才听小丫头们说林大小姐来了，我便觑着空儿过来与您说两句话。"

之晴笑道："你有什么事要与我说呢？"

玉枝蹙眉道："我爷娘的为人，我心里明白。林小姐看在丹露妹妹的面上，没有为难他们，我都记着，特意来谢谢您。还有一桩事，太太几日前赏了我一副珍珠耳环，我想着丹露妹妹旧日里还没有这样的东西，烦请大小姐捎给她，也算我的一片心。"玉枝一面说，一面掏出一块折好的帕子，打开一看，果然包着一对镶工极好的耳环，上头还嵌了小指甲大小的珍珠。

"如此，我代丹露收下了。"之晴接过耳环，细心收起。

玉枝抿嘴一笑："太太离不开我，我先走了。"她向之晴半蹲行礼，往内院快步去了。

内书房里，方老爷与方衡在谈话。他们将小厮远远地打发走，显然打算商议要紧事。这天，廊下没有各种雀儿的鸣叫声，便是一根针掉在地上也能听见。

"竹下完明那边，差人来问为何不用他们公司的煤炭。"方老爷顿了顿道，"我只说我们往日实在不知那种煤炭是竹下先生名下的产业，因此先订了旁人的，请他不要见怪。竹下听了这话，才没有深责。"

"父亲，刘先生与我们相交多年，我们订购他家煤炭实属情理之中。日本那边的煤炭，一味压低价格，就是为了倾轧国货，我们不能不防。"方衡眉头一皱，"若只为着价格优势，我们早订了他的货，何劳他来问话呢？"

"我们方家出产的货品有一半以上都是竹下完明的订单，又要靠着日本商船货运,竹下完明的面子,现下还是要给足的。我知道你的心性,但我们与其他人家不同,生意大了反倒多了制约。有时候,选择的权力并不在我们手上。"

"慢慢遴选客户,可以渐渐将竹下完明边缘化。"

"论实力,我们名下的客商都不是竹下完明的对手。更不必让客商为了与我们交际,令他们身处风口浪尖。竹下完明实力雄厚,背景之深,连我也探查不清他的底细,轻易不能得罪。中国的古董文玩,从他手里流到日本,又流到美、英两国拍卖的不计其数,牟利金额之巨,非你我可知。"方老爷压低了声音,"现在中国的东北到底被谁控制住了,奉系内部又有多少反骨? 去年起,由臧式毅接任奉系兵工厂督办,闻说此人心志坚毅,又有才略,却不知是否有气节。据我所知,这兵工厂与日本政府也有千丝万缕的关系,是以不可等闲视之。你也知道,我们有些客商虽不明说,但暗里要的可都是竹下完明提供的商品。"

"既然如此,更要好好查查这位竹下先生到底是何方神圣了。听说,他在横滨正金银行里开了不止一个户头……"方衡饮了一口茶,放下盖碗,"知己知彼,百战不殆。我们既然与他做生意,他不能坦诚待我,又怎可指望我坦诚待他呢?"

"竹下完明在中国经营数十年,我们岂能轻易将他动摇? 小心,小心……"方老爷端起一只紫泥西施壶,轻轻摩挲着。方衡素来沉着,可此事非同小可,不可贸然而动。

"失之毫厘,差之千里,成功与否只在方寸之间。"

黄管事走进南苑,见小厮们都站在月洞边候着才知道缘由。他正准备离开,却瞥见一个人蹑手蹑脚地走到书房边,扒拉着窗户在看什么。

"那人是谁?"黄管事觉得眼熟,却不肯定,"我这把年纪,眼神愈发不灵光了……"

小厮们定睛一看,"哎哟"了一声:"那是姨太太的弟弟贾士平啊!"

黄管事啐了一声,压低声音:"你们几个还不快去把他押了来,老爷跟少爷商谈事情,连我们也不能去跟前,别被他听去了,明朝满大街都传遍了消息!"

小厮们听了黄管事的话,吓得跌脚,两三个机灵些的急忙跑上去,从后头将贾士平扑倒了,嘴上只大叫:"哪里来的浑人,敢跑到老爷书房外头偷看!"

一面说着，一面将拳脚往那人背脊上、屁股上招呼。

听见外面有动静，方老爷立刻向方衡使了眼色，两人便住了话头，开了门走到廊上。

"拉起看看，是谁？"方衡喝止小厮们。

黄管事这时才走到跟前，喝道："把头抬起来！"

"姐夫……"贾士平摸着屁股哀嚎，"我又没闯祸，打我做什么……"

"谁让你来南苑的？没有认真教过你规矩吗？当着众人满嘴里乱叫什么？"

贾士平听见方衡训斥，吓了一跳，忙改口道："老爷、大少爷，这个月我还没得一个钱呢。眼见得天凉了，人人都裁了厚衣裤，却没人理我。"

"这话说给谁听？"方衡觑着黄管事。

黄管事忙笑着回道："厚衣裤都裁下了，还未做好，再有两三日便可发放。前几日，贾爷许是在街上逛，看中了皮货店里新款帽子，也想让我们给他做两顶，就去找内院管事说了。按照惯例，我们还未到做帽子的时候。更何况，太太传了话，往年能用的帽子、手笼暂且用着，只先做衣裤要紧。不承想，贾爷以为其他人刻意怠慢……"

方老爷听了这话，面露不豫："太太的意思就是我的意思。难道让你精赤着身体了？"

贾士平低着头，找不出什么话可以回答，半晌才嘟囔一句："往日里姊姊的月钱，我虽不够使，但也不见得亏空许多。如今形势变了，样样涨价，姊姊的月例也没见着涨些，我哪里能随便使用？"

方老爷未听清这话，方衡倒是听了个明白，于是吩咐道："黄管事，你听见他抱怨了？连他都知道形势变了，物价上涨，钱愈发不值钱了。"

黄管事如何不领会方衡的意思，只恭敬地回道："各房应有的开支，我让人盯着，自不会短少了一分，还请老爷、少爷放心。虽然形势有变，我们做下人的也不能不顾主子的体面。"

方衡点头道："各处月钱往后由各处掌事每月月中再领，只支一半。该给十块银圆的给五块，该给二十的，就给十块。其余的直到过年时按着年下物价发放，该涨的一个子儿也别少！若谁家有急事支领的，都须头一个回了你录在账上，由你酌情行事。"

黄管事答应了下去，贾士平却心中更急——方衡这次铁了心要针对他，他找谁去说理？便是姊姊也不会开口帮他。人在屋檐下不得不低头，贾士平面上只得服软，心中窝着的一口气无处发泄。到了芸娘那里，气冲冲地坐下，又嫌小丫头阿香倒来的茶水太凉，将一盖碗茶水连着茶叶都泼在阿香身上。芸娘见了，一面忙让阿香去换洗衣服头面，一面嗔怪弟弟惹是生非。听闻方衡裁了府里人平日的月钱，她心中倒也欢喜。弟弟短了钱使，自然收心，不会如往日一般常在外头结交酒肉朋友，总还有争气向上的指望。

贾士平坐了一会，却见姊姊仍旧像个闷葫芦，既不说方家的不好，也不管自己的营生。小丫头换了衣服上来，芸娘倒拉住她的手道："阿香，士平心里不好过，拿人出气，你受委屈了。今朝你就不必来伺候，且去房里歇歇吧。"

阿香答应着下去了，贾士平冷笑道："姊姊，你这样心善，怎么约束得了下人呢？你是主人，就算打了她、骂了她又怎样？"

芸娘看着弟弟一副惫懒模样，本想申饬几句又不知从何说起，想了片刻才道："你在方家住着，就要懂得'安分'二字，我只盼着你不要生事，能让我过上三五天舒心的日子吧。"

"姊姊，我也想过舒心的日子，方家两位爷给我过吗？防我就像防贼！太太生的又如何，能大过皇帝老子吗？我倒要看看，等老头子死了，他还能怎么办！我是败家子？他那几十只雀花的钱，我便是天天去清吟小馆也能用一年呢！"

"我的祖宗，求求你不要再嚷了！"芸娘又气又急，忙用帕子掩了他的嘴，"方家的事情，哪轮得到你操心。老爷在一日，还未短少了你的花销，你何苦咒他，别没了良心！"

贾士平见姊姊眼中蓄泪，也不忍再气她，忙转了话头："姊姊，我不过发发牢骚，你何必当真？"

芸娘背过身去，用手帕拭泪："我累了，要歇一会。晚些还要去北苑陪太太念经呢。"

"是。"贾士平忙退了出来，替姊姊带上门。

此时，方衡早已出了府，并未将适才的事放在心上。方老爷原本和竹下完明有一次会面，但这次方衡与父亲商议了由他赴约。是时候以退为进，找准时机反戈了。

方衡抵达精菜馆后不久,竹下完明也到了。他向方衡客气地一欠身:"让方先生久等了,老先生何时来呢?"

方衡将竹下完明引进菊庐,待竹下完明落座后才道:"家父今朝欠安,故由我代表他同先生一晤,还请先生体谅。"

竹下完明道:"方老先生每日事忙,的确应当多歇息保养。"

"感谢竹下先生关心。"方衡顿了顿,继而笑道,"家父曾与我说,我祖父那一辈就与你们家族合作。几十年来,合作愉快。但近日家父经过深思,权衡之下亦透露了些口风,我们方家毕竟在中国经营,该迎八方之客,其他客商不能轻易开罪。他在商会担任要职,自然更要多多支持国货贸易。否则,这会长之位定坐不安稳。"

竹下完明目光定了定:"方家如今打算断绝与我来往了?"

"家父虽是守旧之人,也知东洋贸易十分重要。我们均有认知,同竹下先生的交往要摆在一个十分重要的位置。只是在某些事务上是否还有折中的办法可待商榷?"

竹下完明摇头道:"鱼与熊掌不可得兼,若你们还想同我们合作,那与其他一些商户的合作,就要到此为止了。"

方衡长长地叹了一口气,目光依旧柔和:"那太可惜了。说到底,做生意应把眼光放长远,哪有愈走愈狭之理呢?"

竹下完明哈哈一笑:"几十年来,谁才是方家最大的客户?做决定前,也要思量是否伤害了你我之间的感情。我们是为了东亚的繁荣。扶持中国商人,更是我们大日本帝国人义不容辞的责任。"

"我一向只打理精菜馆,不大清楚父亲的经营。可自从父亲让我参与到商会中,我也要慢慢了解家里的生意了。从今往后,但凡涉及竹下先生的产业,我定让人登记造册,一旦我们方家上下有何需求,便令人去查看是否可以与竹下先生再多些生意往来。长此以往,大家互惠互信,何乐而不为?"

"想做一番大事定然要有所牺牲,方先生自然懂得有所为有所不为。"竹下完明意有所指。

方衡拿起一根竹签逗鸟,鸟儿快活地上下扑飞。只听方衡轻描淡写道:"我不求做大事,只求方家不在我手上败落。商人重利,假如不能赚钱,何必劳心劳力呢?"

竹下完明想起进门之事——有个小厮拿着一个珐琅彩的鸟食罐在嘟囔方衡又使了多少银圆,现在想来方衡亦是个搂不住钱的公子哥儿。

"对了,"方衡放下竹签,向竹下完明笑道,"听家父说,先生很喜欢听戏。我这有个戏台子,逢上年节就会扮上几出,若你得空可赏光莅临。"

竹下完明拊掌笑道:"这再好不过了。我有个义女也很爱唱戏,往后若有机缘,你们见一见。听戏一事,改天你请我,我必到!"

"一定!"方衡命人送来一个食盒,双手奉与竹下完明,"竹下先生,这是本店新研发的两种小吃——菊花萝卜和鱼糕,希望先生喜欢。"

竹下完明每年大半时间在中国,早已习惯了中餐,听闻方衡准备了日本料理,不禁有些意外:"惭愧! 有劳你费心了。"

"我本来只对餐饮感兴趣。现在各国交流日趋频繁,我想这精菜馆有时也要做些法国餐、日本菜,也好让食客们有新鲜感。竹下先生交游广阔,往后还请多多捧场!"

"妙极!"竹下完明赞不绝口,"方先生,若你推出日本料理,我定带朋友来品尝。"

"荣幸之至。"方衡将竹下完明送到汽车前,待他登车远去后才回到兰轩。人在屋檐下,合该姿态摆低些。敌进我退,晦明变化只在一线。方衡示弱,竹下完明自然感受得到。在竹下的计划中,在中国需要扩张的并不仅仅是台面上的生意。收拢人心,拓宽给日本人走的路才是他最紧要的任务。如今日本在中国东北经营的局面一片大好,这富庶的江南自然也成了他们的目标。

竹下完明离开后,方衡一个人静默地坐着,炉子上的茶水渐渐凉去也未曾理会。数盆兰草临窗,枝叶伸展。还未到这些兰草开花的时节,它们依旧生机盎然。这些兰草均由方衡亲自料理,绝不假手旁人。

这场戏,一旦开演就回不了头了……父亲的话,犹在耳边回响。方衡站起身,看着窗外廊上的秋海棠,忽而低声自语:"即便不能抽身退步,我也不会后悔。"

"不会后悔! 不会后悔!"廊下挂着的一只八哥忽然叫了起来,倒让方衡一惊,他随即微微笑道:"你这小东西,哪里知道后悔……"方衡走到兰轩外头,取了水倒在笼子里的水盂中,见小厮在远处站着,便招手叫过来吩咐道:"回去时将这只鸟儿也放到车上,它机灵得很,只给太太逗趣吧。"

小厮答应着,自去备车。

方太太嫁与方老爷多年后才得了方衡这么一个儿子,方衡知晓母亲多年来辛劳忧虑,待母亲也甚为恭敬。母亲到了三十开外的年纪,潜心向佛,方衡也搬出了母亲的小院,到了别苑住。不多久,芸娘进门了。那时方衡还是个不到十岁的孩子,并不知晓男女之事,还问小厮那姊姊是谁,却厌恶跟着那漂亮姊姊的男孩。那个男孩比方衡大几岁,目光躲闪。方衡年少气盛,与春生一道将那男孩偷偷绊倒,男孩扑倒在鹅卵石地上豁了牙齿,只狠狠地瞪着旁人,却不敢说话。随后,方老爷命人拨了房子给芸娘姐弟住下,一应用度都按姨太太的份例安排。一年后,芸娘算是过了明路,也常常到太太跟前伺候,府里上下也称芸娘为姨太太了。方衡渐渐长大,有时还想过若芸娘不用心侍奉母亲,挑动是非,自己定不轻饶了她。但看这十余年来,芸娘一直和气待人,倒也不觉得讨厌。听黄管事家的说过,姨太太曾怀过一个孩子,到四个多月时因故流产了,后面再也没能有身孕。一念及此,方衡只觉有些可惜。

"姨太太喜欢吃栗子糕,买些送去。"车子经过一个糕点铺,方衡见到了才出炉的糕点,吩咐将车停下。小厮答应了一声,忙跳下车去买了两斤。

回到家中,方衡先到自己房中换了衣服,正要往母亲那去。

"大少爷,请留步。"游廊那头,一个柔和的声音唤他。

方衡迟疑了一下,便即停下步子。

芸娘到了方衡跟前,轻声道谢:"难为大少爷还记得我喜欢吃栗子糕……不知不觉,那么多年了,我也老啦。"

方衡有些讶异:"芸娘也还记得那年的事情?"

芸娘点点头:"你那时候还小呢,老爷竟也下得去手。你不肯喝伤药,太太心疼又无法子。我哄你喝药,一口药就有一口栗子糕。好歹,你把药全部喝下去啦。"

旧事重提未必能令人抒怀,何况他一向与芸娘不怎么熟络。

还记得那年方衡下学后未完成先生布置的作业,反倒先与小厮们捉蚂蚱玩,被方正谷撞了个正着。方正谷满心期盼着儿子勤学苦读,长大后可担大任,不料他竟将玩耍放在头一位。一气之下,方正谷命人捆了方衡和那几个小厮,每人赏了二十大板。方衡在床上整整躺了一个礼拜才能下地,多亏了芸娘照拂,才渐渐好了。方衡接上芸娘温和又怨艾的目光,不觉一怔,忙低眉躲过了:"芸姨,我还要去看看母亲。"

"好。"芸娘含笑应着,这是方衡难得唤她芸姨。她触动心事,鼻子一酸,差点滚下泪来。

方衡到母亲的住处时,正逢她念完经。方衡替母亲收拾经卷,见母亲案头有不少手抄的经文,字迹虽不甚娟秀,倒也工整。

"母亲,这仿佛不是您的字。"

方太太看了一眼,微微笑道:"这是芸娘抄的。我年纪大了,抄着经书时间不长也头晕目眩,亏了她有心……也算她的功德。"

方衡点头道:"原来如此,我在院子里还碰上了她。"

方太太见方衡将书桌理好,这才道:"她虽好,但她那个弟弟着实太不成器了些。你有空教教他,不要把他当成家里的小厮呼来喝去的,让人家看着也不像样。"

"他那行径比家里的小厮也愈发不如。"方衡从来看不上贾士平那怠懒样,"若他本性良善,不外出惹事,我便要谢天谢地了。"

方太太虽知方衡所言不假,仍劝道:"哪怕看在芸娘的面子上,总要给他些事情做。如今外人只说你刻薄他,总不大好。"

方衡听闻母亲这样的言语,自然是有人来嚼舌的缘故。他神情倒也平静:"母亲既然开了这个口,我过些日子便给他谋一份差使,也算对芸姨有个交代。若他做不来,旁人说什么都不中用了。"

方太太盘着一串多宝菩提,得了方衡允诺也放下心:"衡儿,人的一生难免要委曲求全,有些事情小心去办,不必事事都回给你父亲。"

方衡替母亲揉肩,随口应着:"我行事自然会顾着父亲的颜面。"

方太太轻轻拍了拍方衡的手背:"我说的可不是这个,你自己细想想吧。"

"嗯……"方衡有些意外,母亲话里的弦外之音究竟为何? 正待再问时,玉枝从厨房取了一砂锅芋泥粥来,方衡陪着吃了一点,只觉有些甜腻,便放下碗勺告辞去了。

第十五章

雾沉半垒

秋风乍起，园中开的菊花也有盛极欲颓之势。几株金桂、银桂还有几许残香，小丫头们拿了小匾采摘桂花晾晒，以备厨娘蜜渍封存。

之晴正指派着镇上茶号的掌柜发货，却见丹露找了进来："大小姐，丁管事有要事找你。"

见丹露颇有忧虑之色，之晴会意："既然有要紧事，我们立刻去见他。"说着，之晴又向掌柜的嘱咐了几句新的竹筒茶叶罐外壁如何标记，掌柜的一一应了，之晴才放心同丹露离开。

车行到林家庄园，阿兴早已在门口等着。见之晴下车，便上来说道："午后你刚走，城里的商号便接到蒋记的电话，今年原本定下的秋茶都不要了，情愿把之前给我们的一成定金折作补偿。"

"没有问清楚原因吗？"之晴心头一沉。

"蒋记的负责人只说抱歉。"

之晴勉力让自己冷静下来。蒋记兼营南北货，资金雄厚，且有政府背景，若为此事跑去理论,多半会碰一鼻子灰,不如自己想法子应急更切实际一些。

阿兴道:"蒋记现下出尔反尔,明年是否要给他们留茶叶也没了定数。你还想研制紫笋茶,只怕也力所不能及了。"

"这件事暂且不要同父亲说。"之晴定了定神,"我再给蒋记去个电话,若还能转圜最好,假使没有指望了,也要早做准备。"

阿兴找到电话号码给之晴,之晴接了写着号码的字条,又吩咐道:"蒋记茶行遍布大江南北,秋季阳羡红茶一贯只有润元居采办。贸然如此行事,定然是有人给我们家使绊子。另外,今晚召集茶号的负责人到这里来,除了蒋记的生意我们暂且做不成,其余几家要红茶的,须安排尽早送货,免得夜长梦多。"

阿兴得了之晴的话,立即去通知各茶号掌柜的办事。

"大小姐,老爷有请。"之晴刚到家,宁儿便来相请。

"就来。"之晴心中始终有一根弦紧绷着,以为父亲知道了什么,不免忐忑难安。一旦父亲发觉端倪,少不得令他操心。丹露在里间也听见宁儿的话,忙去衣橱捧来一套衣服。沐手更衣,平复心绪后,之晴才跟着宁儿往父亲的书房去。

将至书房门口,宁儿笑道:"我去吩咐厨房给小姐炖一盅雪蛤配上牛乳,一个钟头后便可食用了。"

之晴点点头,道了声"费心"。

宁儿这样一去,之晴更觉无所适从。站在书房门口,之晴踟蹰了半晌,进退两难。好几次想推门而入,举起的手却不知为何频频放下。崔嫂子正指挥老妈子们在园子里清扫落叶,远远地见着了之晴,本要上来请安,见之晴一脸凝重,也不敢打搅,只得往他处去了。

听闻里头窗格一响,想来父亲已烹就了茶。之晴硬着头皮敲了敲半掩着的书房门。

"进来吧。"林老爷浑厚的声音响起。之晴进了门,旋即将门带上。

面前的插屏恰好将这房间一分为二。插屏的一侧是书架,另一侧则是喝茶休憩的地方。这里两面都开了窗,在夏秋时节最为舒爽。如今已至深秋,只将一面窗打开便能引进山风。临窗搁了一张海黄条案,上头供了两尺见方的紫砂盆,盛了一汪山泉水。一块手掌形制的石钟乳立在里头,难得竟生出一绺虎须菖蒲。

"坐下陪我喝口茶。"林老爷指着面前一张圈椅。

"父亲……"之晴犹豫再三,不知道怎么将话说出口。茶叶卖不出去,来年更不值钱。她很自责,回国之后行差踏错之事常有,却无人苛责,这令她更加难受。

"前些日子,我到浍上去了一趟,同李双柏相谈。他与我说,今年日本粮食丰收却卖不出去,依你之见是为什么?"

听父亲提到粮食,倒与自家茶叶不相干,她把提着的一颗心略略放下:"女儿愿闻其详。"

林老爷道:"朝鲜和我国台湾地区的大米价格更加低廉,冲击了日本的农业市场,下层百姓都惴惴不安,长此以往,必定埋下祸端。"

"眼下金融危机,世界上没有什么国家可以幸免于难……非常时期,我们能做的十分有限。百姓若连稻米都吃不起,又怎会有余钱去买茶叶呢?只是若降低价格,我们盈利少了不说,往后要再提高价格,各处分销商自然会有言语……"之晴趁机言道。

"政府这几年都有废两改元的打算,到时候货币价值不同,也可重新衡量我们茶叶的价值,在这一节上不必有太多后顾之忧。"林老爷给之晴斟了一杯茶,"有些事情,高高拿起,轻轻放下,大家心照不宣,这样更好。"

"父亲……"之晴惊异于林老爷的沉着。

"这是最坏的时期,也是最好的时机,看你如何把握。"林老爷焚起一炉香,静坐莳弄花草,"商人重利,取之有道。你手上现有的资源,足以让你下很大的一盘棋了。从我把林家上下交给你那刻起,你就是弈者,须纵观大局。我这个旁观者,总不好事事指点惹人嫌吧?"

之晴从未细想过自己真切地拥有了哪些。直到见父亲的前一刻,还在无限懊恼自己的一事无成。她被林家庄园的一切框住了,却忘记要跳出圈子看世界。回顾当前政局,持续数月的中原大战即将进入尾声……她心中乱糟糟的事,被逐渐抽丝剥茧,亦慢慢明晰起来。

回到潇碧苑,宁儿遣人送来的一盅牛乳雪蛤正放在案头。

丹露笑道："大小姐一早回来就没有吃东西，先饮了雪蛤再歇一歇。"

丹露知道此时也无法劝解之晴。眼见之晴连日操劳，终究想为之晴分担一二。她正要去准备再次出门的物事，宁儿见着她，忙笑道："去哪里？我正要给你送东西呢。"

"送东西打发小丫头来便是。"丹露也笑。

"今年桂花很好，前些日子又收了一些野赤豆，我姆妈说熬成细沙，不拘做什么羹汤，掺上也香甜些。早起见你脸色黄黄的，就让厨房熬了桂花红豆沙，才出锅，便送一碗来给你喝。小丫头们多半嘴碎，差遣她们送东西给主子们也就罢了，若说是给你的，难保不讲我偏心。"

"从前在家也没这样过，跟着大小姐倒金贵了。"丹露接过食盒，笑道，"多谢你费心。"

宁儿嘱咐道："这两日时气不好，小蕙病了。她又想家，索性送她回家去住上一个礼拜。如今二小姐跟前也没得力的丫鬟使唤，我少不得多跑两趟照应。"

"你快去忙吧。"丹露故意玩笑道，"我不敢耽误你，林家上下也没有哪个丫鬟有你这般体面，能让主子们都念着好呢。"

"我可不听你这歪话！"宁儿笑了一声，取过空食盒扭身便走。

丹露回房中略休息了一会，前头正传午饭来。丹露又陪着之晴到厅里与林老爷、之岚一起用餐。之晴心中想着茶叶销售之事，不似往日那般与家人说说笑笑。

之岚道："姊姊自从回国，也未松散过几日。听丹露说，昨晚姊姊住在城里了，今早又往家里赶，可要多保重些，别像我一样熬坏了身子。"

之晴微微笑道："左不过是些繁杂的小事，理清头绪也不难办。你才多大，偶尔几次身子不爽也是有的。陈李济配的药也对症，想来好生将养着就好了。"

之岚一笑，不再说话，只将一碗鸡汤饮尽，又吃了些蒸南瓜。

之晴见之岚胃口好了许多，甚是开心："如今妹妹可不用日日食粥了。"

之岚点点头："人间百味，总要尝一尝。鸡汤里搁了红枣、枸杞，有温补之功，姊姊也盛一碗喝吧。"

父女三人吃完饭，略坐了坐，便各自散了。

之晴仍要去城里。正巧，之岚有一批兰花需要之晴送到方衡处。借着这次机会，之晴必要向方衡开口。

秋风萧瑟，精菜馆园子里的枫叶正好。一树火红，满目灿烂。

"今朝我有事相求，还请方大少爷给我一个面子。"之晴略饮了几口茶，才如此言道。

"不知道有什么可以帮得上你。"方衡此前正在削一支竹签，他闻言放下匕首，抬眼望着之晴。

"你家仓库眼下还空置着，可否借我一段时日？我可以支付一些酬金。"之晴试探着问。

"最多借半年。"方衡言简意赅。

这样的爽快令之晴有几分意外："你倒不问我借仓库做什么用？"

"难道林大小姐会用我家仓库藏匿军火吗？若果然如此，我的确该问一句。"方衡收起匕首，开始打磨手上的竹签。

之晴道："我只想暂借几日存放茶叶，眼见着天时不大好，以防万一罢了。"

方衡不再言语，只消一个眼神，春生便将仓库钥匙交到之晴手中。

"猗猗秋兰，植彼中阿。有馥其芳，有黄其葩。虽曰幽深，厥美弥嘉……"兰轩中悬着一幅字，是张衡的诗句。

之晴上车后才发现阿兴正在后座等着。丹露将车远远地开了出去，阿兴才言道："已查明是范家背后暗算了我们。范洪明将儿子范奇峰寄与蒋家三房的人，另结了干亲——我查问出蒋家三房只有个女儿，名叫蒋琪琪，不曾有儿子，可见也有亲上加亲的意思。范家去各地操办礼品，跑腿的小厮出来说嘴，我这才寻到端倪……"

"父母为子女，真是计长远啊！"之晴喟叹了一声，"难怪范奇峰最近消停了不少。做新官人了，自然要立下规矩。"

"范洪明筹谋已久，定不会轻易被人抓住把柄，即便我们知道是他做的，也无可奈何。"

"办法么，我已经有了。"之晴道，"我们从前的客商那茶叶照样卖，蒋记不要的那批红茶，明朝起尽数运到方衡家的仓库中，好好存放，眼下就能派上大用场呢！"

才到行园，便有商会的听差递送来帖子："林委员，后日阳羡商会例会，万望您出席。"

之晴客气地笑问："大家都要去吗？"

"除了陈、李两位在外地谈生意的委员，大家都要去的。即便本人来不了，也要安排听差记录会议中要事。"

"既如此，后日我必到。"之晴主意已定。

因近日来行园的次数多了，丹露和阿兴常来歇脚，之晴又雇用了两个丫鬟小喜、小祥在跟前伺候，帮衬杨婆婆。这宅院里打水洒扫、缝补浆洗等活计便分派给了她们。

丹露自去后院停车，阿兴跟着之晴进了花厅。

见周遭无人，之晴才道："我们江浙商号的掌柜在明面上不能有什么大动作。不妨从湖广地区故交家的商号里找个靠谱的掌柜，立刻向蒋记订茶，付上三成定金，指明求购阳羡润元居出产的，定要同往年一般的品质才好。"

阿兴揣摩再三也不过领会到之晴心意的六七成。之晴见他犹豫，笑了笑："蒋记会反悔，我们也可以反悔。他不仁不义，我就请君入瓮。"

愿者上钩，之晴是要做一回姜太公了。阿兴心领神会，忙下去办妥之晴吩咐的事项。

运茶叶的骡车在田间来来往往，将林家今秋所有的茶叶一趟趟地送到方家仓库。这件事之晴做得并不隐秘，为的就是让更多的人看到，可以口口相传，直至消息被范洪明知晓。

及至开会那日，气氛果然与平素不同。

若换了昔日的之晴，定会如芒在背。即便面上不露慌张之色，心中亦早已惴惴不安。但如今她看破了范洪明的伎俩，正要将计就计，反倒做出一副不明所以的姿态："诸位这般看我是何缘故？"

"林委员，你家有什么难处，大家都可以帮衬，千万别难为了自己。这件事，怕是方会长也不知道吧。"座中一旦有人开口，沉默很快就被打破。

方正谷微微纳罕，倒也未曾开口。

"林大小姐家的茶叶，不堆自己家茶仓，堆到你们方家仓库去了。我平素没有听说方家改行经营茶叶生意……往后方会长若要经营茶叶,千万不能挤对我们泰利丰啊!"范洪明出言试探。

"只怕今年丰收,林家茶仓里堆不下了吧?我家仓库落成后也是闲着,暂借几日也未尝不可。这件事之晴同我说过,不值一提。"方正谷恰到好处地为之晴打了圆场。

"我家这点小事,有劳范委员操心。"之晴觑着方正谷不动声色,才微微笑道,"我记得范委员家也有一片茶园,不知收成如何,今年是否售罄了呢?"

"泰利丰今年的春茶早已销售一空,若林委员肯让让价,我倒可以出手收购一些润元居的茶叶。"范洪明见机要引之晴上钩。

之晴好整以暇:"我们润元居的茶叶一向出众,从未有过让价的先例。若范委员真心想再补仓,我稍稍出让一批茶叶倒可以,价格却不能再低了。"

范洪明一笑,这小丫头片子将那茶叶直往方家仓库堆,说能卖出去谁信呢?但她不松口,自己多问倒显得突兀,于是坐了下来。四顾之下发觉方衡未至,不免又问道:"方会长,贤侄今朝可有要事?怎么没见着他出席呢?"

方正谷笑了笑:"他胡闹惯了,我们不必理他,议我们自己的事情吧。"

"方会长谦虚,我前日见他带着两个小厮,看上去是出远门的样子。"范洪明道,"随口一问,会长家的公子原来要往山东、天津出差。看来,我们会长决心要好好培养接班人了。"

方正谷干笑了两声,不再答言。在座的其他委员却大多明白了,方衡去天津不是为了别的,而是为与其他有钱人家的公子哥儿一道斗蟋蟀玩。

每年秋季白露前后,方衡往往带着几个小厮一道下乡,等着夜深人静的时候去玉米地里捉蟋蟀。起初,他只与阳羡城内的士绅和"行场"上的上层人物斗蟋蟀,节节胜利后,又想着去山东买好的蟋蟀,到上海、天津与人"厮杀",以求赢得更多的利钱,且只赌黄票。斗蟋蟀也有斗蟋蟀的行话儿——输赢暂不论多少钱,说成是多少"花",台下看客多有"帮花"的。久而久之,方衡因蟋蟀所交的朋友就布满京沪了。

一旦正经去玩,事事均要贴合心意。蟋蟀罐用上好的紫砂泥制作,垫底也十分讲究——用江米汁将三合土搅拌均匀,在罐里放两厘米厚薄,压平砸瓷实,并且要砸出花纹。外头人只消见到方衡分外勤谨地往方鼎兴窑场上跑,那多半不是为了生意,而是去盯紧蟋蟀罐何时烧成。至于斗蟋蟀所用牵草,须陈多年,但见草秆蜡黄、须毛雪白、又软又韧者方合用……

方衡带着上百罐蟋蟀到了天津,有些蟋蟀分给小厮们代斗,有些自己亲自坐镇作为"监局人"。公证人待双方监局人准备好,便道"请发将军",两边牵手各自掀开蒙布,相互亮相,各认将军,并用牵草耐着性子将蟋蟀引向中线。两边"帮花"之人也各自铆足了劲儿,瞪大眼睛紧盯着笼栅里两只蟋蟀的举动,生怕错过片刻精彩。此时,监局人便启动闸板,"走斗太平局",只等双方蟋蟀咬上,呐喊声随即此起彼伏……

数年来,每到这个时节,方衡总是格外"忙碌"。久而久之,方衡不务正业的名声也传扬了出去,成为阳羡百姓茶余饭后的谈资。贾士平也常常背后中伤方衡,一旦吃了酒便愈发口无遮拦,将排揎方衡作为一件乐事。如此种种在阳羡城中一传十,十传百,只差说书先生将这些奇闻逸事讲成一本"秘闻录"。

不巧的是,这次方衡马失前蹄,十次"放轿"九次输。放家出二赢一,接家出一赢二。原本输五百块银圆的,这下不得不翻倍变成一千块银圆。三日输了三千块,那些"帮花"的人也丧气不已,大家纷纷议论方衡这个常胜将军竟然有输的一天,着实看走了眼。

小厮们也如被霜打的茄子,只看着方衡怔怔地不说话。若依照原来的打算,来了三日后便回家,可方衡心知,若到家后父亲知道实情,定要大发雷霆。当地的一些小报上已登出了新闻——《"将军"折戟,江南阔少与蟋蟀二三事》《沽上赴盛宴,一日销千金》……

"现在的记者没有要紧事干了吗?"方衡将报纸拍在小厮脸上,"让你买份报纸,就特意买这样无用的东西给我?你怎么不赶紧地邮一份给老爷,也让他代我高兴高兴?"

另一个小厮听见方衡发怒,忙小心翼翼地到跟前来:"大少爷,刚收到电报,竹下先生恰好在明石街,想顺道过来与大少爷议事。老爷也发来电报,让大少爷近日速归。"

"看来,我这三千块银圆输得人尽皆知,真有意思。"方衡冷笑着道,"既然竹下先生想见我,那就见上一见。你告诉他,我在和平路的国民大饭店相候。"

国民大饭店的老板潘七爷乃"津门奇才",家族原本世居苏州,与方衡祖上也有些许交情。潘七爷虽不入帮派,但津门各帮派无不卖他面子。"欲强国必先富国,富国则以实业为先。"潘七爷此话一直被方正谷奉若至宝。方衡若到天津,也必下榻国民大饭店——这里洋行林立,又曾是九国租界,在此处放眼望去,自然看得要比在小城宽广得多。

此次与竹下完明的相见,既在意料之外,也在情理之中。他们两个互相试探、互相做局,却不承想,无论是方衡还是竹下完明,都太轻视了对方。

第十六章 / 干羽怀远

　　"掌柜的,你们送来的五百斤茶叶我们收到了,品质极好,我家老板很满意。但不巧了,后续订的茶叶我们老板原本用以犒军,如今形势变了,不需要了。下次若可合作,再议吧。"

　　"这……别开玩笑了……"蒋记的掌柜接到这个电话,不禁脊背发凉。原本欢欢喜喜谈妥的事情发生了这样大的变故,着实令人猝不及防,"你们可付了订金。'订'即'定',怎能反悔?当初,我们面谈得很好,订单早向润元居下了,大宗茶叶已在路上了……"

　　"军阀老爷来了又去,走马灯般地变着。我们也要审时度势,否则就成不识时务了。天下也没有强买强卖的道理……这样吧,我们已给了你们三成的订金,这五百斤红茶的钱不过占了十之七八,余款折作补偿吧。"

　　"这我不可以做主,我要请示我家老板,你们怎能言而无信!喂?喂……"蒋记掌柜的还想再说些什么,电话那头早已挂断。

　　消息终究传到了蒋记大东家的耳中。这不啻是惊天之雷,令蒋记大东家怒发冲冠:"你们是死人?那客商以前与我们没有生意往来,怎可贸然交易?"

"东家,从前您可教导着要抓住每一个客商。何况我们也禀报过您,请您做主核实过了,我们下头的人才做打算。您传话来确实有摊派犒军一事。润元居三千斤茶叶往年可换好几仓最好的大米,我们从来有赚无赔。这次我们是等着您点了头,又见范老板给的价好,才向范老板又买了三千斤红茶。事情虽在我们几个手上过,但桩桩件件您可都清楚……说到底,您不也是看在三爷的面上才决定走这步棋的吗?"掌柜的为蒋记生意经营多年,一直尽心尽力。蒋记老板若为此事打发了他,自然不会令众人心服。

在蒋记朝奉的规劝下,蒋记大东家松了口:"我们蒋记做买卖虽然吃过亏,但从未栽过这么大的跟头。三千斤茶叶若是老范让人送来了,我堆到哪里去?眼见就要开年,春茶来了怎么办?你们的责任我可以不追究,只有一条,跟那老范说,后面的茶叶我们蒋记不要了。只给他五百斤茶叶的钱,余下的我一个子儿都不会多给!他要说话,就让他自己去问老三!"

掌柜的见大东家这样生气,也不敢多说一句,只得答应下来。这次为着茶叶之事,本来可以拉拢住三房,如今蒋家长房和三房少不得更生嫌隙。这桩生意,蒋记在账面上并无半点损失,只苦了范洪明,偷鸡不成蚀把米,想要与蒋记理论也不中用。以前范家上下虽也做茶叶生意,但从未遇上退货的情况。三千斤红茶一时间无人接手,又没有茶仓可堆,更不能反口退给林家,少不得要打扫出一个整洁通风的大仓库先安置下来以免腐坏。他家好不容易抱住蒋记这棵大树,哪敢为了这些损失得罪了未来的亲家?他反倒主动去了信,将责任往自个儿身上揽了,并请蒋家上下宽心。一时之困虽解,范洪明心中终究压着一口气。又一日,冷不丁冒出范家逼死良妾的消息。那本是一件旧事,数月前范家一力弹压了下去,孰料又被翻了出来放出风声——范家除了范奇峰,原本还有三个孩子,可不论男女,到不了三五岁竟逐一夭折了。范洪明暗自伤心,搬出家门别居。哪知范奇峰请了个算命的来,只说家中有邪气,是被属鼠的阴人冲了,再难兴旺。一时叫嚷开来,家中上下无不明白只有范洪明的小妾属鼠。她接连死了一双儿女,又闻此风言风语,心中半是惧怕,半是自责。日复一日,思虑过重,遂吊死在范府后门。这个后门,本就是她数年前被纳入府中时半夜抬进的地方。她这样一死,从此亦无人敢从后门出入了。旧事重提，范洪明于心有愧，小妾身影更是日日入梦，半月间似乎老了十岁。

林家这季茶叶买卖，虽有些波折，却也算顺利处理完毕。之晴理好账目，便着手准备为女子学校招聘老师。为了这个缘故，她住在行园的时日更多些。方衡听说之晴如今住在城里，有时候打电话请她去精菜馆看戏。之晴去了几回，见多有日本客商在场，往后也不大去了。

竹下完明见过之晴一次，对她颇有兴趣："林大小姐是方老弟的意中人吧？"

"她做生意从来不肯吃亏，这样的女子一点也不可爱。"

"哦？"竹下完明玩笑道，"我听说方老先生曾打算撮合你们这两个年轻人呢。"

"家父一厢情愿罢了。现在的年轻人大都接受过新式教育，万万不会同意包办婚姻。"方衡一笑置之。

"既然如此，若往后有生意上的冲突，我也不必顾忌方老弟的面子了？"

"只要不触及方家或是商会的利益，我不想多事。"方衡道，"先生对方家的照顾，方某铭记于心，总要尽力报答。"

"眼下这一批茶筮，还请老弟多费心。上头给的时间不太宽裕，如果老弟能如期完成，那我便可以多要些经费贴补老弟的辛劳。"竹下完明道，"恕我多言，老弟颇有做生意的天分，实在不该玩物丧志。永信升如今名义上虽由我监管，方老弟也不可甩手不理。"

方衡听出竹下完明的弦外之音，淡淡应道："我这贪玩的脾气着实不大好，但一时间要我放弃玩乐也不现实。若只想着赚钱不顾花钱，岂非失了人生乐趣？到头来，双眼一闭，金山银山还未曾花销，总觉遗憾。听小林君说，安排在工厂和作坊里的人都极妥当，就不需要我太费心了。"

"方老弟说的哪里话？竹器行毕竟还是方家的产业，我怎能越俎代庖？"竹下完明说着，向戏台一指，"你看，今朝的这出戏叫作'三星归位'，我甚为钟爱。"

台上老生正唱："为国家哪何曾半日闲空？我也曾平复了塞北西东。官封到节度使皇王恩重，身不爽不由人瞌睡蒙眬……"

竹下完明听到此处也不禁跟着哼唱起来，方衡端起盖碗，缓缓啜了一口茶。他心知这一出戏乃《杨家将》的选段。今朝这戏单乃竹下完明所点,看来意有所指了。

看完戏,已经到了深夜,茶水换过几回,入口温暾。方衡命人支了小炉子热着黄酒,两人又对谈了一个多时辰,方衡这才遣人将竹下完明送回去。

前些日子方衡以斗蟋蟀为名,暗中往上海、山东、天津等地调查,已然将竹下完明在山东及其他各处的经营摸了个大概,是时候筹谋如何布局,见招拆招与竹下完明分割干净了。

第二日清晨,之晴早早地到了商会,与方正谷一起面试来女子学校应聘的教员,薪酬初步定在五十块银圆到七十块银圆一个月。

来应聘的教员不过寥寥数人,之晴与方正谷道:"为教员提供的薪酬已经是我们暂时能承受的极限了。"

方正谷感慨道:"既要教员学识渊博,又不能给教员开出高的工资,的确是我们的过失。但目前经费有限,真是巧妇难为无米之炊……"

丹露道:"还有一人要面试,在外头等着呢。"

"快请。"方正谷将眼镜重新架起,认真地看着最后一人的简历。丹露拉开大门,最后一个来面试的教员缓步走了进来,站定后即向方、林二人鞠躬。

方正谷、林之晴起身回礼,请他就座。

"方会长好,林委员好。我叫陆穆远,祖籍阳羡,之前数年在法国留学,归国将近一年。我可以教授学生们国文,也可以教授算术。"

之晴看着眼前站着的男子,一脸从容。他眉目依旧俊朗,语调仍然温和,却似乎从来不认识她一般。

"陆先生,回国后的几个月,你在哪里高就呢?"方正谷问道。

"我在上海中央研究院社会科学院工作过。但这里是我的家乡,我想为家乡孩子的未来做一点贡献。"

"既在研究院工作过,如今让你做一名县城教员,有些屈才了吧?"方正谷笑容可掬,又问道,"学生出身于不同家庭,层次也不尽相同。你如何确保他们能很好地接受你的教导?"

"因材施教尤为关键。入学前先考评成绩优劣,划分班级。若成绩优异,可酌情跳级;若基础太过薄弱,只得留一级甚至两级,与年纪小一些的学生一道学习。一学年大考四次，小考八次，以判定他们是否有所进益。适才方会长问我回到家乡做一名教员是否屈才，我认为，学生进步，社会才能获得真正的进步。用知识武装内心，民族精神才得以振作，生产力才得以提高，国家才有望富强！"

方正谷听后深以为然，于是目视之晴，等待她的结论。

"你登在报纸上的文章我恰好看过一部分，针砭时弊，颇有些见地。既然陆先生在沪上工作过，我会请人去核实。另外，我们还要请先生试讲课程。一旦确认先生可以留用，我和方会长将为你送去聘书。还请陆先生写下联络地址和电话号码，方便我们之后联系。"

"我回乡未久，家里并没有电话机。我就留下住处地址，方便你们去信。"陆穆远在林之晴的笔记本上写下居住地址。

在那一瞬间，之晴与他眼神相接，别样的情愫在不经意间又蔓延开来。他希望自己去找他吗？她的自尊和骄傲在陆穆远进门那刻就几乎垮塌殆尽——他果真回来了，他是有意回来的。

"之晴，来应聘的人十分有限，可招用的更是寥寥。不如找个空闲我们去拜访城里有名望的几位老先生，请他们出山，明年开学还可替学生们上课。"

"唔……"之晴摆弄着钢笔出神，直到方正谷问第二遍时才反应过来。

丹露见状插言道："方会长，我家小姐晚上还有些事情要办，不如改日到贵府商议到底如何安排教员吧。"

"也好，不急。"方正谷笑了笑站起身，早有一个长随递上外套围巾，伴他出门去了。

之晴一手托腮，眉间堆叠着一丝忧虑。她怔怔地看着笔记本上那一行隽美的字迹，往事种种一一浮现在眼前。不过多时，她睫下竟晕出一圈泪水。

丹露熄了灯，见之晴还坐在椅子上动也不动，忙出言道："大小姐，该回去了。你看，天都暗啦。"

之晴回过神，面上却有一丝惆怅："你先回去吧，不必等我吃晚饭了。"

"我也不饿，陪着你走一走吧。"丹露拿来之晴的大衣为她披上，室内的光线已十分昏暗。

之晴看了看腕上那块欧米茄手表，指针已指向五点钟，遂微笑道："你先回去,不要让杨婆婆等急了。我大约八点钟之前可以到家,不必为我担心。"

之晴怅然若失,丹露不由替她忧虑。

将至冬日,又非晴好的天气,路上行人渐渐少了。尽管城里有些人家用上了电灯,但小门小户用煤油灯的还是占了多数。之晴按着陆穆远留下的地址沿街缓缓走去,寻了一个多钟头才找到——他租住的地方在月城街,街头有一座横跨旧时护城河的明代石拱桥,名为"东仓"。整条巷子里颇有几分热闹,开了电报局,也有一家南货店和一家饭店比邻而居。陆穆远的住处有些偏僻,之晴向好几家住户打听才寻到。他所居之处并没有门牌,窗棂上却有一株仙人掌,在这萧瑟的秋风里肆意生长。

"你来了?"陆穆远过来开门。之晴突然造访,他似乎并不意外。

一个灶台、一张破四仙桌、一条长凳即是他家楼下的主要组成部分。陆穆远栓上门,歉然道:"这是我暂时租住的,烦劳你找来。"

"你终于肯回乡了。"之晴故作轻松。

"我们去楼上坐坐。"陆穆远知晓之晴素来爱洁净,故有此提议。

之晴的高跟鞋踩上楼梯,木质的楼板嘎吱作响。陆穆远留学时,虽不铺张,生活却也有声有色,没想到回国后反倒如此窘迫。

"你大可以回家,有长辈照拂生活,何必居住在如此逼仄的地方?"

陆穆远笑了笑,让之晴坐在一张木凳上。楼上点的那盏煤油灯忽明忽暗,显得这个空间分外寥落。一张约一米宽的硬板床由砖头架住,对比之下,边上一张办公桌显得分外平整,油灯就立在上面。

"伯母去世了,我几乎无家可归,一个人住在这里倒自在些。"陆穆远坐在床沿,看着之晴依旧美好的侧颜,忽而深深地舒了一口气,"之晴,相遇不相认,才是对你最好的保护。"

"你有难言之隐?"之晴心下已有种种猜测。

陆穆远点点头:"实在抱歉。"

之晴面上笑意不减:"我会和方会长商议。有学识的人,在任何时候都应该受到厚待。何况现在是民国,政府要求为老师提供最好的待遇。看你现在住的地方,真需要一笔钱改善一下生活了。"

陆穆远想要再说些什么,却始终没能有所表示。他依旧爱着之晴,但时至今朝,他终归不能够将这话说出口了。他曾宣誓,使命重于一切。他希望她平安喜乐,同样也要更多的人平安喜乐。

之晴望见床头有一听香烟,不禁微微一怔。

陆穆远注意到她的目光,不由局促道:"偶尔抽一支罢了,我平素不吸烟,你知道的。"

之晴一笑:"这有什么要紧……"

门上突然传来一阵声响,陆穆远站起来向之晴摇了摇手,示意她不要说话。陆穆远蹑手蹑脚地下楼,确认墙上一面镜子并未折射出门外的异样,这才将目光停留在从门缝里塞进来的那份报纸上。

他这样熟稔的动作落在之晴眼中,她终于明白了许多。他的理想和爱情孰轻孰重,已不必再问。

"不早了,我先回去了。"之晴分明看见那是《新闻报》。自己在此干坐着只怕误了他的正事。想到这里,她站了起来。

陆穆远"嗯"了一声,转身从办公桌的抽屉里拿出一个盒子。他叫住之晴,将那个盒子交给她:"这份礼物是我回国前一夜为你买的。虽然已经时过境迁,但我想把它送给你,希望你还能接受。"

"这是在贿赂商会执行委员吗?"之晴似笑非笑,"你觉得我该以什么样的身份收下这份礼物呢?"

"这件礼物代表幸福永恒,我对你的祝福一直在。"

之晴一愣。黑暗中,她潸然泪下,幸而陆穆远并未觉察。她从陆穆远手中轻轻拿过这个小盒子,旋即背过身拭泪:"你留步,静候佳音吧。"

盒子里静静地卧着一条项链,嵌了红珊瑚,质地并不算十分莹润。那是陆穆远去邮局寄信,路过一家百货公司看见的——那扇橱窗里陈列着的红珊瑚首饰套件美轮美奂,他蓦然间一阵心动,立刻想到了之晴。红珊瑚于他而言,宛若之晴的性格品貌。他拿出自己所有的积蓄,终于买下其中一条红珊瑚项链。交到之晴手中,也算了结了一桩心事……

之晴却因这次见面,心生波澜,在长街上走了许久才渐渐释怀。

回到行园,像回到了真正属于自己的世界。只见丹露靠着一张椅子在门口等着,白猫蜷缩在墙角,与丹露此刻一般安静。见到丹露如此,之晴心头升起一阵温馨:"夜风又大,你在这坐着做什么? 小心伤风。"

丹露揉了揉眼睛,站起来笑道:"大小姐不回家,我怎能放心呢?"

"我还未吃晚饭,有些饿了。"

"有两块玉兰饼在橱里,用油一煎倒可以立刻吃。"正说着,丹露要关门,却听外面有"笃笃馄饨"叫卖起来。

之晴笑道:"你看,想吃些什么倒有人送上门来了。"她从挎包中取了几个铜圆,叫住卖馄饨的,"我要一大碗。"

卖馄饨的答应着,将扁担从肩膀上卸下。丹露忙去厨房取碗,之晴便站在门口的石狮边等着。

掀开锅盖,一层水汽腾起,开水在锅里"咕嘟咕嘟"轻声翻腾着,在路灯下显得分外安适。卖馄饨的捧起一抔馄饨,往锅里一倒,馄饨如玉船在清汤中一阵浮沉。另一头挑子里的搪瓷小杯中,香菜、葱花、虾米、盐粒、香油应有尽有。

卖馄饨的点了一根老刀牌香烟,深深吸了一口,方笑道:"小姐这么晚了才到家?"

"何以见得? 我听到你叫卖馄饨才走出来的。"之晴也笑,走上两步将钱递了上去。

"范老板已经知道茶叶的事情是林家做的局了,只怕不能善了。可这件事,陆老板也参与其中,你多小心……"卖馄饨的压低了声音与之晴说话,瞥见丹露走了出来,忙止了话头去接海碗,扬声道:"馄饨出锅——葱花、香菜要否?"

"香菜少许,香油半勺。"之晴说着,那卖馄饨的人一扬手,将搪瓷罐内翠绿的香菜向大海碗中一撒,缀上几只虾米。这些工序毫无间隙地做来,宛若行云流水。

丹露端回馄饨碗,之晴忙反手阖上门。来者不知居心如何,她定了定神,并不敢向丹露透露半个字,这一大碗笃笃馄饨,之晴说什么也不敢再吃了。半晌,她央丹露去将那玉兰饼煎了来。丹露见之晴胃口大开,心中反倒增了一丝欢喜。

那个卖馄饨的人平白无故为何要来提醒我呢? 陆老板难道是指陆维年?

可陆维年此前分明与我家交好……之晴想不通,更不知道该与谁商议。茶叶
这件事自己好不容易一力压了下去,最终还是要找父亲筹划吗? 如果那个卖
馄饨的人实为假意试探,又该如何……

夜阑人静,竹影婆娑,之晴提着一盏煤油灯走近那座小楼。她掏出一串
钥匙,准确地摸到其中一把镂了花纹的,在锁眼内左右扭动了几下,很快便打
开了门。她踏上左手边一架回旋式样的樟木楼梯,厚厚的灰尘毫无征兆地轻
轻扬起。这里没有人来打扫,封存了十几年,这是之晴今年第一次踏进这个
小屋。她将煤油灯放在樟木楼梯的一角,万分小心地起开一块地板。这块地
板下另有乾坤,外人决计注意不到这里。更不为人知的是,每一层木质楼梯
都有一个夹层,里面或有字,或有画,或有古籍孤本。林家上下,除了林老爷
以外,只有之晴知晓。

之晴记得父亲说过,母亲心性高洁,不爱珠翠金银,唯有几件玉饰。一旦
有了余钱,便会去收些古物,日常读书娱情,与一般女子大不相同。

之晴看着地板下的事物,一件件均是世间少有。她靠在墙边,心中默默
道:"我一心想着打开阳羡茶的局面,没想到世上的事情太多变,往往令人猝
不及防。不知道何时,才能迎来阳羡茶的复兴……"她虽然长大了,却仍同小
时候一般对父亲有一丝敬畏。如今担了家事,更怕辜负了他的心意。老人们
常说,入世须偿儿女债。可儿女降世,亦要还父母愿的……在此处,仿佛可以
和母亲诉说心事。不知过了多久,之晴将地板重新安好,这才出门回房去了。

第
十
七
章

晚
来
风
雨

眼见将要入冬,江南的雨总是格外凄冷,淅淅沥沥下了一夜也未见停歇,推开窗已黄叶遍地,枝头上的残叶伶仃地在风中微微颤抖。

小喜、小祥帮着丹露把行李放上车,之晴便收伞入座。

"好冷啊,看来要穿棉衣了!"丹露缩了缩脖子笑道。

汽车一路行去,沿途白雾蒙蒙,行人寥寥。

丹露道:"一下雨,出城的路就不大好走。亏得是白天,如果在夜里,也没有路灯,只靠车头两只大灯照明,再借我两个胆也未必敢开。"

之晴闻言微微一笑:"镇上能有可行的路已然不错了。我看着再过上三五十年,黄石路、煤油灯或许能在镇上普及,到时候住在镇上的人可得方便许多……"

"再过三五十年,我都成老太婆了。也不指望自己还能出门走路,只求不挨饿罢了。"丹露玩笑。

出了城,路便愈发颠簸起来,结成线的雨珠从车窗玻璃上曲折而下。渐渐地,雨水朦胧,车内的玻璃上已笼上一层雾气。之晴拿出一块毛巾,伸手将雾气擦拭殆尽。

到了庄园,宁儿打着伞出来接之晴:"老爷将阿兴派出去了,大小姐有什么吩咐可以指派我。"

之晴道:"我有事要和父亲商议,你随我一道去吧。"

山里空气极好,却比城里还要冷上几分。林老爷早命人拢上炭盆,整个书房暖意融融恰似春日。

"这几日烟雨蒙蒙,父亲在家也不外出,怕要闷坏了。"之晴脱下罩衫挂在衣架上。

林老爷将书放下,听到之晴的声音,便让她近前来坐:"人老了就要耐得住寂寞。往年总是忙,如今却太闲了。"

"父亲又读医书?"之晴一看,原来是清代陈士铎所著的《石室秘录》。

"中医博大精深……我年轻时,一心从商,汲汲营营。到了这把年纪再回头去看,方知其真理。"

之晴一笑,轻轻搓了搓手:"没想到父亲现在像个老学究! 我今朝回来除了看看您和妹妹,倒有一件正事要向您讨教。"

正说着,宁儿汲了水进来,含笑道:"连续下了两三日雨,山泉水不比往日清澈。须放大水缸里沉淀半日才好烹茶呢。"

林老爷赞许道:"亏得你这样用心。"

宁儿将水壶放上炉子,眼见火苗跳动,这才安心值守在门外。

"有人说陆维年要对我们林家不利,不知此言是否可信?"之晴若有所思。

林老爷从茶叶罐中拨出一泡阳羡绿茶,转而沉吟道:"陆家与我们林家未曾结怨,至多为了些许金钱利益,但你留心总是好的。"

之晴迟疑了半晌,这才道:"为着今年茶叶的事,我们与范家闹得不愉快。可他家抢走我们生意在先,他自食其果,往后定要思忖,不敢贸然行事。"

"自食其果不假,但凡事有两面性,不可光凭一己喜恶。事做过了头,就难以了局了。"

"父亲,若不让范家尝点苦头,怎能让他们知道林家不是软弱可欺?"之晴自然知道父亲所指。

"你以牙还牙,让他们也受滞销之苦,这不过分。但你私下命人散布范氏秘辛,令范府上下颜面尽失,这非仁者所为。"

"他们既做出丑事……"之晴刚想再辩,林老爷冷声打断道:"量小非君子。若你力所不逮就在庄园待着,权当放假,其余事情暂时交给阿兴去做。"

"阿兴哥哥事忙,若我就此把事情交托给他,不仅他受累,往后我再打理也不一定顺手。"之晴咽下委屈低头道,"女儿知错了,从此不再挟私报复。范家之事暂且不论,可总要想一想陆家动机。"

林老爷用热水温热了紫泥虚扁壶,又倒入开水,再投茶叶。生在阳羡,饮茶一事乃生活中不可缺失的部分,林老爷做起来,尤为自信。片刻后,之晴接过小杯,浅浅呷了半口。

"能在商会占得一席之地,没有几分手腕可办不到。做生意讲究互惠互利,也从来没有什么白得的便宜。人家使绊子,你及时解了,下回更审慎些也就罢了。"

"为什么总有些人放着好好的日子不过,寻出那么多事来!"之晴不免懊恼。

"人家还没有出手,你不能自乱阵脚。如此置气,岂非中了他人圈套?"林老爷看着女儿蹙眉的模样,拿起茶针向她眉头一戳。

之晴一惊,痛得"哑——"了一声。

却听林老爷道:"有这样自怨自艾的功夫,不如想想脱困之计。另则,你这消息又有几分真实?你遣人去查访了吗?不可听信片面之词,失了商会众人的和睦。整日心头有个疑团,杯弓蛇影,更要坏事。"

之晴垂首道:"父亲教训得是,这件事我斟酌着办吧。若事情闹得太出格,倒要请方会长出面调停。可我毕竟是晚辈,不知方会长……"

"晚辈?"林老爷见女儿在此节上如此小心翼翼,语气中更添了几分冷淡,"你错了!在商场上行走,没有人会顾及你年幼而放你一马。如今你是阳羡商会的执行委员,举足轻重,难道同方正谷一晤也不能?你到底把自己摆在什么样的位置,该如何行事还拿捏不准吗?"

之晴被父亲凌厉的目光震慑住:"女儿知道了。"

"知道了就去吧,与你搏杀之人可不会等你成长。"

之晴喉头一哽,忙辞了出来。

古香斋里,之岚和小蕙在护理兰花。

"夏秋不可干,冬春不可湿。现在阴雨绵绵,兰花盆里的土微微湿润便可。但夜晚山里温度骤降,就要搬进花房里了……"小蕙撑着伞,在雨中指挥小厮搬动兰花盆。之岚则在花房里调整放置花盆的位置,端详植株是否秀美。古人养兰讲究"三分栽、七分管"。将要入冬,这百余盆兰花如何安好地度过这个季节成了之岚最费心的事情。花房虽好,不致冻坏兰花,却也要注意花房内温度不宜过高,以免来年兰花孕蕾不佳。

之晴走近,搬着兰花盆的小厮忙立住了请安:"大小姐好!"

小蕙见了之晴,也喜上眉梢,朝着里间道:"二小姐,大小姐来啦!"见之晴并未打伞,小蕙跑上前,替之晴遮蔽雨珠。

"进屋喝茶吧。"之岚微微一笑,放下修理兰花的剪子。小蕙收了伞,命一个粗使婆子端来一盆温水给之岚沐手。之晴解下披风,小蕙一看,笑道:"水珠都沁进衣服里了,我拿去炉子边烘一下。"

"劳烦你。"之晴将披风交给小蕙,小蕙好生抱着去了。

之岚比常人更怕寒冷,又为着便于照看兰花择了山涧旁的屋子作为居所。古香斋中,到了秋末便要生炉子取暖。护理兰花时,她全然不在意冻馁,回到自己起居处,便立时拿起紫铜五蝠手炉抱在怀中。

小蕙捧了食盒进来,里头盛着一碟蛤蟆酥和一碟蟹黄馒头。

之岚煮了政和白茶,倒进豆青釉的杯子,之晴和小蕙各取了一杯品饮。此日,之岚陪着之晴吃了一块蛤蟆酥、半个蟹黄馒头。

见妹妹胃口大增,之晴心头阴霾顿扫:"蟹黄你也吃得了? 到得明年螃蟹上市,可一饱口福。"

"中药温补,慢慢调理也见成效。加之小蕙勤谨,我也少操了不少心。"之岚悠悠叹道,"自从姊姊回来,父亲虽常在家中陪我,却也时常忧心。他并不是为着林家是否能多赚些钱,而是担心时局多变,与林家密切相关的茶农、商号还有家人会不会受到波及。若论家业,我们父女几人有栖身之处也足够了。可一旦打开了局面,便要勉力支撑。"

之晴道:"正如你所说,我们本有栖身之处便可。但看现在我们不需要忧虑吃穿用度,那总要让为我们办事的人也过上好日子。"

"是啊,人就是如此。不但要为自己操心,还要为他人操心。"之岚一笑,

"姊姊几时回城？我还要托姊姊送两盆兰花到精菜馆。"

之晴正打算去方家，因而答应了下来。正当此时，宁儿来请之晴，说阿兴回来有事要议。之晴听了，忙搁下杯子起身去了。

才进花厅，便见四下里除了阿兴，父亲亦坐在一旁。

阿兴道："今朝我经过陆家的店，他们商号里头还摆着茶叶，只要买他家布料一匹以上便送一斗茶。可这红茶根本不是润元居出产的。我看那茶叶条索粗壮，香气全无，泡出来隐隐发苦，只怕制茶时没有用半点心。"

林老爷思忖半晌方道："杀敌一千，自损八百……这可不像陆维年的作风。"

"时局多变，人心亦难测。他们虽如此对我们，我们对外却不便深究。"之晴此刻仍想退一步，往后亦有转圜的余地，"全城张贴告示，声告我们林家出产的茶叶，定然色香味俱全。若有人有心冒充，一经查实，绝不姑息。我们先礼后兵，这样也算给了他情面。"

阿兴续道："只怕他们并不是无意为之。我见到他们装茶叶的麻布袋，就是我们润元居装茶叶的麻布袋，标识与我们茶号的也一模一样……"

"若闹开来，我们扣住物证去告发，陆维年也要担几层干系。但如此一来，事情恐怕不能善了。"

阿兴表示认同："我们在阳羡地面行走，如何跑到人家店里扣下人家的东西？另则，陆维年并非亲自叫卖，而是令伙计行事。辗转经手多人，他最后只说自己管教不善，落不下什么恶名。其次，冤家宜解不宜结，毕竟在商会抬头不见低头见，揪住他的过失大肆宣扬，往后虽无人敢得罪我们，但亦无旁人敢来亲近。"

"若真去告发，倒让当官的为难，不知卖谁面子好。都是在场面上行走的人，多一事不如少一事。过几日我去方会长那一趟，让他出面请人'吃讲茶'。即便与陆家从此不是场面上的朋友，只求一个公道吧……"

林老爷微微点头："此事最好不要外泄，只让几位士绅做个见证。别弄得鸡飞狗跳，妇孺皆知。"

之晴领命，自去写下帖子。

方正谷知晓了林家的态度也深以为然。一旦商场上出现这样的事，往后自会有人效仿。长此以往，难以禁绝。阳羡商会的名头若就此断送，那依仗商会过活的人往后也没了生路。想到这里，方正谷立时命管家派几个能干的小厮出去，到陆家店铺查看。果然，阳羡城中陆记裕隆昌中摆放了茶叶。顾客们见陆记买布送茶，如何不高兴，但也暗中说道林家的茶叶声名在外，却也不过如此。小厮买了布、得了茶，伙计均用印有裕隆昌专属的绳子捆绑，方便顾客们搬取。裕隆昌在常州、无锡的分号里，亦有劣质红茶打上润元居的款识销售。方正谷看过物证后，也道陆维年如今行事出格，便允了林家"吃讲茶"的请求。

"吃讲茶"之事不常有，一旦帖子送出便十分慎重。三日后茶馆再见，孰是孰非自有士绅评断。自然，"吃讲茶"也有"吃讲茶"的规矩，众人坐下无论喝了几壶茶，茶资由理亏的那一方按六十壶支付。

茶馆得了方正谷的嘱托，早早地屏退闲人，安排好座位，桌上放两把茶壶为记。

陆维年来得最晚，眼见室内已乌压压坐了十余位阳羡地面上德高望重之人，心里不觉窝了气：搞出这样的声势，莫非想让我陆家没脸？风水轮流转，这个亏我暂认了便是！他迈进门，清了清嗓子，倒引来一众瞩目。此刻，林南璋和方正谷等人已等候了将近一个钟头。陆维年优哉游哉，恍若不知此次会晤的重要性。伙计得了掌柜的眼风，快步迎上来笑道："陆爷，大家都在楼上候着您呢！"

其中几位士绅年事已高，陆维年依礼先与他们打招呼，待方正谷示意后才坐下。

因"吃讲茶"之事由林家提议，便由之晴先陈述事实，陆维年可根据林之晴陈述之事提出意见或反驳。

之晴将当日之事一一讲来，陆维年在一旁听得心焦，却也无可辩驳。当说到蒋记的时候，陆维年终于按捺不住："林家的客商不再订货可怪不到我们陆家的头上。我也被蒙在了鼓里！这都是老范，说家中有许多林家的秋季红茶无法销售，求我帮衬一二。再三说了不许张扬，以免两家生了芥蒂。我想着既然如此，就答应了下来。至于蒋记云云，我真的一无所知。这下倒好，为着全范家颜面，却惹得林家上下不快，我也不知如何了局，要责要罚，我听凭你们吩咐。"

这席话可谓四两拨千斤,可之晴不以为然。

"在商会中,范老爷曾压价润元居茶叶,当日他的言语,商会中人人都是见证。起初大家或许不明白范老爷为何说出此话,现在终于知道真相了。"

陆维年听之晴如此讲来,不免冷笑道:"什么真相,同我们今朝所议之事相干吗?别话里有话,当别人是傻子!"

"尊夫人多次亲至蒋府拜访,可不是我信口雌黄。"之晴笑了笑,"你当真以为可以瞒天过海吗?"

陆维年冷哼一声,不再搭话。

之晴又道:"本来这件事就此告一段落,看在同乡同会的交情上可暂且丢开不论。但前几日,有人发现陆家商铺里做的生意不太地道。各家买卖本不容外人置喙,可买陆家的布匹绸缎,送出茶叶如此低劣,可谓稀奇。那些茶叶又打着润元居出品的旗号,通过陆家买卖走进千家万户,无疑折损了林家商誉。走出阳羡,也有这样的茶叶流通,坏的可不是阳羡某一茶号的声名了。起先我们张贴布告,以为陆老爷能引以为戒,适可而止,撤去茶叶。不承想,陆家买卖未歇,茶叶亦日日放送。为着这个缘故,我才劳动大家来请教陆老板。"之晴向丹露使了个眼色,丹露便将茶叶送到士绅跟前供他们检视。

"就算我商号里买卖劣等茶叶,也是受人欺诓,乃无心之失。夫人去蒋记拜望,为的是裕隆昌另有生意要与蒋记往来。你真心要怪我,我也无话可说。"

"陆老爷,开门做生意,明枪暗箭常有,但万不能欺人太甚!"之晴冷冷道,"我派人打听过,蒋记大东家与尊夫人有中表之亲。你何不说是亲戚走动,也好过生意往来这等说辞!"

陆维年心中愤懑,这"吃讲茶"分明就是一场批判大会。林之晴不留余地,林老爷坐在一边恍若没事人,众人言语中也多帮衬着林之晴。

"陆老弟,君子爱财,取之有道。范洪明截下林家生意在先,你隐匿不报,又以次充好,诋毁林家名誉在后。依我们这些老家伙看,不如你向林老爷端茶赔礼吧。至于老范,往后也不必入商会了。"邵老先生与徐老先生乃阳羡巨族之后,他们二人亦是话事人,既有结论,自有万钧之力。

"不过小事,何至于此?"陆维年何曾想过这样的结果。

方正谷道:"小惩大诫才能警醒众人,此次也仅仅在商会里发落,并未惊动外人，更谈不上针对裕隆昌。我只希望往后商会里大家相安无事，能相互扶持的便合作，即便不能合作的，也不能落井下石。"

陆维年见众人这般裁决，心中虽不服气，三思之下，仍斟了茶递给林老爷："南璋兄，我行事失当，在此向你赔礼，请饮了这杯茶吧！"

林老爷接了茶，一饮而尽："陆兄言重了！此次同座饮茶只为了重叙乡情，将误会解了。从此我们两家心无芥蒂才好，小女年幼无知，日后还要仰仗陆兄许多呢！"说着，也端起一杯茶敬与陆维年。

陆维年未饮完茶，便将茶杯重重搁在一边，杯中的茶水也洒出不少："既然诸位为林家做主，我也不能不给众位面子。这请吃茶之事，下回就不必找我了！"

"之晴，你是晚辈，得失心也确实重了些。若因一时之气挟私互相报复，这商场可要乱了。"方正谷见陆维年脸色很不好看，也想给他一个台阶下。

之晴听了这话，忙低头称是："陆世伯，侄女往日若有得罪之处，还请您见谅。万不能因些些误会，失了两家和睦。"

陆维年干笑一声："年轻人总有年轻人的道理，说什么指教的话？"

"今朝总算把两家的纷争圆满解决，感谢诸位赏光。请随我到精菜馆吃个便饭吧。"众人正要散去，方正谷站起来诚意相邀在座人士共赴午宴。

陆维年自知此次"吃讲茶"令陆家上下颜面尽失，嗓子眼不免堵得慌，只一拱手道："感谢方会长盛情，陆某家中还有要事，恕不奉陪。"

"请便。"方正谷亦拱手回礼。

宴席上，之晴提到方家与日商合作之事。方正谷并不避讳，直言道："在这个时代，小富即安难以长远。我们若不引进外资，仅求自给自足，何谈发展？权衡利弊，不得不为之。"

"晚辈受教了。"之晴放下碗筷恭恭敬敬地说道，"却怕外商醉翁之意不在酒，这又该如何呢？西湖博览会上，有一句话我深以为然——'移爱慕西湖之心以爱慕国产，则国产之发达，未可限量'。纵观阳羡，张渚凭借丘陵地势以山货为业；湖㳇的毛竹、茶叶行销四海；丁山、蜀山富有陶矿，以制陶闻名；周铁、新庄毗邻太湖，滆区稻米、水产设行；和桥乃圩区，河道纵横，以粮油立市……我们阳羡物产如此丰饶，何不借此望远，兴国家商业、救国家经济呢？"

"每个人心里须有一杆秤,不能故步自封。该和谁做生意,做什么生意,生意能做到什么样的程度,定要把握得当。无论是和国人做生意还是和外国人做生意,都没有错。我们若能在做生意的同时学到外国人的先进技术,更好地发展我们的工业、农业,何乐而不为呢?"方正谷又嘉许道,"我听说之晴在南京的影院中销售茶饮,满额即赠送纸团扇一柄,上书'润元居'商号字样,可谓广而告之,招商引资,着实有新意。"

"九层高台,起于累土。商誉也靠日积月累而得,我们的财富,来之辛苦。几十年来,我们阳羡业界从纯农耕转为工商农并茂,回首看来殊为不易。你们年轻人亦要守望相助,振兴产业发展……"林老爷亦向之晴殷切嘱咐。

方正谷斟满一杯酒,朝着众人笑道:"我们共敬南璋兄一杯。南璋兄后继有人,可喜可贺!"

"如果这回方会长与诸位不出面,我这不省心的女儿怕是要惹出事端来。我自罚三杯,希望各位往后多多提点之晴才好!"林老爷唇边终于露出一丝笑意,仰头将杯中之酒饮尽。

第十八章

迢递清野

到了冬日，白天愈发短少，五点钟未至，天色便阴沉下来。之晴将父亲送回庄园，与丹露一道回城里。临走时，宁儿抱出一坛子雪里蕻给丹露："老爷说大小姐最爱雪菜肉丝面。这是今年头一批腌好的，若大小姐想吃，洗净切了用红辣椒炒好，煮了粥也能当佐菜。"

路上想起此事，丹露不禁笑道："宁儿这样操心，倒像个老管家。"

之晴道："崔嫂子从你这样大的时候就在林家做事，宁儿也是生长在林家的。要说在林家的人，唯有阿兴爷儿俩还有崔嫂子母女在林家待的时间最长久。以后她若能管家倒好，却怕委屈了她。另则，她毕竟是个女孩儿，往后总要找个依靠，怕过几年就要往外聘了。"之晴脱下兔毛手套交给丹露，忽又想起一事，遂道，"早上在茶馆我也有些咄咄逼人，只恐伤了陆老板颜面。我们两个再去裕隆昌看看，顺便买些粗布给杨婆婆做围裙，也算重修旧好之意吧。"

过了晚饭时分，路人大多行色匆匆，仿若不敌彻骨寒意，迫不及待要回家去。街转角处仍有菜农在叫卖淀边萝卜和太湖鲫鱼。虽然生意不好，却不甘心就此收摊回家。阴漠漠的天,空气中弥漫着湿漉漉的水汽,江南的冬日确然比他处要难熬许多。

裕隆昌的掌柜见之晴到来,脸上不免有些讪讪之色,仍客气地招呼道:"林大小姐,您要些什么?"

"要一匹粗布,给厨下的人裁作围裙。"

"有!"掌柜的堆笑道,"您看看这料子花色如何?"他一面为之晴选了几种不同的布料,一面使眼色让伙计收茶叶。

丹露眼睛四下里一扫,瞥见了墙角的箩筐,便含笑问那伙计:"茶吃过了,陆老爷还未提醒你们要收起这些次货吗?"

掌柜的笑道:"姑娘多心了。白日忙碌,还未来得及撤掉。若姑娘不放心,明朝再来看看,这些茶肯定不会在我们店里出现了。"

"陆老爷是商会的监察委员,自己家的店却不好好监察,弄得两家为难。"丹露慢悠悠地说道。

掌柜的干笑几声,转而问道:"大小姐择定买哪匹布料了?"

之晴正色道:"我原本以为陆老板是无心之失,因而还自悔今朝是我年轻不知轻重,有了得罪处,所以特地上门,希望未来我们两家日常往来可以照旧。但眼下看来,我太心急了。"

掌柜一怔,推了推眼镜又笑道:"林大小姐,这话从何说起? 在这阳羡城里,谁不知道商场上方家第一,第二姓林呢! 未及时收起茶叶,是我的不对,确然和东家无关。我们家自来经营布匹,并不是经营茶叶生意的,终归占不了你们茶商的先,您又何必咄咄逼人,让人没了退路。万事以和为贵,总不能伤了彼此颜面。"

之晴听掌柜的说了这么一席话,反倒笑了:"我们何尝不知陆老板为人呢,否则家父也不会同陆老板做那么多年生意。还请掌柜的做个决断,否则劳动贵上可不大好。我年轻,到底有些脾气。在家里,也要旁人哄着、捧着呢。"

掌柜的闻言,遂拱着手赔不是,又低了声气将之晴和丹露送出门,这才下门板歇夜。

陆维年原在后头歇着,听闻之晴走了才移步出来。掌柜的上了灯,忙迎上去:"老爷,这林家大小姐的话,您在后头可听见了?"

陆维年弹了弹指尖雪茄的烟灰,微微点头:"林家大小姐读了几年书,心气太高。也得让她知道,夜路走多了,终究会撞上鬼。"

"我这就差两个面生的门生去办。"

"不要露了行迹。"

"请老爷放心,一切妥当。"

陆维年手持一把十分小巧的朱泥水平壶,坐在一张花梨交椅上对着壶嘴饮茶,心中暗道:"待林家那丫头破了相,一年半载出不了门,正好借此机会杀一杀林南璋和方正谷的气势,我陆家多少年来不得出头就是因为这两家压着!如今,她自己要撞上枪口,一再强硬,也不要怪我手黑。待林家败落,唇亡齿寒,方家的好日子就快到头了……"

隔天夜里便起了雾。这小城格局本就是三山二水五分田,河连着湖,湖连着氿,雾气笼在水面上,又在城中飘散开来。人在其中行走,宛若到了仙境。冷冷的空气扑打在面庞上,并不令人舒心。早起太阳还未升起,大雾便舍不得消散。

方正谷为着女校的事情约了之晴议事,之晴也不得不早起。但看这雾气蒙蒙,断然开不得车。之晴便与丹露说定,两人一道步行去方家。

丹露围上围巾,替之晴拿了文件,两人相伴出门。路上行人不多,更觉寂寥。过了街才是菜市,那里依稀有些许热闹之意。两人说说笑笑,讲定下回要早起到菜市吃一碗爆鱼面和两张高脚烧饼。

方家在城西,要到方家大院,得先过蛟桥。

蛟桥本是阳羡二十四景之一,北起东大街,横跨荆溪,因西晋将军周处在此斩蛟而得名。在此桥上引颈眺望,可见南山铜峰叠翠,景色壮丽。宋元丰四年(1081),此桥重修为石桥,苏轼在此书留"晋征西将军周孝公斩蛟之桥",并题写"清风徐来水波不兴妙墨尚留苏学士;行人安稳布帆无恙神威犹仰晋将军""平步青云对南郭铜峰千秋巩固;重看明月向东流氿水万派朝宗"两副对联。举目瞻仰,更觉斯人已逝,徒留文章与后人牵念。

蛟桥下,摊贩在卖茶叶蛋和油条。煤炉上的洋锅里,二十来个鸡蛋裂了口子码在黑浸浸的茶叶酱油汤汁里。汤汁咕嘟咕嘟冒着热气,散发出一阵咸香。之晴买了两个茶叶蛋,用干荷叶包着捧在手中。见丹露抱着文件,腾不出空,便剥掉蛋壳先喂给她吃。

丹露笑着闪躲道:"大小姐,这可不敢当。"

两人闹了几句,不防桥上有两个壮汉冲下,各持一把匕首朝之晴挥来。之晴一闪身,茶叶蛋连着荷叶卷成一团向那壮汉掷去。

卖茶叶蛋的摊贩一惊,并不敢出头,朝着桥洞边一躲,生怕城门失火殃及池鱼。丹露忙拉住持刀的其中一人,叫道:"大小姐快跑!"

被拉住的那人奋力挣脱,丹露抓住了他的衣服就不撒手。不料那人猛然使力,一下子将丹露掀翻在地。幸而冬日衣着厚重,丹露才未受伤。她紧紧抱住那人的小腿,令他难以向前挪动一步。

"放开! 你找死?"那壮汉面露凶光,作势要将匕首扎进丹露的手背。

丹露心中着急,哪里顾得上自己的安危,只见之晴的手臂被另一个人拽住,匕首一扬之下几近划到之晴的面庞。

阳羡很少发生这样的事,再加之清晨雾大,蛟桥边行人寥寥,因此也没有人见到去报警。

突逢巨变,之晴忙竭力抵住那人的手:"你是谁,为什么要杀我?"

"林大小姐,我们不想杀你。"显然,这个壮汉也未使全力。

"若非追命,便是求财了?"之晴一咬牙,勉力支撑。若再退几步,便会跌入汍中。

那人冷笑一声,再不答言。

雾还未散,汍上冷气逼人。之晴一女子的力量如何能与一壮汉相较?好几次,那匕首的刀锋划过之晴的棉袍。棉絮飞了出来,宛若一根根难以撷住的游丝。几次较量后,之晴力竭,顿生绝望之心。恰在此时,那柄匕首突然被一股巨大的力量撞飞。之晴一下子挣脱了束缚,心有余悸地退到一边,见丹露还拉着那个男子,忙道:"丹露,快放手,别让他伤到你!"

丹露听到之晴的话,手上的劲道一弱,那壮汉便不管丹露,又奔向之晴。

之晴未承想那个男子贼心不死,一惊之下回身便跑,却听丹露低低地叫了一声:"哎哟!"

丹露遇险,之晴也不能坐视不理。她壮起胆子折返,只见那两个袭击之晴的人已然不见,丹露只一个劲儿地谢着替她们解困的男子。

"大小姐，这位先生将那两个歹人赶走了。"丹露惊魂初定。

"是你?"之晴看清男子的面容，微微一笑，"多谢。"

"啊，你就是那个应聘老师的陆先生……"丹露这才认了出来，"你真是个好人!"她固然手脚酸软，但仍支撑着走到之晴身边打量之晴有无受伤。

之晴则将目光落在陆穆远身上，见他捂住的手臂隐隐有鲜血渗出，骤然间一阵莫名的心慌，"去医院吧?"

"刀伤去医院太惹眼，包扎一下便可。"陆穆远似乎不把流血受伤放在心上。

之晴想到陆穆远如今身份特殊，遂与丹露一道雇了人力车，带陆穆远回行园歇息。

"我接到消息就让人来通知你了，以为可以有备无患，但没想到还是这样……"陆穆远进行园坐下后才将这一席话说出，并在丹露的协助下褪掉右臂的袖管。之晴用酒精为他清理伤口，接着抽出绷带包扎。她从未亲手包过伤口，好半天也没有打上结。陆穆远忙用左手扯住绷带的一头，朝之晴温言道："你别动了，让我来吧。"

"我弄疼你啦? 伤口好像很深，只用绷带不知是否妥当……"她微微蹙眉，亦有几分自责。

陆穆远恍若没事人般笑道："这点小伤，过几个礼拜就痊愈了……"

"方会长邀陆维年'吃讲茶'，却不料他仍心有不甘，想对我不利。这件事同你全无关系，倒连累了你……"之晴心里也有些怪自己，她不敢迎上陆穆远的目光，唯恐自己再次心生指望。

"我得知这一消息后恰好遇到卖馄饨的老傅，我与他熟识，便让他提醒你……"

"百密一疏，若非你及时赶到，我都不知会如何。这些人行事，真令人防不胜防。"之晴莫名有些心悸，如果那把刀偏了些，陆穆远被扎伤的可不只是手臂而已。

"以后出门找个家丁跟着吧。你们都是年轻女子，遇事恐难应付。"陆穆远按住伤口，"我不便久留，先走了。"

之晴起身向丹露道："替我送一送。"

陆穆远不承想之晴竟无意送他。实则之晴此时心乱如麻，不知与陆穆远说些什么才好。不再独处,也免了尴尬。

"陆先生,此番多谢你了。"丹露道,"你这伤口还须好好护理,待我家丁管事回城,我再请他去给你看看。"

"姑娘,不必费心。"陆穆远苦笑着道,"好好照顾你家小姐,我先告辞了。"

"陆先生慢走。"丹露倚门望着陆穆远走得不见踪影,这才放心阖上大门。

一进屋,听得之晴打电话给方正谷致歉,说明清早发生之事。方正谷反倒宽慰之晴,并言让之晴好生待在家中,资料文件会让方衡登门来取。

搁下电话,之晴见丹露站在一旁怔怔地看着她,不由觉得有些好笑:"你做什么呢?"

"大小姐,我总觉得陆先生看你的眼光有些奇怪。仿佛……"

"仿佛什么?"

丹露抿嘴一笑:"我也说不上来,只觉得陆先生真心待小姐好。"

说者无意,听者有心。之晴一怔,半晌才答道:"你早上也被吓着了,赶紧去歇歇吧。"

丹露见之晴蜷着腿躺在沙发上,若有所思,以为只因早晨蛟桥边发生之事着实令人心惊才令之晴如此。她忙捧来一条绒毯给之晴盖上,又开了气炉,落下窗帘,待之晴伸手关了台灯,这才退了出去。

/ 第十九章 /　旧寒岑寂

　　方家大院里,松柏苍翠,水仙含香,方衡第一次让人叫来贾士平到跟前说话。

　　贾士平束手束脚,显然没有料到有一天方衡会如此厚待他。坐下来后,又有丫鬟上了茶。

　　方衡坐在上首,把玩着一块温润的古玉,半晌才道:"贾士平,你在方家多年,虽未经手生意,但总见过世面。从前你天天在外头寻花问柳,我和父亲着实不喜。这几个月来,眼见你陪着芸娘倒也算安分,加之太太也为你说情,要替你谋一份差事。我考虑再三,不能驳了太太的面子。我安排你去工厂照管运输调度。得了工资,往后自不必问芸娘要钱使,不知你意下如何?"

　　贾士平受宠若惊:"大少爷抬举了,承蒙您看得起,我就好好看管那运输。"

　　"早上七点钟出工,晚上八点钟收工。运输方面,工厂、作坊上下也有老师傅们在,你不懂的地方多请教他们,不可自作主张。"方衡手中的古玉上有些水流状的沁痕,背面又有几处洒金黄。这是他近日来的爱物,用了好几只雀与一个友人交换而来。

"我知道了。"贾士平见方衡心情大好,才会这样客气,不管三七二十一,先答应了下来。第二天便起了个大早,上班去了。芸娘眼见几天下来,弟弟不畏严寒,天天往竹器行跑,倒也放下心,私底下谢了方太太好多次。

到了竹器行出单的日子,厂里管理运输的师傅们格外忙碌。贾士平在一旁看着,问道:"这运输事项,你们总要来与我说说道。"

"贾爷,您先边上站着看看。我们仓库的货从哪里出、怎么出,再拿着货单核对货品数目,才可以拉走。"大家都忙得不可开交,贾士平虽问得不合时宜,却也不可不理他,"等这单货出了,我们再交代您其他事情吧。"

"好,你们先忙。"贾士平站在风口里堆着笑,不敢发作。在竹器行工作的,除了作坊里的女工,其余都是五大三粗的壮汉。他既受了指派,定然不便去找女工们调笑,身边这些大老粗,如何肯与他真心交际?冬日里愈发寒冷,贾士平往年都躺在屋中烧了炉子取暖。今年自从被委派到了竹器行,总不能被方衡小看了去,因此也不敢躲懒。

这样寒冷的天气,他闲得生蛆却也插不上手做任何事情。站在寒风口,看着装货、卸货,不过一刻钟便觉手足冰冷,冻得直打哆嗦。贾士平暗悔,当初怎么就说了大话应下"上班"这样的苦差!得不到他人的重视,即没了存在的价值,又怎能在人前摆舅老爷的架子?长此以往,恰如百爪挠心,这一切完全违背了他的本意。闲来无事,他闷闷地站在墙角,想起清吟小馆里小娘子的风情万种,堂子里清倌人的伏低做小,更添了一丝相思之情。

冬日下班时天已昏暗,美孚灯下,贾士平见着一个名唤来娣的女工。她皮肤白皙,娇小玲珑,虽穿着粗袄,仍可见其丰满的胸臀。鬼使神差下,贾士平跟上她走出几里地。天际轮廓线已变得模糊,贾士平心头七上八下,不安至极。

来娣停下步子,显然知道有人在跟着她。她心中有些害怕,大着胆子回头一看,原来是贾士平。

"你跟着我做什么?"来娣十分警觉,手上提着的灯笼不自觉地颤着。

"顺路,顺路……"贾士平笑着取下手套搓手,反倒向来娣又接近了几步。

"你这样跟着,被乡亲邻里看见了,对谁都不好。"来娣故意高起了声。

"别喊,别喊……"贾士平更为慌乱。

"我可还没喊呢,要真喊起来,你脸面都不要了!"来娣啐了一口,见他胆怯,心下稍安。

贾士平听了这话,脸涨得通红:"这条路难道你家开的,别人走不得?"

"跟着我那么久,打量我是傻子呢!"来娣真生了气。

贾士平冷笑道:"老实告诉你,我是你东家的舅老爷! 你让我不开心,我就让你挣不到钱,明朝你就不必去永信升上班了!"

"我不信。"来娣被气得发怔。

"不信? 你去问问运输队的,谁没听过我贾士平的大名!"

"我去问老于,你别跟我来这套!"来娣恨声道。

贾士平吃了一惊:"你认识运输队的主管?"

"老于是我大哥!"来娣见他脸上变了颜色,心中也有了底气。她再也不理贾士平,回身便走。

贾士平愣在原地半晌,忽地追上去:"妹子,我弄错了,你可别放在心上……"

来娣用大大的眼睛瞥了他一眼,更不搭话,早对贾士平鄙夷万分。见她不再停步,贾士平心里不是滋味,生怕他适才的言行被来娣拿去工厂和竹器行宣扬,忙几步赶上去掐住了她的脖子,往暗处拖去。

来娣又惊又惧,一个劲儿地挣扎。灯笼落地,霎时间燃起了一阵火。她脚上的芦花蒲鞋滑脱了一只,雪白的袜子在泥地里拖着,很快成了乌浆里的一块泥布。她脖子上被扼出一道青紫,呼吸也渐渐弱了。她此前奋力地扒着贾士平的手,甚至用指甲抓挠他的手背,但无济于事。贾士平将她拖到一条小河边,那时来娣已不省人事。贾士平一惊,急忙将她往河里推去。四下无人,河面上结着薄冰,来娣滚下河的声音并没有惊动任何事物。即便是贾士平,在紧张之下也认为是来娣自己不小心滚下河,同自己绝无干系。一只寒鸦立在河埠头的一棵枯树上,忽而"嘎——"地长叫了一声,一飞冲天。贾士平"哎呀"地惊觉过来,赶忙逃上岸,此时才发现棉袍摆、鞋袜都湿了,手背上也被抠出了好几道血口子。"臭娘们……这样发狠!"贾士平抚着手背,想着姊姊必要嗔怪他晚归,忙沿着大路往回走去。他越往回走,越觉得背上凉飕飕,脚下越来越重,似乎有人在跟着他。他大着胆子回头一看,并没有人,不由"呸"的一声,加快了脚步。

到了方府门口,贾士平叫了半天门,也没门房来应。路灯下,连个人影都不见。想要解手,也无处可去,只好走到方府门旁的石狮子后。他松了腰带,却有人在他身后一闪,拍了拍他的肩。贾士平差点站立不稳,生生把尿意憋了回去。

"贾爷,这里不是你该解手的地方。"

贾士平忙扯住裤腰带,大窘道:"黄管事,你吓死人了!怎么走路不出声?"

黄管事笑道:"走路扬声,这是规矩,我并不敢忘。只怕是贾爷心系他事,没有察觉。今朝门房病了,应门迟了些,别介意。"

贾士平心有余悸,哪里敢高声发脾气,急急地进门,三步并作两步回到自己的厢房里才算稍稍定心。

老于请了几日假后回到厂里,仿佛什么也没发生过。妹妹死在河里头,还是第二日有人凿冰取水才发现的。老于一家人寻了大半夜,只等到一具尸首,没奈何,一时也找不出凶手——钱在身上,定不是图财;衣服完好,也未被劫色,她就这样无缘无故被人掐死扔在了河里……警察排查了几日没有找到目击证人,只好不了了之。可于家的日子还得过下去,老于不得不复工。

贾士平老实了几日,见无人疑心他,心头终于松快开来,主动去找老于,请他给自己一份活儿干。

老于被磨得没了法子,寻了份货单给贾士平看。贾士平哪里看得懂?老于少不得逐一解释几遍。自贾士平来厂里,反倒给运输队添了累赘。

因得了方衡的话,老于既不敢不给贾士平事情做,也不敢为难了他。若小事贾士平都不能办得妥当,那最终还是要老于自己费心解决。虽各人埋怨有他不如无他,明面上却不便让他下不来台。贾士平未办几件实事,但得了月钱,心知素日给众人添了麻烦,便做出十分大方的样子,请众人吃饭喝酒。如此几次,贾士平即便有什么不周到的地方,大家也都一笑置之,不当一回事了。

冬夜漫漫,林家父女和阿兴围炉吃着火锅,一家人其乐融融。丁叔、崔嫂子、宁儿、丹露及小蕙在旁另支了一张桌子陪着。

"无锡百桥公司成立,要筹建水泥平面桥梁,按照道理,我们要出资支持才是。还有镇江苇浆厂的负责人是我旧友,他们厂里开始造商品纸,于国于民是件好事,也拨一部分款项支持吧。"

"父亲,这样算来我们的流动资金更少了。"之晴隐隐有些担忧。

"我们茶园清明前就开始采摘,听阿兴说已经有几笔订单和订金过来,到了立夏前,春茶的账目都会结清,不妨事的。"林老爷知道女儿的疑虑,倒比她笃定。

宁儿端了一大碗小馄饨上来,先分到林老爷、之晴、之岚碗里。

林老爷笑道:"你别忙了,快去坐下吧。"

宁儿手持汤勺舀着馄饨:"大家都爱吃这个,厨房烧好了总得端来,多耽搁就糊了。"

"崔嫂子,宁儿这样能干,我们都舍不得她出嫁了。"林老爷说笑道。

"宁儿过了今年要二十一了,我替她看着呢。"崔嫂子应着林老爷的话,却不防宁儿嗔怪道:"我不愿嫁人,你少操这份心吧。"

崔嫂子起身讪讪道:"孩子就喜欢说这呆话,老爷别见怪。"

林老爷微微一笑,示意崔嫂子坐下:"宁儿很懂事,你不必苛责她,慢慢筹谋起来便是。"

丹露咬着筷子在一旁笑着,小蕙却向丹露使了个眼色,在她耳畔偷偷道:"崔嫂子心气高,要给宁儿往城里找个好人家做少奶奶呢,多次让宁儿去相人家,宁儿不愿,你别没眼色。"

丹露闻言,又想起秋日里宁儿说过的话,心中不觉一跳,于是起来将宁儿拉到边上坐下:"外头怪冷的,你且坐下吃些刚烫好的鱼片。"

宁儿坐到丹露和小蕙中间,终于自在了些。她只管吃着火锅里的各色蘑菇,再也不抬头和她的母亲目光相接。

吃了半刻,前头厨房里又送来鲜虾、鸽子蛋、荠菜、山芋粉丝、张公豆腐等做烫菜,之后,又有两个砂锅送上来,咸香扑鼻,还未掀开锅盖便知是腊肉菜饭。众人又吃了一回,眼见将至八点钟,这才各自散了。

小蕙为之岚披上厚外套,又在手炉里添了炭给之岚焐着。两人走在廊上,仍是觉得四周寒风凛冽。"二小姐,冬日里山中寒凉。你身体才好些,我看不如依着大小姐的话,搬到城里宅子住着。那里有电灯和气炉,起居方便多了。"

"我何尝不知道有气炉暖和。可这些兰花谁来料理呢?我终究放不下它们。"

小蕙听了这话不禁打趣道:"如果未来的姑爷家没有这般山水可养兰花,小姐又该如何?依我说,还是应当先保养自身为好。还有一件,老爷的腿脚虽已大好,可还是禁不得寒气。我们虽有手炉,也时常烧炭盆,但总比不上气炉来得方便。何况,为着添炭之事,崔嫂子老是借机进出老爷的卧房。小姐出言敲打她一次,她便收敛两日,过后又不知道避忌。另则,小姐又不肯把这事同大小姐明说,其余人也不便管。长久下去,就算老爷无心,也搁不住崔嫂子一再卖好啊。"

之岚心想着小蕙的话在理。父亲之所以不上城里住着,大半是迁就她养兰的喜好。否则,也早已如方家一般在城里经营了。何况,崔嫂子近年来接近林老爷的心思越发明显。她几次弹压,均未有显著成效。

"既然如今有了车,来往也方便,过年前后不如住到城里,一来省得杨婆婆挂心,二来也可断了崔嫂子的妄念……"想到这里,她也下了决心,待第二日早餐时,便把想法与林老爷和之晴说了。

之晴听闻之岚肯去城里住,如何不高兴!忙嘱咐丹露过两日回城后就让小喜、小祥把行园其他房舍打扫出来,供林老爷和之岚住。庄园内外仍旧交给阿兴父子和宁儿母女照管。

丹露领了之晴的话,阿兴又让崔嫂子选了几个可靠的家丁和一个厨娘先到行园候着,以备传唤和守夜之需。

纵是如此,之岚仍不大放心花房的兰花,唤来宁儿细细地嘱咐了一遍,待宁儿一一应了才罢。

崔嫂子为着林老爷父女两个去城里小住之事,着实忙碌了几日。打点箱笼铺盖,料理药材饮食,后又亲自到行园安排了一回。趁着闲暇的工夫,她才与年轻时的小姊妹蒋翠屏联络上,兴兴头头地在南大街一家小饭店聚了一聚,谈的是为宁儿寻一门好亲事。听闻男方家虽不在阳羡,却在常州有几处房产,家里也有两三个用人使唤。

崔嫂子笑问："我家宁儿从小丧父,攀不着这样的好亲吧?人家若真是个公子哥儿,怎会看上我家闺女?"

"我听闻宁儿长得出挑,又颇能识文断字。没了父亲虽然可惜,但也无妨。那家公子虽有家业,吃亏在他老子和娘一早就死了。不过,祖业上下都由他一人承担。宁儿若嫁过去,便是当家主母。没了公婆辖制,有什么不好呢?"

崔嫂子听闻是这般光景,心头也有些活动："不知他年岁多少,容貌如何?我统共就这样一个女儿,又是嫁到别处去,你让我怎么舍得?"

蒋翠屏笑了笑："你呀,得陇望蜀。他是我表侄子,我夸他你又要嫌我多话。我不说了,你不如自己看看相片?若还满意,有空见上一见也未尝不可。"

崔嫂子看着相片里的男子方面阔耳,器宇不凡,十分称心："翠屏啊,我哪里是贪图人家富贵。不过统共就宁儿一个女儿,总归指望她嫁得好些,往后不要受苦挨穷,不必伺候人也就罢了。"

蒋翠屏应声道："俗话说,一家女百家求。可如今有家产、有家世、有志向的少爷们都紧俏得很。既然相准了,就不要空等。"

既然托了人,崔嫂子便主动付了饭钱。她们说定日子,等男方得空,便来阳羡见上一面。蒋翠屏笑道："你在这里大户人家做管事,也算见过世面。改日与男方一晤,可不能缺了礼数。"

崔嫂子听出话锋,连连称是,立刻买了徐舍小酥糖、和桥豆腐干、杨巷葱油饼、高塍猪婆肉等阳羡特产让蒋翠屏带回品尝。蒋翠屏收下道了谢,便即告辞。

男方相貌端正又有家业,少了父母倒也不怎么要紧。若宁儿能嫁过去,也算个好归宿。崔嫂子心想自己不到三十便丧了丈夫,公婆邻里数年来的讥刺、为难几乎让她投了河。直到被林家雇下,这才有些收入把女儿拉扯长大。眼见得女儿也到了出阁的年纪,崔嫂子心头不禁一阵酸楚。于她而言,宁儿是她心灵的依靠。若要远嫁,固然舍不得。但这两年身边的适龄青年她都留意了个遍,若要找个好人家也有许多难处。自己有心委身于林老爷,哪怕收了房也能多份体面。无奈之岚总是防备着,林老爷自己也未曾松口,可见要成此事也难。若女儿有朝一日做了人家有头有脸的正室太太,也好给她出口气,更不会如她今朝般无依无靠……

　　崔嫂子思来想去,总觉得相片上的那个男子与女儿最为相配。她更珍惜这个机会,筹划着买哪些表礼可供见面时相送。难得蒋翠屏也上心,很快带了男方过来与崔嫂子相看。

　　一来二去,崔嫂子对这个未来的"姑爷"更加满意了。男方带来了一副宫廷式样的大漆木梳,用红木匣子盛了,华贵异常。崔嫂子看着男方也费了心思,连带着礼物也越看越爱,便将那匣子摆在宁儿的梳妆台上。宁儿诧异道:"姆妈,这梳子、匣子哪里来的? 怪好看的。"

　　崔嫂子笑而不言,往后女儿日日有好东西使,自然最好。何况,男方也答应崔嫂子,宁儿若嫁过去,还请崔嫂子过去料理家务,省得母女分离。崔嫂子很称愿,只差找个合适的时机与宁儿说。

　　又过了几日,林老爷父女两个进了城,庄园内外似乎冷清了许多。一日,崔嫂子正安排家事,却听门房有人来找:"崔嫂子,外头有个叫蒋翠屏的女人,说与你相识。"

　　崔嫂子心头正悬着女儿的终身大事,日日辗转反侧,听说蒋翠屏上门来,心中高兴万分,忙向家丁道:"请她进来到我房里坐吧。"

　　她叫人烹了茶,又让厨房送来点心。自己三步并作两步走,回房中重新盘了头发才迎了出来。

　　"呀,你住这里?"蒋翠屏含着笑进来,四下里张望了一番。

　　"简陋了些,你坐吧。"崔嫂子拢上炭盆,又给蒋翠屏沏茶。

　　蒋翠屏接了茶道:"我呀,新置了一套房子在南京,十分宽敞。家里人少,住进去冷冷清清,你往后得空也可来玩儿。"她笑了笑,将大衣脱下,露出腕上一对金镯子。

　　"新打的?"崔嫂子看着蒋翠屏似乎打扮得鲜亮了许多,心中生出一丝羡慕,"难不成你丈夫在外头又发了财?"

　　蒋翠屏笑着褪下镯子给崔嫂子看:"你问的是这个? 我买了一只股票,最近一个劲儿地疯涨,我放了些出去赚点小钱。你想,把钱放在银行里做什么? 还不如买些金的银的,看了也欢喜。男人怎么靠得住! 上了年纪有几个闲钱心便痒了,还不如像你一样一人一身乐得干净! 我赚到的这些小玩意儿,你不要见笑。"

崔嫂子"哎哟"了一声："这算是小钱？我还不知何时才能得这样一个镯子！"

"钱存着做什么？往后女儿出嫁，只用你们这些月钱作陪也失了颜面。"

"宁儿出嫁，我能陪送的自然有限。但老爷和小姐们总会送些东西尽尽心意……"崔嫂子听她说这话，脸上有些挂不住，不免低了声气。

蒋翠屏笑了一声："你也知道，人家送你几样东西或给几个钱，不过场面敷衍。我和你要好，才与你说实话。你和宁儿往后要住在男方家里，若能多些钱财傍身，总多一分底气。"

崔嫂子堆了笑："你说得是。可我毕竟常在这镇上住着，也未曾见过多少世面，不如你头脑活络，叫我怎么变出钱来呢？"

蒋翠屏正色道："你好歹管着这一个林家庄园，手头怎么会没有钱？人家油锅里的钱还捞出来使呢！"

"这……"崔嫂子为难道，"老爷待人厚道，我不能拿官中的钱到自己口袋里……"

"你说的什么话！我何时让你昧下官中的钱？你也太小看了我！"蒋翠屏听崔嫂子这么说，倒生了气。

崔嫂子心头一软，求告道："我说的不对，你且指教我？只怕是我想岔了也未可知……"

"我教你买股票投资，这一旦涨了，你的钱就能翻上几番。"蒋翠屏笑道，"你拿了存款，且去试试，看看我说的是否当真。"

"万一折了本？"崔嫂子挤出一丝笑，"我这一世辛苦钱，可禁不起……"

"哎呀，舍不得孩子套不住狼！"蒋翠屏将茶碗放下，颇有些怪她不识好歹，"我的好妹妹，凡事总有个开始。我也曾吃了些许亏，但看准了就不会有错。现在钱庄都要求现金清账，银圆过剩，行情跌下不少。你我姐妹一场，诓你做什么？"

两人又吱吱喳喳地说了一回宁儿姻缘的事情，崔嫂子又再三拜托了，蒋翠屏也答应着只说"放心"。

临走前，崔嫂子叫住蒋翠屏，进卧房拿了自己的积蓄，用包头巾卷得十分妥帖才递给她："我的钱都在这里,全交托给你。"

蒋翠屏应了,又写了一张代理买股票的文书给崔嫂子："这些钱价值参差不齐,你自己心里也有数。政府声告要废两改元,你再存这些钱只怕越存越少。还不如我拿去,过年前就给你涨出一成!"

崔嫂子嘴上说着"好",心里却不踏实,连着几个晚上都没有睡好。宁儿偶尔见崔嫂子十分忧心的模样,问了几次,崔嫂子总顾左右而言他。宁儿道:"老爷和小姐们去了不过几天,你倒魂不守舍起来,阖宅里大小事情我料理了多半。阿兴哥哥年下须管着收账,若真看到了家里毫无体统,虽不敢说你,却要说我了。"

崔嫂子听了这话,不屑道:"他能说你到几时?你往后嫁了人,离了这里,便去做少奶奶,不必再受这份苦累。"

宁儿"哧"的一声笑了:"姆妈,你心气也太高了些。林家显赫,也是几代人积累下来的。哪里能想着鸡窝里飞出凤凰来?莫说我本就是个丫鬟,就说我们从前家徒四壁,若不是老爷收留,又陪着小姐念了几年书,只怕在外头连口饱饭也没的吃呢。多年来我们伺候老爷和小姐们尽心,大家喊你一声崔嫂子,喊我一声宁儿姊姊,那也是看在主子们的面上。我想得明白,若林家兴盛,我们的日子也好过些。若想拣高枝飞去,也未必能如愿呢。"

"罢了,你人大心大,我不与你理论。过几天,老娘得了好处,才叫你心服!"崔嫂子叹了口气,虽说还是不大放心,却也只有这份指望了。宁儿不置可否,从房里拿了个鞋样子便出去了。

　　到了年下，行园里热闹了起来，这是多年未有过的景象。杨婆婆夫妻两人心中欢喜，日日忙里忙外。丹露也前后帮衬着，力求让老爷、小姐们在此过得安稳。

　　应之岚所求，小蕙跟着之晴到古香斋里取了几盆兰花送到行园来照料，也好让她有些事情做。林老爷在书斋中烹茶阅卷，闲来往长街上散散心，与镇上的起居又不大相同。之晴为着执掌家业一事，婚事暂且不急。之岚的婚配，林老爷则早早地相中了震泽施老爷家的公子。施家誉满乡里，家中公子品性端方，可堪托付。之晴听闻施家祖上以缫丝起家，如今震泽的缫丝厂为股份制，施家公子占了大半的股，俨然一方大户。此事两家长辈都中意，只差坐下来好好商议，之岚心中亦略知一二。自古婚姻大事，不外乎父母之命、媒妁之言。若父亲坚持，她自然遵从。

　　见庄园一切安好，之晴也十分放心，只说过了正月十五便回来，让阿兴多看顾些。阿兴含笑答应："既然如此，那年头上我们也见不着了，我给你拜个早年,也请老爷和之岚妹妹的安。"

崔嫂子和一众仆妇都上前来贺,之晴又嘱咐崔嫂子:"众人都有家,需要团圆。你这几日给他们排一个休假的单子,也让阿兴哥哥看看,让大家各自错开了回去和家人过节。另外,各人返家前,你备上茶叶、尺头做礼物,也让他们家人添份喜庆。"

崔嫂子应着,与阿兴、宁儿一道将之晴送出门。

临近春节,镇上家家户户炊烟袅袅。腌制咸肉,做风鸡、风鸭的不在少数。街面上还有人在灌制香肠,洗刷萝卜、芋头,随处可见忙碌的景象。

行到城里,路便平坦许多。沿街商铺的掌柜忙着贴春联,茶局巷内更有几个老秀才在众人的鼓噪下挥毫泼墨,写了数十副对联和数十张斗方赠予围观的人。得了字的人,凑了几壶茶钱,相请众位。大家吃着炒蚕豆,有一句没一句地聊得热络,似乎全不将这冬日的严寒放在心上。

经过东风巷,之晴不觉触动心事,将车停在路边。

看着这条逼仄的小巷内行人寥寥,她却有一丝期盼,盼望陆穆远能恰在此时出现。他手臂上的伤,好了没有呢?她禁不住关心。

毕竟不同于上学时,当年的亲密无间早已不复存在,他们只能做最熟悉的陌生人罢了……又或许,待得来年女校开办,他正式接受委任教书,这样还能多说上几句话。

自己究竟有多在乎他呢?之晴也说不上来。她想,过了一年、两年、许多年之后,陆穆远或许就成了一个符号,不再如此重要了。想起去年自己最撕心裂肺的时候,宛若于酷暑天里吃下一盆辣椒,心头火烧火燎,却无法言说。后来但有所念,必涕泗横流、五内郁结。时至今朝,心头亦是木木的……

"嘿!"有人敲了敲之晴的车窗。她朝着副驾驶的位置别过头一望,原来是方衡。之晴挤出一丝笑容,熄了火下车道:"方大少爷,这样巧?"

"林大小姐也有闲情出来逛逛?"方衡系了一条羊绒围巾,着一件纯色大衣,显得器宇轩昂。

"年下终于空一些,清闲下来,倒不知去哪里好。"之晴随口答道。

"车里有兰花?"方衡注意到后座上的那抹绿意,几枝寒兰含苞待放。

"舍妹如今随家父住了上来,她喜欢兰花,我便带几盆给她照料,权当消遣。再者，将要过年，兰室馨香，可添些情致。"

方衡听闻林老爷同之岚也住到了城里，倒有些意外："我改日再登门向世伯拜年。"

"好。"之晴道，"我也要向方会长拜年呢，替我问候吧。"

正说着，有个小孩儿跑来向着他们讨好似的笑道："先生、小姐，买份报纸行吗？"

那小孩衣衫褴褛，戴着一顶洗得发白的杂色粗线帽子，露出一绺一绺多时未洗的头发，看上去甚是滑稽。他脸蛋冻得紫红，颇有些瑟缩的模样："先生、小姐行行好，买了报纸，我给你们唱首歌儿……"

"唱歌？"之晴听到这里，有些意外。要让这样的孩子在凛冽的风中歌唱，实在太不合时宜。方衡从口袋中掏出一枚六角星银圆，俯身递给他，"我和小姐各要一份报纸。这么冷的天，你早些回家吧。"

之晴接过报纸，小男孩满口道谢，又要从兜里找出零钱给方衡。

"新年了，零钱请你买蜜饯、糖果吃，不必翻找了。"方衡拉开车门，坐上了副驾驶的位置。之晴一愣，忙上了车。

小孩呆呆地看着汽车绝尘而去，将零钱揣进口袋，转身往东风巷里头走。

"方少爷，我可没有打算做你的驾驶员。"之晴虽如此说，倒也没有怪他的意思。

方衡一笑："有劳芳驾送我回家。"他说着，打开报纸浏览。之晴并不介怀，到了岔路口便掉了头，径直往方衡家行驶。

"听说你想重新研究古法制茶，不知何时才能尝到当年紫笋茶的滋味呢？"方衡虽在看报纸，却也有一搭没一搭地与之晴说话。

之晴知他言不由衷，只道："紫笋茶当年名动天下，从鲜叶采摘到制作都花了莫大的功夫。若方少爷看好这项举措，大可以支援一些资金，我也好免去后顾之忧。"

方衡笑了笑："诓我钱可不容易。如今国际形势不好，钱一旦投出去了，忽生波澜，悔不当初倒还好，若我们两个因此绝交，以后两位老爷子定要抱憾……"

"你做生意太谨慎了。"之晴心下明白方衡之意。

"但若林大小姐真有所求，我自然会酌情解囊以助。"方衡看了之晴一眼，之晴也正望向他。一时间四目相对，之晴一阵脸红，方衡忙道："不必太感动，专心开车吧。"

"感动？"之晴一下子不知如何反驳。方衡这样的人，总有让人哭笑不得的本事。

"若非林大小姐盛情，我也不能与这些兰花同座了。"方衡笑道，"待到春日，再向令妹求几盆赏玩。"

"好。"已至方府门前，之晴见春生神色有异，快步而来，待方衡下车，即上前附在方衡耳畔说了几句。方衡却一脸轻松，宛若无事地与之晴道别。

方家的茶筅订单出事了。

一进大门，鸦雀无声，厅里前后众人肃立，唯有方老爷和小林君坐着喝茶。条案上，堆了不少茶筅，方衡一望之下便知那是次货。

"父亲。"方衡不动声色地上前请安。

方正谷放下茶碗："你看看那茶筅去。"

"是。"方衡心下虽知茶筅出了问题，但不便主动出言相询。只听方正谷道："永信升生产的茶筅，大多为了出口。这批茶筅为何没有质检便送出去了？若非小林君到港口查验，待得次货到了日本，又该如何？"

方衡听了父亲的话，知道其中利害，一时间无可辩驳——茶筅出厂前，自然有厂内人验货，通知运输前，又会请竹下完明派代表来查看。怎会到了港口，才发现茶筅质量不合格？这样一来二去，已给方家造成了不小的损失。

小林君神色怫然："竹下先生一向信任方家，这以次充好之事，这是第一次，我们绝不希望有第二次。"

"我会调查清楚的。"方衡道，"永信升决不会让次品流转出去，还请小林君转致竹下先生，请他海涵。"

"其余茶筅还在港口，你们尽快请人去处理。至于给我们商户造成的损失，日后竹下先生会亲自找你们谈。"小林君公事公办，说完话便要离开。

众人面面相觑，半晌才有人道："从生产作坊到仓库，我们都会仔细检查，不敢懈怠。况且，这出口的订单我们向来十分用心，从顾问到生产督察员都是竹下派来的人。这样的货，一看就不是我们工厂做的。"

方衡望着这些茶笼,冷下脸来:"每次出货前都会留样,将这些茶笼去和留样对比,定要查出是谁做的手脚!"

众人答应着,方衡又问:"运输队的老于呢?"

永信升管事道:"茶笼质量问题,大约与运输队没有关系,所以没有叫他。另则,前几日是他妹子的五七,众人也不便去烦扰。"

"这件事情处理不好,谁都别想过年!"方衡少爷脾气上来,声色俱厉,众人不寒而栗。

永信升管事哪敢有异议。却听方衡又道:"十日为限,把货保质保量重新赶出来。否则,休怪我不顾各人体面!"

众人垂首称是。方正谷缓频道:"各自去办事,办好了再回来见我!"

方衡心知竹器行一向稳妥,出了事情必有缘故,忙叫人备车,与永信升管事先一步到厂里去。竹器行的干事近年来大多由竹下完明推荐,多次前往日本市场学习。正因竹下完明大力把控永信升,方衡平素甚少出现在竹器行,一来表示对竹下完明的尊重,二来也为了少一些是非。这次他带着黄管事与永信升管事一道进了工厂,上至技术员,下至工人,都有些讶异。

到厂里的路上,方衡已与小林君反复确认,的确有日方质检员进行过出厂质检,但不知为何到了码头,货物变成了这个样子。

"把运输队的人叫来,我依次问话。"方衡在一个空旷的仓库中寻了把椅子坐下来,也不理这个仓库在冬日里十分阴冷潮湿。永信升的大管事忙躬身而退。

运输队老于很快带着众人来了。见了方衡,老于反倒有几分意外。

"大少爷……您……要指派什么事?"老于小心翼翼地问。

方衡冷笑一声:"运输上出了纰漏,竹下先生特命小林君来问罪,这次的赔偿只怕也不是个小数目。你作为运输队的负责人,是不是该对此事说些什么?"

老于丈二和尚摸不着头脑:"运输出了问题?"

"到港口的货,你派谁送出去的?"

"这趟由贾爷负责送货。"老于答道。

"有其他人跟货吗?"方衡一听这话,心知祸事必然由贾士平而起。

"贾爷说,出一趟货,多拿几个钱回来请大伙儿喝酒。其余的人也就不去争了……"老于局促道,"贾爷还讲,到了永信升许多时候却没干事,别让人看了笑话。又因我妹子无故落水死了,我确实忙了一阵子,督查一节上懈怠了……"

"他回来了可有请众人吃饭?"

"有,有……"老于忙不迭地应道,"贾爷是爽快人,回来就请了运输队众人下馆子吃酒。"

"哦? 看来你也得了好处吧?"老于忽然住口不说,方衡不禁深看了他一眼。

老于强笑道:"他说他姊姊是老爷跟前人,最为得宠。听说我妹子死了,又送了几样东西来,只说是尽尽心,我也不敢拂了他的颜面。"

"是吗?"方衡冷笑一声,"贾士平一月能挣几块银圆,怎够众人吃喝? 他去清吟小馆打一次茶围就能挥霍干净了!"

老于心头一震,不敢接话。

方衡起身上前,拍着老于的肩头道:"你为我方家出力多年,有什么好处受一些我也从不计较。但事有轻重,应该好自为之!"

老于脸上一红,忙点头称是。

方衡见他局促地出门,忽而提着他的名字道:"于长海,你且站着,不必出去,让贾士平进来说话!"

老于未曾想到,素日很少理事的大少爷做事竟如此果决,心头不禁打起了鼓,也暗悔自己只顾着贾士平与方家的情分,失了往日的分寸。

贾士平进了仓库,走到跟前才发觉坐着的原来是方衡。

"大少爷……"贾士平笑道,"您怎么来了?"

"永信升好歹也是方家的产业,一年到头了,我总要来关心一下。"方衡不动声色。

"是……"贾士平应和道,"不知大少爷叫我有什么吩咐?"

"我听闻大家都夸赞你,真不知赏你什么好?"方衡笑了笑,"你自己说说看。"

贾士平看着老于,脸上的笑容终于自在了些:"我刚来永信升做事,什么都不懂,都是老于他们帮我。真要赏什么,全凭大少爷吧。"

方衡好整以暇:"你一个月能得多少银圆? 请客喝酒的钱,恐怕难以支付。因而我来问问你,你的钱从何而来?"

听方衡这样说,贾士平眼神有几分躲闪:"这……不都是老爷、少爷平日看顾,我才有钱使……"

"各家有各家的规矩,钱财来路不明,定有猫腻。我们方家待吃里爬外的人,从来不会留情面。你又是府里姨太太的兄弟,这头处置完了,还要另行家法。"方衡冷声道,"老于,你和他说说,厂里的规矩如何?"

"厂里同商号的规矩一样。但凡偷吃扒拿,一律送入监狱,依法从严办理。"老于不敢违了方衡的意思,面露难色。

黄管事接了老于的话讲下去:"家里的规矩,拿了不该拿的东西,挨鞭子;拿了不该拿的钱,剁去手指。"

贾士平听了,如遇雷击,忙跪下来哀求道:"我不敢……"

"茶笼的事情,老实招供吧。"

贾士平跪在地上,瑟瑟发抖:"茶笼……是有人与我说,各家竹器行里生产的大都一样,不过日本人要求高些,要做得精细,销量能更好。所以那人要与我们交换……当然,质量是保证的,外人绝看不出差别。"贾士平赌咒发誓,"他这样讲,又与我不少银圆,我才应了。天气寒冷,运输队的工人也都可怜。我得了钱,又有两三日假,就往花烟间去了几回,清吟小馆都没敢入。剩下的银圆都用来请工人们吃酒,并未瞒下一个子儿……"

"工人可怜?"方衡笑道,"永信升克扣他们工资了吗?"

贾士平瑟瑟发抖,哪里敢接话。

"你统共得了几个子儿?"方衡喝问。

"五十块银圆。"贾士平低下声气。

"为了五十块银圆,你给我弄鬼!"方衡抬起脚向贾士平踹去。

"大少爷,五十块银圆抵得上我两年的工资啊!搁谁身上都会心动的……我不能进监狱……姊姊若是知道我做错了事,定要哭狠了……"贾士平似乎不觉得肩胛骨疼痛,连滚带爬地凑到方衡跟前,连连叩头。

"现在倒知道芸姨要伤心了?"方衡冷哼了一声,"你放心,芸姨少了你也清净些!"

贾士平哭丧了脸:"大少爷,我不知道到底怎么了……我一时贪心,吃了屎,您大人大量,饶我一次,下次再也不敢了。"

"饶你?"方衡道,"我要看到原本属于我们永信升的茶笾。"

"那怎么可能?"贾士平心里一千个不情愿,也无可奈何,"钱我已经收了,也使了,何况那茶笾也不知运到哪里去了……"

"老于,让警察来把他带走。"方衡站起来,剜了贾士平一眼,"芸姨那头我自会说明,不劳你挂心了。"

正说着,黄管事带了人进来:"依照大少爷的吩咐,我们先行家法了。"

两个小厮抬起贾士平,将他拖至椅前,把他的手掌狠狠地按在椅子上头。黄管事拿出一把匕首比画了一下,扬声道:"贾爷,对不住了——"

看着锋利的匕首就要落下,贾士平杀猪似的惨叫起来:"别……我去说……饶了我吧……"

黄管事见到方衡的眼色,这才缓缓收起匕首道:"方家有方家的规矩。做错了事情,尚能补救,可免于家法。"

贾士平早已吓得魂飞魄散,不住道:"知道了,我知道了,我去和陆家的人说,这买卖做不成了……"

方衡与黄管事交换了眼色,黄管事道:"从今往后,贾士平不得踏入永信升、和德盛、方鼎兴。若左脚踏入,废去左脚;右脚踏入,打断右脚。"

老于闻言又小心翼翼地说道:"吃酒的钱,我们并不知道是他外头撺弄来的,定尽快描赔……"

"不必,你们尽心做事我才安心。往后运输不论何时何地都要一主一副押货,全程派人监察。出了问题,更好追责。"方衡说着,令小厮们将贾士平一路拖出仓库。贾士平经此一事,吓得肝胆俱裂,干号不止。众人见到方衡处事如此凌厉果决,更不敢懈怠。

入夜,贾士平找到陆家管事,说了后悔的话,并拿了一匣子首饰递上去:"这些首饰都是我姊姊的,折变了应该也有百来块银圆。你拿去,把茶笾给我换回来,就当没这桩事……"

陆家管事冷笑道:"你便是拿一百块现洋来,也换不回去了。"

"可是你们说了换给我的茶笾没有问题。我去打听了,你们换给我的茶笾是次货,若被我家老爷知道了,我吃不了兜着走。何况,你们家老爷也是商会的人,这样大家面上都不好看。你也知道,我家老爷是商会会长,你还是想清楚后果……"贾士平的这些话,他翻来覆去考虑了好多遍才顺溜地说出来。

不料那管事油盐不进:"后果? 换茶笺之事你情我愿,同我家老爷有什么干系? 再者,你与我换茶笺可不是为了那几十块银圆吗? 又何曾提过方家老爷半个字? 你现在这样可是要威胁我? 我这可有你按下的手印,你若有骨气,把你的拇指剁去倒可以抵赖!"陆家管事不是省油的灯,贾士平听了这话,心知无望,骤然间脑子中一片混沌。

陆家管事冷笑着扬长而去。不知过了多久,贾士平才明白自己落入了一个圈套。如今,他不但得罪了陆家,方家也难回去了。外头天寒地冻,他宛若一只丧家之犬,失去了一切的庇护。贾士平在寒雨里一步一拐地走着,清吟小馆的老板见他如今落魄,闭门不纳。兜兜转转不知多久,他还是到了方府门口。府上大门早已关了,敲了半晌,门房也不来开门。

贾士平一发狠,抱着姊姊的首饰匣径直到了当铺,当了五十块银圆,又一块块地将银圆从花烟间外墙掷进院子。花烟间的老鸨子闻声而来,立时开门纳客,叫出贾士平的旧相好,将他迎了进去。此后夜夜笙歌,好不快活!

贾士平不知道,他姊姊此刻正跪在方老爷书房门前的鹅卵石路上,口中念着的,便是求老爷和少爷宽恕弟弟。

方夫人差了玉枝来告诉芸娘道:"你且回去。商场上的事情,你我妇道人家说不得,也求不得,别白白作践了身子。贾士平办错了事,合该受些责罚,不然往后更放肆了。"

芸娘见玉枝来传话,忙含泪答应着:"太太的意思,妾身知道了。只是妾身就这么一个弟弟,要打要罚皆可,万不能让他流落在外头,再做出不好的事情来。"

玉枝打着伞,见芸娘仍跪着,想起种种往事,不免觉得她有些可怜。要论这方家上下的体面,便是自己受的尊重也比她多些。平日里她可指派其他丫鬟、小厮做事,芸娘却不敢和自己的丫鬟高声。自从十来年前芸娘流产,她更谨小慎微,深觉对不起方老爷的宠爱、太太的宽容。她的谦卑在玉枝看来,倒有几分可叹可惜。

"出了这样的事情,老爷心中也有繁难。还是明朝等老爷、少爷裁决了再计较。太太一向说姨太太省心,可别在这当口上糊涂了。"

"是……"芸娘一面拭泪,一面起身。腿上的酸麻一时间无法缓解,刚起身便一个趔趄。玉枝忙扶住她,又打了伞,将她送到住处。见院中伺候的人都远远站着,玉枝便指着小丫鬟阿香道:"往后姨太太要去哪里,你都跟着,万不能怠慢。这样淋雨,怕要受风寒。赶紧让守夜的老妈子打了热水来,最好再熬碗姜汤,伺候姨太太服下。若真有个头疼脑热的,也早早来告诉我。"

芸娘衣服俱湿透了,发髻也被雨水打湿。老妈子们见玉枝亲自来嘱咐,一个便去打热水,一个回房里拿了毛巾和干衣服来伺候。芸娘此刻才觉得身上寒冷非常,心中仍有忧虑,但在自己的丫鬟、仆妇面前,反倒不敢说一个字,免得旁人知道了笑话。

　　林家庄园因主子们都不在,比往年冷清了许多。原本到了此刻,茶厂管事有来送礼孝敬的,也有外地客商寄送来年礼的,热闹非凡。今年的热闹却去了城里行园——茶农们上城买节礼,也顺道去行园拜访。阿兴整日里忙着收债,林家庄园里的琐事尽由崔嫂子打理。收回来的银钱,也托崔嫂子交到账房记账。

　　打理内宅事务,崔嫂子早已得心应手。令她最高兴的事情,乃是蒋翠屏拿了许多利息亲自给她送了来。四十五个袁大头拿在手里,沉甸甸的,简直令人喜出望外——这些钱可比她们母女两个在庄园做一整年的月钱还要多!之后的几天,崔嫂子出手也分外阔绰起来。

　　宁儿道:"姆妈,那个女人怎么总往庄园里来?亏得老爷不在。你总不能将这庄园当成自己家,让外人经常出入吧。"

　　崔嫂子冷笑道:"大人的事情,你一个小丫头片子懂什么?别以为人家给了你多少恩惠,只有到手的银圆才是最实在的。"

"哟,原来我们崔管事发了一笔横财哪?"宁儿哂笑。她原本要来请崔嫂子去安排年下掸檐尘之事,如今见她心不在焉,不由赌气。

崔嫂子心中十分疼爱宁儿,奈何宁儿不大肯听她的话。纵然如此,宁儿也是崔嫂子肚里掉下来的肉,崔嫂子不疼宁儿又能疼谁?当蒋翠屏再一次来到庄园之时,崔嫂子趁众人不在跟前,偷偷拿了一千块银圆交给她:"只放出去半个月你就给我全部拿回来,不必太在乎利息。"

蒋翠屏笑道:"哪能亏了你? 下回连同上次那三百来块银圆,准给你拿回三四成利!"

"那多谢了。"崔嫂子笑着送蒋翠屏出去。临行前,又说了一回宁儿的婚事。蒋翠屏让崔嫂子不要太急,等开春后两个孩子先见一见再定。崔嫂子千恩万谢的,又拿了两斤红茶给蒋翠屏。蒋翠屏深知林家茶叶乃最上等的,心中欢喜无限,忙忙地收下礼物,这才坐上马车去了。

宁儿探望丹露姆妈回来,见崔嫂子站在门口一脸自得,不禁埋怨道:"阿兴去收账,整日里庄园都交你照应,偏生你和那一脸狐媚的女人来往。知道的说是你从前的朋友,不知道的该说你不务正业了。今朝傍晚还要送灶神,可别忘了!"

崔嫂子不理宁儿话中带刺,笑道:"你翠屏姨答应了,等开了春,你和她远房表亲见一见,把你终身定下来。"

"现在的时代也不兴什么父母之命媒妁之言。我还年轻,急着嫁人做什么? 往后也没个自由,要孝敬你也不能了。"

崔嫂子听女儿这样说,分明心里还是有她这个姆妈的,不由宽慰。她拿过宁儿背着的竹篓,笑道:"姆妈总不能跟你一世,只盼着你终身有靠。"

"有了男人,一辈子就舒心了? 我看也不见得吧! 譬如说你,又譬如说丹露的姆妈,哪一个享到了男人的福? 还不是都靠自己! 我爹活着时,你并没有享一日福。我爹一死,倒有一半成了你的过失——天天被长辈逼着为崔家做牛做马。做得好,旁人只说一句'可怜见的';做得不好,就将克夫败家四字安在头上。就说眼前,丹露她爹一死,她们母女两个差点没了活路……"

"别人家的事我管不着。我们这辈的人不如意,只能伺候人。你不一样,能断文识字,可以做少奶奶的。"崔嫂子想起那位未来的"姑爷",打心眼儿里欢喜。

"这些都是丹露姆妈定要给我的。"宁儿为岔开话题,将竹篓上的布揭开。崔嫂子一看,只见大半篓白米上放着橘子、乌菱、荸荠等果子及枣糕,另外还插了松柏枝在米中。

崔嫂子道:"这万年粮只做新年烧饭用,取个兆头便罢了。等到了大年初一,叫两桌镇上最好的席面来,也让我们庄园的厨子歇一歇。"

"老爷说的?"宁儿有些意外。

"我请一回众人可好?"崔嫂子得了许多利钱,也情愿相请往日一道共事的家丁。只是这一层,她不便和女儿说,免得女儿又嫌她多事。

宁儿见她慷慨,一改平日之风,也不禁微笑:"众人吃了你请的酒饭,自然要称赞你的。"

难得宁儿这样夸她,崔嫂子心中很受用。她想,若宁儿天天这样和颜悦色,明白她的心就好了。

天下父母用心良苦。

林老爷眼下的忧虑在于阳羡商业界的布局——若林家在此时节不能进退有度,只怕会卷入不必要的纷争。

"纵观阳羡商界,大家虽砥砺前行,也互有算计。日本遭受经济寒冬以来,将许多经营寄托在我们国家。方家若长久同他们密切合作,只怕得了利益却失了名誉。方会长在这阳羡商会中的位置,终究坐不安稳。"

林老爷听之晴如此说,却不认同:"方正谷岂是因家财万贯而坐得阳羡商会会长的? 为人正派乃立身之本,我同他相交数十年,互相扶持。方家虽受制于日商,却仍开了和德盛和方鼎兴。即便日商拿下了永信升,但眼下并没有足够的把握垄断湖汊的竹行、柴行。因此,他们还要一力笼络方衡,希求未来可以真正渗透阳羡商会。他们最终的目的,也不止于这些日常经营。"

之晴知道自己远没有父亲沉着,细思过后才回道:"想来我们家现在的产业也不便急于扩张,不如物尽其用,发挥我们润元居茶号应有的价值!"

林老爷微微一笑:"自当如此。你在国外求学多年,心思不觉外露太多。我们中华文化不一样,锋芒毕露反致灾殃。"

之晴点头允诺,又道:"今年的西湖博览会,不仅有许多国内代表参加,美国、日本、英国等都有代表前来参观并洽谈业务。您可知道我们阳羡在这次博览会上拔得头筹的是什么？"

"说到底，阳羡的纺织业、茶业虽发达，但毕竟不是全国独一份。阳羡紫砂乃侍茶佳器，非我们本地固有的紫砂土不可拓之。唯一的才是最好的，更是能走向世界的。我们阳羡茶亦要找出其最独特处，才能在业界立于不败之地。"

之晴心悦诚服："父亲足不出户却洞悉世事，女儿自愧不如。"

"我们阳羡茶固然要向好的方向发展，但紫砂器亦要珍视。它与普通陶器不同，过去可上贡朝廷，做到了官窑器的级别。茶为国饮，紫砂壶的未来也不可限量。另则，紫砂古朴之气非一般陶瓷可比，无论案头文玩或清供都有其妙处。譬如兰花盆、菖蒲盆，又譬如水洗、臂搁，可融诗书画印于一体，最为难得。茶器自然离不开茶。我们阳羡得了天时地利，在有紫砂的同时也有了天下难得的好茶。你同方衡两人这一生，若能做好阳羡茶和紫砂器的领路人，我和方正谷还有什么放不下的呢？"

父亲平素对她严苛，只为着锤炼她。父亲之期望，亦是她现今盼望的。

"紫砂文玩受众虽少，但若能拿下这部分人的市场，好处受用不尽。润元居和方鼎兴大可通力合作，实现双赢！"

之晴答应着："紫砂文玩市场自来为有识之士所喜，他们的手笔又非普通百姓可比……这样我们不仅可以实现利润最大化，也可收拢他们的心头好，拓宽我们手头的业务。"

"终于有点进益了。"林老爷难得夸赞了之晴一句。

"老爷，再过一个礼拜便是正月十五，还请您决定是在城里看完灯会再回庄园呢，还是十五当天回？我好让崔嫂子早做安排。"阿兴进来讨示下。

"之岚难得住城里，看看灯会散散心也好。等到了正月十六日下午，我们坐车回去。也不必费心安排什么，一如往常便是。"林老爷说着，替阿兴沏了一盅茶，"年下的账都收齐了吧？"

"账都齐了，我带了账本来，等之晴得空便可查看。"

"你办事妥当。有些事情，我交给你安排倒比交给之晴方便些。"林老爷对阿兴多有赞许，"她往后常住城里，只能请你城里镇上两处走动，却要辛苦多了。"

阿兴接过盛了阳羡红茶的小杯,且搁在一旁不饮:"还有一件事。天津姜老板还要订一批绸缎。往年这些生意,我们都转由陆家去做。但如今我们与陆家差点撕破脸,之晴又险些被陆家雇凶伤了,我们总不能再将这生意交给他们吧?"

林老爷点头道:"震泽施老爷与我们有旧交,这笔生意让与他做吧。往后即便成不了亲眷,多份走动总是好的。这次西湖博览会上,他家的产品获了一等奖,可见质量上佳。不过终究是买卖,马虎不得。我们做中间人的要审慎,否则两头不讨好。这桩要紧事,之晴多跑上两趟验收。"

过了年初八,之晴便乘船到吴江震泽仁安坊内。

震泽丝业公会和省女子蚕校合办的传习所已在埠头的慈云寺中开班,为丝业女工提供了学习、进步的机会。

之晴寻上门,取出拜帖交给掌柜的。掌柜的看了封皮上的字便笑道:"林老爷与我们东家是故交。小姐是林老爷的千金吧?"

之晴含笑道:"掌柜的有礼了。"

掌柜的忙让伙计奉茶:"林大小姐坐一坐,我且看看令尊有什么吩咐。"说着,他拆开信封,细读了林老爷的话。

"姜记时装公司要订绸缎?"掌柜的看了信上的话有些讶异,"劳烦林大小姐特意跑这一趟。其实,告诉一声,我去一趟阳羡也使得。"

"父亲信任贵号,所以遣我来问问。若大掌柜同施老爷愿意接下这笔订单,那我就让父亲即刻拍了电报给姜老板。我亲自来,原本也是为着从来没到过震泽,恰好领略一番丝业之埠的风景。"

因着近年来日本逐步占领生丝市场,国内生丝价格直线下降。丝价持续下跌,导致缫丝厂、绸缎庄日子过得比往常艰难。之晴送来这单生意,乃雪中送炭。掌柜的心中着实感激,表示将与大东家尽快商议出个方案。

之晴同掌柜的饮着茶,感觉滋味殊为奇特,不由出言相询。

"这是熏豆茶。青豆煮熟晾干,置于铁丝网上用炭火烘熏。最后,将熏豆放入石灰瓮中,待要泡茶时便可取用。三分豆,二分茶,五分水,喝了神清气爽。"

"茶的滋味有千万种,你们震泽的茶与众不同。"之晴赞道。

掌柜的道:"熏豆茶乃我们农家待客之物,难登大雅之堂,林大小姐是行家,见笑了。"

之晴谦逊了几句,掌柜的知道之晴行程匆忙,当日还要返回阳羡,忙命伙计用油纸包了几样东西来:"我们镇的黑豆干与你们阳羡和桥镇的卤汁豆干并称'江南双绝',请带回去与林老爷尝一尝。待开年后贵号制了新茶,给我们留两百斤吧。"

之晴笑着谢过了掌柜的厚谊,便即告辞。掌柜的亲自将她送到码头上,待船远去了,这才回到仁安坊里。

阿兴回到庄园与崔嫂子说了老爷和小姐要搬回来住的事情,崔嫂子提前两三天便筹划开了——老爷和二小姐的房舍需要打扫,更要安排厨房备下例菜。众人虽忙得团团转,但因崔嫂子年前的大方,倒也没有任何抱怨。

正月十五的前三天,照例是崔嫂子替林老爷发放月例的时候。她拿了阿兴和丁叔的月例,正要往他们住处去,经过园子时,听阿兴在与一个人说话——

"去年十月底股市崩盘,纽约交易所一百多年来都未遇见过这样的情景,国内亦有大震动。老爷的一些朋友入了市不及抽身,赔得血本无归,家里的田地屋舍都押出去了。少不得还要问老爷借贷些款子渡过难关,老爷眼下手头也不宽裕,可还得撑着门头……"那人叹气。

阿兴附和道:"我也看见报纸上说了,上海有些老板为着炒股押了全部家当,最后跳了黄浦江。我们不过是为主人家办事,拿几个辛苦钱,哪有那份心思去买股票呢?"

那人笑道:"老爷面上不能说,但总要为儿孙打算,总不能不顾身后路,你且放心……意思我已经传达到了,替我问候林老爷和二位小姐吧。这一开年,庄上还有不少事务要处理,不打扰了,先告辞!"

崔嫂子本是兴兴头头送月例来,听到阿兴和那人这样说,不由吓了一跳。几个月前股市崩盘?国内情形如何?这到底怎么回事……年前蒋翠屏也送了利息来,难道是哄骗我的不成?崔嫂子越想越不妥当,回到账房放下月例,便让老胡套了车,到镇上给蒋翠屏打电话。

"喂——我找蒋太太。"

"蒋太太?"接电话的人粗了声气,"哪里来的蒋太太? 别是那个破落户蒋翠屏吧!"

"是……蒋翠屏……"崔嫂子虽在电话这头,但勉力将自己的语气放得平和了许多。

"你是她什么人? 她还欠着两个月的租,你若得空便让她来还清! 否则,我就要将此事报警、登报了。"

"什么?"崔嫂子怕是自己听岔了,手心不住地冒汗,"她不在吗?"

"她前几个月租了我的房子,大年夜趁我们不理论一下子搬走了,到现在还拖欠着我两个月的租金。怎么? 你要替她还账?"

"不……不不……"崔嫂子嚅嗫着,双手不住颤抖,头脑中霎时间一片混沌。她手忙脚乱地挂了电话,心却若坠入冰窖。

"崔嫂子,"老胡见她脸色惨白,仿佛失了魂魄,忙过来问道,"不舒服吗? 我替你去找个大夫?"

"别去……"崔嫂子无力地拉了拉他的衣袖,"回庄园……不许和任何人说我今朝出了门。"

老胡虽纳罕,但崔嫂子既然如此吩咐,也不得不应了下来。

到了接灶神的日子,崔嫂子强打起精神命人备下香烛、素馅馒头和酒水。

宁儿带了众人进来,一顾之下便见灶山上"上天言好事;下界保平安"的对联不知何时裂了一道口子。宁儿心觉不好,忙走到门外崔嫂子跟前,附耳低声嗔怪道:"姆妈,你近日办事越发不妥当了。"

"什么?"崔嫂子心不在焉。

宁儿见她面上没有过年的喜色,深觉诧异。好在烛火昏暗,众人也未发觉这细节。宁儿一面请丁叔焚化纸锭,一面偷偷出去取了糨糊来,趁厨下的男执事们叩头祝祷之时,将对联糊裱妥当。待众人散去,宁儿才上前道:"姆妈,你到底怎么了?"

崔嫂子一怔。她着实不知道,该怎样向女儿开口说出这件匪夷所思的事情。女儿是个暴脾气,若知道了事情原委,或许要和自己翻脸。思来想去,她还是决定将这事情隐瞒下来，能拖多久是多久。

"过年事情多，我有些累了。明朝正月十五，保不齐要放半日假让大家出去看灯。后日老爷和小姐们要回来，就怕大家松散惯了，误了事。"崔嫂子絮叨起来，"如今内宅的事情，阿兴更不得工夫去管，你也要帮我多留意些。"

宁儿听她这样说，倒也不便深究其他，只好打了帘子先出去了。

过年迎财神的日子一过，就数正月十五最热闹。镇上张灯结彩，锣鼓喧天。镇上一众青年有舞狮子的，有调龙灯的，晨起便从镇上最繁华处开始朝着广袤的原野一路行去。若到了某个农庄门口，常有庄主或管事亲自送了银钱出来，也讨个吉利。灯会上的花灯也非一夕而成，年初八左右便陆续出灯，到得正月十五，盛况空前。调狮灯、调马灯、调花船的也次第出场，就连安徽的牛鼓龙灯也到湖汊的调沙滩上与阳羡各镇的龙灯一会。几十条龙灯抢"夜明珠"，随着锣声鼓点腾身穿梭。丁山白宕的两条老龙声名赫赫，往往占尽先机。花灯亦是正月的主角——有的花灯上糊着各色剪纸；有的花灯上题着一些老秀才的灯谜；还有最精致的，以绢为灯身，上头绣着各色花卉，名曰"百花谱"。龙灯长十余丈，龙身闪闪发光。花灯的光亮映照着河面，粼粼波光。东南八乡、浙北地区的群众，翻山越岭聚集于此。庄园中不少本该当差的小厮、丫鬟偷偷央了车夫，套上骡车溜出去看灯，崔嫂子知道了也作不知。她已经好几夜辗转反侧，为的不只是自己十多年来的积蓄化为乌有，更重要的是她偷偷支了账房中一千块银圆。这个缺口断断不能在短时间内遮掩过去——明朝林家父女回来，少不得要到账房对账。若是查问出真相，只怕自己的下半生要待在监狱里了。想到这里，她一阵灰心。宁儿遣人请她去吃饭，她也丝毫没有胃口，只推说不饿。

因要开饭，叫了多少人都不应，气得宁儿直骂人："明朝老爷和小姐们都要回来，偏生那些人都躲懒享乐去了。一个一个像是出了娘胎就没看过灯似的！待我回明大小姐裁了他们的月例，让他们也知道什么是厉害！"

丁叔听了，忙过来宽慰道："姑娘消消气，不过十点钟，他们终归要回来的。到时候，让你姆妈和阿兴好好教训他们便是了。"

听宁儿叫人，一些没有胆量出去的丫鬟、小厮便上前来问："宁儿姊姊有什么要吩咐，告诉我们也是一样的。"

宁儿知道他们忍耐着不出去看热闹已然不易，也不便再沉下脸。她拿过一盏茶，漱了漱，这才道："老爷和两位小姐的住处虽已打扫好了，但炭火还未送去。另则，因我须看顾二小姐花房里的兰花，老爷和大小姐的卧房、书房里陈设的盆栽也要你们打理。可别这盆里窜了草，那盆里蔫了花，让他们见了扫兴。"

丫鬟和小厮们诺诺而退。丁叔亦招呼道："我先到库房转一圈。"

宁儿看了看时间，已经过了八点钟，忙笑道："您自便吧，不早了呢。"说着，她拿了个手炉焐着往古香斋走。

殊不知，就在一刻钟后，林家庄园的静谧被一阵急促的敲门声打破。

"是谁？"老王忙披起棉衣。他虽口里这样照常问着，心中却也明白，定是溜出去玩的丫鬟和小厮们这个时候回来了。

"来了！"他的居处虽在大门边上，但此时是冬夜，寒风只需在身体周遭停留片刻，也是钻心刺骨。

老王将侧门门闩拉开，还未来得及反应，就向后一个趔趄——那是一阵巨大的推力，让他来不及有任何反应。他只能见到在昏暗的灯光下，一群穿着褴褛的壮汉，蒙着面巾，手持大刀、棍棒、铁耙，争先恐后地冲入林家庄园。见那群人在前厅打砸，老王心知现在跑出去求援也无人理会，只好一路悄悄地往崔嫂子处去。崔嫂子听了这话，不由一阵害怕，愣在原地。老王哪里顾得上崔嫂子的反应，又往内宅找守夜的家丁到前面去阻住贼人。

崔嫂子听得打砸叫骂声渐近，忽而升起一念——若我能为林家庄园流血牺牲，老爷定能念在我有心保护庄园，不再迁怒于宁儿。

想罢，她拿过房中的门闩，三步并作两步赶到前厅："主子们都不在庄子里，你们想做什么？"

"你们大户人家开开心心过年，我们这些种地的都快饿死了！"领头的一人沉下嗓子喝道，"账房在哪里？"

崔嫂子心中突突直跳，这十几条大汉来势汹汹，自己万不是敌手。老王去后院喊人了，也不知那些家丁何时才能赶来。今儿若不是正月十五，家里的丫鬟和小厮们也不至于在外不归……都因自己心绪不宁，才未安排得当，闯出这样的祸事。

"账房在哪里?"那个头领又逼问道。霎时间两条大汉扑上前,一个扭住她胳膊,一个夺走她手中的门闩,顺势将她打倒在地。

其中一人叫道:"她丫头我见过,面盘子长得还不错,能卖几个钱!"

听说那些人打自己女儿的主意,崔嫂子吓得六神无主:"千万不要为难我女儿!"

"老子最后问一遍,账房在哪里?"

崔嫂子定了定神,账房因自己偷偷挪用了一千块银圆,余下的银钱倒没有多少,即便抢去也无大碍。她倒可以移花接木,将这银钱丢失之事全部推到这帮匪徒身上。

"往西北走,有一丛芭蕉和紫竹,后头那个小房间便是我们家账房。"崔嫂子委顿在地。

领头的依旧让那两条大汉看住崔嫂子,自己带着其他人往账房去了。两个汉子瞥见她手指上有一枚金戒指,捋了下来藏在自己口袋里,又见她耳朵上一对黄豆大小的金耳环光闪熠熠,亦强行摘走,疼得崔嫂子惊呼连连,伸手去摸时,只觉耳上辣辣地流出血来。这样的殷红她有多年未见了,崔嫂子十分惧怕,全无抵抗之心,但求这群强盗能速速退去。两个汉子在前头等得不耐烦,抬眼见到梁上的匾额正是"芬芳冠世"四字。他们相视一眼,冷声道:"林家也配用这块匾?当年做贡茶时,茶农看的是皇帝老儿的面子,现在不如给他摘了,省得林老头整日说嘴!"

崔嫂子浑身一颤,想到林老爷对这块匾的珍视,不由大叫道:"这个你们不能碰!"

"老子今朝就要摘下它扔到粪坑里,让你们林家成为阳羡的笑话!"崔嫂子这样护着,倒激起了那两个人的兴致。

"还有没有王法了?"崔嫂子一听,声音大变,几近哀求,"这块匾林家几代都没摘下来过,你们不能摘啊!"

大汉失笑:"王法?老子说的话就是王法!"其中一人拖了凳子、桌子垫脚,另一人随即举起门闩,递了上去。

崔嫂子见后院已有家丁持灯笼快步而来,忙扬声大叫:"强盗去了账房,强盗去了账房!"

她的叫喊声在黑夜中划破天际，老王和家丁们显然听到了她的叫喊。

"谁让你喊的！"两个大汉一惊，门闩早已带动匾额往地上砸下来。崔嫂子一咬牙，两步上前，想要接住匾额。站在一旁的大汉只怕出了人命，将她一推："你想死？"崔嫂子身子一倾，仍被匾额砸中右臂。她惨叫了一声，昏倒在地。

崔嫂子醒来的时候，宁儿正坐在她的床头垂泪。丹露守在门外，听得宁儿说"醒了"，忙进来探视。

见丹露到了床边，崔嫂子犹有一丝惊慌，强作镇定道："你回来了？"

丹露宽慰道："崔嫂子，你且好好休养，外头的事情有我们呢。老爷和两位小姐都知道了昨晚的事情，也报了警。一旦有了线索，警察那边会尽快破案的。"

"噢……那几个强盗都没抓住？"

宁儿红着眼道："昨天众人赶到的时候，账房已经起火了。天干物燥的，怕火势蔓延，家丁们忙着救火，终究没有抓住贼人。"

"那块匾呢？贼人说要扔进粪坑……"崔嫂子急问。

"虽没有当真扔进粪坑，却也断作两截，已请了师傅来镶。"

崔嫂子心里一松，吸气间胸腔却隐隐作痛。但她尚顾不上身体如何，唯恐摘不去自己的嫌疑："去账房看了吗？一切可还好？"

丹露摇摇头，向宁儿道："你多照管着你姆妈，我去老爷和大小姐处回话……"

潇碧苑的茶室中，林老爷、之晴、丁叔和老王坐着。阿兴正替老王脸上、手背涂抹烫伤膏药。

"崔嫂子醒了吗？"之晴见丹露进来，忙询问崔嫂子的情况。

丹露道："宁儿照顾着呢。大夫说了，手臂好几处骨头碎裂，休养几个月也未见得能恢复如初。好在如今是冬日，倒比夏日容易保养。"

老王捧着隐隐作痛的脸自责道："都是我不好，怎么就轻易开了门。"

林老爷叹道："这怎么能怪你？怕是林家庄园合该有此一劫。还好众人都无大恙，失了些钱财也就罢了。"

听说昨天出门看灯的丫鬟和小厮们都惴惴不安，林老爷便道："丹露，你将老王送回房中歇息，门上若有要事，可让丁管事回报。告诉那些小子和丫头们安心去做事,大冬天跪在那里做什么? 年纪轻轻的,别落下寒疾。"

丹露领了林老爷的话,便与丁叔、老王出去。到了前厅,又安抚那些丫鬟、小厮,让他们各司其职。

"借据没了,借出的钱款,大多数难以要回来了。一并烧掉的还有田单和契约……"阿兴道,"年前要回的账,还有一千多块银圆未及存入银行。这笔周转的钱也被那帮贼人掳去,现下该好好打算怎么度过接下来的两三个月。"

"原本想着开春新茶上市可补了年下的亏空。如今,倒要打算哪里可腾挪出一笔钱订下运输的火轮。采茶、制茶、包装都费时费钱,不可不早做打算。另则,各家商号、庄园、行园第一个季度的开支、月钱总要按时发给,不能亏了人家。"之晴不免有些苦恼。

林老爷无言地呆坐着,长叹了一口气。

"父亲……"之晴踌躇半晌,似乎下定了决心,"听闻母亲在世时给我和妹妹都留了一份嫁妆。妹妹的嫁妆我自然不会动用分毫,还请父亲同意把我的嫁妆折变成现钱,渡过这次难关,不必费心思量其他。"

"遇事不动脑子,且想着变卖亡母遗物,还做什么东家? 你母亲留下的东西,一件都不许动,否则就不要认我这个父亲!"林老爷霍然变色。

林老爷轻易不动怒,霎时间气氛变得僵滞凝固。阿兴和之晴闻言怔住了,之晴咬着唇不发一言,眼中隐隐有泪花闪烁。

阿兴忙道:"之晴担心林家上下,随口一提,老爷切勿动气。撑过两个月,十几家茶行的订金如期而至便好了。"

"开在外省效益欠佳的铺子,先盘出去,将伙计遣散。银行里的存款暂且拿出来一部分周转,至少撑到春茶上市。"

阿兴见之晴仍一脸凝重,怕自己一走他们父女又起争执,便拉了拉之晴的衣角:"之晴,我还有些事情要与你商议,你跟我出来一下。"

林老爷道:"你们商议吧,我去看看之岚。"他披上外衣,往古香斋去了。

炭盆里的炭燃烧着,发出"毕毕剥剥"的声响。阿兴微笑道:"小时候我们学堂里的先生说过,福兮祸之所倚,祸兮福之所伏。想必往后家里定会顺遂的。"

"你不必宽我的心。"之晴吸了吸鼻子,勉力不使眼泪落下。她知道,从今往后还有更多未知的事情等着她去做。她必须打起十二分的精神,万不能让林家就此颓败下去。至于与母亲有关的任何事，之晴再也不敢在父亲跟前提半个字了。

阿兴正要离去，宁儿进来道："大小姐，有句话我不知当讲不当讲。"

"你来找我，便是知道事有不妥。"之晴忙让宁儿坐了。

宁儿垂下头："昨天都是我们母女两个没有周至得当，纵了小厮和丫鬟们出去看灯。姆妈心下懊悔，也一直睡不安稳。但言下之意，此事和陆家有关。无奈没有实证，怕说出来也是枉然。"

"怎么会和陆家有关？"阿兴问。

"姆妈昏迷时，好像听见有人说'回去告诉陆老爷'这样的话，或许做不得真。"

"我知道了，你去照顾崔嫂子吧，其余事情我会吩咐阿兴哥哥和丹露去打理。"之晴轻轻拍了拍宁儿的肩，柔声安慰。

自从账房失火，宁儿一来自责自己没有看顾好，二来担心崔嫂子伤情。听之晴这样说，她心里更过意不去："大夫看过姆妈的伤势，说只要养着，并不要我时刻在身边，不如只遣一个小丫头端茶倒水便是。阿兴哥哥要忙着外头的事情，丹露也要跟着大小姐，账房总要命人重新修葺，先让我料理家务吧。"

之晴知道宁儿一向忠心，也明白她想要为林家出力的心思，便依了她的话。

"阿兴哥哥，你送送宁儿。"之晴见宁儿似乎还有话要说却难以开口，也不忍再去问。

阿兴明白之晴的意思，走到四下无人处才开口劝道："昨晚的事情，大家都意想不到，你万不要再自责了。既然你决意揽了打理内宅的职责，终究要提起精神，不可有其他疏失。"

宁儿听了，强展笑颜："我定会做好分内的事，否则怎么对得起老爷和小姐呢？"

一襟遐思

二月初一起，崔嫂子便开始持斋。往年因家里琐事多，也不曾如此。如今老爷、小姐们让她将养着，不令她忙碌，她心里反而分外地空落落，只好以此寄托。

外地几个商号虽遣散了伙计，但几十天下来，还未有人接手铺面。之晴心知情况不容乐观，不免嘱咐阿兴道："茶市眼看就要开了，火轮可有定下？钱款尚可支撑吗？"

阿兴道："我们的茶叶每年都在画溪河上运，都盯着呢。船工是相熟的人，不会有岔子。"

"再过二十天，茶叶便可采了。采茶工人处须安排妥当，制茶大师傅也要尽早请他们吃饭。旧年苏北茶商下的订单可得再仔细些，另外要给上海刘先生和震泽丝厂大东家施老板留下一部分新茶。"

阿兴一一记下，又道："过几日天晴，你上茶山看过后，再请大师傅们议一议，定下开园日子。"

"采茶的工钱按去岁议定的,涨两成。只是额外要求采摘的叶片不可掺杂——单芽的只许有芽,不许有叶;一芽一叶的断不可找到两片叶子,更不能有零碎叶片混入。若发现谁人以次充好,第一次勒令整改,第二次就不必上林家的茶山了。"

阿兴答应道:"开采前,我们同茶农们三令五申,晓之以理,动之以情,再许以好处,不愁他们不尽心力。"

两人议定了这桩头等大事,丹露才开口道:"二月十二,百花生日,按照往年,林家要与方家等大户一起拿了钱出来在谷子场上开几出戏的。方家已遣人来问了,今年我们出多少钱?方大少爷要提前去邀戏班子了。"

"按照往年的例子把钱封好带去精菜馆便是。阿兴哥哥要回城,就顺带将这桩事办了吧。"之晴道。

不觉已到了初春时节,山野中开了些许星星点点的花,柳梢头的绿意也漾了开来,只等着暖阳唤醒蛰伏的鸟兽,以祈求新的一年农人获得丰收。阳羡位于太湖西线,太湖水产四季不断。渔人在此时节拉网捕蚬,收获满满。蚬子价格便宜,普通百姓大多舍得花几个小钱买些回家,或烹制成蚬肉羹,或用其与韭菜同炒,端的鲜美无比。街尾处,有菜贩叫卖马兰、芹菜和荠菜,这些都是开春后最时兴的菜蔬。

阿兴走在街上,心头想着之晴嘱咐的事情。林老爷虽不大管事,但庄园少了流通的银圆,失了账目和欠款单据,终究十分棘手。账房先生虽与之晴一道尽力回忆账目,但能录下的不过十之七八,没了人家按了手印签下名姓的欠单,欠款十有八九要不回来了。从精菜馆出来,阿兴正要往行园去一趟,忽然看见不远处有个女子,身影与之晴颇为相似。她装束洋派,着一件收腰身的大衣,戴着一顶礼帽,露出过肩的卷发。她手中拎着一个麻布袋子,与她的装束显得格格不入,袋子里头隐约有东西滚落。

阿兴快步走上前,这才发现许多黄豆落在街面上,仔细一看,正是从那个女子手中的袋子里掉下的。

"小姐,你的黄豆撒了。"阿兴柔声提醒。

"啊——"女子回头露齿一笑,"今朝是二月二,在我母亲家乡,撒黄豆是风俗。"

"二月初二,惊蛰百虫;爆炒金豆,撒灰引龙。"阿兴笑道,"身在阳羡应当吃炒黄豆。"

"是吗?"那女子站住了,笑得眼角弯弯,"你的话真有意思!"

阿兴一怔。她确然很美,与之岚的清丽不同,她鲜艳得仿若之晴潇碧苑里架上仲春的蔷薇,唇上的一抹鲜红宛如冬日里的炉火,令人感到温暖万分。她眉眼精致,仿佛修饰过,顺从又添了些许妩媚。

"谢谢你的关心,我先告辞了。"那女子脸上的笑容由始至终没有消减半分。

阿兴看着她的背影,不禁默然:"她和大小姐刚回国时的装扮出奇相似,但论美艳,她真是像极了说书人口中《聊斋》里的花妖狐精……"

在某一瞬间,阿兴竟然有一丝期盼,他希望知道那个女子的名字。但是,何时能再见呢?

他在寒风中伫立着,浑然忘却了此行的目的。那个女子早已经消失在街角,她并没有再回头看他一眼。

"丁管事……可算把你找着了! 东家说你进了城,要到商号里来。我便等了半日,实在等不得了。正要去行园问问,没料想在这里碰上了。"

阿兴一愣,随即问道:"严大掌柜有急事?"

"陆家今年竟纳了帖,要与方家抢生意。他不知哪里得来的风声,说林家、方家沆瀣一气,在阳羡联手挤对其他商户。如今周转不灵,要向山户强行搭货。若山户们只要现钱,都可找他销货。"

"裕隆昌从前只售锦货,怎么这几个月忽然转了性子? 这回又去压制方家,不知有何目的……"阿兴忽而醒悟过来当街发牢骚难免引人注目,忙压低声音道,"我们进商号再议。"两人一面走着,满心里想的都是怎样打破眼前的僵局。

"陆家既纳了帖,商会例会中还须向座中委员们阐明。当然,我们无法阻止他纳帖做生意,但这样针对方家,恐怕另有缘故。"严大掌柜说道,"若方家、林家声名全失,阳羡商会的第一把交椅岂非要落到陆维年手中?"

阿兴心想:"他这样有恃无恐,莫非已有了十足的把握要同方、林两家扯破了脸? 若单凭陆维年的实力,与林家相较亦非轻易之事,何况还要撼动方家这棵大树……"

严大掌柜又道："这件事本不该被我知晓,山里的买卖和我们城里的生意亦无干系。但陆家这样一闹起来人尽皆知,我早起到商号里便听孔朝奉与伙计们议论。再这样下去,自家的伙计们不免也疑心起来,日子一长,只怕人心涣散。"

阿兴听了严大掌柜的话,心知在理。但有些事情不得之晴和林老爷的吩咐,也不好向各家掌柜的明说。

沿街叫卖糖葫芦的声音回响着,一众小儿追了上去,兴奋莫名,仿若糖葫芦甜蜜的滋味能消除所有的烦忧。

庄园中,之晴与账房先生通宵达旦地计算着新年必要的支出,她需要凑出钱来渡过眼前的艰难。

一日,黄管事与方衡一齐秘密找上之晴。

"林大小姐,陆家在湖汶的举动,你定要留意了。"黄管事开门见山。

"我须顾着新茶的采摘和销售,哪里有工夫替你们看人呢?"

方衡见她搪塞,笑道："林家现在处在什么样的局中,不必我来说,大家都知道。一不留神,大厦倾覆,牵连的人只怕数以百计。我若只为着自家生意,断不会来找你。"

之晴心中一凛,亦正色道："不知我能做些什么?"

"我家如今同竹下完明的关系微妙。竹下完明蠢蠢欲动,只怕要在阳羡找一个下家也未可知。他估摸住令尊脾性,或许权衡之下找到了陆维年。若陆维年真得了竹下完明的支持,在这一趟笋场上拔得头筹,给方家没脸,那么往后阳羡商会将永无宁日了。"

"林家向来只做茶叶生意,若我们两家结成同盟,共同拿下笋市,将陆维年摒弃在外,他折戟而归,一时半刻也再难腾出手对付我们。另则,竹下完明或许会重新考量陆维年的办事能力,这样也能给你们家争取到时间。"

"不错。"方衡见之晴爽快,亦表明心迹,"陆家纳帖入行,若真想与我们争个高低,放在往年让与他便是。今年特殊,我们两家好巧不巧都被绊了个跟头,他还趁火打劫……真到了笋市开市的时节,我们如果对陆家寸步不让,山民们定会认为他们的东西奇货可居,不免抬高价钱,我们获利更难。假使我们退步让位，那今春的山货我们就无法盈利，更贴补不了亏空。等来年再做山货买卖，必然不那样顺利了。我们家尚有窑场和竹器行，你家能指望的只有润元居。"

"棋差一步，满盘皆输。"之晴心道，"上次和陆家那件事，便险得很。这一次，也不知到底怎样渡过这一关……"

"大小姐，老爷请你去一趟他的书房。"宁儿在账房外传话道。

"既然令尊催请，就不扰你们相叙了。黄管事，我们这就走吧。"方衡披上斗篷避人耳目，同黄管事一前一后地离开了林家庄园。

去书房的路上，之晴问起崔嫂子，宁儿回道："我姆妈哪里歇得住？手臂不大疼了便想着要起来料理事务。我也劝她每日上午不必赶着起来，天还怪冷的，歇一歇为好。可她吃过了午饭就命人带她各处转转，只说不能再有家丁和丫鬟们躲懒了。"

之晴道："话虽如此，可你也要请大夫时常来给你姆妈诊一诊，别落下病根。一应花费均从官中出，你们母女不必操心。我听说有些人骨折后不曾养好，一到阴雨天气就骨头酸痛。"

宁儿应下来。可巧小蕙打发人来要添在手炉里的炭火，宁儿便带人去了。

此时，院子里的蜡梅开了一树，香气扑鼻。山茶花虽娇艳，花香却不如蜡梅般馥郁。蜡梅花多是鹅黄色，与玛瑙色的山茶遥遥相映。冬日山中满目苍翠，这些许亮色倒让人心情为之一振。

之晴折了一枝蜡梅走进林老爷的书房，见父亲拿出一只博山炉，想来要焚香，不由笑言："父亲，室内虽有暖香，不如暗香浮动更雅。"

林老爷看见之晴手上那枝蜡梅，微微一笑："你折的梅花用以清供最妙。"说着，放下香炉，从架上另拿了一只炉钧釉梅瓶，蓄入半瓢山泉水。之晴接过梅瓶置于案上，将梅枝安放进去。她端详了片刻，又拿起一把剪子将旁斜逸出的枝干修剪了些许，这才坐到桌前，与父亲一道饮茶。

"今年的情势，与往年大不相同。"林老爷道，"你可要留心，不要顾此失彼。"

之晴忙提笔将过年前后的事情逐一理顺。第一，与范家、陆家生了龃龉，由方家劳动士绅基本调停，范家退出商会；第二，现钱的支出主要为借款，供友人办厂使用；第三，姜记时装定绸缎的生意给了震泽施家；第四，家中账房失火，库中财物皆付之一炬。

"这些事情都与我们林家密切相关，你能看出些什么?"林老爷又道，"蛟桥边你差点遇刺，这虽不能轻易下定论，但也可知这阳羡城里有人一心针对我们家。如今方家也受到制约，我们若再坐山观虎斗，也未必能坐享其成。"

之晴道:"我们家和陆家的关系虽经人调停，但芥蒂已生。我们借款给别家，导致自家现钱流通不畅。本待开春茶市填补，但如今生了枝节，不知后事如何。还有姜记时装公司的生意，按照常例我们会安排给陆家做，可因陆家一再生事，我们心有顾忌，因此选了别家。陆家一旦得知，面上不说，暗中定会恨上我们。另则，账房失火乃人为，算准正月十五之夜家丁稀少，邻里都去看灯，难以救援。但每户人家的账房定不会存满现钱，他们为的可不一定是这一两千块银圆，从放了一把火便知其心。此外，恐怕陆家明里要同方家争持，暗中却要置我们家于死地。只消我们两家中有一家支绌，势必影响我们互相供货的环节。"

"趁火打劫虽为人不齿，但我们也无法强行遏制。陆维年往常并不是冒进之人，这几个月贸然如此，只怕也有隐衷……"林老爷毕竟不敢全然相信合作了十数年的老朋友会在一夕之间翻脸无情。

"不管他有没有隐衷，终究已伤了与商会众人的和气。破镜难重圆，他再三挑衅，我与方衡都不会再纵容他了。"

"你们两个年轻人行事要适可而止，不能坏了牙行的规矩。"林老爷正色道，"断不要为了蝇头小利，置家族信誉于不顾。商誉若毁，便有金山银山也只能坐吃山空! 何况，兵行险招，须慎之再慎。大户人家斗法，往往百姓遭殃。"

之晴答应着，心中却已打定了主意——待整个湖汶山户的笋市十之七八到了陆家手中，只怕他一时半刻也无法倾销。届时，方、林两家压价收购，反倒能赚上一笔。

转眼便到了笋市开市的那一天，阿兴早晨三点便到了镇上与黄管事碰头。方家牙行内外被煤油灯照得亮堂堂，几架磅秤置于门口。除了掌柜的站在门前招徕过路的笋农，其余的伙计直奔笋农必经之道，谈妥价钱，便将笋农引到商号门口。掌柜的算账，朝奉过秤。几个车夫与笋农一道，合力将春笋抬上骡车、马车。每隔一个时辰便往渡口火轮上送一趟,端的忙碌非凡。

不承想,天蒙蒙亮时,陆家的伙计们撑了一个棚子在方家商号对面,并挑出根旗杆来,上书笋价几何。一些笋农本已被方家伙计带到商号门口,却见陆家收价高出不少,不由反悔。有些笋农不待与伙计解释,径自挑了笋往陆家棚子里去。

一来二去,陆家棚子前头乌压压地挤满了人,方家商号却门庭冷落。伙计们出力不讨好,只能望洋兴叹。掌柜的见此忙与黄管事商议:"这还是第一天,再这样下去,我们今年的笋市收益就算完了。"

这已在黄管事预料之中:"陆家抬高进价,利润空间就少了。我们本就只赚一成利润,他们若铁了心不赚钱也要与我们过不去,我们也无可奈何。"

掌柜的不由叹气:"这样做于他们又有何益处?"

阿兴道:"不如让骡马车进山,从笋农家里直接收货拉到码头上。大家勤谨些,至少不要让陆家的人看了笑话。"

黄管事听阿兴如此建议,倒也认同。待笋市第一天结束,便安排下去,并约束伙计住店,不可回家,以免走漏了消息。

陆家棚子中春笋交易直到天黑还在进行,黄管事嘱咐掌柜的见机行事,又赶忙回到和德盛,与方衡、之晴商议接下来的应对之策。

之晴在帘后饮着一盏茶,她听了阿兴的安排,总觉欠妥。租赁骡车、马车进山,更增一笔额外的开销。

方衡亦道:"这样一来,人力、物力所费颇巨,我们如此行事并非长久之计。"

之晴思量了半晌,忽而笑道:"我有一计,不过有些不厚道,但也没法子了。"

阿兴附耳过去听了之晴的法子,也笑了起来:"这个主意极好,若安排得当,有事半功倍之效!"方衡得知之晴如此计策,亦拍案叫绝。

第二日笋市高潮之时,便有几个笋农叫嚷着过来,操着笋锄、提起扁担打砸陆家的笋棚。

陆家伙计们本在兴兴头头地称笋,见有人来闹事,赶忙放下手中的活计,出来喝止。

"昨天称笋的不在?"带头闹事的笋农大声喧嚷,"怎么,想做缩头乌龟?也不问问老子是谁!"

"闹什么？有话好好说!"陆家伙计见势不好,忙开口弹压。

"说个屁!"笋农们鼓噪起来,"明面上涨价,暗地里克扣斤两,拿我当憨头？打的就是你!"

"怎么会？你们弄错了吧!"陆家的伙计本想发作,却看见那几个笋农五大三粗,并非善茬,若真与他们较量起来,吃亏的必是自己。

"要么赔钱,要么把笋还给我们!"其中一个笋农用扁担敲着秤,不让其他笋农的笋过秤。另有两个笋农叫嚷不休:"逼急了老子,一把火烧了你这破棚子!"

"昨天的笋早拉走了,怎么退呢?"陆家伙计软语道,"你们别听信谣言,我们称笋都是足秤的……"

"放屁,就是你们暗中使诈!"

原本排队等候过秤的笋农们见陆家摊上了事,又事关笋农利益,如何再敢与陆家交易？纷纷挑起箩筐,依旧将笋卖给方家。

陆家伙计们大惊失色,一面安抚原本排队的笋农,一面又与闹事的笋农赔话,弄得手忙脚乱。不知是谁,一声呐喊,竟将陆家的笋棚掀翻!陆家的骡车、马车本在笋棚附近约束着,见笋棚轰然倒塌,忙扬蹄躲避,车上满载的几十大筐春笋就此滑落,霎时间满大街仿若开了笋场,行人随处可拣到新鲜的春笋。车夫们忙着去牵回拉车的骡马,伙计们忙着从棚子里逃出来,一时间万分忙乱,叫声、喊声震耳欲聋。

第三日,陆家笋棚又搭了起来,来者却寥寥无几。笋农们似乎得了默契,依旧将春笋一担一担地挑进方家的商号。再过两日,陆家笋棚失了笋农的信任,唯有零星散户前往交易。算下来赚到的钱还抵不上开支的钱,更没有占到方家的丝毫便宜。陆家主事的只好偃旗息鼓,另做打算。

第二十三章 芳草长亭

转眼间，草长莺飞，又到了春茶上市之时。

之晴一早便同茶园的管事步行前往玉女潭拜谒"茶圣"陆羽神像，以示敬意。那厢，舞龙舞狮队在喧天的锣鼓声中，围绕着林家茶园腾挪跳跃、上下翻飞，以祈丰收、祥瑞。

吉时一到，在众人的催促下，之晴同林老爷共开茶园。采茶工人们提着竹筐，如春潮般一涌而出，散布到各个山头采摘新芽。

春茶季上，崔嫂子仍料理家务，宁儿则带着家丁们往各个山头巡视，中午和傍晚两次将采茶工人们采下的新茶过秤，并看着采茶成果分出等级，登记在簿，每日公告。待一个季节的茶收完，才一并算账支付工钱。

天半黑时，阿兴带了一队骡马将当日所收茶叶运到制茶的作坊内。之晴日夜看守在作坊，一面向大师傅们学习如何制作红茶，一面敦促工人们将鲜叶按同等斤两分好，而后将经过揉捻的茶叶均匀地放入竹匾，盖上湿布在阳光下曝晒。经过一个钟头左右，茶叶发酵过半，还须进行第二次揉捻。每十斤茶叶装入一只布袋，大师傅扎紧袋口，立于袋上，一脚踏下，袋中的茶叶跃动起来，翻了个儿。周而复始的踩踏，让茶叶在袋中经过一次又一次洗礼，直至条索分明。再往后，便是渥红和晒干等工序。唯有每道工序依法严谨而处，成品茶叶才能保证外形紧秀、汤色橙红、香气馥郁。

连日来，丹露替之晴督查着新茶发货事宜："绿茶金贵，按照订单次序，明朝起便可运往苏北。雨前红茶有常州、江阴及广州客商订货，也不可误了……"

到了四月底的一日，之晴正与丹露一道在茶园巡查。眼见阿兴一路小跑，显然有要紧事等不得之晴回家再说。之晴忙迎了上去："阿兴哥哥，怎么了？"

"你看看这是怎么回事？"阿兴递上报纸。

之晴接过一读，上头半个版面都是"林氏茶叶质量堪忧，润元居以旧掺新卖出高价""如此茶叶，如何冠绝江苏？"这些标题触目惊心，并且配上了插图。里头文字也多有"林氏秋茶去岁滞销，充入新茶销售"等"内幕消息"。

"事情既出，总要让不良影响降到最低才好！"之晴掷下报纸，迅速想着破局之法。

阿兴本想着手去调查，之晴叫住他："这件事我来解决吧。"

第二日上午，之晴出现在一家报社中，引得不少办事员瞩目。她身着一件以素绸缎制的苏派旗袍，衣摆绣了十分精巧的兰花，极其素雅。她眉眼间带着笑意，薄薄的胭脂衬得她仪态万方。诚然，她并不十分美艳，也并非出奇清丽。但当她立在那里，窗边那束温柔的阳光照在她身上，她便宛若一枝郁金香，不语婷婷。

"小姐，请问你找谁？"半晌，终于有一个办事员出言相询。

"我找你们的社长。"之晴粲然一笑，递上名片，"我是阳羡商会的执行委员，林之晴。"

办事员接过名片看了一眼，十分恭敬："请您稍待片刻。"

另一个女办事员忙将之晴请到会客室坐下，沏了茶上来。

只小坐片刻，社长便到了。

"万社长，你好。"之晴站起来伸出手，同社长握了一握。

社长是个四十岁出头的中年男子，个头不高，穿着半新不旧的长衫，有些谢顶，一进门便笑意融融，似乎很高兴有女宾到来。

"林小姐玉驾光临,不知有何要事?"万社长堆笑道。

之晴将包中折好的报纸展开来交到万社长手中:"请看看这个。"

万社长粗粗看了两眼,微微笑道:"林小姐,这报纸并非我们社里发行,报道更不是我们所撰……林小姐若要问责,恐怕须找那个立民报社。"

之晴一笑:"我若贸然找人问责,多半又要被那些无良记者杜撰文章了。"

万社长有些意外,不禁问道:"不知林小姐有何吩咐?"

"那名记者诬赖润元居茶叶掺假,这等同于损害润元居商誉。不如就让那位记者出来见见光吧。"

万社长赔笑两声,不置可否。之晴笑道:"不论是阳羡商会还是润元居都会选择一家不失公允的报纸登载广告的,若你替我办妥,查出始作俑者,我也会尽量促成此事。"

报社间互相倾轧本属常事,万社长心下本就有些活动,之晴再许以好处,万社长便答应下来——半个月内,他定"力挽狂澜"。帮之晴办妥这件事,亦是他家报社与阳羡商会交好的投名状。

之晴刚走出报社,万社长便派出社员跟踪撰写不实报道的那名记者,并派社员蹲守在那家立民报社附近,暗中留心里头的一举一动。但凡遇到可疑人员,便拍下照片。

三日后,那个撰写报道的记者便收到了一个信封,里面的照片足以让他惊心!不仅如此,他还收到一封匿名信,只有短短十二个字:东窗事发,若不澄清,必失荆州。

大清早,立民报社的冯社长上班之时便看到报社门口被人贴上了大字:"黑心办报,为人不齿。"天已大亮,已有不少人见到这样的场景,一时间闲言碎语传遍了街头巷尾。连接三两日,立民报社的报纸销量一蹶不振,冯社长将怒火发在自己社中记者的身上:"你们都是炮仗,放一响就没声儿了? 怎么破局,还要我手把手教吗?"

记者心中虽知社长拿的钱才是大头,却哪里敢与社长较真? 只好暗地里找到买通他的人,寻求办法。那人应承他可以接连一周买走他家发行报纸的一半,好歹会让报社渡过这一关。

记者兴兴头头回社,正要向冯社长报知这一消息。殊不知,他同接头人的会面场景早已被万社长请来的社员拍下,亦有堂倌愿意出面做证。

一周后,立民报社被迫歇业。在多番压力下,冯社长只好出面致歉:杜撰出这样的文章,目的是让林家茶叶滞销。自己为了蝇头小利,违背了职业道德。

茶叶风波告一段落,虽挽回了林家的声誉,但茶市最热销时段已经过了。因此,林家春茶上市后虽不致亏损,也没有盈余太多。

林老爷得知此事,将之晴招来训示道:"维护商誉乃重中之重。只是,如何借势促进销售,你还未跟上。有时候,舆论是最好的广告,你不必为此多花一分钱,却能收到意想不到的成效。人家为何要攻讦润元居?是为着润元居在阳羡一家独大,难免有人眼红。一旦澄清事实,这段时间内,以往不关注润元居茶叶的人也会通过新闻知晓润元居的经营。当时你若再点把火,便可烧得更旺!"

"年少之时念书习文,自觉并非乐事。原来小儿识浅,总以为读书是苦差;长大后,才知读书实为乐事,不必思量稼穑艰难。每行一步再想一步乃庸人,深谋远虑才可长久发展……"

"之晴,但凡我在这庄园一日,定会帮扶你一日。"阿兴见之晴成日眉头深锁,心中痛惜。他情愿回到小时候,之晴总那般无忧无虑。即便惹了祸事也有自己一力承担,不令她受丝毫委屈。

之晴道:"父亲对我严厉,也是为润元居未来的发展着想。若再不事事留心,润元居的基业真要折在我手中了……"

丹露见之晴和阿兴不展笑颜,遂上前请示道:"大小姐爱吃湖浍小馄饨,回来这些日子还未尝到。我去找宁儿说一声,让她晚饭时备下吧。"

林老爷道:"晚饭摆在古香斋,一切从简。"

雨夜山中路滑,春日背阴处又多生青苔。庄园里仆妇虽多,也不见得日常能清理殆尽。之岚素来娇弱,林老爷亦万般体谅。若到了黄梅天气,只命厨房做了饭菜由小蕙去取。阿兴知道林老爷心意,提议道:"老爷腿脚虽已大好,总要保养些。之晴事忙,不常回来,不如重新置一处用餐吧。"

林老爷听了这话,选取自己书房与古香斋之间的一处暖阁,取名抱璞,阁中只设三把紫檀木制的黑漆描金靠背椅和一张暗八仙浮雕圆桌。如此,即便春夏之交常天阴有雨,在游廊中行走也不妨事,两面竹帘放下,连伞都不用撑。之晴不在的日子里,林老爷同之岚午饭和晚饭都在此处共进。阿兴偶尔会陪着一道用餐,大多时候因庄园事务繁忙,一日三餐都未必准时。好在宁儿细心,总命厨房备下一两样小菜,留与阿兴。

三人正准备用餐,之晴忽又想起一事:"今春采茶的工钱可发放了?"

丹露回道:"今儿听丁管事说,已向账房支了钱,请各家来领。"

正说着,崔嫂子急急地来回:"不好了,采茶工们闹起来了。阿兴统共带了两个家丁去发放工钱,不知怎的被围了起来,有些人嚷嚷着不服呢。"

林老爷正待说话,之晴搁下筷子从容道:"父亲安坐,我同丹露去看看。"说着,两人叫上家丁,一道骑马向茶山下的茶亭去。只见二十来个采茶工气势汹汹,大声喧嚷,说阿兴克扣了他们的工钱,若再不给说法,必要去林家庄园闹事。有几个女工不知受了谁的撺掇,在地上撒泼打滚,弄得灰头土脸,引来一众乡邻围观。

之晴坐在马背上扬声道:"我是润元居大东家,有什么话只管同我讲。"

"我们只要工钱!"

"对,给钱!"众人都不买账。

"辛苦采了茶叶的,我若不给钱,这叫天理不容。但如果有人怠工闹事,我也不是冤大头!"

采茶工们一听之晴的话,反倒围向之晴:"工钱到底给不给?再等一个钟头,摸不到钱,先砸了润元居,叫谁都赚不着!"

众人鼓噪不止:"出去念几年书,回来成了假洋鬼子,良心都被狗吃了……且算计我们这几个辛苦钱,难怪年头上家里被烧了!"采茶工们推推搡搡,越围越拢,丹露忙用尽力气,同家丁一道把他们与之晴隔开。

"你们采得如何,想必各自心里也明白,不必煽动人叫嚷。采得最好的几户,工钱可比往年涨了四成!采得不好的,该得几块银圆,就得几块银圆。以后还上不上林家茶山,没人强迫!"之晴举着账本朗声说来,倒令众人安静了许多。听完宣读的名单和明细,自然有得钱少的,心中不平,既眼红得钱多的,又深恨之晴改了例钱规矩。

之晴道:"我掌事的头一条就是赏罚分明。若出力少,却得同样的钱,那对其他人来说也是不公。在我这多劳多得,没什么情面可讲,更不怕威胁。

未来还请各位多帮忙,润元居愈好,我自然感念各位的用心,也会多多贴补你们一年的辛劳!"

得了许多工钱的人终归没有二话,少得钱的采茶工不住骂人。心中不服的,已然筹谋着要让林家出洋相。

之晴心知那些采茶工们下三烂的把戏,早早嘱咐了茶号的伙计们当心有人闹事。殊不知,虽未有人冯进门,却有两个得钱少的采茶工挑了两担粪水向润元居当门一泼。霎时间,臭气熏天,过路人无不掩了口鼻奔逃。那两个采茶工兀自倚着扁担冷笑道:"克扣我们的工钱,我们只好送上黄金万两,祝林大小姐多多发财!"

丹露见状,拽住那两个采茶工不肯放手。那两个采茶工既做出这样无赖的事情,总不会等着润元居的伙计们发作。两人夺路狂奔,顺手将丹露推到河里。见此情景,之晴大惊失色。她知道丹露不会水,急奔出门,将岸边晾晒的渔网向河里一撒,命她抓住。须臾间,双手便拉出了好几道血印子。

事情闹大,引得周围商铺的伙计们都来观看。那两个采茶工被人围住,倒走脱不得。

丹露在浮沉之际,终于被阿兴救上岸,呛出好几口水后转危为安。待围观者次第散去,之晴才将手掌伤口略略处理包扎了。随后,又同掌柜的亲自到邻家铺子告罪。周围商号与润元居素无龃龉,私下虽有三五句议论,亦属常情。

及至农历四月初八,按照阳羡当地风俗该吃乌米饭。乌米饭的传说,自古以来莫衷一是。其一为东汉末年,时年十五岁的孙权任阳羡长,其母吴太夫人患有眼疾,遍寻良方,偶得民间乌米饭酿酒,饮之而愈。而后吴太夫人于阳羡种木以表感恩。其二则为目连救母——相传,目连为了救母亲游走四方,最后至阳羡山头采到乌树叶,制成乌米饭送到地狱。地狱恶鬼见到此米颜色漆黑如墨,不敢抢食……这两则传说,均为主人公事母至孝,千百年来在民间代代相传,广为人知。湖㳇镇上每年在此时节都搭上戏台,请戏班子来唱《目连救母》。今岁林家庄园照例与镇上几家大户凑了钱给付戏班子,镇上男女老少热闹了一天。还未至散场,众人便盼着戏班子下回再来。

方衡家的精菜馆此日也开了戏,这回戏台上的角儿乃竹下完明所邀。

"《铁弓缘》的陈秀英极好!"方衡不住称赏。戏已接近尾声,他的目光始终没有离开戏台。

竹下完明拊掌笑道:"方老弟眼光果然独到! 这位陈秀英乃前朝遗老之女,颇有几分姿色。眼下江山易主,她从富贵乡里跳了出来,可巧入了梨园,倒也不俗。"

方衡有些意外:"前朝遗老之女,为何会来阳羡?"

"山不在高,有仙则名;水不在深,有龙则灵……"竹下完明卖了个关子。

曲终人散,那女子卸去戏装着了常服前来,向着方衡盈盈一礼:"得公子青目,小女子三生有幸。"

方衡一笑,忙搀住那女子双臂:"怎敢受美人一拜? 折杀小生了。"两人均以戏腔应和,四目相对下,心中均是一动。竹下完明见他们投契,便离席致意:"方老弟,我还有些事要单独同小林君商议,恕我不能陪你们用餐了。"

方衡笑道:"竹下先生请便。"

"这位姑娘……"

方衡识趣地笑道:"若竹下先生容许,我想请这位姑娘和师兄们一道留在精菜馆用餐。竹下先生请来的角儿,自当用心照拂。"

"如此最好。"

这名女子面若桃花,在戏台上风姿绰约,娇艳动人;戏台下,她朱唇素手,明眸顾盼,其婀娜风情,非常人可及。

"数月前东汜中,方大少爷施以援手。救命之恩,无以为报。"女子再拜。

方衡自然记起她那时惊魂初定的样子,如此惹人怜惜。今朝再度相见,倒有三分惊喜。

推杯换盏间,方衡得知她名唤关丽云,便询问道:"这是艺名?"

"祖上苏完瓜尔佳氏,在清一朝地位显赫。可惜,改朝换代,不复从前了。"她微微一哂,似有许多愁绪怨怼无处言说。

"苏完瓜尔佳氏? 有传言说,你们先祖居松花江畔,长白山左近。不知此言属实否?"

关丽云嫣然一笑:"没想到方少爷对我先祖亦有考究?"

"瓜尔佳氏为满洲大姓,潇洒王孙出了不少。我近年喜欢去和平门走走,也结交了不少朋友。大家都喜欢收藏些文玩,因此知晓他们的姓氏。"

"原来如此。"关丽云巧笑倩兮,"方少爷以为,我为何选择来阳羡呢?"

"阳羡三山二水五分田,乃江南水乡最妙处。或许,关小姐仰慕买田阳羡的苏东坡,因而选择来此地小住?"方衡随口说出的言语倒显出十二分的真挚。

"苏完瓜尔佳氏的先祖乃崇德年间满汉译文官,在我们家族的记载中,江南风光令人神往。阳羡与别处不同,这样婉约精致的地方,出了多少盖世英豪!我习京剧数年,一次听到有个唱段叫《除三害》。细细考究,这戏文的主角是阳羡人士、魏晋大将,名周处。后战死沙场,敕封孝侯……"

方衡听她如此认真,倒有几分被打动的意思。

"腰缠锦带灿青锋,叱咤风雷气贯虹。醉里不知天地窄,任教两眼笑英雄……"关丽云讲到动情处,便唱了起来。

席间一个唱花脸的也和道:"自恨平生行不正,在义兴酗酒横行。愧煞俺八尺之身,因此上除二害谢罪于乡邻。呀!耳听得虎啸声音,踪南山把虎来寻……猛虎下山林,下山林!张口似血盆,似血盆!今朝与尔拼性命,霎时教尔一命倾!"

方衡喝彩起来,他命侍者上酒,好好地款待这几位角儿。席间,大家行酒令,唱京戏段子,好不热闹!方衡不端少爷架子,角儿们也都亮开嗓子。精菜馆里的热闹,到了午夜也未歇。

"关小姐,令尊、令堂倒开明,许你闯荡江湖……"方衡醉眼蒙眬,却依然保持着几分冷静。

"家母只是姜侍,家里没有她说话的余地。我生来命数不好,大宅上下也没有几个人拿我当主子待。既然如此,我便做了自己的主,偷偷出去学戏。千难万难都挨过了,还怕什么?"关丽云喝了好几盅酒,颊上染上红晕,仿若林间玫红色的山茶花,芬芳娇艳。

"学戏,到底多难呢?"方衡这样的少爷或许不能领会,听她这般自我解嘲,倒有几分不可置信。

一个扮老生的角儿笑道:"少爷平时顶多做一回票友,怎会知道我们的苦呢?我七岁时被家人签下卖身契给了师傅,一日供两餐,不过食粥而已。

不打不成材,多少人因挨不过打骂,逃亡出走的,有些女孩子甚至投了井……可大家为了活命,不得不拼命学。万一出人头地,我们好歹还能在台上听台下的人喝彩两声。盼着有朝一日能得个自由身,攒下一笔钱,也好立个门户……"

方衡听闻此言,有所触动,将身畔酒瓮举起,朝着那老生道:"来,你干下这瓮,往后你的场子我去捧!"

"此话当真?我替师兄敬你!"关丽云笑了起来,从方衡手中夺过酒瓮,一仰头,一瓮白酒便冲进她口中。她的衣襟被酒水濡湿,细长的脖子犹如羊脂玉一般白净。她炽烈又烂漫的性子,着实令人欢喜。

"我已命春生为你们在左近一家宾馆开了几个房间,你们安心住着,要什么都记我账上!"方衡已有三分醉意,勉力起身,外头小厮们忙过来搀住,扶着他出门归家去了。

按照常例，方家每日须运一千余担茅柴到蜀山供烧窑使用。从湖㳇到蜀山，须经画溪河及蠡河。茅柴不比毛笋和茶叶能用火轮运输，日常使用的是需人力摇橹的大船。到了后半夜，一担担茅柴装上船只，摇橹工站在船头"呼噜呼噜"地吸上几口水烟，看着深沉的黑夜吐出一口看不清颜色的烟雾。那烟雾在潮湿的水汽中弥散开来，只剩下薄寒扑面而来。侧耳听得无数草鞋在浜岸边"叽呀叽呀"地走着，摇橹工例行公事地指点着搬运工哪一捆柴该落在哪一个角落。大家似乎也形成了别样的默契，进行着重复无数次的工序。

摇橹工终于抽完了烟，与撑篙工等人招呼了一声："早起水上有雾气倒好，出了画溪河到蠡河上，天就放晴了。一到黄梅时节，天蒙蒙、水蒙蒙，就难行喽！"

正要开船，却听岸上有人叫道："且慢，林大小姐也要搭船。"

船工讶然。林家大小姐是润元居的大东家，千尊百贵，大家均不明白她何以要在深夜搭乘这艘载满了茅柴的船。

"师傅们慢行,我正要搭这趟船去蜀山。"原来,之晴答应了之岚须去丁蜀为她订几十个泥绘的紫砂花盆。阿兴拗不过之晴,只好深夜将她送到码头。

"这几日抢收杨梅,家中众人都万分辛苦。况且丹露还要送父亲去沪上医院复诊,你就让我去一趟吧。"之晴这样说,阿兴才勉强答应,但竭力要求同去。

丹露也说不放心,之晴见他们僵持,不免告饶:"我去一趟蜀山,你们谁愿意陪着,我求之不得,只怕你们嫌烦。"

由此,在后半夜近两点钟时,之晴和阿兴坐上了货船,前往蜀山。凌晨时分别样寒冷,之晴虽披了一件风衣,仍不敌寒意。船舱狭小,底下铺了些干稻草,乱糟糟的,只之晴和阿兴两人坐在舱内已分外局促。船舱外间支起一个行灶,备着柴米油盐。在船工的呼喊声里,之晴靠在船舱板壁上闭目养神。一路上风声四起,船工们扯篷掌舵,奋力划桨,黑暗中,唯有船头一盏煤油灯高悬着。夜里行船,这盏灯能照亮的不过数尺之地,却也告示着其他船只注意避让。

是夜,天际没有一丝云彩,河上刮起阵阵寒风。摇橹工敲了敲板壁,向阿兴道:"丁爷,这天恐怕要下雨。您和林大小姐在船舱内挪动一下,我们也要预备着用油布盖一下茅柴了。"

阿兴闻言,忙站起身,摇橹工上前将收在舱内的油布拿出。

之晴本来也不曾真正安睡,听到他们说话,问道:"阿兴哥哥,怎么回事?"

"要下雨了,茅柴不能湿。"阿兴一面答着,一面帮忙将大油布拖到舱外。

之晴一听这话,也来襄助,奋力将油布抛上茅柴堆。

"大小姐,怎敢劳烦您动手呢?"船工们见到之晴出力,深觉她同一般人家娇滴滴的小姐十分不同。

"不必管我,平安到达蜀山最要紧!"之晴看着岸边的房子、树木都只剩下一个轮廓,四下里黑漆漆的,不知有没有出了画溪河。

"按着平日里,你们几点能到蜀山?"之晴问。

"冬日早上七八点钟能到蜀山,夏日行船早,天亮便能到了。"船工道。

摇橹工停止摇橹,从舱内拿出几个斗笠、几件蓑衣分发给众人:"一会雨就来了,大家可不能松懈精神!"

　　众人齐声答应，各自穿戴妥当，又勉力撑船摇橹。载满茅柴的大船从画溪河一路行去，经过汤渡辗转才可至蠡河。有诗云："荆南山下罨画溪，溪光潋滟澄沙泥。"夹岸人家多以制陶为生，到了最盛时，此处宛若水上市集。到了春夏之日，画溪河风光旖旎。百年前，岸边朱藤花繁茂，雀莺栖息。落英缤纷随水逐流，此中盛景被称作"画溪花浪"，在有清一代为"阳羡十景"之一。"五云无处问新亭，月里乘舟夜半行，不见藤花相掩映，乡人遥指画溪名。"之晴坐在船中，不由想起北宋陈襄《过罨画溪》诗句。暗夜中似有暗香浮动，或许就是岸边花儿和柳树的清芬吧？

　　画溪河自青龙湾起，汇入莲花荡，直抵太湖。在此间行船，不仅可至蜀山，还通往东氿及京杭大运河。即使现在交通比古代便捷了许多，这里依旧是南来北往的货运要道。

　　进入蠡河，天际仍灰蒙蒙一片，没有丝毫光亮。河上船只寥寥，摇橹工喊的号子划破了暗夜的宁静：长溪水东舍——嘿哟——千峰叠翠——咱行船似箭哟——上埠头嘞……

　　听着船工们粗犷却不失意趣的号子，之晴不禁提起了兴致。刚想低声和上两句，蓦然发觉船只行进速度明显减缓了。刹那间，风声大作。船工们不再喊号子，各自稳住阵脚。

　　一个船工进舱回道："下雨了，估摸着要晚两个钟头才能到蜀山。茅柴虽已经用油布遮好，但抵不住风大，还要丁爷照看些。"

　　"你们只管行船，其余的交给我！"阿兴戴上斗笠，提上一盏煤油灯准备朝船尾走去。

　　船在风雨中颠簸，随着浪头艰难前行。船舱里也有雨水飞溅而入，之晴周身都扑上了雨水。

　　阿兴道："船工行船，碰上好天气自然愉悦，碰上落雨下雪也属常事。他们经验丰富，应付得过来。"

　　两人正说着，只听摇橹工扯着嗓子叫道："你们人没事吧？"

　　"我们船底裂了缝，船工不肯开了，请载我们一程吧！"一个声音被风裹挟着远远地传来。

　　"什么情况？"阿兴问道。

"那边船上的人想请我们搭载。"船工有几分为难,"夜里黑灯瞎火,碰上打劫的可不好。"

之晴道:"我们也非携带重金之人。他们若要打劫,应该找开火轮的。既遇上了,总不能不管不顾。"

船工们听之晴如此吩咐,忙顶风将大船靠向小船,阿兴和其中一个船工伸手去拉那些人过船。

最末上船的是一名女子。

"是你?"阿兴十分意外。她正是二月间与阿兴在城中相逢的姑娘。

"你们认识?"之晴看着这个女子。她柳眉杏眼,口如含朱丹,秀丽且妩媚,十分动人心魄。她面庞上依稀有雨珠闪动,如钻石般耀人眼目。

"小女子关丽云代师兄们一并谢过诸位。"她语笑嫣然,"若非诸位救援,我与师兄们定会饱受寒苦……"此时,她衣服俱被雨水淋湿,却无丝毫怯弱之态,只笑意盈盈地向众人再三致谢。

阿兴问道:"你们要去哪里?"

关丽云含笑道:"本要去湖㳇瞧瞧,奈何天降大雨。不知你们去哪里?我们跟着也好见识一下,不知是否方便?"

"你们去湖㳇做什么呢?"阿兴此前没有与她说上话,此刻逢着机会,总想多问两句。

"我和师兄们正巧停羁阳羡,本想着湖㳇山林风光旖旎,游历一遭倒好。哪知天公不作美,真是劳烦你们了!"关丽云一笑,阿兴倏而神醉。

之晴道:"湖㳇偏远,往那里去以水路为主。眼下到了黄梅季,连日阴雨,山中一片迷蒙,路途泥泞,山川之秀丽被隐去大半。只怕你们乘兴而来败兴而归,不如还是住在阳羡城里为好。"

"是了。"关丽云有些低落,"方少爷也说,不如安心住着,何必辛劳?我却想着方家在湖㳇也有产业。我们受了他的恩惠,去给他家庄子上的人唱几出戏也算我们的心意。怎料世事难全,只得回程了。"

之晴听了这话,便知关丽云所说之人定是方衡。

阿兴道:"我们大小姐正要去蜀山办些事。今朝下雨,却不知窑上是否点火,否则你们也可一观烟雨龙窑之景。"

"好啊，我们原本住在京中，不过南下数月，还未细细领略江南风土人情呢！"关丽云软侬的话语中不胜娇怯，令人心头一阵温暖、一阵绵柔。

阿兴听闻关丽云如此说，提议下船后带他们几人在蜀山周遭转转，还能去娘娘庙讨一碗素面吃。

关丽云见船工们称呼阿兴为"丁爷"，便与师兄们也以"丁爷"称呼阿兴。她见之晴兴趣索然，忙上前赔礼道："林小姐，我们实在叨扰了，还请原宥。"

"萍水相逢，何必萦怀？"此刻雨已停了，之晴解下斗笠、蓑衣，关丽云上前接住放到船舱外晾着，好似这些本来就是她的活计。之晴心中一动，这个关小姐不同寻常，事事妥帖周全，旁人似乎没有理由拒绝她的心意。光凭这份巧思，常人哪能得呢……

云销雨霁，船工们终于将船泊到蠡河码头。码头上的工人们在船老大的招呼下迅速卸货，将一捆捆茅柴叠上骡车，送去龙窑。

"阿兴哥哥，我须给之岚寻些新样的花盆，你自便吧。"之晴知道阿兴先前允诺了关丽云，不好失信。见他踟蹰不言，不如由自己将这席话讲出来。

阿兴欲言又止，却听之晴道："蜀山我也来过两趟。你忙你的去，我也好安心挑选。再者，你已答应了关小姐，怎能失信？午饭前我在码头等你。"之晴一笑，截住了阿兴的话，她不愿阿兴心中不安。

阿兴深觉怅然。从前，他说什么都会跟着之晴，可如今却因贸然与关小姐有约，倒将之晴置于脑后，此刻颇有些懊悔。但他转眼间看见关丽云兴致盎然，不觉又陪着她开心。

"深谢厚谊。"关丽云上前盈盈一礼。

"身上衣服干了吗？码头上风大，着了凉可不好。"阿兴情不自禁地关心她。

"我们随身带了箱子，里头有戏装和干净的衣服，趁你和林小姐说话的工夫，已在船舱里换上了。"关丽云见阿兴如此体贴，笑得十分灿烂。她眉眼弯弯，甚为灵动。那两个师兄在她身畔甚少言语，仿若不曾听闻他们的谈话。当阿兴征询他们是否要一道看龙窑时，唯有关丽云兴致勃勃。

"窑工都是大老粗，关小姐须自己仔细些。"阿兴带着关丽云拾级而上，俯瞰那迤逦数丈的龙窑，"蜀山烧制陶器的窑有十二座，其中七座只烧紫砂。全年可烧一百四十窑，出产陶器两百余万件。每烧一窑，要花近两日的工夫，须费上千担茅柴呢。"

"这趟运来的茅柴都烧制陶缸吗?"关丽云笑道。

"何以见得?"

关丽云指着窑上工人道:"你看他们忙着搬运添加茅柴,左近都是粗陶缸、银圆罐、大洋坛等大件器皿。适才路过另一个大窑,我见他们多用松椿点火,有陶人送来壶、杯、碟,装窑师傅都放在掇罐里,想来都是细货。"

阿兴不由叹服关丽云心细如丝。关丽云幽幽道:"怎会有人生来心细?不过审时度势罢了。我这样的人,从来由不得自己。"

"你也有许多繁难吗?"

"学戏乃下九流的勾当,家父怎会同意? 他爱极了面子,恨不能没有我这个女儿才好!"

"哪有父亲不爱女儿的?"阿兴十分诧异。

"他有十多个子女,怎会在乎少我一个?"关丽云怅然若失,半晌又小心地赔礼道,"真对不起,居然和你说这些。但我自从见了你,便觉与你亲近。我们有幸重逢,真是了不得的缘分……"

阿兴听了她的话,顿起怜惜之意,又觉得这样的姑娘,实在不应当经历如此多的苦难。

关丽云见他如此,不禁笑了起来:"千万不要可怜我,不值当的。"

阿兴一怔:"关小姐何出此言?"

"那么多年,人情冷暖,饮水自知,早已习惯了。"从龙窑上下来,关丽云含笑道谢,"丁爷,不用再陪了,我们自己逛逛便可。叨扰你多时,真过意不去。"

阿兴见她忽嗔忽喜,有十分柔美,万分娇媚。比之晴柔顺,比之岚鲜妍。她恰如夏日蠡河畔的夜来香,摄人心魄,让人忍不住心动,忍不住靠近。这样的感觉在阿兴第二次与她见面之时愈发明晰。

第二十五章 浮生长梦

回到庄园后的头一件事,之晴命人将她从方鼎兴买回的紫砂花盆送到古香斋。之岚见了心生欢喜,晚饭时特意相谢:"姊姊挑选的紫砂盆往日鲜见,只怕要花费不少银圆吧?"

之晴笑道:"你种植兰花劳心,君子之花自然须配上好的花盆才可衬托,否则岂非负了这旷世天香?"

林老爷微微一笑:"幽兰配粗糙之盆也不相宜。"

之晴看了看紫砂锅中的羹,乃紫米、红枣用牛乳所炖。于是盛了一碗予之岚:"这个养人,你多尝几口。"

父女三人用完晚膳,本待散去。见之晴似乎有话要说,林老爷便留下来坐着。丫鬟忙上来撤了碗筷杯碟,沏了两盏单丛上来。

"宜湖官路开工在即,本与我们无涉,商会中人多倡议大家出些财力。"之晴踟蹰道,"原本我也不是小气的人……"

林老爷道:"既然原本不是小气的人,为何在这件事上为难呢?修桥铺路是政府为民造福。现在入湖汶，必过四条岭和转山头，大路也不过四五米宽，小道不足两米，汽车驶入千难万难。这黄石堆砌出来的路，也只能推一推独轮车，走一走骡马。但凡泥路，晴天尚可行走，雨天就分外不便。为了民生，为了发展，我们仍要出一份力才好。"

之晴道："父亲稳坐中军帐……我少不得拆东墙补西墙，好歹面子上要糊弄过去。"

"你尚且能糊弄过去，我自然不必操心。"林老爷道，"成败往往在一线间，有舍才有得。"

之晴道："我试探着提出若要修宜湖官路，不若使用象牌水泥。陆维年立刻唱反调，说用象牌不如用日本小野田水泥厂的龙牌水泥，价格实惠许多。"

"方正谷怎么说？"

"方会长只笑了笑说，'我们虽为政府出了一份钱，但要用哪个水泥厂的水泥，我们顶多是给予建议'。"

"方正谷说得不错。众人意见相左无妨，场面上却也不能偏袒任何一方。"林老爷正色道，"之晴，位高未必权重，你在商会担了执行委员的名头，但一些敏感的事情应该等他们老一辈的委员先论，你静观其变，若有谬误，旁敲侧击、有的放矢才是上策。"

之晴点头称是。正当此时，崔嫂子进来回道："宁儿昨天告了假到城里去，不承想到现在还未归。请老爷致电去行园问问，是否因为天有阴雨，耽搁了回程。"

之晴一听，忙向阿兴道："立刻去镇上打电话问问，若不在行园，倒要人出去找。"

"宁儿总不至于不留口信一个人出门。家里可曾有车夫送出去？问过老胡了吗？"林老爷冷静问询。

崔嫂子听了这话，不禁悲从中来，跪倒在地："都是我的错。我逼着宁儿去相人家，宁儿不愿，恐怕赌气跑了。我连她何时出了门都不知道……适才我去门房问了，老王也说没见着她……只好先来向主子们求个办法。"

"把家中所有人都喊来，逐一查问，找到宁儿最要紧。"林老爷闻言亦不敢耽搁，阿兴忙下去召人。不一会儿，丫鬟、小厮、家丁分批进来了。之岚听说此事，刚走到古香斋附近，又折了回来。

之晴问道："昨天有谁见着了宁儿？"

有个厨房的丫鬟道："昨天早起宁儿姊姊来厨房还粥碗，我见着了。"

"什么时辰？"

"也就七点多钟。"丫鬟答道。

"有没有更晚些见到宁儿的？"

洒扫的小厮忙应道："有，我见着了。近十点钟，我见到宁儿姊姊往账房去，后来就没注意了。"

林老爷问道："中午到下午可还有人见到了宁儿？"

众人皆摇头不应。

林老爷又问崔嫂子："你昨儿最后见到宁儿是何时？"

崔嫂子犹豫了一下，答道："约莫十点钟吧，我在熨衣服，没有看时间，不能肯定。"

之晴见崔嫂子无所适从，柔声宽慰道："宁儿同我们家人一般，绝不能让她流落在外。"说着，又让人抬了一张圈椅到近前与崔嫂子坐了。崔嫂子口里虽应着，心里仍不踏实，将手中的帕子翻来覆去地绞着。

一会儿，账房先生亦来到跟前，给林老爷父女见礼。

林老爷命他坐了，才询问道："昨天宁儿找你了吗？"

"宁儿姑娘昨天早晨来了一趟账房，没有说什么又走了。"

查问了一番，并无所获。林老爷吩咐道："打发家丁和小厮们今晚与明早在镇上各处找找，之晴和丹露各带两个机灵些的小丫头，到城里各处宁儿能去的地方寻一遍。再有一两日找不到，便只好通知警察局报备了。"

崔嫂子忙道："老爷，宁儿不在我身旁，我终归不能放心，不如今晚我和小厮们一道出门去找，明朝一早我和大小姐再去城里，早日找着了我也安心些。"

林老爷答允了崔嫂子，阿兴便安排家丁和小厮们出门寻查的路线。因怕崔嫂子劳累过度，特意安排一辆骡车，让两个小厮陪着向镇上寻去。

待众人散尽，林老爷叫住账房先生："宁儿果真没说什么就走了？"

账房先生答言道："老爷，适才人多，崔嫂子又在场，我不好说什么。昨天宁儿来账房，言语间像是对那场大火有些疑心。"

林老爷"哦"了一声,显然有些不可思议。宁儿从来有一说一,不会藏着掖着。她时隔半年心头仍思量着此事,此事恐怕的确有令人生疑之处。

账房先生小心翼翼地道:"老爷,这件事有所牵连,还是少些人知道为好。宁儿若去了账房后便离了庄园,算来也有许多时候了。"

林老爷点头称是:"我虽是在宽慰崔嫂子,又何尝不是在宽慰我自己?宁儿在我们林家长大,冷不丁地不知道上哪里去了,大家总难安心。"

"若只为着母女拌嘴,倒好劝解,"账房先生无不感慨,"毕竟血浓于水,哪里有隔夜仇?想必经此一事,龃龉能消。"

回到潇碧苑,之晴问着丹露:"你与宁儿素来亲厚,她近日可有行为异常之处?"

"崔嫂子有些心气,想让宁儿嫁个好人家,宁儿偏偏不愿。她们母女两个日常拌嘴也属寻常,偏生这次闹成这样。宁儿前日拿了东西给我,教我暂存着,说不可让她姆妈知晓。"

"什么东西放你这里?"

"我这几日忙,只答应着收下,也未曾细看。"说着,丹露从自己卧房的柜子中取了一个小包裹出来,里头包着一个匣子。丹露将匣子捧到之晴跟前,轻声道:"大小姐,我不敢擅专。"

之晴心知丹露的顾虑,伸手便掀开卡扣。丹露一声低呼,之晴也怔住了——匣子里盛满了各式各样的钱,甚至还有几枚袁大头。

"丹露,她竟将自己全部的积蓄都交给你了。"一时间,之晴心情甚为复杂,她也想不通,为何宁儿放心将这笔钱尽数交给丹露。难道,她和崔嫂子之间的隔阂竟然那样深?还有多少事自己不知道呢?一念及此,之晴拉住丹露的手,正色道:"丹露,往后你心里但凡有为难的事情,一定要与我说,即便不能与我说,也可以和阿兴哥哥讲。我实在禁不得好好的一个人凭空消失,太令人担心了。"

听之晴如此说,丹露心中一阵感动:"大小姐,无论何时我都在呢!"

第二日一早,之晴与丹露便早早起身。不承想,崔嫂子早已在潇碧苑门外等候。之晴知道崔嫂子担忧宁儿,也不多说,只命备车。丹露拿了些点心便陪着她们一道出门。

之晴开车，丹露忧心宁儿安危也无心进食，崔嫂子道："宁儿这丫头带累了大家费心。"

之晴道："阳羡城说大不大，说小也不小……我们先到行园，再往古城墙周围找找。若她没来城里，在码头坐了船出去就难寻了。"

"昨天没见宁儿，崔嫂子怎么不声张呢？"丹露顺口问起。

崔嫂子道："你们还不知道她的脾气？我以为她和我闹别扭，去其他丫头房里凑合睡了……谁知道她真跑了出去。我教女不严，这脸都没地方搁了……"

"但凡家人，哪里没有磕碰拌嘴的？宁儿懂是非，便真与你置气，也不过一日两日，总会回家的。"

之晴既这样讲了，崔嫂子只好答应着，不敢再多说什么。

到了行园，丹露忙跑进去问杨婆婆："宁儿可曾来过？"

杨婆婆和小喜、小祥正在编织竹篓，见丹露这样着急，十分意外："她怎么会来这里？"

丹露一听，便道："若宁儿来了，千万留住她。她走失了两日，为着寻她，庄园上下人等都不安心。"

杨婆婆见丹露焦急，也不虚留，只道："若宁儿来了，我定让她住下。"

行园之中既无音信，之晴便与丹露分头行事。崔嫂子道："大小姐，宁儿又不认识外人，我们不如先去茶号里问问，好让严大掌柜知晓此事，往后见到宁儿也知道该留下她。"

之晴依言随崔嫂子朝茶局巷去，那里林家有两间最大的铺面。茶局巷离行园其实并不太远，即使步行也不过一刻钟就能抵达。

之晴刚迈进店铺，孔朝奉便迎了出来，堆笑道："大东家，这里有位客商，说要与你见一面呢。严大掌柜去外埠了，我也不好托大做主。"

"哪里的客商？"之晴微微觉得诧异，眼见崔嫂子还在车上等着，她先问柜上的人，"你们见着宁儿没有？"

"宁儿？"孔朝奉丈二和尚摸不着头脑，"她怎会来茶号里？"孔朝奉与宁儿也不甚熟悉，只有年下到庄园才见过一两次。

听了这话，之晴顿生一丝失望。孔朝奉却忙不迭地将她引进茶号："这位客商一早就来了，大东家先同他见一见吧。"

"你与他先谈便是。再不成,且等严大掌柜回来再议。"

"这位客人说,想要订下润元居今秋一季的红茶。润元居能提供多少,他就收多少。"

之晴闻言驻足,似是不信:"竟有这样的事情?"

孔朝奉堆笑道:"事关重大,要不要合作,我们难下定论,还要请大东家示下。"

崔嫂子听到两人的对话,忙道:"大小姐,不能为了我家宁儿的事情耽误了生意。"

"还是先找宁儿要紧。"之晴仍决心离去,打算让孔朝奉自行应付客商。

崔嫂子道:"大小姐,大家都在找宁儿,已经添了多少麻烦。若这生意又因此误了,我于心何安?"

正说着,那位客商走了出来,见孔朝奉劝服不了之晴,便招呼了一声:"既然林家没有诚意,那我也不必等候了。难不成阳羡只有润元居一家茶号吗?"

崔嫂子忙上前行礼:"这位贵人,请不要见怪。都是因为我女儿走失,累得大小姐要亲自去寻,才误了你们相见……我向您赔个不是,你们不如进去再谈一谈。"

崔嫂子如此恳切,之晴却依旧坚持:"宁儿的安危比做这笔生意重要。"

崔嫂子拉住之晴的手,求告道:"大小姐,我知道您的心。可您与这位先生谈一谈又有什么要紧?我正好可以四处走走,寻一寻汽车到不了的地方。您若不放心我一个人,派上两个伙计跟着也就罢了。"

崔嫂子话说到这分上,不由之晴不应允,当下她便与客商到商号里间攀谈。

众人落座后,自有伙计换上新茶。那客商言道:"我本来想购买云南的红茶,但经过货运比较,还是阳羡茶更有优势。阳羡地处苏浙皖交界,茶货无论南下或北上都更为便利。"

之晴道:"或许运输方面我们这里的确有优势。可对茶叶品质,您不会没有要求吧?"

"润元居出产的红茶品质,在茶行业中有口皆碑。我相信,林大小姐在品质把控上面,定不会让客人失望的。"

之晴微微一笑："先生谬赞了。这样吧,今年的秋季红茶,先生不妨先订购一批试看,若真的销路好,再大批量订购无妨。以免到时候不对口味心意,两家都入了僵局。"

"林小姐真是推己及人。"客商听之晴这样说,不禁有些意外。

"若只为一时盈利,怎可长久? 润元居的生意全靠老客户们年年月月关照,我自然也不会说些虚话诓骗您。合作之事,求个天长地久,自然须慎重。先生若果然打定主意,便请打这个电话到行园,我会约时间与您见面。"之晴含笑端茶,向客户致歉,"家中管事之女走失,我还须查访,恕不能久陪了!"

这位客商口气虽不小,可之晴隐隐觉得他对茶叶所知甚少,是以并未将他的言语太过放在心上。倒是宁儿同她有从小伴到大的情分,她万万不能容许宁儿出什么事情。走出商号的大门,她不觉将车开出去,直到东风巷口才停了下来。

将至陆穆远住处,她忽然惊觉——他们如今或许连朋友都做不成,她怎么好再去寻求他的帮助?

"算了。"之晴自我解嘲地苦笑了一声,将双手插入口袋,回步过桥,向着停车的地方走去。

"之晴……"她仿佛听见有人唤她,声音是那样熟悉。

"林小姐,那么巧?"陆穆远嗓子有些沙哑,面孔更显清瘦了。

"陆先生比上次见面更清减了,可要注意保养。"之晴想要关心两句,但因他的些许冷淡,她生出的柔情化为乌有。

"你有为难的事情?"陆穆远很快察觉到她的不安。

之晴点点头,半晌才道:"我家庄园管事的女儿崔宁儿三天未归,所有人忧心如焚,不知她是否平安。"

"到警察局报案,请警探帮忙查找效率更高。另则,你们派发寻人启事,若她看到,自然明白你们找寻她的心意。"

之晴微微颔首:"多谢你,期待不久后你来女校授课。"

"我一定尽力。"陆穆远道,"为着女校办学经费拮据,前阵子我已去信到各地同学处,请他们酌情相助。你可知不单是我们往年的同学,更有一些侨民愿意襄助善举,听说已经募集到两万块银圆,想必能解你同方会长的燃眉之急了。"

之晴闻言,总算受到些许鼓舞,忙向陆穆远道谢。陆穆远知道她此刻心系宁儿,亦向她告辞而去。

春夏之交,东仓桥畔绿柳依依,却无别样鲜花点缀。河埠头老妪、年轻女子或捣衣,或淘米,生活的气息浓郁非常。很多时候,这片地域是阳羡城中最安逸处——茶楼、饭店人来人往,邮差、小厮跑进跑出,一清早便有孩童下河摸螺蛳、捉小虾。

当崔嫂子、丹露与之晴晚间在行园相会时,之晴已经将登报之事落实,并请人印刷了寻人启事。

"阿兴哥哥又在镇上找了一日,并没有任何线索。既然大家一无所获,不如明朝我们就通知警察局备案吧。"之晴提议。

"不!"崔嫂子一下子激动起来,"如果……我指万一,宁儿被人绑去了,我们通知警察不好吧?"

之晴道:"宁儿若被人绑走,早该有消息递来,该出多少赎金,如何交付。眼见到了第四天都没有消息,我看着不大像绑票。另则,人家为何要绑架宁儿?莫非崔嫂子藏了私房钱我们不知道吗?"

崔嫂子听之晴这般说,如遭电击:"不,不……我不过是担心宁儿,没有别的意思。"

丹露端了茶来,关切道:"崔嫂子这样担心宁儿,又没日没夜地找,恐怕身体受不住,不如先歇息,养足精神,明朝一早再出门。"

白猫蜷伏在之晴脚畔,十分温驯。杨婆婆下了三碗银丝面加盖了肉丝,亲自送来,劝道:"好歹吃些,吃饱了才有力气寻人。"

白猫见杨婆婆进来,便从门缝里溜了出去。很快,茶室内又只剩下她们三人。

崔嫂子自始至终没有动一下筷子。她失神地看着汤碗里雪白的银丝面,只觉卧在面上的小青菜绿得扎眼。她忽而向之晴问道:"大小姐会帮我的吧?"

之晴一怔,不知崔嫂子所指为何:"宁儿也是我的家人,我自然要尽力寻她。"

"好,好的。"崔嫂子听之晴这样说,总算放下心来。她哆哆嗦嗦地端起那碗半凉的银丝面,勉力将汤汤水水连同面条往嘴里扒拉着。她喉头发出"嗝哧嘀哧"的响声，丹露见她失态，忙抚着她的背脊："崔嫂子，慢点吃。"说着，又掏出手帕递给她。崔嫂子急急放下碗筷，将手帕按在嘴角。半晌，才将濡湿的帕子放下："那我先去歇着了……"

崔嫂子精神状况不佳，之晴使了个眼色，让丹露带着崔嫂子就寝。丹露见客房铺陈简单，旁人难以时刻照应，便做了主让崔嫂子和自己睡一屋。眼见天气愈发暖了起来，她只拿了一条薄被睡在外间一张湘妃榻上。丹露心中搁着宁儿失踪这桩心事，加之睡不惯湘妃榻，夜间虽合着眼，却总是半梦半醒。

第二日一早，空气清爽。小祥在园子里汲了井水用香皂洗头，长发一甩，便弄了一地沫子。之晴独自用着早饭，小喜进来回说一位先生依约前来与大小姐洽谈通商之事。丹露本待向之晴回话，见之晴一个人出去了，以为有要事，也只能暂时将心中的疑虑搁置。崔嫂子早早起了身往前厅去，丹露倒起了避她之意，自去杨婆婆处看看有什么可帮衬的。杨婆婆笑道："你这样忙，不必来照应我。"她说着，拿出新制的糙米糕给丹露吃。

丹露心有所思，感到一阵后怕，不由攥住杨婆婆的手道："婆婆，你见过一个人有两副面孔吗？"

杨婆婆听了这话，抚着丹露的手背道："做人但凡痴心些，便一心一意。一个人若有两副面孔，那只可说此人心怀不轨，大家不要去亲近罢了。"

"我怕她会害人！"丹露喃喃道。

"害人？"杨婆婆疑虑陡增，"你说的是谁？"

"若我疑心错了，只怕白白冤枉了人。"丹露叹了口气，掩住话头。

杨婆婆见丹露一改常态，有些纳罕——这个丫头怎会这般瞻前顾后？正要再问，却见小喜将猫抱了进来。

"好好的，把猫带进来做什么？"杨婆婆问。

小喜答道："大小姐和那客商在签合同，这只猫咪非要往跟前凑，竟跳到了桌上，差点儿就把茶碗打了。崔嫂子让我把猫抱走，省得再捣乱。"

丹露听到这里，察觉到一丝不对："崔嫂子怎么会在前头伺候？"

"小祥才去洗头，不得空。崔嫂子在边上候着，催着大小姐要出门呢，多半是急着去寻宁儿姊姊吧？"小喜将猫放下，见桌子上有一盘糙米糕，顺手拿了一块吃起来，"这糙米糕真香，却没有今朝的茶那样香。听说那盏茶叫铁观音……茶也叫得'观音'这样的名字吗？"

听小喜如此说，丹露委实放心不下之晴，急急地辞了出来，快步向前厅去。

"大小姐，我想再去找找宁儿……"丹露听见崔嫂子还在向之晴软磨硬泡——她拽住之晴的手臂，毫无松开的意思。

之晴恍恍惚惚，见丹露前来，遂说道："今朝你陪崔嫂子去找找宁儿吧。许是昨夜没睡好，我有些头晕。"

丹露应了一声，随即道："昨天说过，今朝若再寻不到定要通知警局，拖延下去可不是办法呀。"

崔嫂子急了起来："警察能有什么办法？还能满大街找我女儿吗？你若不想去，怕劳累，我一个人去找。"

"这是什么话？"丹露听她语气不善，不免出言回怼，"你若尊重宁儿，她怎会离家出走？我们都没有三头六臂，找警察局帮忙，也不过为了多个办法。"

两人你一言我一语，令之晴更加头痛，小喜、小祥两个听闻前头吵闹声愈烈，急急过来一个拉住崔嫂子，一个拉住丹露："大小姐还在呢，怎么就吵起来了？"

丹露一愣，这才注意到之晴脸色有些不好，却兀自支撑着不说话。她与小喜一道将之晴扶回卧室。瞥见崔嫂子悻悻离开，心中又留了一个疑影。小祥这厢方得了空取出干毛巾包着头发上前来，打听了之晴已睡下才进门道："丹露姊姊，崔嫂子丢了女儿也有些可怜，气头上的话做不得真，你就让让她吧。"

"来签合同的客商你们可认得？是哪家商铺的老板？做的什么生意？合同一式两份，大小姐应留的一份在哪里呢？"丹露蓦然想起此事，忙追问道。

小喜、小祥傻了眼："我们并没有在跟前伺候。崔嫂子端了茶进去，也只一会儿就出来了，我们哪里见到过合同呢？"

丹露忙拉过小喜："你进去抱猫时，还见着什么了？"

"大小姐在纸上签字，那人说合作愉快。"

丹露一听，心知不妙，切切叮嘱道："你们两个不许往外头说，今朝之事到此为止。只怕不能善了……"

小喜、小祥两个诺诺连声，恨不能自己什么都没看见，什么都没听见。她们忙回到杨婆婆跟前，生怕再有行差踏错，惹了是非。

之晴很快被丹露从梦中叫醒。她懵然不知早晨自己是如何见了客商，就轻易写下合同。她只记得小喜告诉她有个客商求见，她往前厅去见客，之后的事情如何进行，她一点也不记得了。

"这可怎么办？"丹露有些心慌。

之晴脸色青灰，强打精神道："躲是躲不过的。你先回庄园把这件事告诉老爷，我马上去方会长那一趟，同他斟酌。此事只得考虑最糟的后果，我们不可轻易揣度他人心思，失了退路……"之晴已知事到如今，桩桩件件透着蹊跷和古怪，因此赶忙令丹露先将她送到方府。

"老爷出门去了。少爷刚起，怕得等上一等。"黄管事见之晴来了，忙叫人上茶。

"你们少东家今朝起得这样晚？"之晴随口一问。

黄管事笑了笑："大少爷早起时日少。何况老爷不在家，自然松散许多。昨天正好有角儿来，在精菜馆里热闹了半宿，回来晚了。"

不知过了多久，方衡终于来了。他倒不是刻意怠慢之晴，确然因他洗漱后还要去母亲房中请安，再到花厅会客，已然迟了近一个钟头。

"林大小姐，久候了。"

之晴眼眶有些泛红，却微微颔首道："冒昧打扰，还请容谅。"

"发生什么事了？"方衡见她面色发白，心中一紧，忙挥手屏退所有下人。黄管事见此情形，带着众人远远走开。

"今早行园发生了一件事，我觉得有些不可思议。"之晴续道，"昨天我家茶号里来了一个面生的客商，说要与我做生意。我听他不谈及茶叶质量，只论能否将全部产出都给他，我便回绝了。今朝一早，那客商找上门来，我只得去应酬。但不知为何，竟糊里糊涂签了合同，事后毫无印象。不仅如此，合同本该一式两份，我这连一张纸都没有留下……"

"你在自己家中，着了别人的道？"方衡思忖半晌，仍有不解，"你把今早的事情，原原本本和我说一遍。"

之晴勉力回忆当时情景，又把丹露和小喜她们的话讲了。方衡听到一处,眉头一挑,打断道:"这里不对!"

"哪里?"

不待之晴再问,方衡已高声叫人:"春生,备车,我立等着出门!"

之晴不知何故。方衡脚步兀自未停,拉着她朝门外走去:"现在去查看或可察觉端倪。你家那位崔嫂子很可疑,只怕就是她伙同客商里应外合。"

"她刚走失了女儿,怎会有心思做这样的事情?何况,她在我家十多年,身负管家之职,尽心尽力,少有差错,对我不利之事,她如何做得出?"之晴一时间无法接受方衡的怀疑。

方衡冷然道:"我是局外人,旁观者清。她既做了那么多年管家,这些人情往来事项定然谙熟于心,岂有疏忽的道理?"

刚到行园,方衡令之晴暂歇,又请小喜、小祥前来对证。

小喜和小祥听闻方衡问起茶叶,忙小心地回道:"崔嫂子让倒掉了。"

"倒掉了?"方衡声音一变。

小祥知道小喜经此一事已怕得很了,只好道:"按例也该如此。客人走了,大家用过的茶就倒掉了。"

"倒掉的茶在哪里?"

小喜带着方衡到厨房边的一条水沟旁,指着一处道:"是这里了,茶叶还在呢。"

方衡道:"嘱咐厨房里不要用水……"他一面说着,一面卷起衬衫衣袖,又掏出一块手帕,将茶叶包裹起来。

"做什么?"

"拿去验一下这茶叶里有什么古怪。"

方衡从来养尊处优,现下竟不顾沟渠肮脏,为自己做这样的事情,之晴心中一阵感动。

检验结果的确让人心惊——茶叶中有曼陀罗花种子粉末的成分残留,此物入茶水溶解后易致幻觉、神经麻痹。

"林小姐,你现在虽无大碍,但保险起见,回去后最好用绿豆、连翘、金银花煮水服用几次清除残毒。这几日,进食清淡些。"医生道。

"好,多谢。"之晴头晕症状未解,勉力支撑着答应。

　　方衡见她精神不济，立时将她送回行园："这件事我会转告家父。但合同之事关系重大，往后你也得自己留意。但凡有客商来，身边总得有两三个可靠的人。"

　　之晴答应着，方衡又将适才的药方告诉了杨婆婆。杨婆婆向方衡致谢，这才与小祥、小喜扶了之晴进去。

　　"崔嫂子回来没有？"之晴心中仍放不下此事。

　　"她还没回来呢。我们接到丁管事的电话，说老爷知道了城里的事情，让丹露带上几个可靠的家丁连夜赶过来，不许再出岔子了。"小祥回道。

　　杨婆婆见她一脸颓唐，不由关切道："小晴，身子要紧啊！"

　　"医生说我的身体没有大碍，婆婆放心吧。若崔嫂子回来，让家丁拘她在房中，不能纵了她离开。"之晴自责良久，一时间找不出补救之法。

　　"这些事我都理会得，你且歇着吧。"

　　听杨婆婆这样说，之晴只好暂且收心养神。小喜跟着杨婆婆到厨房按着方子煮绿豆汤。此时，丹露回来了。她细细问了白天后来一应事宜，才往后院伺候之晴不提。

第二十六章

花间晚照

夏日已至。

崔嫂子和宁儿杳无音信,合同之事亦如骨鲠在喉,每念及此,之晴深觉怅然。

"柳暗花明又一村固然好,但行到水穷处,坐看云起时又岂不为人生难得的境界?些些挫折不过试金石罢了。"林老爷开解道。

"或许那一纸合同会倾覆林家,这也只算些些挫折吗?"之晴以为父亲不过在宽慰她。

"遥想我们林家先祖悬壶济世,有多少人把自己的性命尽数交付?比起生死大事,钱财又算得上什么呢?"

"父亲,家中往事我竟一无所知……"之晴仍想拨开心中迷雾。

"若是为阳羡茶业之事,我定知无不言。其余我没有说的事,就代表你现下不必知道。"

之晴默然,不再追问。

阿兴回到庄园的当日，便有人上门要求之晴兑现合同条款。

来人进院之时，恰是接天莲叶一池碧色，映日荷花绚烂生辉。见此光景，那人不由紧蹙眉头，加快了绕过荷花池的步伐。

"我们未见过吧？"之晴仔细打量着来人，断定他并非那日在铺中与她见面、第二日签订合约之人。

"我是缪先生的委托人周园。缪先生另有要事在身，分身乏术，便让鄙人来请林小姐履行合约。"

"合同可曾带来？"之晴不动声色。

"当然，当然。"周园从公文包里拿出合同，恭敬地呈给之晴。

之晴心道："此人假托名姓，礼数倒十分周全。"她想着，首先翻到合同最末一页，自己的名字果然写在上头。她又逐条看合同内容，到了第二页倒数几行时，终于发现了不妥之处——原来在这儿等着她呢！

她看完合同，交还给周园："周先生如何得知林家庄园就在此处？往日缪先生也未曾找到呢。"

周园道："受人之托，忠人之事。贵府乃阳羡大户，多问问便可知悉。"

"周先生从哪里来？"

"鄙人从东北来。"周园依旧恭敬，话语间滴水不漏。

之晴对他的戒心从始至终不曾改变，面上却笑意盈盈："周先生要我如何履行合同呢？眼下茶园还未到采摘的时节。"

"如何包装、运输我们的确另有要求。不如现在先去茶园一观？我们边看边谈。"周园身材不甚高大，语调自始至终都很有亲和力，让人无法察觉他的真实心意，更无法推脱他如此合情合理的要求。

之晴向阿兴道："备车，我们一起去茶园。"

见之晴坐上驾驶座，周园才放心坐上后排的位置。他正要关上车门，不料，庄园门口两个家丁一左一右地挤进车厢，将他紧紧夹在中间。阿兴坐上副驾，很快夹手夺走了他手上的公文包。

"这合同只是其一，另有一份他没有带来。即便我们销毁手上的这份，也是徒劳。"之晴道，"他显然有备而来。"

周园左右两条手臂均被箍住不得动弹。他忽而足下使力，挣扎出来，想要夺回公文包,并用肘部击向之晴:"停车,快放开我!"

阿兴抬臂替之晴格挡住周园的攻击,后座的两个家丁也拼命抱他后腰,扯住他手臂。车厢内部空间本就狭小,四人施展开来,总不太方便。不一会儿,除了之晴外,其他人都鼻青脸肿。唯有阿兴坐在前排,又有座椅遮挡,不至于受伤太重。

"绑起来!"阿兴大喝一声,将周园连手带脚捆在一起,反向打了个死结。自此,周园口中不再说那些客套话,只对阿兴和两个家丁怒目而视:"你们这样做,违反了法律,我要告你们!"

"好啊!再过半个钟头我们就能到警察局了!"之晴一面驾车,一面冷声道。

周园喉头被堵住了嘴,瘀青的眼睛时而作痛,眼皮也开始不间断地跳动起来。

"我们下手是不是太重了?"之晴问。

"他是个练家子,我下手有保留。"阿兴将公文包里的东西尽数取出来看,除了那份合同外,公文包中还有一支钢笔。

"没有其他东西了?"之晴有些失望。

"他既然敢孤身一人前来,只怕做了万全的准备。他随身携带的所有东西都要扔了,以免有机关。"

"若不履行合约,我们须赔偿多少钱?"

"若我们按时交货,可获得六万块银圆,若我们不履行合约,须赔偿三万块银圆。"阿兴对照合同,深觉此次林家面临着前所未有的危机。

"我们可以按合同履行吗?"之晴问。

"总量完全可以达到。但我们的秋茶,其他客商也订走了不少……"阿兴道。

"周围的茶山上能收到品质好的鲜叶吗?"

"这样另需一大笔钱。"阿兴有些为难,"若凑不够茶叶,他们不承担任何货款,反要我们支付违约金,更要把'芬芳冠世'的匾额作为抵押。"

"供不上茶叶,润元居又何谈芬芳冠世?难道,年初匾额损坏便是征兆……"路边扬起无数尘土,扑洒在后挡风玻璃上。之晴知道,该来的终究会来。

到了警察局,周园抢先道:"我被他们困在车里,他们限制了我的自由,还把我的公文包扔到了河里。"

"你们有什么说辞?"警察问林家一干人等。

"这位周先生说受了一位客商委托,要来看看茶园。大小姐对照合同,发现并非当日签下的那份。问着周先生,他不肯明说。我们不过是想带他去和那位客商对质,他说什么都不肯,还将合同扔到河里,可见心里有鬼,妄图上门敲诈勒索。"

阿兴补充道:"我们问了几句,他就先动了手。若我们真仗着人多势众,他也不会只伤了这点皮。另则,他一人便将我们三人打了,足见理亏。"

警察再问,各人互相扯皮,都说自己无辜。警察不胜其扰,便问他们是否愿意和解。

"和解?不如细细拷问这个人!他的名姓恐怕也是假的,又何曾见过我家客商?家丁无故被打,我们还委屈呢!"之晴并不退让。

"即便拘禁了他,你家两名家丁暂时也得蹲监牢。"警察道。

"不打紧。"家丁们连声嚷嚷,"这样的无赖猖狂起来,还有太平日子过吗?"

之晴和阿兴走出警局,但并未真正松下一口气。那张合同依旧像悬在头上的一柄利剑,似乎随时会插入人的胸膛。若无阿兴的配合和家丁们的担当,与周园的对质难免败下阵来。

阿兴在行园等候警局消息,之晴则让丹露暗中打听是否有茶园愿意同林家合作,将优质的秋季红茶鲜叶卖给润元居。

为此,丹露亦有几分忧心。她曾听林老爷说过,润元居从未采买过别家茶叶,这次不得已而为之,还不知未来会有怎样的波澜。

之晴深知此事须冒风险,不敢抱有侥幸之心:"我做了最坏的打算。三万块银圆,在十月底赔付。"

林老爷摩挲着一块古玉造像走进之晴的书房,后头跟着的小厮放下一个食盒,便即掩门出去。

"女儿辜负了您的教诲,此事过后该受重责。"之晴悔不当初。她搜刮枯肠,希求寻出两全之策。

"三万块现洋现如今还拿得出来吗?"

"家里账面上流通的七八千块现洋是不能动的。若要即时拿出三万块现洋，只怕要向银行借贷，押上些家产。眼下正备着下个月采茶，总不好先扣了采茶工人和制茶师傅的工钱……"

林老爷又指了指食盒道："先吃点东西，回头再想想法子。"

丹露掀开食盒盖子，里头搁着一碗雪菜肉丝面。之晴瞥见，双眼泛酸，差点落下泪来。

之晴一早便赶到行园。未承想，方衡已在门前等她。

"大少爷难得这样早。"之晴寒暄。

"有要事在身，哪能高枕安睡？"方衡一笑，顺手将车门关上了。

"进去坐坐吗？"

"不坐了，就说几句话。"方衡道。

之晴与方衡立在行园门前的石像旁。几丛蜀葵和美人蕉在围墙转角处绽放，在阳光照耀下，蜀葵显得娇柔，美人蕉更添明媚。

"你让警察放了周园，事情就此结束。"方衡缓缓开了口。

"为什么？"之晴显然没有料到方衡会在此时说出这样的话。

"那个周园是日本人，真名叫作高桥一园。他背后之人的势力，不是你我能知的。竹下先生尚且因为此事找我向你分说两句，可见你家被算计之事事关重大。"方衡劝道，"高桥替人跑腿办差而已，不过是一枚再次要不过的棋子，你坚持下去想必也没什么作用。"

"合同的问题还未解决，若放了高桥一园岂不太便宜他了？"

"你自己大意，怪不了旁人。只盼你吃一堑长一智，往后不要做出这样的傻事，免得累及你家上下。"

之晴看着他倨傲的神态，冷笑道："放与不放有何区别？"

"不过审时度势而已。"方衡淡淡答道。

"我要是不依呢？"

"你不依又能如何？警局的人迟早会将他放出来，到时候才叫伤了里子又伤了面子。何况，你亲笔签下合同在先，纵使家丁打伤高桥一园在后。若他们真心追究起来，林家庄园是否能保住也未可知。万一竹下唆使他人同你抢收此季茶叶,到得那时你损失更大。"

"林家值得他们大动干戈吗?"之晴在刹那间感觉到了一丝绝望,这暗夜中,有无数双黑手向她抓来,她躲不开。此刻,她宛若深陷在一片沼泽中,越挣扎,越无法自拔……

"据竹下先生说,你们得罪了陆家……可这话我不信。或许你家真的有他们心心念念想得到的东西吧。"方衡似笑非笑。

"多谢相告。"之晴极有分寸地问道,"那么宁儿和崔嫂子的事情也是有人指使了?"

"没有证据,务必谨言慎行。"

之晴嘴角牵出一丝无奈的笑:"连你也要这样嘱咐我……"

"精菜馆里今朝开戏,恕不久陪。"方衡客气地同她告别。

经此一事,之晴锐气大挫,连商会例行会议都告了假。她绞尽脑汁要凑齐赔款,尽快偿还。由于父亲先前再三告诫,她定不能再卖掉母亲收藏的古物。为此,她东拼西凑,甚至当掉了自己大部分首饰。之岚从丹露那听来这样的消息,托阿兴将自己珍藏的紫檀筝和玳瑁甲片送去典当,连同自己的私蓄凑了三千块银圆给之晴。舅母不知从哪里听到这样的消息,亦汇了五千块银圆襄助。其余的钱,之晴全部凑了现洋。

这样一大箱钱即将永远地离开林家,之晴告诫自己,从头来过后定不可再犯同样的错误。

去警局要求放人,将违约的债务结清,之晴一一履行。幸而高桥一园和他背后之人还算守诺,不再追究她的责任。

之晴刚想松一口气,腾出手来准备打理茶行,重振旗鼓。不料,一条新闻石破天惊——英国宣布放弃金本位,英镑急剧贬值。之晴存在上海外资银行的最后一笔备用金大幅缩水了,她重振润元居的步履不得不迟缓下来。

还有更坏的情形吗? 这样的时局,足以让林家一蹶不振。

"大小姐,接下来该怎么办?"

之晴不再抱有侥幸,心头明澈如许:"我准备遣散金,你去通知大家吧。"自己的坚持,自己的执守,时至今朝都成了一场空。曾经想在家乡一展拳脚,如今自己跌跌撞撞,险些让润元居在阳羡没了立足之地。曾经她想救护乡邻,让湖汊成为富庶之地,如今,一步踏错,自身难保……

丹露一听之晴这话,不禁慌了神:"遣散?大小姐,我不走,让我陪着你吧。哪怕没有饭吃,我也要在这里,就当我自小卖身给林家了……"

"你已经会驾驶汽车了,无论去南京还是去无锡、常州都可以获得一份体面的工作,不必耗在这里。"

丹露跪下哀求道:"大小姐,我不走,除非我死了!"

"你不走,又要过苦日子了。"

丹露噙着泪道:"打小过的就是苦日子,好歹跟着大小姐见了一阵子世面,我知足了。大小姐若定不要我,那就请做主把我卖去别家吧。"

之晴将丹露拉到身畔,捧着她的脸道:"傻丫头,如今我们家风雨飘摇,无法厚待你了。你往后要赡养你姆妈,跟着我哪里能如愿?"

丹露眼里泛起泪光:"大小姐在我家最穷困的时候尽力帮扶,我又怎能在林家遇到困难时不管不顾?就让我继续跟着您,跑腿办差总需要个人……"

自此,林家上下的家丁、仆妇除了签下卖身契的都遣散了。城里的商号只留下位于茶局巷的一家,只消一个掌柜、三两个伙计便可打理。之晴因当日之事,秉着疑人不用的原则,打发了孔朝奉出号。从此商号一应事体只落在严大掌柜一人身上。之晴与严大掌柜深谈后,将润元居内所有人等的月钱涨了两成,大家也都称愿。

林家的辉煌,在这个夏天被烈日烧灼殆尽。

林家庄园少了许多家丁、仆妇,一些园圃因无人打理荒芜大半,庄园门前那条路两边都长满了杂草。"百年老字号润元居日渐萧条"在几日间迅速成为报纸头条。

阳羡城内将这件新闻议论了一个月有余。有说"女做男工,越做越穷"的;也有议论林老爷明明正值盛年,为何要将家业交给一个女子的;甚至还有人嘲讽林老爷明明收了一个干儿子丁智兴,却不放心,只把干儿子当成外人……坊间流言,愈传愈烈。甚至小镇上的人们也指摘道:当初丁管事管家,也没让林家落到现在的地步。终究是林老爷自己的女儿败了家,怪谁呢!闲言碎语似乎无孔不入,总有法子让当事人体会到满世界的恶意——风光时,人人趋之若鹜;失势时,落井下石也属常事。

二十余年来,之晴顺风顺水惯了,从未受过如此挫败。

父亲没有苛责她,但她做不到不自责。回来不过一年,她就把林家积累数十年的财富化为乌有。看着漫山遍野的茶园和铺天盖地的竹海,在这一刻,她恨不能让自己就在这片绿意中湮没。

第二十七章

凄风苦雨

夏日天气如同小孩的面孔,说变就变。

这年的雨一改往年的形势,毫不停歇地下着。从黄梅季开始,天河似乎决了堤,一场一场的大雨接二连三地落在这个小镇上。到了七月,台风肆虐——此乃百年难遇的情景。往年台风抵达阳羡时,多半已减弱到可以忽略不计的地步。今年端的是天公不作美,狂风裹挟着倾盆大雨,几乎将小镇冲刷成沼泽!

"天意难违……"之晴在屋里看着满院狼藉,想着不久前的茶叶风波,心头乌云密布,一切的灾祸至今未曾停歇。"今夏雨水这样多,若过了立秋还未放晴,这满园的茶叶便算毁了。土壤潮湿度一再提高,茶树的根只怕也要腐烂。如此下去,湖汶茶农们的生计恐怕要断送大半……"

正想着,阿兴冒雨过来敲门:"之晴,老爷有事要与你商议,赶紧到前厅去一趟吧。"

原来,连日大雨,除了镇上一些大户人家尚可支持,大部分农户家的草房子几乎被台风掀去了屋顶,即使住着木结构房子的殷实人家,家什也大多被从河堤里漫出的水浸泡着——他们家中几乎没有一块地方不潮湿,连床铺也未曾有晴好的天气可晾晒干燥。

林老爷道:"天时不好,且不论今年收成,只怕今岁湖汊百姓多有饥馁之忧啊!我们若能援以一臂之力便不能推诿……"

之晴心中虽大为不忍,但想到自家的状况,也不敢托大一力承担。

阿兴道:"听闻有些农户家房舍垮塌,许多人受了伤,现都被送到方家的仓库里安置。今朝凌晨,泥石流冲垮了山上人家的房子,已经有人失踪。城里的医生又不肯来镇上,镇上几个医生怎么忙得过来?加之路不好走,还有些山户被困山中,不知能否保全性命……"

"有人失踪了?"林老爷讶异。

"其中就有我们的佃户……可我们还未有时间挨家挨户去查问,只能等政府派人来统计了。"

"等不得了。这次风大雨大,百年难遇。我们先组织家丁去搜寻灾民,能救一个是一个。阿兴,你先带几个人,照着名册去我们雇农的家看看可有其他伤亡。若需救助,尽早施行。"

"山涧水流湍急,只能人力上去互相照应,骡马万不能出动。"阿兴道。

"你同家丁带上粗麻绳、手电筒和其他工具,准备妥当。救援的前提是保证自身安全。"林老爷又切切地嘱咐。

阿兴依言,待雨势稍弱,即刻带着家丁顶风冒雨出发。

将阿兴送出门,之晴心中久久不能平静。午后,雨越下越大,打得芭蕉折腰,花朵凋零。不知路上状况如何,阿兴同家丁们是否平安……

到了午后,终于有消息递了回来:"老爷、大小姐,丁管事派人捎话,眼下河水满溢,路都冲垮了。水流太大,许多人被卷走没了消息。镇上房屋十有六七倒了,也有被梁柱压死的人。更有些重伤的,方家仓库里也安置不下了,且送去镇上教堂里。农家养的牲畜损失难计了……"

"带人去换丁管事和其他人回来休整,他们出去半日定然累坏了。"之晴嘱咐道。

"还有路可以进城吗?总要请人来救援。"林老爷道。

"除了四条岭那条路,也没路可走了。河里根本不能行船,泊在湾里的都被浪打散了。"老王回道。

"我去找方正谷,让他出面联系政府,必要请政府派人下来稳定民心。"林老爷听了这话,深知眼下湖汶面临的危机。

之晴道:"父亲,还是我去吧,您留下来主持大局。山洪危急,先让家丁们沿着庄园内外各挖一条排水渠引流,防止倒灌。"

老王领命而去。

天与地都在一片白茫茫中,刚启门,之晴只觉一阵强风将她裹挟着向后推了半步。此时决没有退缩的道理,之晴和丹露忙穿上套鞋,披上蓑衣,带上手电筒,同几个家丁一起前往阳羡城。一出院门,可见泥路被冲垮,除了步行,别无他法。一路风雨,早已将他们身上浇得湿透。套鞋里也满是泥水,一脚踏下,宛若行在泥浆里,发出"吱——"的一声闷响。大家行在路上,已顾不得许多,只想着能早些搬来救兵。雨珠像携了苦水,入口生涩,入眼发酸。大风卷地而来,众人不得不半弓着身子前进。行路愈久,双腿愈加沉重,几乎抬不起来。

"大小姐,不如你写一封信用油纸包好,我一定亲手交到方府。你就寻一处干净的地方落脚,别再受寒伤风了……"丹露向之晴道。

"我淋雨受寒,大家也是如此。我们往城里去不只为了送信,还要尽力采补药品。我不亲自去,总难妥帖。若能令湖汶百姓早日度过困厄,我们也能早日安心。"

到得镇上,雨势减小些许,好不容易在骡马栈雇到三辆马车,一行人往城里去。此时已到了傍晚,天际擦黑,煤油灯的光亮有限,之晴、丹露又打起手电筒为车夫照明。她们不敢有一丝懈怠,生怕误了事。

马车在路上艰难地行进着,好几次,都需他们下马推行。纵有千难万险,之晴也不敢心生退意,每每主动帮忙,同家丁一道出力让马车脱离险境。

入夜,狂风大作,雨点如小石子般打在脸上、眼睛里,热辣辣地痛。四下里除了风雨声和马的嘶鸣,死寂沉沉。好几次,马匹滞步不前,车夫多番鞭策才行进了数里路。怀里的干粮湿成坨,众人均咬牙吃了。生冷的食物与冰冷的夜晚,足以令人灰心。

"林大小姐，不成啊。雨一直下，马不走，谁也没办法，不如回头吧……"

之晴迫着自己清醒。雨珠顺着她的发梢滴落，和着汗水缀在泥地里——她知道，湖汊的乡亲们都在等着她……

"解了车，两人一骑，翻过山头，往城里去。"之晴道。

"什么？"车夫不可置信。

"这样的天气，我们陷在这里，左右为难，不如断臂求生。车厢等明朝白天回来再套上，若有遗失，我来赔补。待办妥此事，我额外给大家每人五块银圆做辛苦费！"之晴抹了一把脸上的雨珠，决意背水一战。

五块大洋，在乡下可供一大家子花销一个月。车夫听后，心中活动，家丁们亦不敢有二话，纷纷帮忙解下缚住的绳索，跃上马背。

雨从斗笠上倾泻下来，在暗夜的微光里折射出别样的光彩。煤油灯因剧烈的颠簸晃荡着，好几次差点熄灭。

"今时今朝，雨天行路尚且如此艰难。古人行商，遇上这样的天时，更是搏命……"之晴心道，"与先人相较，自己平时耽于安乐，此刻若不能坚持，不单对不起家人，更对不起同乡百姓。"

不知策马跑了多久，也不知牵马翻过了几个山头。他们双手被荆棘刺得布满伤痕，双腿似灌了铅一般，数次举步由人推送才得以跃上马背。前不着村，后不着店，为着一乡百姓，他们并不敢停步。在泥泞中挣扎着前进，再前进，却听丹露惊喜地喊了起来："大小姐，前头有灯光！"

"到哪里了？"之晴几乎已透支了所有的力气。

"亮处就是太平军王府，我们能进城了……"其他家丁注视着远方的城墙轮廓，也提起了精神。

过了许久，一行人终于抵达行园。

之晴眼皮沉重，几乎要从马上一头栽下，亏得丹露一把抱住才免于受伤。

家丁叫开门，小喜忙将之晴等人迎进门，见大家均狼狈不堪、筋疲力尽。之晴提着气再三吩咐不许惊扰杨婆婆夫妇，小喜应下，与小祥分头去烧热水、煮姜汤。

众人洗了热水澡，服下姜汤，待真正安歇时，已过了四点钟。

丹露心有所系，又同小喜道："镇上被山洪、暴雨淹了大半，昨天等了半日也不见有人去救。老爷不放心，让我们先来报讯。大小姐睡不得几个钟头，定要早起的，厨下准备些粥、面，必要随传随到。"

小喜道："我知道了，你放心睡吧。"她替丹露熄了灯，便即同小祥准备早餐。

杨婆婆年岁大了，又听得响动，早已起来问道："你们今儿怎么这样忙？"小喜、小祥两个讲明原委，杨婆婆倒有些忧心："不知庄园里怎么样了，湖汶遭了灾，茶园的损失只怕难以计数……"

小喜道："丹露说，山里的雨比这里大很多，许多人家都没了……"

"湖汶三月四月桃花雨，六月七月黄梅雨，到了此时节又遭了台风暴雨……"杨婆婆叹道，"希望政府能帮湖汶的百姓脱离险境才好。"

"夯实的路都被冲垮了，车进不了山呢。"小喜也是担忧，"等天亮了我们细问问。若是庄子里不能住人，让老爷上来住也好。"

杨婆婆一边磨豆子，一边道："在此时节老爷怎肯上来，不管佃户和其他农人了？我们只为他们备下所需的东西，盼着他们平安吧……"

在风雨中跋涉了十多个钟头，之晴、丹露、家丁们早已体力耗尽。身子刚沾到床，便迫不及待地合眼睡去。

小祥准备好早饭，眼见已将近七点钟，忙打了热水去唤之晴起床。

"亏得你叫醒我，否则可要误了事！"之晴虽然仍疲累万分，一见座钟的时间已然指向七点，忙打起精神梳洗。

"早饭我吃不下，你替我煎一服板蓝根，等我从方家回来就喝。"之晴披上蓑衣，打起伞，正要出门。丹露穿着中衣便跑了出来："大小姐，略等等，我同你一道去。"

"你留下再睡睡。"

"我哪里能放心？"

"让小喜陪我一道去也是一样的。"之晴命丹露回房。

丹露道："小喜同小祥两个要照料家丁，还需准备药品，我陪着你，两下安心。"她不待之晴再拒绝，忙回房拿了一件罩衫穿上，就随着之晴出门往城西去。

连日来，天不曾放晴，即便到了早晨七点钟，天空仍有几分晦暗。往常此刻菜市场的叫卖声早已不绝于耳，如今连行人都鲜见。

"下了那么多天雨,菜根都烂了。自家还不够吃,谁能拿上来卖? 这个天气,溇上的菜农能要钱不要命吗?"

"那是,我记得有一年汍里狂风,一船人都淹死了,尸骨都没捞到。这几天的风雨,比那年还大几分,溇上人哪里还敢来卖菜!"零星开张的铺子里,伙计们大都在煤油灯下议论着天时。

过了蛟桥,团汍边风雨迷蒙,寒气袭人。到了方府门前,丹露忙拉了铜环叩门。

方衡与方正谷本在谈着这场大雨,听门房来报,赶忙同黄管事出门相迎。

"风雨交加,不在家歇着,跑出来做什么? 有什么事打个电话大可解决。"方衡见她全身湿透,忙将她拉进连廊中。

"线路故障,电话打不通……你们可否帮忙救救湖汶的百姓……"之晴浑身上下没有一处是干的,冷得直打战。

方衡已然脱下外套,披在之晴身上:"先进屋。"

黄管事道:"我去玉枝姑娘那里借两身衣服过来,给林大小姐和丹露姑娘换上。"

方衡点点头,领着之晴一道往暖阁去。

方正谷听了之晴的求告,半晌方道:"政府自然知道湖汶危急。但全力救援,只怕得等到雨霁天晴才好安排。"

"百姓怎么办? 谁知道天什么时候放晴?"之晴红着眼眶,"总要想想法子做点什么吧……"

"失去房舍的人成千上万,我们能安置的人毕竟有限。"方衡道,"天灾难逆,尽人事即可。"

"镇上的小学呢? 那里可以安排百姓住进去。现在还不到开学时,何况这样的情况,只怕也要推迟开学了。"之晴提议道。

"除此之外,医护人员、药品、粮食均不可断。学校、仓库、教堂这三大处都要有医生和应急人手。"方衡道,"请父亲联系县长,让县长派遣医疗队去湖汶,并请粮库先调配部分粮食运过去……"

三人商议已定,之晴便在暖阁等方衡的消息。黄管事送来干净的衣衫给之晴、丹露换上,这才道:"待老爷联系了县长,大少爷会同你们一道前往湖汶。我已安排人去颐寿堂买回药品,先带去湖汶使用。"

之晴自觉手足冰冷,但她纵有万般不适也不敢在方家父子面前显露,只客气地相谢:"你们费心了。"

将家事简单同杨婆婆交代了一遍,又安排家丁接收药品米粮,之晴便同方衡、黄管事、丹露一道往湖汶赶去。白日里,随处可见被冲成沙河的土地、被台风刮断的树枝、坍塌的房子、水里漂浮着的牲畜尸首……这一幕幕,显示着这场灾难造成的巨大破坏。它击碎了无数百姓对未来的幻想,也令千万人无家可归。

"将我们庄园外头的枇杷院东西两进腾出来给没受伤的妇人和孩子们住,只让她们管束好孩子,一日做两餐薄粥送往方家仓库。没受伤的男人们一律记名造册,每日救护伤员,配合政府疏通道路。"

湖汶本地存粮日蹙,灾民一日仅可食两顿薄粥。方衡同林老爷商议后,请黄管事带上两人亲笔书信前往漠上向李双柏借粮。

下车步行至方家仓库,之晴便见一个男人脸上血肉模糊,默默无言地坐在墙角,似乎全没了指望。听说,这个男人在一个钟头前还在骂山门,污秽的言语从口中喷涌不竭,令他周遭的人陷入更深的绝望。随后,他的老婆用一把生了锈的剪刀自尽了。男人骤然间哑了,蓦然间向一根柱子直直地撞去……这样的举动并非因为他同亡妻有什么深挚的感情,只是突如其来的心灰意冷,令他失去了生存下去的勇气。

林家庄园的小丫鬟们被使唤得团团转。林老爷见到那个男人如此惨状,忙吩咐下去:"拿仙鹤草、紫珠草、大蓟、荠菜、络石为他止血。"

丹露见人手不够,立时来帮忙。她从药箱中取出药来捣碎,替那个男人敷上。

方衡在一旁安排伤员,又向林老爷道:"这些药品供不应求,目前还紧缺绷带、红药水、碘酒、消毒棉。虽已让县长通知医疗队,但还不知他们何时能抵达。"

林老爷道:"我毕竟不是正经医生,也不能替人胡乱看病,若有医生愿意来镇上最好不过。一些急性炎症,用些西药更便捷。"

之晴在外头帮着煎药,心头倍感焦灼。她从来衣食无忧,却眼见得天降灾祸，连日未歇，一夕之间，人们苦苦经营的家没了。虫豸在此气候里分外活跃，它们吸食着人们身上的精血，传播着各种各样的病菌。许多人身上起了红疹，痒意钻心，恨不能多生出十根手指可全身上下抓挠。林老爷见此情形，命人取来炉甘石与甘油调和，发给众人薄薄地敷在红疹上，又切切嘱咐众人不许挠破痒处，以免疹子迁延到其他完好的皮肤上。

五十多天的暴雨后，镇上千百亩田地成了一片汪洋，山上茶园的景况也令人无比担忧。今年湖汊注定歉收，这个小镇曾经的兴旺，也因为这场漫天大雨消失殆尽。几乎所有的人都沉浸在这潭苦水中，往日的辛劳落得一场空，曾经的希冀也灰飞烟灭。待大水退尽，还能事以农桑吗？在这一刻，之晴比这些受难的农人焦灼百倍。

一瓮药已煎好，不料之晴手上一滑，药罐在炉子边磕了一下，滚烫的汤药溅出些许。她搁下药罐，微蹙眉头，显然被汤药烫到了。

"我来吧，你别动。"方衡取了药碗过来，斟出汤药，又捉过之晴的手看，"红肿成这样，快浸在冷水中。我去拿药来，你歇一歇。"

丹露闻言，也过来帮忙。她端来一盆沉淀过的井水，将之晴的左手没入。方衡寻到药，替她抹净手上的水珠，才将药薄薄地敷上一层，又轻轻吹着："下回小心些，否则没帮到旁人，却要旁人来照顾你了。"

之晴俏脸一红："这又不是什么了不得的伤。"

"那是自然。湖汊镇上失了大半家产的人，十之七八。要让一无所有的人重新振作，倒是一件难事。"

之晴一怔："我自然不会坐视不理。"

"你也不必将事情全揽在自己身上。不妨写一封倡议书，在商会中广而告之。众人拾柴，总好过一人举薪。"方衡之言，令之晴茅塞顿开。

直到八月末，方雨收云散。湖汊的百姓见到了久违的太阳，额手称庆，开始抢修他们赖以生存的家园。政府也拨下一笔救灾款，组织人员疏通河道泄洪；方正谷临时召开会议，筹措了千余块银圆用以赈灾。

之晴站在龙池山头，望着大片茶园在阳光的沐浴下渐渐焕发生机，心中倒生出一丝期盼——或许失去一切后，才能得到最好的。湖汊入夏确然多雨,待润元居扭亏为盈,取缔采摘秋茶一事也要缓缓实行。若不再采摘秋茶,茶叶也不必在夏秋之际受雨水、虫害的制约。何况,一年两次的采摘,也不能更好地让茶树休养生息。

为着湖汊连月来的大雨,直至开学后一个月,之晴才得空去新建的女校。这片校园能落成,之晴亦倾注了无数心血。她也未想到,几年前自己还是个学生,如今倒能为家乡的学生也出一份力了。

新建的校园并不算开阔,却被书香浸润。校门前一株榉树乃合抱之木,洒下大片绿荫,点缀着少女们的青葱岁月。之晴看着中学生们朝气蓬勃、笑容无邪,甚感舒心。此时,正逢下课时间。走廊上,天井中,女生们有的跳皮筋,有的踢毽子,她们裙摆飞扬,编起的发辫也在阳光下飞舞着。只见有些灵巧的女生将毽子踢出花式来:一手心,二翻背,三酒盅,四剪刀,五抓手,六拱拳,七薄手,八大刀,九邦杠,十打跳……这些十多岁的女学生,个个青春可爱,宛若三月桃花,灼灼其华。

之晴注意到陆穆远捧着讲义经过天井,步履匆匆,一个踢毽子的小姑娘冲着他甜甜地喊了一声"大哥哥"。陆穆远微微点头,却把手指放在嘴边比了一个"嘘声"的手势。小姑娘咧嘴一笑,露出编贝似的牙齿,仿佛了解他的心思一般,捡起毽子,又旁若无人地踢了起来。

之晴的心仿佛被刺了一下。在学校里,陆穆远是老师,那个女学生为何叫他大哥哥呢?

齐老师正站在一旁,之晴遂问道:"那个头上别着珍珠卡子的短发小姑娘是你们班里的学生吗?她叫什么名字?"

"她是裕隆昌陆老爷家的千金,名叫穆阳。难得她不骄矜,成绩也不错呢!"齐老师言语中满是对学生的喜爱。

"陆、穆、阳……"之晴恍然,一颗心刹那间仿若坠入谷底,"他自始至终都在骗我,我却信了他那么久……"

"铛——铛——铛——"上课钟声敲响,那些女孩子忙停止嬉戏跑进教室,齐老师亦走进所带班级,翻开讲义教学。

过去的一切就像来不及醒来的一场噩梦。她怎么也没有想到,陆维年竟是陆穆远的父亲。

欺瞒，背叛，暗算……

这些字眼仿若噬心的蚂蚁啃食着之晴的理智——他还有什么面目求得自己的原谅！她竟一度以为他还可以是她心中珍视的人……

之晴再三克制自己的情绪，走到连廊尽头敲了敲办公室半掩着的门。

"你怎么来了？"见到之晴，陆穆远有些意外。他笑着放下钢笔站起来迎接道，"请进来坐吧。"

之晴进了门，却一言未发。

"正好，我有东西给你。"陆穆远将一个信封递给她，"里头是你曾托我调查的事情。日本人以大连为中心，贩卖红土，每两仅售四角。红土易上瘾，吸食后骨瘦如柴，时间一长还会便血。吴耕大好不容易挣来的血汗钱都花在了红土上，身体越来越孱弱，挣到的工钱也越发少了。工厂爆炸时，他正在一个角落吸红土，没来得及跑出来。那笔款子，也是他为了吸食红土借贷的。"

"原来丹露的父亲是这样死的……"之晴心受触动。片刻的沉默后，她说道："我还有一件事要请教你，烦请你明明白白地告诉我。"

见之晴如此郑重，陆穆远下意识地点头。

"陆穆阳是谁，陆维年到底是你什么人？"之晴望着陆穆远一脸和煦，但她心中压抑许久的情绪如活动起来的火山，即将喷发出灼热的岩浆。

"陆穆阳是我同父异母的小妹妹，陆维年……是我生身父亲。"陆穆远被之晴突如其来的问询惊到，他随即选择了坦白。

"若非我问，你定然不说吧？"之晴微微笑着，眼里却泛出泪光，"陆家大少爷，家里锦货店生意兴隆，又纳了帖做牙行生意。生在蜜罐里，却租住着城里最破败的小屋，谁听了不当笑话呢？"

"我幼年丧母，唯有伯母给了我怜爱之情，把我抚养成人。但小妹妹毕竟还是学生……稚子无辜，除了她和伯母，其余都非我亲人！"

"你撇得一干二净，我自然无话可说。"之晴竭力克制住自己心头的震怒，一字一顿道，"我家从前与你们陆家交好，但凡友人有锦货需求，无不给陆家方便。可真心换来的是什么？你身为人子，不能规劝至亲行正道之事，何谈匡国泽民？"

"一切实非我所愿。"陆穆远心中不愿被之晴如此误解，"之晴，这里是学校,我们出去找个地方谈。给我些时间,我会还你一个真相。"

之晴摇了摇头:"如今你所说的真相还重要吗?一切的解释对现在的林家毫无助益!"眼见陆穆远急切的样子,之晴忽觉心头有一丝畅快。她转身而去,毅然决然。

窗外梧桐树上蝉鸣声又起,它们聒噪着,一声一声,令人胸口生出无限烦闷。已经过了处暑,连梧桐叶也偶有飘落。这蝉鸣之声,何时能停歇呢?陆穆远怔怔地回到办公桌旁,忽而生生地将桌上一根木条直尺拗断!

第二十八章　远水孤云

　　当之晴再次踏入商会的大门时，众人惊异的目光都落在她身上。大多数委员以为，林家恰如落架的凤凰，林之晴定无颜面与大家共坐议事了。虽依照惯例相邀，也不过客套罢了。不承想，她依旧打扮光鲜，一身丁香色海派旗袍上隐隐可见藕色缠枝印花。她面容清丽，一抹茜色的唇脂分外引人注目。

　　之晴先向方正谷问好，才朝着众人坐下来。

　　"短短半年，林家衰落至此。林小姐，你这执行委员是否应该退位让贤？"其中一位委员觑着众人的眼色，试探着将此话说出口。如今陆家生意一日千里，大有与方家叫阵之势。假使陆维年能更进一步，其他候补委员的地位也能更上一层楼，或将成为监察委员。

　　"史委员，若我真的不堪大任，那自然应该请大家另选贤能。可生意成败常有，须知唇亡齿寒。沈阳北大营被炮轰的事情尚在眼前，大家就想着各自厮杀，难道不理商会往日规矩了？"

　　李双柏知道之晴在讥刺陆维年，不由咳了一声："好好的，说那些事做什么？从商不必论政。"

之晴冷笑一声："哪家从商当真能不论政治？说是阳羡商会同气连枝，到了利益关头，还不是各自为政？陆委员，你攀上的人可要抱牢了。"说着，拿过丹露手里的一份资料，往陆维年跟前一丢，"这一桩桩、一件件是否跟你有关，你我心照不宣。"

陆维年睨着那份资料，不屑地冷笑起来："商场如战场，本不必心慈手软。凡事都要找人对质，岂不幼稚？你家落到今朝的田地是你个人经营不善。至于这些事情，我认也好，不认也罢，你林之晴难道就能独善其身？"

之晴微微一笑："在商会有一席之地固然重要，但诚信二字才是经商立身之本。家父教导我做人应庄严清澈，做生意亦如此。今朝，我理当卸任执行委员一职，免去往后口舌之争。陆委员，你也好自为之吧。"说完，之晴起身要离开会场。

"我们阳羡商会万不能藏污纳垢，商会委员须大节无亏。"方正谷叫住之晴，"林小姐，我会给你一个交代。"

听到方正谷如此说，众人心头皆是一震。

"方会长，看来你是铁了心要保林之晴了？"陆维年脸一沉。

"保林之晴？你也太看得起方某了！"方正谷冷冷道，"今朝你能对付林家，明朝你又想对付谁？商会委员之间只能互相扶持，禁止恶意倾轧，这是规矩。林之晴虽不能任职于商会，但今朝我同样也免了你在阳羡商会的职务。从今往后，大路朝天，各走一边，你继续做你的生意，只是与我们商会再无瓜葛！"

"你！"陆维年拍案而起，"方正谷，不要欺人太甚！"

"陆老板，你大可问问在座众人谁有异议。"方正谷的决断向来鲜有人驳斥。

陆维年目视众人，等了半晌，却见无人为他说话。蓦然间，他冷笑道："方会长，你的靠山是谁？想必也见不得光吧？这阳羡商会中丁点职务，我本就不放在眼中！"陆维年甩开座椅，大步离去。

之晴向方正谷鞠了一躬，朗声道："多谢方会长主持公道，也感谢过去半年多时间商会诸位委员的扶持。林氏虽退出商会，但依旧在阳羡地面上行商。我不敢请诸位多加关照,只愿在此非常时期,大家守望相助,不要忽视侵略者的野心。"

众人听了之晴的话,没有人作答。在此商会中,会长亦与日本客商来往密切,若应了之晴的话,不啻于拂了方正谷的面子。

方衡亦没有出席这次集会。几乎全城的人都知道,方家大少爷如今对一个戏子痴迷,甚至有纳她入府的意思。听闻方正谷为此大发雷霆,停掉了儿子手中所有的权力,其中包括商会监察委员一职。

众人口中的戏子正是之晴数月前见过的关丽云。

一日,关丽云唱起《玉堂春》,其情楚楚——"苏三离了洪洞县,一路起解赴太原。阳春三月花似锦,我见花伤情心悲惨。久居监禁不知春,骤见春色更心酸。一阵飞鸟头上转,鸟儿啊,你能否为我把信传……"

关丽云在台上唱,方衡在台下和。她眉弯如新月,口中唱出痴心怨怼。一曲未毕,关丽云早已泪水涟涟,那如玉笋的十指,扶住了方衡的臂膀。她靠在他怀里,将她的身世幽幽说与他听。

曾经,她的外祖父欠下一笔巨债后以自杀的方式洗刷污名,外祖母亦以死相随。于是,母亲少时就被亲眷收养。寄人篱下,冷饭残羹吃了两年多,最终还是沦为一名艺伎。母亲在十七岁时,被竹下完明带到中国,作为礼物送给了她的父亲。一个日本女人,要多艰难才能融入偌大的苏完瓜尔佳氏族?她要比旁人更懂察言观色,更谦卑,更恭敬。虽诞育一女,可仍旧为婢。"我到现在也没明白,竹下完明如何在十多年的光景里渐渐拿下了东北三省那么多生意。在我长到六岁时,竹下完明认我做义女。父亲本就不大在意我,也未出言反对。从小到大,似乎没人在意我想要什么,不想要什么。若我现在还在那个家中,或许,我会像一件物什,被父亲送给一个他认为有用的人家。像我这样的身世,最好的结果便是嫁与一户殷实的人家做续弦,或如我母亲一般,做个下贱的妾侍罢了。"

"竹下先生待你好吗?"方衡问道。

关丽云淡淡一笑:"他待我好啊。可这个好,我不喜欢。"

方衡细心地为她卸下戏装,关丽云盯着面前的镜子,不免触景生情:"我从小战战兢兢,现在又担惊受怕,唯有唱戏的时刻是快活的。"

方衡温和地笑道:"你别胡思乱想,若爱唱戏,就不论其他。想得太多,终究伤神伤身。"

关丽云见他眼中满是温柔,心中一动,倏而叹道:"我这样的人,除了会唱几句戏文,旁的什么都不懂。竹下完明把我带来见你,也未必存了什么善心。十多年前,他还是个商人,十多年后的今朝,只怕他心中所求,不仅仅是些财富了。"

方衡道:"你替他做生意吗?"

关丽云看着方衡,摇头道:"我不懂生意啊。"

"那你担心什么呢?"方衡笑着挑起她的下颔,食指轻轻在她高挺的鼻梁上一点,"我只与你义父做生意,其他事情我不管。你若真心把我当作好朋友,或觉得我是你值得托付的人,大可不必操心。你爱唱戏,便只唱戏罢了。"

关丽云幽幽道:"爱我样貌的人多,爱我唱戏的人也多。但曲终人散后,惜我、怜我之人寥寥。我从来漂泊,没有真正可以倚靠的人。那日在东汜之中,大少爷不顾个人安危,施以援手,我心中感佩,暗自祈盼有一日能再会,不承想竟有这样的奇遇让你我相识相知。就让我也做回苏三,奋不顾身一次吧。"

相处不过数月,方衡仿若陷入温柔乡,他携起关丽云的手,径直入了方家的大门。

为了关丽云,方衡当着母亲的面发誓,从此再不斗蛐蛐,也不玩雀鸟,专心生意,闲来只听戏消遣。若母亲不放心,且让关丽云与芸娘当年一般暂且在府中住着,两三年内看着尚好再给名分。

方太太见儿子喜欢,思量再三,才揣摩到他的心思,于是道:"她若安分守己,与芸娘一般稳重,我便认下她。可如今时机不对——正妻未娶,就想着先弄个妾放着,简直昏了头!"

方衡听着数落,仍坚持道:"母亲,您不见见她吗? 她很讨人喜欢。说句不客气的话,从前芸姨出身还不如丽云,您怎么就接受了呢?"

方太太心中尘封已久的往事又被方衡触动,不禁黯然。她拿了佛经放到案头,轻声道:"你先走吧。老爷那头,以后再说。"

方衡不吭声,默默站了一会,见方太太不理他,只好转身出门。

玉枝自打知晓方衡与关丽云之事,颇觉方衡行事出格。但既然太太都不见责,她也不能多事开口说什么不合时宜的话。

玉枝且在门外站着,见方衡出来,也不招呼,胡乱行礼搪塞了。伺候方太太的两个小丫鬟守在月洞前,冷了脸不发一言,显然是为着不让关丽云跨进院中。玉枝曾当着众人的面说了:"谁是这个家的主子,大家心里明白。这个女人来住着,不过是大少爷一时新鲜罢了。你们也别没了眼色,只顾着哄大少爷高兴……"

众婢仆自然懂得玉枝的话多半是太太的意思,自然诺诺连声,不敢不遵从。

几乎每个人都注意到了站在院子外头的关丽云,可他们不得不退避三舍。合宅无不知晓,这个美丽动人的女子就是少爷的新欢。关丽云并不介意众人异样的目光,也不在意其他人的轻慢。见方衡走出来,她忙上前问道:"太太不同意我们在一起吗?"

方衡微笑着揽住她:"我母亲为人极好,她说会替我劝老爷子的。我总要做出些成绩,讨他们喜欢。你且放心住下,我得空就会来看你。"

方衡陪关丽云走出好一段路,这才指着一座两层的小楼道:"这里一直空着,往后你就住在这里。我母亲喜欢清静,她的院子你不必去。北边一个小院是芸姨住的,往后见了称她姨太太便是。芸姨有个兄弟,有些可恶,你不要理他。"

关丽云答应着,眼中闪烁着别样的欢喜。她牵着方衡的手,靠在方衡肩头,仿佛愿意把自己的一切就此交托。

方衡道:"这小楼后面是花园,前头有一片松林,方便你清晨吊嗓子。家父除非去芸姨处,很少会走到这里。即便见着了,你恭敬些,想来他也不会见责。"

"我都听你的。"关丽云一笑嫣然。方衡挽住她的手,向前庭打扫的丫鬟们招呼了一声。

两个小丫鬟上前见礼:"大少爷安好。"

方衡道:"关小姐往后就住这里,你们除了洒扫庭院,也要用心伺候她。"

两个小丫鬟望着关丽云,堆起笑容:"芳儿、菲儿向关小姐请安。"

关丽云忙搀住她们，又从手指上取下两个金指环，分别交到她们手中，"往后还请两位姑娘多多照拂。"

见方衡在小楼前迟迟不肯离开，黄管事不免上前提醒："大少爷，老爷在等你回话呢。"

关丽云见黄管事前来，忙催着方衡去办正事。方衡道："你且歇着，我明朝一早来陪你用早餐。"

关丽云甜甜一笑。在初秋的阳光下，她的笑容温暖和煦。林下风拂过她的长发，她轻轻将发拢起，别上一支银簪。芳儿不由轻声感叹："关小姐真美啊！"

菲儿艳羡道："关小姐的皮肤就如少爷平时爱把玩的和田玉一样白腻。"

"我初来乍到，什么都不懂，有事少不得请教你们。"关丽云笑道。

芳儿、菲儿见她这般客气，待她也颇为殷勤："关小姐有什么要问的尽管问吧。"

"我见在太太房里伺候的姑娘很有体面，进进出出的人都对她礼敬三分呢！"关丽云打听着。

"玉枝姑娘是太太跟前最得脸的，自小跟了太太，也与太太最投缘。听黄管事家的说，太太在空闲时还教她识字、算账、管家，我们来府里的日子浅，即便比她还年长一两岁，依旧要称她一声姊姊呢。"菲儿顺口说道。

"姨太太跟了老爷那么些年，又这般得脸，就没有个孩子？"关丽云趁着芳儿、菲儿高兴，细细问道。

"我听府里一个老妈妈说，姨太太进门两个多月后就有了身孕。待她身子沉重不理事时，她兄弟偷偷拿了她的体己，养了个卖唱的，还想弄进门。老爷知道后一气之下命人捆了要打，姨太太连忙赶去求情。不巧在池塘边滑倒了，大出血……幸而及时叫了大夫来医治，好不容易才救回来的。听说为了排出死胎、调理身子，足足卧床了半年多。后来，再也没能怀上。"

两人正说着，看见贾士平走过来，忙住了口，各自去洒扫收拾。关丽云不知缘由，但见来人举止轻浮，便径自上楼，闭了门户。

贾士平早已看见她绝好的样貌，心痒难耐，忙问着菲儿："这楼上怎么突然住了一个姑娘，谁留的客？难不成是老爷的私生女儿？"

菲儿"呸"了一声："我劝你可别乱说话，当心少爷罚你。"

"我怕他吗？"贾士平听到菲儿如此说，不免愤愤不平，伸手就要去掐她的腮帮子。菲儿躲过了，恨声道："你怎可如此无礼？再敢这样，我便和老爷说去。"

贾士平冷笑道："你去说呀，赶紧去说！你可是卖给方家的，签了死契，做死做活得由着我们这些主子。就算老爷再讨厌我，也未必会把我赶出这宅子。你不过是个下人，我只消说你整日里没大没小，对我和姊姊不恭敬，我看老爷要调教谁！"

这席话气怔了菲儿。关丽云在窗后见到这样的情形，不觉冷笑了几声。

第
二
十
九
章

星霜屡移

今岁林家的秋茶因受雨水影响,品质较往年逊色不少。之晴每每路过茶仓,不免忧虑。与父亲和阿兴商议过后,三人均决定不可照原价囫囵卖了,令客商寒心。因而,由之晴一一致电客商,阐明情况,若要退单也未为不可。若不需退单,林家愿折价三成出售。

依着电话簿打完电话,之晴早已口干舌燥。丹露忙取来胖大海、甘草与绿茶相合,沏出一杯茶汤给她润嗓子。正巧,润元居严大掌柜送来账本,之晴一看之下,半晌说不出话。

严大掌柜劝道:"东家,今年天时不好,比往常艰难些也是有的。"

之晴抬起头,请他坐了:"你们柜上照常经营便是。"

严大掌柜听之晴这样说,倒显得自己没有决断了,便同之晴讨论起如何改善经销之事。

之晴道:"今年因雨水过多,茶叶制作出来在香气上差了几分。虽非人力所能及,但事关品质,总会影响销售。折价三成只是一时之计,但从此有个顺水推舟的革新，也未为不好。"

"革新？"严大掌柜颇觉意外，在这样的环境下还要革新，简直闻所未闻。自润元居由之晴接掌，一次次的改革均让他大开眼界。

之晴搁下茶盅，缓缓道："既做了这一行，方方面面都要周全。虽天时、地利、人和难聚，但我们的生意总不能搁下。纵然天时不利，终归要另辟蹊径，以求绝处逢生，将阳羡茶通过各地客商之力推得更远、更广才是。"

"愿闻良策。"严大掌柜倒想知道之晴还有哪些"时兴"的主意。

"此前只有润元居经销商才可大宗拿货，商号零售价与其大有不同。首先，经销我们茶叶的客商，在原有折扣上，可在一年内累计销量，实施红利返还。销得愈多，返利愈多，来年春茶可提前批次发货。其次，茶商的忠诚度很要紧。哪怕他们销售不了许多茶叶，或资金不比其他大茶商周转得开，只要年年岁岁都推崇我们阳羡茶，年底都要派发红利，以示嘉奖。"

严大掌柜心下觉得在理："这样众茶商自然将润元居的茶叶销售一事放在心坎上了。"

"另外，我们可以针对在外地的商号印些礼券，顾客可凭券购买，享受优惠，但不兑现金……"

"这样一来可以拓宽商路，二来可免去库存积压，让现金回流更快！"严大掌柜拍案叫绝。

"先照此实行吧。"之晴道，"这能解近年之困，兴一时茶路。待得全国茶市都推行奖惩之法，上行下效，还不知是何等情景呢！"

严大掌柜扶了扶茶碗，上前捧过账本道："城中茶号虽暂时不能经营，好在湖汶镇上的茶号尚能支撑。我回头与柜上伙计合议，破了这困局。"

之晴一点头，起身将严大掌柜送了出去。

一日，刘先生来电，直截了当地告诉之晴想要订购林家的秋季红茶。之晴万分意外："刘先生，您并非做茶叶生意的人，怎么要那么多红茶？"

电话那头，刘先生笑道："听闻今岁润元居红茶降价三成，往年从未有过这样的好事，我自然要购买一些。"

之晴为难道："不瞒您说，这批红茶因夏日雨水太多，品质不如往年。林家未有降价的先例，这次也是考量再三才暂行此法。"

刘先生道："可巧我觉得价格合适,购买一批只供自家商号伙计和工人们日常解渴所用。我们几个码头上出力的工人不少,千余斤茶叶只怕半年便消耗尽了。"

之晴一阵感动:刘先生要买茶,大可找旁人。头一个想到我,这雪中送炭的情谊,不知何时才能回报……想到此处,之晴道："大恩不言谢,若往后有用得着我的地方,但凡我能办到,定不推搪。"

"渡过这一关,才能腾开手做其他事。你志存高远,不能因天时不利半途而废。"刘先生感念当日苏州之晴为他解围之情,投桃报李。

"我当尽己所能,以期来日。"

刘先生听之晴语带哽咽,亦有触动："林小姐,我敬重你的人品,也当你是我看重的小妹妹。须知人生不如意事常有八九,真有凌云之志,便该勇往直前。"

得了刘先生的鼓励,之晴没日没夜地守在茶厂中,敦促着师傅们制茶。炭火上烘着的茶叶清香四溢,"走水还阳"的举措颇有成效。天晴时,自然以晒青、渥红为主。连着一个多月,茶叶馥郁的气息始终缭绕在润元居内外。

眼见茶草成品质量均为上乘。之晴期待着有一日,阳羡茶真正在世界茶业界中竖起自己的标杆,成为中国茶业界的翘楚。闲暇时,之晴同大师傅们探讨,希望通过不断比对斟酌来定下润元居茶叶质量标准并在当季茶中试行。若市场反馈良好,过几年大可在阳羡整个茶叶市场上推行。

中秋节前夕,竹下完明听闻方衡有意纳关丽云入方家,特来精菜馆的菊庐恭贺方衡。未承想,精菜馆的侍者告诉竹下完明,少东家和关小姐一般要过了午时才来用餐。

年轻人贪欢晚起,在竹下完明看来是常有的事。他并不介怀,只命侍者安排厨房做日本料理。

他哪里知道,这一日,方衡早在竹舍中饮茶,听闻竹下完明来了,立时不动声色地走到隔间一探究竟。

不一会儿,小林君也进了菊庐。方衡靠在隔间的板壁上,仔细探听他们的话语。

"蒋记老板打电话来,请先生择日与他商议接下来的动作。"小林君道。

"很好!让林家蒙受这样的损失,蒋记的老板可花了大力气,陆维年再次吃了个哑巴亏也没摸着头脑。现在林家上下恐怕只把陆维年当成大仇人吧?"竹下完明冷笑道,"连方正谷这只老狐狸也以为林家的事情是由陆家而起,让陆维年碰了一鼻子灰……陆维年此人睚眦必报,又有把柄在我们手中,他骑虎难下,我们且看他们鹬蚌相争!"

"是啊,给陆家放出些些风声,只消他们有所动作,即便蒋记把事情闹得天翻地覆,旁人也不会疑心到其他人头上。苦与乐、好与坏陆维年都只能咽下去。山东红土之事,现今可以放手去做了。范洪明不中用,但仍有一些价值。还有,林府管家丁智兴的事,须着人深入探查……"

听到这里,方衡自知不便露了行藏,轻轻走出竹舍,绕过梅林一路小跑,开了后门闪身出去。他启动了停在小巷里的汽车,在城中绕了半圈才至精菜馆停下。此时,小林君离开不过数分钟。两人的车在途中相遇,互相按了按喇叭,以示招呼。与日商打交道那么多年,日语他早已谙熟于心。竹下完明同小林君的对话,令方衡不得不警惕。

一路上,最令方衡惊异的是茶局巷里润元居总号的门上贴了政府封印。

林家怎会如此一败涂地?竹下完明的能量真的大到不可想象吗?在跨进菊庐的前一刻,他甚至隐隐有一丝不安。将关丽云带回家是对还是错?这着实是一步险棋。但如今阳羡商界何尝不是险象环生呢?

"方老弟,你怎么了?"竹下完明替方衡斟了一杯清酒,见他神色有异,不禁出言相询。

方衡故作难色:"刚才经过茶局巷,看到林家商号门口贴了封条。或许是我最近很少问事,因而不知道林家何至于此。"

"林家铺面被封了?"竹下完明故作诧异,"看来得劳动令尊去问一问了。"

"家父最近不大理我。"方衡尴尬一笑,"他顾及名声,丽云之事只能延后再议。"

竹下完明微微一笑:"丽云出身梨园,但也懂大家规矩,假以时日,方老先生会谅解的。"

方衡举杯道:"竹下先生,若非你带来丽云,我也不会遇到这样善解人意的女子。"

竹下完明将盅中之酒一饮而尽:"我嘱咐过丽云定要全心全意待你,不可违逆你家规矩。"

方衡面上流露出十分温柔的神色:"我想给她自由。即使住在我家,也不必被他人束缚。人生最要紧的就是快乐!"他又给自己斟了一盅酒,举杯来敬竹下完明:"她的夙愿我会替她完成——她爱唱《霸王别姬》也好,爱唱《牡丹亭》也罢,我都陪着她!"

"不能为了佳人不理家业吧?"竹下完明道。

"家父就我一个儿子,家业迟早会传给我。家母旧年亦替我存下一笔款子,如今还有丽云陪着,有一个饭馆打理着,足够了。"说罢,方衡将盅子里的酒灌入喉中。

竹下完明微微一笑,亦将盅子之中的酒饮尽。

入秋后,天气转凉。自滆湖螃蟹上市,精菜馆里也比往日忙碌几分。贾士平见方衡整日不归,对关丽云又起了非分之意。偶尔打个照面,贾士平百般讨好,将关丽云奉为天上的仙女。一日,他同关丽云打了个照面,又魂不守舍起来,未承想关丽云最厌恶油腔滑调之人,从未给过他笑脸。贾士平垂涎三尺,求而不得,仿若百爪挠心,夜夜不得安睡。

这一日,之晴带着丹露来送节礼。方正谷因在他处赴宴,方太太听说后,便来前厅与之晴相见。

方太太与之晴不甚熟悉,寒暄几句后,就问着黄管事方衡怎么不出来见客。黄管事回道:"少爷因这几日须研发新式菜品,总不得空回来。"

之晴笑道:"我陪您说说话吧,这趟来也不是为着来见大少爷的。"

方太太惦记着关丽云那既未裁秋衣又未换厚被,于是先让玉枝去办。

玉枝有心想与丹露说两句话也不能,只好先去打点被褥之事。她叫了两个小丫头开了库房,随意指了几样,就让小丫头们捧了往关丽云处去。依着本心,她十分不耐烦见关丽云这样不清不楚的女人,待到了小楼之下,便只遣了小丫头们上楼,她独自在楼下等着。

贾士平喝了酒逛着回来,见小楼下立着一个窈窕的姑娘,粉颈低垂,仿佛在怅叹着什么。那似乎正是自己日思夜想之人。月色朦胧,更添情致。往日费了多少心思不能得,如今就在眼前! 他壮着胆子扑上去,将玉枝拉进路边花丛,压在青石砖上,欲成好事。

玉枝失声惊呼。贾士平慌忙捂住她的嘴,另一只手奋力撕扯她的衣物:"我的小乖乖,姑奶奶……从了你舅老爷吧……"黑暗中,玉枝挣扎着,却只能发出"呜呜"的声响。她手腕上的镯子在石砖上摩擦着,几乎嵌进肉内。

小丫头们送了东西下楼,轻轻叫了几声"玉枝姊姊",却无人应答。她们边走边寻,恰巧碰上了之晴和丹露。

丹露听了小丫头的话,忙提着灯按原路寻去。却听见小楼边花丛里有窸窸窣窣之声,四人大着胆子上前一看,不由大惊失色!

"来人哪! 快来人!"丹露扬声大喊,"有贼在这里!"

贾士平见事情败露,被人叫嚷了开来,急忙要逃。之晴提了声叫道:"拉住他,万不可让他跑走,没了对证!"

两个小丫头又惊又惧,哪里敢上前? 丹露抢先一步拦住贾士平的去路。贾士平裤子还未及穿,眼见家丁们掌了灯将此地围了起来,再想逃开已来不及了。

"姊姊……"丹露这时才发现,被贾士平按倒在地的人是玉枝。之晴一顾之下,也吃了一惊,忙解下披肩,把玉枝包裹起来。玉枝衣服上的盘扣已经扯烂,裙子破了半幅,头发散乱,手上更是划出了无数道血口子。

"谁敢动老子? 都是这个贱婢勾引我的! 你们赶紧发卖了她!"贾士平龇牙咧嘴,兀自用力推搡着家丁。

园中的老妈子见到此情此景忙去请人。恰巧方衡回来,撞上这样的事情,不禁怒从心起。他不及向母亲请安,便奔向小楼。

"大少爷和太太来了!"老妈子见主子们来了,亦壮了胆子。

玉枝瘫坐在地,把头埋在丹露怀中,显然羞愧难当。方衡见她身上盖着一条精致的披肩,知晓是之晴之物,忙嘱咐小丫头道:"去玉枝姑娘房里取衣服来。"

说着,又转向被众人拘住的贾士平。

方衡见玉枝饮泣不已,楚楚可怜,必受了万分委屈,更有心为她出气。芸娘此刻已赶了过来,见弟弟衣衫不整,心知他又惹了祸事,也不知该如何求情。

"让他清醒清醒!"

两个小厮听闻方衡发话,立时将贾士平拖拽到金鱼缸前,一把架了起来,口中虽道着"贾爷,得罪了"的话,四只手却毫无停滞的意思,极力将贾士平的头按入水中。

得知玉枝受辱,方太太气得浑身乱颤:"自打他进了门,哪里有安生的日子!"

芸娘早已六神无主,听太太这样说,自觉理亏,连连向太太叩头赔礼。见方太太并不理会,芸娘转头去央求玉枝:"姑娘有怨气,尽可找我出。姑娘怕名声有损,我愿叫士平娶你为妻。我和士平的月例往后都给你,只算贴补,还求你多体谅。"

玉枝满面泪痕,从丹露怀中转过脸,凄然一笑:"姨太太玩笑了。这样的畜生也配娶妻? 依我的心意,合该就此报官,可老爷夫人平日也未曾亏待了我。从此,我便离了这里,绞了头发做姑子去,再也不与你们相干!"

芸娘闻言又羞又急,只见弟弟在水缸里扑腾着,显然也痛不欲生。

终于,贾士平被小厮们扔在草坪上。他眼睛、耳朵、鼻子、嘴里都是水,酸涨难忍。此刻,他宛若一条将死的鱼,除了心脏,其他地方几乎无法动弹。

"我……还没把她……怎么样呢……"贾士平大口地喘着气,"你们……存心要弄死我……"

黄管事见到方衡铁青的脸,忙向小厮们又使了个眼色。

几个小厮复将贾士平绑了,倒悬在不远处的一株松树上。贾士平又惊又怕,但嗓子里像塞了团棉花,叫也叫不出声。

此时玉枝换了衣服过来,眼见贾士平被施以鞭刑,心中仍不觉得畅快。此时方家上下都已知晓她被贾士平折辱之事,若传扬出去,自己的颜面荡然无存。她在方太太身边得脸惯了,如今即便没有失去贞操,亦是羞愤难当,恨不能一刀杀了贾士平再自戕。但丹露攥着她的手,她无力挣脱。

芸娘泪水涟涟,跪在地上不敢起来。方太太知道玉枝的心性,也自觉方家愧对了这个闺女,便牵起玉枝的手道:"若玉枝答应,赵家也情愿,从今儿起,玉枝便是我干闺女。冬至节上我去请个寄媒,过继了来也好。若今后玉枝往外聘,嫁妆都由我来操办。我正愁没有女儿,这丫头在我身边多年,也对我的脾性。若再有不相干的人骚扰玉枝,别怪我不顾情面一律打死,这人命官司我来背!若有多嘴多舌在外宣扬今朝之事的,也别怪我不顾往日情分,横竖要你们好看!"

"太太……"玉枝听了这话,想起素日方太太待她的好处,不禁湿了眼眶。

方衡心中正不自在,听见母亲唤他上前,极不情愿地走到玉枝面前,叫了声"姊姊"。

一众仆妇见少爷开了口,也各自上前请安,称赵玉枝为"小姐"。

关丽云在楼上窗口往外看着,一切尽收眼底。豪门大户做出这样的丑事,只想着法子不让事情扩大。但众口悠悠,不过掩耳盗铃罢了。想到这里,关丽云不禁哂笑起来。

方衡照例没有在小楼安寝。待众人离开,关丽云温了黄酒,偷偷送到贾士平的院中。此时,方老爷在芸娘处歇下,芸娘自然不敢出来看顾弟弟。方家众人鄙夷贾士平为人,更没有人给他端茶倒水。他身上伤痕累累,剧痛不止,湿透的衣裤也无人替他换下。真可谓叫天天不应,叫地地不灵。

关丽云从橱里拿了干净衣裤放在他枕边,并将一壶热黄酒灌入他口中。她柔声劝道:"贾爷,你也太意气用事了。"贾士平在蒙眬中抓住她的手:"我想你想得好苦,你知道吗?"

关丽云道:"好生养着,我过几日再来看你。"她抽出手,趁着夜色回到自己的小楼中。

眼见中秋将过,月色依旧皎洁如许。星汉灿烂,令人遐思无限。关丽云卷起竹帘,歪在一张罗汉床上,心中无限感慨。离京南下,一路上,她碰上的人数也数不清,最终能让她停留下来的也不过寥寥数人。依照原本的计划,她应该牢牢地将方衡抓在手中,但出乎意料的是方衡就像一把沙子,自己愈想抓牢,愈觉得像是失去了他。她甚至不确定,方衡对她的心是否淡漠了呢?但他的确曾给予自己无限柔情,让她在恍惚间觉得安稳。关丽云心想:"义父无非想彻底拿下方家,即使不通过方衡,我照样可以用其他的法子。但若无法完完全全控制方衡的所思所想,如何甘心?"

闲来无事,关丽云便找菲儿、芳儿说话。菲儿、芳儿两个心中并没城府,她们见关丽云待人和气,也不轻易使唤她们,倒也愿意将方家的事情与她说。

"那日晚上我被唬得不敢下楼。"关丽云压低声音问道,"到底发生什么事了? 我也不好问大少爷。"

芳儿为难道,"这可怎么说呢? 总之都是姨太太的兄弟干了浑事,说出来也怕关小姐怪我们没羞没臊。"

关丽云微微一笑:"姨太太的兄弟原本常常经过我们的院子,这几日倒没见着。"

菲儿显然厌恶他许久了:"只有姨太太心疼他罢了!"

"怎么回事?"关丽云装作不经意地问道。

芳儿道:"许是浸水受了风。姨太太央着小厮们去请大夫,可谁敢去呢? 一来要看着大少爷的面子,二来还得看着太太的脸色吧? 另则,姨太太又不敢在老爷面前提这件事,大家多一事不如少一事,乐得干净。"

关丽云惊异不已:"他果真病得沉重? 方家上下也不能不顾他死活吧?"

菲儿冷笑道:"关小姐,你才来不久,哪能知道他为人呢? 离他远些,免得担一身干系!"

关丽云笑靥如花:"我左右跟定大少爷了,怎会和那种人纠缠不清?"说着,她将一篓银杏交到菲儿手里,"我一大早去银杏林子采了些,你们拿去放到厨房。"

菲儿笑着接过:"关小姐,这些粗活我们做就罢了,不劳你动手。"

关丽云含笑道:"我见少爷爱用银杏入菜,只是……"她眼中浮现出一丝茫然,"手心、手背痒得受不住,不知什么缘故。"

菲儿这时才注意到,关丽云的手上起了一片红疹。

"关小姐采银杏时没有戴手套吧?"菲儿放下篓子,让芳儿打水来,"你可别用手挠其他地方,否则身上也要痒了。"

关丽云似懂非懂地点头:"可以请个大夫来替我看看吗?"

芳儿端水进门,听关丽云这样说,答应道:"我去和黄管事家的说,从外头请个大夫来吧。这样细嫩的手挠坏了可怎么好?"

"若他为难,不必强求。"关丽云嘱咐道。

芳儿和菲儿两人抬了竹篓一道走出院子,私语道:"这个关小姐倒也省心,与姨太太一个样,生怕行差踏错了一步。"

"只要大少爷心爱她,总会得个名分。"

两人一面唧唧哝哝说着,一面将竹篓抬到厨房,这才到前头去寻黄管事,可巧碰上了从太太那请了安准备出去的方衡。

"大少爷!"芳儿、菲儿忙低了头让到路边。

方衡见她们两个不在后院当差,问道:"你们到前头来做什么? 关小姐可好?"

芳儿道:"正要去请个大夫来看看关小姐呢。"

"她病了吗?"方衡问。

"关小姐采了银杏,手上发红疹,只怕得配些止痒的药膏来。"菲儿答道。

方衡点点头:"我知道了。"

芳儿、菲儿到黄管事处告诉了一声,便去关丽云处回话。关丽云正看着陶缸里游弋的金鱼发呆,只见缸里的碗莲早已谢了,些许莲叶浮在水面上,点缀着这汪碧水。

"母亲不喜欢荷花,不喜欢紫色、绿色,只说是家乡风俗,可一旦嫁了人,无论喜不喜欢,照样得将旧意识改过来。"关丽云像在自语,"我自小在中国长大,倒不觉得荷花有什么不好。荷花和莲花相类,清丽无俦……自古文人都爱莲花,否则就不会有《爱莲说》了吧?"

"荷叶五寸荷花娇,贴波不碍画船摇。相到薰风四五月,也能遮却美人腰。"方衡的声音传来。关丽云愣神片刻,倏而从玫瑰椅上站起,奔到他身边:"你怎么来了? 菲儿说,你要出门的……"

"我放心不下,还是先来看看你。"方衡柔声道。

关丽云满眼欢喜,想环住他的脖子,却忽然收回双手蹙眉道:"这样会过到人,我差点儿忘记了……"

方衡捧住她的手笑道:"这有什么关系? 些些痛痒并非不治之症。一会儿大夫来了,让他给你细看看。精菜馆里还有事,赶着定重阳宴的人不少,我还要去周旋一番。"

关丽云温顺地点头:"你快去吧,我等你回来。"

方衡道:"到了重阳,我们排一出《西厢记》,就在精菜馆开席!"

关丽云宛转蛾眉,如离魂倩女,幽幽地唱道:"兰闺虚度十八载,空对团圞玉镜台……"

方衡应和道:"倒不如进花园把佳人亲近,只剩下花有清香月有阴……"

唱出这句话,关丽云不觉脸上一红,仿佛被触动了心事,忙转身上楼去了。她适才听见方衡告艰难,十分想借机说出让方衡帮竹下完明经销红土的话。但每每要吐露些许,她却不自觉地生生收回。为什么这般迟疑不决?她有时亦怪自己不够果断。

方衡看着她的背影,微微一笑,缓步出了小院。

第三十章 / 风潇雨晦

眼下,林家庄园处于水深火热之中。阳羡城里的生意已中断了一个多月,阿兴料理庄园的事务无暇抽身,之晴则各处借贷,但往往碰壁。几次上门,方正谷也借故避而不见。

从方府出来,之晴心灰了大半。她走过蛟桥,不敢再往茶局巷去。茶局巷里的繁华,原本大多借了林家的光。如今,林家商号大门紧闭,整条巷子的生气也消失了大半。这条逼仄的小巷两边植了银杏,风一吹,银杏叶纷纷扬扬地落下,遍地金黄。之晴漫无目的地走着,心也一寸寸地沉了下去。

"为什么要查封我家商号?"那天,之晴找到阳羡法院推事想要问个明白。

推事似乎早就知道之晴的来意,淡淡道:"你们林家经营违反了《中华民国民法》。封你家商号是暂时的,等调查清楚我们自会按律法办理。"

之晴诧异万分:"我们家一向奉法守纪,怎会违背中华民国法规?"

推事目视之晴:"只怕林小姐忘记春夏之际与日商高桥一园起争执之事了吧?"

"虽有争执,但后来已有协议,大家互不追究责任,我家按时支付了赔款,此事应当揭过不提。"之晴疑惑道,"难道日商出尔反尔,还想找我们家麻烦吗?"

"现在时局微妙,我们也不能偏私。当然,你们林家对阳羡的贡献,我们深为感佩。至少给我们三个月的时间,我们对上头也好交代……这样吧,等明年开春,我们尽量恢复你们商铺的经营权。"

之晴听他处处向着日商说话,不由重重搁下茶杯冷笑起来:"你是中国人,为何要看他国人的脸色行事?数月前,政府颁布的'训政法'你们不依吗?中国人民固有的权利、自由何在?"

"我们自然会依法办事,但林小姐有句话说得不妥,我可要提醒你一二。"推事淡然道。

之晴一愣:"愿闻其详。"

只听那推事道:"我们中国人,为何要看他国人的脸色行事?你细想想吧,你们林家的家丁,不用看你的脸色行事吗?我虽是推事,要不要看县长的脸色呢?即便是县长,可他上头还有各级官员……"

之晴不知道自己是何时走出法院的大门,也不知自己该去哪里。林家是阳羡城中茶业大户,但湖氵父夏日被淹,导致一季秋茶损失惨重;城中商号被封,更是让林家眼下原本就困难的经济状况雪上加霜。

她没日没夜地坐船从蜀山到湖氵父,希求能在紫砂器皿上额外赚些钱款。她与方衡虽交易顺当,但选样、打样总要格外费心。十多天来,之晴瘦了一大圈,许多原以为办不成的事,也在她不间断的软磨硬泡下办成了。

在这些艰难的日子里,有一个人的话像一束光,照亮了她无比黯淡的心田:"如今,民生维艰。我这一生中,最关心的是农民的生活和他们的生产。农业要振兴,不管多难我们也不能放弃。我们国家要兴盛,必要改善劳动人民的生活。华茶当复兴,我一人之力有限,终要万千茶人共抱薪!"

"是,华茶当复兴!"无数低落的辰光,之晴总会想起不久前火车上吴觉农先生与她促膝长谈时所说的推心置腹的话语。吴先生不过比自己年长七八岁,却放弃了上海优渥的生活,往浙、皖、赣等茶叶产区考察,在缺衣少食的情况下与万千茶农一起劳作,以严谨求实的态度为中华茶业寻求发展之路。两人仅有一面之缘,却似久别重逢,互相引为知己。

逆水行舟,不进则退。一念及此,之晴振奋精神,勉励自己将眼下的每一件事圆满完成。

每年江南秋日的美景,总不会被辜负。山林火红,稻田金黄,盛放的野菊花,摊晾在竹匾里的萝卜干……十几只水鸭在靠岸的浅水中自在地游着。一会儿,只见一只水鸭扎了一个猛子。过了半晌,它仰天伸长脖颈,想来是啄到了小鱼小虾。坐着船沿水路行去,旖旎风光尽收眼底。夹岸堆起的大龙缸、洋坛从汤渡绵延至丁山、蜀山。在这个时节,柿子是最美味的。七八岁的顽童学着大人的样子竖起铁耙,仰面向着柿子树上钩取硕果。有些孩子猴似的蹿到树上,摘了满怀的柿子。熟透了的柿子在孩童们不断地撼动枝丫下一个接一个地坠落在地上,裂开一道道大口子。小孩子们欢欣鼓舞地从地上拾取,满手柿子汁,一嘴柿子瓤,甜蜜滋味刹那间布满口腔……

阿兴从"新裕源"轮船下来,走上码头,见到迎风而立的之晴,心头不禁一酸。

"之晴。"

"阿兴哥哥……"见到阿兴,她恍然觉得自己可以安心一些了,"刘先生定下的茶叶都送到了吧?"

"送到了。可是制茶师傅们的工钱一时间还筹措不出来呢。"

"不可失信于人。"之晴几乎是不假思索地说出这句话,可面上终究有一丝忧虑。

阿兴无奈道:"这是天灾,我们也无法预计。另外,我们借给苇浆厂的钱款也很可观,若能要回来也好。"

"父亲的意思呢?"之晴问。

"老爷的意思是既然出资支持,也不算借款,不必向人家追要了。"

之晴苦笑道:"如此,还指望什么呢? 在这阳羡城中我根本借不到钱。何况,怎么同人家开口呢?"

阿兴见之晴这般苦恼,蓦然生出一丝心疼。他有些恼恨自己,为何只能做一些管家之事。若他像方衡一般,有个出身于大户的母亲,如今他的处境将大不相同。他想去争取自己该得的,可林老爷阻止了他:"还不到时候。你既然已经等了二十多年,还怕多等几年吗?林家的事,终究与方家无涉,不必由你去求来贴补……"

阿兴每念及此,虽有不甘,但想到林老爷的厚待、之晴对他的充分信任,也就作罢了。

"其他客商处,你随船送茶时,尽量同他们结清尾款。从前赊欠、宕账的,也想法子让他们务必还上款子。"之晴道。

"我一定尽力办妥。"

"好。"之晴看天色渐晚,又指着岸边数十只紫砂盆道,"这些花盆都是按着之岚的图样制的,今朝才出窑,你顺道带回家吧。"

"不回去看看老爷与之岚吗?"阿兴道,"你已经半个多月没回庄园了,老爷虽面上不说,心里还是想你的。"

"林家上下至今周转不善,我还有何面目回家?你在父亲身边,我很安心。天无绝人之路,我再想想其他办法吧。"

阿兴从不违拗之晴,这次也由着之晴去了。他命家丁将紫砂盆搬上船只,又向之晴道:"有些事情由天不由己,千万别熬坏了身子。"

之晴淡然一笑:"我知道,你也要多保重啊。"

晚霞的余晖洒在他们身上,蠡河的水依旧平静,粼粼波光中,泛起圈圈涟漪,那是撑篙人准备开船。

"阿兴哥哥,过几天我就回家探望父亲和妹妹。"阿兴上船的那刻,之晴终于有所表示。

阿兴欣喜之色溢于言表:"我们等你回来!"

家人会永远等候她,可润元居未来的路该怎么走,已不能再踟蹰了。

在整个家族遇上危机之时,个人的尊严和坚持或许已不再那么重要。

之晴再一次踏进精菜馆时,方衡正在戏台上与关丽云唱那出《霸王别姬》:"妃子啊,你哪里知道,前者各路英雄各自为政,孤家可以扑灭一池再战一池,今各路人马一起来攻,这垓下兵少粮尽,是万不能守。八千子弟兵纵然勇猛刚强,怎奈敌众我寡,难以取胜。孤此番出兵,与那厮交战,胜败难定。啊呀,妃子!"

看着戏台上方衡所扮之项羽,之晴宛若看到了自己的处境——十面埋伏,四面楚歌。台上人唱得动情,她在台下也不禁红了眼眶。

她听关丽云唱道:"劝君王饮酒听虞歌,解君忧闷舞婆娑。嬴秦无道把江山破,英雄四路起干戈。自古常言不欺我,成败兴亡一刹那,宽心饮酒宝帐坐。"

戏台下的看客委实不少,之晴往里面一看,头一排竟坐着竹下完明。她忙背过身,抽出帕子拭了泪,又用鸭蛋粉匀了面,这才款款走到近前。

竹下完明十分谦和:"许久不见,林大小姐今朝竟有空来这里坐坐?"

之晴含笑道:"竹下先生兴致好,我却不是为了看戏来的。"

"哦?"

"同方大少爷合作未尽之事,总要商榷。又听闻他将纳新人,特来贺喜。"之晴见竹下完明身边的位子空着,询问道,"我可以坐这里吗?"

竹下完明笑道:"有佳人相陪,妙极!妙极!"

接着,台上又上了《白兔记》。

之晴粲然一笑:"这将军美人、悲欢离合的故事总那样动人,不知竹下先生喜欢哪出戏呢?"

竹下完明想了想,答道:"林小姐,这个问题我还没有思考过,待我考虑清楚再认真回答吧。"

"竹下先生真是谨慎。"之晴剥了一只橘子,将橘瓣一片片塞入口中。酸甜的滋味刹那间布满了口腔,令她更加清醒。

世事古难全。谁能想到,像她这样的大小姐,有朝一日要放下身段,四处借钱筹款呢?

竹下完明身边另一侧坐着的是泰利丰少东家范奇峰。见之晴不展笑颜,故意扬声道:"听说润元居至今无法周转,都是因为陆家使绊子,可需要我们泰利丰借款啊?"四下里所有人都听见了,纷纷向之晴投来异样的目光。

之晴微微一笑:"范大少爷太客气了。问你们借款,岂非与虎谋皮?"

范奇峰饮了一口茶,朝之晴瞟了一眼:"如今林家声誉一落千丈,往后阳羡茶自然以范家为首。我们肯帮林家一把是我们范家宽容、不计得失罢了。"

"仅为名声?"之晴冷笑道,"过去之事,历历在目,范少爷不会那么快就淡忘了吧?"

"如今泰利丰是我做主,你同我翻旧账太没意思。"范奇峰仿佛不大在意过去父亲的言行,"借钱与你,倒也不是只求个好名声。我还要一件物事,以抵了借款。"

"愿闻其详。"之晴道。

"你家那块匾,我愿意花一万块银圆买下。希望林大小姐能放下身段,亲自拉车,送到我家。我要让乡亲们都看看,往后只有我范家才当得起这块匾上的四字!"

"我家奇峰说的是那块乾隆皇帝御赐的'芬芳冠世',林大小姐千万别弄错了,没的白跑一趟,让人笑话。"范家少夫人蒋琪琪依偎在范奇峰身畔,宛若一只娇俏的金丝雀。

之晴不咸不淡地说道:"林家虽受了些波折,但还未走到求告范家的地步。"

"放眼阳羡,谁还会借一万块银圆给你?那块破匾若不是有这四字吉利话,给我们家垫猪圈也嫌木料差!"

"少东家真是高瞻远瞩,但也未必能事事顺意!令尊将烟土装火油听中被海关查出,泰利丰商号充公,哪知数月后又竖起招牌,不知道范家已拜入谁人门下?"之晴听他如此嘲讽,倒定了心。

"润元居终究是明日黄花。"范奇峰狭长的眉眼间透出兴奋莫名的光,似乎往后阳羡的茶行业已然是范家的天下。

"花无百日红。那块匾,泰利丰当不起。若我过不去这一关,就让它做我的棺材板吧!"

"林大小姐年纪轻轻,已经想过怎么死了?吊唁礼金我定给足数!"范奇峰搁下盖碗,对之晴嗤之以鼻。霎时间,与林家不睦的均哄堂大笑。

"范洪明色厉内荏,儿子范奇峰倒是个狠人。"竹下完明听到适才的对话,反倒留了心。

曲终人散,之晴终于等到了方衡。他拥着关丽云正准备回府,却不料之晴在大门口候着。

"林小姐,今朝赏光来听戏?可惜未能远迎。"方衡笑了笑,拿出一根雪茄。

"方少爷,我想问你借一笔款子,大约半年后偿还,我会按时支付你应得的利息。"之晴再次鼓起勇气,她诚心诚意地请求,生怕被方衡拒绝。

"我手头也不松快。但林大小姐既开了这个口,我总要尽力而为。"方衡松开揽着关丽云的手,关丽云凑上去替他理了理领带。她肌肤如堆雪、如柔棉,纵然之晴是女子,也忍不住心动。

"可否借我一万块银圆?"之晴此刻的话显然有些冒昧突兀。

方衡看了之晴半晌,忽而笑了起来:"一万块银圆,这可不是一个小数目,若你还不上该如何是好? 我向来不喜欢借款的,你也不该开这个口。"

"看在我们两家往年合作愉快的分上……"之晴面色一黯。关丽云在场,有些话她欲说还休。

"在商言商,润元居已不复当年。若前些年你问我借款,我倒放心你家能还上这笔钱,现在却要多斟酌。"方衡看着之晴无可奈何的模样,不禁失笑。

"这样吧,干脆我把在上海的一处住宅抵押给你,向你借两万块银圆,一分利。若不能按期偿还,那套住宅便是方家的产业了。当年我外祖父花了一百八十根条子买下,又花了巨款修缮装潢,价值不菲。"之晴心中气苦,但人在屋檐下,说什么也只能堆起笑容劝说方衡借款。

"爱多亚路上的那套别墅?"

之晴点头:"方大少爷消息真灵通。请你施以援手,林家上下不胜感激。"

"林大小姐,求人要有求人的态度。"方衡收起嬉笑,正色道,"两万块银圆可是一笔巨款。范奇峰喜欢用一万块银圆沽名钓誉,我不同。我不管你家曾经花了多少条子,急着出手收现钱自然要折价。"他说着,向关丽云笑道,"丽云,若林家还不上这两万块银圆,那宅子算我给你的聘礼。"

关丽云嫣然一笑,抱住方衡的头颈,踮起脚尖,在他唇上印下一个吻。方衡坦然受之,恍若丝毫不觉之晴的万分尴尬。

之晴一咬牙,垂下眸子,俯下身去再三恳求道:"方大少爷,请暂借两万块银圆助林家上下渡过难关,半年内之晴自当尽力偿还。方大少爷的恩情,之晴铭记在心,不敢忘怀。"

"啊哟,鄙人来得不巧啊! 林大小姐这是做什么?"竹下完明一进门,错愕于这样的场景。

方衡笑了笑,迎向竹下完明:"让竹下先生久等了,我们走吧。"他牵住关丽云的手,才转身朝依旧拘着礼的之晴道:"明朝一早我去行园接你。你既要抵押,我总要先去那宅子看看它是否配得上我的美人儿吧?"

之晴闻言顿觉一阵晕眩,但仍强打精神亭亭立在一旁,堆着笑不置他言。此时的方衡,早已与竹下完明、关丽云一道远去了。"他究竟是什么样的人呢?"恍然间,之晴又觉得他离自己很远。这样的男子,行事作风似一个谜,总令人想一窥究竟。

连日来,她为筹措款子,在阳羡各地奔波。往日或坐车,或自己驾车,如今她把车卖了,只得靠步行,一路风尘仆仆,倒也不能因此失了体面。不过三五日,脚上便被磨出无数血泡。每每着上高跟鞋都是一阵钻心的痛。

冷
露
凉
飔

秋日的清晨笼着薄薄的雾气,草地上的露水晶莹剔透。行园门前一株银桂开得正好,香气扑鼻,令人心旷神怡。

听说方衡来了,丹露忙到前厅去迎:"方少爷,我家小姐还未起身呢。"

方衡眉头一挑,淡淡道:"这样怠懒,还想重振家业吗?都快九点钟了。"

丹露解释道:"我家小姐连日来不能安睡,昨晚直到四点多钟吃了安神温胆丸才睡下。要您久等,实在抱歉。"

听丹露如此说,方衡倒觉自己唐突。

杨婆婆过来问道:"方少爷吃过早饭了吗?左右也要等一会儿,不如尝一碗我做的豆腐花。"

丹露回眸笑道:"杨婆婆做的豆腐花我们大小姐最爱吃了,方少爷难得有此口福。"说着,便退下往后院去看顾之晴。

此时之晴已起来梳妆,坐在凳子前看着镜子里的自己,不禁吓了一跳——脸上整整瘦了一圈,面色也不再白皙。穿上薄棉旗袍,腰身处宽了些许,只好换了一件香云纱的袍子。

"大小姐。"丹露打了一盆热水进来,见之晴呆呆地坐着,忙上前告诉之晴,方衡已经来了。

之晴接过热毛巾敷了脸,开始梳妆。丹露替她夹了头发,又拿过粉嫩膏给她涂上。之晴自行抹了鸭蛋粉,搽上胭脂,这才觉得容光焕发了许多。

到了前厅,见杨婆婆端了豆腐花、煎了馄饨给方衡,之晴撒娇道:"婆婆,我也没吃早饭呢。"

这是十多天来,之晴第一次主动要求用早饭,杨婆婆心中高兴,忙让小祥再端一份豆腐花来。豆腐花上缀了虾米,撒了五香豆干丝、萝卜干碎末和几点葱花,倒了少许香油和一抹酱油。之晴轻轻一拌,顿觉香气袭人:"清清静静饿了几顿,我可要吃一大碗。"

方衡顿觉诧异:"为何不吃饭?"

之晴堆笑道:"若非方大少爷肯借贷,我至今都不能安心用餐。这样说来,你还是我的救命恩人呢!"

方衡笑意融融:"那你可要细想想如何报答我才好。"

"报答?"之晴笑了起来,"我从来不会让我的恩人吃亏,你大可放心。"

方衡摇摇头,显然不大相信之晴的言语:"我心太软才会答应你的请求,现在后悔得很,但又不能食言。往后行事,还需三思而后行。我最怕女人哭,真是要命!"

丹露甜甜一笑:"方少爷心好,这才帮我们大小姐。大小姐面上不说,心里却感激得很,我替我们小姐谢谢你!"说罢,她盈盈一礼。

之晴"哧"地一笑:"你今朝吃了蜜吧?我何时感激他了!我向他暂时借贷些款子,他却想着我们林家的房产呢!"

"别没有良心!你看看几个人肯帮你?个个都要旁人落魄才好。你昨天尖刺范奇峰,日后倘或受了明枪暗箭,须想想是否只是旁人睚眦必报。"方衡淡淡一笑,放下勺子,"两万块银圆买一处宅子,虽不吃亏,可若投资其他,收益更丰。我不过看着往年令尊与家父交好,不愿上一辈人寒心,这才扶你一把。若你仍翻不了身,就怪不得旁人了。"

之晴正色道:"我当时气不过才如此,往后必定慎言。几点钟了?我们这就走吧。”

临行前，丹露又切切嘱咐道：“有什么要紧事，大小姐只管打电话回来，我候着。”

方衡闻言，微微笑道：“有这样的丫头真难为你了，比我家老妈子还啰唆些。”

之晴道：“她是真心为我好。”

诚然，世上有多少人能与你荣辱与共，不论富贵、贫穷，生、老、病、死都一心一意呢？方衡转念想到，长随春生对己一片赤诚，尤胜丹露。由己及人，顿觉释然。

从阳羡到上海，开车要十来个钟头。出了阳羡城，路便不大好走，牛车、马车往往与汽车、行人同道，方衡只得慢了下来。一路上，两人天南地北地胡聊了一通，终究还是开起了对方的玩笑。

方衡道：“在外国那么多年，看起来你一点都不罗曼蒂克。”

之晴回敬道：“全阳羡城的人都知道，方大少爷爱上了名旦关小姐，双宿双飞，浪漫无比。有些人天性浪漫，我是怎么也学不会的。”

这样的赌气话，令方衡失笑：“在路上拉拉手，就浪漫无比了吗？现在都已经民国了，可大家的思想还停留在未剪辫子的时候吧？”

之晴微微一笑：“你的那位关小姐，我从前也见过的。”

“在精菜馆你们见了一面。”方衡随口答道。

“我与她头一次见面是在一艘船上。当时已是深夜，她所乘的船只遇险，恰好就上了我们的船。”

“这也是缘分。”方衡微笑。他亦想起与关丽云初见，恰是在东氿水域间的一艘船上。

“我只记得她很周到，让人无法拒绝的周到……”想起那夜的情形，之晴胸中涌动着异样的感觉——阿兴和方衡均会为她折腰。这样的女子，令人着实看不透，也无法真切指摘她的过错。

方衡道：“我与关丽云的故事，人尽皆知。不如讲讲你的故事吧？”

之晴看着路边一再闪现的树林，悠悠道：“我的故事太平常了，或许你不想听。”

“你若愿意讲，我自然愿意听。”方衡道。

"我回国的原因就是我与男友分手了。"之晴看出方衡的讶异,不以为意,"我说过,这是稀松平常的事,一点也不罗曼蒂克。"

方衡听了这话,若有所思:"原来你把经营事业当作忘记他的方式,可惜太执着了些。木秀于林,风必摧之,你想在商场上占有一席之地,杀伐决断,声名在外,让其他人怎么想呢? 先有范家,后有陆家,往后不知还有谁一朝得势就向林家踩上一脚。"

之晴淡淡道:"人总怕自己缺少陪伴,也害怕彼此欺瞒。有了猜忌,就多了嫌隙。在商场上我不够沉稳,但所有失误都应该细究自身,不能归咎于他人……"

两人抵达淀山湖后才用上午餐,此时已是下午三点多钟了。淀山湖风景秀丽,乃黄浦江之源。湖上苇花飘摇,船家捕捞上来的白水鱼,正好给酒家做菜。湖上点点风帆,近处有几个渔夫立在船头,撒网捕捞。他们如一只只鹭鸶栖在那里,被湖风吹得瘦削伶仃。船家女人面膛恰如夕阳的颜色,坐在船舱里用梭子织渔网,一片悠然的模样。不过多时,三两只墨鸭飞上渔船,女人便放下梭子捉起鸭颈轻轻一挤,鱼就从墨鸭的喉下落到了船舱里。

淀山湖湖面甚为开阔,与太湖风光相类。若春暖之际泛舟湖上,到古镇朱家角一游,想必另有风情。

离开阳羡出来逛逛,胸中不觉一宽。过去的半个多月,对之晴来说是一场煎熬。一次次的失败,令她大受打击。曾经她成绩优异,上了省立第三师范后,又以公费漂洋过海外出求学。回国前,她从未有过如此深的挫败感。"商场如战场",能洞悉时局、探得他人心思者,才有可能在这个没有硝烟的战场上获得胜利。可她也未曾料到,众人口中的浪荡子方衡竟能剑走偏锋,步步为营,念念留心,着实令人叹服。

从淀山湖边回到公路上时,晚霞满天。苇荡里白鹭振翅,鹈鹕低鸣。秋风送爽,傍晚的天气确然令人心旷神怡。

过了松江城,路上行人渐稀,偶有几辆车驶过,都踩足了油门,仿佛都在赶着去赴晚宴。方衡和之晴心情爽朗,优哉游哉,并不急着抵达目的地。忽而,前面不远处一辆汽车恍若失去控制,方向一转,霎时间撞在路边的一棵树上,扬起一片尘土。空气中留存着长长的刹车声,久久未歇。

　　之晴"哎哟"了一声，不自禁地问道："怎么回事？"

　　方衡显然也有几分诧异："我们去看看。"说着，缓缓踩下刹车，慢慢行到那辆汽车旁。

　　汽车前座的驾驶员臂上伤了一片，衣袖处渗出血来。方衡将他从驾驶座上拉出，他甫站定便将马甲脱下，缠住伤处，又随即望向后座，口中只道"糟糕"。

　　原来，后排座位上还有一位小姐，她撞在玻璃上，此时看似昏厥。方衡命驾驶员稳住车，自己钻进车厢将她拉了出来。

　　之晴在旁搀住那位小姐，定睛一看，不由错愕："她……有些像顾小姐啊！"话虽出口，她心中却并不那么肯定。曾经，顾婷袅像一株清丽的百合，天然去雕饰。如今，眼前的这位小姐，面貌极似她，却被珠翠脂粉环绕，绮丽无比。

　　"你认识？"方衡见那驾驶员奋力掰起车门，忙伸臂托住，在之晴的帮助下，将这位小姐稳稳地放到自己车子的后排上。

　　"她住在哪里？我们可以先送她去医院，额头上破了总要诊治一下才放心……"之晴总觉得驾驶员很是面熟，半晌才想起来，"你是……赵秘书？"

　　"你认得我？"驾驶员满手血污，顾不得擦拭，先转过头来打量她。

　　之晴点头："在苏州，顾小姐跌落水池，我借与她一身旗袍，当时你同何先生都在场。"

　　赵秘书却更关心顾婷袅："不知她受了多重的伤，我太大意了……"

　　"如果你放心，我们可以帮你。"之晴主动提出要帮忙。

　　赵秘书见顾婷袅并无大碍，从口袋中取出一支派克钢笔："何公馆的地址我写给你们，请你们费心照料太太，将她送回去。这辆车，我必须立刻检修一下。"

　　此时，顾婷袅悠悠醒转，见到之晴，不由惊异："林小姐？"

　　"顾小姐，好久不见。"之晴道，"你额头撞伤了，我们先送你回去看医生吧？"

　　顾婷袅道："烦劳你们了。"说着，她从小包里拿出一盒烟，哆哆嗦嗦地点燃。她修长白皙的手指上戴着一只鸽血红的戒指。

　　一路上，三人都不知说什么来打破这一僵局。顾婷袅吸完一支香烟，缓缓吐出最后一个烟圈，才向之晴道："怎么来上海了？"

之晴苦笑道:"不瞒你说,我家几乎破产了。上海还有处别墅打算暂且抵押给这位方先生,好让他借我两万块银圆权且周转。"

"林小姐本打算借一万,可又不甘心将别墅贱卖,生生多问我要了一万。"方衡笑道。

之晴立时驳他的话:"我虽只差一万块,可多要一万周转也没什么不好。"

"这位方先生年轻有为又肯借钱与你,真心难得啊!"顾婷袅轻轻叹了口气,"林小姐,人的运气有时候真说不准的。"

之晴知晓不便深究顾婷袅与何先生是如何在一起的,只道:"顾小姐,你现在还弹奏琵琶吗?"

顾婷袅低头一笑:"偶尔吧……何先生在家时,喜欢听苏州评弹。"

方衡听到她们谈起戏曲,倒也投了他的脾性:"顾小姐喜欢唱什么曲目?"

"《白蛇传》。"顾婷袅微微蹙眉,看着窗外,有些无所适从。她又点燃一根烟,轻轻吸了一口。半晌,顾婷袅道:"林小姐,那年谢谢你了。"

"何必言谢。你后来一直住在上海?"之晴问。

"居无定所。何先生在哪里,我就去哪里。"顾婷袅的声音中多了一丝清冷,"过不了多久,我或许就要去四川了。何先生养军,我须照顾他起居。"

"养军?"之晴有些吃惊,本待再问,却看到了方衡的眼色,忙止住话头。

到了何公馆,顾婷袅请之晴在客厅等着,她到房中清理了伤口后又取了一张支票出来交到之晴手中:"今朝一别,不知何日再见。这张支票按银两计数,你可兑成银圆周转。谢谢你多次帮我,我能帮你的可能就只有这一次了。"

之晴不住道谢:"我们萍水相逢,我怎好受你这样的大礼……"

顾婷袅一笑,眉尖微微一扬:"这不过是别人的孝敬罢了,我替何先生收着,暂时也使不着,你只管拿去。你家既然在阳羡难以经营,不妨把经营放一部分在沪上。这里开埠早,有租界,到底更开明些,机会也更多。"

之晴感激之下,不禁握住她的手:"愿你平安顺遂。"

顾婷袅淡淡道:"如今,平安两字于我来说也算奢侈。林小姐,我不想亏欠他人,包括你。有了这笔钱,希望你可以更随心些。"

之晴点点头,见方衡还在车内相候,便告辞离去。

说起有了可以周转的钱,方衡一怔,随即道:"这一趟我算空跑了,倒让你捡了个大便宜。"

"谢谢你。"之晴心中一宽，笑靥如花。

方衡道："何必客气？我也不愿你家被人暗算就此垮了，否则他们下一步要对付的就是方家了。"

"你其实早就知道谁要对我们动手？"

方衡目光一凝，仿若回忆起了往事。他并没有回答之晴的话，显然有所顾忌。

"那关丽云呢？也是你制衡合作方的一步棋吗？"

"立场不同，也不必强求一心。有个紧箍在头上，总是好的。"

听了方衡的话，之晴幡然醒悟。在这样特殊的年代里，自己一家的利益在大时代中算得上什么呢？若不求同存异，阳羡商会早晚会被蚕食殆尽。自九一八事变后，行商从政者无不自危，大家迫切地希望和平。但总会有一些人，借这样的非常时期，做一些非常之事。

还清债务，之晴如释重负，终于回到了林家庄园。

林老爷听说顾婷袅之事，不免有些叹息："她将私蓄给了你帮我们渡过难关，这极为难得。她虽委身于军阀，或也有不得已之处。锦上添花易，雪中送炭难。我们不可忘记她给我们的恩惠……"

之晴接过丹露端来的一碗开洋馄饨，津津有味地吃着。她许久没有好好吃一顿家人做的馄饨了，如今吃到这样皮薄肉多的小馄饨，不禁胃口大开，一连吃了十五只也未曾停下。

阿兴笑道："慢点吃。厨房里还在炸萝卜丝饼呢，留点肚子吧。"

"之岚呢？"之晴离开林家庄园近一个月，莫名地想念家人。

丹露回道："这几日天气好，二小姐和小蕙常在兰圃里忙呢。方夫人不知怎的也听说二小姐植兰极好，特意命黄管事过来订了十盆。因要收玉枝姊姊做干女儿，宴席上就用这兰花摆设。"

大家正说笑着，老王忙忙地进来："大小姐，有位叫陆穆远的先生找您。他说事出紧急，万望同大小姐立刻见上一面。"

之晴一点头，丹露立刻递上毛巾给她擦手，两人一道往前厅走去，阿兴也跟着出去了。

陆穆远站在门内，等得焦切。见之晴来了，忙上前低声道："有一个同志被枪杀，与我接头的同志被捕叛变，安全屋的资料也被一扫而空。只怕……我暴露了。"

之晴一愣："你想如何？"

"麻烦你暂时给我一个藏身之所。"陆穆远恳求道。

"你在消遣我吗？我有什么本事可以瞒天过海！"

"那么，我接下来的任务，是否可以交托给你……"

"你的任务，你自己完成。"之晴听他口气已然是存了必死之心，终究不忍，遂阖上大门，表示愿意接纳他。

"大小姐，大门前的那片竹林好像被人围住了。"老王爬上梯子探头一看，已知不妥。

"王叔，你去应门。若外头有人问起，只说没见过生人。"之晴嘱咐道。

老王答应下来。

之晴道："阿兴哥哥，你带他去地窖躲一躲，确保平安。"

"知道了。"阿兴答应着。他带着陆穆远朝古香斋的方向走去——靠着山有一大片修篁，修篁边砌了一个狗窝。地窖的入口，就在狗窝之下。自然，这样隐秘的地方，林家上下不过寥寥数人知晓。

阿兴打着手电筒带陆穆远向前走着。步出百十丈有余，或往左行，或向右转。饶是陆穆远记性甚佳，也不能肯定回头的路该怎么走。

"这里那么多岔路？"陆穆远有些惊异。

"山上偏僻的地方太多，从前不好走车。有时候，运些毛竹、春笋，从这地道里过也常有。现在交通便利了许多，这条地道弃用也有许多年了。有些地方失修坍塌，就不能过去了。"阿兴回答得十分自然。

陆穆远看着阿兴厚实的背脊，忽而道："之晴说，她小时候有一次生病，家里的骡车、马车恰好都出工了，是你驮了她去看大夫。"

阿兴停下步子，怔了一怔："她把我们小时候的事情都与你说了？"

陆穆远没想到阿兴有这样的反应，忙道："之晴一直很感激你。"

阿兴心中显然有一丝失望："陆先生是她同班同学吗？"

"我们只是同校。"陆穆远道。

阿兴举着的手电筒忽而暗了下来。

"没电了?"陆穆远虽如此问,但也知晓手电筒的光亮的确维持不了很久。

"到这里,基本上就安全了。"阿兴道。

"这里是哪儿?"

"一座山的腹地。放心,没有人能找来。"阿兴将手电筒揣在兜里,席地而坐。此时,他有些担忧,之晴是否能应付那些不知来意的人?

"你是赤色工会会员吗?"沉默良久,阿兴终于发问。

"你怎么知道赤色工会?"陆穆远惊异于一个农家庄园的管事也知晓政党,但他随即否认道,"我不是。"

"无论你属于什么政党,要做什么事,千万别带累了之晴。为了林家,我可以上刀山、下火海。只要我在一日,就不容许任何人伤害她!"

阿兴话语铿锵,陆穆远心中一凛。

"奉命搜查,劳驾行个方便。"那厢,领头的尉官将门叩开。

"这……我做不了主,我得问问我家老爷、小姐。"老王见此人面若寒冰,显然来者不善。

"这可不是玩笑话。耽误了事情,你可担当不起!"尉官冷笑一声,将老王推开。老王一个趔趄,忙招呼道:"快去禀报大小姐,有军爷来了。"

"要搜查,可有搜查令?"之晴携丹露从前厅姗姗而来,拦住了那几人的去路,"即便穿一身军装,也不能擅闯民宅吧?不知你们是奉了哪位的将令,只怕有些误会……"

"确实有疑犯进了你们家范围内的竹林,这里的住户除了你们林家,没有旁人。林小姐,烦请配合我们。若匪人进了庄园,对你们的人身安全也有莫大的威胁。"

之晴微微一笑:"既如此,我自然会配合。请你尽量不要打扰家父和舍妹,其余地方大可走一走。"

"林小姐倒爽直。可我也要提醒一句,你家城里的商号都封上了,若在此处又找出了妄图分裂之人,往后你再要行商只怕举步维艰。"尉官语带试探,也有几分威胁之意。

"事关重大,我们怎会阻挠你们公干?各位请吧!"

林家庄园足有几十亩地,要彻底搜查清楚,凭这十来个人万万做不到。

之晴回到父亲身畔,忙在林老爷耳边低声将事情原委说了。

林老爷正预备着泡茶待客,不料听到一声枪响。之晴低低地叫了一声"不好"！林老爷也变了颜色,三步并作两步赶到门外。只见丹露飞奔而来,红胀的脸庞上惊惧交加。见到林老爷和之晴,她才"哇——"的一声哭了出来。

"怎么了?"之晴挽住她。

"古香斋……"丹露又惊又惧,不能再言。

之晴顿觉出了大事。眼见父亲快步往古香斋去,她也忙拉了丹露的手,紧跟上去。

古香斋内外,此时站了很多人。连同那个带队的军官,也显示出不可置信的模样。

"小蕙,小蕙……"之岚倒在地上,泣不成声。一盆兰花跌落在地,花盆摔得粉碎,花萼上沾满泥土,却依旧迎风摇曳,毫无瑟缩的模样。

之岚面色惨白,双手沾满了小蕙的鲜血。她着一袭水色的袍子,不施脂粉,泪眼蒙眬。她竭力想按住小蕙胸口汩汩而出的殷红,但无力回天。只见小蕙的目光渐渐散了,体温也一点点地流逝。没有任何人敢上前抱住之岚,也难以出言劝慰——她心头仿佛被刺了一刀。泪水蜿蜒到鬓边,她缓缓阖上双目,悲痛难抑,忽而牙关紧闭,侧倒在地……

地道中的陆穆远和阿兴显然也听到了隐隐的枪响:"有人开枪了!"

"你不必出去。"阿兴道,"之晴嘱咐过,外面任何动静都与你无关!"

"我担心……"陆穆远话未说完,便被阿兴截住。

只听阿兴冷冷道:"林家的事情何劳旁人来担心！你这样出去,是要坐实林家的罪名吗?"

陆穆远不知阿兴为何对他产生如此敌意,只好放低姿态,恳求道:"我们什么时候出去?"

"再等等。"黑暗中,阿兴忧虑丛生,亦竭力让自己平静。他祈祷着庄园上下万万不要出什么事情才好。

时间一点一滴地流逝,而置身在地道中的陆穆远和阿兴恍若等了一个世纪。他们只能听到彼此的呼吸声——在不愉快的谈话结束后,他们之中没有任何人想打破这片沉默。

不知过了多久，一个声音在地道入口处响起："你们可以出来了。"

"丹露？"

"是我。"

"外面发生什么事了？"阿兴忙上前问道。

丹露眼眶一红，再也忍不住悲恸，捂住脸哭了起来。

阿兴有些手足无措，只好轻轻拍着她的肩头柔声道："丹露，我听见了枪声……"

丹露抬起头，难掩悲怆："小蕙……没了。"

"怎么回事？"陆穆远听她这样说，心中一紧。

"说是枪走火了。"丹露道，"小蕙就在二小姐眼前被枪杀了……二小姐受不住，晕了过去。前阵子二小姐头部受过伤，不知道这次会不会旧伤复发……"

阿兴听丹露絮絮说着前头发生的事，勉力抑住语调问道："搜查的人都走了？"

"那些人自知理亏，再三赔礼道歉，并说过两日让他们长官亲自登门。老爷让他们自便，他们知道留下无益，匆匆走了。老王眼见他们退出竹林往其他地方去了，这才让我来找你们出去。"

"陆先生，如今安全了，你请吧。"阿兴下了逐客令。

陆穆远未料到自己竟给林家带来如此大的麻烦，心中万分过意不去。

在微光里，丹露见到阿兴神色有异，知晓他一定在怪陆穆远。她虽痛惜小蕙惨遭飞来横祸，却也知陆穆远并非存心让林家遭受危难。何况，她爹的死因亦是陆穆远给她调查的，解了她多时的疑虑。想到这里，她悄悄拉过陆穆远道："陆先生，王叔已经备下骡车，你可乔装成我们庄园的家丁出门。若逢人查问，只说为二小姐去寻大夫便可。"

阿兴冷笑一声："若你还有丁点儿良心，千万别告诉人家你和我们林家庄园有什么干系。"

陆穆远语塞良久，终于说道："一切因我而起，烦请替我谢过之晴。二小姐和小蕙姑娘之事，我实难预料，真对不起……"丹露忙将他带到庄园一隅的角门处送他离开："这个角门出去，漫山都是竹子，往岭下可到玉女潭。"

陆穆远再三谢过,这才匆匆离去。

过了两日,果真有一名校官带着礼物上门致歉。

"小蕙姑娘之死,我很遗憾。那把手枪我们已经送去兵工署检测,若是手枪问题,我们应当赔偿抚恤金。兵士使用武器不善,我们已给他处分,关他禁闭。小蕙姑娘的家人也可以提条件,只要合理,我们长官会答应的。"

听了这名校官的话,林老爷默然良久,终于回道:"我们林家一向安分守己,不敢逾矩。此次你们枪杀了我们家人,我们终究无法深究,只看小蕙生身父母如何说吧。依照道理,我们林家庄园配些驳壳枪、买两把左轮作为民防之用也未为不可,但我们思虑再三也未如此行事。个中原因,你们长官也当知晓。"

"是。"校官谦恭道,"我们长官知道了这件事,已经重重训斥了我们。林老先生多年来对政府军屡屡施以援手,我们长官铭记在心。小子们从前不知林老先生与我们长官的交情,无礼之至,又累得贵府二小姐伤怀。请林老先生放心,小蕙姑娘之事,我们尽力补偿,万不能因此伤了和气,也寒了老百姓的心。"

之晴不知前厅之事。她与丹露一直陪在之岚身畔,寸步不离。煎药的罐子,阿兴也命人挪到古香斋。从此,古香斋的兰花香气中,又多了一丝药香。

"白芍二两,柴胡一钱,白芥子三钱,白术五钱,当归五钱,茯苓五钱,陈皮二钱,以水煎服……"丹露照着药方,坐在小杌子上用心煎药。

当日晚间,用过人参、半夏和菟丝子入药后,之岚悠悠醒转。想起小蕙之死,她心中郁气难散。几日来,除了吃药,之岚连粥都不食一口。偶尔下床片刻,也不过是去兰圃看几眼兰花罢了。

第三十二章

日长一线

光阴易过。眼看到了冬至节,赵氏夫妇亲自挑了"糕、粽、团、圆"上门,以取"高中团圆"之吉兆。他们巴不得玉枝得了富贵,他们脸上也多些光彩。因此,方家托人来说时,赵家夫妻两个满口答应,收了方家一百八十八块银圆的"寄礼",对来人千恩万谢,恍若女儿就此成了凤凰。

这半个多月来,之晴一直在庄园陪护之岚。赵家的寄单托了村上的老秀才撰文,玉枝姆妈捧了寄单,巴巴地送来林府给丹露看,也有几分炫耀的意思。

只见寄单上头工工整整地写着颂词:"承礼过寄何所祝,富且贵兮寿而福。更姓取名方玉枝,百年长享千钟禄。"阿兴近年教丹露识字,颂词上这些字,丹露都识得。她琅琅念了一遍,堆起笑道:"贺喜的话我不必说了,玉枝做了方家的女儿,自然比做赵家的女儿要好上百倍。"

玉枝姆妈兴兴头头地来,倒碰了一鼻子灰,扫兴而去。

方太太早命人裁了新衣、买了新鞋给玉枝装扮,连带钗环首饰,从头到脚都是新的。这次过继之礼办得十分隆重,商会里几乎所有的委员都到方家庆贺。方家上下挂满红灯笼和彩绸,家丁们捧茶倒酒,迎宾送客,忙得不可开交。

李双柏从前见过玉枝,此时见她的装束分外不同,不禁又向玉枝多望了几眼。

芸娘依着方太太的吩咐,亲自帮玉枝梳洗换装。隔夜,方衡带了一条金累丝花囊交到关丽云手中:"明朝母亲要认下玉枝,我少不得去应酬。你没有正式过门,堂上还未首肯让你见客。但若你想去,我便带着你一道去,大不了事后挨一顿责骂罢了。"

关丽云轻轻靠在方衡背脊上:"我知道你心里有我便成了,太太那头我又何必生事呢?"她本有心结交一些贵人士绅,方衡如此大度,她反倒不好意思顺水推舟,以免显得太不懂事。

金累丝花囊精致万分,静静地卧在她的被褥上。方衡又在她手背上轻轻印下一个吻:"早些歇息。如今天冷了,别冻坏了身子。"

关丽云心中默默道:"天冷了,可惜你们忘记了一个人,你们只当他是空气……哪怕一丝温暖他都想牢牢地抓住呢……"

小院内外重回冷清。就连菲儿和芳儿也被支到前头摆果盘。

关丽云披上风衣,向芸娘的后苑走去。自打那日贾士平浸了冷水,久病不愈,患了肺炎。合家为了玉枝认亲之事忙碌,又鄙夷他为人,谁也不肯出头为他请大夫。贾士平躺在床上无人照料,已到了夜里,连午饭也没吃上一口。

关丽云进门解下风衣,轻声道:"你觉得身上如何?"

在灯光下,关丽云神采飞扬,仿若谪仙。贾士平咳了两声,眼中布满血丝。床下的唾壶散发出一阵霉腐之气。

"今朝我姊姊也没来看我,都当我是死人罢了……"

关丽云提起门口的水壶倒了一碗水出来,只觉触手一片冰凉。她喃喃道:"世上怎会有那么多拜高踩低之人,连一壶热水都不给你备着?"

贾士平苦笑一声,晦暗的脸色更加阴沉。

"我好不容易弄来一盒盘尼西林,你吃了或许会好些。"关丽云道,"只是,你可不许往外头说。若被老爷、少爷知道了,我会被赶出去……"

"我怎么可能害你呢?"贾士平想去拉关丽云的手,关丽云向边上躲开了,"你安分些吧。若你好了,我便给你指一条出路。若你还是要死不活,就别妄想着攀高枝了。"

这话似乎有弦外之音,贾士平喜出望外,忙捧着药片就着那碗冷水吃了下去。

"我从此再也不会遂他们的心愿。"贾士平恨声连连,随即又咳了起来。

关丽云看着他吞下药片,脸上露出满意的笑容:"留得青山在,不怕没柴烧,还是多保重自身最要紧。"说着,她重系上披风,消失在夜色中。

如今,贾士平心中装着的,无非就是对方家的恨和对关丽云的求之不得。方家上下沉浸在收义女的喜悦中,而林家则面临着一场离别。

"就这样把妹妹送去香港真的好吗?"之晴道,"去年您还想着发嫁妹妹同震泽施氏联姻呢。"

林老爷沉默良久,终于叹道:"国家如今在风雨飘摇间,之岚去舅母那暂住好歹安稳些。施老爷一家虽热忱,依之岚的脾性和身子骨也万难做当家太太。今年广州中山大学农学院成立了茶蔗部,之岚也想趁此机会学习茶作,过几年也好回来帮你打理茶园种植和制茶这两项……"

之晴虽不舍得妹妹离家,但眼下也没有更好的办法令她抒怀。舅母一家人都在香港,那里无寒冬凛冽气候,之岚过去亦能得到更好的照拂。

想到兰圃里还有几十盆兰花从此鲜有人料理,之晴心知那将成为之岚的遗憾,不免要为之思虑一番。

送走之岚,在回去的路上,林老爷只觉更为寂寞。夫人故去,眼见着一双女儿长大,却未得长久陪伴。想来人生悲欢离合,实属常事,万万强求不得。一念及此,他提议同之晴到无锡梅园看一看梅花。

在之晴的记忆中,这是他们父女第一次出游。从小到大,之晴同父亲相处的时间并不多。父亲的褒扬或看顾,往往求而不得。难得父亲有此雅兴,实乃意外之喜。

在前往无锡之前,之晴请阿兴将兰圃中一部分兰花送去方府。她想:"方衡这样爱兰花,定会悉心照管。唯有他那里,才是兰花另一个好归宿。"

茶局巷的商号,在小蕙之事尘埃落定后重新开张。林老爷也依之晴所言,每月上旬在城里住,下旬回到林家庄园,与阿兴一道料理家务。

去梅园的路上,林老爷问道:"你真的打算听信顾小姐所言,在沪上开展生意吗？"

之晴答道："我有这个打算，真正实施却还须再看看，不急于一时。从前有恃无恐，想到什么就恨不能立刻着手去办，现在稳妥最要紧。"

林老爷未置可否，却言道："若非冬日，坐船去无锡倒另有一番光景。和桥镇是必经之路，那里水陆码头可赛得过我们西北路的张渚、湖㳇，旧有'阳羡天尽头，和桥大码头'之谚，可谓八方商贾过往，千叶小舟云集。都说苏州、湖州丝绸好，你可知无锡、常州一带的种茧中心就在和桥这个小镇上？天子石砌出的石拱桥比比皆是，船运兴隆，乃阳羡城粮油集散处。乾昌余油厂更是将分厂办到了上海、常州，很值得从商者借鉴。另则，你开办女子高中多参照苏州之例，却不知阳羡第一所女子学校于光绪年间就在和桥镇上开办。几十年来，这个小镇亦出了不少有名望的人物……"林老爷有些怀念自己年轻时，交通虽不便利，但随船走遍大江南北的经历和见识也是现下年轻人不能想象的。

之晴哂笑道："父亲，您现下思量坐船，便不想着会冻坏女儿，也要想想自己往日受伤的那条腿吧？若又挨冻，犯了老毛病，到时候又都成了我的过失。"

林老爷也不介怀，随手拿起身畔的一张报纸浏览起来。不看则已，一看之下，一则消息如惊天巨雷，令人失色——臧式毅投靠了日本政府，臧母自觉教子不善，投缳自尽。

曾经，臧式毅在东北颇有建树，且为官清廉公正，深得百姓拥戴，但还是经不住日方威逼利诱而变节……泱泱大国，还有多少铮铮铁骨不屈不挠呢？若日军一路南下，又会有多少百姓受到迫害？妇孺均知家国为大，何以一个胆识过人的男儿最终迷失了本性？这则新闻，令林老爷久久不能释怀。

梅园中尚有些许寥落之意，仅有小片梅花盛放。粉的、黄的、白的，嫩生生的，或许要待十天半个月后，才能见到千树万树梅花凌寒怒放之景。登上念劬塔，林氏父女相携俯瞰梅园盛景。

"我们来得早了些。"之晴有些遗憾。

"等梅花开成香雪海，这里也人山人海了。你看，这座塔落成未久，乃荣氏兄弟为纪念母亲所筑。登上这座塔，也可瞻仰先贤……"林老爷道。

"哀哀父母，生我劬劳……"之晴想到母亲，万般滋味涌上心头。她从未忘记过母亲,若母亲一直陪在她身边,那该多好啊!

"阿晞的过往我一直讳莫如深,想必你们姊妹也不敢多问。"林老爷举目望远,将当年的一幕幕都讲给之晴听,"我们林氏一族很久前所居之处并不在阳羡。先祖重商尚义,曾捐赠千金以助边关军需,屡次得到朝廷表彰。时局变迁,林家先祖南迁至三泾里,世代行医,济世扶贫,成就百年佳话。而后羁居阳羡,置田度日,从此有了林家庄园千顷茶山。阿晞出身显贵,本与我们家并无交往。一日,你曾外祖母陈氏安人携家眷往沪上城南草堂会友,途中略感不适。正逢我前往圣约翰大学学习金融,你祖父同行,要与沪上茶商一晤。她家一时难觅郎中,你祖父便出手诊治。阿晞那时候不过十七岁,见祖父不肯收诊金,便将一块玉玦暗中赠我。一来二往,鸿雁传书,我们两家结了亲。一向年光有限身,等闲离别易销魂……"讲到此处,林老爷忍不住再三嗟叹。

父亲口中的"阿晞"是母亲的小字。之晴莞尔,这样美好的爱情,从来只出现在戏剧中,不承想竟落到了自己父母身上。

"母亲不是病故?"之晴大着胆子追问。

林老爷摇头叹道:"她是同盟会会员,庚戌年春天在广州被捕,而后失了音信……"

"父亲迄今不愿相信母亲就此谢世?"

林老爷苦笑一声,缓缓点了点头。

从念劬塔下行出数百步,便是诵幽堂。中国到现今为止仍是农业大国,而农人之根本在于稼穑。在民国之前,农人富足,则天下晏然。如今,已不是当年闭关锁国之时了。士农工商当齐头并进,才能让国家更加富强。

"到得今朝,荣氏仅纺织一项便有职工三万人,织机四千余台,掌握着多少人的生计!产业愈大,愈要步步为营,慎之再慎。"

"我明白。"之晴道,"我听闻有几次荣氏遇到经济问题,向政府贷款,政府答应拨款,却要接管荣氏产业……"

"发上等愿,结中等缘,享下等福;择高处立,就平处坐,向宽处行。"林老爷迎风而立,"若你能与荣氏兄弟一般将这二十四字烙于心间,那无论到何境地,你都能坦然面对所有的事情。"

之晴道:"我曾落入谷底,自然知道如何站起来,如何攀登才能让自己不悔。父亲,我不会轻言放弃。"

江山如画,日出日落。这样美好的风景,的确让人沉醉。她想,从今往后她或许不会再等待心里的那个人了。那个位置,讲进出出了很多人,其中自然也包括他。蓦然间,之晴眼眸闪了一下,随即自我解嘲般地叹息了一声。

虽还未起九,天际却灰沉沉的。山里更比城中寒冷,屋内若不拢炭盆简直不能安心坐下。方衡裹着一件厚呢子大衣,叩开林家庄园大门,请见之岚。

听说方衡来了,之晴并不意外。她在夹棉的旗袍外罩了一件斗篷,戴上一件镶了毛边的手笼,往前厅去。一开门,外头的寒气扑面而来,但也无其他法子,只好将斗篷拢得更紧,冒着寒风穿过游廊。

前厅虽拢着炭盆,到底没有潇碧苑中暖和。方衡见她冻得脸颊绯红,不由一笑:"天冷得紧,打扰你烤火的雅兴了。"

"你找舍妹有何要事?"之晴放下手笼,捧起手炉,命人上茶。

"二小姐数日前遣人送来数十盆兰花,递了口信说不必给钱,只需悉心照管。今朝我得空,便来拜访二小姐并谢过她的盛情。"

"舍妹远游,你的谢意我定会转致。"之晴微笑。

"二小姐何时回府?"

"若非有大事,这几年舍妹都不会回阳羡了。"之晴看他神色有异,遂解释道,"她身子羸弱需要调养,前日已去了香港暂居。她知道你爱兰花,把这些花儿寄托给你倒也不失为良策。"

"原来如此。同为爱兰之人,我定不负她所托。"方衡听闻此言,心头一宽。

"你特意从城里过来,只为了这件事吗?"

方衡道:"前几日小寒,关丽云提出要去鸿翔时装做几件大衣。一路行去,我冷眼看着这次上海的情形,与上次我们一道去时已不大一样……"

之晴笑了起来:"你身边有个千娇百媚的可人儿陪着,自然与往常不同。"

方衡好气又好笑:"我跟你说正经话,你却拿我打趣。眼下时局有些微妙,这繁华背后的萧瑟愈发明晰了。"

"你特意来与我说这个?"

方衡正色道:"那位顾小姐虽帮了你,也给了你一些建议,但你还是要三思而后行。对一部分人来说,上海是东方巴黎,但对另一部分人来说,那里却是修罗场。你见过缫丝厂和烟厂内七八岁的童工吗?他们一天只能睡五六个钟头,稍有懈怠便会惨遭毒打,因伤致残者十有三四。此外,自杀的、破产的、患病没钱医治的,除了他们的至亲之人,又有多少人会在意?纸醉金迷的背后,无数走投无路的人如坠深渊。林家近况,商场皆知。曾闻林老爷在上海学过金融,你大可请教于他。父女之间,不该有那么多避讳。"

回国后发生的一幕幕,总在之晴心头缭绕,她的心境早已发生了改变。她感念家人的付出,也着实感谢方衡的一再援手。上海无疑是当前中国最繁荣的城市,但繁荣背后无数的阴影面亦令她裹足难行。她忽而想起来一件事:"上次顾小姐说,何先生要去四川'养军'。你当时阻止我说下去,难道是有什么不妥吗?"

"四川是什么地方?何先生又是怎样的人?以毒养军之事,林大小姐是否有所耳闻?"

之晴心中一跳,她此前断断想不到这一层:"为了钱都疯了吗……烟土岂是好东西?天府之国就这样被烟土作践?"

"烟土到底是不是好东西,谁能说得清呢?"方衡笑了笑,"天下攘攘皆为利往,种作物哪有种罂粟收益高呢?养军需要花费的钱,整日如流水般淌着,也难为各地军阀想出各种生财之道了。我们江浙一带不曾鼓励种植罂粟,你是未看到云贵陕等地种植罂粟的'盛景',端的触目惊心!"

"顾小姐接受过新式教育,即便不能劝止何先生,也可以离开那个虎狼窝……"之晴为顾婷袅担忧。

"既是虎狼窝,进出又怎会自由?"方衡道。

"方大少爷,未来我们可否合作一二?"之晴问。

方衡未置可否:"合作的前提是双方完全信任。若有猜忌,合作的结果未必尽如人意。正值多事之秋,有些人只等着我们出岔子呢。"

"既如此,何妨请君入瓮?"之晴此言既出,方衡心中更为清明。

腊八粥的香气飘满了精菜馆。糯米、红枣、桂圆、白果、花生、黄豆、芝麻、莲心和青菜浓浓地熬好了一大锅,方衡令小厮们将粥抬到门前,散给城里百姓。

往年到了腊八时节,应该催租收债。方衡不管收债之事,只交代春生安排伙计去办妥。伙计们得了指令,不论白昼黑夜,均在各欠账者家门前坐索。为了维持体面,欠债人往往只得解囊。回款妥当,精菜馆一年的经营才算得上圆满。

此一日,精菜馆门前搭了粥棚放粥。一时间人山人海,竹下完明差点被挤出人潮。好在秘书小林君护着,总算走到了精菜馆里间。

方衡泡着一壶阳羡红茶,茶汤倾出,满室生香。

竹下完明坐了下来,小林君则与方衡的小厮一道在门外守着。

"方老弟,你对林家了解多少?"喝完一盏茶,竹下完明才切入正题。

"怎么样才算了解?"方衡不知竹下完明为何这样发问,是以更为审慎。

竹下完明笑了笑:"你知道为什么尽管有那么多人为难林家,林家迄今仍屹立不倒吗?"

方衡笑着请教道:"我以为,不过是林家父女运气好罢了。或者,林老爷在暗中操控也未可知。那日,我差点能拿下林家在上海的宅院,若不是那位顾小姐主动借款给她,我也不会空手而回。听说那位顾小姐是何姓军阀的姨太太,想必有些来历。"

"林家的那些生意,虽然沉稳有余,倒不能真正赚大钱。他们庄园死了个丫鬟,竟惊动了一个中校来赔礼道歉,另外还给那丫鬟的家人安排了一份体面的工作。"

方衡不以为意,沏出新煮好的茶汤:"政府、军方办事总有他们的道理,细枝末节何必计较?"

竹下完明不动声色地将茶盅放在桌上:"细枝末节的疏失往往会影响最后的收益。唯有将我的利益最大化,才能给方家带来最切实的好处。从十多年前起,你方家与我竹下完明的利益便紧紧捆绑在一起,不可分割了。"

方衡笑道:"我只是一个寻常商人。若侵犯到竹下先生和我方家的利益,我自然不会等闲视之。"

"很好。"竹下完明赞许道,"那么,我现在可以和方老弟说一说林家的故事了。"

"洗耳恭听。"与竹下完明接触越深,方衡愈发感受到他的高深莫测。他对中国军政上的很多事情了如指掌,也能收买中国许多大有作为的商人。竹下完明既然能将红土运入中国东北并将大连作为集散地,自然有他的用心。自己未来能在这个局面中担当什么样的角色呢?唯有趁其不备,才能反客为主……

却听竹下完明道:"林小姐出国留学三年未归,却不知林老爷也将一个人送到军需学校学习了一段时间。在过去几年里,林老爷还暗中主动给南京国民政府的军队提供被服、米粮和其他日用品。还有一事——方家和林家在令祖那辈素无往来,为何令尊同林南璋交情甚笃?其中到底有什么秘密?"

"竹下先生的意思是?"方衡听到此处,思量半晌,终于出言试探。

"方大少爷是洒脱之人,若方老爷执意要你与林大小姐来往,据我看来逢场作戏也可。"竹下完明仿佛在交代一件再平常不过的事情。

此言出乎方衡预料。

"作为交换,我将银行的股份赠送你百分之五。"

"竹下先生的意思是要我假借与林之晴交往的名义,探听林家的虚实吗?"方衡道,"虽说和林之晴逢场作戏未为不可,到底还是会伤害丽云的感情。"

"林家祖上是杏林高手,只要你替我拿到林家那个秘本,这百分之五的股份我自然不会吝啬。"竹下完明将这杯冷却了的茶汤洒入盆景中,"往后你们方家在我的助力下能将阳羡城商业全面盘活,届时,在江浙一带商会的地位也将发生极大的改变。至于丽云,既然一时间你们无法共结连理,就再等一等吧。"

方衡又泡了一壶茶,将茶汤缓缓倾出:"恕我冒昧,我听闻贵国早已颁布了《太政官布告》,意在废止中医。竹下先生反其道而行之,是否与贵国的规章制度相悖?"

"我一介商人,也不会用这秘本行医。"竹下完明干笑一声,"纯粹为了个人兴趣罢了。另则,不瞒方老弟,林家的秘密可不止于此,我希望你替我多多留心。若你能把林家的一切交到我手上,我敢保证,从此方家在商场上便是'华北王'。至于你家族在东北的生意,我亦会多加关照。"

方衡听竹下完明如此说来，一时间倒不便辩驳："这样重要的事情，我怕贸然答应后却无法实现，那就不好了。"

"不必顾虑太多。"竹下完明笑容满面。他自信方衡无论如何权衡利弊，最终都会答应他。即便方衡不贪心，也不指望银行股份，只要方衡回去诚恳地请教方正谷，便会得出答案——方家的生意若离开日商，将一落千丈。在这个时代，失去了原本有的财富、权力才是最可怕的。何况，接下来要发生的事情也会迫着方衡下定决心。

回到府中，方衡将竹下完明的话原原本本地告诉了父亲，倒引得方正谷脸色一变："我同他做生意，已退让再三，他竟还敢要挟我们？"

"方家同林家之间，不单纯是利益往来吧？"方衡直截了当。

方正谷默然："竹下完明果然狡猾。他想挑起事端，让我们父子心生芥蒂……"

"竹下完明一心搅乱阳羡商局，渐而为祸四方，他好坐收渔利。事到如今，还有什么不能同我说？"方衡追问。

"如果我们愿意继续同他们合作下去，想必一切将一如往昔，任何人都不会有损失。"方正谷道。

"短期来看，我们阳羡人是无损失。长远来看，国家利益定会受到影响。竹下完明想要的不是几个大户人家的产业，而是想把我们阳羡改造为下一个烟土集散地，让我们家成为他的傀儡。总有一天，我们会沦为他的弃子。他想荼毒我们亿万同胞，赚得盆满钵满。他得到的每一笔钱都沾着我们中国人的骨血！他还要用这笔钱回援日本天皇，作为军饷。未来日本军队踏破我们中华大好河山，子弹打在我们的百姓、军人身上，你我于心何忍？父亲，您身为阳羡商会会长，应该不会没有这点觉悟吧？"

"他想要的大业岂能一蹴而就，你不要在我面前危言耸听！事缓则圆。"

"我从来不危言耸听！"方衡惊异于方正谷的失态，"难道，真有什么秘密比国家大义还重要？"

方正谷沉默不言：若此事散布出去，阳羡商会长久以来维持住的安宁将在短时间分崩离析。这时，竹下完明定会见缝插针，不给他们丝毫喘息的机会。但凡自己能暂时屈从于竹下完明，他一来投鼠忌器，二来也盼着有人替他料理通商阳羡之事，不会太过放肆……想毕，方正谷道："没有什么比国家大义还重要，只是现在还不是时候。你先同竹下完明周旋，伺机而动吧。"

父亲在商场上摸爬滚打几十年，自然有他的考量，可父亲到底在顾忌什么？方衡散步到后院，去关丽云的小楼歇脚。关丽云见他一脸疲累，忙让方衡卧在竹躺椅上。方衡阖眼半晌，忽而道："为何人生总难如意呢？"

关丽云仿佛觉察到什么，幽幽叹了口气："人生若事事如意，或许太平常了些，是以老天总要给些磨难，不容大家过得安稳。"

"你义父要我与林小姐在一起，你知道吗？"

关丽云道："他总有自己的理由，却不问旁人是否快活。"关丽云停下按摩的手，缓缓道："他这样有恃无恐，莫非你有什么把柄在他手里吗？"

"永信升的事情我几乎不过问，怎会得罪他？我只希望经营好精菜馆，这总不碍着旁人的路吧……"方衡想起父亲的迟疑，总觉不便同关丽云深聊。

"那一定是日方将有所动作，他想逼迫你一把，试探方家的底线。"关丽云道，"自从去年柳条湖事件后，那些野心家无不蠢蠢欲动，你要小心！"

方衡攥住她的手："丽云，凡事怎可强求？"

关丽云柔声道："我何尝不是这样想呢？但我无法左右义父的意志。他与田中少佐交好，我也曾陪他去过田中家，知晓他与金碧辉常常来往。义父此举，其中多半也有金小姐的授意。"

"楚人起舞本为楚，中有楚人为汉舞……"方衡心中暗道。

"在想什么？"关丽云见他沉思，不禁好奇。

"我在想，为何从商定要涉及国政？一旦触及什么忌讳，岂非玩火自焚？"

关丽云心中一片惨淡，自己终究不能成为方衡心中的那个人了。有些话她不能说给任何人听——她幼年时被父亲的庶福晋欺凌，起了报复之意。在一个起风的傍晚，她用一根风筝线偷偷结果了那个女人的性命，由此得到了竹下完明的看重。此后，她被竹下完明带出北平，在东北照管红土生意。若满洲政权复辟，她父亲的地位将水涨船高，她的母亲或许不用低人一等，她多年的筹谋亦不会枉费……

她不能用自己的未来去赌方衡的真心。

冬日的时光总觉得漫长。在这样滴水成冰的日子里，关丽云只看着屋檐上的冰凌发呆。她像一只金丝雀,被囚禁在笼中。她想飞出去,却仍有一丝眷恋笼中的温暖。

方衡走了,他带着之晴去了上海。每念及此,关丽云不禁鼻尖发酸。

一月十八日,在金碧辉的策划挑拨下,马玉山路三友实业的工人与日本僧人天崎启升等人互殴,此后局面一发不可收拾……可方衡还没有回来,她不免担心——方衡如今心思深重,一改从前无拘无束的模样,难道义父真的逼迫他答应什么条件了?

是夜,关丽云在方府后门与竹下完明相见:"义父,您一直想吞并阳羡商会,另举贤能经营红土,眼下还不到时机吗?"

"我不想再花费无谓的时间和精力了。林家大小姐和方家大少爷都那么相信他们的父亲,一旦知道他们敬爱的父亲均有重大秘密瞒着他们,你猜会如何?"

"这两家人会扯破脸吗?"

"不是扯破脸,是扯破他们最后的遮羞布……但凡他们之间的秘密不存在了,他们的统一战线也会化为乌有。方正谷身败名裂之时,便是我让陆维年入主阳羡商会之日。林家的位子,也自有范奇峰取而代之!"

"范奇峰因他父亲当年之事恨极了林家,只盼着林家树倒猢狲散呢!"关丽云明白竹下完明的意图。

"我们坐山观虎斗,往后便能收取渔利了。"竹下完明面上不起一丝波澜。

"方衡若遭受横祸,我们该怎么办? 一时间上哪里找一个可靠的人给我们的计划托底? 范奇峰行事毕竟有几分小人做派,做大容易,做强太难。他这点道行,只怕比林之晴也不如……"关丽云软语征询竹下完明的意见。

"想给我们托底的人多如过江之鲫,再找个容易拿捏的便是。现在这个世界并不需要太多良善的人。至于方衡,在战乱之中丧生,没有人需要为此负责。"竹下完明冷冷道,"到那时,你在这府里要有所动作,切不可失去良机。"

"义父放心,这府里姨太太的兄弟对女儿极为仰慕,又染上吸食烟土的瘾。若女儿开口,他定无所不应。"

竹下完明一笑:"你不属于这个阳羡城。既然已经探准方家上下的秘密,你准备准备,过一阵子就离开这里吧。这些日子你束手束脚,想必心里也委屈了。"

关丽云心中固然不舍方衡的浓情蜜意，却也记得她此行的真正目的。陪伴方衡那么久，她也没有把握将他的心焐热。若非在战争时期，他们志趣相投，或能成为知交吧？想到这里，关丽云问道："义父，真要开战了吗？"

"你指的是日本和中国？"竹下完明淡淡道，"战争早就开始了，你不觉得吗？"

是啊，战争早就开始了。关丽云自我解嘲地笑了笑，阖上了大门。回到房中，她恭恭敬敬地朝着东方再三叩首，低呼"万岁"。又是一年天长节，这是天皇的节日，她理当虔诚祝祷。可身在中国，她莫名地想起那句让人辗转反侧的情诗——天长地久有时尽，此恨绵绵无绝期……

第三十三章

柳下坊陌

在春日的尾巴，抵制日货运动轰轰烈烈地拉开了序幕。一时间，群情激昂，抗救会日日上街巡视，销毁华人店铺中的东洋货品；码头工人在动员下，一致拒绝装卸日本货品；所有米店被下了严令，不许卖货给日本侨民……日复一日，中日民众积怨更深，稍有风吹草动，便引起双方械斗。沪上中国百姓与日本侨民像斗红了眼的公鸡，非要对方流血伤亡才能略消心头之恨。

这样的情形，日后恐成为常态。一季春茶料理完毕，之晴即放心前往上海筹备新的事业。

"中国茶业滞步不前，又有后起之秀斯里兰卡、印度等地的茶叶贸易冲击，抢占了原本属于中国的茶叶市场。近年来，光印度一地在世界茶叶市场的占比已是中国的三倍有余。若再不能树立茶叶标杆，大量出口，前辈们前赴后继开创的茶马古道和苦心走出的海上丝绸之路，此后就会湮没在这个时代中……"之晴同林老爷谈定了，润元居茶叶质量仍由父亲和阿兴把关，必要在明前、雨前、雨后茶中，再仔细分出品级，区别销售，再次降低秋茶产量，让茶树休养生息。她的侧重点则在发展阳羡茶新的受众群体,并将中国各地的茶叶通过她与方衡入股的上海通运公司运送到东南亚和欧洲。

送走之晴,将至林家庄园时,林老爷和阿兴碰上了李双柏。他乘着一辆马车,春风满面,见阿兴开车经过,忙叫道:"林兄,我正要去找你呢!"

林老爷闻言,让阿兴停车:"李兄怎么今朝有空来湖沋闲逛?"

"我特意来看看你家茶园,订些茶叶。"

"李兄只消打一通电话到茶局巷润元居,自有伙计送货上门,何必劳累?"

李双柏笑道:"找个借口来林兄的宝地看看,林兄竟不允?"

两人一路笑语,走进庄园后方坐定喝茶。

"林兄啊,我们已有多年交情,有些事情我还是不要隐瞒你的好。"见左右无人,李双柏言道。

"李兄客气。有什么事,但说无妨。"

"林兄放心把家业交与令爱,原本我这个外人不便置喙。只是前几日外甥归家,与我说起令爱——前阵子她在上海舞厅里与人交际,直至午夜。一个未婚的小姐,这样在外抛头露面,恐怕于理不合。"

林老爷微微一笑:"李兄说的是。我远离商场一载有余,这般肺腑之言我已许久未闻了。我平生之憾是未能有一个儿子撑起门户,只得了两个女儿。如今我年迈多病,凡事只能靠长女之晴料理。她留洋归来,不拘小节,难免不若其他小姐庄重内敛。一切都是不得已而为之啊……李兄正值当年,莫要自误,续弦生子最为要紧!"

李双柏听林老爷的口气,显然对女儿的行为不以为意,也就一笑置之:"林兄毕竟偏心,我看着阿兴就很好,又早早地认了你做义父。贤侄女毕竟是要嫁出去的,你何不放一部分生意给阿兴呢?再不然,招赘为婚也属上选。"

林老爷道:"阿兴这个孩子极好,办事也极为妥帖。若说他对之晴,只怕比我这父亲还要上心几分。可他们毕竟只有兄妹的情分,强求不得。"

李双柏点头称是:"看,我这个外人又多虑了。"

"李兄家有喜事了,怎么还藏着掖着?"林老爷将手中一件沉香如意交与李双柏把玩。

李双柏听了这话,老脸一红,接过如意笑起来:"什么都瞒不过你!续弦也不算什么大喜事。"

"人生至乐之事,无外乎金榜题名时、洞房花烛夜。眼下李兄不必考什么状元、榜眼,这天降之喜想必就是新人过府了。"林老爷笑道,"届时可要发帖子请我吃酒啊!不知新娘是哪家姑娘?"

"方家老爷的干女儿,方玉枝小姐。"李双柏一笑,"她模样齐整,又能料理家务。只是让我比方正谷小了一辈,往后见到了要叫他一声岳丈,实在有些滑稽。"

林老爷道:"已经民国了,也不须讲究这些。方小姐果真是个妥当人,那你喊方会长一声岳丈又有何干系?何况,他也未必好意思受你一拜!"

"那是!等到了送聘礼的时候,少不得要上润元居买些好茶孝敬方老爷。"想到即将娶新人过门,李双柏也不禁喜气洋洋起来。

说起何时对玉枝留了心,李双柏道:"玉枝不是方太太亲生的,因此也没一般大小姐的脾气。她在方太太跟前长大,也知礼数,待人接物最为周全。我也四十往上数的年纪了,玉枝好歹年轻,或许这几年就能给我们李家添丁……"

林老爷听了点头称是:"待尊夫人诞下子嗣,我们几个老家伙又有喜酒吃了!"

李双柏此前娶的夫人虽出身大户,但缠绵病榻多年,未曾留下一儿半女。近年来,李双柏也动了过继外甥或侄子的念头。李家家业虽不如方家赫赫扬扬,但在浚边也算响当当的大户,专营稻米,事关民生大计。在方太太认女宴上,他与玉枝相识,回到家后竟几日没合眼,起了续娶的心。

阿兴命人打包了茶叶送过来,李双柏见此忙起身道谢:"茶钱该付多少?"

"李兄喝这点茶,还须付钱吗?往后林某若有事要相请,还须李兄多给面子呢。"林老爷道。

李双柏笑了起来:"林兄,若有一天我们成了亲眷,岂不又添了一桩美事!"

"这话从何说起?"林老爷不解。

"听说贤侄女与方衡走得甚近,只怕已然成了男女朋友了。若他们往后更进一步成了婚,我岂不成了林兄的亲眷吗?"

林老爷从未听之晴说过此事,此刻从李双柏口中得知,倒有几分意外:

"我这个做父亲的当真是一无所知！"

两人又说笑了一回，眼见天色将晚，李双柏才告辞而去。

说到李双柏的求亲，亦一度让方正谷和方太太困惑。

玉枝却道："寄爹、寄娘不用迟疑。我出身低微，若非二老见怜，让我吃上几年饱饭，恐怕早已死了。我自知确然嫁不得高门大户，如果委身于农户又损了方家颜面。如今李老爷肯娶，我嫁与他也不算屈了自己。"

"他比你大了二十岁，老夫少妻只怕难谐。"方太太拉着玉枝的手，颇有些不舍。

"我这一去，也能做个太太。李家经营米粮，即便到了荒年也饿不着。从今往后凡事均不必发愁，说不定也是我的福气。再者，我听闻他十分好财。我若在，尚且能劝住一二，不使他走了邪路。二老再造之恩，我合该报答。待几年、十几年后，阳羡商会会长之职更替，我但凡在李家站稳了脚跟，也能多一份助力替大少爷保住今时今日的地位……"

玉枝想得这般通透，方正谷夫妇也不必再言，只命多打点嫁妆，好好发嫁。

一年内，方府认女、嫁女，倒让外人以为李双柏与方府交情甚笃，为着娶这房妻室，倒抬出方正谷夫妇掩人耳目。明白的人却道："若真心要娶，何必在乎那女子的身份呢？再者，方家认了她做义女而非义妹，李老爷矮了方老爷一辈难道就不扫面子了……"

市井飞短流长，总不停歇。

端午前夕，玉枝同李双柏共同乘了车来方府"瞻节"。方太太依礼亲自准备了一应"送夏"之物：绿豆糕两筐，鸭蛋两筐，粽子两筐，凉枕六对，竹簟六张，各式凉帽十顶，洋伞十柄，芭蕉扇二十把，绸布二十匹，棉布二十匹……

丫鬟和老妈子们将物品捧出，装上另一辆车，街头巷尾的妇人们无不艳羡。玉枝挽了李双柏出门，又恭恭敬敬地同方正谷、方太太道别，这才往家里去了。

归宁事毕，方府终于日渐平静。

趁方衡在家，方太太将二十余年前的事原原本本地告诉了他："老爷同我结婚前曾有一个青梅竹马的恋人。他们相识相伴十载，感情自然好过我这个素未谋面的人。那个女子叫丁淑慧，是林家管事的女儿。可老太爷早已同你外祖议定,方、孙两家联姻,结百年之好。那时,永信升与和德盛被同行挤对,生意不佳,为助永信升摆脱困境,老太爷将老爷囚于书房数月。在老太太哭求之下,老爷勉强同意与我成亲。谁也不知道丁氏早已珠胎暗结——她在我和老爷大婚之夜于林家产下一子后血崩……丁氏的亲兄弟闯入洞房,于我们二人跟前告知这一消息,要老爷去见丁氏最后一面。老太爷、老太太闻讯赶来,以死相逼,不许老爷迈出府门,并让家丁将丁氏兄弟从后门逐出。那刻起,老爷悲痛万分,步出洞房后再也没踏入我院内。他为丁氏守丧茹素一年有余,婚后第二年才同我圆了房。不知他是于心有愧还是忌惮你外祖家,二十余年来老爷一直不敢把私生儿子带回府,我也只作不知……"

"这样说来,丁智兴……是我大哥?外面的传言都是真的?"方衡勉力让自己冷静下来。

"不错。方家再度兴起后,老爷又扩展了原本的窑场,以方鼎兴命名。他打算等丁智兴成家时,将窑场送给他做立身之本。"方太太长叹一声,一串南红玛瑙珠匍匐在她手心,散发着柔和的光。

"原来如此……"方衡心中一沉,"父亲这么多年来与您相敬如宾,都是为了婚前那段风流韵事……"他忽而冷声道,"他倒是个痴情人,您就这样忍气吞声?"

"要得一心人谈何容易?女子往往自误不自知。只盼着你未来心有所念,不再重复你父亲当年之事。"

方衡举目望远,淡淡道:"若我真心爱重一人,定不会放手。"

方太太点点头:"还有一件事,你若知道了,定要怪我心狠。"她踟蹰半晌,怔怔落下泪来。

"若还不想说,便不要说与我听……"方衡不忍让母亲扯开旧日伤疤。他万万想不到,最慈爱的母亲在今朝说出了方家那么大的一个秘密。他心头仿佛被压了一块重石,几乎喘不过气来。半晌,方衡才道:"近日还有些事需要我亲自去上海料理,儿子先告退了。"

昨日种种譬如昨日死,都会变成过往云烟。但有些事,注定不会被遗忘。

之晴在咖啡馆看着杂志等待方衡,这时身边走过一个压低了帽檐、穿着褂子的男人。她微微有些诧异,这个人并不像普通的侍者。她向后一望,只见靠窗的男子放下手中的咖啡杯，从座位上缓缓站起来。

"陆穆远……他怎会在这里？难道刚才走过的男子就是他的线人？"之晴心中疑惑，不承想陆穆远也发现了她。

每每想起小蕙之死，之晴总觉十分遗憾。她与陆穆远许久没有说话了，此次相见颇有几分尴尬。殊不知，陆穆远主动走了过来，并向她招呼道："林小姐，这么巧？"

两人走到咖啡馆的露台上聊天。

"中日签署了停战协议，想必可以清净一段时日了。"之晴道。

"树欲静而风不止。"陆穆远目光柔和，"在上海生活这么一段时间后，感觉如何？"

之晴道："繁华的背后，还有无数人颠沛流离。一些贵妇人坐拥上万元的貂皮大衣，可七八岁的童工们一天只得三毛钱工资，还要被朝打暮骂，说不好就有性命之忧。"

"是时候领导劳动人民站起来，翻身做主人了。"陆穆远道，"我们自由了，可更多人需要像我们一般自由，不再受到他人的压迫。"

之晴浅浅一笑："你总是如此忧国忧民。"

"之晴，我现在要去一趟四马路，有人来清查……"

"我陪你一道去，假作情侣，这样也不引人注目。"之晴深知陆穆远此行定是冒险。

陆穆远感受到之晴对他的关怀，心头一热，却坚持道："不必了。你在安全的地方，我才放心。"

方衡从咖啡馆门口进来，见之晴和陆穆远在一起，心中升起几分异样之感。他走上前揽住之晴的腰："我们走吧。"

这样亲密的举动着实突兀，但之晴并无推开方衡之意。陆穆远见此情形，失落万分，默然离去。

"国泰大戏院落成未久，听说装潢富丽宏壮，观众能得到最精致舒适的体验。达令，今晚我想请你看一出戏。"看着陆穆远的背影，方衡唇边终于露出笑意。

之晴见他颇有调笑的意思，不由挣开他的束缚，冷冷回道："恕不奉陪。"

方衡笑意不减："我们林大小姐果真是半个西洋人,那么好的戏都不看了吗？'蒋干盗书'这出,听说过吗？"

"什么？"之晴霎时间止步回首。

方衡微微点头,露出十分惋惜的样子："我们交情不同,我总要多照拂你一些。至于旁人的生死,与我何干？三友实业,明面上生产毛巾,实际是一处抗日据点。几日前,日本陆军大将白川义则在虹口公园被炸成重伤,如今生死未卜。他们真的以为日本方面还会毫无防备,不施行报复吗？"

之晴骤然间脸色大变——若真如此,陆穆远岂不危险？他将假消息传出去,深受其害的可不只是他自己。他身后的那些人,会不会因此受到牵连？尽管他们不是国民政府的要员,但也在为这国家和人民呕心沥血……她不敢想象即将发生的一切。

"不行,我不能让那么多人白白送命。"之晴喃喃道。

"你去了有何助益？若被人当成革命分子,谁也救不了你。"方衡叹气道。

"我既然知道了,便做不到不管不顾。"之晴转身出了咖啡馆,上了一辆黄包车,命车夫向四马路去。

方衡见状,忙追了出来,跳上另一辆黄包车,吩咐道："跟上前面那辆车,我给你一块银圆！"平素拉黄包车三五日,也未见得能赚到一块银圆。车夫见方衡如此大方,立时拼了命地拉车狂奔。

见之晴如此拼命,他的担忧、顾虑蓦然而生。他不得不想到最坏的结果……此刻,他只希望之晴不会受到任何伤害。之晴对人对事向来认真,从来不会知难而退。在她心中,陆穆远仍旧如此重要吗？

四马路并不太远,不过一盏茶工夫,之晴下了车,匆匆地向陆穆远走去。方衡心中大急,忙叫停车。不待车停稳,他便跃下车去,大声喝道："林之晴,你给我站住！"

之晴和陆穆远听见方衡的喊话,不免一愣。再看时,方衡已挥拳砸向了陆穆远的面部！

一切都那样猝不及防,陆穆远鼻子顿时血流如注。见方衡如此无礼,陆穆远也挥拳回敬。两人新账旧账算到了一道,出手毫不留情。

"你离之晴远点！"方衡叫道。

陆穆远冷哼一声:"凭什么? 我和她在法国留学时就认识了,你想横插一脚? 简直痴人说梦!"

方衡听闻此语,更增了怒气:"你果真待她好吗? 既如此,又怎会让她伤心! 今朝不教训你,我方衡两字倒过来写!"

路人见此情形,纷纷侧目。这是情人斗殴,大家颇有些看好戏的态度,就连沿街楼上的住户也多有打开窗户观战的。之晴怔住,随即泪流满面,想要劝架却不知该从何拦起。

直到巡捕过来,两人才停止打斗。他们气喘吁吁,怒目而视,脸上、身上均已挂了彩。

"之晴,你不该来这。要是我知道他便是当初负你之人,我说什么也不会让你们再见面!"方衡掏出手帕,擦了擦嘴角的血丝,缓缓走到之晴身畔,随即握住了她的手。他靠在之晴的耳边,轻声道:"放心吧,这幢楼里的人听到不妥应该已经转移了。我跟陆穆远打了一架,想必埋伏的人也不会疑心到他……"

之晴听了方衡的话,顿时明白了一切。她忙挽住他的手臂,向远处的黄包车车夫挥手:"我们走!"陆穆远能免于牢狱之灾,已然无忧,但见身畔之人处处为自己思量,她无法不顾及他的感受。

"去医院吧?"

"皮肉之伤,不必麻烦了。"方衡道。

"你的脸肿了……"之晴蹙眉,"只怕明朝要疼。"

方衡强颜笑道:"现在就疼得很,你给我揉揉吧?"

之晴不禁"哧"地一笑:"什么时候了,还如此油嘴滑舌!"

"不许过河拆桥。"方衡轻斥道。

之晴脸上一红,不知如何作答。

黄包车车轮辚辚,在昏黄的路灯下碾出令人心碎的苍凉之音。

回到阳羡,方衡拜见过父母便去小院看关丽云。草木深深,院门紧闭,芳儿和菲儿都在院内打扫落叶。见方衡回来了,两人忙上前请安。只听芳儿说道:"这几日关小姐心绪不佳,更不用我们伺候,端进去的饭菜也未吃几口就搁下筷子了。"

方衡闻言,顿觉异样。他从古玩店淘到一支点翠簪,心知关丽云会喜欢。殊不知,他走上小楼,便见关丽云已收拾好床帐,桌子上放着一只皮箱。

"你这是……"

"我该走了。"关丽云笑意融融。

"你要去哪?这里住得不安心吗?"方衡从口袋中拿出一只精致的小盒子递到关丽云面前,"看看这个。"

关丽云伸手接过,轻轻打开盒盖,里头盛着一支鎏金珠石点翠簪。她嫣然一笑:"送给我的?"

方衡点点头。关丽云收起盒子,柔声道谢:"这离别之礼我很喜欢。"

"真的要走?"方衡敛起笑意,正色道。

"是时候了。我在方家,得不到令尊令堂的认同,让你左右为难。何况,你现在与林小姐在一起,我住在这又算什么呢?"

方衡一怔:"你一走,竹下先生……"

"每次他向你要求什么,我总觉得是我对不住你。这下,你我都轻松了,有何不好?"关丽云甜甜地笑了起来,轻轻地抱住方衡,"此后,我便不再烦扰你了,你会记住我的吧?"

方衡抚着她柔顺的长发,微微笑道:"当然,你我初见便志趣相投。我无法留住你,愿你今后更自在些。"

关丽云不觉眼中噙满泪水,忙别过头拭干。她拎起藤条箱逐级而下,心中黯然:"自在,从此更不能够了吧。"

方衡在楼上目送。许久,他唱道:"那一日打从那大街行,偶遇着小小顽童放悲声。我问那顽童啼哭因何故,他言说严嵩老贼杀他的举家一满门……"

此时,关丽云已听不到他这曲《打严嵩》了。若他们当真是一路人,那该多好!可惜,身不由己……

关丽云在街上漫无目的地走着,走着。过了蛟桥,终于看不见方衡家的宅院,她忽而朝着白茫茫的汭水冷声道:"方衡,我恨你!"

入夜,她在书院巷畔的酒馆里点了一瓮酒。一碗碗米酒灌下肚,她不觉轻声念道:"从北平南下,行走外埠,那么些年,竟成了笑话……"

此刻酒馆里顾客寥寥，店小二早就注意到她的美貌，听她说出这样的话，不禁凑趣儿道："这位小姐，难不成你还是个角儿？怎会玉步踏贱地，来这样的小县城呢？"

关丽云颊上飞出两片火烧云，迷离着杏眼道："你这是笑我！京沪尚未唱遍，怎可自命不凡？"

店小二道："小姐果真是个人物，为我唱一出可好？"关丽云手指上一只宝石戒指熠熠生辉，射入小二的眼里，倒弄得他有些心痒。

"要想听我唱，那时怎不去精菜馆捧场？可见，你上不得台面！"关丽云叱道。

店小二有些讪讪，却听门口有人问："还有黄酒吗？"

"有！"店小二跑了过来，一见那人，忙堆笑道："丁爷，你怎么亲自来了？"

"老爷子想喝些酒，家里正巧没了。"阿兴应道。他朝着店里一望："今朝生意竟有些冷清？"

"是啊！"店小二指了指靠窗边的关丽云，"那位女客在这里坐了三四个钟头，不知何时走呢！"

阿兴侧眼一看，忽而愣住："关小姐，你怎么会在这里？"

关丽云见是阿兴，笑了笑，指着面前的长凳道："丁爷，请坐吧，我们喝一碗！"

阿兴摇手道："我有差事，可不能贪杯。"

关丽云向着店小二一努嘴："你认识林府吗？赶紧替丁爷送一趟！"

店小二见阿兴并无反驳的意思，立刻识趣地提了两瓮黄酒，自己送去行园。

"你心中有不如意之事？"阿兴终究坐了下来，与她相对而饮。

关丽云嗟叹道："易得无价宝，难得有情郎……我真的累了……"她又给自己的碗里倒满酒。此时，她眼神迷离，从酒瓮里筛出的酒大部分漫到了桌子上。关丽云不理袖口、衣襟的潮湿，又要给阿兴添满。

酒碗不知盈了多少次，又空了多少次，她终于醉倒了。阿兴知道，关丽云再也不能回方府去了。他将她送到一家旅馆住下，要了最好的房间，房价两角一天。见关丽云孤身一人多有不便，阿兴便为她付了五日的住宿费，又烦劳旅馆的人多照应。关丽云沉睡正酣，阿兴不忍就此抛下她一人，便去厨下炖了绿豆汤给关丽云解酒,又问旅馆的服务员要来一炊子热水,替关丽云净面。午夜时分,关丽云悠悠醒来,见阿兴还在忙进忙出,不由纳罕。她假装未醒,听到阿兴在门口轻声嘱咐服务员:"明朝烦请炖些清粥予关小姐喝下,也好养胃。她有什么困难,你便来行园传话给我,我觑着空就来。"

服务员见阿兴出手阔绰,忙笑道:"放心吧,我们自然会看顾的。做羹汤之事,您不必亲自动手,我们理会得。"

见关丽云兀自沉睡,阿兴又为她掖好被子,这才带上房门出去了。

一连几日,阿兴得空便来旅馆陪伴关丽云。曲意逢迎见得多了,这样实诚的关心令关丽云颇受触动:"多谢你了。"

往日,关丽云最是光彩照人。阿兴见她比素日憔悴许多,不免道:"你一个女子,怎么可以受那么多苦呢?"

"人生来就是受苦的。"关丽云看着窗外的车水马龙,渐而露出一丝惆怅,"丁爷,你过得快活吗?"

阿兴默然,他的快乐,似乎都寄托在了林家父女身上。之晴高兴,他也欢喜;但凡得到林老爷的赞许,他只觉吃再多苦也值得⋯⋯

"你就打算在林家待一辈子?"关丽云又问。

阿兴从未想过这个问题,他似乎从出生开始就该如丁叔一般为林家效力,担任管家之职,直到终老。后来得知一些事后,他也不过暗中嗟叹过几句。时也,命也,均强求不得。

"你有喜欢的人吧?"

阿兴神色微微一变:"我也不知道那是不是喜欢。"

"若你愿意为了一个人放弃一些你原本不想放弃的事物,做一些你原本不愿去做的事情,那多半便是喜欢了。"关丽云口中含着一块青梅干,脸上洋溢着一抹动人的笑。

阿兴看她面露喜色,不再忧虑,也稍稍安心。

往常之晴每每不在家,总有阿兴守在府中。如今,关丽云在旅馆中住着,阿兴觑着空闲,每日总要来走两趟。

于是,暂居变成了常住。关丽云嫌旅馆住宿贵,且人多眼杂,阿兴便另为她找了一处齐整的住所,就在行园斜对面的小巷中,家具物什齐备,租金为一年十块银圆。付了租金，签下佃约，关丽云便搬进了小屋。

　　住在行园对面，时常出来逛逛，倒也能看见行园里进出的客人。偶尔方衡送之晴回府，两人虽客气地道别，但显然比普通朋友亲密。

　　每每看见这样的场景，关丽云总觉得有些刺心。好在阿兴时时嘘寒问暖，略微解了她的愁绪。

　　自从搬到这条小巷中，竹下完明每次来到阳羡城总会找时间到她的住处坐一坐，谈一谈未来如何行事。

　　"义父，方衡与林之晴两个人关系时好时坏，有时候说说笑笑，可也时常大吵大闹，两人脾气上来，就差挥刀互斫。我真是捉摸不透他们到底为何如此……"

　　"那个丁管事呢？"竹下完明给关丽云倒了半杯清酒，关丽云恭敬地接过，这才答道："丁智兴或许把我当成很重要的人了吧。"

　　"还需要多久他才会任你支配？"

　　"指日可待。"关丽云微微一笑，将头枕在竹下完明的腿上。

　　竹下完明放下酒瓶，吻上关丽云的耳珠，轻声嘱咐道："丁智兴当年被林南璋暗中送去上海军需学校，学科、术科俱佳。他的另一重身份想必你比我还要清楚三分……想收服这样的人，往往不能以财诱之。"

　　"女儿明白。"关丽云坐起来将酒喂入竹下完明口中，"义父打算如何处置那个崔嫂子？"

　　竹下完明哈哈一笑："本想让她自生自灭，可毕竟是碰了红土的人，欲望与常人不同。她的女儿做了伎人，也算是对她办事不力的惩罚。"

　　"义父还有其他计划吗？"关丽云旁敲侧击。

　　"我走的每一步若要用上你，自然会提前告知。"竹下完明凝视着她，一字一句道，"若能将丁智兴收为己用，往后我身边就多了个臂膀，也让方正谷多一层顾忌，为上头办起事来也能更容易。"

　　关丽云莞尔："女儿先恭祝义父心想事成了！"

　　竹下完明饮尽杯中清酒，这才起身道："我等你的好消息。"

第三十四章 危墙之下

　　时间如流水匆匆，转眼便到了盛夏。知了伏在树上声声叫唤，直让人觉得闹心。

　　方衡和之晴坐在林家的茶行中，商议扩展业务之事。虚扁壶中泡着绿茶，消暑又清凉。

　　"茶叶受制于洋行外销，我们与上海通运公司合作，请他们公司将茶叶、紫砂器直接运到国外，这样就不会被洋行牵着鼻子走了。"方衡道。

　　"你不怕得罪竹下完明？"

　　熟料方衡唇角挑起一丝不易察觉的笑容："我眼下自然要顾及竹下完明。因此，这场戏要你我二人联袂出演。从今往后，茶叶、紫砂器的出口事宜全部由你代劳。你在明，我在暗，竹下即使知道些什么，暂时也不便抹下面孔深究。"

　　之晴沉思了片刻，仍有迟疑："我听说与通运公司深度合作，还要投资一笔钱。三万块银圆对我来说是一笔不小的数目，林家上下元气未复，只怕力有不逮。"

"投资的钱我七你三,盈利一人一半。跑腿办差、风险应对均由你处理。"方衡笑道,"怎么样,很公平吧?"

这样的合作方式,之晴求之不得。他既然多出了财力,自己多担些干系也属应当。现下润元居能流通的银圆越多,往后面临的压力相对也更小一些。

回到家,之晴换了身便服,就去父亲房里请安。不承想,父亲书房中空无一人。小祥和小喜均说老爷今朝未到书房。

"婆婆,看到我父亲了吗?"到了花厅,见杨婆婆在剥莲子,之晴顺口问道。

"也许出去逛了吧。"杨婆婆也不大记得林老爷是何时出门的。

"且等父亲回来了再开饭。"她坐在一张玫瑰椅上,吃着杨婆婆剥在盘子里的莲子心。等了半晌,盘子空了大半,林老爷还未归来。

阿兴回到行园时天色已晚,见之晴在花厅坐着,不免问道:"怎么不回房,在这里坐着?"

之晴闷闷道:"一直不见父亲回来,若去朋友家攀谈,好歹要留个口信才是。"

阿兴知道林老爷并非疏忽大意之人,若去赴宴定会告知家人,假使他在友人家饮茶,也多半会在晚饭前回来,以免让友人起了留客之意。

殊不知,恰在之晴和阿兴都出门的当口,林老爷去白果巷闲逛,被一伙人劫上了一辆骡车。他的眼睛始终被黑布蒙着,双臂被反扭住捆绑着,嘴里也被填了麻核。不知过了多久,他又被扭送下车,塞入一辆汽车中。这辆充斥着浓重咸湿气味的车开了约莫半个钟头,才停了下来。几个人押送着林老爷行了千余步,终于抵达了一间破败的房子。

适才都是上坡路,只闻鸟语,不闻人言,想必已到了一座山上。此时,草丛里传来蟋蟀的鸣叫声,他隐隐觉得四周有些光亮。

口中的麻核终于被人拿去,只剩一阵苦涩味。不知过了多久,一个人端了一碗汤水抵到他口唇前,哑着嗓子道:"喝点面汤吧,别饿死了。"

林老爷分明听见外头还有两人在吸溜面条。他也不论面前这碗汤水是好是坏,张口便喝了下去。

"倒不怕我们毒死了你?"那人撇下面碗,笑得像只被扼住喉咙的鸭。

林老爷淡淡道:"要弄死我,何必费此周折?"

那人宛若听不出林老爷语带嘲讽，只道："老爷子，你得亲笔写封信回去，让你女儿准备十万块银圆，她付了账，我们便把你放了。"

绑匪狮子大开口，林老爷微微一哂："十万块银圆？即便把我家庄园卖了、地产折变了也不值这个数吧！"

"你女儿若真孝顺，怎会在乎一个庄园？她迟早是方家的人，庄园平白给外姓人也可惜。"

林老爷嘿然一笑，"我这把老骨头，若要以十万块银圆去换，恐怕你也捞不着。另则，即便今朝就挂出林家庄园出售声告，短时间内也不见得有人接手。你们还是商议一个实在的价格吧。"

绑匪思量了半晌："也罢，就向你化缘两万块银圆。少一个子儿，我们也不放人！"他们说着，便将纸笔递给林老爷，又给他解开了蒙眼的黑布。

绑架林老爷勒索钱财正是关丽云的主意。贾士平听了关丽云的话，深以为然。关丽云从阿兴处探听得林老爷每日午歇后必要出门散步，贾士平因此早早地与两个喽啰埋伏起来，驾车跟在林老爷身后，直到了一个僻静处，两个喽啰便下车将林老爷扑倒劫持。

芸娘暗中听到弟弟和喽啰们相约谈话，心中一惊。她不过是个深闺妇人，如何敢出来拆穿弟弟？另则，若将此事告诉方衡或方正谷，贾士平定会被赶出方家，说不得还会有牢狱之灾。想到这里，她便下定决心要救出方老爷，以此来弥补弟弟的过失。即便往后方家要责罚贾士平，她也好有话求情。

自从十余年前进了方家的大门，她鲜少外出。此次跟着弟弟一行人，总有些胆战心惊。贾士平这样的粗人，如何料到姊姊会跟着他？唯有关丽云心细如发，暗中发现端倪，又生一计。她将贾士平叫下山去，假言命他与竹下完明派来的使者相见。贾士平以为竹下完明对他青眼有加，心中甚是得意。

夏日的夜风令人觉得畅快，看守林老爷的两个喽啰在门前睡着了。芸娘从后面悄悄进来，示意林老爷不要作声。林老爷在方正谷家中见过芸娘，忙点头答应。芸娘替他松了绑，将他带出破房子。她轻声道："林老爷，实在对不住了。请您自行下山，亭子边有一辆马车，车夫姓施，可放心乘坐。"

林老爷答应下来，转头问道："那你呢?"

"我自己还有些事情要办，不打紧的。"她一心想去劝弟弟回头，若林老爷在场,定有不便。

"夜深路陡,你是妇道人家,我怎好留你独自在山上?"林老爷不肯就此离去,"若担心你我同行惹人非议,不如你且先行,我在你身后数丈跟着,万一有事也好照应。"

"我留在这里自有我的道理。"芸娘道。

林老爷见她坚持,只好依言下山。甫到城中,便第一时间前往警察局报案以求调查。

之晴听闻此信,总觉蹊跷,遂赶去方家报信。

方家上夜的管事听了这话,大吃一惊,急忙差人去回禀方正谷和方衡。

方正谷被人从梦中叫醒,得知芸娘出了府,万分意外——自打芸娘入府,轻易不出家门。若有事要外出,定会携带丫鬟并报知太太。这趟怎会独自出府去救下林老爷?

黄管事此时已查证了来回报:"老爷,姨太太确然不在院中。我已经叫了院子里伺候的一干人来,等着老爷问话呢!"

"让她们进来!"

阿香跪在地上,怯怯地说道:"自白天贾爷出府,姨太太便跟着了。她还申斥我们不许出去,也不许同旁人讲,说第二日她定会回来。我多口问了一句,她又说有车夫跟着,不会出岔子。如果有旁人问起,只说她病了歇着,不许人扰……姨太太从来温声软语,此次却疾言厉色,我们只怕惹恼了她,便不再多问了……"

"贾士平没有回来吗?"方正谷一听这话,就知不大对头。

阿香道:"贾爷最近总忙进忙出,我们以为寻常,又不敢管他。"

方正谷心下惴惴,一面朝外走,一面向黄管事道:"让你女人在家看顾好太太等消息。若贾士平回来,命人捆了他!"

黄管事心知可能出了大事,急忙四下安排。

到了山脚下,天已蒙蒙亮了。林老爷一夜未眠,也跟着警员上山指认自己被绑架之所。此时,已不见绑匪踪迹,只有一盏煤油灯忽明忽暗,即将燃尽。

"找到芸娘了吗?"方正谷问道。

"还没有。不知道她是否已经下山,但我们还在排查——夜色太深,我们也不敢轻易到山坳里,现在天快亮了,我们定加大警力,仔细搜山,请方会长放心!"警员知道方正谷在阳羡城的地位,因而万分恭敬,"最好有姨太太的小像,这样我们有了线索也方便比对。"

"有!"方正谷将怀表取出,打开递给警员。原来,表壳内里嵌的就是芸娘的小像。小像中的芸娘,唇边勾起一抹浅笑,恰似一朵百合,清丽无俦。方衡一见之下,顿觉失落。他记得,在幼年时,父亲的怀表表壳中,嵌的是他们一家三口在照相馆的合照。不知何时,竟换成了芸娘的小像。

林老爷得知芸娘没了音信,懊恼不已:"若我执意与她一道下山,只怕她此刻已安全抵达方府了。"

之晴道:"这些都在意料之外,唯有尽快找出绑匪,找到方家姨太太才最要紧。"

"请林伯父陪着家父在此地等候,我与之晴随警员一道找寻。芸姨的相貌我们都识得,若寻到了可第一时间确认。"方衡忙岔开话头,不使林老爷太过自责。

两人随警员从小路下到山谷,一路细细搜去。方衡折了一根拇指粗细的树枝给之晴,权作手杖。他护在之晴身后,悉心打量着周遭草木间的不寻常之处。

一座山要进行地毯式搜寻着实不易,方正谷等得焦切,又命自己府中的家丁们也来帮忙寻找芸娘。

施姓车夫当夜亦被带上来问话。

车夫道:"姨太太要我跟着前车,我们看见三人绑了林老爷到这山上来。我们到这里时天已擦黑了,姨太太告诉我在山下守着,只等到林老爷下来,便立刻回城,不必等她。"

"仅仅如此吗?"方正谷急道,"还有其他什么话吗?"

车夫仔细回忆着,终究摇头道:"没有其他的话。姨太太上车前就很心急,不知有什么缘故。"

警员分析道:"如果是平常绑匪绑了林老爷,姨太太即使见着了也可报警,不可能亲自前去营救。何况,姨太太应该早先就知道绑架之事,否则也不会让你跟着。"

车夫忙不迭地认同:"是啊,姨太太应该认识绑匪的。"

方正谷面色惨然,心中已有几分怀疑:"芸娘在此处能认识几人?莫非这绑匪就是贾士平?这个畜生,总不干人事!但为何要绑架林南璋呢?"说到底,贾士平行事狂悖乃家丑,此时自然无法声张。

时近中午,太阳烘烤着大地,山上绿荫环绕,却也有几分清凉。只可惜众人忙着搜寻芸娘,早饭连同午饭都未及用。

忽然,听得一阵声音传来:"在这里了!"

方正谷忙往山谷里看去。但见绿树葱茏,藤蔓环绕,虽闻其声,不见其人。

过了近一刻钟,才见一个警员跑上来气喘吁吁道:"快去看一看吧,或许便是贾芸娘的尸首。"

"尸首?"方正谷心头大震,如遭电击,差点站立不住,"人……没了?"

警员道:"看上去像是从高处失足跌落,撞在一块山石上,口鼻流血。虽然未跌到谷底,但从百十米的峭壁掉下去,性命总难保住。"

方正谷面色惨然,林老爷亦不忍闻此噩耗。

一时间,众人移步到陈尸处,辨认出此人正是芸娘。

一心一意陪伴了自己那么多年的人,竟在一夕之间了无生息。方正谷心痛难忍,几近落下泪来。

"父亲,我陪您先回去吧。"方衡心中亦有难以言说的苦痛。小时候对他最温柔的芸姨,竟死于非命。想来,人生不过大梦一场。

方正谷神色凄然,半晌才道:"衡儿,把你芸姨一道带回去。"

方衡以征询的目光望向警员,警员忙答道:"待我们初步检查完毕,尸身可以运回府去。另外,我们还会请林老爷配合调查,以期在最短的时间内抓获嫌犯,查明事情真相。"

林老爷首肯:"合该如此,我随你们走一趟。"

炎炎夏日,天气沉闷非常。芸娘棺木从方府后院抬进门,方老爷用笤帚在柏木棺椁上缓缓拍打三下,口中念道"千年一遭,万年一度"。芸娘起居的小楼边搭起了棚铺,门框、门心都封上了白纸。屋内箱柜上的铜把手及梳妆镜,均用白单子糊上。茶房供起香烛,奉起经卷,吊唁之人接二连三,方家上下迎来送往,操办豆腐饭待客,并回赠毛巾、糕等物事。连日来,和尚念经声、六苏班吹奏的哀乐声此起彼伏。佛图高悬,七七四十九盏油灯昼夜不灭。如此两日,加之此前哀思操劳,方正谷心神俱疲,只想身处一间无人打扰的小室中静静地坐一会。夜阑珊时,只闻草虫鸣叫和前院依稀传来的持诵声。他独坐案头,追思袅袅。烛光中,芸娘的音容笑貌若隐若现。事已至此,真相是什么仿佛已不那么重要了。

到了吉时,合该出殡。家丁们举着几副挽联和祭幛在最前头缓缓而行,纸匾置于彩亭之中,由二人抬着随行。瓦盆本该由贾士平捧着,等棺椁出堂时摔破。可贾士平早已不见踪影,只好劝了阿香代替。阿香走在众人之前,想起芸娘平素待她极好,也不禁悲从中来。

芸娘之死,早在两天前传遍了阳羡城。贾士平听到这样的消息,惊慌失措。往年,他都在姊姊的庇护下生活,现如今姊姊竟死了!据报纸登载的消息,她从铜官山上失足跌落,骨骼寸断……一念及此,贾士平心痛如绞。碍于他如今身上担着干系,又不敢登门给姊姊叩头送行。

走过蛟桥,天边霎时间乌云密布,一场大雨倾盆而下。贾士平怔怔地跪在雨里,以头抢地,不住道:"姊姊,我对不起你,你走好,走好啊……"

"你姊姊为何会死?林南璋为何会安然无恙?莫非这个老鳏夫对你姊姊起了不轨之心,你姊姊一力拒绝,他怕事情败露,就要了你姊姊的性命?"关丽云捧起了他的脸,"贾士平,你定要振作起来,为芸娘报仇雪恨!"

"杀了林南璋,我要杀了他!"贾士平恨声道。

"只一死也太痛快了……你要慢慢折磨他,夺走他一切在乎的东西!"关丽云打起伞,掏出手绢为他抹去脸上的雨水和眼泪。她望着他的双眼,箍住他的肩膀,一字一顿道,"要让所有人知道,你不是方家人口中的废物!"

"我当然不是!"贾士平气急败坏,大声吼叫道,"他们欠我的,欠我姊姊的,我会一件件讨回来!"

关丽云露出满意的神色。此时,一道闪电划过天际,映出了她唇边如曼珠沙华般浓艳绮丽的笑容。

雨霁云收,转眼间过了大暑。自芸娘过世,林老爷亦心生万分的歉意,生了一丝避世之意,回到林家庄园长住。他替之岚照料兰花,偶尔也往茶山上走走。阿兴在庄园的时间也比往日少了许多,林老爷每每想起过去的一幕幕,也不便强求他什么。阿兴毕竟已经二十好几了,若打算另外成家立业,做长辈的合该支持他。即使他知晓了身世,想要认祖归宗亦是无妨。但阿兴近来愈发将心事隐藏,自己倒不便主动提起。

正如此想着,却见之晴带了一袋袜底酥,叩门而入。只见一层层油酥金黄细腻,薄如蝉翼,实乃酥饼之冠。

林老爷微笑道:"拿来我尝尝。"

之晴将袜底酥递给父亲,又笑道:"我在苏州寻到一家裱画的店,可给妹妹留下的兰花图装裱。"

"家里的画从前都是在扬州裱。"林老爷道。

"那正好,从此不用舍近求远了。"之晴一笑,"我过几日可以先将画送到苏州,顺带买几钵姜思序堂的国画颜料,再往昆山买些袜底酥,带给上海的客户们尝尝。"

"又要去上海了?"

"我之前与方衡合股开了一家公司,每隔一段时间总要去看看。"

林老爷微微点头:"方衡为人还算不错,若你也爱重他,我不反对。"

之晴俏脸一红,忙道:"我去上海是因为要与吴觉农先生一晤,他是茶行业的专家,写作的《茶树原产地考》曾在国际上引起轰动,女儿还要多向他学习呢。"

林老爷闻言,接上话头:"我也听说过他的大名。吴觉农乃庚款留学生,致力于维护中国茶叶在国际市场上的声誉,你要向他诚意求教,以师者尊之。"

之晴点头允诺,只见丹露捧了之岚的画来。之晴一望之下,心中倒生了一丝羡慕:"亏得她有这样的才情,往日你们都说我成绩如何优异,却不知妹妹琴棋书画无一不精。若得名师点拨,或可大有作为。这姜思序堂的石青、石绿、花青诸色远近争求,其中妙处还是妹妹告诉我的呢。"

正说着,却听丹露欢喜的声音由远及近:"丁管事,你回来啦?"

阿兴脸上一红,跨进门向林老爷请安:"老爷,我今朝回来,是要向您回禀一件事。"

"你这孩子,何必多礼? 快坐吧。"林老爷道。

谁知阿兴跪倒在地，言辞恳切："求老爷许婚。"

"男大当婚，这是好事。看中哪家的姑娘了？"林老爷终于听到阿兴亲口将这话说出，心中高兴。

见阿兴迟疑，之晴也不住催促："快说吧，我也想吃一盏你的喜酒。"

"我喜欢的姑娘，之晴也认识。"阿兴如此紧张也是头一回。

之晴看了一眼门前站着的丹露，只道："你尽管说吧，你的婚礼定要办得风光体面！"

阿兴微微一笑："我不求婚礼办得多风光体面。这十多年来存下的钱，也够置两间房了。"

"你还没说相中的姑娘是谁呢！"之晴眉眼间堆满欢喜。

阿兴笑道："我要娶关小姐为妻。"

"哪个关小姐？"之晴简直不能相信自己的耳朵，她要确认阿兴爱上的那个姑娘并非关丽云。

"她就在门外等着。"阿兴道。

丹露快步走到门口一看，关丽云口角带笑，亭亭而立。她不饰珠翠，却艳光四射。即便是女子，也惊叹她那摄人心魄的美丽。她的美，似乎应着四季，不同时节有不同时节的好处。丹露不由自惭形秽，又回到之晴身畔，怔怔地不说话。

"是她吗？"之晴问。

丹露点点头，眼睛不觉有些发酸。

林老爷见到之晴的表情，又见丹露如此反应，心里明白了几分："既然来了，就请一道进来坐吧。"

阿兴忙回身出门，牵着关丽云的手进来。

关丽云见到林老爷，恭恭敬敬地跪下叩头，又向之晴见礼："林小姐，我们又见面了。"

之晴微微点头，回了她半礼："我竟不知你们两个在一起了。"

关丽云笑语嫣然："阿兴说，老爷爱他如子，又给了他管家之职，让他历练成长……我感激在心，特意绣了一件扇套赠予老爷，还望老爷不要嫌弃礼物微薄。"

　　林老爷接过一看，扇套用了缂丝工艺，精致繁复，着实用了心思。

　　"你们今后有什么打算？"

　　阿兴与关丽云对视一眼，犹豫了半晌，才由关丽云说道："阿兴舍不得老爷和林家庄园，本想留在这里继续效力，但我毕竟是个外人，只怕有些不便。我们打算去外面闯一闯，若有一番作为最好；若折戟而归，好歹也能有故土收容。"

　　林老爷听后，思忖半晌，方起身道："你们两个且坐一坐，之晴陪着吧。"说着，他带了丹露到内院库房中，取了一对和田玉镯、一对金累丝葫芦式耳坠、两枚金镶翠戒指和六百块银圆。

　　见此手笔，丹露不免诧异："老爷，这些都给他们吗？"

　　"阿兴在庄园那么些年，给他这些也不算什么。"林老爷又道，"你且拿十匹绸缎、十张皮子给老丁送去。阿兴晚些时候准要去那边屋里坐坐，老丁也不能让他们空手而归。"

　　丹露答应下来，叫了两个小丫鬟并两个小厮一起将绸缎等抬去丁叔屋中。她心里宛若打翻了五味瓶，酸的，苦的，辣的，一拥而上。

　　同行的小丫鬟问道："姊姊，你怎么哭了？"

　　"我怎么会哭？不过替老爷、小姐不值！"丹露忍泪赌气道。

　　丹露看着他们一家人欢喜，深觉难过，忙与小丫鬟们退了出来。她在院子里见到之晴，再也克制不住情绪，委屈万分："他怎么可以娶这样不三不四的女人呢！"

　　之晴忙揽住她的肩安慰道："只要关丽云对阿兴哥哥付出真心，阿兴哥哥又真的快乐，我们也不能干涉他。"

　　初秋的江南暖风熏人，茶园里的碧色一如往昔。这样永不寥落的颜色，让人心境趋于平和。

　　案上瓶子里清供了莲蓬，碟子里搁着九只小佛手。莲蓬青翠，佛手鹅黄，正是水乡好时光。

　　整理好之岚的画，之晴嘱咐丹露协理家事，便即出门，方衡早已在门口等她。

　　路上，之晴将阿兴与关丽云的事情与方衡说了，方衡一笑置之。

"关丽云心气甚高,嫁给阿兴哥哥只怕别有目的。"之晴担心阿兴会被关丽云欺瞒。

方衡微微笑道,"令尊同章他们夫妇二人住在你们家中吗?"

之晴有些踌躇:"父亲无所谓他们如何。倒是关丽云有些避忌,提出可以住在近旁,平素阿兴来往也方便。"

"你不在家中,伯父跟前也无放心的人照看,还是注意些吧。有些事既然长辈不说,我也难开口提及。这世上的事原本就千变万化,任凭谁都预料不到的。"

闻方衡如此言语,之晴留了意,虽不便往下再问,却也打算今后让丹露在父亲跟前伺候,防备万一。

　　听说关丽云顺利接近了阿兴,竹下完明对她颇有几分赞许:"你对付男人最有手段!"

　　关丽云巧笑嫣然:"是义父教导有方,我不敢居功。"

　　竹下完明搂住关丽云的纤腰,轻轻弹了一下她的脸颊:"你这只雌萤火虫,时刻吸引着雄性萤火虫来接近你。一旦靠近,倏而翻脸无情。可谓神不知、鬼不觉。"

　　关丽云腻声道:"除了义父,其他男人都不过是棋子。"

　　竹下完明捏住她的下颌正色道:"那么,方衡呢?"

　　"藐视我的人永远不会有好下场!"关丽云切齿道,她知道自己从前不够决绝,令竹下完明起了疑心。

　　"嫁给阿兴其实并非上策。"竹下完明对关丽云多有宽容,也时常敲打。

　　"他是林南璋送去军需学校的,我自然要探听清楚林南璋用意何在。另则,丁智兴毕竟是方正谷的长子。抓住了丁智兴在我身边,就是抓住了方正谷的软肋。以后义父有所动作时,不怕方正谷不乖乖听话！一个守着中国传统礼教的男人,他的愧疚之心我们可善加利用。何况,婚姻对我并没有任何约束的效力……"关丽云笑道。

"这不过是其一。"竹下完明笑了笑,"阳羡地处苏浙皖交界处,水陆运输均极为便利,拿下此地,往后烟土无论是南下还是北上都无妨。如今,大连一地瞩目之人太多了。中国有个成语叫作'狡兔三窟'。我这第二窟,还要请你替我留意着。"

关丽云甜甜一笑:"在此一节上,我从未失手过。"

"是吗?"竹下完明盯着关丽云的眼睛,缓缓道,"方衡对任何人都若即若离,不会投入全部心力,仿佛失去什么都不会让他有切肤之痛。因此,你只能在丁智兴身上多花功夫了。"

关丽云道:"爱情不会束缚他,那亲情呢？方衡最敬重的人是他的母亲。一旦方太太的丑闻被公之于众,他自然会急上心头。义父,您想要的不就是方家大乱,牵涉林家,让阳羡商会分崩离析吗？"

"不错。"竹下完明满意地笑了。

"山东一带的红土生意,我且放一部分让贾士平做做看。若他在中国政府清剿前失了手,正好把他当成替罪羊。"

竹下完明赞成关丽云的提议:"如今中国政府虽有禁烟土的决心,但终究占不了我们的先机。"

关丽云甜笑道:"义父运筹帷幄,日后中国政府自然会成为我们帝国的傀儡。届时,义父将成为帝国第一商人。"

竹下完明笑了笑:"你不要忘了,要让丁智兴也成为我的臂膀,真正起到作用。"

关丽云笑着拣起一块鱼糕送入竹下完明口中:"眼下还不是时候。若他真的曾经被送去军需学校,自然心志坚毅,或许对我们要成就的大业有所排斥。操之过急,难免鸡飞蛋打。我们不能晓之以理,只可动之以情。但凡有我在,他不会行差踏错影响我们的计划。"

"丁智兴守愚藏拙多年——他一贯的言谈绝不像接受过高等教育。他若真有本事,又甘心在林南璋手下处处俯就,那他定有他的目的。"

"不管他有什么目的，我都会让他慢慢变成我手中的刀。"关丽云露出一丝灿烂无比的笑容，"既然每个人都会顾及自己的母亲，那阿兴母亲之死倒可翻出账来好好算一算了……"

"真是精彩呢！"竹下完明拊掌赞叹，"实在拿不住他的时候，你也不妨让他尝尝红丸，哪怕是印土。等到他失去价值的时候，你也知道怎么用红土了结他。"

"用了红土，几乎就是废人了。丁智兴和贾士平不一样，不能轻易用烟土毁了。"关丽云道。

"怎么，对丁智兴也有些动心了？"

"我只求报义父之恩于万一。但这件事，我有自己的考量。"关丽云垂下眸子，跪在地板上，额头触碰手背，向竹下完明请罪。她适才的话并不是对竹下完明权威的挑战，而是一种试探。

"好吧，你见机行事。"竹下完明沉吟半晌，站起身来。正要出门，他忽而止步回身道："从今往后你的代号便是萤火虫。"

关丽云一笑，微微颔首，仍跪在地板上向竹下完明道别。她心中暗暗道："我的天赋不能全用来报答你。今日过后，我就不能单做任何一个人的傀儡了……"

方衡与之晴到上海通运公司谈了业务，便往福煦路去吃茶点。想起之前方衡与竹下完明的交往，之晴仍心有余悸。

"你和竹下完明若还有业务纠葛，往后只怕会攀扯到其他。如今，老百姓反日情绪高涨，日本人竟扶持溥仪在新京成立伪满洲帝国。竹下完明与此有没有牵连也是未知数。"

"你应该听说过吧，没有永远的朋友，也没有永远的敌人。"

"已经箭在弦上了，是敌是友还分不清吗？"方衡的言语令之晴意外。

"还记得那年吗？大家都以为奉系和直系要开战了，结果曹锟把自己七岁的女儿嫁给了张大帅八岁的儿子。是不是比戏文还好看？"方衡的笑容深不可测，之晴回过味来，频频点头。他的思虑确然在理，倒是自己不懂得迂回之术了。

方衡慢慢地拨着茶沫儿，正色道："权衡利弊，若中日可避免不必要的冲突，于国于民都是好事。硝烟暂时未起，不过是眼下两国各自有其他利益要争取罢了。回到我自身来说，急于摆脱竹下完明反倒不利。"

之晴垂头不语，只觉方衡言之在理。

"你同北平、沪上名媛一道拍摄茶饮广告，大大提升了销售额。在对外宣传一节上，你比老一辈的眼光长远，也开了先河。即便一时遭遇挫折，找出问题解决了便可。"方衡将适才侍者端上的冰糖藕粉置于之晴跟前，"尝尝吧，有没有杭州当地的味道。"

两人边吃边谈，只听楼下有报童叫道："号外，号外，两个铜钿看到陈独秀、彭述之、罗世藩、宋逢春等人被捕，移交工部局第一特区法院审讯！"

茶楼上顿时一片哗然，许多人争相向报童买报纸来看。

"若消息属实，《中央日报》定会登载消息。"这样的新闻问世，方衡并不如他人那般激动。也难怪，这已不是陈独秀第一次被捕，想来不过几日依旧会被释放。

"陈独秀好端端地住在法租界中，十分隐秘，怎会被批捕？"

"行高于人，众必非之。"方衡仿佛想起了一些往事。

这席话正中之晴的心事，她蹙眉道："明修栈道，暗度陈仓……我担心关丽云假借与阿兴成婚，会对我们家做出不利之事。"

"既然不放心，我们回去看看吧，我也有些想念杨婆婆做的豆腐花了。"方衡笑道。

街上依旧熙熙攘攘，商贸几乎没有受到动乱的影响，黄浦江上每日依旧泊满各式船只。最摩登时新的东西几乎每日都在这里登场，也难怪上海被称作"东方巴黎"，这十里洋场如梦如幻，是一座不夜之城。在这样繁华热闹的地方，很少有人在意，哪些人会忽然从这个世界上无声地消失。

人类或许是善忘的动物，他们只执着地爱着自己在乎的一切。

回到自己的宅子，关上大门，回归清冷。站在窗前眺望，马路对面，一个梳着中分头，穿着背带裤的小开带着女伴在糖果烟摊前买香烟；跑洋行的买办站在红薯摊前买了一只烤红薯，夹着公文包就在马路牙子旁边吹凉边吃；还有些坐着黄包车的时髦小姐，烫卷的头发用水晶发卡别住夹于耳后。看着外头的热闹,之晴拉上窗帘,心潮暗涌。这里的繁华确然让她回忆起当年在法国时的情形。

坐回办公桌前,之晴拧亮台灯写下一封信给之岚,细述家乡之事,并附上自己近日在海棠花畔拍的一张相片。她告诉之岚,如今父亲常在古香斋中照料兰花,聊慰思女之情。若下次有机会,定拍摄一张父亲与兰花的相片寄给她。信足足写了五页,待笔墨干后,之晴才封好封皮,出门往邮局寄信。

她刚回身锁上门,却听一个人轻声唤她:"之晴。"

"你怎么在这里?"之晴一回眸,便见陆穆远等在院子门口,不免有些惊异。

"我知道你住这。"他戴着一顶呢料帽子,帽檐刻意压得很低。见之晴出来,他甚是高兴。原本插在裤兜中的双手一时间不知如何安放,竟有几分无措。

之晴忽而警觉起来:"你……跟踪我?"

"我不是有意的。"陆穆远听到"跟踪"两字,心中一凉,却仍说道,"最近你和方衡走得很近。我听闻你上次赴沪,也是与方衡同行。"

"你何必操心我的事情?"之晴语调中分明有了几分冷淡。

"你泥足深陷,我不能袖手旁观。方衡不是良善之辈,你怎能轻易托付?"

"方衡为人如何,我心里明白。旁人议论,与我何干?"

"方家与日本方面撇不干净!"陆穆远终于忍不住道。

"证据呢?"

"何须证据? 之晴,你如此聪慧,看不出来吗? 竹下完明是什么人? 他与汉奸集团过从甚密,在东北倒卖红土、红丸,就连金碧辉也是他的座上宾……"陆穆远叹道,"之晴,你不必与我赌气……"

之晴微微一笑:"也不知什么时候起,我已经不会与他人赌气了。"

"能否再等我一等?"陆穆远恳求道。

之晴打断他的话头:"令尊有心毁坏我家业,你身上流着同他一样的血,这是永远改变不了的。我不想迁怒于你,但从现在起,你完全不必顾及我的感受,亦不必忧心我的未来。你说过,相遇不相认才是给对方最好的保护。"

陆穆远颤声道:"之晴,你记得吗,在欧洲的那个教堂里我连夜为你修好钢琴。在圣母玛利亚像前,你答允要与我在一起……"

之晴淡淡道："心中所执,过不去的。"

"对不起,但愿我能尽力弥补。"陆穆远心中焦切,只觉她冷漠得恍若一座冰山,令人望而却步。

她毫不留恋地向前走去,留下一脸仓皇的陆穆远停在原地。

陆穆远很想不顾一切地追出去,但理智告诉他不可以。冒昧来找之晴,已经违反了纪律。往后,或许他不会再做这样的傻事了。

"笃——"挑着馄饨担子的小贩同卖五香茶叶蛋的小贩敲着竹筒,擦肩而过。他们几步一停,四下张望,以期有路人叫住他们,好做成几笔生意。

小瘪三也在巷子里疯跑着,乘着小贩驻足的片刻,掀起洋锅盖,抓出一只茶叶蛋,也不管烫手,撇开蛋壳就吃起来。这些勾当很快会被小贩发现,可他们已然咬了茶叶蛋,谁也无可奈何。若真要放下挑担和他理论,保不齐会从哪里又冒出几个小瘪三,连着锅子都被端走。这招可谓声东击西,小贩们尝过苦头,自然再不会因小失大,每每到了僻静的弄堂,都会提起一万个心眼。

万万没有想到,之晴手中的信亦会被一个小瘪三夹手抢走。那小瘪三边跑边挤眉弄眼,向之晴叫道："请我吃茶叶蛋,信就还给你!"

陆穆远几步向前,一下子扭住小瘪三的胳膊："小小年纪不学好做贼骨头,信不信把你送去警察局?"

"信,信!"小瘪三龇牙咧嘴地嚷疼,眼风直往手里的信上瞟。

之晴拿回信,显然也不想多事："小毛头,你欺负别人,总归会有更加厉害的人治你,以后不要这样了。"

小瘪三一撇嘴："那要饿死的,我还有个病在床上的老娘……"

"若你真想着老娘温饱,不如好好寻一份工作,或跑堂,或打杂,有什么不可以?"之晴劝道。

小瘪三语塞。之晴忙提了声音叫住卖茶叶蛋的小贩,买了两个茶叶蛋。小贩低着头,好半天才抽出一张纸,将蛋包了递给小瘪三。

小瘪三吹着蛋,见小贩走远,这才向之晴偷笑道："小姐,那人定是个戆头。"

"怎么?"之晴收起钱包,倒有几分好奇。

"一只茶叶蛋多少钱他都不打听清爽,根本不像做生意的人。人家贩子沿面上的茶叶蛋直接用手抓,又快又省事,他倒弄个勺子舀了半天。我刚才偷拿的那个,他也不算账。"

之晴一笑,陆穆远却道:"那小贩的确有几分奇怪,留心些为好!"

殊不知,那小贩正是贾士平。他也到了上海,暗中窥探着之晴和方衡的一举一动。他心中挟裹着无限的恨意——他从两个喽啰口中得知,芸娘竟是被林老爷一把推下了山,因而殒命荒野。芸娘是他唯一的姊姊,也是过去二十多年里唯一待他好的人。方正谷如今像是没事人一般,没有和林家势不两立,警察局也没有个论断……他暗暗发誓,定要亲自给姊姊报仇。竹下完明也答应他,若贾士平能将红土市场全面打开,让方林两家一蹶不振,他的夙愿都会达成。

关丽云自然知晓贾士平的心意。一方面,一再警告他不许轻举妄动,免得竹篮打水一场空。另一方面,她虽不住在庄园,也时常随阿兴入内闲逛——她须尽快寻出林家的古籍珍宝。她也一再试探阿兴,阿兴恍若未觉。虽进出林家庄园无碍,但关丽云也不便掘地三尺,只好向庄园里的丫鬟和小厮们旁敲侧击。奈何这些丫鬟和小厮们平时并不在老爷、小姐们跟前伺候,更不知什么古籍。关丽云心知不便多问,以免露了行藏。再三思量下,关丽云只好暗中去找竹下完明,让他再细细盘问崔嫂子母女两个。崔嫂子和宁儿着实不知这些,竹下完明使尽手段也不中用,便命人将她们两个卖到大世界,再不管她们生死。

崔嫂子因旧年的伤痛,早早地抽上了福寿膏,苦苦挨着日子。她比往年怯懦了百倍,连寻死逃走的念头也不曾有过。她虽爱极了女儿,但眼见宁儿受到蹂躏,也不过是垂泪而已。万箭穿心,抵不过苟延残喘地活着……

见之晴从沪上回来,关丽云倒有退避三舍的意思,轻易不到庄园里来,只在家中尽心伺候丁叔。丁叔见关丽云生得好模样,又能料理家务,心中甚为满意。说起阿兴小时候的事情,丁叔道:"阿兴不是吃苦的命,却也苦过来了。如今又得老爷、小姐的看顾,不愁吃用。可怜见你这样大城市来的女子要跟我们在乡下过活,十分委屈你了。"

关丽云笑道:"阿兴往后更有出息了,我们也住城里,把您老没见过的世面见见,没吃过的,没玩过的,也玩一玩,尝一尝。我只会唱几句戏文,如今还有歌星、电影明星,热闹着呢!"

丁叔微微笑道："儿孙自有儿孙福,你们过得好我就放心了。你们要闯事业尽管去,我在庄园伴着老爷。门前有一亩三分地,也够嚼用了。"

关丽云替丁叔捶着背,想起自己不能在父母膝前孝敬,不免一阵怅然。这么多年来,她迫着自己硬起心肠,做出许多常人意想不到的狠辣之事。当一件件违心之事做到顺理成章的程度后,她觉得欺瞒、背叛甚至杀人,都谈不上罪恶。

"萤火之光亦能点亮黑暗……"入夜,她见草间流萤起舞,冷光荧荧,嘴角扬起意味深长的笑意。

第三十六章 梦华未了

江南的秋日，缤纷的色彩让人愉悦。一对釉里红高脚盘里盛着几方徐舍小酥糖和几块杨巷葱油饼。席上摆着两个掰开的石榴，玛瑙色的果粒令人食指大动。菊庐外，各式菊花争奇斗艳，有“绿芙蓉”“美浓锦”“泥金狮子”“方溪秋雨”等名品，端的美不胜收。

菊庐内，菊花火锅热气腾腾，方衡与竹下完明相对而坐，涮着鱼片和牛肉。

“竹下先生，事已至此，我们的合作要重新考量了。”方衡出言试探。

“方老弟，我不大明白你的意思。”竹下完明将豆腐从火锅内搛出，听闻方衡如此说，便放下筷子，用调羹将豆腐碾碎。

“如今形势不好，希望竹下先生体谅。”方衡笑了笑，又往锅里下了一只鸡蛋。只见鸡蛋在锅里翻滚着，蛋清很快凝固，将蛋黄包裹起来。

“我在东北拓展事业，无暇顾及永信升。多少年来永信升都委托你们方家打理，也算经营得有声有色。你突然与我说这些，是否有些不顾及我们那么多年来默契的合作了？”

"永信升挂在我们方家名下多年，也是时候完璧归赵了。贵国政府如今有些不近人情，我们若纠葛太深，永信升往后只会日薄西山。不如以退为进，先安抚工人情绪。竹下先生自然知晓眼下上海和东北形势，区区一个永信升，无关大局。家父顾忌太多，我们再合作下去，只怕老爷子要与我翻脸。他上个月还说，我这个儿子，有不如无……毕竟父子一场，孝字为先。何况永信升之事小林君一直紧盯着，他是个妥当人。"

"我们的合作，也不单单是永信升。上个月那件事的确是小林毛躁致使工人不安，我已申斥过他。"竹下完明道，"这样吧，你开个条件，我们再商量。"

方衡思量了半晌，终于开口道："好吧。即日起，货款我们只收美金，方家与竹下先生除了既定的合作，其余事情一概不理。小林君主理永信升，我只襄助。看工人自愿去留，再做下一步打算。现在是非常时期，若我们得罪了百姓，那将寸步难行。"

"也好。"竹下完明心知此时还不便和方衡翻脸。贾士平刚接手红土生意，还无法做得稳当。若方衡察觉，双方定然水火不容。贾士平只是替罪羊，假使往后真的无法控制住方衡，那就只得玉碎……

"对了，你和林小姐有什么进展？"竹下完明依然保持着礼貌的笑容。

"进展？"方衡嗤笑一声，"林小姐念念不忘她的初恋情人，有一次竟撇下我，与她的初恋情人私会，也太长情了些。"

竹下完明道："你在她身上也花了不少心思。听闻在南京时，你特意为她去文德桥边买'玫瑰黄'，又去花神庙买玫瑰花。这样浪漫，她还念念不忘老情人，可实在有些过分了。若老弟不便动手，我可以请人去摆平了他！"

方衡心道："若竹下真要摆平一个人，早已动手。这样的卖好，何尝不是试探？"是以，方衡并无所谓地说道："好聚好散，日后也好相见。"

竹下完明笑了笑："感情的事不能强求，大丈夫何患无妻！你同她在一起，主要的目的还是探出林家的秘密。"

"有些事情只怕林老爷还未同女儿坦白，林小姐看上去对你所指的那件事一无所知……"方衡话锋一转，将荷包蛋从锅里捞出，此时蛋白依旧细腻，蛋黄已然凝固。

竹下完明道："耐心等待，总会有端倪可循。"

方衡竖起拇指笑道："竹下先生手腕过人，他人望尘莫及啊！"

听到方衡的恭维，竹下完明反笑道："若方老弟要在其他国家拓展业务，我也会支持的！"

"承蒙竹下先生抬爱，愧不敢当！我守成便可。赚点小钱，不耽误吃喝玩乐，可谓自在。"方衡替竹下完明倒酒，又命人端了菜蔬来。

两人边吃边聊，足足有一个多钟头，才尽兴散去。

回到家中，方正谷正在书房等着方衡。

"你和竹下完明谈得如何了？"

"他不肯放弃与我们的合作，我暂时也不能直接与他断绝往来。只能避其锋芒，以伺良机。"方衡道。

一切似乎在方正谷的意料之中："竹下完明手腕强硬，你心中有数就好。该断舍时，莫要手软，即便有切肤之痛也只能忍了。"

"竹下完明还未来得及让我们的其他商号成为他们银行的放款对象，加之近年我投资有价证券有所收益，这次钱业工会执委会议对我们造成的影响也是几近于无的……只可惜我们方家的名声，恐怕难以保全了。"方衡伺机转了话头，"父亲，您的切肤之痛只怕为着丁智兴吧？外祖父已去世多年，再无人制约您。您要做什么，想必母亲也不会在意。"

"你知道了？"方正谷一怔，惊异于方衡的镇定，不免心中有愧。

方衡淡然道："若您觉得对丁智兴有所亏欠，想怎么补偿我均不会拦阻。人生路上有许多不得已处，一辈子已然过得这样艰难，何苦再来折磨自己？"

"但凡我认下阿兴，一切都与现在不同。譬如市井人言，譬如今后大家如何相处，还有我们家这许多产业……"方正谷深思之下将此话说出。

"家中产业，能者居之。若不能担起重任，贪多而嚼不烂，也并非我所乐见。再不济，我也有精菜馆和出口贸易公司，足够糊口了。"

"你倒想得开。"方正谷往常只觉愧对了阿兴，此刻才觉得自己亦愧对了方衡。

"父亲不必再顾及竹下完明的威胁了。"方衡道。

"想行商天下，过的自然是刀尖上的日子。我不会因为自己的往事拖累你。你我心无芥蒂，可阿兴同我们家的种种终究不是三言两语说得清的。还有你的母亲,我若认下阿兴,她又该如何自处呢?"

"您不去问问母亲,又怎么知道她的心呢?"

方正谷点点头,又向方衡道:"你未来有什么打算?"

"竹下完明虽非绝对信任我,但目前来说他没有更好的选择。我慢慢将永信升的经营正式转给他,也可答应他一些条件使他放松警惕。接下来我想在出口贸易上多做布局,以期来日。"

"好。"方正谷听闻方衡这样安排,又叮嘱道,"竹下此人阴晴不定,还是小心为上。"

方衡道:"如今贾士平在为竹下完明做事。山东一带红土买卖横行,听说他的功劳不小。"

方正谷闻言有些遗憾:"当年未能重视教养他,如今他入了歧途,我终归愧对芸娘……"

方衡想到父亲此生于情字上大失分寸,亦不想重蹈覆辙。

竹下完明刚回到新京,便有探子递来消息称:方衡出资办了出口公司,面上只让林之晴和他的朋友打理。他如此行事,只怕暗中想与竹下君争持……

竹下完明笑了起来:"这小子哪里是想与我争持生意? 只怕是知道皇军即将拿下中国其他地区,心有忌惮又顾忌声誉,想要摆脱我罢了。"

"我们不能让他召之即来,挥之即去,资金倒被他利用了。他发愿只吃白米饭,但总会有人要吃黑饭、白面、红丸……"一个女子坐在上首,冷冷道。

竹下完明道:"金小姐说得对,只要方正谷的两个儿子都攥在我们手里,老头子还想做缩头乌龟也是不可能了!"

秋风乍起,上海的秋色确然与乡间不同。一些时髦的小姐穿着衬衫,秀丽的卷发披在肩头,十分青春靓丽。走过她们身旁,便能闻到一阵袭人的香水味。晚上,街头的霓虹灯亮起,舞厅门口停满了汽车和黄包车。电影院门口贴了当红影星大幅的海报。猩红的唇,迷离的眼,风情万种。

方衡与之晴在街头散步,深觉秋风送爽,实为一年中沪上最惬意的季节。

之晴看见路边有一个老头正在叫卖生煎包,便挪不动步子。方衡笑道:"我竟不知林大小姐这样嘴馋。"说着,便要去买给她。生煎包褶皱间均匀地撒了黑白的芝麻及些许葱花,香气四溢。方衡要了二两刚出锅的包子捧给之晴,之晴忙接住了。

"小心烫。"方衡见她急不可耐,出言嘱咐。

卖生煎的老头笑道:"上海地面上的人都喜欢吃我做的生煎包子。"

"为何?"之晴不解。

"肉实卤多交关好!"老头正将另一锅生煎出炉,看见对面有几个人立在不远处,偷眼往这边望,不免轻声提醒道,"路边头有几个人盯着你们看哪,惹出啥事体呀?"

方衡放眼一望,心知不好,遂向之晴道:"我们分头走,对面那几个人很可疑。"

之晴道:"要走一起走。"

"听话,我们晚些再找地方碰头。"方衡心下已猜出了大概,不想连累之晴。

之晴放下生煎拉住他的手,低声道:"这个时候还争论什么,快跑!"

马路对面的人见之晴和方衡跑了,忙扔下报纸、香烟、烧饼等伪装,在后面一路追赶。

他们猛然穿过马路,好几辆车急着避让,撞到了路肩。顿时,刹车声、叫骂声不绝于耳。

两人一路奔逃,恰逢一处戏园子开了戏,两人对视一眼,从侧门而入。只见座无虚席,观众间定无法藏身,两人直奔后台,希求可以摆脱追杀。

一个小伙子正上妆,见有外人出现,正要叫喊,方衡忙压低声音制止他:"贸然打扰,还请莫要声张。"

"你是……林大小姐?"一个正在装扮的小妇人从镜中看见之晴急迫的样子,忙搁下描眉的炭墨站了起来。

之晴一愣,依稀觉得眼前这个娇憨的小妇人有些面熟。

"那年林老爷寿辰,我们戏班子去唱戏,你救了我和我丈夫……我是霏玉。"她亭亭而立,向之晴盈盈一礼,以示感谢。她手指上戴着的正是之晴当年赠予她的红宝石戒指。

"有人要暗杀我朋友,我们不便久留,只好下回再叙了。"之晴心中万分焦切,一心想着脱身之法。

方衡忽而笑道:"这位小娘子,烦请你快快替我扮上!"

之晴一愣,随即明白了方衡的意思:"可否给他换上戏服?"

霏玉立刻领会到他们的用意,忙道:"蒙哥,你来帮忙!"

小蒙早听到霏玉的话,拿来两件水衣给方衡和之晴穿上。又有人带他们到梳妆台前抹彩勾脸,不过片刻,两人就变了模样。

方衡换上厚底靴,小蒙为他勒头、吊眉。之晴贴了片子,涂了脂粉,已然换了一种风情。

看着他们给方衡戴上三绺长须,之晴顿觉有一丝滑稽。一旦扮上了,就是戏中人。霏玉的小徒弟打帘子往外头一张:"师傅,他们在查观众呢!"

"如果有什么事,你们只管把责任往我身上推!"之晴已经做好了最坏的打算。

"既来之,则安之。上台唱一出,也好躲过搜查。"方衡笑问,"下一出戏是什么?"

"《长坂坡》。"小徒弟应道。

"好啊! 好久没有这般酣畅淋漓了!"方衡站起身,挑起一杆长矛,清了清嗓子道,"且住,昨晚四更时分,与曹兵截杀往来,今已天明,不知主公家眷逃往何方去了?"

小蒙拍掌笑道:"好! 这单骑救主,非你不可!"

"甘夫人、糜夫人,请吧!"方衡看着之晴和霏玉,微微一笑。

台上戏开,堂鼓敲响,三弦、京二胡、月琴此起彼伏地扬扬而起,和着台上生旦净的对白,端的精彩绝伦。台下观众,连连喝彩。来追查的人,也不便太过大张旗鼓。好不容易检查完了观众席,到后台去看时,只见后台不过几个还未来得及上台的武生,更无方衡的身影。仔细看,也不觉得那些武生与方衡有什么相像之处,只得离开戏院,往他处排查。

换下戏装,随着戏班子回到住处,之晴才有工夫回想适才之事:"你得罪了谁,竟有人要追杀你?"

"常在河边走,哪有不湿鞋? 若说到要我性命的,大约是竹下完明吧。我要正式终止与他的合作,他恼羞成怒,想要杀我泄愤也未可知。"方衡道,"却没想到他竟然下手那么快。"

"你认定是他?"之晴问。

"不管是谁,之晴,如今我成了杀手的目标,往后你千万离我远一些才好。"之晴心有余悸,方衡也暗悔差点带累了她。

之晴定了定神,方道:"凡事皆有因果,若知道那些人的来意就好应对了。"

方衡苦笑道:"说到因果,除了竹下完明,我得罪的就只有陆穆远了。"

"陆穆远?"听到这三字,之晴一愣,随即笑了起来,"方大少爷,你还有心思开这样的玩笑!"

"如今步步惊心,若再不找点乐子,岂不是太闷了?"

两人谈笑间,霏玉打起帘子进来,手上托着一个方盘。方盘中两只碗内热气腾腾:"你们快尝尝这个汤团,小徒弟跑去永茂昌买来的。"

方衡道了"费心",续而言道:"听闻永茂昌汤团的外皮用的是朱家角的糯米,熬制馅心须选崇明岛的赤豆,磨在豆沙里的玫瑰花产自浦东。这一客汤团要十八个角子,最难得的倒不是这几个钱,而是能排上队,买得上这汤团!"

霏玉笑道:"少爷说得不错,最难得的便是有口福!"

风波虽过,之晴心中仍有不安:"今朝相见叨扰了你们,实在不好意思。"

霏玉道:"大小姐当年救我们离了苦海,又赏了银圆给我们过活。我和蒙哥思来想去,我两人也不会做什么买卖,依旧走街串巷唱戏,近来又收了几个徒弟组了戏班子,渐渐也有人捧场……这全赖大小姐当年善心,我正愁没有机会报答。不承想,今朝还能在这里相见!"

之晴微微一笑:"这都是缘分。若非遇上你,只怕我和方少爷也麻烦了。"

霏玉道:"这些人不知是什么来头。"

方衡一扬眉:"如今形势变幻,可有些事情我们不能屈从,否则就被咬定是卖国贼了。"

霏玉坐在镜子前卸妆,听方衡如此说也深以为然:"我们这些走江湖的虽不懂什么大道理,却也知道凡事不能违背了良心。"

之晴道:"还不曾问你,近年来过得如何了?"

霏玉看着小蒙笑道:"幸而老天保佑,我们日子总算过得下去。大小姐当年借我们的银圆,如今正好也能还上了。"

　　小蒙将二十块银圆用红纸卷了送到之晴跟前,向之晴深深鞠了一躬:"大小姐,那年的救命之恩,我们夫妻两个没齿难忘。这二十块银圆也该还给你,好让我们两个安心。"

　　之晴笑道:"这本是当年给你们结婚添喜的钱,如今怎好收回? 我听方少爷说,你们吃这江湖饭,难免要应付事。赚了钱自己只留得七分,三分是要孝敬人的。你们又有这多人要嚼用,要租场子,也不宽裕。这几个钱,你们自留着为好。"

　　三人又叙了一回旧事。之晴遂问:"你们这样的好嗓子,怎么没想着去大世界唱呢? 那儿捧角儿的人定比这里要多。"

　　霏玉含笑道:"码头大了反倒不好停靠。我和蒙哥也不想成什么角儿,既成了戏子,也是没法子的事情,何必再让人家糟践呢? 心可不能太高了。"

　　之晴明白了霏玉的意思,一时间默然无话。

　　片刻,方衡吃完了那碗汤团:"我们该走了。"

　　之晴心知差点让小蒙和霏玉夫妻两个担了干系,便即起身告辞。临去前,之晴用帕子绞了一只金镯子掩在霏玉的戏服下头以表心意。

　　此时已到午夜时分,街上行人寥寥,经过的车辆也多是刚从舞厅中接了人返家。方衡道:"若此次真是竹下完明派人来追杀我们,公司那边暂时还是少去为妙。"

　　"我们近日就要回乡,不知再过多少时日才来。如果不再去看看,也不放心。"

　　方衡轻声道:"我的大小姐,如今性命要紧! 竹下完明一击不中,定有其他对策,我们不可以亲身涉险。"

　　"既如此,我们怎么可以此时返回阳羡呢?"之晴无不忧虑,"只怕路上还有埋伏等着呢!"

　　方衡淡淡道:"不妨将计就计。若我们公司门口,发生一起爆炸事件……"

　　"这样可以在暗处观察,看到底谁会拍手称快。"之晴明白了方衡的意思。

　　方衡点头道:"上海的事务我来料理,你且去别处避避风头。"

　　之晴由此打算去四川同顾婷袅一聚,一来可以偿还债务,二来也可在川蜀一带拓展茶叶业务。若能将顾婷袅劝离那块是非之地,便再好不过了。

方衡为之晴订了一张欧亚航空的机票，一夜安睡后之晴才向机场出发。

在云中行进不见得比坐车安稳。乘客大多神情肃穆，不做过多交谈。想来是碍于飞机安全问题未得妥善解决，大家心下惴惴所致。

甫下飞机，方衡所说的朋友早已在外等候。

"你是刘先生的秘书梁先生吧？我们见过的！"之晴笑道。

"林小姐，久违了。"他笑着接过之晴的行李，"我们现在就出发？"

"好，早去早回。"之晴在路上又问起刘先生的近况，小梁道："刘先生现今在轮船招商局任职总经理，无暇顾及川蜀一带的业务，只好交付我来打理。方少爷知道我在蜀地，便与我联系，要我务必将你安全送抵何先生府中。"

之晴微微笑道："烦劳你费心费时。"

"林小姐既同刘先生交情匪浅，我能够为你效劳，也十分荣幸。"

之晴道："当时我还担心，方衡为了与日商合作会放弃与刘先生的交往，原来是我多虑了。"

小梁道："曾经方家大部分的资金链来源于竹下完明，若断然弃了竹下，等于把自己架在火上。但凡谁去救火，竹下完明的枪口就会第一个对准谁。这样不但保不住方家，还会给自己带来无尽的麻烦。于是方少爷父子和刘先生商议，不如由他们先自救。"

之晴又问："你平素与何先生有交往吗？"

"他来蜀地后，逢年过节我都要上门拜访，孝敬些礼物，这都是应当的。大小军阀均不能开罪了。否则，我们的饭碗如何保全呢！"

蜀地路况不佳，车行其上颠簸无比，宛若旧时坐在马车上赶路。之晴尽管有七八分的困意，也被颠得仿若散了骨头。

路过一地，却见许多人衣不蔽体，席地而卧，锅灶随意支着，草帘横七竖八地挂着，权作隔断。之晴心道："江南农家虽贫寒，大多也能有低矮茅棚藏身，这里的光景真是萧瑟，哪有当年天府之国的盛况……"

天色将晚，之晴便与小梁道："梁先生，若看见的路边有饭店，我们进去吃点东西，也好松散松散。"

小梁忙答应着，一路行去，一路留心路边的商号。

之晴看着不远处有一家门前挂着红灯，奇道："那家是饭店吗？"

小梁顺着之晴所指之处一看,笑道:"哪里是饭店!挂着红灯的都是烟馆。生意十分兴隆,每月要缴纳'红灯捐'的。南烟昂贵,川膏价廉,在这块土地上,吸食川膏的人太多了……"

听说蜀地一带竟有那么多人吸食烟土,之晴不免心惊。公运的烟土大多运输到长江下游各个省销售,荼毒之人何止千万!长此以往,老无所养,幼无所依,中原大地更是凄凉……

小梁道:"以毒养军,害人不浅。若国人自强一心,各地怎会军阀林立?"

之晴赞同道:"那就需要有志之士齐心协力,未来才不会一直混乱下去。"

两人一路说着烟土之事,颇有同感。不过多时,果真寻到了一家饭店。此时川地军阀混战结束未久,乡野间颇为宁静。之晴下车后任凭小梁点菜,自己在饭店后院散步。

夜幕低垂,院中点着几盏灯笼照明。之晴看见院墙外的一大片地里种植的不似菜蔬,倒起了好奇之心。走近一看,不禁吓了一跳——统共一亩不到的土地,竟有大半种了罂粟!此时,罂粟花虽已谢了多时,但植株仍清晰可认。她倒吸一口凉气,又生恐被主人家察觉多有不便,于是又回到前厅坐定。

川地炒菜多放花椒,麻婆豆腐中明晃晃的尽是辣椒油。之晴忙要了一碗开水,将豆腐浸过清水,才得以入口。小梁见到此景,不禁微笑:"当初刚来四川我也如此。如今,若菜蔬不放花椒、辣椒,我还有些不习惯呢!你不知道,有些店家为了给菜肴提味,还在菜肴中加一些罂粟壳。贻害的又不止于烟民,还有无数食客。"这席话虽为打趣,也是实情。

正当两人以豆腐下饭时,不知从何处蹿出几个乞丐。他们鹑衣百结,面呈菜色,挤到桌前,将麻婆豆腐连汤带水倒进自己的破碗中,又将之晴手中的饭碗夺过,三下五除二便吃了个干净。

之晴目瞪口呆,慌忙放下筷子退避三舍。堂倌似乎见怪不怪,只呵斥道:"二杆子嘟个事体,讨口到门口,去你个老姆姆!"

乞丐们得了实惠,伸手抹嘴,一哄而散:"老巴子,在老子面前装舅子!"

小梁放下碗筷,喟叹道:"这里无论农民还是地主都苦得很,军阀弄出几十种赋税,卫生捐、青苗捐、人口税、青山费、花灯税……只有你想不到的,没有他们做不出的。有些人家连掺着树叶的稀饭也吃不上,哪里有江浙的好光景?"

之晴一愣:"难怪,只看报纸上写着北方八省连年大旱,赤地千里,却不知川地也是这样的饥荒!"

"以前四城门外的死猪、死猫,穷人、乞丐还能吃上,现在不人吃人,已经很好了。我们这小店不知道还能开到几时……"堂倌叹息着,又向里间的白案叫道,"一碗三鲜汤宽带壮,一碗素面红重免青要先走带利!"

堂倌下了门板才能令之晴和小梁两个安心用餐。两人有面条果腹,亦不计较先前之事,稍做歇息便又赶路。

到了何先生驻地近旁,小梁为之晴找了一家旅店住下。应之晴所求,旅店不可离何先生府宅太远,又不可太引人注目。小梁来接人时,也能避人耳目。

待之晴安顿好,已到了拂晓时分。小梁和之晴在旅店中各自歇息了半日,先向何先生府上递了帖子,到午后近两点钟才往何先生府上去。一路上,之晴知道了何先生乃川地军阀中的新贵,虽屯兵不多,但在刘帮办面前也颇为得脸。往年在苏州见过一次,之晴深知他心细如发,自己很需要小心应对。

此时，何先生不在家，顾婷袅午睡刚起，在水池边看鱼。她倚在一张紫檀木鬃绳面的交椅上，手畔放着一只盛着一抔新鲜花瓣的斗彩蝶纹盘。她撷了几瓣红粉向水中一抛，顿时引来锦鲤唼喋。

过了黑漆大门，之晴走进院子，见近旁都有人，不便说什么亲热的话，只道："顾小姐，许久未见，一切可好？"

顾婷袅站起身来，接过毛巾擦手，这才笑道："林小姐来了，不曾远迎，还请勿怪。"她使了个眼色，身畔站着的丫鬟便上前向着之晴道，"林小姐，还请移步到抱厦里坐吧。"

何府的规制不算宏大，布局甚为巧妙。几块太湖石，一泓清泉，将山林之景入宅，颇有意趣。从前厅到抱厦不过数十步，却另有一番洞天。

婷袅命人在左首一张紫檀木边填漆方凳上铺了一张绣垫，才让之晴坐了。之晴左右略略一看，只见小几上一个五彩瓷百花攒盘里盛着各式新鲜果子，白地矾红彩五蝠盖碗里新泡了蒙顶山茶。

婷袅见之晴依旧立着,只当她客气,遂道:"这里也没外人,你随意些吧。"

之晴笑道:"这些往年都是进贡的好东西,如今倒让你同何先生消受了。"

婷袅淡淡一笑:"物什罢了,摆着无非好看些,不糟践了便不负当年匠人的心血。"

两人说笑一回,气氛热络了许多。不多时,两个穿着妖冶的女子走上前来见礼:"顾姊姊,不承想今日竟有客,昨儿个我们姊妹约的局自然无暇开了?"

婷袅向之晴道:"这两位妹妹是何先生入蜀后新纳的妾侍,这位名玉英,那位名玉蓉。玉英打得一手好牌,便是刘帮办家的姨太太也多有不及。玉蓉舞跳得极好,很能应酬。我又不怎么会玩,全靠她们给司令撑场面呢!"

之晴听了,起身笑道:"我不请自来,扰了诸位玩牌的雅兴了。"

玉蓉含笑道:"我们长日无聊,打牌不过是消遣罢了。小姐是贵客,我们过来凑个趣儿,现在也该回屋了。"

婷袅道:"昨儿既然约好一起玩牌,我也不能食言。我这里开局规矩你们知道的。"

玉英笑着接口:"自然知道。顾姊姊只收本洋、鹰洋,川洋、船洋从来不收。"

婷袅一点头,放下盖碗续道:"我同林小姐还有些体己话要说,待晚饭后你们再过来吧。"

玉英、玉蓉听了,忙告辞退下。之晴问起两个侍妾的根底,婷袅微微一哂:"玉英乃何先生到任后的第一个生辰时,花街上鸨婆送来作礼的,意思是望何先生驻扎在此看着这份面子少收些'花捐'。何先生纳了玉英,四下活动,最终让人委派了赵副官的心腹当那条街的主任巡官。玉蓉唱过川戏,还没学出个名堂,正赶上戏班子班主吸了烟土欠下一大笔款子,只好让玉蓉跟了何先生抵债。何先生的母亲孙氏喜欢听戏,玉蓉得空就会到孙氏跟前唱上几出,博老太太一乐……"婷袅说到此处便打住不讲——她还曾见到玉蓉房里悄悄供着的吕四娘,想来多半她已入了堂口,成了"女袍哥"……对于此番种种,她只作不知,何家上下依旧维持着一团和气。

金乌欲坠,眼见到了晚餐时分,婷袅便命人摆宴席上来。

只见上来的菜多为江浙菜。丫鬟道:"我们太太吃不惯这里的菜色,请了个江苏厨子,淮扬菜做得极好。林小姐从江苏来,只怕也喜欢这样的口味。"

之晴道了谢,这才围着一张楠木桌坐了。一时间,厨房又呈上蟹黄干丝。

"家里有客啊?"

婷袅听闻何先生的声音,忙放下筷子站起来相迎:"司令回来了。"

之晴也站起身来客气道:"何先生好!"

何先生看了之晴一眼,问着婷袅:"这位小姐很面善。"

婷袅眸子中盛着融融的笑意:"她可算我们的大媒,还记得那年苏州我跌入水池中的事情吗?"

何先生微微点头,立时记起了当日之事:"原来是林小姐,我怎会忘记?最近竟有这样的雅兴来蜀地逛逛?"

之晴含笑道:"去年林家几近破产,亏得太太援手,肯借贷给我两万块银圆。如今林家缓过劲来,自然要还上这笔债,连本带利两万两千块银圆。"

"哦?利息不低啊!看来我的夫人颇有些做生意的手段。"何先生看着婷袅,目光中颇为赞许。

婷袅知道之晴这样说是为了避嫌,转而笑道:"司令给我许多钱,放出去生些利息,也好过无止境地花销。林小姐也是谦虚,这次入川蜀听说是为了扩展家中的茶叶生意。"

"哦?林小姐想把阳羡茶引入川蜀吗?"

之晴道:"不仅是阳羡茶,还有紫砂壶。听闻如今川蜀年产茶十万余担,比着清朝尚且不如,眼见茶业日渐凋敝。我们东南各省尚有茶叶出口,但川蜀茶只重内销,顶多只从雅安、康定一带入藏。我想引进阳羡茶和紫砂壶,另试着让川蜀茶出口,打开川蜀茶叶市场,这样才能促进生产,兴盛农商。"

何先生点头道:"若林小姐能促成此事,真能于民造福!"

婷袅搭腔道:"等林小姐开成这样的茶号,我倒也能常去转转了。蜀地的茶背子们也着实过得太苦了些,她来了倒可为茶商、茶农另指一条路。"

眼见日落西山,赵副官进来请何先生出门。何先生向婷袅道:"今晚刘帮办请客,我还得去一趟。"

"知道了。"婷袅柔声答应。她且不陪着之晴,却将何先生送出了抱厦,嘤着笑与何先生道:"小心啊!"

　　何先生心头似乎有万千事，听闻婷袅的言语，良久才道："一时半刻还死不了。"他说着，又将婷袅拥入怀中，在她耳畔切切叮咛道："这个林小姐为人如何我并不知晓。但她那年在苏州帮着刘雁起将了我一军，可见也是个厉害的。她父亲林南璋我打听过，与政府军方多有往来，你可不能得罪了。"

　　婷袅颔首允诺，将支票放进何先生的口袋："这笔钱你备着吧，遇事也好打点。"何先生将一支银镀金嵌宝石钗簪上婷袅的发髻，温言道："那日母亲寿辰我送给她一对银镶碧玺的簪子，见你也有几分珍爱，便寻了一支更好的送你。"

　　婷袅淡淡一笑："司令事母至孝，大可不必太在意我。"

　　何先生握了握婷袅的手，这才登车离去。

　　婷袅取下金钗，命丫鬟收好，先回到暖阁陪之晴用餐。此时，厨下送上蟹粉豆腐羹，丫鬟忙舀出两碗分送到婷袅和之晴跟前。

　　"晚饭后林小姐想去哪里逛逛？我陪你去吧。"

　　"我第一次来蜀地，不太熟悉这里的景致，还是由你推荐吧。"

　　"既如此，我就不客套了。"婷袅用罢羹汤，信手剥了一只橙子递与之晴分食。

　　晚饭后看着时间还早，婷袅又命丫鬟请玉蓉、玉英过来与之晴一道打麻将。她们此刻换了一套装束，更添几分娇媚之意。

　　婷袅道："林小姐不大会打麻将，你们可要让着些。"

　　玉英笑道："林小姐是客，我们怎好为难呢？还怕林小姐嫌我们苕气！"她的手指甲上涂着艳红的蔻丹，甚是夺目。她手中的帕子亦是上好蜀绣，与她这一身装束甚不相称。

　　四人一面打麻将，一面嗑瓜子。丫鬟们沏了黄芽飞雪上来，之晴接过尝了一口："很有些清香呢！"

　　婷袅道："窨制黄芽的茉莉，我特意选用家乡苏州产的。林小姐家中惯做茶叶生意，若这赞许出自真心，那四川茶市该珍视了。"

　　"蒙顶山的春茶开采最早，滋味鲜爽。可这里人喝茶大多还用盖碗，不若以后尝试用紫砂壶或紫砂盏冲泡，发茶性要好许多。"

　　"林小姐，若你真置了铺子，我们姊妹同其他府里的亲眷友人自然要去捧场的。"玉蓉抽着水烟客套道,"我们这里的茶馆卖的都是盖碗茶,千百年来都没变过,林小姐来了倒好促成改革。"

"哪里敢改革呢? 不过是给大家看个新鲜,也能多赚几个铜钿罢了。"之晴眼见着自己又要输了,只好从提包里又拿出一把钱。

玉英见到之晴又拿出许多钱,兴头顿起,将茶盅丢在一边,笑道:"这可便宜我们了。"

玉蓉觑着她,嘴角微微一扬,转头将水烟筒交到丫鬟手中:"春熙路上的银行数你跑得勤,过两日你又可去存一笔了。"

玉英知道玉蓉揶揄她,也笑起来:"哪里赶得上姊姊巴适啰?"

婷袅见已经七点多钟了,便将面前的牌一推,淡淡道:"今朝就散了吧。我还要带林小姐出去逛逛,这桌上的钱给丫鬟和小厮们分了吧。"

侍妾们哪里敢有二话,忙起身向婷袅和之晴蹲了半礼告辞。

"司令把车开走了,我们出门雇一辆车。"婷袅此时才想起出门不便,向之晴歉然一笑。

"我朋友在附近,让他顺道来接一趟亦可。"之晴道。

婷袅一笑:"那就烦劳了。"她着上大衣,戴上一顶礼帽,跟着之晴往外头走。行到门口,她转身向丫鬟道:"十一点钟之前我便回来,你们准备好消夜。"

丫鬟知道婷袅这样说,自己定不必跟去,便在庭院中站住了。

"去剑阁。"婷袅见小梁前来,向他点了点头以示礼遇。

小梁忙请她们上了车。

去往剑阁的路分外崎岖,四下里行人寥寥,唯有车灯的光照亮前方。婷袅神色肃穆,之晴恍然间觉得她在这一年中似乎改变了许多,又恍惚觉得她本来就是这样淡泊清冷的。

"这些年你过得好吗?"之晴终于开口问道。

婷袅出神道:"好不好有什么要紧?"

"你……不爱何先生。"

婷袅听到这个仿若与她永不相干的字,心中一颤:"你真的以为每个人都会与爱的人在一起吗? 之晴,我很早以前就没了选择。做人不能太贪心,妄求鱼与熊掌得兼。"

"何为鱼,何为熊掌呢?"之晴默然。似乎在不多久前,她心中还有一丝摇摆。

婷袅慢慢敛起伤感之色,向一个岔路口一指:"左拐直行不到一公里就是何先生的地方了。"

小梁见不远处有几间屋子。婷袅道:"何先生派兵驻守在此。"

到了近前,果真有两个兵前来查问。婷袅下了车道:"是我,带客人过来看看。"

"原来是太太。"见到婷袅,兵士们立刻变得恭敬,下令放行。小梁的车很快开上了一个坡地,直至一片矮房子跟前才停下。

"黑灯瞎火的,什么也看不见啊。"之晴打起手电筒,在这漆黑的夜中,手电筒的光亮宛若星火。

"何先生有一大批烟土藏在这里。"婷袅下了车,挽起之晴的手臂,"春末夏至,这里又将开出漫山遍野的罂粟花,多美呀……美得让你一度以为自己来到了仙境。就像那些吸食烟土的人一样,在海市蜃楼中欲仙欲死……"

"婷袅,我知道你不会赞成何先生以毒养军的。我们走,离开这里吧。"之晴听婷袅这样说,格外想带她离开这个是非之地。

小梁返回车中,拎出两大桶汽油,朝着堆满烟土的仓库泼去。

婷袅大惊失色:"你这是做什么?"

小梁晃起火折,朝着汽油圈中一扔。霎时间,火光映照着三人的脸庞,仓库已然被点燃!

"林小姐,顾小姐,此地不宜久留,我们快走!"小梁压低声音,请她们上车。

之晴见外头站岗的人已有察觉,忙道:"婷袅,你应付何先生的士兵!"

小梁一路将车开出,到了岗亭前,婷袅开了车门责备守卫道:"怎么走水了? 谁在仓库边抽烟,司令没有教过你们吗?"

见火光熊熊,士兵们亦急上心头,心知烟土出了事他们只有被枪毙的份,忙请求道:"太太,我们先去查看!"

小梁朝着城市的方向一路驶去。所幸士兵们忙着救火,并未想到要拦阻小梁一行。

"你们做下的好事,须知已连累了我!"婷袅似乎惊魂未定。

"我们不会抛下你不管。"之晴握紧她的手,"你先避避风头,过两年再回苏州老家。"

小梁道:"明朝到了重庆,我回商号给顾小姐取两百块银圆。你们随后就上飞机,要么回南京,要么去上海。另外,顾小姐在苏州的家人也要尽快转移,免得被何先生挟制。"

婷袅听了之晴和小梁的话,似乎安下心来,倒另有了主意:"我与之晴分开乘坐飞机为好,可避人耳目。至于家人,我自会安排转移。"

"你到了某处,便给我寄封信来,但切记落款不能用你真实名姓,不可提当日之事,以免有心人发觉。"

"届时有事我会联系你们,你们不必费心找我。"婷袅靠在之晴的肩膀上,泪如泉涌。陪在何先生身边的这些日子,她整日提心吊胆,不曾有一日安稳。蜀地军阀混战,何先生又格外忙碌。他整日有无数的事情要应付:若有人开战,他总要选定援手某一方。否则一旦分出胜负,总有日后清算的一天。何先生虽有一支规模颇巨的军队,也经不起长年累月的征战。这块生钱的宝地最终成了他近年来梦寐以求的矿藏——烟苗税、印花税、起运税……这种种赖于烟土的税收,来得容易,赚得丰厚。但凡烟土过境,又有另一笔税收可得。他似乎不像一个军阀,更像一名商人。他不断地权衡利弊,希望得到最切实的利益。

一路上,三个人的思绪都沉浸在那片大火中。夜更深沉,路上唯有这辆车在行驶。它尽一切可能逃离那片烈焰。

"近期有限油令,难为你屯了那么多汽油。"到了大路上,之晴终于将提着的心放下大半。

"烧掉这些,可暂缓千百人被荼毒。"小梁道。

婷袅道:"等来年罂粟花开,又是他们赚取大钱之时。你们毁掉的不过是何先生烟土产业的十之二三罢了。在川蜀,大多数军阀老爷明里暗里都意示农民种罂粟,若种粮食则要收取成倍的税。"

"人的欲望,的确无穷无尽……什么时候能真正河清海晏,没有烟土之祸呢?"她又想起那天在城郊居无定所的人们。那些人食不果腹,颠沛流离,不知何时才能摆脱困境。

　　婷袅走后，之晴并没有即刻离开川蜀。她要尽量从容，以免何先生把这一切都认作是她做下的。她不比婷袅只孤身一人，她身上所系乃整个润元居的存亡。

　　数日间，之晴联合了下河茶和南路边茶的几十家掌柜在成都最大的茶馆议事。雅座一早便已定下，前头几只炉灶上铜壶"吱吱"地冒着水汽。两个堂倌见客至，右手提着紫铜长嘴壶，左手夹着数只茶碗、茶盖和茶船一一放妥。茶碗中盛着珠兰花茶，长嘴壶中是烧开的薛涛井井水，水龙冲下，直泻入碗，清香滋味，扑面而来。堂倌次第盖上茶盖，退到两侧。

　　"我们川茶产量较百十年前低了不少，东南几个茶叶大省总有茶入川蜀，眼见风头就要压过川茶了。"陆羽春的大掌柜左手端起茶船，右手揭开茶盖，细嗅茶香，轻轻啜了一口。

　　"川蜀一地茶叶资源得天独厚，令人称羡。"之晴道，"古有边地人用骏马换雅安茶，这茶马互市的故事在我们江南口口相传。更有蒙顶茶、文君茶、青城茶、竹叶青……这些都是我们国家茶文化的重要组成部分，不能没落啊！"

　　天一清掌柜的听之晴如此说，顿时心潮澎湃："川蜀人近年来对茶事大多未引起重视，只怕未来茶叶盛名只剩下个虚架子。唐代三十一州产茶，川蜀独占八州，当年是何等盛况！我们这些老家伙从前也有过宏图伟略，可惜被时局所迫，弄得苟且度日。"

　　"我们既站在茶人的立场，就要为茶农谋一个好的出路，也为自己的子孙谋取福祉。另则，那些茶背子一年要背一千万斤茶到康定，撇下妻儿，撑着木拐子栉风沐雨，一个来回就是大半个月，以命换钱，也未免太过可怜。自然，我更想让川蜀的好茶走出去，走到江浙，走到东南亚。茶农一旦有了信心，与外地的茶又添了比较，何愁他们不用心制好茶？"

　　"林小姐，你为川茶未来推广谋划，若在本地开了商号，我们没有理由不大力支持。假如做茶真能同往年一般赚钱，农人又何必去种那些害人的罂粟！即便要我们多缴税，我们也认了。"在座众人纷纷表示愿意襄助之晴。

　　"我们国家几个重要的茶产区均出过贡茶，若能由此遴选出十大名茶，精心策划，良性竞争，定可持续发展。这几年，吴觉农先生在上海三德里任茶叶监理处处长，我与他恳谈过，必要抵制洋商垄断，维护中华茶业利益！至于税收一事,的确让不少茶商、茶农掣肘,还需要政府明令,才能遏制烟土之患。我们几个茶叶大省的大茶行不若联名上书,陈述利害,使得政府重视此事,这样才可让中华茶叶再度兴盛……"

大家相谈甚欢,堂倌们将锅盔、白糖糕、蛋烘糕、叶儿粑次第端上。大家有了盼头,集思广益,争相出主意探讨可行性。恰在此时,赵副官带着一个排的兵步入茶馆。

"林小姐,请你跟我走一趟吧。"赵副官客气的语调中,有一丝不容侵犯的凛然之气。

"不知有何要事,劳动了赵副官亲至?"之晴客气地回话。

赵副官道:"我奉命行事,不知内情。"

"我们这儿有规矩,武装军人不许进茶馆!"天一清掌柜的脸色一变,倒不惧赵副官等人的权势。

"我去包厢等候不违规吧?"赵副官昂然道。

两边僵持不下,之晴笑着起身道:"前两日我曾与何先生谈过川蜀茶业之事,想必何先生有些想法,容我告辞同赵副官先行,免得扰了诸位雅兴。"

"好啊,我们等你回来继续商议!"恒升永的秦老板亲自将之晴送出茶馆。

赵副官心道:"秦老板是刘帮办的亲舅舅,如果何司令真要对林小姐发难,只怕投鼠忌器。"终归这些念头不过是他自己揣度的,他将之晴送到何宅后即退守在外。

偌大的厅中只站着何先生一人,他一脸冷峻:"林小姐,我们打开天窗说亮话。是你私藏了婷袅吧?"

之晴反倒惊异起来:"这话从何说起?"

"她同你一道出去,却消失不见,请你给我一个解释。"何先生冷冷道。

之晴道:"我同太太出去未久,她说想一个人逛逛便下了车。连日来,我忙于拜访各家茶馆的老板、掌柜,希望获得川蜀茶业的更多讯息,倒未留意她的情况,真是失礼……"

何先生冷然道:"我这就对外宣布你将被处决,若她借故躲避,听到你命在旦夕,总会现身的。"

何先生的表情刹那间变得阴鸷可怖,之晴很快被赵副官亲自押送到监狱。

"何先生恐怕是假借顾婷袅之事要我性命吧？却不知道我哪里得罪了他？"之晴问道。

赵副官没有答言，只将狱门落锁而去。

在这个不见天日的地方不知道还要待多久，平常的日子变得分外漫长，又分外短暂。长到每日要受尽无数苦楚；短暂到每每受惊，都以为是自己的末日来临。多少个夜晚之晴焦虑到难以入眠——尖锐的拉锯声往往在半夜时分响起，甚至还有紧急集合的吹哨声，稍稍迟缓，便会遭受鞭笞。一日一餐，送来的食物里拌着芒刺，难以下咽。

第二日审问过后，之晴被投入重刑女囚的牢中。狱卒将她两手拷起，吊在铁门之上，脚跟离地。苦痛伴随着浇淋到身上的冷水，引起一次次刺心的战栗……连日来，若非心中仍有一丝期盼，之晴断断熬不过这些日夜。

夜半，狱中忽有犯人齐声呼啸，如山野间狼群望月长嚎，凄厉而悲凉。之晴被惊起，黑暗中，脚链将她绊了一跤，两条手臂顿时血红一片。等天明才发现左颊肿起一块，几乎抬不起头来。

"把时间浪费在我这样的人身上，不值得吧？"之晴所戴镣铐将她手腕磨得血肉模糊。在明晃晃的电灯下，她不能合眼。勉强讲话，亦有气无力。

赵副官道："说些有用的。"

"我什么都不知道，总不能杜撰故事……"之晴的眼睛中布满血丝，头疼欲裂。她身上新增的青紫，源于女囚们被唆使下的殴打。但她知道，唯有咬定自己一无所知方有一线生机。

赵副官正在炉子中仔细地烤炙着一块烙铁，一阵脚步声由远及近。他侧耳一听，反将通红的烙铁戳回炉子中。

"刘帮办的人来了。"赵副官的亲信一路小跑而来。

"他们来这里做什么？"赵副官瞥了之晴一眼，吩咐道，"用心招呼林小姐。"

侍从们得了赵副官的话，牵来两条狼狗。闻到血腥味道的狼狗虽有铁链牵引，仍拖着舌头向之晴扑去。它们口角边流下的涎水滴落在地上，时而不断狂吠。之晴一咬牙，闭上了眼。

"怎么，刘帮办的令旨在赵副官这儿不管用？牵出两只畜生吓唬谁呢？"

气氛霎时间凝重艰涩起来。

"我是何司令的副官,只奉他一个人的令旨。"赵副官嘴角扯出一丝笑,眼神却凌厉万分。

"既然如此,我们太夫人也想请何老太太在刘府小住几日,何老太太此刻想必已起驾到半路了。"来人亦堆起笑容,不待赵副官答言,转身就走。

赵副官一怔,何先生年幼丧父,寡母将他一手带大,他事母至孝,自己最危难时亦要将母亲安排妥当。这次因这林之晴,倒把老太太陷入险境,这不啻是刘帮办对何先生最有力的威胁……想到这里,赵副官只好追上几步:"等何先生回来,自有决定。"

"我等你们的决定。"来人足下未停,很快就登车而去。

一个礼拜后,之晴才从这个潮湿肮脏的监狱里走了出来。秦先生身畔站着小梁。

小梁道:"刘先生央求秦先生一定要想办法将你带出来。"

之晴微微点头,向秦先生见礼:"不过一面之缘,太为难您了。有劳你们托人捎了新衣来给我替换。"

秦先生道:"刘贤弟与我乃生死之交,他既然认下你这个妹子,我倚老卖老也叫你一声妹子,只望你不要嫌弃。"

"秦先生,这如何敢当?深谢您了。"

"不必谢我。我们一起把该走的弯路走了,以后的茶人才能走些平坦大道。"

之晴道:"我们只能向前,不能为一时之利苟且退让! 您为我斡旋定担了好大的干系,之晴心中记得,永不敢忘!"

"那么多天同外界断了联络,又无法通信,家人也该着急了,赶紧回去吧。开茶号前期的事情,小梁会帮你处置。有什么难办的,你只管同我开口。"秦先生宽慰道。

第三十八章

关河萧索

回到上海,她头一件事不是回家,而是去寻方衡。小梁送她上飞机前,曾往方衡暂住的地方打电话联系,可一直未能接通。这让之晴无法不悬心——临行前,方衡就与之晴说,要去做一件事,如今他杳无音信,不知他是否平安?

"林小姐,我们打不通你在爱多亚路上那个宅子的电话,"工厂负责人见到之晴,仿若见到了救星,"方少爷很久没有出现了。那么多天来无人交代我们公司运作事务,如果你再不出现,我们也不知该怎么办了。"

"发生什么事情了?"

"大约一个礼拜前,我们工厂附近发生了爆炸,巡捕来了十几个,将爆炸的车围了起来,后来就运走了……"

"巡捕后来说了什么?"之晴追问。

"那辆车是方少爷的。"

"方少爷怎么样了?"之晴心中一慌。

"车上有没有人,巡捕也不曾说明。我们不知道是什么情况,虽也找人暗中打听了,却也没查到确实消息。"

"这样吧,如果方少爷回来,让他直接去我家。其余事情我会逐一处理,暂且不要同旁人说见过我。"之晴迫使自己镇定下来。

她按捺住性子冷静设想:爆炸当时,方衡若在车上,巡捕房定会传出消息。若没有人压住消息,报纸上定会刊登这则新闻。方衡早有准备,定不会轻易赴死。另则,在上海界内开车,早有限速。车辆爆炸必然事出有因……还未到巡捕房门口,之晴已平复了心绪,决意先开车回家。

她停车入院,门房正在打瞌睡,见到之晴回来,难掩喜色:"大小姐总算回来了。"

"方少爷呢?"

"他在这里十来天了,从未出门,所有的饮食都随我安排。"

之晴一直提着的心终于放下一半。她开了房门,放下行李,见方衡在书房中看报,不由舒了口气:"好险,原来你在这里!"

方衡见到之晴,微微一笑:"怎么,担心我出事?"

"才没有!"之晴说着,眼圈一红。

方衡忙丢下报纸,拉住她的手细看:"听小梁说你被何先生拷问了好几日,如今身子可好些了?手腕上瘀伤还未消,结的痂可别碰坏了……"

之晴听他絮叨,不免赌气道:"你能联系上小梁?那怎么不让他告诉我你平安的消息?"

见她这般嗔怒,方衡顿觉她比平素多了份娇俏可爱:"我请你吃晚饭赔罪。"

"方少爷亲自下厨吗?"

"十分荣幸为林小姐效劳。"方衡笑道。

上海的夜晚与蜀地大不相同,晚间的喧杂更胜白日。之晴和方衡坐在窗内,看着窗外的熙熙攘攘,往日的一切仿佛历历在目。

"烧了何先生的烟土,怎么没有成就感?"

"去时兴致高昂,后来才知沉疴难愈,岂是一两剂猛药能除去的?烟土之患乃长年累月所积,就算费再多心力也只能拔除九牛一毛罢了。只看那大火熊熊而起,的确有几分快意。但婷袅的话何尝没有点醒我呢?虎门销烟后,烟土之患亦未断绝;如今军阀混战旷日持久,竟生出以毒养军之事,又有外国列强虎视眈眈——今朝我们阻了红土，明朝就会运来印土，后日又造出红丸……这些见不得人的东西长年累月地荼毒百姓，让人们醉生梦死，继而让烟民成为待宰的羔羊，每念及此我都不由后怕。永绝后患谈何容易？应当需要十几年甚至几十年，政府大力推行禁烟政策，不断提高老百姓的禁烟意识，才能够彻底铲除这颗毒瘤。"

"政府何尝不知道烟土之患？可眼下实在不是禁烟的好时机。贸然推动禁烟条令反倒会惹得各地军阀心生反叛之意，处处掣肘，于当前形势多有不利。如今列强野心勃勃，中日之战一触即发。到得那时，终究还需各地军阀捧着爱国之心，襄助卫国。权衡利弊，只好暂且搁下禁烟之事，待一切尘埃落定，想必能刹住不正之风。"

"汽车爆炸是怎么回事？"之晴听方衡只说川蜀之事，却绝口不提那日发生了什么，不由仍存忧虑。

"那日，我故意将车停在住处，很快就有人在我车上动了手脚。我知道被人盯上了，于是将计就计。这车本就开不快，在引爆之前，我便以路边树丛为掩护，从副驾驶一侧下了车。"

"还好你没有受伤。"方衡虽如此轻描淡写，之晴终究心知他那日的凶险尤胜自己与小梁一道烧了那烟土仓库。

"之晴，你要留心一个人。"方衡踟蹰半响，终于说道，"我的车是丁智兴做的手脚。"

听到这个名字，之晴显然不可置信："他为何那么做？"

"或许他有一颗正义之心，以为我真的被日本人收买，要行不义之事吧？"

之晴见方衡还以玩笑的态度宽她的心，知晓他原是好意。可阿兴一贯为人正直，从未做过如此害人之事。若他亦有图谋，那他身后的人又会是谁呢？

"我去问他，他不敢骗我的。"之晴道。

方衡笑了笑："他虽不敢骗你，但他若知道你维护我，心中定然不悦。假使他已被竹下完明和关丽云牢牢抓在手中，你贸然去找他，就是置自己安危于不顾。不如你回一趟家，向林伯父和丁叔打探清楚丁智兴离开阳羡前的行踪。知己知彼，才方便日后行事。"

之晴点点头："好，我听你的。"她喝着方衡为她熬制的鸡汤，又想起一事：

"我还未谢谢刘先生呢。此番去蜀地,若没有他派梁先生照应,只怕我应付不来。"

"那你一并谢我好了。"方衡看着之晴,笑容中似乎有着深意。

"他是他,你是你,我可不算糊涂账。"

"说的也是。"方衡不紧不慢道,"我为了等你相谢才留了性命,也属不易。"

之晴心头一震:"当日之事,究竟如何?"

方衡道:"总之,你回阳羡后用心查访,万不可轻信他人。林伯父往后还是住在城里为好,这样家父也方便派人照应。"

回阳羡的路上,之晴亦处处留心。

乡间忙碌之景,她似乎也有些日子没看到了。春种一粒粟,秋收万颗子。一年丰收,靠的是农人长年累月无比辛勤的耕耘。茶园里,茶树上开满了花。一朵朵皎洁无瑕的花儿,虽不若水仙般香气馥郁,却另有一番动人之处。林家的茶园到得秋日常有几个老茶农修剪。路过之人只听"嚓嚓嚓"之声不绝于耳,旁逸斜出的枝丫便倒在茶垄近旁,不必走近便能嗅到一阵枝叶的清香。

林老爷又何尝不知道,农人看天吃饭,倘若湖汊山区水患连年,对当地的农民便是灭顶之灾。他在农闲时也有所规划,打算向政府倡议浚通河道支流,这样可在雨季到来之时及时泄洪。

方正谷倒觉为难:"县长上任未必久居,指不定过两年就来了新人。疏通河道并非朝夕之功,县长想要有所作为,定不会在这上面费力不讨好。政绩工程对他们来说,要见效快。即便是修条路、造座桥,也好过疏通河道这样的无底洞。我们商会只能尽量拨款,可做事还须政府首肯……"

"我们有心无力,实在对不住日日勤恳的农民。河水一旦泛滥,日常船运也会大受影响。"林老爷心有戚戚。

"民生之事,尚可从长计议。阿兴之事,我们是时候要商讨一下了。"方正谷提起了话头。

"有道是三十而立。他有自己的想法,有他自己选的路。但无论如何,他都要对自己的决定负责。"

方正谷道:"做人最基本的道理便是明辨是非,可他如今倒跟着日本人的养女混出个花样来了。我同他虽血脉相连，但毕竟没有你们多年相处那般亲近，若去劝说只怕适得其反。"

"阿兴寄信回来说，他同关丽云两人想加入复兴社。"

"此事关系重大。"方正谷闻言倒增忧虑，"我从前与竹下完明交往甚多，如何不知他的野心？陆家前两年倏而扶摇直上，谁能料到，就在不久前生意一落千丈。陆维年气得进了医院，太太却跟管家勾三搭四，不成体统。这局面恐怕也有竹下完明的推波助澜……"

"阳羡地理环境微妙，在苏浙皖三省交界处，可退可守，为兵家必争之地。若让他有了可乘之机，我们苏南一带只怕要成为他的囊中之物了。阿兴虽经过军事训练，可在感情上略显冲动。你我都是自己人，看着阿兴成长起来的。只盼着他迷途知返，以国事为重。"林老爷喟叹道。

方正谷忧心忡忡："林兄，你若阳羡待不得了，还可去香港陪令爱。我呢？家族世代居于此，另有远亲在东北受制于竹下完明。这桩桩件件，均不能弃之不顾啊！"

诚然，每个人都有难以言明的顾忌，亦有许多迫不得已。

回到阳羡城的第二天，之晴才从庄园上来，与父亲和丹露团聚。

"回来前应该先打一个电话到老宅的。"林老爷道。

之晴笑道："在外发生了一些事，我必要避忌些，不方便打电话回来。我此前去了一趟庄园，也看了看家里的人事，都极妥当，只感觉略少了人主理。"

"今秋一季的茶叶采收、买卖我只能勉力为之，差点应付不过来。往年丁管事在，可震慑住那些挑三拣四的客商，现今那些买货的人见我是个姑娘家，脸嫩，说不得要拍了尖去。"

"你不在，家中内外全靠丹露。"林老爷对丹露多有赞许。

之晴拉着丹露在一张乌木漆心床上坐了："家中还有什么要紧事？"

丹露道："前两日陆先生来找过你，我说大小姐不在家。他匆匆留下一封信，让我待你回来就交给你。"

"晚些取来给我看吧。"之晴心知丹露所说的陆先生必是陆穆远。待丹露去找小喜预备晚餐，之晴才向父亲问道："阿兴哥哥何时离开庄园的？"

林老爷道:"本来预备着给阿兴和关丽云操办喜宴,不承想他们回说不必劳心了,应友人之邀要到沪上工作。我虽也劝过,但阿兴固执己见,我也不便横加干涉。"

"什么时候的事?"

"你去上海后不久……大约一个月前吧。"林老爷回忆道。

之晴喃喃道:"不知道他为何要在方衡的汽车上做手脚……"

"什么?"这显然在林老爷的意料之外。

"这件事非我目睹,不能断定事实如此。但据方衡说,他早就料到有人对他不利,以为是竹下完明,正打算将计就计。不承想,他暗中观察到阿兴哥哥在他汽车油箱里加了东西,等汽车行到我们工厂附近就爆炸了。"

"阿兴为何会对方衡下手? 不会的。"林老爷笃定。

"父亲,您真的如此肯定?"

"阿兴自然知道什么事情可为,什么事情不可为。即便他受了关丽云蛊惑也不会冲动至此——事关人命,怎能不慎重!"

听父亲如此言说,之晴疑窦丛生:"到底为着什么缘由呢?"

"莫非阿兴知道自己才是方府大少爷,也知晓了他母亲缘何而亡,想对方衡不利?"林老爷心中转过一念。

"阿兴哥哥为何对汽车结构如此熟悉? 我曾经以为是丹露听岔了,现在想来,想必买车之事也不是全然为了我的喜好,而是阿兴早已会驾驶……"一切不由之晴不去追问。

"我当年既然收他为子,自然要用心培养。女孩子或像你妹妹一般,学习琴棋书画,或像你一样到国外去开阔眼界,学习西方先进技术。男孩子自当习文习武,若国家安定,归于乡里家塾也罢;若一朝风起云涌,便可上阵报国。怎可苟且于田园,做一介农夫呢?"

"当初若与我说,我难道会不支持阿兴哥哥吗?"之晴不解。

"我宁可你从来都不知道这些。"林老爷顿了顿,绫道,"我一直以为那些年我援军之事做得滴水不漏,可还是被外人发现了端倪。自从我被绑架,芸娘为救我而亡,我一直如履薄冰,只愿你们几个孩子平安就好。可惜还是事与愿违……"

"父亲,您被绑架是有预谋的?"

"若只为钱财,怎会任我讨价还价? 城中几户人家能有汽车使用? 绑匪用上了汽车,可见要对我们不利的人来头不小。警方寻了那么久,都未找到贾士平。听说,前阵子才发现了当初绑架我的另外两个喽啰。"

之晴忙问:"那两个人被拘捕了吗?"

"警方找到时,他们已经死了——溺水身亡。太巧合了吧?"

之晴听到此处不禁默然。丹露上来回道:"大小姐,齐老师请你有空去一趟呢。"

"我与齐老师不太熟悉,她怎么会来请我?"

丹露觑着林老爷的脸色,迟疑了半晌才道:"趁着陆家人仰马翻,贾士平竟对陆家小姐起了心思,待警察到时已然晚了。"

"什么?"之晴一怔,半晌无言。

"出了那种事,学生和家长们早已草木皆兵,学校放了长假,不知何时才会复学呢。"林老爷对教育之事确然上心,讲到这里也满心遗憾。

"齐老师在哪?"

丹露道:"陆穆阳在医院,只怕齐老师也在那里。"

之晴记挂着陆穆阳的情况,忙向父亲告辞出来。她虽未曾细问陆家如今情形如何,但也隐约听闻陆家似乎被人精心设计了,很快就一败涂地,产业也多转手给了他人。打开陆穆远的信,之晴细读后才得知:陆维年因陆穆远从事革命,被竹下完明抓住把柄以此要挟。陆维年心有顾忌,为保陆穆远平安,遂一再铤而走险,与方、林两家处处为敌。此刻家破人亡,悔之晚矣……之晴看到此处,亦觉凄凉怅惘,忙叠起信纸赶赴医院。

医院里消毒水的味道充斥着整个走道,穿着白大褂的医生行色匆匆。她好端端地立在那里,宛若一个不速之客。眼前走过的或是恹恹的病人,或是一脸颓唐的家属,在这个狭长的天地里,气氛似乎本就该是凝重的。

走廊尽头的那个病房中,陆穆阳躺在床上,除了那一头乌黑的短发,其他地方都被白色笼罩——白色的床单、白色的被子,天花板都是雪白的。输液架子上一包血浆缓缓流入她纤细的手臂,床上的人儿面如金纸,瘦骨嶙峋。她合着眼,孱弱地呼吸着。

之晴不知道自己该不该走进去——这样可爱无邪的小姑娘，失去了父母的关爱，如今又突逢大变。若陆穆远知道了，还不知会怎样呢……

"林小姐。"

之晴听到身后有人叫她。

"齐老师。"之晴转身，只见齐老师手中提着一个暖水瓶。

"我们进去坐吧。"齐老师微微笑道。

"她怎么样了?"

"亏得发现得早，送了医院，否则……她现在也不大肯吃东西，瘦得脱了相。除了与我还能稍稍说上两句话，便是她母亲来了都说不见的。"齐老师将热水倒在面盆中，绞了一条毛巾替陆穆阳擦拭面孔和手臂。

陆穆阳听见有人在谈话，缓缓睁开眼:"齐老师，谁来了?"

"林小姐来看你。"齐老师柔声道。

"我知道她。"陆穆阳的声音好似一条撷不住的*丝*，即便轻轻触碰也会猛然断裂，"林姊姊，你能坐在我身旁吗? 我想听听你的故事。"

"你要听什么事?"之晴心头一酸，搬过一张凳子坐到她近旁。

"大哥哥说过，他在欧洲时遇到了让他顾念一生的人。那个人，就是林姊姊吧?"

之晴一愣，往事种种隐隐浮现，但她最终说出的却是:"我不太清楚。"

陆穆阳似是不信，勉力望着之晴:"大哥哥只逢大娘忌日才回府，同父亲见了面也是淡淡的。可那次提起你，他同父亲大吵了一架……"

之晴犹豫再三，终道:"在欧洲时，你哥哥成绩非常优异。他比我高两级，且与我不是同一专业，本来鲜有机会碰面。我曾经有个习惯，周末时去教堂为孩子们弹奏钢琴。有一次教堂的钢琴出了故障，他恰好经过，将钢琴整修好，我和他就这样认识了。直到很多天后的第二次相遇，我才知道他与我是同乡。"

"你喜欢过大哥哥吗?"不承想，陆穆阳竟这般直接。

"喜欢过的。"之晴认真地回答，"往后，你也会碰上自己喜欢的人。"

"会有吗?"陆穆阳深凹在眼眶中的双眼终于散发出一丝光彩。

齐老师亲了亲她的额头:"穆阳，你要相信自己。"

陆穆阳的笑令人心碎："我不成了。每一天,都觉得好痛。止不住地想以前发生的事情,好的,坏的,就像一幕幕电影在眼前浮现……林姊姊,大哥哥虽无法常常回来看我,但我知道他是个好人。他不愿伤害你,哪怕是同父异母的我……"

"你要等他回来。"之晴温言抚慰着她。

"算啦。"陆穆阳苍白的脸上挂着恬静的笑容,"他心目中那个妹妹,怎么可以像我现在这个样子……等我死后,把我埋入土中。到了春夏,坟上会开出大片的花,红的,黄的,紫的,五彩缤纷……到那时,再来看我吧……"

陆穆阳如此言语,齐老师和之晴早已泪如雨下。

"我想睡一会了。齐老师,替我送林姊姊回去,好不好?"陆穆阳眼窝深陷,唇色煞白。

但凡一个人停止了呼吸,就不会痛了。陆穆阳看着窗外满是寂寥的颜色,眸子里的光也渐渐消散,她用尽力气拔下输液针……输液针里的血浆一点一滴落在地板上,又蜿蜒开来。地板上的殷红如一张血色的大网,笼罩着这个世界……

对于早就失去了生的希望的人,这样的结局才是解脱。她依旧躺在这张白得令人心惊的床单上,一如婴孩入睡的模样,安宁、舒适。

生与死之间,从来就架着一座桥。有些人走过去了,有些人还在桥上望着风景。有的人行色匆匆,有的人步履蹒跚,但最后都会走向那个终结点,无一例外。

家门口,之晴又见那个卖笃笃馄饨的老傅挑担经过。她忙停下车,叫道:"老傅,略等等,我要一碗馄饨。"

"哟,林大小姐,好久未见了。"老傅放下馄饨挑子,"今儿有虾仁馄饨。太湖虾,鲜得很!"

"来一碗。"之晴从包里拿出几枚铜圆,走上前递给老傅,一面压低声音道,"陆穆远呢? 他妹妹现在躺在医院里,一直念着他。发生这样的大事,他怎么还不回来?"

"等他手头任务完成我就告诉他。"

"麻烦抓紧时间……"

老傅将馄饨盛出锅,撒上葱花、虾米:"先请林小姐代为照应。"说着,他将馄饨碗交到之晴手中。

之晴在门口吃着馄饨,冷不防丹露跑了出来:"哎哟,大小姐怎么还在这里?"

"吃碗馄饨。"之晴自然不会泄露老傅的身份,哪怕丹露已是十分信得过的人。

丹露忙拿过馄饨碗搁下,急急地说道:"刚才齐老师来了电话,说陆小姐在医院已经过世了。陆老爷听闻女儿自杀,急痛攻心,昏死过去……"

"什么?"之晴大吃一惊,见老傅面色微变,愣在原地,忙吩咐道,"钱已经给了你,馄饨我不吃了,你快走吧。"

老傅回过神来,"哎"了一声,忙挑着担子去了。

"怎么回事? 刚才我从医院出来,见她还好。"之晴问道。

"齐老师说,陆小姐一心求死,回天无力……"

之晴定了定神,又想着齐老师的话,心头一阵难过。陆穆阳从小衣食无忧,忽遭横祸。她这样单纯的小姑娘,人生的最后一段路竟如此晦暗。

原本以为到了民国,大家终于能获得自由、平等,向着民主之路前行,原来也不过是自己的一隅之见。国家虽在革新,但沉疴难愈,非要经过很长的时间来提高国人的意识,亿万人同心协力,才能真正推动国家文明的发展。

将至冬日,院子外头市声渐冉。屋内已开了气炉,一闭门户周身都暖和起来。兰花在冬日就供养在此间,不受风寒,倒孕出几个花蕾,想来不久定会绽放。

"小晴,累了吧?"杨婆婆端了一碗雪梨羹搁在几案上,"我来铺床。"

之晴放下陆穆远的信,向着杨婆婆道:"铺床打扫的事,小祥、小喜都做得,您年纪大了,多歇息才好。"

"那么久都没见你,故意找个机会来看看。你呀,更瘦了……"

之晴眼睛酸涨着,听闻杨婆婆如此说,倒触动了心事:"我没事,只求不带累家中上下便好。掌家这两年,终究一事无成……"

"怎会一事无成呢? 女校的事情,是你促成的吧? 我们茶山如今经营得法,也亏你思虑周详,懂得登报广告。大家都知道,时局不好。你又跟着方少爷在沪上另谋了产业,势头正劲。方少爷眼光长远,你又何尝没有殚精竭虑呢?人生不必向后看。"杨婆婆轻轻抚着之晴的脊背,一如幼时哄她入睡一般。

之晴闻言,亦不愿杨婆婆忧虑:"回到家中吃着婆婆做的饭菜,躺在自己的床上,最舒心了。"

"好,明朝再尝尝婆婆给你做的豆腐花!"

"方衡也记着婆婆做的豆腐花呢,念了多时也只能望洋兴叹。"之晴听杨婆婆说起豆腐花,便即想起方衡。

"待方少爷回乡,我再亲手做给他吃。"杨婆婆又道,"夜已深,千万别熬着,早些歇息才是。"

之晴允诺定会早睡,杨婆婆这才放心出门去了。

商场沉浮,欲海波澜,小心翼翼地前行,宛若走在刀尖之上。她悉心呵护着手头这份家产,生怕稍有差池林家基业就毁于一旦。但她似乎总在失去——她的家人、朋友、曾经的合作伙伴……午夜梦回,一颗心百转千回,何尝有过一日安宁?

这年的冬天似乎特别漫长，长到让人忘记了期盼春日的到来。

"陆家的事情，你办得很妥当。但林家之事你要放在心上，切不要忘记答应过我什么。"关丽云伸出食指，轻轻戳了戳贾士平的胸口。贾士平笑着抱住她的手："心肝姑奶奶，我一切都听你的。"说着，他抚上关丽云的小腹，在她耳边道："我总要为孩子打算呢！"

关丽云听了这话，脸色一变："这可不是你的孩子。今朝过后，你一日没办好事，一日不许来见我！"

"真狠心。"贾士平涎着脸又要凑上前，关丽云退后一步拔出手枪指着他的头道："别忘了义父怎么嘱咐你的，若再轻举妄动，不要怪我不顾情面。"

"好，好好！"贾士平告饶着，"我不来了，我只等着我的孩子平平安安地出世。"

关丽云鼻子里"哼"了一声，收起枪道："抽屉里的五百块银圆是义父给你的。大连红丸的生意，没有我的话不许松手。加紧散出去，万不能有差池！"

贾士平诺诺连声，回首望了关丽云两眼，只见关丽云面色冷峻，眉间堆出一丝不屑的神色。贾士平心知关丽云恼了,赶忙揣上钱消失在关丽云的面前。

谁也不知,她既温柔又蛮横,既娇嗔又内敛的美是如何修炼而来。得知自己怀孕后,她曾有过一丝动摇,她不愿与婴孩有无谓的纠葛。但她的头脑出奇冷静,权衡之下她放弃了打胎,开始了一场新的博弈。

她歪在床上,吃着阿兴刚带回来的一碗粥。如今的阿兴已经是复兴社的红人,有时三两日都不见回来。关丽云从来不为此埋怨,倒让阿兴不必惦记着她。

阿兴见关丽云不展笑颜,往往自责:"不如我去找一个安分些的工作,等你生产后再回社里。"

关丽云闻言,话里话外都显出不悦:"复兴社岂能让你来去自如? 你也说过,林老爷培养你着实不易,难道只是为了让你庸庸碌碌过一世吗? 你素来眼光长远,怎能在此关键时刻做儿女之态……"

阿兴笑了笑:"我怕你整日一个人在家,没有人照应。"

"我哪里是娇养惯了的? 再者我也有些存款,等月份大了,找一个老妈子服侍便可。"关丽云顿了顿,续道,"我已求了义父,因我有孕,往后不便为他办事了。义父也答应了,命我办好这最后一桩。过两天,我便去料理停当。"

"什么事?"

关丽云幽幽地叹了一口气:"这件事与你并无干系,我不愿你去蹚这浑水。"

阿兴见关丽云神色怆然,知道此事必定难办,自然不放心关丽云涉险,不免柔声宽慰道:"我们两个何必分彼此? 你将养身子要紧,我去办也是一样的。"

关丽云从台灯座下抽出一张女人的相片,缓缓道:"我义父有个好兄弟,姓何。他有几房姨太太,却单单把这个姓顾的当太太待。即便在外屯兵,也只带她一人。上下婢仆、外头兵士,均以太太称之。孰料那姨太太勾引了一个小白脸,竟一道跑回了江南。不仅纵火烧了一处庄子,还带累何老太太被对头拘禁。何先生恼恨无地,但腾不开手。我虽有孕在身,可义父开了这个口,我也不好不做。"

阿兴听了,沉默了半晌,忽道:"你有身孕不好伤了阴骘。最近冬雨连绵,你去我绝不放心,我会办妥的。"

"此事过后,我们就能专心为复兴社办事了。"关丽云抱住他的肩,仿若生出无限柔情。她竭力克制着从胃里泛出的一波接一波的难受,面孔上依旧挂着笑。

江南冬日的雨,挟裹着彻骨的寒意,风吹在面颊上,仿若一把把锋利的小刀子割着每一寸皮肤。汽车在泥泞的路上行了半日,才抵达顾婷袅住所之外约莫百米的地方。这是一座稍显规整的砖房,矗立在黑暗中,犹如上海石库门中一套最不起眼的房子砌在了郊外。上海石库门内外至少是热闹的,它的喧嚣分外熨帖生活。而这里,一片死寂,没有丝毫生机。

天色已晚,雨却未停。阿兴关掉远光灯,关掉雨刮器,默然地坐在汽车里。他观察到十丈开外有一片灌木丛,便将车开过去,藏匿在那里。灌木丛西北数百步,有一处破败的砖房,也是一个绝佳的射击位置。从砖房边能看到那条小路,也能看见顾婷袅住所里昏黄的灯光。阿兴熄了火,不动声色地下车,拔出手枪将子弹上膛。

黑夜静谧如斯,沙沙的雨声可以听得一清二楚。

等待的时间并不太漫长,果真有一辆车开来了,关丽云给的情报着实准确。在接近顾婷袅住所门口的地方,阿兴埋下了几颗钢钉。车胎一旦被扎破,车上的人必要下车逗留检查,那时又会生出一个动手的时机。

汽车渐渐地靠近,车上的人仿佛没有觉察到车胎被扎破,径直停在了顾婷袅家门口。很快,车上下来一个人——瘦削身材,戴着礼帽,穿着一件宽松的呢大衣,还打着一把黑色的大伞。他敲开门,收落伞,进到屋内。

阿兴瞧见了此情此景,心中暗道,"好好的姨太太不当,违背人伦,祸至长辈,也不能怪人家无情了……"

那人在屋里只待了片刻,便见顾婷袅送他出门。顾婷袅穿着一件睡袍倚在门口,向他挥手作别。他拿过伞,行色匆匆。在他走到车边即将拉开车门的那一刻,阿兴扣动了扳机。

"砰——"

目标应声倒地。阿兴对自己的枪法从来自信——在学校毕业之前,他的射击成绩一直名列前茅。这几个月来又多次操习,技艺精进,此时一击即中也在预料之中。

"丹露!"顾婷袅失声惊呼。

"丹露?"阿兴恐怕是自己听错了。他又无所目的地开了一枪"砰——"

顾婷袅面色大变,忙拉开车门做掩护,几次想将丹露拖回屋子里。但她的余光依稀见到有个人持枪向着这里奔来。理智告诉她只能暂且撇下丹露,回到门内,伺机而动。

"怎么会是丹露?"阿兴不敢相信,"不可能是她……或许是同名罢了,我何必着急!"虽如此自我安慰,阿兴仍未停止脚步。

那辆开着车门却没发动的汽车,就像一只巨大的黑色怪兽匍匐在顾婷袅住所的大门口。阿兴终于跑到了那个人面前。微光下,那人躺在血泊里奄奄一息,头上的帽子滚落在一旁,露出盘得十分整齐的发髻。

刹那间,阿兴惊骇万分,忙将她抱起:"怎么会是你,你怎么会在顾婷袅这里?!"

丹露已经痛得无法完全睁开眼,她依稀听到了阿兴的声音。

"我带你去看医生,你别怕。"阿兴从她手中拿过沾满鲜血的汽车钥匙,很快发动了汽车。

但此时,车几乎不能前进或后退。他差点忘记了,汽车轮胎被扎破了,烂泥鳅似的瘫在那里,再怎么踩油门都无济于事。

"丹露……"阿兴握住她冰凉的手,"你不会有事的……"

"大小姐烧了何先生的烟土,顾小姐只好逃到这里……不要告诉其他人……求你了……"丹露此刻念及的,还是顾婷袅的安危。

"好。"阿兴无限恼恨于自己的轻率,"我不说,不说……"

转念间,阿兴急忙跳下车拉开副驾驶的车门,抱起丹露便跑了起来。还来得及去医院吗？他不敢细想。他只依稀感觉到丹露的体温在他怀里渐渐消散,艰难的呼吸声也渐渐停止了。终于,阿兴停下脚步,跪倒在地。钢钉生生地扎入他的膝盖,痛和鲜血使他愈发清醒！他恨自己如此冒失,说什么也无法原谅自己这一枪。他想起与丹露初见的时候,她眼中带着的轻灵的光和那般天真烂漫的模样……

婷袅本已推开了窗户,但看到这一切后,她默默将手枪收起,拴好门户。她眼见着阿兴开车将丹露的尸身带走,似乎适才发生的事情不过是一场梦,院落里又恢复了宁静。

她并不能完全猜到这件事的原委,却已有了不祥的预感——自己住在这里,早已被人盯上了。如此,电话就不能再频繁使用,出行更要留心。婷袅不想坐以待毙,她必要在最短的时间内自救。

这一夜,丹露没有回来。

之晴以为雨夜路难行,到第二天,丹露总会安全抵达。是夜,她百无聊赖,独自一人外出散心。

上海的风情有一半源于租界,而今租界最热闹的地方,除了大世界,别无他处。路过法租界时,她莫名想进去一观。曾经叱咤风云的大世界兴办人骤然离世,转眼间这大世界便易了主人。风花雪月、灯红酒绿一如往日,恍若未受到任何影响——游艺杂耍、南北戏剧日日都不重样。形形色色、三教九流的人无时无刻不在这里集会,希求分一杯羹。可唯有递了帖子、拜过堂口的人才真正有机会在这里大展拳脚。

之晴步履匆匆,宛若一个走马观花的过客。大世界有"十景"——飞阁流丹、层楼远眺、广厦延春、风廊消夏、亭台秋爽、花畦望月、霜天唤鹤等,名字取得十分文雅。实地一看,却觉此情此景风流有余,雅致不足。"轮盘赌台"边银圆"叮叮当当"声不绝于耳,赌徒看客振奋万分,似乎此地便是人间极乐界。

俄而,一个身上喷了淡淡花露水的女子从之晴身边经过,她的身影令之晴驻足凝视良久。在她即将消失在走廊尽头之时,之晴快步上前牵住那女子的衣摆:"宁儿,是你吗?"

听到之晴的声音,那女子微微有些战栗。她挣开之晴的束缚,别过头,用帕子捂住了脸。

一个声音在不远处催:"叶月,望望辰光,夠同我捣糨糊!"

女子的身体僵了一下,随即从之晴手中奋力抽出自己的衣摆:"小姐,你认错人了。"她凄惶失措,又转头看了之晴一眼——她两条被粉饰过的眉毛微微向上一挑,似乎有许多言语难以表述。

刹那间,之晴心中五味杂陈。这个女子,一定是宁儿。

"叶月,还不来吗?"那个明丽的声音里夹杂了些许不耐烦。

"彩姨,我就来。"

"下九流货色,不分轻重,又要吃耳光吗?"一个年近四十的女人从楼上走了下来。她打扮得姹紫嫣红,满身珠光宝气,想必就是叶月口中的彩姨。她见到之晴,略带妩媚地向之晴一点头,转脸便喝骂小厮不看紧叶月。

叶月颇有些逆来顺受的模样,迟疑着该不该上楼。

"委屈了? 要不是阿拉收留,侬早在这街上冻死了! 大冷天,街上多几具尸首算什么? 收尸车一刻不歇往临时收尸站送人呢!"彩姨口上断不能容情,却也携着叶月姗姗而行。

之晴听到这里,向边上站着的小厮招招手,压低了声音:"这姑娘怪可怜的。"

"从了这一行,谁不是可怜人? 能得彩姨调教,也算可怜人中有造化的。"小厮觑着之晴杯中没了茶水,又替她续了大半杯热的。

狭长的走廊里,一个满身臭气的人低着头弓着腰往前头凑。之晴让开几分,小厮堆着笑解释:"他们来捉蟋蟀发财。"

"捉蟋蟀?"之晴不解。

小厮笑了一声:"这些人家里穷得吃精当光,过来大世界里捡烟屁股,就叫'捉蟋蟀',一旦凑足几缸拿到烟摊子上还能换些铜圆用。同他们计较什么? 他们多得了钱,也能给我们些好处……"

"请彩姨过来一趟,我要和她说几句话。"之晴听出话锋,从包里抓了几角钱给小厮。

小厮得了赏,也不客套,只将钱揣进兜里,且去叫人。

不多时,彩姨款款而来:"小姐有何见教?"她见过的官家太太、商家小姐数不胜数,只张眼一看,便知她们身家如何,受过什么样的教育。

"恕我直言,叶月姑娘是你拐来的吧?"之晴半真半假地开玩笑。

"青天白日的,哪能有人贩子呢?"彩姨听之晴没头没脑地说出这句话,心知不过是试探,也思忖着话只说三分。

"她姆妈呢?"

"有人生没人养!"彩姨冷笑道,"伊姆妈只顾自己快活去了。拿着丫头的卖身钱抽福寿膏、买股票,长久不见了!"

"彩姨,我也不瞒你。这姑娘原在我家伺候过,她姆妈可是第一等疼女儿的人,一心想着为女儿挣个好前程,怎忍心卖女儿呢?"

彩姨听之晴说了真话,也觉自己没有敷衍的必要。她笑了笑道:"养个猫儿都有感情,何况人呢?这丫头不卖身,两人都得死。"

"她们何至于走到这步呢?我家即便当时情况不好,也有她们一口饭吃。"之晴向彩姨求告道,"我不知原委,总不能丢开不管。何况,她自小在我家长大,我断不能做个糊涂人。烦请彩姨大人大量,许我与她见一面吧。"

彩姨含笑道:"今朝走了个丫鬟,明朝再买一个就是了。"

"她打小就在我家里,最要强不过,又是个知礼的,怎会安心在这里伺候人呢?"

"罩得过一两日,哪能罩得过一世?让伊回到外头的世界,怎能适应?伊姆妈全靠福寿膏吊着一口气呢——听说旧年,伊姆妈蛮好做梳头女佣,一做三五户,一个月也能得五块银圆。可沾了福寿膏,撇了其他开支,一个月这点钱哪里够用?一朝起了贼心,偷主家东西,被抓个正着。日本人以此为由头威胁叶月,小丫头没了法子,后来落到了我这里。叶月一走,总不好将伊姆妈推进苏州河淹死?还有那些日本人,侬来替阿拉应付?"

之晴沉默了半晌,心知彩姨的话半真半假,遂坚持道:"如果彩姨容许,还是让她自己做选择吧。"

"小姐晓得阿拉规矩?"彩姨讪笑着拿起一杯茶漱了漱。

之晴微微一笑:"彩姨宽宏大度,今朝才与我说这些掏心窝子的话,我怎好让彩姨为难?钱款一项,我自会准备妥当。"

彩姨笑道:"小姐客气了。就看在侬对旧仆的这份心,容伊拉见一面。"

小厮得了彩姨的眼色,上前道:"请小姐稍待,郑老板走后,我便让叶月来与小姐相见。"

不多时,又有人来请彩姨,彩姨便也不再同之晴客套,忙去应酬了。

"哟,今朝不巧了,三缺一呀,各自散了吧……"彩姨的声音直撞入之晴耳鼓。她忽而向小厮一招手,"我能否去陪彩姨打两圈牌?"

"正好呢!"小厮忙将之晴带入一个静室。果然,彩姨正抱怨一位胡老板失约,见之晴主动来替了,忙笑道:"偏劳了。"

彩姨在烟灯上点燃烟卷,又让与其他两位老板。

麻将打了几圈,彩姨手气欠佳,输了之晴许多。她哀叹一声,便将支票开出来递给之晴道:"大小姐年纪虽轻,牌技极好!"

之晴接过支票，望了一眼，笑道："运气而已，都是彩姨和两位老板谦让，我哪里敢当？"说着，站起身来就将支票在烟灯上烧了。彩姨眼中划过一丝赞许，遂向侍候在一旁的小厮使了个眼色。

小厮忙上前请道："郑老板许是离开了，大小姐可去外头候着叶月姑娘。"

两人一前一后从静室出来，又等了一盏茶工夫，叶月仍未现身。一个叫小志的小厮上来回道："叶月姑娘说，如今不便与小姐这样尊贵的人见面。还请小姐不必再等，也不必将她记挂在心上了。"

"她在哪里？我去见她。"好不容易有了宁儿的下落，之晴怎肯就此离去。

"小姐实在不宜上去……"小厮在她耳边轻声道，"这燕子窠里头乌烟瘴气的，只怕脏了小姐的眼睛。"

之晴道："你与她说，若还记得我们当年的情分，就出来一见。在这里也不能躲一辈子吧？若她执意不下来，我必上去问个明白。"

小志见之晴坚持，又得了之晴几角钱，喜不自胜地再次去传话。

之晴听着远远有人在唱苏州评弹，吴侬软语一声一声揉着人的心窝子。怪道人言苏杭美人最动人，她们哝哝唧唧的语调，恰若一张最柔软不过的天鹅绒毯裹着人的周身，令人舒坦无比。

"让大小姐久候了。"叶月的声音恍若在云端。

"宁儿……"之晴一下子站了起来，揽住她的手，亲厚之情自不必言说。

"大小姐，你到底找来了。何苦呢？我没了名誉，若被旁人见到我们在一道说话，定要带累了小姐的名声。"宁儿见之晴待她如此热络，反倒退了一步。

叶月确然是当年的宁儿。但宁儿的自尊如同碎了一地的瓷器，再也无法拼凑完整。

走在大街上，若一个人对她笑，哪怕是个女人，她都觉得那人一定不怀好意。她连自怨自艾的勇气都已消耗殆尽。在每个夜晚，她几乎能见到身家千万的豪门公子或海上大亨。可她在他们眼中，算什么呢？

在这样的日子里，她只能是叶月，而非宁儿。夜夜笙歌，夜夜花好月圆，真正安宁之时却从未有过。

"宁儿，我立时给你赎身。"见到宁儿如此，之晴心中顿时觉得对她有十分的亏欠。

宁儿微微颔首,转而笑道:"林小姐还是叫我叶月的好。你今朝来,无非是想知道当年发生了什么事。我受林家恩惠多年,也不愿口是心非,正好可把这一节说了,从此心头没了挂碍。"她坐下来,点起一根香烟,这才缓缓道:"那年,我姆妈自恃在庄园里做了一些年头,妄想着做老爷跟前人。二小姐言语间多有敲打,她心生不平,也暗算过二小姐令其受伤。后来知道老爷无意纳妾,便暂且断了念头,却不知怎的又听信人言要进股市。她把二十年来的存款都交给一个叫蒋翠屏的女人,甚至还暗中支用了账房里年底收回来的一笔款子,结果蒋翠屏卷款潜逃,再无踪迹。姆妈心灰意冷,甚至打算下辈子在监狱度过……没想到,老天给了她一个机会——正月十五那日匪徒上门,抢去了陈设古董,账房也被焚了。无法对账这一节对姆妈来说,乃莫大的好事。老爷和小姐还因她受了伤,对她格外优待。但她没有预料到,这一切只是阴谋的开始。她万万没想到,自己早已成了局中的一颗棋子!"

"正月十五有劫匪上门,这本来就蹊跷得很。"之晴道。

"姆妈'坐在井中',直到有人找上门来,与她说,她偷窃林家庄园钱款之事早已东窗事发,只差说与老爷和小姐知晓。若她不听从指派,便会将这件事抖搂出来,让我们母女身败名裂。姆妈被吓得不轻,只好任其差遣。我后来才得知原委,已经来不及了……我匆匆把私蓄放在丹露处,想去劝说姆妈及时收手,免得深陷其中。可她已吸上了福寿膏,我说什么都无济于事了。行到此处,已是穷途。我无颜回乡见人,老天还偏偏不让我安稳!我被竹下完明软禁,姆妈无法,只好对他言听计从。第一步便是诓骗你签了秋茶的合约,想让林家彻底破产。最后,姆妈失去了利用价值,没了收入吸不上福寿膏,日日狂躁不止……我被竹下完明所迫做了伎人,日复一日终究落到现在这个鬼样子。"

之晴听到此处,抓住她的手道:"这一切都不关你的事,偏偏让你受苦。"

"大小姐,请回吧。姆妈欠下的款子,我自当尽力偿还。"宁儿抽出手,站起身,将吸了半截的香烟丢在烟灰缸中。

"家里人都很记挂你,再三让我用心寻访。既然上天垂怜让我们再相遇,你就同我一道走吧。"之晴道。

"只要想到过去,我就会更厌恶现在的自己。"她转头向小志道,"你跟我到房里去,取钱还给这位小姐。"

之晴心知宁儿缘何如此,忙止住小志:"不必如此。若有一日你想回来,派人去爱多亚路上的宅子找我。我等你回来,我会一直等你。"

"大小姐不必让我这样的人脏了太太往年的居所。对了,想必大小姐也听说过,红土价廉,但长时间吸食容易便血,最后瘾君子会不治身亡。竹下完明当初要找出林家的医学秘本,就是为了改良红土,延续瘾君子们的性命,令他们更长久地吸食,从而牟取更多的钱。他顶喜欢做的就是付出最少的资本,最大限度地利用廉价劳动力。他的产业就是这样一步步扩张起来的……"

"原来如此,谢谢你告诉我这些。"

之晴看着成为叶月的宁儿如孔雀一般地走了。她还是如当年一般傲骨铮铮,她打扮起来甚至比任何人都清冷美艳。她的遭遇在过去的之晴看来无法想象,可如今她看清了太多,也失去了太多。

大世界里难堪的情境每一天都在上演。正如那个伺候宁儿的小厮小志所言:"物换星移,大世界易了主人,彩姨的码头却一如往昔,可见保宁儿终身安稳不成问题。一步错了,何妨将错就错,也好过往后日日悔不当初。"

在这样的世界里讨生活,小志早已看得通透。反倒是自己一念之执,太过一厢情愿了。

从大世界出来已过了二更时分,天桥上仍有不少卖弄风情的女郎在招徕过往男子。霓虹灯迤逦的色彩下,那些魅惑无比的女郎好似放浪形骸的美女蛇。她们身姿摇曳,殷红的唇脂如同一剂强心针,令无数男子振奋。

一个人不知走了多久,在一条灯光昏暗的巷子里,一个妇人哑着嗓子叫卖:"长锭要伐?卖长锭咧——"之晴才蓦然知觉,原来已到了废历三十,锡箔折成的纸锭在路灯下折射出幽然的光。之晴顿觉寒气侵体,忙拢起大衣,快步在这寥落的街头行走。她耳边倏而响起一阵女声:"浮生若梦,世事如烟,吾辈游戏人间耳……"不知何时,她鼻翼轻轻翕动,眼泪不住地往下落。

按照约定,之晴在爱多亚路的宅子里等丹露归来,而后一道回阳羡准备冬至林家祭祖之事。之晴等了三天,仍未等到丹露。谨慎起见,她到饭馆借电话联系婷袅,也到公共电话亭致电婷袅住所,但婷袅均未接听。她正准备去婷袅住处探寻,恰好收到婷袅打来的电话:"我行踪暴露了,丹露不幸身亡。那个枪手与丹露似乎相识,你千万要注意安全。"

"什么……"之晴呼吸一滞,僵立在当场。

"真对不起,没能救回她。"顾婷袅克制着自己的语调,"现下我不便解释,过一阵子再找你。"

之晴也不知道自己何时才搁下电话,甚至忘记当时回答了什么。

这么多天来,她一直盼着丹露归来。可婷袅的话不啻于惊天巨雷,令她脑海中一片空白。她无望地等待着,甚至不敢把这个消息告诉父亲。她夜夜难以安睡,却迫着自己整日忙碌,因为她只要停下工作的脚步,就能想起与丹露相伴的日子。一念至此,就控制不住自己的情绪,数度落泪。

往后,该如何呢? 她很久没有这般无所适从了。思量再三,之晴只得将这个消息告诉方衡。电话那头,方衡沉吟半晌后问她:"你打算报警吗?"

之晴顾虑重重:"警方一旦追查下去,婷袅会成为众矢之的,洗不掉嫌疑人的罪名。何先生又颇有地位,只怕会落井下石。若真是熟人作案,岂非又要牵扯另外的人命? 总要先弄清楚那人是谁才好。"

"如今丹露母亲那头如何安排是最要紧的。她只有丹露一个女儿,现下没了寄托,不知道一个孤寡女人如何度日,总得有个妥善的处理办法。不如先向她母亲说明丹露生了急病,过一段时间再缓缓告知实情。说句不中听的,到底活要见人,死要见尸啊!"

电话这头,之晴眼眶一红,哽咽着再也说不出话来。

"我先去向伯父禀明此事,然后前往湖汊一趟与丹露姆妈做个交代,最后到上海来接你返乡。我们好好分析一下前因后果,最好再次联络上顾小姐,这样丹露之事自会水落石出。"

"烦劳你了。"之晴忧心非常,连日来茶饭不思,几乎恹恹得病。即便当初她被投入监狱受尽折磨,也未有如此不安。丹露于她而言,情分非比寻常。如此噩耗又并非眼见坐实,一直梗于心头,令她实在难以接受。

冬至过后数日,阳羡下了一场大雪。这琉璃世界,似乎把一切都掩得干干净净。汈畔的柳枝上累着皑皑白雪,屋檐上的冰凌参差垂下,宛若晶莹透明的利刃。

林老爷书房中煮着茶,酸枝木嵌五蝠裙板隔扇内气炉蒸腾出丝丝暖意。

之晴将茶汤注入一只五彩花卉杯,呈与父亲。

林老爷开口道:"丹露之事我已知晓,生死大事,你一定要把你所知的一切清清楚楚地告诉她母亲。"

"是我的错,没有想到……"想起丹露曾经如此神采飞扬,如今却香消玉殒,之晴悔不当初。

"查明凶手了吗?"

之晴微微摇头:"眼下还不能确定,顾小姐也未曾看清那凶手的面容。"

"时间拖得愈久,真相愈难查明。虽牵涉众多,但人死为大,还死者一个公道要紧。一日不查明真相,大家都不会安心。"

两人正说着，丁叔进来回："老爷、大小姐，阿兴回来了，说有要事相告。"

"请他进来吧。"

之晴有些诧异，阿兴怎会在此时回来？若他真的站到了自己面前，不知是否会坦诚当日暗算方衡之事呢？思量再三，之晴倒有了种种顾虑——她自小同阿兴一起长大，怎能信不过他？他又难得回来，和和气气多好……

"给老爷请安。"

"都是一家人，许久不见了，快坐吧。"林老爷见他回来，心头欢喜，亲自斟了一杯雨前红茶给阿兴。

阿兴双手恭敬地接过："许久未喝过我们自家的茶了。"

"年关近了，不承想你倒有心回来看看我们。"林老爷又让丁叔挨着他坐下，笑道，"今朝恰好大家都在，一道吃个晚饭吧。"

阿兴饮了半杯茶，向之晴道："有一件事，我想与你说。"

之晴会意，起身道："我们去院子里走走。"

之晴以为阿兴要说的定然是方衡汽车爆炸一事。

院中的山茶花开了，大片玫红之间，依稀露出几朵粉白色的花朵："阿兴哥哥，我记得这个品种的山茶花，当年是你费了好多辰光替我寻来，如今年年开花，繁茂非常。"

阿兴并没有回应之晴的话。

两人一前一后在廊上走了许久，眼见将至潇碧苑，阿兴才道："之晴，前些日子，我误杀了丹露。她的尸身已入棺，安放在城外义庄……"

之晴万万没有想到阿兴会说出这样一句话，她惊讶万分，许久才回过神。

"杀了人，同我说没用的。"之晴尽量让语调变得平和。

阿兴道："之晴，我没有什么好辩解的。"

之晴眼中泛起一片水雾："没想到你……"

阿兴想起丹露素日对他的钦服、敬重，心头也有万般懊悔："一命抵一命，我总要回来与你有个交代，明朝我便去警察局自首。"

"丹露死了还不够吗？你去自首，想过丁叔和父亲的感受吗？"之晴箍住他的臂膀坚持道，"谁让你去杀她的？我不信你与丹露有什么深仇大恨。我要知道，一切为了什么。否则，我无法同丹露姆妈解释。"

"若我知道那个人是丹露,我一定不会去,也会拼尽一切去阻止别人伤害她。"阿兴坚定道。

"关丽云! 是她让你去杀人的吧!"之晴听阿兴顾左右而言他,脸色陡然一变。

"不! 不是她……只怕这件事是竹下完明的阴谋!"阿兴一口否认了之晴的话,"丽云不会这样做的,她已经有了四个月的身孕,她更不知道那就是丹露……都是我的错。"

之晴生生将眼眶中的泪逼了回去,咬牙道:"若她一心劝你向上,又怎会发生这样的事情? 更何况,竹下完明杀丹露做什么?"

阿兴摇摇头:"此事不能算到她头上。丽云往日虽有错失,但都源于竹下完明一再逼迫。如果有选择,谁愿意昧着良心? 自与我成婚,丽云已然不做非法之事……"

"你这般相信她?"之晴冷冷道,"烧烟土是我的主意,同顾小姐和丹露均无关联。杀人者,不过是要袒护烟土贩子罢了。"

"之晴! 求你相信我一次!"阿兴急上心头,"我得到的情报是何先生被顾小姐背叛,须除掉顾小姐的情夫。我从不知道烟土之事,更不知道那个所谓的'情夫'就是丹露。"

"对,他们说的那个'情夫'本该是我。若非有事耽搁,与婷袅之约就是我的死期……"

阿兴目光一黯,颓然之色顿显:"我去吴大娘那向她坦诚一切再去投案,若我不被枪毙,待我出狱便回来奉养她下半辈子。"

看着阿兴瘦削的面容,之晴心头蓦然一软:她知道,丹露心中之人就是阿兴。她的死,也是因为阿兴偏听偏信。可从头至尾,自己何尝没有错呢? 若她不同意丹露进林家,不要求丹露去学车,丹露应该也不会猝然早逝……

之晴站在山茶花树下数着盛放的花瓣。待山茶花落尽,玉兰花也就开了。玉兰花后,又是桃花、杏花的好日子。想来,这片山林将长久地浸在一片粉红之中。

几日后的清晨,之晴还未起身,忽而被一阵电话铃声惊醒。

"之晴,你何时回上海呢?"电话那头是婷袅无比温柔的声音。

"你在上海了？"

"我的老师想见你。"

之晴心中有太多疑虑，但不知如何开口，只问道："见我做什么？"

"你救了我，老师很感激，特意邀请你到他家赴宴。他在京沪两地颇有地位，想来对于你家生意也有些帮助。当然，也不是单邀你一人。届时，上海商界的一些代表人物也将赴宴呢。另外，丹露的事情我想向你交代清楚。"

"家里还有些事情没有办完，下周吧。"之晴略作迟疑便答应了下来。

她恍然觉得自己又陷入了一团迷雾——她疑心很多事情。父亲、阿兴、婷袅、方衡……他们对自己都很好，但同样都有自己猜不透的秘密。他们愈想掩盖，之晴就愈想揭开最后的谜底。

"大小姐，有客来。"小喜敲门。

之晴正夹着头发，问道："是谁到访？奉茶了吗？"

"小祥在奉茶。听客人的随从说，还要去邀方少爷呢。"小喜答道。

之晴心知来者必是重要人物，便速速收拾妥当出来见客。

"张先生！"之晴一见此人，忙执礼道，"您老怎会来阳羡？晚辈给您请安！"

原来客人正是主持西湖博览会的张静江，他携亲随来阳羡一游。

张静江笑着与她握手："林小姐，不必多礼。"

"先生身体可好？"之晴忙招呼客人们一一落座。

"老样子，腿脚不便，日日拐杖不离身！"张静江一笑收住，将此行目的同之晴简单一说，之晴不由抚掌称妙。

在张静江的讲述中，之晴得知他对阳羡螺岩山上的善卷洞倾心日久，如今成了闲散人才得空一访。

"张先生，我这趟有幸相陪，也好增长许多见识。"之晴笑道。

张静江的随从道："我们先生常说阳羡有个林小姐同他家三姑娘性子极为相似。今日到得阳羡，才有机会见到林小姐真容。"

之晴谦让道："我不过山野之人，能入各位先生之眼，乃一生之幸。"

张静江等一行人吃完茶，略歇了歇脚，便同之晴一道往西氿去。

此前，张静江的秘书已把交通打探清楚——从西氿至善卷洞乘船约莫四个钟头，到了渡口换乘轿马，脚程快些半个多钟头便能到溶洞口。

到得西氿码头,方衡早已在岸边相候。问起方衡与张静江何以识得,众人开怀笑道:"张先生如今不是政治人物,做实业嘛,总要结识各路俊杰的。"

一行人次第上船,方衡挨着之晴坐了。一路上,说起斥巨资修缮善卷洞的乡贤储南强,众人无不交口称赞。善卷洞在明朝即有"阳羡山水甲于东南,而善卷洞及大小洞尤号胜绝"之说,善卷洞之景,蔚然大观。储南强在溶洞之中凿崖造磴,已近十年了。此乃愚公移山之精神,百折不回。张静江等人谈得热烈,方衡和之晴则远远坐着,另有所思。

"有些事情希望你不要瞒我。"之晴在他耳畔轻声道。

方衡见她如此正经的模样,不禁失笑:"好,我必认真回答你。"

"省内的讲武堂也有你的功劳吗?"这是之晴心头萦绕许久的疑团。此前她并不敢提及,如今她不得不问个明白。

方衡一怔,随即笑道:"我不太明白你指的功劳是什么?"

之晴似笑非笑:"原来是众人看错了你,把你当成纨绔子弟。不承想,你有过人的见识和野心。"

方衡不以为意地笑道:"承蒙夸奖。若大小姐手头方便,可否借贷些钱款助学？义务办学久了难免囊中羞涩……"

之晴未料到方衡会这样直白地承认:"原来借机向我打秋风来了,我真是给自己下了个套。早知事情合该如此,就不必问了。"

方衡道:"支援讲武堂是于国于民有利的事情。储老儿媳为修善卷洞,贴上自己三万块银圆的嫁妆。不知林大小姐是否愿效仿前例,解囊相助呢?"

听到这样的话,之晴心中一动:"打我嫁妆的主意,为时过早吧?"

下船坐车换轿,颠簸了又近一个钟头才至善卷洞山门前。善卷洞外植被繁茂,即使在冬日,仍有欣欣向荣之势。

储南强听闻张静江等人前来,放下手中活计,在山洞里沐手整冠,这才上去迎接。

众人沿着石阶而下,见石洞间一裂罅处悬着一挂瀑布,为这溶洞增添了不少情致。经介绍,才知水潭由开凿洞穴的残石围成,开闸放水则可见九天垂瀑的奇观。这等巧思,必是匠人花了无数心血才能实现。

坐船经过地下暗河,随处可见倒挂的石钟乳。溶洞顶部,山水沿着石钟乳缓缓滴下,较泉水有不一样的清澈甘冽。

储南强道:"铜官山色翠重重,虾虎城边第五峰。洞里三千花姊妹,娉婷都道不如侬。这石钟乳和石笋可对接成柱,即是你们眼前这'万古双梅'了。"

众人闻言细看,果真稀奇,不由啧啧称叹。最为难得的是此洞冬暖夏凉,洞外山风刺骨,洞内倒有一丝暖意升腾。方衡和之晴各擎一只手电筒,观赏崖刻和环壁奇石,深感天工造化和人力穿凿合二为一的不易。

在施工人员口中,众人方得知起初洞内乃蝙蝠栖息地,进洞伊始,被蝙蝠环绕,啾啾之声不绝,甚为凄厉可怖。亏得数十人擎火把,才令蝙蝠不能近身。而后,储南强为开凿溶洞通道日夜不辍,在无勘测仪器的情况下,工人们张着汽灯,全凭经验和百折不挠的意念凿成一百二十米长的水洞。多年来,亲人朋友无不筹款襄助。从中洞到下洞石层堆积,一百余层阶梯落成殊为不易,为着上、中、下三洞交通,储南强探测后确认无法用炸药,遂以水滴石穿的精神,靠钢钎、凿子,与工人一道打磨,直至看到天光……这样的辛苦,储南强甘之如饴。这些故事一桩桩、一件件不疾不徐地讲来,竟似寻常家事。

张静江感慨万千,当下许诺在建的宁杭国道上加辟一条善庚支线,可方便更多民众在今后来瞻仰这天地奇观。

身处林壑不为逍遥,遁入山中只为心中事业。南通张謇、无锡荣德生、武进吴稚晖、川沙黄炎培等名流无不慷慨解囊。谈起这些,储南强感激莫名,忍不住热泪盈眶。

"铸农(储南强字)一生跌宕,然赤诚之心不改。你们同为阳羡人,自当以其为楷模。"

瞻仰过奇景,见识到储南强风度,方衡和之晴早已钦服无地,执学生之礼以拜,储南强亦执礼相答。

第四十一章

销凝岁零

抵达上海的夜里，天空飘起了雪。路灯更加昏黄，雪花像被扯破的棉絮，大片大片地落下。天桥下、屋旮旯还能见到瑟缩着的无家可归的人。他们用几张旧报纸盖在身上，抵挡着四面八方涌来的寒气。街上来来往往的多是行人、黄包车车夫，他们未曾停下，显然忙碌于他们而言更贴合实际生活。

之晴将方衡送到宾馆入住，这才联系上婷裒。

婷裒道："廖先生家在永安公司边上，你若不认得路，到了永安公司大门口，会有人接你的。"

之晴想了想："不必接了，我就按着门牌号过去。"既是开宴，去的又多是有头有脸的人物，想必廖先生门前定停了无数宝马香车。如若不然，终归有些蹊跷，那就不便进去了。她虽信任婷裒，可意外之事接二连三，她不敢不留心。

方衡为她叫了一辆黄包车，又切切嘱咐了几句，才放心她独身一人前往。

夜晚才是某些人一天的开始。与大马路上的繁华相似，廖先生家中灯火辉煌，恍若白昼。

　　她在门口停留了片刻,目光在所有宾客面孔上划过。根据她往常交际的经验,她很快确认了此间的主人。"廖先生,我是林之晴。"之晴见廖先生与人应酬,缓缓走上前去,颇为有礼地问好。

　　"林小姐,很高兴见到你!"廖先生与之晴握手。

　　"廖先生,久仰了。婷袅还没到吗?"之晴问。

　　"她被一些事情绊住了,或许要晚一时半刻。"廖先生笑道。

　　之晴点点头,眼见席中之人都是未见过的生面孔,心里渐生一丝不安:廖先生家里如此宽敞,若他真是婷袅的老师,为何不让婷袅暂居此处呢?婷袅称他为老师,却不知与他到底学了什么……此地断不能久留,晚些时候还是找个借口离开为好。

　　之晴在沙发上坐着,盯着眼前的雪莉酒不喝。晚宴还未开始,许多人来回敬酒,即便从前不识,几杯酒下去也热络了不少。

　　"林小姐,我在刘先生那里尝过你家的茶叶。希望来年也能有机会从你家订购一些。"一个中年贵妇姗姗而来。她穿着一件京绣的旗袍,戴着一串东珠手链,眼角虽有些许笑纹,但气度依旧雍容华贵。

　　"不知太太如何称呼?"

　　"我夫家姓徐。"

　　"徐太太若得空,开春后可去阳羡踏青观光,品品新茶。过几日,我让我们铺子里的伙计送茶样过来请您先尝。我给您留个电话号码,方便之后联系。"

　　两人正聊着,廖先生带了婷袅过来。徐太太乖觉,忙笑道:"廖先生或有要事,我先去外头和华先生打个招呼。"说着,她拿了之晴的名片放入小手包中,远远地去了。

　　"林小姐,好久不见。"

　　"好久不见,近来可好?"之晴有太多的话想问,却被婷袅带到钢琴前,两人四手联弹,博得了阵阵掌声。

　　"这位是我的学生顾婷袅,醉心音律,近年更有些进益。边上这位是来自阳羡商会的林小姐,家中以经营茶叶生意为主,如今她在上海也置了产业,诸位往后要赏脸关照呀。"廖先生满面笑意。

　　嘉宾们鼓起掌,之晴和婷袅缓缓起身,向众宾客致意。

徐太太道："我十分钟爱林小姐家出产的茶叶,正准备向林小姐订购呢。"

众人闻言,又纷纷向之晴敬酒。

"我不大会喝酒,还请诸位原谅。"之晴起身将杯中红酒饮尽,"今朝只能喝这些了。"

廖先生放下刀叉,起身举起酒杯："你留洋过的,不会喝酒我可不大相信。趁大家都高兴,小酌一杯又有何妨? 晚些我会派人把你平安地送回去。"

推杯换盏间,她见到一个熟悉的身影——太像陆穆远了。他怎么会在这里? 之晴心中千头万绪,终于按捺不住跟了上去。

"你竟然是这里的钢琴调律师?"

陆穆远尚未答言,只见婷袅端着酒杯前来,笑向之晴道："林小姐来这里躲酒,可要多罚一杯!"

"请我来此地,到底所为何事?"之晴莫名地不安。

婷袅嗑着笑道："你是聪明人,不妨依照心之所念猜上一猜。"

唱片机里"咿咿呀呀"地传出《玉堂春》的唱段。廖先生颇有些陶醉,随着唱腔起伏情不自禁地哼出调来。

婷袅饮了杯中酒,陆穆远欲言又止,席上之人各有心思,但依旧觥筹交错。之晴自知不便久留,遂上前向廖先生低声告罪道："我身体忽感不适,可否先行告辞?"

"哪里不舒服,我派人送你去医院吧?"

"只是酒精过敏,没什么大碍。"之晴站起,手背上已发红,脸上也飞起红晕,"我失态了,你们尽兴……"

廖先生见之晴果然醉眼迷离,忙致歉道："是我疏忽了,还一味劝酒,真对不起。"说着,又命人准备礼物让之晴带回去。

之晴与众人点头道别,踩着高跟鞋,摇摇晃晃站立不住。驾驶员只得替之晴拿了礼物,将她扶到车后排躺下。

汽车果真是往医院开的,之晴舒了一口气。她手背上的红疹也渐渐消失——那原本是她用手背不断摩擦衣料才导致皮肤发红的。天色已经完全暗了下来,街边霓虹闪烁。她看了看手表,已到了七点一刻。驾驶员专心地开着车,丝毫不觉之晴已慢慢地坐了起来。她脱下高跟鞋握在手中,在驾驶员耳后大叫一声："停车！"驾驶员大惊，本能地踩住了刹车。几乎同时，之晴用鞋跟朝着驾驶员的后颈敲去。

眼见驾驶员晕厥过去，她忙扶住转向舵，一面按喇叭，一面拉起手拉刹车杆。车终于停了下来，但这长鸣的喇叭和适才汽车蛇行百米的态势早已引起路人的恐慌。之晴不急不缓地穿好高跟鞋，打开驾驶座的门，将驾驶员拖了下来抬到后座上："不好意思，我家驾驶员突发心脏病，需要去医院。"

路人见到这样打扮精致的小姐，自然不会疑心是她袭击了驾驶员，不由纷纷让路，请之晴驾车先行。

此时，之晴无比担忧。她不敢想，这两个小时中会发生什么。方衡还在宾馆房间里等她，危险会不会不期而至。

之晴忐忑极了。她尽量冷静地避开行人和其他车辆。她无数次掐着自己的手臂让自己在头痛中清醒——她无法预知即将发生什么，但她必须回到方衡身边，确保他平安无事。

刹车，熄火。之晴平复情绪，走进灯火通明的宾馆大堂，电梯悠然地上下运送着摩登的小姐、有礼的绅士，一切井然有序。她迅速地扫视着大堂里的一切——椅上看报的人，提包攀谈的人，推着清洁车的保洁员……或许在下一刻，他们就会从某个地方拔出手枪，对着他们的目标人物射击。

"铛——"宾馆墙上一座巨大的挂钟发出巨响。

八点钟了。

之晴快步到前台，向服务生道："你好，能给我接通方衡先生所在房间的电话吗？"

"小姐，不好意思，住客可能不在房间。"服务生低头拨号许久，仍无应答。

"不在房间，他去哪儿了，会不会出了什么事？"她不及和服务生道谢，忙向电梯奔去。

宾馆大堂一片昏暗，只飞出几点火花。所有吊灯的光亮在一瞬间消失，电梯也戛然停止。一切似乎毫无预兆，又好似充满巧合，此起彼伏的惊叫声在空旷的大堂里回响。这一刻，这座富丽堂皇的宾馆变成了一座暗夜监狱……

之晴停下脚步，四下打量——玻璃门外的另一座大厦还是灯火通明，只有这里失去了所有的光彩。

"方衡，你千万别有事才好！"之晴心中默念。

宾馆的男服务生们打着手电筒叫道："各位不要惊慌，只是一时跳闸，电工已去抢修。电梯里的女士、先生不用着急，我们会确保你们的安全。"手电筒的光线在地上的人群中穿梭，很快就扫射到电梯上。这一线光源仿佛在搜寻着什么，可每个人似乎都躲不开。

"砰——"

这次是枪响，再次引起了宾客们的高度恐慌。

之晴勉力让自己平静，朝着楼道跑去。她脱掉高跟鞋抓在手中，沿着狭窄的楼梯往上爬。她一鼓作气爬到七楼，颇有些气喘吁吁。酒精令她肠胃更为难受，几次想要呕吐的冲动都被她生生克制住。恰在此刻，之晴听见一阵沿阶而下的响动。她忙躲到七楼的转角处，将自己隐蔽起来。八楼的人似乎也听到了有人上楼气喘的声音，同时放慢了脚步。

八楼的那个人点燃了打火机——那多半是个男人，他正在一步步地下楼。他在试探，他也很谨慎。之晴有些害怕，并不清楚来者何人。可她知道，那个男人必定不是方衡。方衡偶尔吸烟，也只为应酬，并没有随身携带打火机的习惯。若真是袭击者，自己正好撞在枪口上，万难存侥幸心理，只能冒险一搏。但愿那人只是同样惊慌的住客……

正想着，走道中灯光大亮，那个下楼的人脚步似已停滞。每一个楼层都有宾馆的服务生来回走动敲门安抚客人。

之晴心中一宽，但不敢再走那狭窄的楼梯，便跟着服务生走到电梯处。此时的电梯已恢复正常运转，角落里有一丝潮湿，似乎还有一丝血腥气。

"刚才是谁开枪？有人受伤了吗？"之晴问服务生。

"的确有人受了伤，腹部大出血，听说还见了肠子，现已送到医院去了。巡捕在搜查开枪者，小姐不必担心。"

"受伤的是这里住房的宾客吗？"

"还不知道中枪者的身份，核实后我们会第一时间和巡捕沟通。"服务生耐心答道。

没有确定方衡平安，之晴心中究竟忐忑。回到所住楼层，她又向服务生恳求道，"劳驾，这是我未婚夫的房间，他一直没有应答，请为我开一下门。"

"入住的客人都有隐私保护,恕我不能为您开门……"服务生十分为难。可话音未落,一柄手枪已对准了他的小腹。

"我不想再重复同样的话。"之晴语调不再柔和。

子弹未上膛,保险也未打开,之晴不过是借此吓唬服务生罢了。服务生本就被适才的枪击案吓得惊慌失措,如今又有一柄枪切实地抵在他面前,他如何敢违逆之晴的话语?

"我开门……"他拿出钥匙盘,很快便找出了对应的钥匙。

房内空无一人。

方衡,你到底在哪里?之晴提起的一颗心顿时跌落到谷底,她止不住地胡思乱想——电梯间被击中的那个人会是他吗?该去医院一探究竟吗?她随即恼恨自己竟会生出这样的想法,但这念头就此在她脑海中挥之不去……

之晴抓住服务生的肩膀:"我怎样才能知道刚才被枪击的人是谁?"

"那得去巡捕房吧?"服务生被之晴凌厉的眼神吓得战战兢兢。他不敢就此走开,也不敢说出任何会引发之晴不适的字眼。

"很好,你与我刚才说的任何话不许给旁人知晓。"

"我知道……我们一向……保护客人隐私。"服务生如蒙大赦,快步离开。

之晴默然不语。回到接待大厅,她留意到服务生们正在窃窃私语,"刚才一个汉奸被革命人士枪杀了,只怕死了也未可知……"

"我怎么听说是东洋人?"

众人你一言我一语,恍若确有其事。之晴心下惴惴,只朝着宾馆的大门口看。

等了许久,也不见方衡的影子。之晴再也无法安坐,急忙奔出门外。马路上已堆积了一层不算厚的雪,有些行人踏雪而行,有些行人便叫住黄包车,免得湿了鞋袜衣衫。懂得未雨绸缪的,已撑起伞挡雪御寒……

方衡,你到底在哪里呢?之晴心中油煎火燎似的,恨不得自己暂且从这个纷扰的世界里消失。

不知又苦苦挨了多久,之晴才听见那个熟悉又温柔的声音响起。

"之晴。"

"你……吓死我啦!"之晴回转身,眼前出现的终于是她心中所念所想之人。她又惊又喜，倏而扑进方衡怀中。

"怎么？"方衡的笑容中有一丝戏谑。

"谁让你和竹下完明藕断丝连？你知不知道有人很可能对你不利！"之晴嗔怒。

"小心些就好。"方衡似乎全然不在意。

"很多时候防不胜防。"之晴不禁蹙眉，"那些人真糊涂，把你当汉奸看。"

方衡握住之晴的手："这样冰凉，我给你焐一焐。"

"还不是因为你！"之晴此前又气又急，现下终于松了一口气。

"我见你那么晚没有回来，就想着去西点房给你买些蛋糕。"

"对了，廖先生派来的驾驶员被我敲晕了，不知他情形如何……"之晴忙带着方衡去到酒店停车的地方。那辆车仍旧停在原地，方衡上前去看，后排躺着的驾驶员已然消失无踪。

"车钥匙在我这，驾驶员无法就此开车。可见他已经醒来了……"之晴只觉大事不妙。

方衡闻言立时从之晴手中拿过车钥匙，将之晴推上车："快，我们离开这里！"他脑海中闪过许多念头，但现下还来不及与之晴解释。

直到汽车驶出好一段路，两人弃车步行，又换了黄包车，如此往复，最后才回到霞飞路上的宅子里。

安顿下来后，方衡缓缓道："若往后阳羡不再太平，你同伯父早早迁居到香港也好。茶园之事尽可托人打理……"

"世事多变，可我总想着两全。再者，我走了，何时能同你再见呢？"之晴见他眉间也有一丝隐忧，反倒笑了起来，一下捏住他的面颊。

方衡握住之晴的手，正色道："我并非同你玩笑，若要南下，便早做打算。"

"别说这些没用的了，早些睡吧。"之晴向他的脸凑得更近些，轻轻呵了口气，见他一脸紧张，不由失笑道，"明朝一早我便去工厂看看。"

"小心被人跟踪。"方衡又好气又好笑，不免出言恫吓。

之晴粲然一笑："甩掉那些跳蚤也不算难事。"

到了后半夜，飘了大半日的雪竟停了，地上不到一寸的积雪也渐渐融化，路面变得湿答答的。方衡在沙发上难以安睡，到了后半夜，他辗转良久，还是拧亮台灯,坐在桌旁看书。

次日,之晴醒得很早,煮咖啡的香气弥漫了整个厅堂。桌上碟子中是两块黄油煎过的面包,中间夹了一个荷包蛋。她站在楼上看着方衡在餐桌前忙碌,顿觉安心。

"我打算去一趟南京,与竹下完明摊牌,他要什么补偿我尽力满足。"

"只怕竹下完明欲壑难填……"之晴有些担心,她取了方糖放入咖啡杯中轻轻搅拌,"即便谈不拢也无妨,平安最要紧。"匆匆用过早餐,之晴换了便服与方衡告别。

"我送你。"方衡道。

"不必了,人多眼杂。"之晴掩了门,往大街上走去。此时,天不过蒙蒙亮,路灯还未熄灭,街上黄包车几乎无踪。卖豆腐的摊子和卖五香豆腐干的摊子比邻而居,已开始叫卖。粢饭团摊子则支在马路对面的一个街口,边上是大饼摊和糖粥摊。雾气升腾间,可见早饭的温热。之晴信步走到粢饭团摊子前要了一个包油条的饭团。这个饭团虽要不了多少铜钿,却令她想起在行园和杨婆婆一道的时光。木桶中的米饭洁白细腻,刚炸出的油条金黄酥脆。她只将这个饭团焐在手心中,贪恋着它在掌心中的温度。

"小囡今朝又那么早?"卖粢饭团的老头问。

"工厂离家远,要早点出门的。"之晴笑着搭腔。

路上行人终于多了起来,之晴也叫到了一辆黄包车。她刚坐上车,却被一个人狠狠拽了下来。那力量让之晴一个趔趄,几近摔倒。粢饭团滚落在地上沾满尘土,再看时已被叫花子捡了去。

"你们是谁?"之晴定了定神,看到面前站着三个面生的男人。

"林小姐,我们先生非常敬重令尊,也爱重令尊的藏品。可奈令尊太过宝惜,不肯借出,还请代为转圜。"

"只怕你们认错人了。"来人行事如此,之晴自然对他们存了十分的敌意。

"那么我们就要请林小姐去别处喝茶了。"三个男人显然并不在意之晴的不悦。

"光天化日,竟敢在中国的土地上撒野,还妄图绑架吗?"之晴大声喝道。

之晴的喊声早引来摊贩们的瞩目,他们纷纷放下手中的生意围了过来:

"小囡,别怕!"卖粢饭团的老头拿着一柄木锅铲上前,"日本和尚那件事体还不到一年,又要搞什么花头!"

路人也纷纷驻足,但见那三个日本男人掏出手枪,操着一口不太流利的中文道:"我们不过是想请这位小姐到我们住处坐一坐,和你们无关。"

"快点找巡捕!"围观的路人道,"持枪抢人怎么了得!"

"谁敢拦!"其中一个日本男人朝着天空放了一枪。

"吓谁呢!"路人、摊贩、黄包车车夫一拥而上,想要抢下枪支,护住之晴。

"砰——"众人定睛看时,却见那个卖粢饭团的老头匍匐在地,腿上受了枪伤,血流不止。

"谁再上前,一样的下场!"

话音未落,开枪之人已被一拳打倒在地,手上的枪也被夺走。

"砰!"那个男人的腿也被一枪打穿。

众人见此情形仿佛受到了鼓舞,一拥而上,另两个日本男人很快被众人打得鼻青脸肿。

之晴追了上去,轻声问道:"你怎么来了?"

"我不放心你,过来看看。"方衡微微一笑,"巡捕一会就到了,我先走。"

"好。"之晴心有余悸。自己这里的住所已然十分隐秘,怎还会被那些贼心不死的人盯上了呢?幸而巡捕调查完整件事后,主动提出护送之晴到工厂。考虑到安全问题,之晴并未推辞。巡捕好心提示道:"幸而适才你没有指认哪些人帮了你,否则打了日本人的那些老百姓定会被抓起来的。"

"日本人在上海伤人、绑人,你们作为巡捕也管不得?"

"眼下除了那个卖粢饭团的,受重伤的是那三个日本人。我们也是中国人,心自然向着你们,但只怕他们背后的人来追究责任。至于那卖饭团的老头子身上的伤,要将养几个月。他出头帮你,也只能自认倒霉。"

之晴心道:"租界以外,任何地方都不是久留之处。两所房子早已暴露了,往后来上海还是租赁一个住处为好。另则工厂虽办了起来,难免树大招风,得去拜过码头,省得日日提心吊胆。但若要拜码头,须得与方衡认真商议,以免拜了不该拜的人,帖子一旦递出,往后便不好收回了。"

此时,方衡已往南京去了。她该去哪里呢?探望过卖粢饭团的老人,之晴将三十块银圆放到他家老婆子手中。老婆子含泪千恩万谢,倒令之晴一阵心酸。走出医院,她思量了半晌——自家两处宅子她定不能涉险再住,刘先生在沪上经营有方,不如向他讨个主意。

之晴致电刘先生宅邸,得知刘先生在家的消息后坐上有轨电车,经亚培尔路、善钟路后抵达徐家汇。

常在上海却鲜有机会来到这里。这座宏伟的哥特式建筑令之晴肃然——圣依纳爵主教堂呈砖红色,时有"远东第一大教堂"之称。凡路过徐家汇的人,无不能看见这座教堂高耸的十字架。教堂墙上的巨大花窗不甚华丽,却极尽庄严。走近仰望,可见墙上雕刻着许多形象生动的滴水兽。此时,冰雪消融,屋檐上流下的水均从兽口中次第滴落。

四下里十分静谧,只有一个修女悉心擦拭着祭台。或许,她发现了来人,向之晴注目了半晌。

之晴轻声言道:"老姑奶奶,打扰了。"

修女微微笑着以目光示意她。之晴这才发现,她身后不远处还站着一个人。

"阿兴哥哥?"她万分惊异,"你怎么会在这里?"

阿兴道:"我收到巡捕房传来的消息,后来就一直跟着你。"

之晴闻言,脸色微微一变。

"对不起。"阿兴似乎察觉到之晴的不快,"我有些担心,所以……思来想去,有些事情还是让你知道为好。"

之晴意识到自己的失态。就算世界变化万千,阿兴总不会对不起她。她这样敏感,倒有些不近人情了。她勉强牵出一丝笑容:"你说吧,我听着。"

"方衡把上海的工厂交给你经手,你知道为什么吗?"

"他筹办,我打理,五五分成。润元居需要资金,也需要茶叶销路。"

阿兴压低声音:"之晴,我现在不能再照顾你和老爷了。若你们放心不下家中产业,也可以托人料理。你和老爷应该一道去香港才好……只怕大战之日就要来了。"

"报纸上说,段祺瑞也南下赴沪了。大家都往南跑,北方大片的土地都落到侵略者手中。往年大家说要革命,后来又以阻止内乱为先,现在更要抵御外敌。如若遇上灾祸人人退避三舍,那我们国家的未来在哪里? 一再让步就能全身而退吗?"之晴正色道,"阿兴哥哥,我知道你也在为国家做事。如今非常时期,同仇敌忾才好。"

之晴这样说,显然并没有将阿兴的劝告放在心上。阿兴道:"方衡近年多去哪里?不是阳羡,也不是上海吧?那次我计划周详,仍被他逃出生天。你以为他身上没有秘密吗?"

之晴微微一笑,"这些于我来说都不重要。在现今的时局下,不妨放下成见,同心同德,一道为民造福,为国家效力。"

"可我担心你。"阿兴道,"自我入了复兴社,多方探听比对,才知方家父子与金陵兵工厂有所往来。"

之晴道:"说到底你也是在意方老爷和方衡的吧?"

"丽云曾与我说,竹下完明觊觎着林家的古籍。他往后若不明目张胆对你下手,定要来阴的,防不胜防……之晴,你一定要平安。"阿兴知晓如今之晴心中满是方衡,他定然无法强求她离开。正如当年自己执意要与关丽云在一起一般——旁人说什么都恍若过耳清风。

"阿兴哥哥,你多珍重。"之晴见阿兴转身,不禁叮咛了一声。

阿兴点点头,将手抄在大衣口袋中,远远去了。

此刻,之晴远在上海,她万万没有料到,行园里发生的一切。林老爷因肺气肿请了西医来家中治疗,殊不知,连日来医生在房中烧了红土。待林老爷醒转,医生又让林老爷服下红丸。如此几日,林老爷才发现自己染上了毒瘾。无奈为时已晚,想要追责之时,那医生早已举家搬迁,不知所终了。毒瘾一旦发作,恰若百爪挠心——筋肉酸痛,夜间尤其难熬,纵然服下大剂量的安眠药也未必能入睡。他这个年纪、这个身子骨要戒除此毒,难上加难。此事太不光彩,声张出去只怕被人指摘。想要立时了结自己又恐未见女儿最后一面,心有不甘……林老爷自知大限将至,只好邀了方正谷讲明此事。

方正谷亦吃了一惊:"竹下完明竟猖狂至此,买通了医生?"

"方兄,未来之晴就交托给你了。方衡遇事沉着,我也没什么可担心的……"这近似在交代后事,方正谷心中恻然,"无论如何,你要等之晴回来才是……"

林老爷长叹一声,暗自做了决定。

第四十二章 春意渐回

此夜,之晴搬进了苏州河畔临街的一个商铺中。商铺实为刘先生的产业,经营搪瓷杯、罐盆,楼上两层既有仓库,也有空置的房间。掌柜一家四口住在第二层的大房间中,之晴则住在对面的小房间里。小房间里没有通电灯,只用一盏美孚洋油灯照明,颇为整洁。刘先生的夫人交代过,林小姐是自家远房亲眷,过来小住,希望掌柜一家多多照应。

掌柜一家得了东家太太的话,自然待之晴不同。之晴也偶尔买些酥油饼干给掌柜家两个孩子吃,不过两三天,就与掌柜一家熟络起来了。

掌柜的小儿子不过两岁大,整日拿了笤帚、簸箕在楼道里挥舞着,从东到西,没有停歇的时候。若不依着他胡闹,他便倒在地上打滚,口中直嚷"姆娘",鼻涕眼泪都染到衣襟上,活像个小泥猴。掌柜的媳妇叹道:"有了这小赤佬才知道养小囡的好处!"

之晴坐在一旁替掌柜的媳妇理绒线,也笑:"你们儿女双全,是有福之人。"之晴因三餐中倒有两餐与掌柜一家共用,也不好意思推却掌柜的媳妇的盛情，便拿了五块银圆给掌柜的媳妇权当饭资。

每每要出门，总要从搪瓷商号的大门口过。这天，之晴本打算去寄信，刚走到货柜前，便遇上了老傅。

"咦，你这笃笃馄饨卖到上海滩来了？"之晴讶异。

老傅见到之晴也有些意外："林小姐也在这里买东西？"

之晴抿嘴一笑，看着老傅挑了两个搪瓷缸和几只搪瓷碗放入馄饨挑子中。

"昨天经过那东洋街，被几个东洋萝卜头飞了瓦片，身上倒没什么，坏了两个碗，今朝过来补齐。再怎么样，生意总归要做的。"

"安全顶要紧，那东洋街少去为妙。我还有些事要去邮局，下回见吧。"之晴知道老傅与陆穆远的关系，是以点到即止。

她穿了一件中式大衣，系了一条绒线围巾，两者颜色灰暗，不致引人注目。寄了信，从邮局出来，她见到一个男子操着奇怪的口音在柜台前说着什么。之晴在一旁想了半日，忽而记起来，他是竹下完明的秘书小林君。竹下完明既然在南京，他为何不跟随呢？联想起那日自己被日本浪人围攻，险些被强行绑走。这件事会不会与他们有关联？

之晴不敢在邮局多停留，忙将围巾高高束起，蒙住半张脸才出了邮局大门。不一会儿，小林君也从邮局走了出来，他压低帽檐四下张望了一番，才沿着路边快步走去。之晴叫了一辆黄包车，不紧不慢地在后头跟着，直到光陆大戏院附近，只见他扭身往一个弄堂里去了。之晴问车夫："这弄堂你进去过吗？"

"里头有几户人家，出路就这一条。那位先生要出来，总归还要到这弄堂口。"车夫误以为之晴要堵人。

"我自己走走吧。"之晴掏出钱给了车夫，车夫接过钱，忙忙地去了。

在街上缓缓行了半日，之晴路过一个糖炒栗子摊，便即买了一袋子，打算回去送给掌柜的两个孩子吃。

冬日的白天总显得短暂，还未过五点钟，天际已有些灰蒙蒙的了。她快步走回商号，与掌柜打了个招呼。

掌柜一见之晴，接过栗子袋笑道："林小姐，有个客人在这里等你一个钟头了。"

"哦?"之晴心下奇怪,这个住所她连方衡都还未告知,怎会有人特意在这里等她?

之晴掀起帘子,却见陆穆远坐在楼梯间的长条凳了上,正逗着掌柜家的小儿子玩。

"你怎么知道我在这里,老傅说的?"

"嗯。"陆穆远应了一声,有些不好意思,"本不该再来打扰你,可还是想同你再见一面。"

"家里被盯上了,只是在这借住几日。"之晴不便邀请陆穆远去楼上的住处,从房间取了些茶叶下来烦了掌柜冲了一壶茶。

"我准备启程去瑞金。"陆穆远接过搪瓷茶杯笑道,"看到你还好,我就放心了。"

"那一天,你和廖先生留住我是想对方衡不利吧?"既然陆穆远主动来了,之晴倒想趁机把话问个明白。

"你竟然这样想?"陆穆远听她的口气中分明多了疏离,他断然不想之晴再误会下去,"当然不是。若有人想对方衡不利,也不会是我。"

"你知道有人要杀方衡,想保全我?"之晴终于猜对了。她察觉出陆穆远陷入长长的沉默中。

"你的消息从哪里来的?"之晴又问。

"我们有个线人……你多半也认识。"陆穆远的声音逐渐低了下去。

之晴立刻意识到陆穆远所说的那个人是谁,不由无声地笑了起来:"她实在太美了,让你们失去了判断力? 她偶尔也会传些日本方面的消息给你们来获取信任……至于她的丈夫,只怕也被她蒙在鼓里吧。"

"我们考察过她。"陆穆远被之晴的语调刺得僵住。

"做情报工作的人,履历必然进行过大刀阔斧的修改。与其花心思在方衡身上,不如正本清源,彻查一下身边是否有内奸。"之晴言下之意十分明晰。

这场见面最终不欢而散。之晴心道:"唯有如此,他才会真正释怀吧?"

自从见到小林君往那条弄堂去,之晴念念于心。终于有一日,她打定主意,要去看看那条弄堂里到底有什么值得小林君如此小心地前往。

冬日暖阳洒在弄堂里,一棵垂柳枝头上也有了些许嫩黄。

之晴分明看见，一个腹大如箩的女子在弄堂里闲适地散步。她手里拿着两盒火柴，显然刚从烟纸店回来。

"林小姐，好久不见了。"关丽云像是一早知道之晴要来。

"你和阿兴哥哥住这里？"

"既然来了，就进来坐坐吧。"关丽云客气道。

之晴也想知道阿兴到底过得如何。她跟着关丽云往弄堂里走，弄堂的尽头便是阿兴和关丽云租住的地方。那间房甚为逼仄，不过是房东家的一个隔间。不远处亭子间下头的油烟味冲鼻而来，显然有其他租户在炒菜。抬眼再看亭子间上层花花绿绿的衣服晾晒得铺天盖地，在阳光下晃得人眼睛一花。

在关丽云的招呼下，之晴打量着他们的小室——会客厅和卧房几乎没有隔断，开间狭小。门外左手边用砖支了个临时灶头，灶头里厢煤球炉上搁着一只洋锅，开水沸腾，在炉子上"噗噗"地发出声响。

关丽云放下火柴盒含笑道："林小姐，你终究会知道，有些事情非得已。其实我也算出身世家，何苦同人分租活成这样？依我能力，买下这一幢也不在话下。但我要考虑阿兴的感受……所以，这五分两盒的火柴，虽没便宜几钿，我也要'算计'一下呢。"

之晴听她如此说来，顿觉有几分可笑："你未免活得太辛苦了。"

"若能过轻松的日子，谁会喜欢清苦？你自小过着好日子，清苦几日又算得了什么？"关丽云放肆地笑起来，见之晴冷着脸，反倒觉得有一丝快意。

待她笑声停滞，之晴才道："关小姐，你不要以为可以揣度所有人的心思。"

"失去吴丹露，你心中痛吗？"关丽云轻声细语地说道，"应该要痛一阵的吧……死的本该是你。"

煤球炉的气息熏得之晴鼻子发酸："果真是你！可笑，阿兴哥哥还一直为你洗脱。"

关丽云摇摇头："对于吴丹露，我的手干净得很。"

"多行不义必自毙，人在做天在看。"之晴盯着关丽云依旧摄人心魄的眼睛。

关丽云似笑非笑，这些话对她来说并无丝毫震慑力。

这是之晴最后一次对她温言软语："关小姐，阿兴哥哥待你极好，请你不要再利用他了。"

"一切都是他心甘情愿的,何谈'利用'二字?"关丽云现出诧异之色。

"他以为你有了他的孩子。"之晴故意冷笑起来,"但我知道你并没有。"

"我怀胎数月,难道有假?"关丽云抚摸着自己的肚子,双颊洋溢着令人难以忘怀的笑意。

之晴眼中闪过一丝轻蔑:"我是说,你肚子里的孩子,或许不是阿兴哥哥的。"

关丽云神色不变:"我的孩子,我不知道吗?"

"是啊,就怕你自己也弄不清,腹中的孩子到底是谁的骨肉。"之晴逼近一步,冷冷道,"我劝你,趁现在还来得及,不要再伤害阿兴哥哥了。"

关丽云微微一笑,反而凑到之晴耳畔轻声道:"怕是你的阿兴哥哥离不开我。若让他走,才是最大的伤害呢。对了,你既然说这孩子不是阿兴的,那会不会是方衡的呢?"

"厚颜无耻!"之晴自知不能与她纠缠下去,回身便要走。

"林之晴,我怎么会伤害阿兴?我是在救赎他。他完全可以靠自己的本事建功立业,让其他人俯首帖耳!你呢,给过他什么?你只会令他为难!"关丽云听见熟悉的脚步声由远及近,忙提了声气说话。她倏而端起一只瓷杯,将杯中的汤药饮尽。

见关丽云近乎失去理智,之晴忙后退了几步:"关小姐,请你自重。"

"自重?若我自重,能有今日的光景?若我自重,早已被父亲卖给了人家做小老婆!林小姐,你虽为商贾之女,好歹享尽父母疼爱,又怎知道庶出女儿要受多少欺侮!连父亲其他侍妾的女儿都敢指着鼻子笑我是倭国贱女!"关丽云纵声笑道,"林小姐,阿兴是真心怜惜我。你若强行将我们分开,我们都不会快乐,所有人都不会快乐!"

她一改常态,如癫如狂,之晴心惊:若不赶紧离开,怕要着了她的道儿。

之晴快步走到门前,却听见杯子落地破碎之声。她转头去看,才发现关丽云不知何时扑倒在地,脸上早已转变为惊惧之色:"林之晴,你怎么可以……"她满眼泪水,语调中却蕴有切齿之恨。

门外,阿兴怔怔地看着之晴道:"之晴,你走吧。"

阿兴的出现，令关丽云如遇救星："救我，我们的孩子……"

之晴一侧身，阿兴才注意到关丽云脸色惨白，雪白的阔腿裤上有一道殷红的血渍渐渐漫延开来。

"你……"阿兴大急，忙夺门而入抱起关丽云。

"都是我的错，是我无意中害死丹露，要怎么罚，我都认了……"关丽云在阿兴怀中掩面啜泣，唇色惨白。

"先去医院。"之晴不及细想，忙飞跑到巷口叫来黄包车。阿兴面色铁青，抱着颤抖不已的关丽云一言不发。关丽云蜷缩在阿兴怀里，眼泪直往下流。

之晴回头看见关丽云几近扭曲的表情，心中五味杂陈——她的狠绝，常人真的无法做到。

关丽云这样做，恐怕不仅仅是要阿兴与自己决裂。她赌上自己孩子的性命，还为了什么呢？之晴不知道，也不敢去想。

幸而公济医院就在左近，之晴确认关丽云腹中的孩子已经保住后，便即离开。

毕竟还在冬日，或许日子就该过得混沌一些。阿兴似乎在等着之晴的解释，之晴却无动于衷。隔阂已深，说什么都是枉然。人的一生何必活在无数算计中呢？她甚至再也不想知道关丽云的任何消息。

走在租界里，草木皆兵。安南巡捕携带着步枪，声势浩大的"撬照会"轰轰烈烈地拉开了序幕。一时间，哀鸿遍野，被毒打的车夫头破血流，稍有还手便被巡捕们仗势收押。

"在这个世界上，很多时候是不能讲理的……阿兴哥哥，你真的相信她吗？你说过，希望我平安喜乐。可如今我期盼的，是你平安喜乐……"

竹下完明与方衡见面的地点选在了傅厚岗的一处茶馆中。这里依山临湖,坐落着许多政府要员的私邸,画家徐悲鸿与其夫人蒋碧薇的画室也在左近,老远就能看到他们院子西首的两株大杨树。

竹下完明道:"方先生好雅兴,欲带鄙人拜访贵邑乡贤吗?"

"我一向不大会与文人交际,就不扰人家清净了。此次,真心想与竹下先生谈一谈未来生意之事。"方衡笑道。

"到这样开阔的地方聊天,也让人胸中一宽呢!"竹下完明等着方衡的下文。

淡淡的水烟味弥散在茶馆里,很快被扑面而来的湖风涤尽。茶博士斟了茶,又送来点心,两只手和手臂上延展了好几碟子锅贴、烧饼、小笼包、瓜子、盐花生、菜包子等。方衡只命放下锅贴和盐花生两件,茶博士便将其他碟子端去了隔壁雅座。

两人喝了半晌茶,方衡缓缓道:"竹下先生,我特意来向您致歉。"

"方老弟何出此言?"竹下完明虽知方衡心意,但也未料到他竟这样快提出解约。

"竹下先生,若我再同你合作,手下的工人伙计都要跑光了。中国有句古话,'水能载舟亦能覆舟',我不能再冒这个险。前些时候,工人又停工三日示威闹事,想必竹下先生亦有耳闻。"

"虽说我们给出的工资不高,但一直按时支付,从不克扣。工人们都要养家糊口,怎会舍得离开呢?我们在东北投入的资金越来越大,总有一天,南方的发展也将突飞猛进。我看好方家,正打算再将一些业务转交给你们父子呢!"

"竹下先生的苦心我自然明白。可我能力有限,实在不想扩大产业。另则,我本身只擅长玩乐,束缚了这两年也不开心……还请竹下先生将这些产业交托给其他能力卓绝的人,免得在我手上弄得破产。"

方衡以退为进,最后那句话倒让竹下完明不得不慎重——方衡如果真把永信升一下子丢在脑后或是从中作梗,吃亏的还是自己。

"现在停止合作,即便我能谅解,我们的损失怎么办?"竹下完明假作宽容。

方衡面露为难之色:"我能做的最大让步便是把永信升完全让给你,权作我对你的谢意和歉意。"

竹下完明笑了笑:"我要在短时间内找到合适的人接手也着实不易。要么你再帮我打理三年,要么你另外支付一笔赔偿金,我好回国请个专家过来。"

"钱能立刻解决的事情,何必浪费时间呢?"方衡自然知道竹下完明的心思,"竹下先生数十年来对方家的照拂,家父与我铭记在心。五万块银圆权作对先生的敬意,还请先生不弃收下。"方衡从口袋中拿出一张支票。

竹下完明笑了一声,将支票推回方衡跟前:"五万块银圆权作我对方家产业的投资。我每个月想收到一万块银圆的红利。"

方衡听到竹下完明的话,心知他不会轻易放过方家,只好再次示弱,"须知方家在阳羡的三家商号加起来每个月也不过盈余一万块银圆上下。往后除去永信升,每月方家只得收入五千块银圆净利,一万块银圆的数额是否还可商榷?何况,如今的税务也是个大问题……"

竹下完明哈哈大笑,伸出两根手指:"我收你两年的红利。方老弟,不能只看你们在阳羡的产业。据我所知,你家东北几个商号的盈余,完全可以支付我该得的红利,你不必和我告艰难。我听说,精菜馆每月的收益不下于五千块银圆,应该足够方家开支了。对了,我们帝国将会派出一批匠人到方鼎兴学艺。你应该明白,我国国民一向景仰中华文化。你们独有的陶瓷制作技艺,还请不吝教授,令我国匠人满意而归。"

见方衡还立在原地,竹下完明知晓他对自己心存忌惮。"有忌惮才好……"竹下完明心想,"不想合作,就指望立刻与我撇得一干二净?想全身而退也要看看你有几分运气!"

冬天的寒意终究在春风中尽了,乳燕戏柳,桃杏争艳。江南的春日有粉霞漫天,多的是海棠、樱花、桃花,油菜花长势喜人,山野间一片金黄灿烂。

回到阳羡,见父亲病势沉重,之晴不由悲从中来:"您怎会……为什么不早点告诉我?"

林老爷宽慰道:"我这一生大局已定。如今身患恶疾,再要戒除毒瘾,难上加难。既为商会代表,怎能任凭烟土荼毒!有我这样的父亲,你往后如何立言立行?"

"我只求父亲平安!我什么都可以不要!我这就陪您一起去香港……"之晴听到父亲如此话语,不由悲从中来。

"胡闹!事到如今你怎可只想着自己心安?依仗着润元居过活的茶人怎么办?与我们来往的茶商你又该如何解释?你是上百号人的大东家,岂能不分轻重!我多活一天,便多受一天苦,不如就这样去陪你母亲……"林老爷此刻比任何时候都要镇定,"往日从我手中借出去的钱款,没有收回来的,你今后也不必去讨要。人家若想还,一早便还清了。还不起的,你就当送了个人情,好过多几户人家雪上加霜。自然也有仗着权势不肯还钱的,你更不必去开罪。日后总有相见时,不要为了些些金钱的嫌隙伤及自身……"

"女儿知道了。"

"如今国家在风雨飘摇间,我同你母亲多年收藏的古籍秘本也不过暂寄于林家。待河清海晏,自当将这些稀世宝藏奉与国家,为世人共赏。若有余力,你应同乡贤储南强先生一般,倾力投身于建设家乡、为国奉献的事业中,将阳羡之美真正呈现世人眼前。"

不舍、不愿终究抵不过父亲的执念。之晴以泪洗面，却无更好的法子留住这个为林家、为阳羡茶业操劳了大半生的人。

"一代人就要做一代人该做的事情。"林老爷握住之晴的手，"茶为国饮，你要守住、珍重……"

在这气候渐渐温暖起来的日子里，林家从前的主事人永远地离开了人世，无声无息，徒留之晴一人处理润元居和行园的所有事务。二十多年来，林老爷父代母职将姊妹二人抚养长大，慈爱且严厉。之晴很后悔，回国后的这些日子与父亲若即若离，有些话梗在心头，如今却再也无法说出口。

"小晴，从此林家只靠你一人了。润元居盛世赫赫扬扬百余年，风风雨雨都过来了，若不传承下去，终归可惜……"

人生匆匆数十载，终有一日会无声地辞世。最后的热闹，只是给活着的人一点安慰而已。不如惜取眼前，将润元居和阳羡佳茗一代代传下去。

一波未平一波又起——暂时获得的宁静突然被一场爆炸击破。方鼎兴窑场上伤亡惨重，紧急的电话铃声在方府的厅堂间不断地响着，方正谷急召身在外地的方衡回家。

窑场被警方围住，闹事的人连夜赶到方正谷家门口集合，大声喧嚷，毫不停歇地将砖石砸进方家的院墙内。连日来，厨房里采购菜蔬的厨娘都不敢跨出府门，生怕被窑工的家属殴打。

方太太心道："十里龙窑，大火连天。这样的伤亡，旧年从未有过。可苦了窑工和他们的家人了，不知道老爷和衡儿到底会如何处置。无论如何，抚恤好他们的家人才是最要紧的事。"

芳儿在人后议论："烧窑听说都要祭祀、拜火神的，还要供窑头菩萨，可见没什么用处。"

菲儿悄悄道："不是为这个。我听外头行走的人说，老爷、少爷的对头看着窑上少有人看守，故意做下这样的事……"

"哪里是对头做的？只怕是倭国来的匠人谋划的吧？外头人还说窑工们吃了满窑饭，回到窑上就开赌，哪里顾得上看顾窑火？也不知道是谁起的头，害了这么多人,你说要死不要死?"

"可不是?日本匠人学会了制作紫砂壶的手法,回到日本国后试了多次也弄不出在我们当地制作的样子,心中恨极了便来报复。"一些婆子也凑上来嚼舌。

众人私下议论开来,被黄管事听闻,过来喝止了。家丁和婢仆们见黄管事捆了几个煽风点火的,并裁了他们的月例,自此再不敢多口。

黄管事致电商号里头的掌柜,让他预先支一部分钱款送到医院救治伤员,其余事情待大少爷回阳羡后再做处理。

方正谷道:"此时群情激愤,无论我们说什么都无效用。头一件事自然是医治伤员,若阳羡的医生不能治,便让方衡请上海的专家一道来阳羡会诊。第二件事,要查明窑场为何会爆炸,事后我们必要给大家一个交代。警察还要登门问话,你代替我去事发现场,一并查看明白。第三件事,准备赔偿金,等方衡回来挨家挨户登门致歉。不管对方如何刁难,毕竟是我们未保障工人的权益在先。另则,窑场上排查隐患,接下来要加紧生产,万不能再出事。"

黄管事一一应着:"老爷,大少爷正连夜往回赶呢,明朝这会也到家了。"

"平素生意是赚是赔,我都不管他。可这次工人出了事,关乎数条人命,必要郑重、妥善安置!"

天已暗了下来,方府外头还有不少人举着火把鼓噪。若非警察过来申斥,那些伤患的家属们只怕早已攀了梯子翻进方家大院了。

方衡刚到阳羡,便先将两名上海的医学专家送到医院,得到专家"可以医治"的答复后又往窑场去。封锁现场的警察告诉方衡,经过排查,内部工人制造灾情的可能性不大,或许是外头访客趁烧窑师傅专心看顾窑火,放入了炸药。

现场满目疮痍,一座龙窑的窑床部位被炸开一个大洞。窑门炸飞,陶器碎片遍地。想来炸伤的大多是窑场上搬运陶器的工人,被炸死的两个人中,一个是装窑的大师傅,一个是涂砂师傅。现在即便有种种猜测,却都算不得证据。既决意同竹下完明一刀两断,方家受到什么样的报复都在情理之中。

在几位当地耆老的陪同下,方衡赶到几个烧窑师傅家中讲明情况,再三致歉,承诺尽力赔偿。再返回城中时,已到了拂晓时分。众人鼓噪着还未散去,方衡朗声道:"要为至亲之人讨说法的,我们方家绝不推诿。但如果有人想趁机闹事,我马上请警察来督办!"众人还待吵嚷,方衡又道:"凡我方家窑场爆炸受伤的工人家属,可依据伤情至医院领取补助。很不幸,有两名工人因爆炸丧命,我已嘱托窑场管事成立治丧会,积极赔偿家属,尽最大可能满足家属需求。警方已在找寻这次寻衅滋事的凶手,请诸位耐心等待,希望能早日破案,给受伤害的工人家属们一个交代!三个月后,哪怕找不出凶手,我方家也不敢就此弃了亡者不顾。亡者的父母妻小可在方家每年领一份红利,十年后乃止。"

"说得轻巧,你们仗势欺人……死的怎么不是你家的人!"

"拿钱填命,真是好大的口气!"围观的人依旧骂了几声,但见无法浑水摸鱼拿到好处,也就各自散去了。

第二日一早,方衡与春生两个便到医院里逐一查问伤员病情,家属均依照专家诊断伤势程度领取不同数额的补助金额。此时,方衡想起窑场的订单因爆炸自然无法按期完成,按照合同,定然要赔偿客商损失。念及此节,方衡急忙周知窑场管事,命他务必尽快将订单重新排期。

之晴料理完父亲的丧事,才得知事情原委。她不敢去烦扰方衡,只将煲好的川贝雪梨羹送到精菜馆,待方衡前来歇脚时用一些。每日下午,她与齐老师一同买了水果到医院探访伤员,有人问起,她便道:"方家老爷、少爷实在不便一直守在这里,托我们来看看大家。若有什么不好,可找医生、护士,一应开支大家都不必担心。"

正当街头巷尾飞短流长时,林家管事丁智兴是方府私生子的消息不胫而走。阳羡城内外,多有杜撰故事者,将方正谷描述成一个彻头彻尾的伪君子,将方太太写成一个仗势欺人、横刀夺爱,造成丁氏难产而亡的大恶人。仿佛就在一夜之间,方家数十年来累积的声名垮塌了。作坊里、窑场上的工人也持观望态度,随时有可能罢工。

玉枝得了这样的消息哪里肯安心在家,命人去打听了才得知,方太太已绝食两日,方正谷也闭门不出,城里商号、镇上窑场都有歇业之势。

"这怎么好?我总要去看过寄娘才安心。"玉枝亲自收拾包裹,让婆子安排了车,就要往方家去。

李双柏正急匆匆地进门,见前院停着车,便问:"我出门尚且只坐马车,谁那么大派头用汽车?是不是侄少爷来了?"

"是我。"玉枝高着声气,似乎有万般不顺心的事。

"你大着肚子去哪里?要买什么吃什么,只管打发人去采办。"李双柏忙搀住玉枝,堆起了笑。

"老爷,你还想瞒我多久?"玉枝冷冷地推开他的手臂。

李双柏一惊,随即斥责厅中站着的婢仆:"谁在背后嚼蛆?"

那些丫鬟和婆子们哪里敢出声,唯有玉枝道:"不必问别人,都是我的主意!我看你也并没有把我放在心上。"

"我对你还不算百依百顺吗?"当着众婢仆的面,李双柏脸上挂不住,不免气上心头。

"寄爹、寄娘对我有再造之恩。知恩不报,那是小人行径!"玉枝咬牙说着,眼中的泪却滚了下来。

李双柏听了这话,软了声音敷衍道:"不管是不是小人行径,眼下保全自身要紧。"

"老爷说得不错,各人自扫门前雪,休管他人瓦上霜。但寄爹、寄娘不是旁人,外头的风言风语像刀子,能逼死人!做人须得有良心,往后才好打开大门做生意。但凡吃人血馒头的,我且看他的下场!老爷,若不是寄爹、寄娘大力支持,我们的电机碾米公司和碾米厂怎么可能在半年内就落成?"玉枝递出一个眼风,李双柏不禁一凛。

"方家正赶上晦气呢,你双着身子,恐去了染上不好。"李双柏对娇妻实在不忍过责,遂低了声再劝。

"我在教我肚子里的孩子怎么做人,别一朝得势就忘了是谁呕心沥血将他抚育长大。要是以后也不忠不孝,还不如不生!"

李双柏语塞,心知拦不住玉枝,只好给丫鬟和婆子们使眼色:"你们同太太悄悄地去,早点回来。"

"我去见寄爹、寄娘犯了法?又不是做贼,心虚什么!"玉枝反倒弄出了十分大的阵势——让人拉了六十担米先行,只说此为方家年下施粥所用。

听闻玉枝回来,方府左近街头巷尾倒也议论纷纷,直到看到六十担大米在方家大门口排开,才知道玉枝给方家"撑腰"来了。

方正谷闻报有些纳罕,随即亲自迎了出来,命人搀住:"你双着身子,老远过来也太辛苦了。"

玉枝笑着请安道:"许久不见寄爹、寄娘,想念得紧。家里虽有那么多人服侍着,却一步也不能乱逛。今朝总算求了我家老爷同意,让我来小住几日。他宝贝我肚子里的孩子,我却想着家里的什锦点心呢!"

方正谷微微一笑,心下半是感慨半是欣慰,忙命人递话到厨房。

玉枝又道:"我去看看寄娘。"

方正谷应允,遂命丫鬟和婆子们好生看顾玉枝。

从正厅出来,玉枝带来的婆子、丫鬟连同方正谷嘱咐跟着的婆子、丫鬟,前前后后地跟着,玉枝笑道:"这院子我走过千百回了,不必如此谨慎,只要两三个人陪着也就罢了。待我进了寄娘屋里,跟着我的人就在外头候着,没听到传唤不许进来。"

众婆子、丫鬟听了纷纷答应着。

曾经熟悉的院子冷冷清清,只有雀鸟骤然间的清啼令人清醒。两个老妈子在月洞边站着,见到玉枝过来,忙见礼道:"小姐回来了!"

玉枝点点头,悄悄问道:"寄娘到底怎么样了?"

"太太三天未进食了,早些时候还寻了短见,幸而救过来了。她这样刚强的人,本不是为着一己荣辱走绝路的性子,但事关方家和老爷、大少爷的名誉,她只想着不能带累了他们……"

说这话的是黄管事的媳妇。她是方太太的陪嫁,方太太二十余年来的苦闷欢喜她都看在眼中。如今家逢巨变,黄管事家的连日来废寝忘食,一直带着人在院子里候着。

玉枝道:"我去看看寄娘,你且去歇一会。"

"我就在这坐着,也没什么受累的。你去便是,要什么只管同我说。"

玉枝踟蹰了一下,这才上前推门而入。

四下寂静无声,大片的昏暗中,唯一的光亮是从窗格透入的。屋内似乎久无人洒扫,扬起的灰尘在那一束光下翩然起舞。

"寄娘,我回来了。"玉枝瞧着屋内陈设并无变动,摸到几案上,拧亮一盏台灯。

方太太歪躺在一张黄花梨架子床上，面色青灰。她见到玉枝，倏而有几分激动，哽咽了半响，却没有说出话来。

"寄娘，您受苦了，女儿不孝，不能一直陪在您老身边。"玉枝揽住方太太，心头一阵酸楚。

方太太声音飘忽宛若棉絮："好孩子，你双着身子，不能思虑太多，合该在家歇着多保养。既然来了，又哭什么呢，伤了元气可不好。你的好日子才刚开始，别被我这样的老婆子糟践了。"

"寄娘，等我这一胎落地，还要请您去涟上喝喜酒呢！"

方太太眉间略略舒展："你是有福之人，也全凭自己的造化。当初我一念之差，走到今时这样的地步，也算是报应。"

"我记得您说过，往事不可追。有些坎还得自己迈呢。"玉枝握着方太太的手，轻声道，"这么一大家子的人，都等着寄爹、寄娘的主意。寄娘自怨自艾，大少爷也于心不安，往后又怎样处事呢？事已至此，总归能找到解决的法子。况且，市井人言飞短流长，既不能捂了别人的嘴，就要走好自己的路。我当初嫁到李家，又有多少人眼热嘴毒，说我拣高枝，不知廉耻。我不理那些蠢人的话，只要过好自己的日子，不昧了良心，随他们讲去！"

方太太在玉枝的搀扶下站了起来。玉枝推开窗格，方太太凭窗而望。外头的丫鬟听见响动，忙端进来一盆温水。玉枝褪下指环、手镯，绞了毛巾给方太太净面。

"这赔偿伤员的钱方家虽拿得出来，后头恢复生产又需要一笔开支。做生意的，顶要有周转资金。"玉枝一面替方太太挽着头发，一面劝道，"我也没什么可帮衬的。自打同我家老爷成亲后连带寄娘从前贴补的，我凑了三千块银圆，就当我借给方鼎兴的。李家碾米公司里头有我股份，我悄悄去押了一半，得了两千块银圆，算我孝敬寄娘的。待这里一切妥当，往后还要家里继续看顾我们涟上的一点点生意呢！"

方太太心头一酸，回身抱住玉枝："丫头，你费心了。"

玉枝放下梳篦，轻声道："寄娘，凡事还有我们下一辈。你们安好，就是我们小辈的福气了。"

方太太趿着鞋走到橱边，开门拿出一个嵌着螺钿的匣子搁在几案上："玉枝，你来。"

玉枝缓缓走上前，方太太已开了匣子，里头珠玉琳琅，令人目不暇接。

"寄娘？"玉枝满是讶异。

"这样的匣子，当年随我陪嫁过来两个。金项圈、银项圈、龙凤镯、玉臂钏、宝石戒指都是成对的，即便在这样艰难的时候，我也没舍得拿去典当。"方太太阖上匣子交到玉枝手上，"这个匣子给你，就当做母亲的给自己女儿最后一份礼物。另一个匣子，我留给衡儿未来的媳妇。等衡儿成了亲，你们两家也能常来常往……"

玉枝眼圈一红："寄娘，这个匣子先存这儿，等我看着您儿媳妇过门再来拜领。"

方太太如何不知玉枝的心意，蒙眬着泪眼道："众口铄金，你虽出了阁，却还是知冷知热的好孩子。我怎忍心辜负你？待你生产后，我总归要亲自领了人去送汤呢。"

玉枝依偎在方太太身畔，笑中带泪。底下的丫鬟、婆子看着也暗中感叹玉枝的忠孝。

第四十四章

拣尽寒枝

林老爷五七未过,那厢吴大娘门上来了人。

"妹子,你也忒命苦!趁林家现在还有口气,就该上门闹一闹,要几个钱来。不论多少,你都收着傍身,总不能让外甥女白死了……"

姊姊许久不上门,进门便提丹露之死。吴大娘触动心事,掩面痛哭。

"哎呀,哭给我看做什么?你要去林家门上哭!他家做五七,我们便也抱了丹露的牌位去……喏,你脸软,只要你发句话,我同我男人助你,总能多讨几个钱来!"

"林家这几年待我们母女恩重如山,上门去讨钱,到了地下女儿也要骂我的。"吴大娘心中不愿多事,每每想起女儿,眼泪便止不住地流。

"人死了没说法?"吴大娘的姊姊不可置信。

"阿姊,警察上门说了,丹露是被人误杀,怪不得林家父女。当年逼债的上门,要不是林家帮衬打发,我恐怕早投了河。"吴大娘见姊姊不依不饶,心头有几许厌烦,只是不便冷下脸把她请走。

正当这时，门外一阵车马声。眼见得两个婆子搀了玉枝下来，前后十来个人簇拥着。

玉枝甫进门便向吴大娘道："姨娘这阵子身体如何？我也快生产了，这趟打算接您到渎上。一则我可替丹露尽尽孝心，二来还要烦请姨娘给我抱抱孩子，陪着我坐月子呢。"

吴大娘一怔，望着姊姊，心下只道玉枝也同姊姊生分了。

玉枝自打进门，未曾望过她姆妈一眼。玉枝姆妈心中来气，上前几步指着玉枝的脸骂："谁是你姆妈，谁是你姨娘？见我站在这也不问好！你吃的是我血变的奶，现在却要接旁人去享福？"

玉枝淡淡道："姨娘不是旁人。"

玉枝姆妈怒气更甚："姨娘不是旁人，姆妈就是旁人！你这种眼里没有姆妈的贱货，还不如早点去死！"

听到姆妈这样恶毒的言语，玉枝气怔了半晌，忽而笑起来："大家听听，这个女人忍心卖掉自己女儿，如今倒不服气了。"

吴大娘亦颤声向着姊姊道："玉枝小时候受了多少苦，如今这样大了，你怎么能当着众人的面咒她？"

"咒她？她算个什么东西！就算变凤凰了也该照应着家里，别忘了根本才是！"

"我自记事起，你同你男人都叫我'芦头货'。十岁时，就把我卖到方家。还是姨娘怕我在深宅大院难过，送了礼给黄管事家的，又给我几个小洋应急使用。若不是姨娘，我哪里有福气在太太跟前伺候？你一味贪财，听说方家要认我做女儿，生生要了人家百来块银圆，又用这笔款子去放印子钱，遇事便充方家、李家亲戚，弄得多少户人家破了产……你不要脸，总有人要脸！我早已姓方，和你并无干系！"

李府管事的婆子见到玉枝的眼色，便上前请道："亲家太太只管将家什锁在这，一应物品府里早给您备下了。"

见妹妹竟有这样的体面，自己竟什么也捞不着，玉枝姆妈仿佛受到了莫大的刺激："你们这群下流种子，竟帮着这死丫头作践我！就不怕往后你们子女也不认祖宗？她不孝顺，老娘偏偏让她没脸！渎上的路我不认得吗？我明日就赶去和庄子上的人说道说道,看看她这个李家太太怎么做人!"

李府一个年长的妈妈笑了一声:"你还是省点路费脚力吧。我们没请,你硬要来,不知道谁会没脸呢!"

玉枝姆妈气了个倒仰,看着妹妹和玉枝登车去了,这才捶胸顿足,懊恼不已。

那厢听说方家窑场的生产短期内难以复原,之晴心知方家面临巨额赔偿。她连夜召集几家租有多股窑段的窑户,烦请他们各自让出些窑位给方家,让方家得以赶货渡过这个难关。龙窑上工人每日所需的粗茶,往后一年均由润元居无偿提供。正当几家迟疑不决时,李府管家命人抬上几筐大米分送给他们,并捎来玉枝的话:"我们太太说,如果各位老板能在这危难时帮方家一把,往后李家自然记着各位恩情。太太身子重了,不便挪动,待生产后亲自来谢。还请诸位看在往日乡邻的情分上行个方便,林大小姐也可做个见证。"

窑户们见方、林、李三家大户都如此客气,倒也情愿让出窑位。

本该柳暗花明,谁知忽又生了波折。

自打方家的坯件上了其他窑里烧成,其他窑上每每开烧,一窑陶器,十有八九成了废品。

两次三番,绝非偶然。窑户们也坐不住了:"方家的晦气真不能沾! 连带着自家生意都不好做,还不知道要怎样同那些陶器店主和制坯佬交代!"

他们私下商量了一阵,便让人将李家担来的大米送回去,并捎了口信给之晴,不再接纳方家的陶坯。

方衡知晓其他窑户的艰难,自然不会追究,倒存了愧疚之意,正不知如何破局。之晴接到这话,反倒亲自上门请窑户吃茶:"你们的损失,难道就这样算了? 我们本来只想填补窑位,可偏就有小人从中作梗。若置之不理,往后还不知道要酿出多少事故!"

窑户们摇手道:"若我们合力声告不再烧制方家陶坯,那些暗中作恶的小人终归不会紧咬着我们不放。我们只想同工人、伙计吃好一口饭,哪里就敢得罪了他们? 你们真要烧窑,汤渡也有几座,去那边看看吧。"

之晴见他们如此坚持,倒不好再言。蜀山大小龙窑十余座,窑离作坊通常很近。作坊内外人进人出,自然鱼龙混杂。若有人被收买使绊子,也很难排查出。此路不通,只好迂回行事了。在丁蜀地面上动作,本地的人出手太惹眼。之晴思量再三,寻来当日在上海遇上的那个小瘪三,暗暗嘱托他用心。小瘪三此前得了之晴好处,总为之晴跑腿办差,颇讲几分义气。如今依旧少年心性,有钱赚还好玩儿,怎么不愿,立时答应下来。

只是没想到的是,窑上不烧制方家陶坯照样出了岔子。再三问责窑工,那些窑工赌咒发誓不是他们做的。窑户们像是风箱里的老鼠,两头受气——他们一面要付窑主窑位费,另一面还要应付做坯佬的抱怨。窑主们且不着急,那些窑户们却已急不可耐,纷纷求告窑主们想个妥善的法子解决。

追责已然成了一句空话,可一旦歇了窑火就断了生计。窑主们的龙窑大多也是祖业,亦不忍心就此冷落。阳羡商会会长一家在此事中尚未摘干净,众人只好来请曾任商会执行委员的之晴的主意。

之晴道:“早该寻出暗中作怪的人。否则诸位打算歇一时还是一年？龙窑从此不烧了,丁蜀那么多陶器店怎么开张,底下还有千百户做坯佬的生计又如何了局呢？”

窑主们嗟叹道:“何尝不是呢？我们窑主本来不过是把空余窑位的鳞眼洞租给窑户收取些租金,一事两便。偶然出岔子也在情理之中,可如今出窑的陶器十有八九作废,可见不能儿戏了。长此以往,蜀山的窑都冷下去,哪里有日子过！”

“既然如此,不妨暗中报知警局,请警察布防。另外,还要使一计策令他们不得不狗急跳墙！”之晴一一部署,又请窑主们到精菜馆用晚饭。以酒留客,可绊住那些窑主们,以防其中有人被收买。另则,特意让探子看见窑主和窑户们到精菜馆用餐,可令探子们疑心方家与他们又行合作之事……

果不其然,在那个深夜,蜀山西街有一伙贼人上岸。他们分头行事,为首贼人替上窑作案的人望风。他们哪里料到警察已埋伏在侧,妄图搅坏窑烧的贼立时被押住了。窑上霎时间闹了起来,望风的贼首见势不好,正要逃走,方衡的长随春生从水龙宫旁的扁担巷里蹿出来,同他扭打在一处。贼首力大如牛,春生竭尽全力仍敌不过他。夜黑如漆,谁也看不见谁的面目,只打得天昏地暗。蜀山桥下正有个“斩墩头”(卖猪肉的)路过,听到春生的喊叫声心知出了大事,忙飞跑上桥叫道:"春生,我来帮你!""斩墩头"的勇猛自不必说,腰膀子上有的是力气。不过片刻,他同春生合力擒住了贼首,反剪了贼首的胳膊抵在桥头。恰在此时,警察亦押着窑上的贼下了山,见贼首一并落网,欣喜万分,褒扬了春生和"斩墩头"后回局复命。窑上装窑师傅和烧窑师傅们收到这样的消息,点起油葫芦,沿着街巷大声喧嚷开来:"蟊贼抓到咧! 蟊贼抓到咧!"

连日来,方家前门拒虎,后门进狼。方衡焚膏继晷,不得安寝。此时窑上之事总算妥当,亦多亏玉枝和之晴相助。他望着漫天星辰,微微松了口气,随即戴月而归,向父母一一禀告如何处置后续之事。

方府里曾经的热闹早已消散无踪,每个下人都小心翼翼地行事。他们眼见着老爷和太太愁绪满怀,也见着方衡将他旧时养的雀鸟尽数放飞……

毕竟,今时不同往昔。

"关小姐今朝来,有何贵干?"关丽云在厅里坐了一个钟头,方老爷才出来相见。他缓缓步出,看着腹大如箩的关丽云,不免满腹狐疑。

"我听说府上最近有些困顿,因此带了些钱请您收下。我特意从上海赶来,十分诚心。"关丽云气色很好,虽担着近九个月的身子,仍然美丽动人。

"关小姐,你神通广大,但方某不收来路不明的钱。"

关丽云噙着笑道:"那么,来路不明的儿子,您认还是不认?"

方老爷笑了一声:"方某不明白你的意思。"

"方老爷,您不让方衡与我在一起,我无话可说。但阿兴也是您的儿子,您千算万算也没有算到今朝吧? 我终究成了您的儿媳妇,也终将生下您家长孙。既然是自家人,就不说两家话。方家面临困境,这笔钱您笑纳了我也安心。"关丽云亲和地微笑,竟有三分温婉、三分袅娜。

"我一日不认阿兴,你就一日同我没有半点关系。"方正谷不肯收关丽云的钱款,冷峻的言语自然对关丽云有所触动。

关丽云面若桃花,抚着肚子站起身来,笑意未减:"来的路上,我听见有人说,'万不可令窑工病愈出院。让方家破财免灾岂不太便宜了?'我也想着,此事到底万众瞩目,不如另寻个法子,好让人家知晓方老爷到底还是利欲熏心,乃彻头彻尾的伪君子……"

方正谷端起茶碗,口气却有几分克制:"黄管事,送客!"

关丽云走出方府大门的那一刻,并未像想象中那样轻松。她曾以为自己会有报复式的快感,却忽然觉得心头有一丝说不出的压抑。曾经的自己做小伏低得不到方正谷认同,如今自己一掷千金,可还是得不到方正谷一句好话。林南璋、方正谷、李双柏……这些老家伙明明是人精,知道向利而趋,如今反倒装得清心寡欲,不将家族存亡放在心上了。这样故作姿态,只怕还是跌得不够痛……关丽云心中暗道,送佛送上西,方正谷与林南璋合该殊途同归……

睡梦中,方正谷被一阵急促的敲门声惊醒。黄管事掌着灯前来禀道:"老爷,不好了,黄龙山南面矿井坑道塌方,六名采泥工被埋在里头了。"

方正谷心中一凛,顿时想到白日里关丽云的言语,不免冷汗涔涔:"这个女人为了达到目的,手段之毒匪夷所思……"

第二天一早,自新会门前聚集了两百余人,均叫嚷受到苛待,要求增加工资,声称如若不许,必停产罢工。

方家窑场爆炸和矿井坑道塌方之事是窑工闹事的导火索,但事已至此,总不好将所有错失都算在方正谷头上,权衡再三,自新会负责人只得允诺给窑工们提高五成工资,并公告于各家窑主、窑户。连日来,方正谷对丁山、蜀山两地窑工们又添了愧疚之意,斟酌再三终于写下一封暂停自己阳羡商会会长职务的公函,交由商会上下复议。

春雨淅淅沥沥地落着,汍滨水汽氤氲,沿岸的垂杨柳早已爆出无数新叶,一些年长的妇人撷取柳树嫩叶制作青饼给孩子食用。花木在此时节都有了新的气象,可国家日复一日的动荡令人着实不安。

过了谷雨一个礼拜,关丽云在公济医院诞下一个女婴。因那次她在寓所中服了药,腹中胎儿有早产的迹象,关丽云便常常住在医院中了。阿兴为此更加奔忙,接了更多危险的任务,想要筹钱保住孩子。关丽云每每劝说阿兴动用她的私蓄,阿兴定然不允:"这是你傍身的钱,我不能要。若我担不起这个责任,你岂非错付与我?"

"方老爷让你吃了那么多年苦,就这样算了?"关丽云有些幽怨,"上回我有心助他渡过难关,却被他折辱了一番。看来,他对你我成婚之事颇有芥蒂……"

阿兴沉默片刻,方言道:"他从前就不认我们母子,现如今我更不在乎他的产业钱财。我与你成婚,本与他无干,他也没有任何立场干涉我任何事!"

关丽云暗中嗟叹着阿兴只认死理。孩子已落地,她没了挂碍,阿兴却多了软肋。只看女儿一天天长大,阿兴的顾忌亦会与日俱增。自己想获得的,终究要自己去拿……

天渐渐热起来,关丽云独自闷在病房中坐月子,着实煎熬。多日来,她的病房从未有过访客,这次竟有人不请自来。看清那个人的脸后,关丽云假装有些意外。

"大连那边的事情办好了,我来求个赏赐。"贾士平笑道。

"赏赐?"关丽云亦噙着笑,"早就给你准备好了。明朝下午三点,大世界边上的温泉浴室,我给你开了一个包房,保你心满意足。"

贾士平点起烟,空气中霎时间弥漫起浓烈而刺鼻的烟草味:"一直以来,孩子不让我看,一根手指也不让我碰。你要为谁做贞洁烈女?竹下先生不是教你逢场作戏吗?你不会真的看上方家那个私生子了吧?"

关丽云并没有在意贾士平对她不再谦恭,她掠起额前的碎发,淡淡道:"竹下先生现在看重你,但同样也想同范奇峰合作。我这是在帮你,要知道,做红丸生意最要紧的是和气生财……"

不再是人下人,又有钱傍身,心态自然比以往不同。贾士平甚至不想再做一条走狗,对关丽云事事逢迎。但当他抵达温泉浴室的包间后,不禁由衷赞叹了一声:"还是这娘们懂我心思!"

包间的榻上,一个娇俏的美人裹着浴袍卧在那里。贾士平忍不住上下其手,对其肆意轻薄。那美人熟睡正酣,恍若不觉。

翻云覆雨毕,贾士平欣然下楼,正碰上范奇峰急急地上楼。

"哟,范大少爷,这样巧?"贾士平满面春风,却不料范奇峰对他熟视无睹,冷着脸直朝着包房跑去。

那间包房的门被范奇峰一脚踹开,榻上赤条条躺着的正是他的娇妻蒋琪琪。她玉体横陈,显然受到了非人的凌辱。

"操!"范奇峰怒吼一声,随即揪住一个包堂师傅喝问,"这他妈谁做的?"

"这个房间只有刚刚和您打招呼的贾爷进来过……"包堂师傅亦大惊失色。

"王八蛋!"范奇峰目眦欲裂,拔出手枪,直抢下楼。眼见贾士平正招来一辆黄包车,范奇峰立时开枪——他也不知道自己打了多少枪,直到打尽最后一颗子弹,他才停下手。贾士平早就在这密集的子弹中被打成了筛子,全身上下无数窟窿中汩汩地涌出血来。

温泉浴室门前发生了枪击案,有人毙命当场。

巡捕们很快赶来将范奇峰拘捕。范奇峰兀自挣扎,抬眼却见蒋琪琪裹着白色的浴袍宛如一只雪鸟从楼上坠落下来。不过片刻,马路上又涌起一片血红……

接到线人电话,关丽云终于放下心。这个一石二鸟的计划奏效,范奇峰与贾士平在同一天失去了价值,竹下完明最终能依仗的只剩下她。这两个自以为是的男人从此都成了过眼云烟,不过棋局上的弃子罢了。

连日来,方衡都在窑场里耗着。之晴却因顾婷袅病了,将她暂且安顿在自家爱多亚路的宅子里。方衡知晓她记挂着顾婷袅,便道:"你早些回去,这里有我够了。"

之晴答应着与方衡道别,驱车赶往医院。

"婷袅呢?"之晴未及叩门就进入诊室,倒将里头的医生和病人都吓了一跳。

"顾小姐来电话说有医生上门给她打针,今朝就不过来了。我以为你为她另请了大夫,省去奔波呢。"许大夫见之晴这样贸贸然,有些意外,赶忙站起来为里头打针的病人拉上帘子。

"她亲自打的电话?"之晴追问。

"是啊。"许大夫答道。

"上门打针?我从未联系过医生。婷袅到上海未久,除了廖先生只怕也没什么相熟的人,怎会冒出个医生来……"她心道不好,忙忙转身出门,驾车直奔爱多亚路去。

若婷袅真与陆穆远师出同门,那她自然一直暗中帮着革命军。稍有不慎,便会被人盯上。一直以为,让她离开川蜀就能保她无虞……我太大意了!怎么没有仔细问问她的心意……

之晴在后院停了车,从包内拿出手枪,蹑手蹑脚地上楼。凭着对老宅的熟悉,她可以不开一盏灯而摸清家里的每一个角落。婷袅所在的卧室门半开半掩，只见一个穿白大褂的人站在床边，正将一支针内的药水缓缓推进她的静脉中。婷袅躺在床上，口中塞着一团纱布。

"住手！"之晴大喝。那个白大褂显然没料到会有人突然进来。针筒中的药水不过打入一半，便即停止。他万分熟稔地从药箱中迅速拔出手枪对准之晴。

"砰——"之晴的子弹射入了白大褂的胸口，而白大褂打出的那颗子弹被之晴用门挡住。再看时，子弹生生穿透了木门，在墙头擦出一道深痕。

之晴一愣神，随即向虚弱无比的婷袅快步而去。她拉出婷袅口中的纱布，轻声抚慰道："没事了，你别怕……"

婷袅见她心有余悸仍强撑着安慰自己，倏然拽住她的衣角："之晴，我的时间不多了……对不起，一直瞒着你——我是革命党人……"

"婷袅，你的事情，当初为何不与我直说呢？"之晴潸然泪下。

"组织有严令，何况你本不是局中人……"婷袅笑了笑，她病中本就瘦弱，此时更是一脸惨白。

"我来晚了，对不起。"之晴用力握住她冰凉的手。

"你能来见我最后一面，我已经很欢喜了……"她指着床尾的那柄琵琶道，"把它带走吧，它陪我度过最美好的时光。"

"我带你走，一定有法子的……"之晴抱住她的身躯，想要将婷袅搬下床。

"来不及了，他们还顾忌何先生，所以给我注射了药剂，希望我无声地死掉……你开车来的？"婷袅撑着一口气问。

"我把车停在了后院。"之晴哽咽着。

"那就好。快走，他们接应的人应该就在附近，意识到来人许久未回，又听到枪声，定会上来查看……我这辈子到此为止了，你多保重。若有一日，何先生为难你，会有人保全你的……"婷袅缓缓合上眼，一滴泪珠从她眼角划过。

之晴心中悲恸，只觉一阵晕眩，忙扶住床栏。

"快走！"婷袅哀求。

之晴意识到即便带走婷袅送医，她的性命亦难挽回，只得狠下心肠，一把抱起琵琶，匆匆从用人楼梯离开，由侧门出户。她急忙启动了汽车，朝着另一条路开去。这是一条她从未走过的路，但她顾不得这些了。

"看断桥未断,我寸肠断……"之晴耳边萦绕着婷袅的《白蛇传》唱段,久久未散。

后来的几天,之晴几乎都在爱多亚路的一个小馆子里待着。看看杂志,读读报纸,虽只点一杯咖啡,也要在露台上独坐很久。

人的一生何其短暂,却要受到无数煎熬,不死不休。无论是婷袅、丹露,抑或是小蕙、宁儿,这一生中欢喜之时又有多少呢?生者忧心劳形,依旧不能有半日懈怠。即便枯坐,之晴亦要迫着自己去解决心中的疑难。

不出她所料,陆穆远果真出现了。

"之前你同我说要去瑞金,怎么还能在上海碰到你?"之晴故作意外。

"有点事要处理。"陆穆远道。

"处理婷袅的后事吗?"之晴问。

陆穆远迟疑了半晌,终究道:"你都知道了……你家别墅的损失,恐怕一时间我们无法赔赔。况且,你家别墅住进了革命党人,只怕你会担上不必要的干系。这几天我在想法子,摘清你身上的嫌疑。"

"我不怕担干系。"之晴道。

不知两人相对而坐了多久,终究还是陆穆远先开腔:"我不能放任你在方衡身边。有些事情,不必我说,你应该知道的。他选择的路,你断不能去走!"

之晴看着陆穆远,他的脸庞依旧俊朗如往日,但他们之间的疏离在这些年里愈发明显:"婷袅是你们的人,你竟舍得让她以身饲狼?她那时还是个学生啊!她在死前还不忘引来敌人,然后同他们一起粉身碎骨,埋在瓦砾之下……或许,听起来好像不那么可怕……但你有没有见过一个将死之人内心的绝望?"

"为了后来人,抛头颅、洒热血,是吾辈共识。如果我能代替她,我也情愿死的人是我。之晴,我不想欺瞒你!"陆穆远见之晴已有泫然之色,眼圈也不禁发红。

"我知道你们都不怕死,你们都是英雄……可于我而言,身边的人一个个离开,何尝不是对我的凌迟!我希望国家兴旺发达、人民安居乐业,可我们个人的力量都太微不足道了。只有有志之士团结一心,才能力挽狂澜。不要互相猜忌、敌对了好吗?"

"我也希望如此,万众一心,卫国卫民。"

之晴微微点头,随即起身道:"我走了。婷袅的琵琶,我会亲自送到她家人手中。珍重!"

渐行渐远渐无书,只道此心难驻。风云变幻,天涯陌路,一念既往,无惧身坠海雾。陆穆远用钢笔在报纸的空白处写下这样一段话,眼见暮色苍茫,晚风乍起,他点起一根烟,走出咖啡馆。

夏夜蝉鸣初歇,夜来香的馥郁之气在街头巷尾飘散。

之晴同秦先生议定,川蜀的茶叶由秦先生牵头派人用船从长江运到上海港口,再由通运公司的负责人复核后运往东南亚各国。秦先生道:"我们名下的货物,不容有失。茶叶罐就用你们委托和德盛制造的毛竹为原料,竹筒上钤上恒永升,竹筒底钤上润元居便可。"

十万斤茶叶,漂流而下,平安地经过宜昌、荆州等地。直至岳阳荆江时,忽而狂风大作、大雨倾盆,两日未息。船在江中上下不得,几近倾覆。之晴哪里经受过这样的颠簸,加之昼夜温差极大,船上条件有限,短短几日,之晴就染了风寒,几乎将胃中的酸水吐了个干净。船长见状命人强行靠岸,将之晴送往武汉医治。

之晴心有所系,待病情略有好转,立时从武汉坐了飞机前往上海做出口准备。

"国内茶叶市场若能就此兴盛起来,各地茶农也能有盼头。大家不必去做那些违法乱纪之事挣取不义之财。以往川地种种不良态势,终究不可持久。否则既苦了其他老百姓,又害了自身……"她一心想着千万茶农的生计,在上海港口日日盼望着商船抵达口岸,却万万没有料到,在南京的码头,这艘运载着川蜀茶叶的船只被截了下来。

"林小姐,出事了。"电话那头,秦先生压低声音,将这件棘手之事做了大概叙述。

听完电话,之晴怫然色变。

"值此全国禁毒时期,中央政府明令禁止贩毒、吸毒。林之晴小姐,为何打着你家商号的茶叶罐中会有这样大批的烟土?"之晴被带往警察局做笔录。

"我同川地商号恒永升做茶叶生意,商船出港口前,自然由当地负责人检验督办。我只随船到荆江,因身体不适,船长明令我下船医治,武汉医院应该有治疗记录。至于此后是哪个环节出了问题,责任很难定性。这批茶叶并不上岸,待在上海港口由专人查验后便即出海。何况随船押送的管事忽然失踪,至今无法联系上。万一有人栽赃陷害,岂不是委屈了好人,纵容了罪犯?"之晴镇定自若。

"若查实了这批烟土是你运输贩卖,此刻便不是请你来问询,而是直接定罪了。"警察道,"林小姐,一个礼拜后你有一次上法庭辩驳的机会,但如果不能证明你完全无辜,你即使不被枪毙,坐牢也是必然的。"

之晴陷入长长的沉默,自己只想好好经营自己的事业,未承想还有人步步紧逼,甚至不惜借刀杀人。

暑意渐退,凌霄压满枝头,橙黄暖意熏人心。她记得一位长者说过,看到凌霄花盛开的女子,会获得永远的幸福。可如今自己身陷险境,尚不知如何破局,"幸福"两字对于如今的之晴来说可谓天方夜谭。

方衡站在警察厅外,待之晴出来,便即询问道:"官司有把握吗?"

"那个人在暗处,我还不知道是谁。熟知货运航线的,无非秦先生罢了。他是刘先生的结拜大哥、刘帮办的小舅舅,不见得要害我一个平头百姓。何况那茶叶筒上也有他家商号的款识,他害我的同时必伤及自身,并占不到丝毫便宜。"

"川蜀其他的茶叶商呢,你言语间是否得罪过他们?"方衡问。

之晴摇摇头："我得罪的无非那些在川地种罂粟的人罢了。这一步步的算计,环环相扣,算准了长江天险,时有大雨,几次不能下锚,让我心中先入为主。夜里风寒露重,我身体原本还未康复,再受冷气自然吃不住。病来如山倒,他们就可顺理成章把我弄上岸。此后几日,若要动作,就容易多了。"

"何先生做的?"

"没有证据,说什么也是枉然。"之晴道,"另则,川地岂止他一人种植罂粟?丰都、南坝、夹江、屏山,处处五毒俱全。真要齐心办这桩事,我也没有法子。"

"这样的大事,不止关乎个人性命。"方衡道,"你被抓住的把柄,除了茶叶筒铃有你家商号款识,并没有其他切实的证据可以证明你参与了违法事件。"

之晴亦知不可坐以待毙。她苦苦思索着同何先生、顾婷袅接触的一切片段。这些破碎的片段等着她耐心地拼凑,她愈想拼得完整,却愈觉得少了什么。

直到后一日,方衡突然拿回来一封信："不知道是谁寄给你的。信封上连邮戳都没有,真是奇怪。"

之晴接过信拆了封皮一看,熟悉的字迹依旧隽美无俦,其中内容,却让之晴大吃一惊。

"原来,何先生的副官小赵同婷袅是一样的身份,他们潜伏在何先生身边,互相帮衬掩护,试图找出何先生制毒、贩毒的证据……"

"只要找到何先生的副官,就能证明贩毒之事都是何先生所为。"方衡如获至宝。

之晴道："我们可以请梁先生盯紧赵副官,一切昭然若揭。"

方衡并未轻易持有乐观的态度："何先生既然嫁祸与你,自然已做了万全的准备。政府已明令禁毒,这次单单查出这艘船藏有大宗烟土,可见要拿你作筏子,警醒大众,你不能掉以轻心。至于何先生到底信了赵副官几分,据你观察如何呢?"

"赵副官从未在我面前露过一丝口风,上回拘禁我时,亦是铁面无私的模样。若非这次陆穆远寄信过来,我万万不会料到他竟然是陆穆远的同事。婷袅直到去世也未和我真正阐明这一点……现在回想起来,才有些端倪可循。"

"我们必须做好两手准备。一方面,我们要让梁先生暗中联络上赵副官,另一方面,还要找到切实的证据证明这一切并非你所为。可以联络到秦先生吗?"

"秦先生同刘帮办关系太近,终归有诸多避忌处,最好不要再联络他,以免被有心人利用再杜撰故事。"之晴不想再牵累旁人。

"也罢。"方衡犹疑了半晌,又问,"你有没有想过当年何先生为什么去苏州? 苏州有什么重要的事情,值得何先生做那么长时间的停留?"

"这桩事我知晓一二。那年何先生去苏州是想拜访费先生,让费先生请寒云先生出山,也能借一借青帮的光。他还提出寒云先生的一切要求他都会办妥。"

"寒云先生故去未久,那年自然也未答允他此事。"方衡道,"费先生乃寒云先生知己,怎肯污了寒云先生清听?"

之晴一笑:"你说的不错。"

"我现在所思所想,唯有让你尽早逃离虎口。"方衡道,"这几日我在东北和西南派人打探何先生制毒、贩毒之事,也拿到了些证据。只可惜法庭给的时日太短,我们拿到的这些证据还不足以扳倒何先生,让他受到制裁。"

之晴心生一计:"如果是这样,事情还有转机。不如请人上告南京法院,何先生才是制毒、运毒的罪魁祸首,与这趟船运脱不了干系。只消请中间人递上三五证据,南京方面定会派人去川蜀通知何先生此事,并敦促他赶赴法庭当面对证。到了那时,何先生定会寻找托词。如此拖延几日,我们倒能多争取一些时间。"

方衡道:"只要延缓开庭十日,或有转机。无论在上海或在南京,你均要谨慎应付。有消息说何先生刚用川膏换了一批上好的滇土运往广州,急着脱手呢。我已订了去广州的机票,希望可以截住他并拿到证据。"

"万事小心,若实在不可为,定要保全你自身!"之晴抱住方衡,将面颊贴上他后背。此刻,她仍旧踟蹰,生怕方衡因为她遇上险阻。

何先生做事一向谨慎、隐蔽,烟土都由专人运输。他早就暗中同"联运处"接头,务必要将这大批烟土平安运抵。一旦顺利,接下来将库存的川膏慢慢转化成滇土,仓存量必定锐减,亦不会再如往常那般引人注目。另则,拿到现钱存入政府特许国际汇兑银行,再分批转到洋行中,神不知鬼不觉就能洗清身上的嫌疑。想到那回刘帮办的娘舅都敢上门来要人,说明他在刘帮办的眼中也并没有那么重要……川蜀之地种植罂粟的小军阀岂止他一家? 刘帮办面上禁止,偶尔也销毁些烟土,却也并没有什么实质性举措。这次万一自己被林之晴攀扯上了,刘帮办难保不会丢车保帅。但若自己赢了这一仗,往后他在川地大可放心地继续经营下去,等过上两三年腰包中有数亿银圆也不怕刘帮办不对他放下身段! 想到这一层,他又下令加快了转移烟土的步伐。

方衡走南闯北多年,早知道烟土在中华大地上肆虐,荼毒着无数同胞。泥瓦木工,拉车的,挑担的,但凡有了钱,买些许劣质的烟膏抽,哪怕横尸街头也不顾;家里有商号的,登台唱戏的,晨起便要抽烟,否则不能算清醒……长此以往,不用外人打进国门,国人自己便耗尽了精血。"强国富民"这四个字,不啻成了一句空话。民不聊生,山河破碎,国将不国,岂是有志之士乐见? 他决心要不惜一切代价,遏止这种罪恶的开始。

一德路上,方衡请行栈、货仓的朋友打听最近从云南运来的大宗货品,尤其是军兵押运的,要多加重视。他联想到当年顾婷袅给之晴的支票上有日本银行的徽号,打算在这上面一探究竟。

不出一日,何先生在银行的流水账单清清楚楚地呈现在方衡面前,那一笔笔大额的进账,除了政府拨给的军费,只怕均从烟土上来。

然而,如何截下何先生这批货品呢? 单靠行栈的朋友们打听消息确然可靠,动手截货却不方便。何况何先生出货一向谨慎,只怕有军兵埋伏。细思之下,方衡终于决心请讲武堂教导团的密友出手相帮。

大钟楼又开始了音乐报时,悠悠扬扬的声音传出去很远,很远。这里是海关码头,行事更要慎重。如若不然,进网的鱼儿将有可乘之机。万一溜之大吉,往后就不容易得手了。

在方衡和其友人细细布局下,果真探到何先生的运输队准备秘密过境。此时月黑风高,码头上人影寥落,只有几艘货轮和客轮泊在岸边。方衡告知众人不可抢先探查,以免打草惊蛇。

等了数个钟头,货轮上下来数十个挑着担的人,方衡见那些人行踪鬼祟,不免压低声音向密友问道:"不知他们是什么来路?"

　　行栈头目打量了片刻便即答道:"多半是担药箩的,我们即便拦下,也不过收些'行水'。现在运烟土的同他们有勾结,让他们先出来探路,顶多被没收些牛黄、豆蔻、田七,若见势不妙,运烟土的这批人倒可全身而退。"

　　"好,我们再等等看。不过这些挑担的人也要密切监视,说不定日后还能牵出一条线呢。"

　　"倒要你为政府操心,不如弃商从武如何?"讲武堂的密友随口调侃道。

　　方衡此时全无玩笑的心思,他知道,要改变之晴的命运也许就在今晚一搏,他说什么也不敢有一丝疏忽。

　　倏而,几支手电筒的光冲破了暗夜的深邃,一辆卡车开了过来,横在当路,"吱呀——"的刹车声仿佛尖锐的刀刺,车灯的光亮很快扫过码头,随即黯淡下去。

　　"停车查验!"两名警察趋步向前。

　　"查什么?"车上的人故作不知。

　　"查货!"警察高举手电,口气凌厉。

　　"我们有通行证,且交了税,不必次次都查吧?"那人居高临下地试探,并将证件夹了一沓关金券递了过去。

　　"我们只查货,别的不管! 你们赶紧下车!"另一方的语调颇为强硬。

　　这趟押送烟土的人,正是追随何先生多年的赵副官。他见来人手中持有枪械,心知这回可能遇上了麻烦,反倒与同伴跳下车去:"要查便查,不过是一些茶叶罢了。"他知晓若能杀出一条血路,何先生自然会感激他,给予他更深的信任。若不能,陈尸异乡也是必然。

　　两名警察上前掀起油布的瞬间,赵副官边上的两人从车下抽出匕首,从警察的后背猛然刺入。两名警察来不及反应便倒在车前,枪械也被赵副官擎在手中。

　　"扔下武器,都举起手来!"不远处有人高声喝止。

　　眼见一队警察由远及近,不远处的高地上,又架着一门迫击炮。赵副官的随从眼见敌强我弱,只好先行抛下匕首。不料,在警察略微松懈精神之际,赵副官一声令下,随从们有的端起步枪,有的掏出左轮,并不答话,直接开火。

　　刹那间,子弹如一阵狂风暴雨,"乒乒乓乓"地射在地面、车门,甚至货箱上。而赵副官并无地利优势，身边的人伤亡了大半。

"赵副官，我们又见面了。"方衡从远处走近，嘴角扯出一丝笑。

弹药用尽，赵副官只得将手中两把枪丢到远处，语气凌厉依旧："成王败寇，何必多言。"

"不必灰心，否则顾小姐就白白牺牲了。"这句话语调平和，却掷地有声。

赵副官闻言，眼中似乎燃起一丝光亮："我跟你走。"

"怎么处置他们？"方衡觑着赵副官，有意问他。

"依法办理便是。"赵副官从口袋中拉出一块手帕，抹去溅到脸上的血渍。他看方衡眉头紧锁，淡淡道："失了这宗烟土，何先生想必在劫难逃。"

"何以见得？"方衡不解。

"川蜀一带，制毒、贩毒的大小军阀不少。如今拿一个出来顶缸，最好不过。"

"现在就把消息放出去，川蜀还在做烟土生意的军阀一定草木皆兵，恨不得何先生早死呢！"方衡会意，"这样何先生往南京去的路途中，想必亦会步步惊心……"

"烟土仓库尽早让梁先生带警察去查封吧。"

"你也认识小梁？"

"逢年过节，大小商号的掌柜、掌事谁人不来孝敬以求平安呢！"赵副官不假辞色，"走吧，若迟几日抵达南京，只怕你的林小姐性命不保。"

方衡眼下并没有更好的选择，只能暂且与赵副官同行。审问运输烟土的事宜，方衡全权交托给他的密友，嘱咐一有结果就拍电报过来，同时把信件加急寄送到南京方面。若事成了，必将请他们到"大三元"酒家吃一顿最好的席面。

黑云翻墨，广州的暴雨连下了两天。飞机在停机坪上匍匐着，不知何时才能起飞。无奈，方衡决定乘坐火车北上。

火车甫到站，月台上乘客随即蜂拥而至，装卸行李缓慢，好几次延误发车。方衡坐在二等车厢中，看着三等车厢内熙熙攘攘，喧嚣不已，亦不禁眉头深锁。平素倒也罢了，如今人命关天，一刻也耽搁不得。几个站点一过，方衡不免有些着急。赵副官冷眼看着方衡，将电扇打开："心神不宁。"

"还没有得到确实消息何时开庭,我自然不能安心。"方衡道。

赵副官语调清冷:"总有人往我们车厢打量……"

方衡闻言,不禁一怔,忙敛起心神:"我们见机行事。"

赵副官将电灯调得暗了些,压低声音道:"恐怕有人在蹲候着你我呢!"

方衡瞥见赵副官鞋底沾了许多煤灰,定是他此前已探查了一番。

"不如趁他们不备,我们下车另寻出路。"方衡道。

赵副官道:"坐火车本是权宜之计。梧州机场今朝正好有飞机可以到南京,我们准备下车。"

火车至梧州,两人奔赴机场。谁知在进闸的刹那,方衡与赵副官被十余个浪人围住。那些浪人全副武装,摆出了严阵以待的架势。

"每走一步都被人猜准,看来对方深谋远虑。"方衡倒吸一口凉气。

"一个钟头后飞机就要起飞,在这里不能耽搁太久。"赵副官看了一眼手表,对浪人的进攻淡然置之。

"你怎么样?"

"顾好你自己。"赵副官冷然道。

两人赤手空拳,方衡毕竟实战经验尚少,并没有十分的胜算打倒这许多拿着长刀的人。

赵副官曾随何先生走过枪林弹雨,也铤而走险运送烟土,此刻更显从容。

"你们是否同我们有些误会?"方衡全神戒备,同时试着分散对手的注意力。

"你断了东北红土销路,该死。"其中一个浪人答。

"冤有头,债有主,你们找的是我吧?"方衡道。

"关小姐有指示,他也不能活。"浪人满面寒霜。

"关丽云?她为何这么说?"方衡疑惑。

"赵先生自己心里明白。"

赵副官冷笑一声:"关小姐烟土生意做得如火如荼,在她手上断送的人命也不少,知晓内情而立场不同的人,她自然想除之而后快。"

"动手吧!"方衡闻言,一声断喝。

一时间,刀光凛凛。浪人劈砍连连,在耳边霍霍生风。赵副官与方衡背部相抵,全神贯注准备应对这场雷霆风暴。不料,方衡手里突然多了一把枪。错愕间,却听赵副官道:"方大少爷会用吧?"

"为什么不早些拿出来?"方衡低低地笑了一声,拉开保险,瞄准了一个浪人便即开枪。

"准头不错,看来学过?"赵副官夸赞一声,又一个浪人应声而倒。

浪人们哪里料到要坐飞机的两人竟还随身携带了手枪,一下子失去了两个同伴,着实有些猝不及防。当枪声再次响起时,浪人们变换了行进的方式,方衡同赵副官几枪均落空了。他们步步紧逼,方衡同赵副官只得步步后退,打了十几发子弹,不过才让四人受了不同程度的轻伤。

"赵副官,你是哪所军校毕业的? 看来射击这门功课学得不大好。"方衡此时竟还有闲情逸致开玩笑。

赵副官冷哼一声,跃上台阶,以梁柱做掩护,射中了两人。

方衡瞥见,大受鼓舞,亦一枪打中一个浪人的胸膛。

"这里的工作人员都去哪里了? 听到枪声竟还不通知警方。再这样下去,子弹用尽,我们只有死路一条。"

"南京那边还等着我们回去呢。"方衡一面说,一面开枪。

赵副官道:"自身难保,还去什么南京?"他眼疾手快,一枪打中浪人的手腕,长刀"哐啷"一声落地。方衡收起手枪拿起刀,向奔来的浪人劈去。双刀相斫,均用尽全力。方衡身后是一根立柱,他微微收力,向右一让,那浪人的刀一下子斫到柱子上。在这电光石火的瞬间,方衡手起刀落,刹那间砍下了浪人的头颅!

十去其六,方衡与赵副官信心大增。

"好一对生死之交啊! 说从前不识,我倒不信。"关丽云扶住一个腿上中枪的浪人,语笑嫣然。不知何时,她竟远远地站定。

"关小姐,好久不见。"赵副官道。

"这'久违'二字,全拜你们所赐。"关丽云唇角依旧带着笑容。

"过奖了。"赵副官语带讥讽。

"方少爷,怎么不替我说句话?"关丽云娇嗔着举起枪对准了方衡,"你猜猜,我们两个谁的枪法比较准?"

"丁智兴没有好好照顾你吗？逼着一个女人拿起枪，一定是她丈夫的过失。"方衡道。

"方衡，你的生意我从未碰过，我的生意，你一心毁之。你让人扫了山东的市场，义父对我大发雷霆，说我管理不善……你当真对我没存半分情谊吗？"

"我说过，你爱唱戏，我愿陪着你唱。"方衡劝道，"不要再帮着竹下完明做这些见不得人的事情了。"

关丽云仰天长笑："有什么见不得人？中国大小军阀混战，但凡在川滇一带的，有几个人敢说没有种植过罂粟，制作、贩卖过烟土？即便身在齐鲁，又或是上海，那些商界大亨面上光鲜，暗中无不将烟土生意放在首位！你可知地下烟馆一年利润几何？"

"为了钱，就要荼毒他人？那正道和公义呢？"

"人不为己，天诛地灭，但也不必把我们看成豺狼虎豹。其实，我同义父都在想法子，怎样才能让烟民活得更久些。这些年我们想尽法子向林南璋要他家传的医学秘本，可他不肯给啊！有什么法子呢？他不肯多给烟民一些时间，自然是最该死的人。"关丽云手上的蔻丹红得惊心。

"砰——"

关丽云虽与方衡说话，可也眼观六路。她早已瞥见赵副官的举动，拉过勉强立在她身旁的浪人挡了一枪。"竟敢暗算我！杀了他们，不要留情！"关丽云后退几步，向着赵副官不断开枪。浪人又向方衡和赵副官紧逼而去。

赵副官不仅要抵挡浪人的攻击，还要避让关丽云的子弹，左支右绌。方衡举刀上前，格挡住其中一个浪人的攻击，赵副官一枪命中了那个浪人的身躯。

关丽云见机又开了一枪，方衡眼疾手快，一把将赵副官推开。

"方衡！"关丽云吓了一跳，她万万没有料到，那发子弹会射中他。

赵副官扑了回来，拾起刀反手插入最后一个浪人的胸口，转而冲着方衡道："你没事吧？"

"还死不了。"方衡脸色一沉，额上沁满汗水。弹片擦过他手臂皮肤，肌肉生生被撕裂！

"算你命大，可这姓赵的必须死。"她再次举起了枪。

"砰——"

"砰——"先后两枪,从两个方向对射而去,关丽云和赵副官几乎同时倒在地上。

"快走……"赵副官牵了牵方衡的衣摆,轻声示意他。

方衡支撑着与赵副官一起转移至隐蔽之处。

"如果这趟飞机误了,下一趟不知什么时候起飞……"

"为了林之晴,替我挡子弹,当真连命都不要了?"赵副官诘问。

"若这次之晴赢了官司,何先生这一条线的烟土从此断绝,可起到敲山震虎的作用。若之晴输了官司,何先生等人必将如鱼得水,再无人遏制川蜀烟土之患,长此以往,不堪设想!"

"你在这一来可入院医治,二来可做善后工作。我适才急着假装中枪,就是为了让关丽云疑心我已死,你一人难以成事。我一定准时赶赴南京,为林小姐提供你们想要的证据资料。"赵副官的声音虽低沉,却颇为坚定。

"我也会早日赶到,尽可能不错过最终庭审。"方衡道。

第
四
十
六
章

暖
日
明
霞

法庭开审的那一日,绵绵细雨不约而至。

因辩护律师忌惮川地经营烟土的大小军阀,又有竹下完明暗中运作,一时间竟没有律师肯出庭代理之晴的官司。原本定于早上九点开庭,未承想八点未到,法庭大门口便挤满了围观的群众和新闻记者。

"谁非国民,孰不爱国!烟土之患,乃肘腋之患。摧国人肝胆,腐民众斗志。先父舍生取义,誓死不让烟土缠身。谆谆教导,言犹在耳。我虽一女子,也知家国大义之重,万不能行此悖逆之事,受污名而死!"之晴字字句句掷地有声,引得法庭门口的记者和群众尽皆欢呼响应。

"如今时局微妙,你只能见好就收,烟土牵涉的人太多了。"方衡护着之晴入庭,轻声在她耳边嘱咐。

"见好就收?家父枉死何日可昭雪?中国万千被毒害的生命何其无辜!你家东北的商号为何接二连三地倒闭……这些都不重要吗?"之晴听方衡的言下之意,竟是让她不追究其他人的责任,可她终究意难平。

"若不能及时止损,枉死的就不止是一些无辜的人了。俗话说得好,法不责众。我们还是要以大局为重,总有一天会河清海晏的。"

但看山形的法院主楼巍然屹立,喷泉池中莲花大碗里水柱倾泻而下,泛出片片白沫。来法院旁听的人拾级而上,收起雨伞,倚靠在梁柱边。之晴心中默默祝祷:"父亲、丹露、婷袅,你们的在天之灵一定要保佑我。烟土之患,总要遏止……"

"有什么证据能证明林小姐运送的这批烟土出自我当事人处?"庭内何先生的律师提出异议。

"我要反驳两点。"之晴朗声道,"首先,我运送的货物乃川地茶叶,但不知道为何后来货物变作了烟土,并且用了润元居的包装。其次,我并没有认定烟土出自何先生处。"

"传唤我来是消遣我吗?"何先生闻言,不禁失笑。

推事扬声道:"肃静!且听原告陈述。"

"我们林家此前未在川蜀一地有过经营,此番运输茶叶一事全数委托国外货运公司。另则,既交托给人家运输,必有我们润元居签署的委托文书。起航前货运公司已然查验过此趟运的是川地的茶叶,而非你们所指证的烟土。船停泊在哪个码头,走哪条水路,都有行规。如果持有异议,可召同业公会的人来问问,这条船航运路线是否有不妥之处。"

推事道:"现有运货方的人证在,指出你要托运的货物并非茶叶。"

"我有单据,请拿去比对。"之晴当庭提交了证物,又道,"既然有人证,亦可与我对质。"

"林小姐,那天你所托运的货物是烟土。我们虽谈好了价格,但既然被查到了,我也不好隐瞒。"证人道。

之晴朗声道:"我同你在哪里谈的价格?另则,我是与你签的文书吗?若运烟土,起运税单据何在?"

证人道:"同你签文书的人是我弟弟,他几日前患病住院,所以委托我出庭做证。"

"如果他不能出庭做证,如何同我当面比对笔迹?更何况,此事若是有心人故意栽赃,引得法院推事误判,岂不是寒了百姓的心,也有违政府禁烟的本意了?"

推事道:"何先生,你走私烟土,在广州被查,国际汇兑银行也查到你进出账目的流水。对此,你还有什么要说的吗?"

"我对这件事一无所知。我出庭前,一年多的时间都在川地,从未到过广州。"何先生并不打算承认这一切,"只怕这些都与这位林小姐脱不了干系。她突然来到川地,又拐走我最宠幸的姨太太,想必也是从那时候,她知晓了我的银行账户,故意做了假账,想置我于死地。"

"若无证据,就是污蔑。我请求证人出庭!"之晴道。

"叶月女士。"推事示意道。

"推事先生,'叶月'两字是日本商人竹下完明给我起的艺名,我本名崔宁儿。只因竹下完明算计了家母,令她染上毒瘾,我万般无奈下,才到租界被迫做了伎人。这两年来,我知道竹下完明趁势在租界做起了烟土生意,与何先生多有往来,如何买卖我都看得分明。可是我母亲被他拿捏着,投鼠忌器,直到今朝我才得以上法庭说明。"

"即便碍于你母亲,你知情不报也要被定罪。"推事道。

"既然敢于坦白,就要遵从律法。该怎么罚,我领受便是。"宁儿微微一笑。她回眼望了望旁听席,只见一个器宇非凡的男士取下帽子,从座位上站了起来。

何先生看清楚那位男士的面容,不禁大骇。

"你奇怪我怎么没死,是吗?"赵副官淡淡道。

"你来做什么?"何先生警惕起来。

"司令贵人多忘事,只好由我来提醒一下了。"赵副官一笔一笔地细述着何先生制烟土、运输销售的事情,并将证据用微型相机拍摄了下来,洗出照片。他将证据呈上,推事们逐一看完,面面相觑。

"你去年同竹下完明商议,两人将烟土经营连成一线,四川、陕西、河南、山东、贵州,都有你们的据点。"赵副官补充道。

何先生冷笑了起来:"我身为一名军人,怎会做这些有违律法之事?多半是你利欲熏心,借着我的名义贩卖烟土吧!"

"司令大人,您胡乱攀扯,让人瞧着真是有趣极了。"

何先生的错愕显然到了极致。他竟在南京的法庭上看到了自己远在蜀地的侍妾玉蓉！

"这位小姐，你怎么可以出言不逊？"何先生镇定下来，准备将他们一切的控告推翻。

玉蓉幽幽道："司令大人称我为'小姐'，可见生疏了。这几年的时光，除了顾婷裒小姐和玉英小姐，我也一直陪在您身畔。您还说，古时花蕊夫人偏爱芙蓉，后主便使人满城种下，我与芙蓉相类，当得起'玉蓉'二字。不仅如此，我还曾日日伺候您母亲的起居呢！"

何先生听到最后一句话，忽而一怔。

推事见玉蓉如此做作地说话，申斥道："法庭之上，不容你们叙旧！"

何先生扫视了一眼庭下，坐着的人里或与林之晴有亲、有旧，或是蜀地其他军阀的暗探……这些人，都希图着他一败涂地。何先生最终又把目光落在玉蓉身上——玉蓉抿了抿艳红的唇，将一支银镶碧玺的簪子往髻上一推。那支簪子同她的装束极不相称，因而引起了何先生的瞩目！他沉默了半响，似乎被激怒了，又仿佛被人抓住了软肋："好啊，你们有本事就抓我！烟土，早已烂在所有人的骨子里了……哈哈！谁不知道租界里的那点事？比我们川地、比大连如何？只云南一省，烟田二百余万亩！你们怎么不找上龙省长，让他也上南京法庭说个分明？全国上下那么多省份种大烟，成百上千军阀都拿了红利，只管拿我作筏子……我不服！我笔记本上的名单足以撼动整个国家！"

五个推事面面相觑，心知不能让何先生说下去。

"休庭！"法官一锤定音。

很快，司法警察拘禁了何先生，同样也拘禁了宁儿和赵副官。他们安之若素，仿佛不把被拘禁的判决放在心上。

"如此，我也能还了这笔债。"宁儿知道之晴无恙，像是了却了一桩极为重要的心事。

一切似乎落下了帷幕。方衡从旁听席上站起来，用没有受伤的手牵住之晴，陪着她一道向着法庭门口走去。

法庭外，草色青青，久违的阳光普照着大地。一切似乎将要画上句号，也将重新开始。之晴心中有几分庆幸，上天的确给了她磨难，却也最终给予了她应有的公正。

当初一筹莫展,后来却出乎预料地顺利解决了所有难题。她心中感念无数的人——小宁、赵副官、小梁、玉蓉、方衡,甚至还有下了判决书的推事们。

突然不知何时,两个人从暗中蹿出,各端一盆氢氟酸向之晴兜头泼来。

"啪——"就在这千钧一发之时,一把大伞霎时间撑在之晴面前,挡住了大半氢氟酸。

那两人见一击不中,便即向人群里逃窜,司法警察眼疾手快开了枪,其中一人立时倒毙。

原来,陆穆远一直在法庭最后一排不起眼的角落里坐着,见之晴安然无恙,正要离开。见有人忽然泼出不明液体,他忙撑起伞遮挡。不料,方衡先一步反身抱住之晴,此时他后背的衣服已被氢氟酸腐蚀了一大片。

"你怎么样?快把外套脱下来!"之晴急切万分,她眼中只有受伤的方衡,哪里还顾得上适才撑起伞为她挡下了大部分氢氟酸的陆穆远呢?

雨伞被腐蚀得只剩下伞骨。陆穆远将伞靠在墙角,默然离去。

马路对面,一个坐着轮椅的女子慢慢歪倒在一边,手中的引爆器亦落在身畔。

此前,方衡并没有下狠手杀了关丽云。而关丽云却不甘心让之晴平安度日——若之晴没有被判刑,至少要让她凄惨度过下半生。要么毁她容,要么让她死!

"你疯了!"阿兴听闻此信,断断不能坐视不理。

"别阻止我。"关丽云冷冷道。

"想想我们的女儿怡和,想想我……安安稳稳地过日子不好吗?"阿兴俯下身来哀求道。

"我不喜欢孩子,也从来不喜欢安稳的生活。"关丽云冷笑起来,"你所谓的平淡是福都是你的自以为是。你根本不知道什么是真正的快乐!若你有几分向上之心,就该把属于你的都拿回来!你才是方家大少爷啊,我们可以为天皇立下战功,我们完全能在这里呼风唤雨。我还计划着,有朝一日能将竹下完明取而代之。你知道苏浙皖三省交界处,阳羡一城的重要性吗?!"

"即便我不是方家大少爷,也可以为国家建立功勋,给你想要的荣华,哪怕我用命去换！阳羡地理位置险要我岂能不知？正因为如此，苏南行署决不能落在贼人控制中！"

"丁智兴，别天真了，人生来便有云泥之别。你不去争取，就永远是可怜的私生子，最后无法名正言顺地得到方家的财产，更换不来林南璋的真心！你拼死拼活得来的钱，还不如我卖几斤烟土来得容易……你也知道，现在被一众人奉为座上宾的金碧辉小姐，从前也是王府的格格。实实在在的权力和金钱，比名誉重要得多……"

阿兴见她歇斯底里，却仍盼着她回头："你嫉恨之晴，我从不计较，只愿自己能尽力弥补。可你不能迫害抚养我长大的义父，更不能迫害千千万万的国人！你骨子里流着的，难道没有中国人的血吗？"

"中国人？"关丽云冷笑了起来，"我那高高在上的父亲何曾给过我怜悯？你父亲可有一日将我当成儿媳？林老爷又何曾真心接纳我？"

"你这是犯罪。"

"犯罪？"关丽云慢慢将蜷起的手摊开来，"我要让你看看，你的林大小姐，如何在一场爆炸中死亡。你也将看到，你亲弟弟方衡血肉横飞……不做狠心人，怎能成大事业呢？"

关丽云手中是定时炸弹的引爆器。阿兴终于明白，此时的关丽云早已走向了万劫不复之境——她不仅要让之晴、方衡等人死去，还要让整座法院灰飞烟灭。那样，这世上或许再也没有人知道今朝法院里发生的事，竹下完明的秘密也不会大白于天下。她从来就是那个巨大阴谋的实行者之一，她从来不甘心无权无势。可她是自己的妻子，她不久前才为自己诞育了一个可爱的女儿……

接下来的那瞬间，阿兴做出了此生最艰难的抉择——眼前这个极尽婀娜的女子终于倒在了一声枪响中。

"之晴，你好好保重。"这是阿兴向之晴说的最后一句话。

"阿兴哥哥……"突如其来的变故令之晴眼睛发酸，她几步向前想去挽住阿兴的手，却被警察架开。

无望和悲痛又在猝不及防间在她脑海中弥散。那一瞬间，她甚至想过，若能用她一个人的囚禁换得其他人的平安和自由，她亦甘愿。

后记

　　何先生等待着最后的审判，却在玉蓉的一次探视后自尽而亡。谁也不知道玉蓉同他说了什么，在之后很长一段时间里，玉蓉似乎在世间消失了。何先生已死的消息传出，终究起到了敲山震虎的作用，川地烟土之患得到一定程度的遏制。

　　之晴日复一日地在中国的各大茶产区奔波着，将从上海购买的制茶机器推行至各大茶产区。她孜孜以求，为着茶业的繁荣昌盛，也为着她的梦想和诺言。

　　与此同时，日本右翼集团在东北布局多年，阴谋也在不断地酝酿和策划，国家面临着前所未有的危机。方衡在讲武堂密友的劝说下，将家里的生意全部交托给了之晴，前往杭州笕桥中央航校。

　　"若有一日方衡凯旋，自当迎娶林家小姐之晴为妻。今生今世，只此一人。"每每想起方衡临行前的话，之晴泪眼蒙眬，又有无限期许。靠在湘妃榻上，她望着廊上兰花风姿绰约，不觉有些出神。

　　"姑姑——"一个将至两周岁的幼儿牙牙学语,蹒跚着走到之晴跟前,牵了牵她的衣摆,奶声奶气地唤着她。之晴胸中一宽,摸着她柔嫩的小脸,不禁莞尔。

　　"家里这块'芬芳冠世'的匾额,选个好日子送到阳羡茶会中。往后我们阳羡茶有了自己的品评标准,芬芳冠世不消多说。美誉应归于众茶人,以示勉励。"之晴嘱咐严大掌柜落实此事。

　　再看梁上,一方"阳羡书院"的匾额高悬,在阳光映照下熠熠生辉。花厅内书声琅琅,那是之晴为阳羡幼龄女童办的小学堂。兰花即为院花,以示学生应品行高洁、坚贞清远。

　　"愿有一日,世间女子多能蟾宫折桂,为国建功,于民造福,不负韶华……"之晴抱着怡和,念及往事,遐思悠悠。

2019 年 11 月初稿于晴兰苑

2021 年 7 月二稿于紫琅馥

2021 年 12 月定稿于伽南山房